LOS CABALLOS CELESTES

LOS CABALLOS CELESTES

JOSÉ FRÈCHES

OBERON

Título original: *Le disque de Jade. Les chevaux célestes*

Avda. San Francisco Javier, 22
41018 Sevilla
Teléfono 95 465 23 11. Telefax 95 465 62 54
e-mail: algaida@algaida.es
Composición: REGA
ISBN: 978-84-9877-771-0
Depósito legal: SE-2315-2012
Impreso en España-Printed in Spain

Índice

Segunda parte

Aquí, el Imperio del centro del mundo. La tierra abierta al trabajo de los vivos. El continente entre los Cuatro Mares. La vida encerrada, propicia al justo, a la felicidad, al conformismo.

En donde los hombres se yerguen, se inclinan, se saludan según su rango. En donde los hermanos conocen sus categorías: donde todo se ordena bajo el influjo clarificador del Cielo.

VICTOR SEGALEN, *Estelas*.

Prólogo

—Este disco de jade ha de ser mío... ¡A cualquier precio! —murmuró el mercader sorprendido; acababa de hablarse a sí mismo en voz alta, algo que nunca hacía.

Jamás antes había visto Lu Buwei un objeto ritual de talla tan excepcional. Nada más divisarlo, se abrió paso entre el gentío que a esa hora del día bullía en la plaza de Handan donde, bajo un radiante sol ya alto, se celebraba el mercado matinal.

Tenía la frente cubierta de minúsculas gotas de sudor.

Sentía que las piernas lo conducían irremediablemente hacia el fondo de la plaza. Allí, un hombre había colocado el objeto sobre un pequeño caballete de tallos de bambú ensamblados.

No quería parecer un vehemente dominado por la precipitación. Su anciano maestro confuciano, Ritual Inmutable, le había enseñado desde la infancia que, bajo cualquier circunstancia, incluso las más notables o inverosímiles, era necesario manifestar una actitud tranquila e indiferente, y nunca transmitir a los demás —quienesquiera que fuesen— las emociones íntimas. La moral confuciana era clara: esta era la forma de sumo respeto que toda persona debía mostrar a las demás. Y Lu Buwei se había impuesto dicha moral como código de conducta.

Lo acompañaba, como era habitual, su fiel secretario Zhaosheng. Lu Buwei tenía por costumbre no mostrar bajo ningún concepto sus cambios de humor y, mucho menos aún, ningún entusiasmo desafortunado ante este hombre, tan discreto como inteligente, que desde hacía cinco años trabajaba para él, dedicado en cuerpo y alma a su servicio.

Un gran mercader, de hecho el más importante y más acaudalado del reino de Zhao, tenía la obligación de ser un patrono afable e impávido. El mercadeo era un arte que requería calma y concentración. Lu Buwei no tenía igual cuando se trataba de negociar el mejor precio para la cosecha de castañas de agua y cereales, o para las pacas de lana que sus corredores le buscaban en las estepas áridas de las comarcas del norte, allá donde las tribus xiongnu criaban carneros de pelo rizado y cabras de largo pelaje. Así, cuando compraba caballos, comercio de su especialidad, y aunque sentía pasión por los équidos, procuraba adoptar una actitud de indiferencia hierática a la hora de negociar con los comerciantes y ganaderos que venían de los cuatro rincones del país a venderle sus animales. De esta forma había podido adquirir los sementales más bellos y las potrancas más fértiles del reino.

Pero en esta ocasión, para desgracia suya, se hallaba presente su secretario. El mercader ni siquiera trataba de disimular esa irrefrenable atracción que más bien se asemejaba, constató no sin pavor, al deseo, y que lo empujaba irremediablemente a sostener en sus manos aquel objeto ritual.

Zhaosheng nunca había visto a su señor en tal estado. Tenía los ojos como plato, pues era incapaz de reconocer a Lu Buwei en ese hombre que, tenso cual arco, corría hacia un individuo desharrapado con cara de viejo mono y vestido con harapos mugrientos, el cual parecía estar aguardándolo y, ahora que lo tenía delante, lo escrutaba con sonrisa burlona.

Cuando tuvo el objeto de jade al alcance, Lu Buwei experimentó un desconcierto aún más profundo. Enardecido por la emoción, no pudo contener un grito de alegría y estupefacción. A tres pasos detrás de él, el fiel secretario asistió a una escena que jamás hubiera imaginado momentos antes.

¡Era más fuerte que él! Hubiérase dicho que el disco era un imán que atraía un trozo de hierro llamado Lu Buwei.

Sin dudarlo un instante ni pedir permiso alguno, este agarró el objeto bajo la mirada de soslayo del vendedor, que se lo había señalado con la mano gris enmugrecida.

Se trataba de un inmenso disco horadado en el centro, un *bi* de jade negro constelado de minúsculas partículas plateadas y doradas dispuestas como un sinfín de estrellas esparcidas por un cielo de luna llena sin nubes.

Al fijar los ojos en la superficie del objeto, el mercader tuvo la sensación de sostener en sus manos todo el firmamento que dominaba la Tierra al caer la noche. Se pellizcó para asegurarse de que no estaba soñando. No, los astros surgidos de las profundidades de la piedra seguían allí, minúsculas y brillantes cual estrellas.

En cuanto sostuvo el bi, comenzó también a sentir el agradable calor que despedía la piedra, tan sólida que solo podía pulirse con abrasivos especiales cuya fórmula habían guardado en el máximo secreto los talladores de jade de las venerables y antiguas dinastías Shang y Zhou. Fue precisamente durante esa época tan remota, comenzada mil trescientos años antes y que había perdurado no menos de mil, cuando la mayoría de objetos rituales de jade fueron tallados por hombres con la suficiente ciencia y habilidad como para lograr imprimir en aquella piedra tan compacta formas tan aéreas.

El mercader había llegado al súmmum de su asombro. Conocía a la perfección los discos de jade; el anciano Ritual Inmutable le había explicado las funciones adivinatorias de aquellos objetos pulidos con esmero, horadados en su centro por otro círculo no menos perfecto, y que supuestamente representaban el cielo y la tierra.

Entre la espléndida colección de antigüedades que su familia había recopilado y atesorado durante generaciones, Lu Buwei poseía ya más de un centenar de estos bi rituales tallados y pulidos un millar de años atrás, considerados reliquias mágicas esculpidas en la piedra mítica origen del mundo. Todos esos bi de jade, junto a unas vasijas de bronce usadas para sacrificios que databan de la misma época, se encontraban ordenados con esmero sobre los estantes de dos pesados armarios de sicomoro que dominaban, cual imponentes altares, el pequeño templo doméstico donde todas las mañanas que el sol engendraba se rendía culto a los ancestros.

Los había de todos los tamaños y de varios colores, guardados meticulosamente en fundas de seda con el sello familiar. Los discos estaban clasificados en función de la calidad de la piedra pulida: grises cerúleos y azules lavanda, blancos de grasa de carnero, o simplemente verdes jade como el agua de los ríos, moteados de gris, grises verdosos del color de las nubes, verdes manzana que invitaban a morder. También los había ornamentados con complicados motivos, extremadamente difíciles de realizar sobre una piedra tan dura: con forma de máscaras de dragones *taotie* o de entrelazados complejos y sinuosos como serpientes enrolladas entre sí; con forma de trenzas y, aún más raros y preciosos, realizados con esos pequeños puntos en relieve dispuestos en círculos o cuadrados que recibían el bonito nombre de granos de arroz que germinan.

Aficionado a los objetos raros y preciosos, Lu Buwei, para relajarse tras una extenuante jornada de negociaciones, cuentas, controles y mercadeos de toda índole, contemplaba con inmenso placer sus piezas de colección, dignas de un verdadero museo público.

Entonces, Ritual Inmutable le daba las explicaciones pertinentes sobre la función precisa —las más de las veces, cultuales— de estos objetos de jade y de bronce. Describía con todo detalle sus formas y estilos, así como las técnicas de fabricación, lo que permitía datarlos y dilucidar su procedencia.

Entre esta colección de antigüedades, donde los discos de jade gozaban de un lugar preferente, no había ninguno que igualara en dimensión y perfección a este bi negro constelado.

Ya en sus manos, Lu Buwei podía apreciar aún mejor su tamaño fuera de lo común. Su diámetro equivalía a la longitud de sus dos palmas unidas. En cuanto al orificio central, podía atravesarlo con la mano sin dificultad.

La piedra en la que se había tallado era de ese negro absoluto que solo se encuentra en las piedras de lava surgidas de las entrañas de los volcanes. La magia de aquel inmenso bi residía en el contraste producido por el color de la nada infinita y el centelleo de los minúsculos soles y lunas infinitesimales. El centelleo de su fulgor, tan puro como el del diamante, convertía el disco en un verdadero trozo de estrella caído por fortuna del cielo.

Ninguno de los bi de jade que Lu Buwei había visto de cerca irradiaba esa fascinante rareza que emanaba del contraste tan insólito entre la piedra y la luz. Esta mezcla de esplendor y singularidad, donde cielo y tierra parecían haberse unido en ese trozo de jade, había captado de tal modo la atención del ojo infalible del mercader, por lo habitual dueño de sus emociones, que le había hecho perder la compostura y todo sentido de la conveniencias sociales.

—Me llamo Diente Fácil, y vos sois el distinguido mercader Lu Buwei de Handan —dijo zalameramente el desharrapado con cara de viejo mono apenas Lu Buwei hubo cogido el objeto ritual.

El mercader, extrañado de haber sido reconocido, alzó la vista y escrutó al individuo que le dirigía la palabra y conocía su nombre.

En la coronilla del cráneo barnizado de mugre, un mechón de pelo amarillo paja no hacía sino acentuar el aire simiesco del personaje. Al reír, el hombre dejó al descubierto una boca enorme de donde emanaba un pestilente olor y, a modo de única dentadura, dos incisivos revestidos de oro que le conferían, además, el aspecto de un enorme roedor.

Desde luego, el tal Diente Fácil no inspiraba nada bueno a Lu Buwei. Probablemente era, pensó, uno de esos vendedores ambulantes clandestinos que abarrotaban los mercados de Handan y salían huyendo nada más avistar a los inspectores fiscales de puestos y parcelas, que desde la apertura patrullaban a la caza de comerciantes en situación ilegal.

Mas poco le importaba el aspecto del vendedor. La singularidad del objeto bien merecía dejar a un lado esa mala impresión. Después de todo, lo que le interesaba era el bi negro, no la personalidad de su propietario ni si su situación era conforme a los diversos reglamentos con los que las autoridades de Handan agobiaban a los comerciantes de los mercados al aire libre.

—¿Cuánto quieres por este objeto?

—Este objeto no está a la venta —respondió el vendedor impregnando sus palabras de énfasis y alzándose sobre la punta de los pies para darse importancia.

El experimentado mercader reconoció en su proceder el método de los negociadores hábiles: fijar el precio de salida lo más alto posible para aumentar la puja. Ante este tipo de actitud, Lu Buwei —que cuando se trataba de sus asuntos daba muestras de absoluto rigor— solía negarse a regatear poniendo fin tajantemente a cualquier sobrepuja. Era necesario, explicaba a menudo al joven Zhaosheng, saber decir no antes que comprar a cualquier precio. Más valía perder una compra que pagar demasiado por ella.

¡Pero esta vez era distinto! El dinero no importaba. Supo que el bi de jade negro constelado sería suyo en cuanto atisbó, a lo lejos, sus centelleos dorados entre las otras mil mercancías que colmaban los tenderetes de la plaza atestada de toda clase de puestos.

Lu Buwei miró fijamente a los ojos del hombre con cara de mono. Estaba convencido: el objeto no tardaría en ser suyo. Una voz interior le decía que aquel encuentro, en aquel mercado y con aquel vendedor grotesco, no era ni anodino ni fortuito.

En ese momento vinieron a su memoria las estrofas de Confucio relativas al jade, las cuales había aprendido siendo estudiante. Estas figuraban en el *Libro de los ritos*, el voluminoso manual sobre los preceptos de conducta que los hombres se esforzaban por seguir en tiempos de las dinastías Shang y Zhou, la época de los grandes imperios:

Los sabios de la Antigüedad comparaban la virtud al jade. Esta piedra fue creada a imagen de la bondad: suave al tacto y agradable; a imagen de la prudencia: de venas finas, compactas y muy densas; a imagen de la justicia, porque sus ángulos, aun siendo poco pulidos, no hacen daño; a imagen de la sinceridad, porque su brillo no está velado por sus defectos ni sus defectos por su brillo. Y por último, el jade fue creado a imagen de la virtud, porque con él se fabrican tablillas que los emisarios de los príncipes ofrecen a sus semejantes sin necesidad de acompañarlas de presente alguno.

—Te ofrezco tres taeles de oro —propuso Lu Buwei a Diente Fácil con la mirada clavada en el granuja.

Zhaosheng se sobresaltó al escuchar el precio exorbitante sugerido por su señor. Tres taeles de oro suponían más del doble de la suma obtenida con la cosecha anual de castañas de agua del reino de Zhao, de la que Lu Buwei ostentaba el monopolio. ¡Y todo por un simple disco de jade! Si bien el tamaño del objeto era apreciable, el precio le parecía desmedido y disparatado. Sin embargo, por respeto a su señor y porque era persona educada, se abstuvo de hacer comentario alguno.

Era manifiesto que el malhechor de cara simiesca sabía que estaba lidiando con la persona sin duda más acaudalada del reino de Zhao. Por consiguiente, se negó categóricamente a aceptar la propuesta del mercader.

—Este disco hace inmortal a quien lo posee. Por eso no tiene precio —respondió con voz de falsete. De su tono teatral se infería que estaba repitiendo una fórmula que había aprendido de memoria.

Lu Buwei incrementó su oferta:

—Seis taeles de oro. ¡Ni que decir tiene que los pagaré al contado!

El secretario no pudo contener un grito lastimero. Con seis taeles de oro se podía comprar una inabarcable extensión de tierras de labranza y al menos trescientos esclavos (hombres, mujeres y niños) para cultivarlas.

El hombre se acercó a Lu Buwei. Su orificio bucal de enorme roedor despedía un olor fétido a carne rancia.

—Ya os lo he dicho: este bi posee inmensas virtudes. Es un instrumento celeste…

El mercader retrocedió con brusquedad; el hedor era insoportable. Comprendió que era mejor cambiar de táctica e intentar averiguar si el hombre era o no el vendedor legítimo del bi en cuestión.

—Puesto que me hablas de las virtudes de este objeto, ¿cómo ha llegado a ti?

El hombre con cara de mono esbozaba una sonrisa burlona.

—¡Eso es un secreto! Nadie lo sabrá jamás —sentenció con pose de entendido.

Lu Buwei sabía que el hombre no cedería con facilidad. Era de naturaleza retorcida y parecía un negociador hábil. Pero, sobre todo, era absolutamente consciente de la atracción que el objeto ejercía. La partida se anunciaba de lo más ardua.

—¿Y por qué aseguras que hace inmortal a su propietario?

El rostro del hombre desharrapado con cara de viejo mono se iluminó. Tras un segundo de vacilación, levantó el dedo para anunciar que iba a decir algo importante.

—Lo he sabido por boca de una sacerdotisa médium que habita en una gruta situada a mitad de la ladera del monte Huashan, al pie de una inmensa cascada.

Lu Buwei observaba a Diente Fácil con una expresión totalmente incrédula. No entendía qué pintaba en esta historia una sacerdotisa que habitaba en la ladera de la cima que dominaba el vasto macizo montañoso ubicado al oeste de la capital de Zhao, a medio camino entre ese reino y el Estado de Qin.

—«El bi negro constelado que lleva la marca del Caos original de Hongmeng que en su centro es el embrión de un polluelo amarillo»: estas fueron las palabras de la mujer...

Diente Fácil había pronunciado la frase de forma mecánica.

—Y lo que es más, esas fueron las palabras exactas de Valle Profundo; así se llama la médium —añadió el hombre desharrapado con una repentina expresión de pavor.

Se notaba que no había entendido una sola palabra de la locución que acababa de enunciar.

Esa historia del Caos de Hongmeng, en cualquier caso, no aclaraba nada a Lu Buwei. El hombre de rostro simiesco probablemente mentía sobre esas paparruchadas acerca del caos que le recordaban a las máximas del taoísmo, por el que el mercader, como devoto alumno de las enseñanzas confucianas que era, sentía un manifiesto desprecio al considerarlo la religión del populacho. Pero eso importaba poco. Solo tenía que hacer oídos sordos al hombre con cara de mono. Deseaba el bi… y punto.

Cerró de nuevo los ojos, totalmente abstraído en explorar la sensación que le procuraba el contacto de la piel con el disco de jade. La impresión era sumamente extraña: el bi negro constelado irradiaba en aquel momento un calor que casi le quemaba la palma de las manos.

Con los ojos entreabiertos, atento a los flujos que parecían salir de la piedra y propagarse lentamente a través de su cuerpo, imaginaba sin dificultad el rostro del escultor del disco en la antigua época de los grandes imperios.

Visualizó las manos expertas del eminente artista manejando las sierras de arco, los taladros y las muelas de esmeril, esenciales para que el bloque de piedra en bruto acabara siendo un disco plano como una lámina y tan liso como la suave piel de una joven. Escuchó el rechinar de las herramientas contra la piedra, tan sólida que para su pulido era preciso recurrir a un finísimo polvo fabricado con trozos del propio jade mezclados con abrasivos de granate, cuarzo, diamante o perla. Sabía que el tallista de lo eterno no había reparado en los días ni, probablemente, en los años que había dedicado a conseguir tan perfecto cincelado y pulido en un objeto de aquella dureza, sobre el que el tiempo, después de todo, apenas había dejado huella, pues el bi que tenía ante él permanecía intacto como el primer día.

El disco, debido a su tamaño, solo podía proceder de la realeza. Probablemente su comitente fuera un rey o príncipe de la más noble cuna. Sin embargo, Lu Buwei abrigaba además la íntima y poderosa convicción de que aquel disco ritual había sido esculpido expresamente para él, y que le había sido enviado desde los tiempos más remotos con la lógica y la fuerza implacables del río que siempre acaba por encontrar el mar.

Mantenía agarrado con todas sus fuerzas el disco, que ahora se confundía con su mano. El calor irradiado se extendía a las piernas.

Había llegado el momento de dar la estocada final. Poco importaba el precio, a Lu Buwei le traía sin cuidado. Deseaba el objeto de tal forma que estaba ansioso por oír decir *sí* al grotesco vendedor.

Así pues, se armó mentalmente de ímpetu y arriesgó el todo por el todo:

—Te ofrezco treinta taeles de oro —pronunció despacio, clavando los ojos en los del hombre simiesco.

Ante tan desorbitada cantidad de oro, que suponía como poco una cuarta parte de la fortuna de Lu Buwei, el joven Zhaosheng a punto estuvo de ahogarse. Creyó que su señor empezaba a perder la razón, que estaba completamente ido y que la situación era realmente muy grave.

—¡Pero eso es demasiado! —refunfuñó lo suficientemente alto para que su señor lo interrumpiera haciendo un gesto brusco con la mano.

El desharrapado con cara de viejo mono permaneció callado. Abrió la repulsiva boca con una mueca de embelesamiento, descubriendo los horrendos incisivos dorados contra el fondo negro del paladar. Recuperó el disco de jade de manos del mercader, que se lo devolvió con pesar. El corazón de este último se aceleró al ver de nuevo el bi en las repugnantes manos de su propietario.

Diente Fácil sopesó con detenimiento el objeto ritual, hizo amago de dudar, desplegó toda su arrogancia hasta tragársela como un vulgar alimento, y entonces devolvió el objeto a Lu Buwei, quien apenas pudo disimular su alivio.

—Es tuyo. El precio me conviene.

El mercader no pudo contener un leve grito de alegría. Se sentía tan dichoso que no lamentaba haber ofrecido de golpe treinta taeles de oro, cuando veinte hubieran bastado. Era la primera vez que negociaba de esta guisa la compra de un bien, sin que dinero ni precio importaran.

Había logrado su propósito, lo único que realmente importaba. Ni siquiera guardaba rencor al hombre con incisivos de oro por haberse llevado así, en un instante, lo que le había costado más de diez años ganar.

Zhaosheng, petrificado de estupor, había asistido tan impotente como patidifuso al diálogo surrealista entre los dos hombres. Tenía cargo de conciencia por no haber podido evitar el arrebato de locura de su señor. ¿Qué diría mañana cuando tuviera que justificar el gasto de tamaña suma al director contable de Lu Buwei?

—¿Me puedo quedar con él? Mañana puedes acercarte a mi casa para cobrar lo que te adeudo —sugirió Lu Buwei con tono perentorio.

Por miedo a que el vendedor cambiara otra vez de parecer, estaba decidido a no separarse del bi negro.

—¡Sin problema! La palabra del distinguido mercader Lu Buwei ha traspasado ampliamente la frontera del reino de

Zhao. Mañana pasaré por vuestra casa a cobrar lo que se me adeuda —contestó el hombre de manera afectada, inclinándose ceremoniosamente ante el mercader—. ¿Deseáis adquirir más objetos de calidad similar? Quiero decir, de la misma procedencia —preguntó con complicidad dirigiéndose a Lu Buwei cuando este se disponía a partir.

—No veo por qué no. Hablaremos mañana —concluyó Lu Buwei, que empezaba a recuperar la sensatez y veía en dicho encuentro una oportunidad, tal vez, de averiguar algo más sobre los orígenes del bi negro constelado que con tantos quebraderos de cabeza había arrancado de las sucias manos de esa inmunda criatura.

El hombre con cara de mono plegó su pequeño tenderete, lo enrolló y ató con una gruesa cuerda de cáñamo. Después, se ajustó el cinto del abrigo agujereado y plagado de manchas, dio media vuelta y desapareció por una callejuela, dejando solos al mercader y su secretario.

Algunos tunantes morbosos, al olerse que algo fuera de lo común acababa de suceder, comenzaron a aglomerarse en torno a los dos hombres. Zhaosheng dio unas palmadas para que se alejaran, cosa que hicieron, entre estallidos de risas y pullas burlonas, como una bandada de gorriones que sale volando ante el espantapájaros movido por el viento.

—¿Ves el dibujo que forman estas partículas sobre el fondo negro? Están en ambos lados —explicó Lu Buwei tranquilamente a su secretario mientras le mostraba el disco que descansaba en la palma de las manos.

—Sí, señor, lo veo.

—¿A qué te recuerda?

A Zhaosheng le resultaba difícil responder. Tan solo veía los treinta taeles de oro que acababan de esfumarse de las arcas de su señor.

—¿No aprecias como dos nubes de luz separadas por un trazo negro?

—Podría decirse que sí —admitió el secretario sin ver aún a dónde quería ir a parar Lu Buwei.

—¿Qué día es mañana?

El secretario reflexionó un momento.

—¿Por qué me hacéis esa pregunta? Mañana es el séptimo día del séptimo mes lunar del año.

—¿No ves la conexión?

El rostro del joven Zhaosheng se iluminó con la alegría del buen alumno que por fin sabe responder a la pregunta formulada por su maestro.

—¡La Tejedora y el Pastor! Mañana es la fiesta de los dos amantes estelares. ¡Y el dibujo que forman los corpúsculos brillantes del bi negro representa su constelación! —exclamó de repente, rebosante de entusiasmo él también.

—¡Estaba seguro de que eras muchacho perspicaz! —le dijo su señor a modo de cumplido.

En honor a la bella historia del pastor y la tejedora, todos los años se celebraba una de las fiestas más importantes junto con la del año nuevo lunar. El relato del amor imposible entre las dos estrellas siempre se citaba como ejemplo. Daba esperanzas a todas y todos los que buscaban su alma gemela. Se trataba de la gran festividad de los corazones y sentimientos íntimos.

Lu Buwei nunca había estado casado, para gran disgusto de su madre; Zhaosheng, por el contrario, acababa de desposar a una joven que respondía al bonito nombre de Intención Loable. Pero tanto el uno como el otro —el primero para consolarse por no haber encontrado aún esposa, y el segundo para convencerse de que siempre la amaría como el primer día— conocían hasta el último detalle de la hermosa historia de las dos estrellas separadas que volvían un día a encontrarse.

Mucho tiempo atrás, vivió un joven huérfano víctima de la mezquindad y avaricia de su hermano y de la mujer de este. Era el encargado de cuidar un búfalo que poseía el don de la palabra. Un buen día, el animal, que sentía lástima por él, lo alentó a marcharse de casa y a que le reclamara a él, el búfalo, como único bien a su hermano. Este último aceptó.

Una mañana, el búfalo aconsejó al pastor que fuera al borde de un lago situado al otro lado de la montaña. Allí vería a siete muchachas descender del firmamento para bañarse en sus aguas. Si robaba las vestimentas de la más bonita, impediría que esta regresara al cielo y podría desposarla… El pastor siguió el consejo del búfalo y se casó con una joven bella como una flor.

A punto de morir ya de viejo, el búfalo aconsejó al pastor que guardase su piel una vez hubiera muerto, pues con solo cubrirse los hombros con ella, sus deseos le serían concedidos.

La pareja tenía dos niños y vivía feliz. Pero el pobre pastor ignoraba que había desposado a la séptima hija de la Reina Madre Celeste, la Tejedora de las nubes coloreadas del ocaso.

Ante la ausencia de esas maravillosas nubes, la Reina Madre Celeste montó en cólera y fue a buscar a su hija para devolverla a su nube celeste.

Al regresar de sus campos y constatar la desaparición de su esposa, el pastor se vistió con la piel del búfalo y pronunció el deseo de encontrar a su mujer. Fue súbitamente aspirado hacia el cielo.

Entonces, la Reina Madre Celeste desprendió un alfiler de su moño y, para evitar que los dos amantes se reencontraran, trazó una gigantesca línea en el cielo. En adelante, las dos estrellas del Pastor y la Tejedora quedarían separadas para siempre jamás por un reguero de estrellas al que se conoce como Vía Láctea.

Mas el Emperador de Jade, que reinaba sobre el universo que él mismo había creado, se apiadó de los dos jóvenes a los que la Vía Láctea impedía unirse. Por ello, decretó que cada séptimo día del séptimo mes, la Tejedora y el Pastor podrían reencontrarse y unirse sobre el puente que se formaría, esa noche, sobre la Vía Láctea, entre las dos estrellas más brillantes del firmamento…

De vuelta a casa, Lu Buwei y Zhaosheng repasaban mentalmente, cada cual a su manera, la historia de los dos amantes celestes.

Confuso por lo que acababa de presenciar, Zhaosheng no osaba pronunciar palabra. Caminaba en silencio, mudo como un pez, pensando en la forma del puente sobre el que, una vez al año, las dos estrellas podían tocarse.

En cuanto al mercader, avanzaba por las calles de Handan como si estuviera en una nube, estrechando el disco de jade contra su corazón.

Ya era consciente de que se trataba de su bien más preciado.

No lo cambiaría por nada del mundo, ni tan siquiera por un pura sangre mágico, un caballo alado que le habría llevado a galopar a lo más alto, sobre la misma Vía Láctea de la que ahora poseía, mediante su representación en ambas caras del bi negro constelado, un trozo mucho más valioso si cabía, puesto que el objeto ritual le pertenecía.

*

Dos días después, Lu Buwei aún aguardaba a Diente Fácil.

El hombre con dientes de oro se había vuelto invisible. Aunque al mercader apenas si le preocupaba el retraso, ocupado como estaba en admirar su disco de jade. Zhaosheng, por su parte, se decía que con eso al menos ganaban unos días antes de desembolsar la astronómica suma prometida por su señor.

El mercader Lu Buwei vivía con su anciana madre, Difumina la Luz, en uno de los edificios más bellos de Handan, al que sus habitantes habían dado el sobrenombre de *Palacio del Comercio* por lo mucho que el edificio, destinado en esencia al almacenaje de mercancías, se asemejaba a un suntuoso palacio. Allí también se encontraban las oficinas de Lu Buwei, donde un ejército de contables y empleados redactaban inventarios, facturas, letras de cambio y documentos comerciales de todo tipo que formaban parte del día a día de un negocio tan serio como el del mercader más importante de Handan, de cuyo gremio era además presidente.

Así, todas las actividades de Lu Buwei estaban reunidas en un solo lugar, a excepción de la cría de caballos, que se desarrollaba en los suntuosos acaballaderos de su propiedad ubicados al noroeste de la ciudad, en medio de vastas praderas y colinas arboladas que se extendían hasta perderse en el horizonte.

La actividad que suponía el grueso del volumen de negocios de la empresa de Lu Buwei, y por la cual su fama traspasaba ampliamente las fronteras de Zhao, era la compraventa de miles de animales, todos de las razas más nobles y cuidados con el mayor esmero.

En la extensa superficie que ocupaba el Palacio del Comercio se alineaban ordenadamente inmensos almacenes, tan limpios que se podía comer en el mismo suelo. Los edificios estaban repletos de mercancías listas para su venta. Allí había productos alimenticios desecados o frescos, pacas de tela o lana, piezas de seda multicolor vigiladas por centinelas como oro en paño, vasijas de bronce para uso doméstico, troncos de maderas preciosas, cajas y espigas, cilindros de bronce preparados para su fundición, objetos de barro para uso culinario e incluso carneros y cabras para los que se había construido un establo.

Al final de una bella explanada flanqueada por una columnata, se elevaba la residencia de Lu Buwei: una enorme mansión de planta cuadrada en cuyo patio central se alojaba el templo dedicado a los ancestros. Allí se encontraban los famosos armarios de sicomoro que encerraban los objetos arqueológicos del tesoro familiar.

Era en aquel verdadero sanctasanctórum del templo, una habitación circular de dimensiones modestas en torno a la cual se había articulado toda la construcción del edificio cultual, donde Lu Buwei había guardado el bi negro adornado de estrellas sobre un delicado cojín apartado del resto en el interior del gran armario de madera aromática del que tan solo él tenía llave.

En torno al espacio central donde se rendía culto, el padre de Lu Buwei había ordenado colocar grandes jaulas de pájaros. Los había de toda clase: petirrojos, loros enanos, oropéndolas y tórtolas que piaban durante todo el día, salvo cuando los sirvientes cubrían las jaulas con inmensos paños negros. Unos majestuosos pavos reales, que arrastraban sus colas esmaltadas de azul y verde, picoteaban indolentes la hierba del jardín poblado de árboles en miniatura, los cuales cercaban el santuario formando una exquisita e inútil barrera de protección.

Lu Buwei, deseoso de tener un momento de paz para examinar con más calma su hallazgo, había ordenado hacer callar a los pájaros. No podía dejar de admirar sobre el bi negro las constelaciones de la Tejedora y el Pastor, separadas por la banda mágica de la Vía Láctea. Los otros discos de jade de la colección familiar parecían no interesarle ya, al igual que los bronces rituales de la época Shang y las suntuosas joyas de oro que contenía el segundo armario.

Zhaosheng, como de costumbre, no se separaba de él.

—¿Y si no viene? —preguntó el secretario al mercader.

Seguía albergando la secreta esperanza de que su señor no tuviera tamaña cantidad de oro para desembolsar.

—¿Tanto echas de menos a Diente Fácil? —contestó Lu Buwei con un toque de humor.

—A decir verdad: no. En mi opinión, ese hombre es un don nadie...

—¿Te acuerdas del nombre de la mujer de la que habló, de la médium que habita en la ladera del monte Huashan?

—Si no recuerdo mal, pronunció el nombre de Valle Profundo —respondió Zhaosheng, que añadió con cierta desesperación—: ¡No estaréis pensando en ir vos también a consultar a esa mujer que tal vez ni siquiera exista!

El secretario se retorcía las manos, como implorando a Lu Buwei que cesara de torturarlo.

—He pensado en ir dentro de unos días. Pero no tienes por qué preocuparte, lo haré solo. El monte Huashan, con un buen caballo, se encuentra a no más de dos días.

—¿Y si deseara acompañaros? —agregó el secretario, que por nada del mundo deseaba que su señor siguiera adelante con sus locuras.

—No, iré solo. Así podrás quedarte con tu joven esposa. Intención Loable se alegrará.

Zhaosheng entendió que la conversación había finalizado y se abstuvo de abordar el tema que quería tratar con el mercader: el precio de venta de la futura cosecha de castañas de agua, asunto al que acordaba especial importancia. La nueva conducta de Lu Buwei era para él todo un misterio.

Lo observó de nuevo: el mercader estaba inclinado sobre el disco. Escrutaba sus minúsculas estrellas, con la espalda arqueada, como un escriba descifrando un enigma, ajeno a todo lo que le rodeaba, la mirada absorta en el instrumento cuyo coste había superado el del propio palacio.

Zhaosheng ya no reconocía a su señor, aquel mercader pragmático y astuto, poderoso y avisado, siempre al acecho de un buen negocio y a quien nada ni nadie podía distraer de los objetivos comerciales y financieros que se había marcado.

En torno a ellos, los pavos reales hacían la rueda. Lu Buwei, sin embargo, estaba demasiado abstraído para percatarse de ellos. Tan solo Zhaosheng los había visto.

Entonces, a este lo asaltó un pensamiento que juzgó impropio, pero que no rechazó: el solícito secretario de Lu Buwei se preguntó sencillamente si su señor no se habría vuelto loco.

PRIMERA PARTE

1

DIENTE FÁCIL ATIZABA CON TAL FUERZA SU MONTURA que esta casi tropezaba a cada golpe de fusta. El hombre desharrapado con cara de viejo mono sudaba a raudales, lo que no le impedía estar exultante.

¡Lu Buwei era una presa aún más suculenta de lo que había pensado! Gracias al famoso mercader de caballos, al fin iba a convertirse en un hombre rico; es más, iba a ser inmensamente rico. Nadaría en oro. Jamás, ni en sus mejores sueños, había imaginado que podría sacarle tal cantidad de dinero a un hombre con una reputación tan temible como la suya. En cuanto el mercader le echó el ojo al disco de jade, Diente Fácil supo que lo tenía en el bolsillo. Solo había que rematar la faena y así el acaudalado hombre de negocios aflojaría aún más la bolsa.

En un par de días estaría ya manos a la obra. Únicamente debía saquear el resto de la tumba donde había encontrado el bi. Sería pan comido, aunque tenía que apresurarse para llegar antes de que otros saqueadores dieran con ella.

Y eso era precisamente lo que estaba haciendo en ese mismo instante el hombre de rostro simiesco e incisivos de oro, que golpeaba con todas sus fuerzas a su extenuado caballo.

En una semana, a lo más, iría a ver a Lu Buwei para cobrar los treinta taeles de oro y, a ser posible, sacarle el doble de dinero ofreciéndole otros objetos funerarios de una calidad tan excepcional como la del bi negro constelado que había hecho enloquecer al rico mercader como a un niño ansioso por hacerse con un juguete.

Entonces, Diente Fácil se convertiría al fin en un hombre adinerado y poderoso. Y entonces, podría formar un gran ejército de maleantes capaz de asaltar los grandes convoyes de mercancías en las carreteras que comunicaban las capitales de los grandes reinos. Diente Fácil: ¡el Gran Príncipe de los Salteadores! ¡Así es como pronto lo llamaría todo el mundo! El título le hacía sonreír y soñar. Y el Gran Príncipe de los Salteadores obligaría a los posaderos a devolver todo lo que estos habían obligado a pagar a los vagabundos a cambio de su caro silencio para no ser denunciados ante las autoridades.

Inmerso en su sueño de poder y gloria, el maleante golpeaba sin cesar al pobre caballo, con los flancos cada vez más señalados de estrías sanguinolentas.

Diente Fácil no era uno de esos saqueadores de tumbas profesionales que había en el campo, donde las sepulturas se encontraban por doquier: las de los campesinos pobres, debajo de los árboles; las de los más ricos, al borde de los caminos señaladas por una pequeña columna; y por supuesto, las de las necrópolis reservadas a los poderosos, nobles y príncipes, así como a los funcionarios de alto rango cuyas exequias corrían a cargo de la Administración Pública.

El hombre desharrapado con cara de mono era más bien uno de esos bandidos de pacotilla que infestaban los caminos principales y sobrevivían a base de una rapiña por acá y un timo por allá. Sin techo que lo cobijase, vivía entre la maleza cuando no llovía y en establos cuando hacía demasiado frío para dormir al raso o cuando un codicioso posadero le exigía un precio demasiado alto por su silencio. Así pues, llevaba una existencia errante, cruzando las fronteras de los reinos colindantes a través de atajos para así no pagar el peaje.

Lo único que debía evitar a toda costa era toparse con un policía o un soldado, puesto que, al no poder asegurar su proveniencia ni presentar prueba tangible de la misma en forma de certificado con el correspondiente sello del gobernador de la provincia, correría el riesgo de ser condenado a la pena capital. En aquellos reinos en guerra los unos con los otros, donde abundaban los espías, todo individuo debía tener obligatoriamente por ley un techo o un lugar de nacimiento. Los vagabundos y los pobres diablos eran muertos en potencia; sus cadáveres, desprovistos de existencia legal, se revendían a los criadores de perros como alimento para sus bestias, a las que vendían bien rollizas.

Los beneficios irrisorios que Diente Fácil obtenía de sus trapicheos se los bebía rápidamente en los mesones, donde, en un ambiente acalorado por el alcohol de arroz y de sorgo, los malhechores de su calaña contaban sus miserables batallitas y se intercambiaban soplos nada confidenciales y trucos de dudosa eficacia. Rara vez resultaban lucrativos en lo que a dinero contante y sonante se refiere, pues todos se guardaban para sí los auténticos chollos; no obstante, siempre se conseguía alguna información sobre un convoy de pasajeros más fácil de asaltar o una casa desocupada cuyo escaso contenido se podía robar sin riesgo alguno.

Fue en la posada del Mono Negro, en el mismo camino que comunicaba Handan, la capital de Zhao, y Xianyang, la capital de Qin, donde oyó hablar por primera vez de un importante mercader de caballos que vivía en Handan y que se hacía llamar Lu Buwei. El hombre era conocido por ser inmensamente rico y amante de las cosas bellas. Sus almacenes rebosaban de mercancías y artículos, a cada cual más precioso: las delicadas sedas se amontonaban, según decían, junto a maderas exóticas y pacas de lana formando montículos más altos que colinas. Lu Buwei también poseía miles de caballos de pura raza a los que criaba para luego venderlos. Para desgracia de los maleantes, el rico mercader vivía en el palacio más protegido de la ciudad, ¡mejor custodiado aún que la caja fuerte de un recaudador de impuestos! En cuanto a los caballos, algunos de los cuales costaban verdaderas fortunas, su ejército de palafreneros armados impedía a los curiosos acercarse demasiado.

Más de un malhechor habría dado lo que fuera por desvalijar el más pequeño de sus almacenes o birlar el más enclenque de sus potros. Pero, para lograr tal proeza, habrían tenido que calzar esas botas «con suelas de viento» cuyo secreto solo poseían algunos magos y que permitían franquear las más altas murallas pasando desapercibido.

La riqueza de Lu Buwei era, pues, ese territorio inaccesible con el que soñaban todos los bandidos que compartían mesa con Diente Fácil en aquel oscuro rincón del salón de la posada.

—¡Lo que daría por tener unas botas así! —suspiró Diente Fácil, ensimismado en el pensamiento de tal cúmulo de riquezas.

—Solo conozco una criatura que con sus poderes sobrenaturales podría ayudarte a lograr una hazaña como esa —soltó entre hipos uno de los borrachos.

Diente Fácil acercó su silla al individuo y ordenó que le sirvieran otro vaso de vino.

—Se trata de la sacerdotisa del monte Huashan. ¡Pero nunca ha querido dármelas! Seguramente porque no le gustan los borrachos —añadió el granuja riendo a mandíbula batiente.

Y así fue, gracias a tres vasos más de vino en los que se dejó todos sus ahorros, cómo Diente Fácil logró que se fuera de la lengua.

Eran muchos los que habían regresado de la gruta donde vivía la maga con las manos vacías, a pesar de haber ido allí creyendo poder conseguir el secreto de esas botas extraordinarias que los hubieran convertido en hombres ricos, capaces de volar como fantasmas sobre las murallas.

Diente Fácil decidió entonces que, en cuanto le fuera posible, iría a ver a la maga del monte Huashan para probar suerte.

En cambio, el azar quiso que, mientras tanto, viviera una aventura extraordinaria que le hizo pensar que, por primera vez, la suerte le sonreía.

El acontecimiento había tenido lugar apenas diez días antes y a punto estuvo de acabar bastante mal. Sucedió en el reino de Qin, el poderoso enemigo del oeste, el cual, gracias a sus aguerridas tropas, arañaba terreno al reino de Zhao desde hacía décadas.

Ocurrió por la noche en los suburbios de Xianyang, la capital, donde fue a vender un rollo de tela de lana que había conseguido escamotear del puesto de un mercader un tanto distraído.

Era ya noche cerrada, y la calle donde se hallaba parecía casi desierta. Estaba intentando vender de tapadillo y sin éxito un trozo de tela a los pocos viandantes que pasaban, cuando un hombre acompañado de dos enormes perros molosos se detuvo con aire interesado. Diente Fácil se disponía a negociar cuando el hombre extrajo del bolsillo su insignia de policía. Solo tuvo tiempo de dejar caer el rollo y lanzarse a una carrera desesperada para escapar de aquel control de identidad que significaba la muerte.

Escuchó a los dos molosos ladrando furiosamente a sus espaldas. El policía los había soltado para que lo persiguieran e iban a tragarse al hombre desharrapado con cara de mono de un solo bocado. Corrió lo más rápido que pudo, con la boca abierta de par en par, los pies echando humo y el corazón a punto de estallar. Los pocos viandantes que aún quedaban en la calle se pegaban contra la pared, asustados, al ver pasar a aquel hombre con amenazantes dientes de oro que parecía ir a la caza de una presa invisible.

Al llegar al final de la calle, se descalzó y arrojó al suelo sus botas remendadas con la esperanza de que su nauseabundo olor despistara temporalmente a los perros. Aunque la luna brillaba alta, unos bancos de nubes empezaban a cubrirla. Siguió corriendo descalzo lo más rápido posible, casi sin aliento. Los dedos le sangraban. Las plantas de los pies le ardían. Había dejado atrás las últimas casas de la ciudad y llegado a la campiña de los alrededores. Si hubiera existido el dios de los salteadores, sin duda alguna lo hubiera implorado. A falta de este, durante la persecución había invocado a Zhang el Inmortal, que protegía a los niños de los mordiscos del Perro Celeste, con la esperanza de que alejara los acerados colmillos de aquellos temibles molosos cuyos ladridos sonaban peligrosamente cada vez más cerca de sus posaderas.

Enfrente, algo más lejos, vio un bosque de cipreses en medio del cual se alzaban unos montículos de tierra que parecían túmulos funerarios. No era un asiduo de los cementerios, y las tumbas no le atraían especialmente, pero no le quedaba elección. Debía adentrarse en el bosque en seguida.

Divisó el árbol más alto y rápidamente se encaramó a él hincando las uñas. Por suerte, las ramas del árbol formaban una especie de escalera. Sentado en la rama más alta, vio llegar a los molosos, que se pusieron a aullar haciendo círculos alrededor del enorme ciprés. Aguardó pacientemente mientras se miraba los pies y las manos ensangrentadas. Dándose por vencidos, los dos perros acabaron por batirse en retirada. Oyó cómo los ladridos se alejaban y fue solo entonces cuando respiró aliviado. Ahora debía buscar un escondrijo para pasar la noche.

Difícilmente podía ocultarse en aquel ciprés secular en forma de amplio abanico, puesto que había demasiado espacio entre sus ramas. El policía no tenía más que esperar a que amaneciera y daría con él con toda seguridad.

Así pues, decidido a encontrar un refugio menos expuesto, descendió con sumo cuidado por la escalera que formaba el ramaje. A tres pasos del tronco se alzaba un túmulo más grande que el resto; la entrada probablemente estaba al final de una escalera de piedra excavada en la tierra. Tomó impulso y con el hombro golpeó violentamente la puerta de madera aromática que impedía el acceso. Cedió con facilidad; ¡estaba salvado! Ya había encontrado su escondite. Solo tenía que empujar la puerta, cuyos goznes empezaron a gemir. Esta daba a una especie de antecámara.

Una vez dentro, le sorprendió la escena: un rayo de luna iluminaba con una flecha plateada una sala donde habían depositado los manjares de un banquete. Había mangos secos, unas bolas duras que otrora debían de haber sido melocotones, germen de trigo medio devorado por las ratas y dulces resecos que habían escapado de milagro a los dientes de los roedores. Todo ello había sido colocado en cuencos lacados que descansaban sobre una gran bandeja de bronce con asas en forma de serpiente mordiéndose la cola. La bandeja estaba a ras de suelo, justo detrás de la puerta.

Era evidente: se trataba de una tumba.

Lo que no sabía, sin embargo, era que todos aquellos platos eran los restos de ofrendas rituales de la fiesta anual de los muertos, durante la cual los familiares del difunto preparaban allí la comida que luego dejaban para el disfrute de este. Se abalanzó sobre los bizcochos duros como piedras y, tal era el hambre, que los engulló con dificultad pero con deleite. Su estómago, que no había recibido nada en dos días, casi se había quedado entumecido.

A continuación, volvió a cerrar lentamente la puerta de entrada, que chirrió como una vieja marrana a la que hubieran molestado, y, tras cerciorarse de que ya no se oían los ladridos de los molosos, se durmió de puro agotamiento.

Al día siguiente, se despertó con el resplandor anaranjado de los primeros rayos de sol que se infiltraban bajo la puerta de entrada de la tumba.

No se oía ruido alguno. No creía en esas historias que contaban los saqueadores de tumbas en las posadas para divertirse y meter miedo sobre fantasmas que deambulaban por las sepulturas. Abrió la puerta del sepulcro.

Los rayos del astro sol, al reflejarse, chocaron entonces con la pared del fondo de la antecámara e inundaron todo de una intensa luz. La habitación abovedada donde se hallaba era de dimensiones medianas. Sus paredes estaban hechas de piedras unidas por un mortero blancuzco. Al fondo de la antecámara, a la izquierda, se abría un corredor más estrecho.

Diente Fácil penetró en él. Estaba inclinado. Tras avanzar unos pasos en una oscuridad total, notó, por el eco de sus pisadas, que acababa de acceder a una sala mucho más amplia. Regresó a la antecámara a tientas por el corredor de entrada.

Al penetrar de nuevo en la antecámara, percibió, esculpidas en las piedras de la bóveda, unas parejas de extraños pájaros que parecían cortadas por la mitad. Desconocía el símbolo del pájaro Biyiniao, un signo del amor, pues solo podía volar en pareja, ya que cada mitad poseía una única ala. Los Biyiniao rodeaban un pájaro aún más extraño. Diente Fácil tampoco sabía que los Biyiniao siempre volaban en torno a un fénix con las alas desplegadas, un signo de nobleza. Al igual que tampoco podía adivinar que, alrededor de toda la bóveda, un friso de caracteres yin evidenciaba el sexo femenino de la difunta. Era incapaz de inferir que aquella tumba había sido construida por un marido en honor de su ilustre dama.

No era más que un vulgar profanador ansioso por encontrar algo de oro o bronce en aquella tumba que no le importaba un comino. Y si había oro, sin duda debía de hallarse en la sala funeraria. Por tanto, tenía que regresar a la gran habitación al final del corredor en pendiente.

Diente Fácil salió de la antecámara para recoger algunas ramas secas del ciprés esparcidas al pie de su árbol salvador. Con un pedernal, encendió las ramas que sostenía en alto para que hicieran las veces de antorcha.

Al final del corredor de gran pendiente, constató que la amplia sala era mucho más alta de lo que había imaginado. Era perfectamente redonda y había sido construida con unos grandes mampuestos colocados como si del interior de una torre fortificada se tratase. En el centro se erigía un inmenso féretro de piedra negra que debía de ser un mausoleo. Descansaba sobre un zócalo de granito, cuyas esquinas estaban decoradas con cabezas de dragones. A cada lado del féretro, sobre las losas del suelo, reposaban dos pequeños cofres de madera lacada.

Diente Fácil, preso de la excitación, se abalanzó sobre el inmenso féretro de piedra, mas en seguida constató que era inútil intentar levantar la tapa, ya que era demasiado pesada y estaba sólidamente sellada. Furioso, propinó una enérgica patada al borde del cenotafio, con lo que volcó uno de los cofres de madera lacada cuyo contenido se esparció ruidosamente sobre el enlosado, resonando en la alta bóveda del techo. Fue entonces cuando distinguió una especie de disco plano rodar hacia la pared.

Se lanzó hacia él y al cogerlo se dio un golpe en la cabeza contra la pared de mampuestos. Algo aturdido, se reincorporó a duras penas y constató maravillado que el suelo estaba cubierto de joyas preciosas hechas de oro y jade. Había alfileres para el pelo, hebillas de oro para mantos con engastes de jade y pedrería, puñales de jade con empuñaduras de bronce decoradas con animales... En definitiva: todo un suntuoso bestiario hecho con unos materiales de lo más singulares. ¡Aquello valdría una auténtica fortuna!

Se agachó para hacerse con el tesoro que se extendía ante él como una colonia de grandes insectos con caparazones verdes y dorados que se hubiera lanzado al asalto del gran féretro de piedra. Pero, con las prisas, resbaló y la antorcha se le escurrió de entre las manos. Las teas rodaron por el suelo, exhalando su último crepitar. La sala funeraria se inundó de un humo acre y quedó sumida en la oscuridad.

En la negrura absoluta, con la cabeza dolorida, se puso a toser y carraspear al tiempo que buscaba la pared con la mano. Ante sus ojos, vio el centelleo de unas minúsculas estrellas rojas y, de repente, los puntos rojos empezaron a dibujar una imagen cuyos contornos se fueron haciendo más claros por momentos. El miedo lo invadió. Comenzó a dar vueltas febrilmente por la sala intentando encontrar a tientas la salida al corredor.

Justo cuando dio con un hueco en la pared que indicaba el camino de salida, una aterradora máscara roja taotie surgió de la nada, haciéndole chillar de espanto. ¡El dragón parecía escupir fuego y sus llamas lo quemarían como una brizna de paja! Entonces, muerto de angustia, movido a la vez por el instinto de supervivencia y por el rayo de luz que le indicaba la salida, tomó carrerilla, se adentró en el corredor, atravesó la antecámara y se lanzó al exterior.

El sol lo cegó como a un topo recién salido de su túnel subterráneo. Las extremidades no paraban de temblar y tenía los ojos fuera de las órbitas. Poco a poco, empezó a distinguir el cielo y las cimas serenas de los cipreses, que se balanceaban como pesados abanicos con la suave brisa. Aquella visión lo tranquilizó: estaba sano y salvo, aunque bañado en sudor por el esfuerzo que acababa de realizar. Tras calmarse y cerciorarse de que el dragón se había quedado encerrado en las tinieblas de la tumba —sin duda porque se trataba de un ser nocturno—, observó por fin el objeto apresado en su mano.

Se trataba de un inmenso disco ritual tallado en una extraña piedra de jade negro que le pareció bastante sobrio en comparación con la profusión de oro, bronce y jade de los tesoros esparcidos por el suelo, de los que no había podido adueñarse por culpa del dragón.

Habría regresado gustoso a la tumba para continuar con el saqueo, pero la comezón que se extendía por todo su cuerpo lo disuadió. Ya había tenido su dosis de terror. El dragón aún andaría por allí y no tenía el menor deseo de encontrarse cara a cara con aquel monstruo que escupía todo ese fuego. Lo más sensato era contentarse con el objeto ritual e intentar venderlo de la mejor manera posible. Tras lo cual, palabra de Diente Fácil, regresaría allí a buen seguro. Imploró vagamente a Zhang el Inmortal —que no venía para nada a cuento, pero, después de todo, su nombre, ni siquiera sabía por qué, se le había venido a la cabeza…— que nadie saqueara el tesoro de la tumba antes de que él estuviera de vuelta.

Así pues, reanudó la marcha. El botín podría haber sido mejor, pero al menos su escapada, que tan mal había empezado, concluía más bien con éxito. Debía sacar el mayor provecho posible de lo que esta le había procurado. Un objeto ritual de tal proveniencia debía de valer algo; seguramente mucho más que el fardo de lana que tuvo que dejar caer en Xianyang. En cualquier caso, no sabía mucho sobre ese tipo de objetos como para poder negociar apostando fuerte con un aficionado.

De forma natural pensó en Lu Buwei, al comprender que —por una vez con la suerte a su favor— estaba en poder de un bi ritual de tamaño excepcional y tallado en una piedra de jade de un color realmente extraño, aunque no podía ni de lejos imaginar su valor.

Al finalizar la jornada de marcha a través de los campos, por miedo a que volvieran a dar con él, Diente Fácil ya tenía listo su plan. Le bastó con recordar las historias que había oído en la posada del Mono Negro: la de Lu Buwei, el mercader, el que era tan rico, y la de la sacerdotisa médium del monte Huashan, que sabía hablar con los dioses porque poseía el secreto de las botas «con suelas de viento».

Ya que no podía obtener el secreto de las famosas botas, ¿no era más sencillo intentar vender el disco de jade al tal Lu Buwei a cambio de una buena suma? No obstante, para que el mercader accediese a pagar el precio más alto posible, Diente Fácil debía saber algo más sobre el valor de aquel objeto ritual. Y ahí era donde la maga del monte Huashan podría ayudar… Alguien que sabía fabricar calzados con los que se podía sobrevolar las montañas, sin duda alguna sería capaz de proporcionar algo de información sobre un objeto del tipo de ese disco negro.

El plan que Diente Fácil diseñó le había satisfecho mucho más de lo esperado. Había conseguido todo lo que deseaba, tanto de la sacerdotisa como del mercader.

Alentado por el desenlace de su plan, pensó en que solo debía volver a buscar el resto de objetos que se había visto obligado a dejar en la tumba cuando lo sorprendió el dragón que escupía llamas. Con lo que allí había, podía convertirse en un hombre muy rico. Si Lu Buwei había accedido a pagar treinta taeles de oro por un simple disco, ¿qué no estaría dispuesto a pagar por todas esas joyas extraordinarias que lo aguardaban?

*

Empezó a vislumbrar las cimas de los cipreses de la necrópolis. Por fin llegaba a su destino. En un par de días, ya enriquecido, sería Diente Fácil, el Grandísimo, el Grandioso Gran Príncipe de los Salteadores... La sacerdotisa médium del monte Huashan, a la que se apresuró a consultar acerca de su descubrimiento, ¡sí que dio en el clavo cuando predijo gloria y fortuna al que tuviera el honor de poseer el bi negro constelado!

A Diente Fácil —por una extraña razón que reflejaba, en realidad, una profunda inconsciencia— apenas si le impresionó aquella mujer que lo esperaba a la entrada de su gruta al pie de una cascada inmensa. Cuando le mostró el bi, preguntándole con un aire que no podía ser más torpe y necio cuánto podía valer aquello, la mujer examinó un buen rato el disco de jade. Después observó a Diente Fácil con sorpresa, preguntándose sin duda cómo lo habría conseguido.

—Es un objeto muy singular y está dotado de grandes virtudes. Hace inmortal al que lo posee y le otorga la gloria —dijo simplemente ella.

Diente Fácil preguntó entonces a la sacerdotisa en qué se basaba para hacer dicha afirmación. Ella respondió con frases cuyo sentido se le escapaba y él se limitó a quedarse con algunos trozos que memorizó concienzudamente. Le importaba un bledo no entender nada de las enigmáticas palabras de la sacerdotisa. Solo tenía que fingir que estaba diciendo cosas inteligentes cuando se encontrara ante el mercader.

De las frases que pronunció la mujer en referencia a las estrellas micáceas del disco de jade, recordó la expresión «el Caos original de Hongmeng que en su centro es el embrión de un polluelo amarillo». Diente Fácil reconstruyó mentalmente la fórmula palabra por palabra y la repitió sin cesar para no olvidarla. Así fue como pudo soltársela a Lu Buwei con naturalidad sin entender ni gota, y sin que este último se percatara de ello.

A continuación, la sacerdotisa médium besó con fervor y prolongadamente ambas caras del objeto ritual, se lo devolvió sin decir palabra y acto seguido regresó a la gruta, al fondo de la cual Diente Fácil percibió lo que parecían ser las alas de un loro verde.

Una vez hubo obtenido la opinión de una experta, el resto fue un simple juego de niños. Bastó con exhibir el disco de jade en el mercado de Handan, adonde solía acudir Lu Buwei. El cebo hizo milagros... Todo se desarrolló como había previsto, incluso mejor.

Diente Fácil estaba convencido: allí en lo alto, en el cielo, la buena estrella de los maleantes de su calaña lo protegía. Ya se veía a sí mismo relatando todas esas fabulosas y maravillosas aventuras a sus antiguos compañeros de desgracias en la posada del Mono Negro.

Al entrar en el cementerio, cuya tumba principal supuestamente lo convertiría en un hombre dichoso y rico una vez la saqueara, estaba tan ocupado felicitándose a sí mismo y soñando en su propia gloria que no se percató de las sombras inquietantes que lo aguardaban en silencio, agazapadas tras la puerta de la entrada.

Y menos aún podía saber que no saldría con vida de aquella tumba real a la que había regresado tan dichoso.

2

EL ANCIANO REY ZHONG DESPERTÓ TRAS UNA NOCHE DE tremenda angustia en la vasta estancia, austera y sombría, en cuyo suntuoso artesonado de madera dorada volaban, como en el de la tumba saqueada por Diente Fácil, fénix rojos con alas desplegadas. Alzó la vista al techo y, al constatar que las bellas aves rojas seguían allí, suspiró aliviado.

Como cada mañana, el anciano rey de Qin temía haber muerto mientras dormía, lo que le ponía de pésimo humor.

Las noches y los despertares son difíciles para los que viven obsesionados con la idea, aterradora a su entender, de que algún día pasarán a mejor vida. Cuanto más viejos y débiles, más se acerca el final y mayor es el miedo que le tienen. El sueño se convierte así en un calvario.

De hecho, Zhong era de los que opinaban que dormir era un poco como morir.

El anciano, sentado sobre la inmensa cama con largueros de madera exótica que perfumaban el ambiente de la estancia, se cubrió las largas y esqueléticas piernas con una gruesa colcha de cibelina color miel. Después, hizo sonar una campanilla de plata. Acto seguido, plegado en reverencia, con la mirada del que espera lo peor, el Gran Chambelán Camino Adelante, que había estado aguardando expectante ese momento al otro lado de la puerta, entró precipitadamente en la estancia de su príncipe.

Camino Adelante era un eunuco solícito. Conforme a un reglamento implantado por el rey Zhong, solo un castrado tenía derecho a penetrar en la intimidad de los aposentos del soberano para asistirle después del despertar. Su Majestad, a quien la vejez había tornado desconfiado en extremo, promulgó además otro edicto por el que se prohibía a cualquier persona acceder a sus aposentos sin su previo acuerdo.

El Gran Chambelán Camino Adelante llevaba al servicio del anciano desde que este cayera enfermo y comenzara a pasar la mayor parte del día lamentándose de su avanzada edad. Se quedaba dormitando en la cama durante horas. Si bien había que aseverar que se encontraba meditando. Cuando se sentía algo mejor, el único paseo que se permitía era una visita al Pabellón del Bosque de los Madroños.

Antes de convertirse en Gran Chambelán, para lo que se había visto obligado a sufrir la emasculación ya de adulto, Camino Adelante había dirigido la Oficina de Crónicas Reales de Qin, donde supervisaba la redacción de la historia oficial del reino, tal y como los sucesivos reyes deseaban expresamente que se contara. Fue durante el desempeño de esta delicada función —para la que era necesario saber navegar sutilmente entre los escollos del amor propio real y el celo por la veracidad de los historiadores profesionales— cuando el príncipe se fijó en la notable diligencia de Camino Adelante mientras este escribía la augusta crónica de sus magnas batallas y acciones virtuosas.

Cuando el rey Zhong, ya debilitado por la edad y la enfermedad, lo tanteó para saber si le interesaba ocupar el puesto de Gran Chambelán, no lo dudó un segundo. Cuanto más cerca se estaba del rey, más poder se adquiría. Y eso bien valía, pensó, un par de testículos.

Con todo, al perder sus atributos masculinos pasó por un calvario y a punto estuvo de morir. Tanta abnegación complació al rey, a quien nada le agradaba más que las muestras extraordinarias de devoción. Y aquel era uno de esos casos. Camino Adelante fue operado por Cuchillo Rápido, el cirujano jefe de los eunucos quien, con un raudo movimiento de mano —de ahí su apodo— del que solo él conocía el secreto, cercenaba los testículos de los jóvenes dispuestos a ingresar en aquella casta de réprobos con inmensos poderes, donde el vacío dejado por la cruel operación se llenaba con un admirable sentido de la intriga, aunque también de la camaradería, así como de un profundo deseo de poder, cuyos misterios los eunucos conocían a la perfección.

Cuchillo Rápido, a quien el nombre le iba como anillo al dedo, castraba a sus semejantes por manadas, como lo haría un veterinario con perros, gatos o caballos, sin ninguna precaución especial ni remedio alguno para paliar el sufrimiento. La operación del pobre Camino Adelante muy cerca estuvo de malograrse. Salió de ella casi desangrado por completo, y estuvo convaleciente durante largos meses en una villa en la montaña para recuperar las fuerzas perdidas.

Desde que se convirtiera en eunuco, Camino Adelante, quien otrora fuese un hombre más bien atractivo, había engordado como una matrona en edad crítica. Los mofletes le colgaban como sacos de arena a cada lado del mentón afilado. Había perdido el pelo (llevaba peluca), y los ojos se le hundían en el océano de grasa flácida en que se había transformado el rostro. A fin de estilizar su figura, se desplazaba sobre altos zuecos de madera que resonaban como carracas sobre el pavimento de mármol blanco de la cámara real. Iba siempre vestido de seda roja de los pies a la cabeza, y solo el ribete de armiño de su túnica acolchada destacaba virginalmente en la imponente masa carmín de su silueta.

Las funciones propias del Gran Chambelán del rey no daban un momento de respiro. Para empezar, debía catar la comida del soberano para detectar si era salubre. Además, al ser el colaborador del rey que mejor conocía sus intimidades, el poder que dicha proximidad le confería sobre los demás podía volverse en su contra en cualquier momento. Era, por tanto, uno de los cortesanos más temidos, pero también de los más expuestos a los celos y las cábalas. Un buen día —y esto ya les había sucedido a otros— podría acabar por enfadar al rey o, cuando menos, incomodarlo.

Por ejemplo, cuando Camino Adelante veía al monarca en alguna postura no precisamente favorecedora, temía lo peor. En un abrir y cerrar de ojos, podía pasar de colaborador indispensable a testigo incómodo. Y ese sería su fin. Así pues, había asistido a numerosas escenas que ni siquiera había visto ni, por supuesto, referido a nadie.

Camino Adelante, que servía las veces de confidente, camarero y secretario de Su Majestad, llevaba, pues, una vida más peligrosa y difícil de lo que podría parecer a simple vista.

Nada más entrar en la cámara real, y sin darle apenas tiempo para hacer su ritual pregunta «¿Su Alteza ha dormido bien?», el anciano ya estaba lanzando su acostumbrada queja:

—¡Me ahogo! Tráeme el vaso de agua y la píldora de cinabrio.

Sin dilación, Camino Adelante se apresuró a buscar una de las píldoras que el ilustre sacerdote taoísta Wudong preparaba para el monarca incorporando unas gotas de óxido de mercurio a polvo de jade, y se la entregó al rey junto a un gubilete de agua.

—¿Qué sería de mí sin esta píldora de inmortalidad...? Por cierto, ¿quedan aún? —preguntó el anciano, observando cómo el rostro del Gran Chambelán se descomponía.

Camino Adelante, que había empezado a sudar la gota gorda, sacudió la cabeza en un desesperado gesto de negación mientras mostraba a Su Majestad el pastillero de bronce desesperadamente vacío.

En otra época, una metedura de pata de tal índole hubiera costado a su autor una inmediata degradación del puesto y, como poco, unos cuantos varazos de bambú frente a la servidumbre del soberano para desprestigiar a semejante torpe. Pero esos años quedaron atrás, y el anciano que de joven había sido capaz de matar un oso pardo con sus propias manos y domeñar, sin ayuda alguna, al más rebelde pura sangre de las estepas del norte, aquel valeroso guerrero que tiempo atrás no desdeñaba sentenciar la batalla blandiendo un arma blanca, ante la admiración de su soldadesca, no era ya sino su propia sombra. Sus accesos de cólera, que otrora podían llegar a ser telúricos, ahora no tenían mayores consecuencias. Su temperamento, al igual que su memoria, flaqueaba. El anciano Zhong era capaz de ponerse como una furia y, segundos más tarde, olvidarlo todo.

Cuando se pierde la memoria, uno se vuelve irremediablemente menos severo, ya que olvida las faltas de los demás.

Ni que decir tiene que los allegados del rey, Camino Adelante el primero, se beneficiaban de dichas pérdidas de memoria cada vez más frecuentes y que, después de todo, les hacían la vida más fácil que antes.

El anciano rey se contentó con esbozar una mueca: ya se había olvidado de amonestar al Gran Chambelán por el pastillero vacío.

—Haz venir a *quien tú sabes;* ha de estar en su casa. Siento un dolor agudo en el corazón. Así, de paso, traerá mi ración de píldoras de inmortalidad.

El Gran Chambelán, feliz por que la tormenta no se hubiera abatido sobre él, asomó la cabeza por la antecámara donde, día y noche, cuatro ordenanzas reales, con los sables desenvainados, velaban por la seguridad de su príncipe. Llamó al jefe, que lucía en el cuello del uniforme estrellas de oro de mayor tamaño que las del resto.

—Cese de la Línea Recta, Su Alteza reclama la inmediata presencia de quien tú sabes. Corre a su casa y hazle venir ahora mismo. Que traiga sus píldoras.

Los ordenanzas permanecían inmóviles y petrificados cual estatuas. Tan solo las relucientes hojas broncíneas de sus largos sables con mangos de jade en forma de garras de rapaz temblaban imperceptiblemente.

—Como siempre, nadie ha de enterarse de esta visita. Harás entrar a quien tú sabes por la puerta secreta del Gineceo Central.

Camino Adelante acompañó la orden con su amenaza habitual: «¡Ya conocéis el castigo en caso de desobediencia!», e hizo el elocuente gesto de deslizar el canto de la mano de izquierda a derecha en perpendicular al cuello.

Cese de la Línea Recta tomó impulso y desapareció por la extensa galería que llevaba de las estancias del rey, pasando por interminables patios plantados con árboles de las especies más exóticas, a la puerta secreta del Gineceo Central. Por allí se podía entrar y salir del Palacio Real sin ser descubierto.

El viejo soberano salió del lecho y se acercó a la amplia ventana que se abría sobre los tejados de la capital de su reino.

El aposento ocupaba la última planta de su residencia privada, la cual estaba ubicada en el extremo más apartado del

Palacio Real. El elegante edificio que dominaba la parte baja de la capital de Qin, construido con ladrillos de adobe revestidos de mármol rosa y gris, se erigía en la zona más alta y recóndita de aquella plaza fuerte rodeada de imponentes murallas que los habitantes de Xianyang llamaban *villa alta* y no *palacio real,* ya que en verdad parecía una auténtica ciudad, con sus calles, patios y plazas, de no ser por que el público tenía prohibida la entrada.

Únicamente se podía acceder al Palacio Real por tres majestuosas puertas vigiladas por condenados que no habían salido demasiado mal librados de las garras de la justicia puesto que, en lugar de la cabeza, solo les habían amputado los pies. Dichos porteros reales, cuya eficacia residía en la mutilación que les impedía moverse de su puesto, eran los encargados de alertar a los guardias que, armados hasta los dientes, emergían en cuanto un intruso intentaba penetrar en el santuario donde el rey comía, bebía y dormía alejado de las miradas de la población. Desde su confinamiento voluntario, amparado por una etiqueta que le privaba de casi cualquier contacto con sus súbditos, el soberano reinaba sin ser visto.

La ventana de su aposento era la única forma que el anciano rey Zhong tenía de observar el ajetreo de su pueblo en las calles de la suntuosa ciudad de Xianyang, la capital que sus ancestros desearon construir a orillas de la margen norte del caudaloso río Wei, cuyos rojizos meandros limosos serpenteaban perezosamente al pie de las montañas, a las que la luz rasante del sol, ahora matinal, transformaban por la noche en sombras azules.

Zhong observaba, hasta que se perdían en el horizonte, cómo los perfiles irregulares de los tejados pintados de alegres colores, con sus puntas curvadas hacia arriba y rematadas en «cola de golondrina», descendían con suavidad, cual peldaños de una majestuosa escalera, desde la parte alta de la ciudad hasta las praderas arenosas que bordeaban el río.

El anciano rey parecía sentirse un poco mejor. Soñaba despierto mientras contemplaba el lento despertar de la ciudad.

Todos comenzarían a salir. Los gallos cantaban y los caballos bufaban. En las calles, pronto se iniciaría el trasiego. Los vendedores ambulantes abrían los puestos donde los viandantes encontrarían brochetas de carne y tortas con las que alimentarse a esas horas tempranas del día en las que todos debían coger fuerzas. Colas de pedigüeños y litigantes empezaban a formarse ante los edificios públicos. En resumen: la orgullosa capital de Qin se disponía a vivir uno de sus días ordinarios, con sus calles ajetreadas, sus mercados rebosantes de carnes y verduras, sus rateros a punto de comenzar la faena, sus timbas repletas de alboroto y sus templos donde los sacerdotes se preparaban para celebrar los cultos.

Bajo el sol y el polvo, Xianyang se iba animando poco a poco y empezaba a adoptar la apariencia de un hormiguero.

—Alteza, quien vos sabéis aguarda en la antecámara. ¿Le hago esperar?

Camino Adelante había entrado en la cámara real de puntillas sobre sus zuecos de madera para no molestar al anciano, a riesgo de resbalar estrepitosamente. Tenía el aire servil y tímido de los sirvientes que, por pecar de excesivo celo, desatan la ira de sus señores con extrema frecuencia.

—No, no, hazle pasar… —suspiró el rey fatigado.

El hombre que acababa de entrar en la cámara real era sacerdote taoísta y se llamaba Wudong. Era tan alto como el rey, pero su madura edad le confería un aspecto mucho más fornido. Iba cubierto de la cabeza a los pies con una amplia capa negra de la que se despojó, haciéndola girar armoniosamente por el aire, nada más penetrar en la estancia.

Cuando se presentaba ante el rey, nada deleitaba más al ilustre sacerdote que esa teatral entrada tan a propósito con su persona.

Era un hombre de porte solemne. Tenía la cabeza totalmente afeitada, a excepción de una corta trenza que le nacía por encima de la nuca. Unos finos y larguísimos bigotes negros lustrados con cera pendían a cada lado de su boca pulposa. Llevaba los ojos perfilados con un trazo de tinta que acentuaba la acuidad de su mirada hipnotizadora. Tenía las manos alargadas y finas, y la punta de las uñas dura como un cuerno a causa de los productos que utilizaba para la alquimia. Sobre su pecho colgaba un bi tallado de esmeralda donde se entrelazaban los símbolos del yin y el yang. El cinturón de su túnica amarillo canario se cerraba con una ancha hebilla ovoide de bronce grabada con el carácter *dao,* que significa «Gran Camino».

Pronto haría tres años desde que el anciano rey comenzara a recibir en secreto al gran sacerdote de esa religión —la cual aún no gozaba oficialmente de derecho de ciudadanía en la corte de Qin— para que lo instruyera en los secretos de la inmortalidad.

—Esta mañana me encuentro mal. Me falla la memoria. Necesito hacer nuestro ejercicio de costumbre —gimió el anciano, al tiempo que indicaba con un gesto a Camino Adelante que lo dejara a solas con el ilustre sacerdote. El eunuco aceptó de mala gana.

Wudong extrajo de su bolsa un incensario de bronce del tipo *boshanlu.* Este tenía una tapa que representaba la montaña sagrada Kunlun, con forma de hongo invertido, mientras que su vasija trípode simulaba el sapo que supuestamente vivía en la luna… Era allí, se contaba a los taoístas, en dicha montaña extraordinaria, donde la Reina Madre de Occidente, la Gran

Diosa del Poniente y de la Muerte, invitaba a los iniciados a degustar los Melocotones de la Longevidad que esta servía durante un suculento banquete.

A continuación, pronunció con voz cavernosa:

—«Tras miles de años, la esencia de la sangre se transforma en piedra preciosa; la del pino en ámbar amarillo, en piedra verde o en tortuga recostada».

Nada más entonar la fórmula que le permitía conectar con los elementos primordiales, Wudong encendió un pequeño fuego y sopló las brasas. Luego, esparció una pizca de incienso por las ranuras de la tapa que hacían las veces de valles de la montaña Kunlun. De las laderas de la montaña de bronce comenzaron a emanar fragantes fumarolas. Entonces, indicó al anciano rey que se sentara más cerca del incensario para así respirar el humo que emanaba de la tapa con forma de montaña sagrada.

—Podemos comenzar por el ejercicio de memoria; después practicaremos el de respiración —explicó el ilustre sacerdote al anciano, quien asintió con la cabeza—. ¿Cómo se llamaba vuestra primera concubina, enterrada en su mausoleo de la necrópolis real? —preguntó Wudong con voz clara.

—Lo tengo en la punta de la lengua. Voy a decirlo... Lo diré en un momento —aseguró el anciano con vehemencia.

Pero no recordaba el nombre de su primera concubina, pese a sus ostensibles esfuerzos. El rey no lograba vadear su laguna de memoria. El tiempo transcurría y era incapaz de formular la menor respuesta. Y sin embargo, había amado apasionadamente a aquella mujer, quien le había dado un hijo varón que respondía al nombre de Anwei.

—Esta pérdida de memoria se me hace insoportable —se lamentó el rey preso de una desesperación que ni siquiera intentaba ocultar.

—¡Pasemos a la respiración! —propuso Wudong en un intento de hacerle salir de aquel atolladero.

El ilustre sacerdote, frente al rey, le taponó las ventanas de la nariz haciendo pinza sobre ellas con dos dedos. Hizo que inclinara la cabeza por encima del incensario, sobre el que acababa de rociar un dedal con polvo de menta, mientras le presionaba con fuerza el vientre ayudándose de la otra mano. Al cabo de unos instantes, el rey sintió que estaba al borde de la asfixia, que la cabeza le iba a estallar. Para no variar, pensó que iba a morir y su mirada se llenó de pánico. Lanzó un prolongado estertor.

En ese momento, Wudong relajó de golpe la presión sobre la nariz y el vientre del anciano, que tenía los ojos en blanco. Al sentir el efecto de la respiración mentolada que penetraba en sus pulmones, el anciano Zhong soltó un grito de liberación antes de comenzar a inspirar y expirar profundamente al ritmo que marcaba el sacerdote golpeando el talón de las botas sobre el suelo.

—El pecho y el vientre son como los palacios y las moradas; los cuatro miembros son los suburbios, y las articulaciones los funcionarios que ejercen la autoridad. Quien sepa gobernar su cuerpo, sabe gobernar un país —salmodió Wudong.

El ilustre sacerdote hizo repetir al rey la fórmula principal del canon taoísta que ayudaba a entender todo lo relativo al mundo y los hombres, según la cual el cuerpo humano es la reproducción en miniatura del universo, con el que ha de fusionarse en absoluta armonía.

El rey Zhong sonrió de repente. Empezó a gritar de alegría como el chiquillo que acaba de encontrar el juguete que ha extraviado.

—¡Me ha vuelto la memoria! El nombre de mi adorada concubina era Estrella del Sur. Ella es la que reposa en el mausoleo de la necrópolis real que se extiende más allá de los suburbios. Me dio un hijo, que elegí como rehén para la corte de Chu.

La enorme alegría por haber recordado a su primera concubina, fallecida durante el parto hacía diez años, despertó en Zhong unas ganas incontenibles de hablar sobre ella, por lo que el monarca se puso a narrar el relato de su amor. Su idilio comenzó cuando él aún era solo príncipe heredero del reino. La princesa Mei acababa de dar a luz al príncipe Anguo, y Estrella del Sur suplió con habilidad la ausencia de la primera esposa del rey, a quien la maternidad había alejado del lecho real.

—Tras su muerte, mi tristeza fue grande. Por fortuna, me dejó al príncipe Anwei, que siempre me prodigó su afecto. Cuando le dimos sepultura la colmé de presentes. Recuerdo su sepelio como si hubiera sido ayer... Encargué que dispusieran al pie de su cenotafio dos cofres repletos de objetos raros y valiosos, para que su vida allende las montañas de este mundo fuera más placentera. Hice que colocaran allí el bi de jade negro más hermoso que mis ojos hayan visto jamás. Era negro, decorado con minúsculas estrellas; al parecer, según nuestros sacerdotes, volvía inmortal a quien lo poseyera. Decían que simbolizaba el Caos original de Hongmeng —prosiguió entusiasmado con la energía del amnésico que recupera la memoria de golpe.

—¿Os referís al magma primigenio de color amarillo donde se origina y comienza el Gran Camino? ¿El Caos del que las santas escrituras cuentan que tiene el centro amarillo como el embrión de un polluelo y que anuncia el advenimiento de un emperador que será tan glorioso como lo fuera el magno Emperador Amarillo?

—No sé si el bi anunciaba el advenimiento de un futuro emperador... Lo que sí os puedo asegurar es que desde mi más tierna infancia siempre he oído a los sabios de la corte atribuirle las mayores virtudes.

Al pronunciar estas últimas palabras, al rey Zhong le sobrevino una idea que, por juzgarla descabellada, se abstuvo de compartir con Wudong. La apartó de su mente, pero dicha idea, tenaz, volvía a asaltarlo y se le aferraba.

Le atormentaba hasta tal punto que hizo un gesto al ilustre sacerdote para que se retirara. Quería estar solo para ahondar en ella. Entonces, «quien vos sabéis», después de repetir el giro en el aire con su capa negra, esta vez en sentido inverso, de la cabeza a la punta de los pies, abandonó la estancia.

Algo más tarde, mientras contemplaba su ciudad, en cuyas calles abarrotadas ya no cabía un alfiler, el anciano rey Zhong, más absorto que nunca en sus pensamientos, repasó la idea que acababa de tener. Le pareció no solo que era tan buena como cualquier otra, por lo que podía compartirla con los demás sin miedo al ridículo, sino que además era brillante y podría reportarle un inmenso provecho.

3

LA COLOCACIÓN DE LAS TABLAS DE BAMBÚ DONDE SE ESCRIBÍAN con estilete los caracteres para formar oraciones, las cuales, unidas, compondrían capítulos que al final conformarían un libro, era una tarea eminentemente delicada, sobre todo porque dichas tablas se contaban por millares.

El Muy Sabio Conservador del Pabellón del Bosque de los Madroños, que respondía al bello nombre de Consumación Natural, no permitía que nadie realizara dicha tarea. Era un letrado de pura cepa, reconocible por su aspecto discreto y elegante, el cabello perfectamente estirado y recogido en un moño y el estilete que colgaba de su ancho cinturón de cuero negro.

Desempeñaba importantes funciones en la corte de Qin. Por su edad y la vasta extensión de sus conocimientos, representaba a la vez la memoria y la cultura del reino. Excluido de la jerarquía por orden del rey Zhong, ostentaba rango de ministro, aunque nunca abusaba de título, y menos aún de estatus. Conocía de memoria todos los libros: los *Cuatro Libros* y los *Cinco Clásicos*, por supuesto, pero también cada recopilación histórica y manual de rituales, sin olvidar todas las cartas estelares y todos los mapas que la administración de los territorios había comenzado a elaborar para ubicar con mayor precisión las conquistas de Qin.

Consumación Natural era en sí mismo una biblioteca viviente. En su mente se almacenaban, casi al pie de la letra, los títulos de los miles de libros por cuya clasificación y mantenimiento debía velar. Su carrera era modélica. Había ascendido uno a uno los escalones que conducían, tras multitud de exámenes y concursos cada vez más difíciles, al anhelado título de letrado-funcionario. Incluso, hacía unos años, lo habían nombrado gobernador, el más joven de una provincia. No obstante, prefería la reflexión y el estudio a la actividad administrativa, y estaba encantado con el puesto que ocupaba en el reino. Era una especie de gran sacerdote de las letras y las artes, cuyo templo era el Pabellón del Bosque de los Madroños.

Aquel elegante aunque imponente edificio ocupaba una amplia explanada en la plaza central del Palacio Real. Los fosos profundos que lo rodeaban, decorados con plantas acuáticas cuidadosamente colocadas alrededor de rocas, constituían un auténtico lago en miniatura. En el agua clara de los fosos nadaban unas enormes carpas que los sirvientes encargados alimentaban tres veces al día.

El pabellón propiamente dicho era una gigantesca torre central de sección cuadrada, con un balcón de mármol blanco rodeando cada una de sus plantas, lo que rompía con elegancia la austeridad de los mampuestos de piedra ocre con los que había sido construida. La torre servía al mismo tiempo de biblioteca y de museo real. Por ello la llamaban la «Torre de la Memoria».

La biblioteca real ocupaba las cinco primeras plantas. En ella se encontraban todos los libros que por aquel entonces podían existir. El reino de Qin se había preocupado de recopilar, a lo largo de los años, todos los textos que empezaron transmitiéndose oralmente de generación en generación desde la noche de los tiempos, antes de que escribas especializados los transcribieran con sumo cuidado en miles de láminas de bambú que Consumación Natural se dedicaba a comprobar, seleccionar y ordenar. Así pues, la clasificación y mantenimiento de aquella biblioteca única, exhaustivos cuando menos, era un trabajo casi de leñador o de desbrozador. En cuanto a las estanterías, un lego simplemente habría creído, a primera vista, que se trataban de gavillas provenientes de la poda de un bosque de bambú.

La sexta y última planta de la Torre de la Memoria albergaba el museo de colecciones de Qin. Contenía más de cinco mil piezas catalogadas: oráculos de caparazones, jarrones y vasijas trípodes de bronce arcaicos, objetos rituales de jade, armas de todas clases y, por supuesto, joyas de oro y plata, algunas de las cuales databan de la dinastía Shang, yin e incluso Xia. Esto demostraba el interés y aprecio que los Qin profesaban por los vestigios de un pasado que hacían suyo para reforzar su propia legitimidad. El museo era, pues, el símbolo último del poder que los Qin continuamente demostraban mediante sus acciones militares.

La Torre de la Memoria se situaba en el centro de un patio cubierto de gravilla y rodeado de dos filas de madroños enanos plantados en jarrones de bronce. Dichas plantas fueron las que dieron nombre al conjunto arquitectónico. En las esquinas del patio se alzaban elegantes pabellones cuyos tejados en forma de paraguas se apoyaban sobre unas finas columnas de mármol rosa. Uno podía sentarse allí a admirar el lago en miniatura que formaban los fosos alrededor del edificio.

El Pabellón del Bosque de los Madroños se construyó siguiendo los avisados consejos de Consumación Natural, basados en las cinco direcciones que gobernaban el mundo desde el principio de los tiempos. Cada una correspondía a un emperador celeste de la Antigüedad. El letrado respetó escrupulosamente las enseñanzas del *Clásico de las montañas y los mares*, donde se describían con extrema precisión los supremos actos de los dioses y, sobre todo, su ubicación en las distintas direcciones del universo.

El edículo orientado hacia el Sur, asociado al color rojo y al verano, estaba consagrado al Yandi, el emperador del sol, que proporcionó a los humanos los primeros granos de cereal. El del Oeste, asociado al color blanco y al otoño, estaba dedicado al emperador Shaoshao, el padre del inventor del arco y las flechas. El del Este, asociado al color verde y a la primavera, se construyó en honor del emperador Taihao, que dio a los hombres los ocho trigramas y el fuego. El edículo del Norte, asociado al color negro y al invierno, se levantó bajo la égida del emperador Zhuanxu, que gobernaba los mares y el viento y enseñó a los hombres a respetar los ritos.

La quinta dirección, el Centro, asociado al color amarillo, estaba regida por el Emperador Amarillo, Soberano de la Tierra y Emperador del Cielo, y representada por la gigantesca torre central del edificio.

Este conjunto arquitectónico simbolizaba, por tanto, el mundo, sus colores, sus estaciones, pero también los elementos que lo constituían: el fuego para el Sur, el metal para el Oeste, la madera para el Este y el agua para el Norte. En cuanto al Centro, evidentemente se asociaba al elemento tierra.

Al atardecer, el rey Zhong solía marcharse a meditar al edículo orientado hacia el Oeste. Allí, sentado tranquilamente en un banco de piedra, acodado sobre la barandilla de mármol calada tal que un encaje, no se cansaba de admirar los saltos de las carpas gigantes que, en aquel preciso momento del crepúsculo, bajo la luz rasante de los últimos rayos del astro dispuesto a morir bajo el temblor azulado de las lejanas montañas, reflejaban todos los tonos del arcoíris.

Aquella tarde, el anciano se encontraba allí, sentado como de costumbre en su banco de piedra. Hizo un gesto a Consumación Natural para que se acercara.

—¿Cómo van tus investigaciones? —inquirió el soberano al letrado.

—¿Sobre cuál de ellas deseáis hablar? —preguntó con respeto el Muy Sabio Conservador, cuya actividad intelectual era desbordante.

—Pues de las que me interesan, claro está —dijo el rey Zhong con aire molesto.

—Aún no he logrado averiguar nada... —respondió finalmente el letrado con fastidio.

El rostro de Consumación Natural se entristeció. Hacía al menos tres meses que el anciano le había pedido que buscara en los mapas marítimos de la biblioteca el emplazamiento de las islas de los Inmortales. El letrado conocía a la perfección el tema; sin embargo, los mapas que había examinado no aportaron ninguna respuesta satisfactoria. Por el momento, su búsqueda había sido en vano.

La historia de dichas islas era, empero, harto conocida. Hacía mucho tiempo —en cualquier caso, mucho antes de que existieran los emperadores míticos de las cinco direcciones—, cinco islas maravillosas donde el jade y las perlas brotaban de los árboles se desviaron peligrosamente hacia el mar del Este, hacia un inmenso precipicio donde acababa el mar. ¡Había que actuar para preservar tales rarezas! Así pues, hicieron venir a unas inmensas tortugas gigantes para sostenerlas por debajo del agua e impedir que continuaran desplazándose hacia el vacío del precipicio. Mas dos gigantes estúpidos pescaron dos de las tortugas, de forma que pronto solo quedaron tres islas: Penglai, Yingzhou y Fangzhang, que siguieron flotando en el mar, ancladas a sus profundidades.

Estas eran las islas, las Penglai, a las que llamaban *las Islas de los Inmortales*. Con tan solo acostarse en ellas, no se moría jamás.

Y allí era donde el viejo Zhong, en sus delirantes sueños, deseaba ardientemente hallar refugio, a la sombra de aquellos árboles con frutos de jade que permitían escapar del paso del tiempo. Esto explicaba su ansia por obtener del letrado la citada información geográfica.

Por mucho que Consumación Natural mirara y remirara los mapas de la biblioteca, de abajo arriba, nunca descubría nada que se asemejase a aquellas tres islas. Cuantas más semanas transcurrían, mayor era la insistencia del rey. Ya empezaba a fastidiarle.

—¿Es realmente preciso limitarse a los mapas marinos? —probó a decir para justificarse—. He examinado todos los de la biblioteca y ha sido en vano. ¿No sería mejor buscar la pista de las islas en otros documentos?

—¡Adelante! Pero, ¿a qué documentos te refieres?

—¡Oh! No sé… ¿Por qué no en objetos que daten de la época en la que se hundieron las dos islas? —precisó el letrado, sin parecer tampoco muy convencido de lo que acababa de proponer. Para su gran sorpresa, el rostro del anciano se iluminó. Las palabras de Consumación Natural justo le recordaron la idea que le rondaba la cabeza. El anciano se levantó y llamó a Camino Adelante, que conversaba con los sirvientes encargados de alimentar a las carpas gigantes.

—¡Haz llamar a quien tú sabes! Lo quiero en mi aposento en una hora —ordenó el viejo Zhong a su Gran Chambelán.

Acto seguido, se despidió cortésmente del Muy Sabio Conservador, el cual hizo una reverencia, y se dirigió con paso más ágil que de costumbre a su cámara real.

*

El ilustre sacerdote Wudong vivía con su acólito, Zhaogongming, en un inmenso edificio medio derruido en los límites de un barrio residencial al sur de Xianyang. El Palacio de los Vientos, que así se llamaba, se erigía en una especie de terreno baldío que nadie pisaba nunca por miedo a cruzarse con los fantasmas que, según se creía, poblaban el edificio, ya que su nombre significaba «abierto a todos los vientos».

El relativo aislamiento del Palacio de los Vientos, que no lindaba con ningún otro edificio, permitía a los dos hombres dedicarse con toda tranquilidad a sus cultos y sus experimentos alquímicos. De vez en cuando, del tejado salía el humo de alguna explosión, por lo que la gente del barrio decía que en aquella sombría y lúgubre casa habitaba el dios del trueno y el fuego.

Al regresar del Palacio Real, adonde el viejo Zhong lo había convocado, Wudong encontró a su acólito machacando concienzudamente cinabrio y cal viva en un mortero de mármol. Zhaogongming era tan pequeño y enclenque como Wudong fornido. Era más bien afeminado y hablaba con marcados gestos y movimientos. Su propensión a alzar la vista ante la menor contrariedad hacía reír para sus adentros a sus interlocutores. Vestido siempre con un sayal negro, asistía con ademanes de vieja sirvienta al ilustre maestro cuando este practicaba los ejercicios taoístas o realizaba pruebas de alquimia.

Fue el padre de Zhaogongming, iniciado también en el Gran Camino, quien antes de morir confió a su hijo, siendo este aún muy joven, a su amigo, el ilustre sacerdote. Así pues, Wudong consideraba a Zhaogongming su hijo espiritual y no le ocultaba ninguno de sus secretos.

—¿Quedan aún caparazones de tortuga? —preguntó Wudong al acólito.

—Me parece que quedan tres. ¿Puedo saber para qué los quieres? —respondió este, al tiempo que sus cejas adoptaban la forma del carácter *ren,* que significaba «hombre» y se dibujaba como un pequeño sombrero de forma cónica.

—Ve a buscarlos mientras enciendo la hoguera —continuó diciendo el ilustre sacerdote sin responder a la pregunta.

Dada la cara de sorpresa de su ayudante, Wudong le contó el objeto de la entrevista que acababa de tener:

—El rey quiere saber si es posible mandar a buscar un objeto ritual de una tumba y me ha pedido que pregunte a los dioses sobre este asunto. Según afirma, ese disco de jade otorga la inmortalidad. Extraño, pero es así...

Este creía más en las virtudes del cinabrio que en las del jade, ya que era imposible ingerirlo al no ser polvo.

No obstante, Wudong prosiguió su relato: el rey necesitaba los oráculos de *jiaguwen* para saber si podía mandar a buscar el bi negro constelado que ordenó colocar en el mausoleo de su bien amada Estrella del Sur. El soberano, impaciente por obtener una respuesta, había dado al sacerdote dos días para averiguarlo.

—¡Es un asunto importante! No hemos de errar en la interpretación de los ideogramas aleatorios que las llamas escriben y los hombres leen —concluyó Wudong.

—En tal caso, será mejor utilizar un caparazón de tortuga en lugar de un hueso plano de omóplato de ciervo o cordero. Aparte de que se resquebrajan mucho más rápido cuando se colocan sobre el fuego, los jiaguwen que aparecen sobre los caparazones son de calidad superior y más fáciles de descifrar —decretó el acólito como si se tratara de una vulgar receta de cocina.

Con un contoneo fue trotando hacia un pesado armario y volvió con tres caparazones abombados como cascos, polvorientos y grisáceos, en los que aún se percibían los nervios de las placas.

En la pared del fondo de la oscura sala se abría un hueco que formaba un pequeño fogón. Wudong había encendido un fuego con leños al que añadió carbón para aumentar la temperatura. Mientras tanto, Zhaogongming había colocado a los pies del muro, junto al fogón, su incensario boshanlu. Cuando las brasas estuvieron al rojo vivo, depositó tres en el quemador con sus propias manos, y luego salpimentó todo con una mezcla de inciensos y especias aromáticas.

Entonces, el ilustre sacerdote cogió el primer caparazón; a continuación, tras cerrar lentamente los ojos, lo puso sobre la hoguera sin dejar de sostenerlo, inspirando a pleno pulmón las embriagadoras fumarolas que se escapaban del quemador. No parecía percibir el calor abrasador que, tras prolongados minutos, empezaron a despedir las finas grietas de la cara interna del caparazón del animal. Cuando se oscureció la superficie, retiró el caparazón de la hoguera y, aún humeante, lo dispuso sobre la mesa. Después procedió de la misma manera con los otros dos caparazones. Una vez finalizada la operación, la oscura sala se inundó de un olor acre a concha quemada.

Ya solo tenía que descifrar los jiaguwen, aquellas grietas que se asemejaban a ideogramas que el fuego escribía sobre la concha.

Wudong y Zhaogongming situaron frente a ellos los tres caparazones y se inclinaron sobre estos con atención, examinándolos y analizándolos de arriba abajo. Se disponían a pasar largas horas estudiando la concha ennegrecida por las llamas para descifrar los extraños mensajes que estas habían grabado sobre el caparazón.

*

—¡Su Majestad, los oráculos parecen positivos!

Wudong llevó los tres caparazones de tortuga ennegrecidos por las llamas para mostrárselos al rey.

—Mirad esto, ¿no es este el carácter del Sur? —preguntó Wudong al soberano señalando con el índice una minúscula grieta en uno de los caparazones.

Zhong, con la mirada alicaída, no era capaz de descifrar nada en absoluto. Sin embargo, le dio la razón.

—¡Y esto es aún más extraordinario! ¿No veis la frase en letras de fuego: «El camino está despejado»? —añadió el ilustre sacerdote señalando con gesto triunfal el borde inferior del segundo caparazón.

El rey se inclinó, mas no vio nada; no obstante, contento por lo que acababa de oír, volvió a asentir.

—Entonces, es cierto que en este hueso de tortuga está escrito que no cometo una mala acción si mando buscar el bi negro constelado de la tumba de mi primera y amada concubina —se dijo dichoso el anciano Zhong como si acabara de descubrir un inmenso tesoro.

¡Esa era entonces la idea que le rondaba por la cabeza! Estaba exultante por haber tenido tan buena intuición. No le cabía duda de que los dibujos formados por los nervios del jade del disco negro formaban el mapa que permitiría dar con las islas de los Inmortales. Se embarcaría en un buque para llegar hasta allí. Así viviría diez mil años y su memoria permanecería intacta.

Wudong tenía, pues, ante sí a un anciano alegre y con el vigor devuelto.

—Podemos afirmarlo sin temor a equivocarnos: Su Majestad no comete ninguna mala acción mandando buscar el objeto ritual —respondió el ilustre sacerdote con una reverencia.

Entonces, el rey hizo llamar al jefe de los ordenanzas reales, Cese de la Línea Recta. Mientras tanto, Camino Adelante, encaramado a su montaña carmín, permanecía a la entrada de los aposentos del rey retorciéndose las manos, resentido por que su rey no le hubiera mandado llamar a él.

—Te encomiendo una misión confidencial —anunció Zhong al ordenanza jefe—. Irás a la tumba de Estrella del Sur y tomarás un disco de jade negro que necesito a toda costa.

—¡A vuestras órdenes, mi rey! —exclamó Cese de la Línea Recta, a quien el Gran Chambelán ordenó con una mirada furiosa abandonar los aposentos donde los ordenanzas nunca entraban.

El sacerdote se disponía a salir a su vez de la habitación cuando el anciano lo detuvo.

—No te marches aún. Ahora querría confiarte un secreto que me pesa en el corazón. —Y añadió con el rostro ensombrecido por la nostalgia—: Eres el único al que puedo confiárselo. Después de todo, ya compartimos bastantes secretos…

Sentado en un sillón algo más bajo que el del rey, Wudong, que había colocado los tres caparazones a sus pies, escuchó el relato del viejo Zhong.

Habían pasado más de quince años desde que Zhong encontrara el amor y lo dejara escapar. Por aquel entonces, tan solo era el príncipe heredero del reino, y la mayoría del tiempo lo pasaba guerreando junto a sus hombres en el campo de batalla. Su padre, para ponerlo a prueba, le había confiado el mando del ejército del norte, encargado de defender las fronteras del reino por aquel flanco.

Los hechos sucedieron en una aldea al noreste de Qin que servía de puesto fronterizo. Fue allí donde instaló a su ejército en guarnición, a la espera de que finalizara el invierno, el cual estaba siendo especialmente crudo aquel año. Los campesinos de la región criaban ganado bovino y cultivaban cereales cuando las escasas lluvias permitían regar la tierra. En torno a aquella aldea con casas excavadas en la meseta de Loess, se alzaban bellas colinas anaranjadas donde se podían cazar ciervos y jabalíes. Era una de las pocas ocupaciones interesantes, junto con los ejercicios de tiro con arco, a las que Zhong se dedicaba todas las mañanas.

Una tarde, cuando regresaba solo de una batida infructuosa, sus pasos lo llevaron a un lugar desconocido: se había perdido. Se desató una fuerte tormenta acompañada de lluvias torrenciales que cubrieron árboles, rocas y caminos de un loess amarillo canario. Acorralado por los rayos, halló refugio en la grieta de un alto acantilado. Era inútil intentar volver a la aldea, pues la lluvia y el viento eran demasiado fuertes. Más valía esperar hasta la mañana siguiente. Decidió dormir en la gruta, así que se puso a buscar un sitio con el suelo más llano.

Ya había avanzado unos pasos cuando percibió delante de él una bestia con un pelaje indefinido que se alzaba sobre las patas traseras. Creyendo estar ante un oso de las estepas, sacó su puñal para degollar a la bestia. Zhong, quien ya había matado animales de ese tipo con sus propias manos, se abalanzó hacia él y agarró lo que pensaba era su cuello para levantarle la garganta, inmovilizarle la cabeza y hender el puñal en la base de esta.

Cuál no fue su sorpresa al constatar que se trataba de un ser humano vestido con piel de cabra, quien, con un gesto enérgico, dejó caer la capucha de piel que le ocultaba el rostro. Entonces, creyó estar ante uno de esos *gui* o fantasmas demonios que a menudo adoptaban forma de animal, o incluso ante una de esas raposas hechiceras, que, según se decía, al cumplir los cincuenta años podían transformarse en mujeres, y a los cien en bellas muchachas.

Su asombro fue aún mayor cuando, tras lograr sujetar a la criatura contra el suelo, donde comenzó a arañarle la cara, descubrió que se trataba de una joven imponente con una mirada fogosa que lo escrutaba de manera desafiante y desconfiada. Constató, además, tras desnudarla por completo, que su figura grácil y bronceada, con senos firmes y vientre plano, no era desde luego la de una raposa... La liberó gustosamente. La joven volvió a ocultar de inmediato su admirable cuerpo bajo el manto de piel de raposa plateada.

Zhong examinó el lugar. El suelo de la gruta estaba cubierto de trozos de carbón apagados que formaban un largo surco negro. La chica permanecía de pie frente a él. Bajo el manto parecía una raposa centenaria. Tenía un aspecto adorable.

Una vez pasada la sorpresa de ambos, prorrumpieron en risas sinceras. La muchacha explicó al príncipe heredero que era una sacerdotisa médium que gobernaba la lluvia y las nubes. Por sus funciones, le estaba prohibido hablar con los aldeanos, por los que intercedía. Vivía cual ermitaña en aquella gruta y sobrevivía gracias a los habitantes de la aldea, quienes cada tarde depositaban ante su puerta los platos más refinados. Tan solo salía tres veces al año, con motivo de los *tres días de emboscada,* que coincidían con las canículas más fuertes y durante los cuales era transportada en un carro repleto de ofrendas por las calles de la aldea fronteriza, como si de una diosa viviente se tratase. En cuanto a los trozos de carbón apagados esparcidos por el suelo, eran los restos de las ascuas sobre las que la joven debía caminar todos los días bajo la luna, para mantener el contacto con los dioses del viento y la lluvia.

Desde la primera noche, alejados como estaban del mundo, la atracción carnal que sintieron de inmediato el uno por el otro los unió en seguida. Apenas se hubieron tumbado, hicieron el amor como animales jóvenes guiados por el instinto, sobre despojos de bestias salvajes a modo de lecho. Luego se adormentaron en un abrazo, enlazados en el calor de sus energías yin y yang, y no despertaron hasta el amanecer.

Aquel día, Zhong explicó a sus hombres que se había perdido y, temiendo las represalias de los aldeanos contra la muchacha, decidió que no compartiría con nadie en absoluto aquel tierno y dulce secreto.

Al día siguiente, en cuanto anocheció, Zhong, que conservaba el recuerdo indeleble de aquella primera noche en los brazos de la salvaje, regresó raudo y veloz. La mujer se mostró con aquel guerrero, cuyo nombre ni tan siquiera conocía, aún más sensual y afectuosa que la víspera. Guiada únicamente por el instinto, supo prodigarle infinitos placeres. Los labios sensuales y purpúreos de esta lo besaron con la fogosidad de una tigresa, mientras las manos de Zhong no se cansaban de acariciar el vientre de aquella mujer-tigresa que ardía de deseo y a la que llamó «mi dulce raposa». El príncipe heredero de Qin, que hasta entonces solo había conocido insulsos abrazos y las caricias apenas si más expertas de sus concubinas más avispadas, descubrió entonces el placer intenso de dos cuerpos respirando perfectamente al unísono. En cada encuentro con aquella mujer de sensualidad animal rozaba el éxtasis.

La sacerdotisa médium era preciosa. Tenía los ojos almendrados y la característica frente ancha de las jóvenes de las estepas. Sus cabellos color caoba despedían reflejos cobre. Cuando reía despreocupada entre los brazos de su guerrero desconocido, los pequeños y brillantes dientes formaban un collar de perlas en la boca carnosa y rosácea de su bello rostro.

Al final se confesaron sus respectivos nombres. Ella tenía un bonito nombre que reflejaba con gran acierto su naturaleza.

Pasaron las semanas, las noches de amor se sucedieron durante todo el invierno. La armonía de los dos amantes era cada vez más perfecta. Concentrado como estaba en cultivar aquel extraño amor que lo colmaba de gozo, Zhong había perdido la noción del tiempo.

Y la primavera, ese delicioso momento en que la savia de las plantas comienza a subir y los brotes eclosionan, llegó en un abrir y cerrar de ojos.

Una mañana, la joven anunció entre lágrimas al guerrero que esperaba un hijo suyo. Una sacerdotisa médium encargada de provocar la lluvia debía permanecer virgen, de lo contrario sería castigada con la muerte. Debían partir.

Zhong, profundamente enamorado, se apiadó de ella y la llevó a escondidas a la corte de Xianyang, donde dio a luz en secreto a una niña a la que llamaron Poderosa Estrella del Este: *Poderosa* porque su madre sabía gobernar la lluvia, *Estrella* porque tenía la belleza de una estrella, y *del Este* porque la niña fue concebida en la región más oriental del reino de Qin.

Tras el alumbramiento, la madre no tuvo más remedio que dejar al bebé con su padre, ya que la etiqueta en vigor por aquel entonces en la corte de Qin prohibía al rey tener hijos de otras mujeres que no fueran esposas o concubinas suyas.

Wudong escuchaba en silencio el relato del anciano cuyos ojos, al recordar aquel amor tan intenso e imposible, se habían anegado en lágrimas.

—¿Cómo se llamaba esa mujer? —preguntó el sacerdote con voz cordial—. Para saberlo en caso de que deseéis que consulte a los jiaguwen y así averiguar su paradero.

—Prefiero no saber qué ha sido de ella… Se llamaba Valle Profundo.

Al pronunciar el nombre, Zhong no pudo reprimir un sollozo.

El anciano mentía cuando afirmaba no saber qué había sido de Valle Profundo, mas le resultaba imposible contarle a Wudong la verdad pues, si bien minutos antes se había propuesto hacerlo, era demasiada la vergüenza que aún sentía por lo que realmente ocurrió.

Así pues, decidió dejar ahí su confesión. Wudong jamás sabría que un día, dos o tres años después de que naciera la niña, al poco de haber sido proclamado rey de Qin, Zhong se quedó estupefacto al constatar la presencia de Valle Profundo en la cola de los solicitantes a los que recibía durante las audiencias abiertas a todos sus súbditos, ya fueran hombres o mujeres.

Solo tenían que pagar una entrada a un contable de audiencias, a modo de impuesto especial, e identificarse ante un escriba-inspector que comparaba el nombre de los solicitantes con los que aparecían en los rollos del registro fiscal, pues solo se consideraba ciudadanos a los contribuyentes.

La muchacha se encontraba a escasos metros del trono y el rey, temiendo sobre todo un posible escándalo, se preguntaba cómo se comportaría aquella mujer a la que tanto había amado y cuál sería el motivo de su visita. A medida que se acercaba el turno de Valle Profundo, Zhong se iba sintiendo cada vez peor.

Fue entonces cuando, providencialmente, dos agentes irrumpieron en la sala de audiencias y detuvieron a la joven, cuyos gritos de desesperación resonaron en el techo lujosamente decorado de la sala.

—Esta mujer incumple la ley. El nombre que le ha dado al escriba no figura en ninguno de los rollos del reino —gritaron los hombres a modo de explicación.

Entonces, sintió un alivio cobarde y los dejó proceder apartando la vista.

Pero la última mirada que Valle Profundo le lanzó cuando los guardias la sacaron brutalmente a rastras, agarrándola por su hermosa cabellera, quedaría grabada para siempre en la mente del anciano rey, a quien aún hoy atormentaba aquel acto de cobardía.

Fue una mirada de desprecio, de tristeza, aunque también de odio. Durante meses, sufrió dolores en el vientre por aquello. El mismo dolor desgarrador, como un cinturón de fuego, que le volvía a asaltar precisamente al rememorarlo. Se decía a sí mismo que hubiera podido prescindir de aquel exceso de memoria que le devolvía a un episodio tan poco glorioso.

—¿Y la niña? ¿Qué fue de ella? —se interesó Wudong.

—Es una criatura encantadora, está estudiando... —empezó a decir el anciano—, ¡sí, aquí mismo, en la corte! —añadió con una sonrisa.

Siempre que pensaba en aquella niña a la que amaba con todas sus fuerzas, esbozaba una sonrisa.

—Estudia Derecho Público en el Colegio de Altos Funcionarios —precisó.

—Pero, ¿no es una escuela reservada a los del sexo yang? —preguntó el ilustre sacerdote sin dar crédito a sus oídos.

El rey, que no quería decir nada más, volvió a sonreír. Después, como si ya hubiera dicho demasiado al sacerdote, los párpados de aquel rostro apergaminado se cerraron.

Cuando Wudong se inclinó sobre el soberano, este ya dormía, agotado.

4

—TU CABALLO APESTA A SUDOR Y MUGRE. ¡LA PRÓXIMA vez te ganarás una buena tunda! ¡Pásame la rascadera!

Las inspecciones que el general Paz de las Armas realizaba a los acaballaderos del reino de Qin siempre acababan mal, sobre todo cuando este se mostraba tan hosco como irascible. Todos los palafreneros, domadores, mozos de establo y demás cuidadores, independientemente de su grado o rango, pensaban que el caballerizo mayor del reino, o para ser más precisos el Intendente General de las Caballerizas Reales del reino de Qin, estaba cada día más insoportable.

Así pues, el palafrenero, sin rechistar, alargó con mano temblorosa la almohaza a Paz de las Armas. Este último la agarró con brusquedad y se puso a cepillar el lomo del caballo mientras gritaba dirigiéndose a todos los presentes:

—¡Yo mismo te enseñaré a limpiar en condiciones un caballo!

En el gigantesco cobertizo de los Acaballaderos Reales, todos agachaban las orejas: desde los que, cabizbajos, limpiaban cascos hasta los que se refugiaban bajo una manta de montar o simplemente se agazapaban contra los tabiques de madera de los compartimentos... Cualquier cosa con tal de pasar desapercibidos y librarse de las increpaciones.

Aquel día más valía no ponerse a tiro del Intendente General Paz de las Armas.

La ira imprimía a este hombre un aire aún más atractivo. De mediana altura, el diestro jinete tenía las piernas zambas debido a la monta, una ligera deformación que le hacía parecer más bajo. Iba impecablemente ataviado con el uniforme ceñido de soldado de caballería, cuyas polainas de tela se sujetaban por unas correas de cuero que, cual serpientes, ascendían al asalto de la pierna. Pese a la ira, su rostro respiraba simpatía. Lucía una fina sotabarba. La frente alta resaltaba el noble porte de su cabeza, y la mirada, ligeramente triste, se iluminaba cuando lo vencía el enfado.

Paz de las Armas tenía sobradas razones para estar de tan pésimo humor. Por las funciones propias de su puesto era responsable de todo lo concerniente a los caballos del reino de Qin. Además, la escasez de caballos era ya tan alarmante que pronto tendría que desarmar a varios cuerpos del Ejército.

En aquellos tiempos, en efecto, el poderío de los reinos combatientes se medía inequívocamente por la magnitud de sus caballerías. Y el orgulloso reino de Qin necesitaba desesperadamente, más que ningún otro, hacerse con caballos.

Este gran Estado había elegido la vía de las armas. Se había expandido a fuerza de batallas encarnecidas y sangre derramada. Lo que en origen no fuera más que un rústico principado, cuya única riqueza estribaba en la saña con que sus hombres acometían la lucha, se había erigido poco a poco en un reino belicoso y conquistador que dominaba vastos territorios arrebatados a los vecinos rivales. Qin se había ganado así la enemistad centenaria de las potencias enemigas limítrofes, las cuales, al abrigo de las murallas de sus ciudades fortificadas, esperaban dar con una brecha que tardaba en aparecer, mas lo hacían con el corazón en un puño, ya que los ejércitos de Qin continuaban siendo los más temibles. Estos estados eran el riquísimo reino de Zhao, al este; el singular Qi, más al norte; hacia el desierto estepario, Yan, cuyos guerreros tenían fama de auténticas hordas salvajes, y finalmente, en el sur, los reinos de Chu y Wu, donde se llevaba una vida placentera gracias a la especial suavidad del clima, la cual propiciaba una naturaleza exuberante en marcado contraste con la aridez de las comarcas más septentrionales.

Y si faltaban caballos fuertes y valerosos en gran número, ¿cómo tirarían de los carros de combate de Qin, de las cuadrigas lujosamente decoradas con placas de bronce sobre las que se apostaban los valerosos generales para dar la orden de ataque, y de las pesadas carretas repletas de munición indispensable para derrotar al enemigo? ¿Cómo harían avanzar los indestructibles carros blindados, a prueba de piedras o fuego? ¿Y los del cuerpo de ingenieros, atestados de ballestas gigantes, palas, picos, estacas y andamios gracias a los cuales los ejércitos franqueaban los ríos durante las crecidas primaverales? Sin caballos, ¿qué sería de aquel ejército tan glorioso, cuyo renombre y magnas batallas engalanaban los poemas de los bardos de remotas comarcas?

Sin caballos, un ejército se veía privado del elemento que le proporcionaba toda su fuerza y movilidad. Los caballeros constituían la verdadera punta de lanza de las fuerzas militares. Eran ellos quienes, al galope y empuñando las armas contra el adversario, hacían posible las ofensivas fulminantes y victoriosas del reino de Qin. Más temidos aún eran los célebres arqueros a caballo, capaces de recorrer como relámpagos el campo de batalla para alcanzar el blanco con la precisión del águila que se abate sobre su presa.

En esta ósmosis absoluta entre guerreros y monturas, que los soldados conseguían con intenso entrenamiento, residía la auténtica superioridad de los ejércitos de Qin. Gracias a ella habían podido infligir dolorosas derrotas a sus poderosos vecinos.

La crisis de los caballos, que en principio pasó inadvertida, comenzó tres años antes. Pero desde hacía un año había cobrado proporciones francamente inquietantes. Las yeguadas reales ya no bastaban para renovar las generaciones de équidos, muchos de los cuales morían jóvenes en los campos de batalla. Paz de las Armas había prohibido expresamente que se emplearan yeguas preñadas en los combates, pero la medida se tomó demasiado tarde.

Lo que empezó siendo una penuria sin importancia que podría haberse compensado en parte mejorando las razas y las especies se había convertido en un problema tan acuciante que el propio rey Zhong había tomado personalmente cartas en el asunto.

Pidió a Paz de las Armas que le informara cada semana de la gravedad de la situación y de los posibles remedios. El Intendente General de las Caballerizas Reales vivía, pues, bajo una presión constante que había acabado arrebatándole el sueño. En pocos meses, este hombre, modesto y templado por naturaleza, afable con los demás, se había transformado en un cascarrabias desabrido al que sus hombres apenas si reconocían.

Aquella crisis de los caballos había debilitado las ansias guerreras de los ejércitos, lo que a su vez inició un peligroso engranaje: las victorias en el terreno se hacían más escasas; cada vez eran menos las ocasiones en que Qin podía capturar los miles de caballos que en ocasiones se podían conseguir en una sola batalla. Al no contar con semejantes botines, la cabaña equina menguaba sin remedio. El reino se encontraba en un callejón sin salida y Paz de las Armas se veía incapaz de hallar una solución milagrosa él solo.

Estaba convencido de que aquel asunto le costaría el puesto, la cabeza quizás, e incluso, aún peor, el honor.

Aquello lo había convertido en un hombre vencido y atenazado por el desasosiego.

De ahí que el general, para calmar sus encrespados nervios, se dispusiera aquella mañana a abofetear al pobre palafrenero, a quien cada vez le temblaban más las piernas. Pero en ese instante, sintió una mano sobre el hombro.

—El rey solicita vuestra presencia.

El Intendente General se volvió. El jefe de los ordenanzas, Cese de la Línea Recta, lo miraba con sumo respeto.

El palafrenero soltó un suspiro de alivio y aprovechó la oportunidad para escabullirse reculando de puntillas mientras Paz de las Armas, interrumpido en el momento justo, fingía serenidad desempolvando y reajustando las garras de tigre que los generales de caballería llevaban como charreteras.

Cuando accedió a la sala de audiencias, el general se sentía tan contrariado que no entendió de entrada el porqué del discreto gesto de amistad y ánimo que le dirigió el eunuco Camino Adelante.

Constató, con el corazón encogido, que su enemigo íntimo, el general Imperfección del Jade, se encontraba en la sala conversando con Su Alteza Zhong.

Paz de las Armas e Imperfección del Jade se detestaban cordialmente. Ninguno de los dos, empero, era superior en jerarquía al otro. Ambos ostentaban el rango de general del Ejército y dependían directamente del rey. Imperfección del Jade era comandante de las operaciones del Ejército de Qin. Era un hombre corpulento y gordo, inteligente y retorcido, perfectamente avezado en las intrigas de la corte. Tenía alergia a la crin de caballo y por ello no sabía mantenerse sobre una grupa. Pero esta particularidad en absoluto le impidió convertirse en comandante en jefe de los ejércitos del reino, ya que la compensaba con su maña diabólica y un fino sentido de la adulación impregnado de artería.

La rivalidad soterrada que enfrentaba a los dos hombres se inscribía en el propio antagonismo de sus respectivas funciones: la escasez de caballos perjudicaba a los ejércitos y, por ende, al cometido de Imperfección del Jade; la ausencia de victorias resultante, que privaba a Qin del botín de caballos aprehendido en las conquistas militares, no hacía sino complicar la labor de Paz de las Armas.

A esta animadversión frontal, que los llevaba a culparse mutuamente de la situación, se añadía otra de índole mucho más personal. Tenían caracteres tan enfrentados que a su antipatía recíproca se sumaba una profunda incomprensión.

—Paz de las Armas, ¿puedes hacerme un informe sobre el estado del delicado asunto de los caballos de Qin? —inquirió el soberano echado con desgana en su trono mientras Imperfección del Jade, que no cabía en sí de gozo, se disponía a asistir con delectación al interrogatorio de su enemigo íntimo.

—Desgraciadamente, no ha cambiado mucho en los últimos ocho días —contestó el caballerizo mayor fingiendo serenidad.

Extasiado con la respuesta, algo breve, Imperfección del Jade aprovechó para hundir un poco más a su rival.

—¡Dentro de ocho días volverás a decir lo mismo...! —Se volvió hacia el anciano monarca y añadió—: La situación se ha vuelto insostenible. ¡En menos de seis meses, mis ejércitos no podrán librar ni una insignificante batalla!

Paz de las Armas se enfureció. Allí estaba Imperfección del Jade comenzando a instruir su proceso. ¡Algún día se lo haría pagar a ese miserable! Pero mientras tanto debía encontrar una buena respuesta a las preguntas del rey.

—Majestad, sé por adelantado que la solución que os voy a sugerir os contrariará de tal modo que os negaréis en rotundo a contemplarla. Con todo, dado el punto en que nos hallamos, me parece que es la única.

Paz de las Armas calló por un momento y observó el rostro del anciano aguardando su reacción.

—¿Y bien? ¡Continúa...! —protestó este último enojado.

—¿Por qué no buscar los caballos allí donde los hay?

—¡Pero si ni siquiera tenemos bastantes para salir victoriosos de una batalla! —refunfuñó encolerizado Imperfección del Jade.

—Podemos encontrar caballos sin combatir —prosiguió Paz de las Armas marcando un leve silencio al final de sus palabras—. No hay más que comprarlos —añadió despacio, al tiempo que miraba al rey directamente a los ojos.

Entonces esperó, aguardando la reacción del soberano a aquella propuesta que, solo unos meses atrás, habría sido considerada una auténtica provocación.

Imperfección del Jade iba a intervenir, mas un gesto con la mano del rey lo impidió. Era evidente que los argumentos de Paz de las Armas habían dado en el blanco o, al menos, no habían dejado indiferente al monarca.

—¿Y quién podría vendérnoslos? —preguntó interesado el anciano rey a su caballerizo mayor.

—Alguien que vive en el reino de Zhao, en Handan. Vende caballos por millares. Creo que se llama Lu Buwei...

El general se cuidó muy mucho de sonreír; temía que el soberano pensara que había salido airoso con demasiada facilidad. No obstante, por la actitud del monarca, aparentemente positiva, comenzaba a vislumbrar una solución al problema que de tan pésimo humor le ponía cuando inspeccionaba los acaballaderos.

—¿Y cómo piensas contactar con ese hombre? ¿Estás seguro de que accederá a vender sus animales a un país en guerra con el suyo? —añadió Imperfección del Jade destilando rencor con una sonrisa malévola. El rey echó un capote a su caballerizo mayor.

—¡Si es mercader solo le importará el precio que le ofrezcamos! —exclamó estallando en una estruendosa carcajada.

Los presentes, boquiabiertos, no daban crédito a sus ojos al ver bromear al rey.

—¡Con los mercaderes siempre se acaba llegando a un acuerdo! —añadió el anciano de buen humor, reincorporándose ligeramente en su trono.

—Qingming se acerca. En dos meses, la Fiesta de la Primavera coincidirá con la gran Fiesta del Caballo. Para entonces confío en haberme puesto en contacto con ese hombre e invitarle a participar en la feria —concluyó Paz de las Armas, que parecía de repente aliviado.

Cuando salió de la sala de audiencias reales, tras haber devuelto a Camino Adelante el guiño que el eunuco le lanzara antes, el general se sentía algo más en paz consigo mismo, sensación que llevaba demasiados meses sin experimentar.

Ante él, al fondo del sendero de cipreses, se erigía la majestuosa Torre de la Memoria del Pabellón del Bosque de los Madroños, cual única columna de un templo con el cielo como tejado.

La armoniosa melopea de palabras de la antigua canción de la Fiesta de la Primavera le vino a la memoria:

> *¡Qingming! Sobre los campos tapizados de hierba y flores, llega el tiempo del almendro, el rayo y los aguaceros. Bajo los sauces, ebrios, duermen los paseantes…*

*

De vuelta en sus aposentos, tras pasar su acostumbrada hora contemplando las carpas gigantes de los fosos del Pabellón del Bosque de los Madroños, el anciano monarca estaba extenuado.

Arrastró los pies hasta la cama, se dejó caer sobre ella y se desabotonó la túnica. Le costaba respirar y se presionaba el vientre con las manos. Cuando su Gran Chambelán le colocó las almohadas bajo la nuca, el rey no se percató de la profunda contrariedad que reinaba en el semblante de su sirviente ni del sudor que le corría a raudales por el rostro.

—Tráeme una píldora de Wudong, me siento muy fatigado —le ordenó el rey con voz débil pasándose la mano por la frente.

—Majestad, Cese de la Línea Recta aguarda tras la puerta. Desea informaros sobre la misión que le habéis confiado —le murmuró tímidamente el eunuco a la oreja.

La respiración del viejo se hacía más y más ronca, mientras que el eunuco, por su parte, temblaba de los pies a la cabeza.

—¡Tráeme la píldora! ¡Ya! —repitió el rey crispado por no ser obedecido con suficiente rapidez.

El eunuco acató la orden. Temblándole todo el cuerpo, le tendió la píldora y un gubilete de agua perfumada. La montaña carmín era un puro hatajo de angustia, congoja y respiraciones entrecortadas que iba y venía sin control por la estancia, como una enorme mariposa nocturna que choca contra una lámpara de aceite. El rey cogió la píldora y el gubilete, cerró los ojos, masculló un conjuro que parecía más un borborigmo que otra cosa y, haciendo mohines, se tomó de un trago la pastilla de cinabrio.

—Cese de la Línea Recta… la misión que le habéis confiado… —farfulló de nuevo el eunuco.

—Pero, desgraciado, ¿de qué hablas? No he confiado misión alguna al ordenanza —aseveró, más calmado ya, el anciano rey.

Camino Adelante, patidifuso, contuvo la respiración unos segundos, tras lo cual lanzó una mirada incrédula a su señor y comprobó que acababa de quedarse dormido.

No se acordaba absolutamente de nada. Una vez más, la memoria lo había abandonado de golpe. La tumba de su primera concubina, el bi de jade… todo lo que le había tenido cavilando hasta la misma víspera había caído en un flagrante olvido. Camino Adelante apenas podía creerlo.

Entonces, de puntillas sobre los zuecos para hacer el menor ruido posible, temiendo que el anciano despertara y pudiera recobrar el hilo de sus pensamientos, el eunuco se dirigió lo más rápido posible a la antecámara donde Cese de la Línea Recta, postrado sobre un banco y con la cara desencajada, contemplaba dos posibles desenlaces para su vida futura: uno, favorable, en el que terminaría como conserje con los pies amputados; otro, menos halagüeño, sin cabeza sobre el cuello.

—Por fortuna ha perdido la memoria —susurró, al borde de la apoplejía, la montaña carmín al centinela desconsolado.

El eunuco se abstuvo de añadir que si el dios del olvido no existía, habría que inventarlo, de eso no le cabía ahora la menor duda.

El jefe de los ordenanzas salió al patio a tomar un poco de aire. Un profundo alivio deshacía el horrible nudo que le atenazaba el vientre desde el día anterior. No se había visto obligado a confesar al anciano rey el fracaso de su misión.

Porque la expedición a la tumba de Estrella del Sur había resultado una pesadilla.

Cuando llegó a la necrópolis con sus hombres, Cese de la Línea Recta constató que habían profanado la tumba y robado el bi negro constelado. Mientras ordenaban los objetos de oro y de jade desparramados por el suelo, oyeron unos cascos de caballo acercarse por el camino empedrado de la necrópolis. Se agazaparon y cuando el saqueador desmontó, justo a la entrada, pudieron sorprenderlo con las manos en la masa.

Se trataba de un hombre con cara de mono e incisivos de oro. Lo arrastraron sin miramientos a la tumba y lo torturaron para que desembuchara. El saqueador confesó haber robado y perdido luego el bi. Lacerado y exangüe por las profundas cuchilladas infligidas a su cuerpo, les propuso una ingente suma de dinero a cambio de su vida. En ese momento, Cese de la Línea Recta, preso de una locura asesina, estranguló furibundo con sus propias manos a aquel descreído que tan poco respeto mostraba por la intimidad de los difuntos y cuya alma merecía, a su juicio, acabar sus días en el fondo de las Aguas Amarillas.

Mas al darle muerte, eliminó la posibilidad de cualquier confesión que pudiera ayudarlo a localizar el disco de jade. Su exceso de celo había frustrado los fines que perseguía. Más que un error, había cometido una imperdonable falta.

Recordarlo aún le producía escalofríos.

Entonces, instintivamente, abrió la mano derecha. Se podía percibir el brillo maligno de los incisivos de oro que, en un arrebato de furia, había arrancado a Diente Fácil después de haberle estrujado el cuello hasta que los huesos produjeron el siniestro crujido que aún retumbaba en sus oídos.

—¿No te parece que sería mejor tirarlos? No creo que vayan a servir de mucho… —sugirió algo nervioso el Gran Chambelán del rey al jefe de los ordenanzas Cese de la Línea Recta.

5

Era la tercera vez ese día que el príncipe Anguo cubría de atenciones sensuales a Huayang. El hijo del anciano rey no se saciaba de los brazos deleitosos ni de los numerosos encantos de su joven y bonita esposa.

A decir verdad, ella lo merecía con creces. Huayang era la mujer más hermosa de la corte de Qin. Y con toda probabilidad la más inteligente. Plenamente conocedora de sus encantos, había logrado hacerse desear en todo momento por Anguo, más inclinado a la búsqueda del placer carnal que a las disciplinas austeras necesarias para el buen gobierno de un reino.

Su padre, Zhong, no lo excusaba en modo alguno a ese respecto. Le tomaba por el más pánfilo entre los pánfilos, y si hubiera descubierto los remilgos que su nuera hacía a su marido, justo cuando este le daba a entender que tras dos horas volvía a desear otro sorbo de su amor, la pésima opinión que le merecía su hijo no habría hecho sino empeorar.

Aquella beldad había desposado a su príncipe hacía tres años y el fuego de la pasión que Anguo sentía por su mujer, lejos de apagarse con el tiempo, había alcanzado la intensidad de los grandes incendios capaces de arrasar inmensas extensiones de estepa cubiertas por altas hierbas secas como la paja.

—Tu Sublime Puerta del Este alberga pensamientos primaverales, y mi Rama Roja Enhiesta, hechizada, se inclina hacia el origen de su embrujo —arrulló Anguo, cuya lengua buscaba introducirse en el delicioso orificio de Huayang.

Ante el pequeño sexo perfectamente depilado y perfumado de jazmín que Huayang, tan maravillosa como temible, sabía hacer vibrar cuando se lo pedían, el príncipe heredero se convertía de buen grado en poeta:

—Amo esta flor con la corola siempre entreabierta —prosiguió el príncipe heredero, sintiendo de nuevo en su bajo vientre la deliciosa ola de deseo de la que nunca se saciaba.

Huayang desplegó sus piernas estilizadas gimiendo de placer y arqueó sus senos puntiagudos. Miraba hacia otro sitio. Su Sublime Puerta del Este no abrigaba intención primaveral alguna por el príncipe Anguo; la princesa se amoldaba a la perfección a las formas de su esposo simplemente porque dominaba el mecanismo de abertura y cierre. Había aprendido a fingir placer.

De este modo, Huayang ofrecía su hermoso cuerpo, si bien no se entregaba. Anguo, por ejemplo, nunca había tomado su agua de mujer, y nunca lo haría. Encontraba sus maneras demasiado rudas y expeditivas. Sin embargo, conocía sus inclinaciones naturales y de ahí que lo tuviera comiendo de su mano. Huayang cumplía minuciosamente sus deseos, como una cortesana con un cliente más rico y generoso que los demás. Sabía, por ejemplo, que después de la lengua introduciría primero un dedo en su Puerta del Este, y luego otro, y que los giraría lentamente en el interior antes de llevarse la mano a la boca para degustar la esencia íntima de su esposa. El ungüento que la princesa se había cuidado de aplicar en su interior olería a canela. Anguo no distinguiría lo blanco de lo negro y pensaría que esa crema exquisita era la feliz consecución de sus habilidades amorosas y el fruto secreto del deseo que su esposa sentía por él.

—¿Quieres que haga el *Dragón Negro que penetra impetuosamente en la Mar Profunda* o que realicemos juntos el *Gavilán y la Oropéndola surcando los aires con sus alas desplegadas y firmes?*

La propuesta de Huayang llegaba tarde a propósito. Anguo, que se había aprendido de memoria un buen número de posturas del *Manual de las intenciones primaverales*, ya no podía contenerse. Tal era su excitación, que no tuvo tiempo de hacer ni el dragón ni el gavilán, sino que se desfogó rugiendo de placer apenas la Rama Roja hubo efectuado una tímida incursión en la Puerta del Este.

Después, como de costumbre, se adormeció en el acto y se puso a roncar. Tan pronto el príncipe heredero hubo consumado su hazaña, Huayang llamó a su camarera mayor, Alfiler de Jade, para que la peinara y maquillara de nuevo. No soportaba descuidar su aspecto. Desde por la mañana aplicaban con esmero polvos de arroz sobre su rostro de óvalo perfecto, en el que dos ojos verdes almendrados enmarcaban una pequeña nariz respingona. Asimismo, le gustaba que su abundante cabellera, que le caía hasta la cintura, permaneciera siempre perfectamente lisa y brillante.

Alfiler de Jade peinaba los cabellos de su señora con un peine de bronce cuando la alta silueta de la reina madre Mei, acompañada de una dama de la corte, apareció en la entrada de la habitación. La severa esposa del rey Zhong ordenó con sequedad:

—¡Anguo! ¿Dónde estás? ¡Ven aquí! Deseo hablarte.

A modo de respuesta, solo escuchó los sonoros ronquidos de su hijo disfrutando, tumbado boca abajo y con la cabeza sobre almohadones, del reposo de un guerrero.

Le reina madre esbozó una mueca de asco. Huayang apenas si la miró, fingía limarse las uñas. Huía como de la peste de aquella mujer anciana, además de madre acaparadora y celosa, que vigilaba a todas horas de la noche y el día las idas y venidas de su hijo, que espiaba sus actos y gestos carcomida de rencor por la pasión irrefrenable que este sentía por Huayang, consumida por la espera de ese heredero varón que no acababa de llegar.

—Aún necesita descansar —contestó lacónicamente Huayang a su suegra, quien se lanzó sobre su hijo y lo empezó a zarandear hecha una furia para despertarlo.

—¡Anguo! ¡Despierta y persónate en mis estancias! —conminó la madre al hijo con tono perentorio antes de dar media vuelta y marcharse, seguida de la dama de la corte, sin tan siquiera dignarse a saludar a Huayang.

Cuando Anguo pasó por delante de Huayang para ir al encuentro de su madre, la joven se cuidó de dejar entrever, por la abertura de su pantalón de vaporosa seda, el delicioso botón rosa de su Puerta del Este, de color tan suave y forma tan delicada que hacía pensar en una perla. Así era como conseguía mantener vivo su deseo.

El príncipe heredero aún pensaba en esa preciosa y excepcional perla cuando llegó a las estancias de su madre. Esta se encontraba en el jardín de recreo, sentada al borde de una pequeña fuente hecha de rocas. Su ensoñación duró poco, ya que su madre, fulminándolo con la mirada, fue directa al grano.

Su voz sonaba autoritaria, al igual que la mirada que dirigía a su hijo.

—Anguo, en unas semanas se celebrará la Fiesta de la Primavera. He empezado a invocar la gracia de la Soberana Originaria de las Nubes Irisadas, que rige el nacimiento de los niños, para que cumpla mis deseos el día del Qingming. ¡El tiempo apremia! La salud del rey se debilita por momentos. Tu mujer ha de darnos un hijo varón. No tardarás en subir al trono, y el reino de Qin necesitará un nuevo heredero.

A Anguo le pilló desprevenido, no sabía qué cara poner. Miraba a su madre abochornado, como un tunante a quien han pillado in fraganti. Ante ella siempre se sentía como un niño atemorizado.

Comenzó a imponerse un espeso silencio, tan solo perturbado por el chiar de las golondrinas que revoloteaban en círculos concéntricos sobre el jardín contiguo al dormitorio.

—No será porque no colmo a mi esposa de las atenciones amorosas necesarias —se excusó algo molesto.

—Si Huayang no es capaz de darnos un hijo pese a los numerosos esfuerzos que pareces dedicar al asunto, ¡es el colmo! —gritó con desprecio.

Abochornado, Anguo agachó la cabeza.

—Tus concubinas sabrán estar a la altura, a condición, por supuesto, de que les reserves un poco de tu licor de jade... —añadió con animosidad.

Anguo tenía a su disposición cinco concubinas en el Gineceo Central del palacio, sin bien solo las visitaba una vez al mes, cuando Huayang no estaba disponible y, aun así, solo lo hacía porque se lo pedían expresamente.

—Pensaré en ello —farfulló el príncipe heredero, incapaz de decir que no a su madre.

Se despidió de la reina Mei y salió del jardín de recreo sin darle la espalda, tal y como dictaba la etiqueta, para ir a cazar liebres, lo cual sería, junto a las atenciones amorosas que había dispensado a su esposa, su única ocupación en todo el día.

*

Mientras el hijo, tras haber recibido los sermones de su madre, batía las colinas circundantes de la ciudad con un lazo de cáñamo en mano, Huayang, sin perder un segundo, había introducido en su habitación al único hombre con el que mantenía una verdadera relación sentimental.

De sus pupilas negras corre agua,
de su faz rosada nace una flor.
La nube de su moño se ajusta
delicadamente como el ala de una cigarra.
Sus cejas de falena trazan
el pálido contorno de las montañas primaverales.
Sus labios carmín perfilan un melocotón maduro.
Sus dientes blancos son dos hileras de jade.

El corazón de Huayang solo se derretía por dos motivos: escuchar un delicado poema y los objetos de arte. La poesía y las antigüedades eran, pues, sus dos pasiones.

Quien recitaba esa antigua poesía al franquear la entrada del dormitorio era un noble duque llamado Apacible Subida de Tres Peldaños.

Conocía los gustos de Huayang lo suficientemente bien como para saber que esas estrofas, que declamaba con la fuerza de convicción y el tono necesarios mientras le acariciaba el pecho y el vientre, poseían el don de hacerla desfallecer de placer.

Aquel hombre, cuya vasta cultura sazonaba de tal guisa sus habilidades amorosas, era noble no solo por su origen, sino también por su gallarda figura. Aun habiendo alcanzado ya la cuarentena, su atractivo permanecía intacto. Provenía de una de las familias más antiguas del reino de Qin que, sabiamente y por fortuna para ella, había prestado juramento de fidelidad a la familia Zhong. De esta forma, cuando emergió un rey de una de las familias nobles que por aquel entonces se repartían el poder y las prebendas, esta consiguió evitar la expoliación y la humillación de verse desposeída de sus títulos, por no hablar de la deportación, e incluso la exterminación, que tantas familias de alta alcurnia habían padecido tras ser expoliadas

El sistema feudal tenía los días contados. Las monarquías se constituían en detrimento de sus grandes feudos. El poder que antaño se repartían cinco o seis grandes familias ahora lo ostentaba el Estado. Poco a poco, los códigos administrativos y legislativos sustituían a las relaciones de fuerza, y los gobernadores de provincia tenían en un puño a lo que quedaba de marqueses y duques, quienes poco a poco iban perdiendo sus tierras en favor exclusivamente del reino. Los funcionarios de alto rango tenían por norma desconfiar de los nobles, cuya influencia no cesaba de menguar frente a la creciente autoridad del poder central.

Con respecto a sus congéneres, sobre los que la desgracia se había abatido en mayor o menor grado, el caballero que cubría de atenciones amorosas a Huayang en secreto gozaba de un estatus privilegiado.

Cabe decir que cuando el duque Apacible Subida de Tres Peldaños rindió juramento de fidelidad a Zhong al subir este al trono, trajo consigo el último reducto nobiliario que continuaba siendo rebelde. Así se cortó de raíz todo conato de rebelión de aquella clase, que veía cómo sus privilegios y poder declinaban día a día.

Deseoso de mostrarle su reconocimiento y de paso comprar esa lealtad ejemplar, el rey confió al duque el puesto de Alto Oficial de Amonestaciones.

Se trataba de una de las funciones administrativas más importantes y envidiadas, aunque también de las más comprometidas. Era un cargo vitalicio y nadie más que el rey podía nombrar a su titular. El cometido del Alto Oficial de Amonestaciones se reducía a comunicar al rey lo que no funcionaba en el país de Qin. Podía moverse a voluntad por donde quisiera para interrogar a su antojo y obtener las confidencias de los súbditos más serviciales. Debía estar al corriente de todo: desde las prevaricaciones de los consumeros a la malversación de los recaudadores de impuestos; de la venta de diplomas que por cuenta propia hacían los escribas encargados de redactarlos, al tráfico de armas del que se lucraban los soldados corruptos vendiéndolas a maleantes, pasando por las sentencias precipitadas y contrarias a los códigos rituales que los jueces dictaban a cambio de dinero contante y sonante.

Así pues, todo lo que no era conforme a la ley, la etiqueta o las normas llegaba a sus oídos gracias a una red de espías y delatores, la mayoría de los cuales, a fin de ocultar sus propias infamias, denunciaban las de los demás. De aquellos torrentes de cieno nauseabundo de donde los más ladinos sacaban tajada, el duque se esforzaba por realizar una criba casi imposible entre lo que olía a venganza y las verdaderas faltas, de las que informaba al rey en persona durante una audiencia especial que tenía lugar todos los meses.

Apacible Subida de Tres Peldaños, educado en el estricto respeto por los principios de la moral que Confucio recogiera en sus *Analectas*, procuraba desempeñar su labor con honestidad y equidad. No deseaba ni sacar provecho ni abusar de su inmenso poder para fines personales.

Debido a esto, todos en Qin lo temían y respetaban por su honestidad. El rey Zhong depositaba en él una confianza inquebrantable y no le dolían prendas citarlo como ejemplo a los demás señores feudales de la corte.

La única licencia de conducta que el duque se permitía era de orden privado: se trataba de su relación clandestina con la princesa Huayang, quien lo había subyugado con su encanto, inteligencia y hermosura, y quien, pese a las reticencias del noble, consiguió persuadirlo, tras múltiples maniobras de seducción, para disfrutar de los placeres que su cuerpo sabía ofrecer a un hombre.

Terminó de recitar el poema.

—Acércate y franquea el Puente Cautivador —arrulló la bella Huayang a la oreja de su noble amante—. Te aguarda impaciente…

La princesa le lanzó una de sus miradas más lánguidas. Ella apreciaba sus maneras en el amor, mucho más delicadas y desde luego más inteligentes y expertas que las de su voraz esposo.

—Hemos de ir con cuidado. Temo que la reina madre nos haga espiar —murmuró el duque al tiempo que besaba su cuello de marfil.

Huayang se arrodilló ante él y, dejando a la vista el esbelto escote de su camisa que insinuaba la punta rosa de sus pequeños senos puntiagudos, comenzó a prodigarle con infinita dulzura las atenciones celestes a las que Apacible Subida de Tres Peldaños no sabía resistirse.

—He de marcharme. Pueden vernos —susurró el duque, satisfecho con los cuidados que le había prodigado su amante.

Besó a su amada y salió furtivamente de la habitación por la larga columnata que conducía al gran Patio Principal. Aligeró el paso, por miedo a ser descubierto, pero todo parecía tranquilo. En la penumbra tan solo se oía el batir de las alas de un murciélago que debía de anidar en uno de los casetones del techo.

Aún extasiado por las caricias inolvidables de su amante, no percibió más que la fugaz sombra de una silueta huidiza que se escabullía tras unas de las columnas justo en el momento en que el duque pasaba a su altura.

Era la sombra de alguien que acababa de descubrir los retozos del Alto Oficial de Amonestaciones y la primera esposa del príncipe heredero del reino.

*

La princesa Xia, hija adoptiva del rey de Zhao, era desde hacía casi dos años lunares la rehén de su país en la corte de Qin, donde disfrutaba de la vida relativamente apacible de una concubina real ociosa.

El intercambio de rehenes entre los grandes reinos en guerra servía para mantener entre ellos una paz armada que solo la muerte de uno de ellos podía quebrar. De ahí que se tuviera entre algodones a estos personajes que, con el fin de asegurar la eficacia de su función, siempre debían ser del más alto rango posible.

No era extraño encontrar entre estos rehenes a benjamines reales o príncipes de la misma familia real.

Así, el rehén homólogo del reino de Qin en la corte de Zhao era uno de los numerosos hijos naturales del rey Zhong, Wangbi, a quien su precaria salud impedía dedicarse al oficio de las armas. Wangbi era el análogo de Xia. Sus destinos dependían el uno del otro. Si uno de ellos sufría alguna adversidad, el otro debería correr la misma suerte. La paz entre Qin y Zhao descansaba, pues, sobre el buen trato que cada Estado dispensaba al rehén del reino rival.

De igual modo, Zhong tuvo que decidirse a enviar a su hijo predilecto, el príncipe Anwei, como rehén a Ying, capital del reino de Chu, al que su poderío y población industriosa convertían en el adversario más serio de Qin. Si embargo, adoraba hasta tal punto a aquel vástago que le había dado su amada concubina Estrella del Sur que incluso lo había reconocido como hijo legítimo, para gran disgusto de la reina Mei. De buen grado lo habría mantenido junto a él en Xianyang pero, dada la importancia de las relaciones entre los dos Estados, no pudo elegir a un simple bastardo.

Era mucho más extraño enviar a una mujer como rehén.

Sin duda el rey de Zhao tenía buenas razones para haber enviado a Xianyang a la joven Xia, una de las hijas de su hermano menor, del que no se fiaba un pelo. Pagó una fuerte suma de dinero a su hermano para que aceptara el trato, lo que a su vez era una buena forma de tenerlo bien atado. En Qin, el canje sorprendió un poco, pero las costumbres imperantes de la época no recomendaban cuestionar la elección de los rehenes, competencia exclusiva del Estado de origen.

A fin de garantizar el mejor trato posible a la joven, el rey Zhong la instaló en el Gineceo Central de la corte, donde se había incorporado al círculo de concubinas de su hijo, el príncipe Anguo.

Allí vivía recluida en compañía de otras cuatro jóvenes que ingresaron después de que su virginidad hubiese sido debidamente comprobada por el eunuco Bosque de los Pináculos, sobre el que pesaba la abrumadora carga de ser director de aquel Concubinato Real.

—¡Vamos, señoritas! Prepárense, ¡el sorteo va a comenzar! —exclamó el personaje dando palmaditas como un maestro de escuela y todo pintarrajeado cual vulgar madama.

El eunuco Bosque de los Pináculos se sostenía sobre un par de empinados zuecos con suelas tan altas como la palma de la mano y adornados en sus laterales color escarlata por unos fénix plateados. Llevaba un moño apretado que le estiraba la piel del rostro hacia el cielo, mientras que unas pesadas argollas de bronce le tiraban los lóbulos de las orejas hacia abajo. El resultado de dicha extensión auricular le hacía parecer un perro de caza de jabalíes.

Bosque de los Pináculos reunía de este modo a sus cinco corderillas una vez al mes para proceder al sorteo de la afortunada que sería llamada a pasar la noche con el príncipe heredero. Las jóvenes no se tenían celos, cosa particularmente extraña en un gineceo. Se sentían cómplices como niñas a las que han criado juntas, y ocupaban sus días jugando a la pelota o bordando al pie de una morera centenaria en el jardín del gineceo. Cuando la suerte decidía que una de ellas sufriría los asaltos mecánicos y breves del príncipe Anguo, las demás no la miraban con recelo; por el contrario, se mostraban más bien compasivas.

El azar —o la fortuna— había querido que hasta entonces dicha tarea nunca recayera sobre la princesa Xia. Esta, gracias a su estatus y origen, había podido venir acompañada de su joven camarera Ardilla Avisada, que le había servido desde su más tierna infancia.

El sorteo iba a dar comienzo.

—Sentaos en el suelo formando un círculo como de costumbre —ordenó Bosque de los Pináculos con una voz tan aflautada que Ardilla Avisada miró a su señora sin poder contener la risa.

Las cinco concubinas obedecieron dóciles. El eunuco sostenía una pequeña copa de bronce que contenía cinco cigarras de jade, las mismas que se utilizaban para taponar los orificios de los difuntos cuando se les daba sepultura y evitar así que su energía interna se escapara demasiado deprisa.

Se colocó en el centro de la circunferencia y lanzó el contenido de la copa hacia el cielo. Las cigarras rodaron por el suelo. La joven que estuviera más cerca de una cigarra —a condición de que esta tuviera la cabeza girada hacia ella— era la elegida. Este era el método infalible que utilizaba el director del Concubinato Real para elegir a suertes a la concubina que gozaría del insigne privilegio de compartir el lecho real con el príncipe esa misma noche.

Aquel día, por primera vez, la suerte escogió a la princesa Xia.

Al comprobar el desenlace del sorteo, Ardilla Avisada no pudo evitar dar unas palmadas. Su joven señora la fulminó con la mirada. Sin duda hubiera preferido que el turno hubiera vuelto a pasar de largo... El recuerdo que las noches pasadas con Anguo dejaba en las otras concubinas no era ni mucho menos indeleble. Estas se burlaban de los modos palurdos y apresurados de un príncipe heredero incapaz siquiera de acordarse de sus nombres cuando se despertaba.

Así, la princesa Xia se reunió con el príncipe heredero de Qin en la habitación superior del gineceo destinada a este fin con el entusiasmo del condenado a sufrir un duro castigo.

Hasta entonces, no había conocido varón.

Siguiendo dócilmente los consejos recibidos de Bosque de los Pináculos, separó las piernas y cerró los ojos. El príncipe Anguo entró súbitamente en ella. La princesa sintió una especie de ligero picotazo. Anguo iba y venía sin dificultad, cada vez más rápido. A Su Sublime Puerta no le había costado dejarle pasar, y las paredes de su gruta íntima, que ella sentía ligeramente húmedas, lo alentaban a continuar. Abrió los ojos y vio que el príncipe se enrojecía cada vez más. Entonces la espalda de aquel hombre se arqueó, se enderezó, y ella sintió en el fondo de su vientre una ola de calor que se propagó en ondas sucesivas hasta alcanzar una especie de punto sin retorno.

Inexplicablemente, todo su cuerpo vibró y un prolongado estallido de placer la inundó de la cabeza a los pies. Tuvo la impresión de que, en lo más recóndito de sus entrañas, el príncipe Anguo había dado en un minúsculo blanco.

Cerró los ojos y se dejó invadir por un dulce sopor. Luego se quedó dormida, cuando el príncipe ya roncaba.

Por la mañana temprano, al dejarla adormecida sobre el lecho, Anguo se despidió de ella llamándola por su nombre.

—Serás buena en las artes amorosas, princesa Xia —le dijo el príncipe acariciándole el cabello antes de salir de la habitación superior.

En boca de aquel hombre que únicamente se dirigía a las concubinas con monosílabos, aquellas palabras eran todo un cumplido, aunque ella apenas lo escuchó.

Un mes más tarde, después de que Bosque de los Pináculos la examinara, este anunció que la princesa Xia estaba encinta del príncipe Anguo.

Ese día, Ardilla Avisada miró con auténtica aprensión el rostro consternado de su señora al recibir la noticia. Rehén y madre a la vez, corría el riesgo de no volver a ver su país ni a su familia en mucho tiempo.

Ardilla Avisada se equivocaba al preocuparse. Si hubiese sabido que Xia, ocho meses después, daría a luz a un varón llamado Yiren, hubiera dado saltos de alegría. Aún menos podía imaginarse, claro está, que la llegada de ese niño iba a trastocarlo todo, incluso su propia vida.

6

EN SU TOCADOR DEL PALACIO DEL COMERCIO, LA PREOCUPACIÓN invadía a la anciana madre de Lu Buwei, Difumina la Luz. Como distracción, bordaba un pañuelo de seda para su hijo en compañía de su hermana gemela, Concentra la Luz, una solterona que vivía con ella en un ala de las estancias privadas del mercader.

—¿Cuántos días hacen falta para llegar al monte Huashan y regresar a Handan?

Era la enésima vez que Difumina la Luz hacía la misma pregunta a su hermana.

—¡Te preocupas en seguida, como siempre! Tu hijo se marchó hace apenas cinco días —respondió Concentra la Luz mirando a su hermana con aire molesto.

Si bien se parecían físicamente, las hermanas no tenían mucho en común.

Difumina la Luz, que era viuda, solo vivía por y para su único hijo. Sentía una infinita admiración por Lu Buwei y pensaba que este llegaría muy alto y muy lejos. Lo veía digno y capaz de desempeñar las funciones públicas y sociales más importantes, y lo imaginaba ostentando —por qué no— un puesto político de primer orden. Creía que su hijo estaba demasiado limitado por sus actividades comerciales, las cuales gestionaba sin duda con talento excepcional. Mas ella pensaba —aunque nunca se había atrevido a decírselo abiertamente— que tenía experiencia de sobra en ese campo y que ya era hora de dedicarse a otra cosa, sobre todo a una vida mucho más apasionante.

Aquella mujer ambiciosa, sedienta de riesgo y poder sin límites, rezaba cada día a Xishen, el dios de la dicha que nunca se tiene la seguridad de haber encontrado y que conformaba, junto con el de la felicidad, la constelación de las Tres Estrellas, para que su hijo ya acaudalado pudiera alcanzar también, algún día, la gloria.

Concentra la Luz, quien antes de refugiarse en casa de su hermana había llevado una vida independiente y disoluta, tenía un carácter mucho más atípico. De joven, había conocido a un hombre que practicaba la religión del Gran Camino, el dao, y este la inició en los arcanos de esos rituales mágicos que los confucionistas de estricta obediencia consideraban creencias supersticiosas que solo servían para nublar la mente del populacho.

Así pues, al contrario que su hermana, no se sorprendió cuando Lu Buwei anunció su decisión de ir a una gruta en la ladera del monte Huashan para mostrar el bi negro constelado a una sacerdotisa médium.

—¡Vaya idea rara se te ha metido en la cabeza, hijo mío! Yo, en tu lugar, me olvidaría de todo. Al menos llévate a Zhaosheng, así no irás solo. Los caminos son peligrosos… —le había sugerido Difumina la Luz, que encontraba arriesgada la iniciativa de su hijo.

—No, iré solo. ¡No necesito a Zhaosheng! —respondió Lu Buwei a su madre con tono firme y perentorio.

Concentra la Luz salió en su defensa.

—Comprendo perfectamente su decisión. Los médiums siempre revelan cosas interesantes —replicó rauda la hermana en defensa su sobrino—. En las caras del disco de jade está representado el Caos original de Hongmeng. ¡Eso bien vale la opinión de una experta! —añadió, lanzándose acto seguido en una extensa disertación sobre todas las clases de caos, los cuales se consideraban el principio y fin del dao en la doctrina del Gran Camino.

Según su anciana tía, el bi negro de Lu Buwei aún encerraba muchos secretos más, y aquella especie de evaluación que pensaba pedir a la médium podía resultar de lo más positiva. Por tanto, lo animó vivamente a que llevara a cabo su proyecto.

El letrado Ritual Inmutable, seguido de Zhaosheng, se encontraba ahora con las dos mujeres e intentaba tranquilizar a la madre de Lu Buwei.

—Confío en vuestro hijo, ¡es todo menos un descerebrado! —soltó el viejo maestro confuciano con un lenguaje directo nada propio de él y que, al contrario de lo que pretendía, denotaba una cierta aprensión.

Difumina la Luz, angustiada, se retorcía las manos; su hermana, en cambio, adoptaba un aire de indiferencia y miraba hacia otro lado.

El viejo maestro aún seguía enredado en discursos inusuales en él, que traicionaban sus palabras de consuelo, cuando las dos hermanas, sentadas frente a la puerta del tocador, se levantaron de repente al unísono y lanzaron un idéntico grito de terror.

Ritual Inmutable se giró para ver el espectáculo que había dejado petrificadas a las ancianas.

Un hombre inmenso e hirsuto, con ropa cubierta de barro y manchas que parecían de sangre, ocupaba prácticamente el marco entero de la puerta. Tras él, el portero del Palacio del Comercio, con cara de absoluta consternación, explicaba con gestos desesperados que no había podido impedir al coloso entrar en las estancias privadas.

El hombre gigantesco sostenía en sus brazos lo que parecía ser un cuerpo humano tumbado. Difumina la Luz lanzó un grito aún más estridente que el primero. Reconoció de inmediato el cuerpo de su hijo en los despojos que cual trágica ofrenda portaba aquel ser de un tamaño fuera de lo común. El gigante parecía una de esas monstruosas criaturas que a veces deambulan por las montañas. La anciana pensó que tal vez devoraría a su hijo ante sus propios ojos.

Así pues, con el ímpetu de una tigresa en defensa de su cachorro, desgañitándose, se dispuso a arrebatar de las garras de la inmunda criatura lo que pensaba era el cadáver de su pequeño. Pero Ritual Inmutable, para protegerla, le cortó el paso y se puso justo en medio.

El gigante posó con sumo cuidado el cuerpo de Lu Buwei en un banco. Todos retuvieron el aliento. Luego, sonriendo tímidamente para calmarlos, les hizo un gesto para que se acercaran. Tras unos instantes de vacilación, empezaron a hacerlo a paso muy lento.

Cuando Difumina la Luz al fin pudo examinar el cuerpo de su hijo, constató con alivio que aún respiraba.

Lu Buwei solo estaba profundamente dormido.

Llamaron a los médicos y sirvientes. Mientras le limpiaban el rostro con delicadeza, el mercader abrió un ojo y luego el otro. El primer gesto fue comprobar si su bolsa aún estaba bien sujeta al cinturón.

Solo entonces, se reincorporó y sonrió a su madre.

—Estoy bien, ¡es solo el cansancio del viaje! Si estoy aquí, es gracias a este hombre. Desde ahora formará parte de la familia —anunció con voz débil señalando al gigante—. Es un guerrero huno y no habla nuestro idioma. Lo llamaremos el *Hombre sin Miedo* —añadió con sobriedad.

Todos se habían quedado mudos por la estupefacción.

—¡Y luego dicen que los xiongnu son todos malvados! —señaló Concentra la Luz para romper un silencio cargado de tensión.

La broma no hizo gracia a su hermana, que se había puesto a explorar con afán a su hijo para asegurarse de que estaba entero.

Lu Buwei se levantó y pidió que le trajeran algo de comer y beber. Compartió con el gigante xiongnu un pollo asado y unos panecillos rellenos de verduras al vapor.

Lu Buwei, absorto, no respondía a las tímidas preguntas de su madre, que deseaba saber qué había ocurrido. En cuanto al gigante salvador, no hablaba ni una sola palabra de la lengua de sus anfitriones.

Cuando hubo acabado de comer, Lu Buwei se despidió de su madre y ordenó que prepararan una amplia habitación para el Hombre sin Miedo. Después, como si nada, le pidió a Zhaosheng que lo acompañara al templo de los ancestros.

Allí abrió con cuidado la bolsa, que la sangre y el barro habían transformado en una masa informe. Sacó el bi negro, aún envuelto en un trozo cuadrado de seda, y lo posó con delicadeza sobre el sitio reservado para él en el armario de sicomoro.

—Hice bien en no llevarte conmigo —confió el mercader a su secretario—. Puede que no hubiésemos regresado con vida...

El secretario aguardaba la continuación del relato en silencio.

—¿Volvió a aparecer Diente Fácil? —añadió bruscamente Lu Buwei cambiando de tema.

Zhaosheng contestó con una negativa y comprobó con satisfacción que aquello no parecía importarle a Lu Buwei en demasía.

Se sumieron en un prolongado silencio, apenas perturbado por las idas y venidas de los pavos reales alrededor de las pajareras que los sirvientes habían cubierto.

Zhaosheng no entendía por qué el mercader le había pedido que lo acompañara si este no iba a contarle nada más sobre su expedición a la gruta de la médium.

—He de anunciaros una buena noticia: este año la cosecha de castañas de agua nos dará el doble de beneficios que el año pasado —se atrevió a decir tímidamente para sacar conversación. Pensó que una noticia como esa complacería a su patrón.

—¡Si supieras lo poco que me importa! —respondió Lu Buwei cerrando con gran celo la puerta del armario y echando un último vistazo al bi negro que casi le había costado la vida.

El mercader tenía sueño. Se sentía exhausto. Era raro, ni siquiera había tenido fuerzas para contarle lo ocurrido a su fiel Zhaosheng.

*

Al igual que Zhaosheng, Difumina la Luz no reconocía a su hijo.

Desde la expedición al monte Huashan, Lu Buwei parecía tener la mente en otra parte.

Ciertamente, seguía gestionando con maestría sus negocios, aunque ya no con la misma convicción. No se atrevía a confesar a su madre que ahora comprendía mejor los sueños de gloria que esta siempre había albergado para él y que antes solo le parecían vanas quimeras.

Se encontraba en un punto en el que su estatus de rico comerciante había acabado por cansarle, incluso pesarle. Ya no experimentaba el mismo placer en comprar y vender, en negociar con agresividad precios. Se fue dando cuenta de que sus horizontes eran demasiado limitados.

En aquella época, hasta los campesinos que abastecían de víveres a los pueblos y los ejércitos gozaban de un lugar mucho más importante en la jerarquía social que la casta de los comerciantes. ¡Por no hablar de los militares de alto rango y, sobre todo, de los funcionarios influyentes que encarnaban la fuerza y el prestigio del Estado!

En la pirámide de honores recibidos y deferencias otorgadas que por aquel entonces constituía la sociedad de Zhao, al igual que las de sus rivales, como Qin, el mercader ocupaba el último escalón, por detrás de todos los demás: letrados, funcionarios, soldados y jueces, campesinos ricos y campesinos pobres. Los mercaderes eran los encargados de la intendencia y se enriquecían a costa de la mayoría, siempre y cuando el pueblo lo aceptara. Por tanto, la casta de los mercaderes no tenía derecho a honor ni deferencia algunos. Condenados a no negar jamás nada a nadie, pues el cliente siempre debía quedar satisfecho, la única recompensa era el dinero.

Un hecho sintomático era que, aun siendo el presidente de su gremio en Handan, el rey de Zhao nunca había recibido a Lu Buwei como tal en el Palacio Real de Handan.

Aunque él solo poseía tantos caballos como todos los ejércitos de Zhao juntos, jamás había tenido derecho a una audiencia con el rey, que era infinitamente menos rico que él y a quien solo se podía divisar de lejos una vez al año cuando saludaba a su pueblo con una simple inclinación de cabeza desde lo alto del balcón.

Hasta entonces, cuando su madre se divertía poniendo de relieve tal paradoja y le sugería mirar a otros horizontes más lejanos y sacar provecho de todos sus talentos y riquezas, él la cortaba y le respondía que ella era una de esas personas cuya permanente insatisfacción les impide ser feliz…

En la plácida ciudad de Handan, el influyente mercader de caballos era un hombre reconocido y respetado. Se preocupaba de dar limosna a los pobres y lo consideraban generoso. Hasta aquel día, se había contentado con agrandar la inmensa fortuna heredada de su padre, y se sentía colmado de felicidad viendo galopar los miles de caballos de su yeguada o contando junto a Zhaosheng los beneficios obtenidos en una venta especialmente exitosa.

Pero desde que el bi negro constelado lo condujera hasta la sacerdotisa del monte Huashan, todo aquello le parecía una nimiedad.

Creía, hasta entonces, haber hecho la elección definitiva entre la fortuna y la gloria. Ahora se percataba de que no había sido así en absoluto. Contentarse con ser el más rico y opulento de los mercaderes ya no le bastaba.

Aquella frustración que sentía crecer en su interior lo llenaba de ira. Cualquier cosa le servía de pretexto para enfadarse. Sus actividades comerciales le dejaban un gusto cada vez más insípido; ya no sentía placer en supervisar la facturación y los cobros, ni en contar al anochecer el dinero ganado a raudales.

Ahora, para disgusto de Zhaosheng, todas las noches corría a refugiarse en la contemplación del Caos original de Hongmeng, del que seguía sin captar el profundo significado. Lo hacía durante horas. Pasaba más tiempo en el templo de sus ancestros que con cualquier persona, en compañía de su bi negro, al que apreciaba más que a ninguna otra cosa y cuyos misteriosos signos y figuras no se cansaba de explorar.

Únicamente le seguían interesando los caballos, por los que su pasión se mantenía intacta.

Él, que antes dormía como un bendito, se había vuelto insomne. El recuerdo de su periplo lo atormentaba por las noches.

Al amanecer, cuando, cansado de dar vueltas por su habitación, se dejaba caer exhausto en la cama, su cabeza no dejaba de pensar en ello. Repasaba mentalmente el viaje al monte Huashan. Revivía el más leve detalle de aquel acontecimiento inaudito que había alterado en gran medida su forma de pensar.

Cuando se aproximaba a la entrada de la gruta de la sacerdotisa por el camino empedrado cubierto de musgo, llovía a mares y el agua se deslizaba por el lomo y las patas de su robusto semental. Aquellos árboles, tan altos y pegados que ocultaban el cielo, lo ensombrecían todo. Se había guiado por el ruido de la cascada que, como se podía observar mucho más abajo en la cuesta, formaba un hilo blanco al caer vertiginosamente desde las cimas rocosas de la montaña hasta el pequeño lago al borde del cual la sacerdotisa había decidido instalar su morada. Al llegar a la entrada de la gruta, las nubes se habían disipado y los rayos del sol comenzaban a perforar aquella bóveda vegetal que momentos antes parecía impenetrable. Ligeras fumarolas ascendían del suelo tapizado de plantas carnosas y setas de colores deslumbrantes, y colonias de caracoles subían al asalto por los pies musgosos de los árboles. La cascada, bajo el efecto del sol, estaba envuelta en una aureola de bruma irisada.

Al contemplarla, Lu Buwei creyó estar ante una aparición. Pensó que una especie de espíritu acababa de emerger de la tierra.

Allí estaba la médium, a contraluz, con su oscura silueta perfilándose sobre la blancura irisada de la cortina de agua. En la mano sujetaba el cuerno de búfalo con el que los médiums invocaban a los dioses. La mujer parecía irreal. Su caballo, inquieto y perturbado también por aquella extraña visión, movía las orejas en todas direcciones.

Tras apearse de su montura, ató al animal al tronco de un sauce torcido como una horca y se acercó lentamente a la mujer.

La silueta salió a su encuentro, caminando sobre la alfombra de musgo.

En aquel momento, sin saber muy bien por qué, tuvo la certeza de que se trataba de la médium. Le impresionó la dulzura interior que emanaba de los ojos verdes, casi fosforescentes, de la sacerdotisa. Sus largos cabellos de color castaño claro, por detrás iluminados por los rayos de sol que habían conseguido traspasar el grueso techo vegetal, parecían recubiertos de hilos de oro. Sobre su hombro se apoyaba un pájaro, un loro verde, del mismo verde esmeralda que sus ojos. La mujer tenía un bello rostro ovalado con pómulos altos y salientes, como el de las estatuas de piedra de algunas diosas que adornan los templos.

Fue ella la primera en tomar la palabra.

—Tú eres quien viene a mostrarme el disco de jade negro de un tamaño inusual. Me llamo Valle Profundo. Te doy la bienvenida a mi reino.

La mujer esbozó una extraña sonrisa.

—¿Cómo sabéis tantas cosas? —farfulló él.

—El hombre que me mostró este disco hace unos días no podía ser el propietario. Por eso te esperaba. Porque sabía que, tarde o temprano, su verdadero depositario acabaría viniendo a mostrármelo a su vez.

Lu Buwei, estupefacto por las palabras de la mujer, no supo qué responder.

—Enséñamelo de nuevo —ordenó ella con voz dulce.

El mercader obedeció: sacó el objeto ritual de la bolsa y se lo tendió. La mujer lo cogió con ambas manos y lo alzó en dirección a la cumbre de la cascada, donde se elevaba una nube de minúsculas gotas irisadas por la luz. A contraluz, el bi negro constelado parecía un sol negro horadado por una luna blanca.

—Este bi hace inmortal a aquel que lo posee. Gloria y honor para su afortunado dueño, que puede contemplar todos los días la figura indefinible del Caos original de Hongmeng que en su centro es el embrión de un polluelo amarillo —murmuró lo suficientemente alto como para que Lu Buwei pudiera oír su oráculo a la perfección.

Al mercader le pareció que la mujer se hallaba bajo el influjo de los espíritus, como si las palabras que acababa de pronunciar vinieran del más allá.

Observó los delicados pies descalzos de la sacerdotisa. Tuvo la impresión de que se habían despegado del suelo y de que la mujer levitaba a pocas pulgadas de la alfombra de musgo verde donde los caracoles habían formado un círculo en torno a ella.

Asombrado, se frotó los ojos. Mas no soñaba.

—¿Qué es entonces ese extraño Caos original de Hongmeng? —consiguió articular a duras penas tragando saliva.

—¡Muy pronto lo sabrás! El embrión del polluelo anuncia la llegada de un nuevo emperador a imagen y semejanza del Emperador Amarillo, el de tiempos remotos... —respondió la sacerdotisa.

Su mirada atravesaba literalmente a Lu Buwei, quien, ante tanta fuerza y poder interior, se había visto obligado a bajar los párpados.

—¿Pero qué tiene que ver eso conmigo? ¡No soy más que un mercader común y corriente! —masculló como si la predicción de la vidente lo hubiera asustado.

—Tiene que ver mucho más de lo que imaginas. Para ti mañana todo cambiará. El futuro te sorprenderá... —afirmó la mujer alzando ya algo más la voz.

Entonces, balanceándose de un lado a otro sobre el hombro de la sacerdotisa, cuyos pies descansaban ahora perfectamente sobre la alfombra de musgo, el loro verde repitió aquella última predicción con voz aguda y nasal.

En otras circunstancias, el mercader se hubiera echado a reír al presenciar el espectáculo de aquel animal repitiendo las palabras de su dueña. Sin embargo, la situación no se prestaba precisamente a bromas.

La actuación del loro desencadenó un inmenso clamor de piadas y graznidos diversos. Lu Buwei se sobresaltó. Todos los pájaros que anidaban en las altas cimas, desde los petirrojos a los búhos, pasando por los herrerillos y las garcetas, se habían sumado a un concierto que acabó superponiéndose al estruendo de la cascada.

Con el sonido de aquel ensordecedor alboroto de aves, la sacerdotisa regresó con parsimonia a la entrada de la gruta, cuidando de no pisar los caracoles que le habían abierto el camino. Luego desapareció en las entrañas del monte sin tan siquiera volverse una última vez para mirar al mercader.

Este permaneció allí largo rato, trastornado y paralizado por lo que acababa de ver y oír. A su alrededor, los elementos naturales parecían haber suspendido toda actividad. El aire no se movía, la cascada parecía congelada como el hielo, los pájaros se habían callado de golpe, los troncos de los árboles se asemejaban a las columnas esculpidas de un inmenso templo. En aquel paraíso inmóvil, el camino musgoso que conducía a la entrada de la gruta, donde los puntitos blancos de las conchas de los gasterópodos parecían dibujar los ocho trigramas de *El libro de las mutaciones*, le evocó la imagen que los iniciados al taoísmo podían tener del Gran Camino del dao.

Lu Buwei recordaba vagamente que salió de aquel prolongado letargo meditativo gracias al aliento caliente de su caballo, el cual le rozaba suavemente el hombro. El semental, que había logrado desatarse, fue a su encuentro en cierto modo para indicarle que ya era hora de partir.

Entonces, contento por aquella inesperada y reconfortante presencia, acarició el cuello del animal e inició el regreso a Handan, tremendamente agitado por las palabras de Valle Profundo.

Al retomar el camino de vuelta, en sentido inverso, tuvo la impresión de estar descendiendo por una inmensa escalera de vegetales y piedras que lo conducían del caos exuberante del cielo al mundo ordenado de los hombres.

Las frases premonitorias de la médium no cesaban de resonar en su cabeza, como si el loro verde, apoyado ahora en su propio hombro, siguiera acompañándolo en el descenso.

Tras las laderas del monte se abría un bosque de alerces, profundo y sombrío, atravesado por un camino arenoso que dibujaba formas sinuosas. Empezó a anochecer y Lu Buwei aligeró el paso del semental para alcanzar la posada que se encontraba a dos leguas de allí.

Se había adentrado en aquel bosque de árboles imponentes sin saber que lo más duro estaba aún por venir.

La luna estaba alta y el ulular de los cárabos rompía el espeso silencio reinante. Al salir de una curva del camino, no se percató de que lo esperaban tras una zanja.

Lo cogieron totalmente por sorpresa.

Antes de darse cuenta, dos hombres lo habían tirado con violencia al suelo mientras un tercero, armado con un cuchillo que brillaba a la luz del astro nocturno, agarraba al caballo por el bocado. Aturdido por la caída, Lu Buwei presenció horrorizado cómo el hombre del cuchillo desangraba a su corcel seccionándole las arterias del pecho. La sangre brotó a raudales y el hombre, con los ojos desorbitados de éxtasis, puso la boca sobre una de las heridas y succionó con avidez y ansia. El hombre-vampiro, una vez saciado de la sangre caliente del animal, cogió una copa y la colocó bajo el pecho de la pobre bestia, que agitaba las patas por los espasmos. Finalmente, su cadáver rodó pesadamente por el suelo. El hombre ofreció el recipiente a sus compañeros, quienes a su vez bebieron la sangre como posesos.

—¡Al menos hemos recuperado fuerzas! —vociferó el hombre del cuchillo, que debía de ser el jefe, mientras otro, que tenía inmovilizado al desdichado mercader contra el suelo, le obligaba a beber aquel horrible brebaje. Lu Buwei luchó con todas sus fuerzas, negándose a ingerir la sangre de su querido animal. Pero el hombre que lo tenía agarrado vertió el resto del contenido de la copa sobre su cara riendo de forma soez. Cegado por la sangre, el mercader, sin poder ver ya nada, se puso a pedir auxilio con la esperanza de que algún viajero lo salvara de aquella pesadilla.

—¡Dime dónde guardas el dinero! —masculló el hombre con tono amenazante, presionándole aún más la garganta.

—¡Solo llevo mis vestiduras! —chilló el mercader, que por nada del mundo quería desvelar que tenía treinta taeles de bronce en su bolsa, temiendo que los ladrones descubrieran el precioso disco de jade.

—¡Mientes! ¡Alguien con un caballo como este no viaja sin dinero! —exclamó el ladrón, con los dedos amoratados por la fuerza con que oprimía la garganta de Lu Buwei.

Este sintió que las fuerzas lo abandonaban poco a poco y le faltaba el oxígeno. Mientas el velo negro de la asfixia comenzaba a levantarse ante sus ojos, se dijo para sus adentros que la predicción de Valle Profundo iba a verse truncada, ¡a menos que la gloria lo aguardara tras la muerte al otro lado de las montañas de la Inmortalidad!

Lo invadió una sensación de paz y resignación. La última imagen que recordó fue la del disco de jade con su perfil recortándose sobre las aguas irisadas del muro de agua de la cascada cuando la sacerdotisa lo alzó por encima de su cabeza.

Después, el velo negro acabó nublando por completo su mente. Perdió el conocimiento.

Pero lo que no sabía era que aquel síncope debido al estrangulamiento no duraría mucho.

Abrió un ojo al sentir unas suaves palmadas en la cara. Casi no recordaba nada. Abrió el otro ojo y se acarició el cuello tumefacto. Seguía estando al mismo lado de la montaña.

Aún aturdido, se incorporó con dificultad y se sentó.

Un hombre inmenso lo observaba con candor. Por la tez cobriza y el moño que recogía su larga cabellera, adivinó que se trataba de un huno. El gigante le dedicó una tímida sonrisa; parecía querer tranquilizarlo.

Poco a poco, Lu Buwei volvió en sí.

Las manos y los brazos del gigante estaban cubiertos de sangre. El mercader comprendió que se trataba de la sangre de los tres hombres que le habían tendido la emboscada. Por el suelo, en torno a los restos del caballo, yacían los cuerpos de los hombres horriblemente despedazados. Un poco más adelante, en la zanja, vio el aterrador trofeo de la cabeza del jefe de la banda observándolo con una sonrisa pétrea. Seguramente, el gigante los había desmembrado y descabezado con sus propias manos, que eran enormes, pues al parecer no portaba arma alguna.

Lu Buwei recordaba haberse acercado vacilante a los despojos de su semental, cuyo vientre había empezado a hincharse. Había tenido que espantar un enjambre de enormes moscas verdes que se estaban dando un banquete con una masa ensangrentada que colgaba de la silla: era su bolsa, recubierta de una costra negruzca y viscosa que resistía la presión de sus dedos. La cogió, la lanzó al suelo y se puso a pisotearla hasta que la costra se resquebrajó. Abrió febrilmente la bolsa. El velo negro empezaba de nuevo a cegarlo, ahora por miedo de haberlo perdido… Un miedo cerval difícil de soportar.

Volvió a rememorar la imagen del bi ante la cascada, izado en manos de la médium. Solo que en esta ocasión eran sus propios dedos los que palpaban el disco ritual.

Entonces, una vez hubo comprobado que el bi negro constelado no era una ilusión sino que en verdad lo tenía entre sus manos, lo apretó una vez más contra el pecho y, aliviado, cayó inconsciente.

Tales eran los recuerdos que atesoraba en la memoria de esa expedición que a punto estuvo de acabar en desgracia.

Tras revivir aquella historia tumbado en la cama de su habitación al despuntar los primeros rayos del alba, fue cuando Lu Buwei, aliviado por la presencia de su disco de jade, pudo al fin adormentarse pensando en las palabras inmemoriales pronunciadas por Valle Profundo.

*

Tras su viaje al monte Huashan, cuyo recuerdo lo asediaba por las noches, la pasión de Lu Buwei por los caballos, en cambio, había permanecido intacta.

Esta se remontaba a su infancia. Su padre era un caballero emérito y le había enseñado a dar sus primeros pasos a caballo. Siendo adolescente, Lu Buwei galopaba durante horas, hasta el punto de agotar a las monturas más recias. El joven adivinaba el carácter de los animales. Era capaz de determinar con tan solo una mirada su potencial para las carreras o los concursos de presentación, y lo apenaba que la conquista más noble del hombre fuera utilizada para matar o guerrear. En algunas batallas estos caían por centenares, con el vientre atravesado por flechas o los jarretes cercenados por los sables. Como mercader que era, una pérdida así le resultaba un despilfarro insoportable. No obstante, un comerciante no debía tener en cuenta la calidad de un cliente, siempre y cuando este aceptara pagar al contado el precio justo. Por ello, había llegado a la conclusión, aunque no sin reticencias, de que no debía negarse a vender sus animales a las fuerzas armadas de su país.

Sin embargo, por nada del mundo habría permitido que su semental *Gavilán Púrpura,* a cuya doma había asistido aquel día, acabara masacrado por unos bárbaros sanguinarios en un campo de batalla, aunque ese fuese el precio de una gran victoria.

—Ya deja que le pongan la manta en el lomo. Está progresando, eso es bueno —constató complacido el mercader mientras observaba a *Gavilán Púrpura* trotar alrededor de Mafu, su nuevo caballerizo jefe, que lo tenía sujeto a un cabestro.

—En unos años podréis venderlo a precio de oro —dijo con aire satisfecho el caballerizo a su patrón.

—Ese es otro tema. Este caballo no está en venta, ¡y nunca lo estará!

Gavilán Púrpura era sin duda alguna el caballo más hermoso de Lu Buwei, y el que más le había costado. Se trataba de un *caballo celeste.*

El animal carecía del tamaño de los caballos de tiro, a menudo más robustos que elegantes. Por el contrario, poseía una extrema finura y sus inquietas patas parecían no desear otra cosa que ponerse a galopar y hacer cabriolas. Apenas Mafu lo sacaba del compartimento individual donde Lu Buwei había dado orden precisa de instalarlo, salía disparado como un rayo en cuanto veía un lugar en campo abierto donde poder correr. Aquel corcel tenía el carácter de una fiera. Se distinguía de todos los demás por su pelaje bayo como el fuego y una crin casi blanca que tiraba a amarillo intenso a algunas horas del día. Era de la raza akhal, de los llamados *caballos celestes*.

Lu Buwei lo había comprado meses antes a un ganadero xiongnu que de seguro lo había capturado en estado salvaje en las estepas áridas, donde la naturaleza ofrecía comida y agua de forma tan escasa que únicamente podían criarse allí los caballos de aquella raza de resistencia y aguante extraordinarios. Esos menudos caballos de la estepa debían ser capaces, gracias a su extrema rapidez, de escapar al temible tigre blanco y de recorrer, gracias a su excepcional fortaleza, las enormes distancias que separaban los puntos de agua en torno a los cuales brotaba la hierba exigua y espinosa que les servía de alimento.

El ganadero quería trocar el akhal por tres sementales de tiro y dos yeguas de cría. Lu Buwei cerró el trato por dos sementales de tiro y una yegua de cría.

—Tenemos que buscarle una yegua, este caballo merece tener descendencia de su raza. Tú que tienes experiencia y conoces bien estos caballos de la estepa, ¿sabes dónde podríamos comprar una yegua para él? —inquirió el mercader al caballerizo, que vigilaba el ritmo del trote del corcel bayo como el fuego.

—Este espécimen es extremadamente raro, sobre todo por su color. Solo se me ocurre un sitio, aunque… —respondió Mafu al mercader.

—¿Dónde? Dime.

—En Xianyang, en la Fiesta del Caballo. Tendrá lugar dentro de poco, el día de Qingming. Allí se pueden encontrar todos los años miles de équidos de todas las razas y precios.

Lu Buwei asintió. Conocía la fama de esa feria, a la que nunca había asistido y que se celebraba en Qin cada año con motivo de la Fiesta de la Primavera. Jamás había visitado el orgulloso reino vecino de Zhao.

—¿Conoces bien ese evento? —preguntó al caballerizo.

—¿Que si lo conozco? ¡Pues claro! Cuando me ocupaba de las caballerizas reales de Yan, era allí donde nos abastecíamos de sementales cuando escaseaban.

Antes de ponerse al servicio de Lu Buwei, Mafu había escapado por poco a un ruin juicio público, en el que con certeza habría acabado perdiendo la vida si no se hubiera adelantado y optado por el exilio.

De forma totalmente injusta, el primer ministro del reino de Yan le había hecho responsable de la escasez de caballos que debilitaba los ejércitos de ese pequeño país al extremo norte, encajonado entre el mar y las estepas desérticas, donde las condiciones de vida eran difíciles. Sin embargo, él no tenía nada que ver. Sus funciones eran muy concretas y no incluían ni el abastecimiento de équidos ni la mejora de la raza; él no era más que el director de las caballerizas del rey, si bien la Administración necesitaba un chivo expiatorio y el soberano, al que algunos, con razón, consideraban responsable de dicha situación, lo había permitido vilmente. Se iba a iniciar así un proceso contra el pobre Mafu, a quien el rey no dudaba en calumniar a diestro y siniestro.

Para escapar a su funesto destino, Mafu no tuvo más elección que exiliarse. Dejó su país natal a pie y sin un cuarto. Tras errar durante meses, llegó a Handan, donde llamó a la puerta del ilustre mercader para ofrecerle sus servicios. Este, después de escuchar su triste historia, lo aceptó gustoso en vista de su experiencia profesional.

—¡Así que es una gran fiesta para los caballos! —exclamó Lu Buwei con una sonrisa.

—Y además es un momento único pues, como probablemente sabréis, la escasez de corceles de Qin es aún mayor que la de Yan. Si la cosa sigue así, el reino se quedará pronto sin un solo caballo joven y fuerte —añadió el caballerizo mientras acariciaba el cuello de *Gavilán Púrpura* para felicitarlo.

—Había oído hablar de ello vagamente, pero no pensaba que fuese tan grave como cuentas...

En verdad, Lu Buwei acababa de descubrir, gracias al caballerizo de Yan, la magnitud de una penuria que hasta entonces no sospechaba.

—Decidido entonces: ¡iremos a Xianyang! —concluyó con una amplia sonrisa dirigiéndose a *Gavilán Púrpura*, quien debió de entender las palabras del mercader, pues pareció asentir con un cabeceo.

Luego, el mercader regresó a casa volando, pues aquella noche, deseoso de despejarse y relajar su mente, tenía previsto pasarla en galante compañía.

*

El barrio de las Flores y los Sauces de Handan apenas ocupaba media manzana.

Ya había anochecido y Lu Buwei caminaba con premura. Como de costumbre, a la hora de ir a una casa de citas intentaba salir de incógnito, con un turbante azul oscuro encasquetado hasta las cejas. Nadie en Handan podría reconocerlo, pues Lu Buwei era tan guapo y apuesto que nunca pasaba desapercibido. Sus facciones eran extremadamente finas y su cuerpo, aunque de mediana altura, perfectamente proporcionado y musculoso gracias a la intensa práctica de la equitación. Su precoz calvicie lo hacía parecer aún más joven y acentuaba la suave línea de su nariz, que equilibraba el sutil contorno de unos ojos color avellana. Para evitar tener que peinar unos mechones de pelo fino y ralo, optó por afeitarse completamente la cabeza. Sus labios carmines, perfectamente delineados, resaltaban la clara tez del rostro.

El mercader, vestido siempre de forma cuidada y elegante, gustaba a las mujeres, que le ofrecían sus favores con facilidad, tanto por su físico de príncipe joven y encantador como por sus maneras, siempre de lo más exquisitas.

Esto mismo había sucedido aquella noche con la cortesana a quien cubría de atenciones acariciándole con suavidad el sexo delicadamente entreabierto, que en breve se humedecería con el dulce rocío de la hermosa joven de mejillas sonrojadas por el placer.

—¡Umm, me encantan tus delicados dedos! —gimió la joven, cuyo vientre se ondulaba cual cometa de seda henchida por los céfiros.

El mercader, que solo conservaba el turbante, la sometía a infinidad de exquisitos tormentos. La cortesana, cada vez más golosa, pedía aún más. Y él cumplió sus deseos. Ella lo recompensó con creces abriendo sus hechizantes puertas, las de delante y detrás, y cubriéndolo de los besos más tiernos, para acabar rodeándolo con los brazos y las piernas como un ave en la jaula del placer.

—Dime, virtuoso caballero, ¿cómo te llamas? ¡Eres el primer cliente que me colma así! —preguntó la cortesana entre gemidos.

Esta acababa de colocarse un pañuelo de seda alrededor de la cintura, moviéndolo de un lado a otro como si quisiera sacarle brillo al vientre.

El mercader se limitó a deslizar una moneda de plata en el cinturón de tornasolados colores y, tras vestirse, se marchó como había llegado.

—No he conocido cliente tan brillante como tú… ¡Al menos vuelve pronto, dulce desconocido! —imploró la esclava justo cuando Lu Buwei cerraba la puerta de la alcoba.

En la calle, los pocos viandantes aceleraban el paso para regresar a casa por temor a los malhechores. La mente del mercader se había calmado con las expertas caricias de la cortesana. Caminaba tranquilo, soñaba despierto.

Por una vez, la noche iría mejor. Presentía que el sueño llegaría mucho antes.

El sonido apagado del canto de una voz femenina lo detuvo súbitamente. La música procedía del final de la calle perpendicular a la suya. Al aguzar el oído, percibió también los acordes delicados del laúd que acompañaba a la voz. Aquella melodía tan armoniosa y aquel tono tan cristalino despertaron su curiosidad. Giró a la derecha y se adentró en la calle. Cuanto más se acercaba a la hechizante voz, más lo atraía. Aligeró el paso. Ansiaba ver a la criatura que se escondía tras esa voz.

Al final de la calle, en una plazoleta, se erigía el entoldado de un circo ambulante. Delante de este, un hombre sentado en un taburete anunciaba a bombo y platillo los números del espectáculo que estaba a punto de comenzar. La voz femenina provenía del interior del circo. El mercader se saltó la cola de espectadores que empezaba a entrar en la carpa, se plantó delante del director del circo y le preguntó sin rodeos:

—¿Dónde se puede ver el rostro de aquella que tan bien canta?

—Tan solo tenéis que comprar una entrada y asistir al espectáculo. La sublime Zhaoji es la principal atracción: ¡canta, baila y toca el laúd! —respondió el hombre con la sonrisa falsa de los vendedores que hacen el artículo de su mercancía.

Al menos conocía el nombre artístico de la desconocida: Zhaoji.

Se acomodó en la primera fila del público, justo al borde de la pista recubierta de una alfombra de cáñamo.

Tras las torpes momerías de un oso domesticado y los inseguros juegos de pelotas del director, que se había convertido en malabarista, Zhaoji hizo finalmente su aparición en la pista. De repente, un profundo silencio se hizo entre los espectadores.

Lu Buwei contuvo el aliento ante tanta gracia y belleza juntas.

La chica era sin duda muy joven, apenas una púber. El rostro encantador e infantil, iluminado por los ojos color avellana con reflejos áureos, contrastaba con un cuerpo ya perfectamente formado. El mercader, subyugado, solo tenía ojos para aquella aparición que lo sumía en el mayor de los gozos. Ya había olvidado la boca y los dedos expertos de la cortesana a la que acababa de cubrir de atenciones.

El cuerpo de Zhaoji parecía estar hecho para la danza. Llevaba una blusa ceñida de seda rosa plisada que resaltaba unos senos redondos como melocotones dorados. En medio de un vientre plano y duro por el ejercicio, destacaba un delicioso ombligo decorado con una pequeña perla. Las piernas, recubiertas de un tul transparente, eran esbeltas y torneadas. Así ataviada avanzaba de puntillas con los largos pasos de una bailarina. Se sentó sobre un taburete y se puso a cantar acompañándose de un laúd. Su voz celestial ascendía por la carpa como si invocara a la pareja de estrellas separadas, el Pastor y la Tejedora, antes de que se unieran en el puente que franqueaba la Vía Láctea.

Cuando hubo terminado la canción, la chica cogió unas tablillas de bambú y, tocándolas como castañuelas, se puso a bailar. ¡Un espectáculo inolvidable! Sus brazos dibujaban volutas y las piernas, complicados arabescos. Lu Buwei observaba extasiado cómo se movían los pezones de su pecho y cómo la perla del ombligo trazaba un círculo perfecto. Zhaoji marcaba el compás con el pie derecho siguiendo el ritmo cada vez más acelerado de la música. El director del circo aporreaba un tambor. Las llamas vacilantes de las antorchas iluminaban los movimientos del cuerpo flexible de la bailarina.

Al finalizar el espectáculo, cuando Zhaoji hubo terminado sus piruetas y, agotada por el esfuerzo, extendió los brazos arrodillada en la pista para recibir la ovación del público, el mercader, loco de deseo y agradecimiento, le lanzó medio tael de plata envuelto en su pañuelo de seda.

La joven desenvolvió el pañuelo y luego, mirando al mercader con aire indiferente, le tendió la moneda al director antes de salir de la carpa entre bastidores dejando caer sobre la pista la pieza de seda. ¡Aquello suponía el equivalente a los ingresos recaudados en al menos diez espectáculos! Ante aquel regalo del cielo, el hombre hizo una ceremoniosa reverencia al mercader con la sonrisa forzada de costumbre.

Lu Buwei recuperó el pañuelo y, tras inspirar su aroma, lo guardó en el bolsillo como un tesoro. Después, con gestos torpes, se acercó al director. Normalmente se sentía cómodo y seguro de sí mismo. Sin embargo, la visión de la joven bailarina le había hecho perder aquella noche cualquier atisbo de seguridad.

—¿Puedo ir a saludar a la chica? —preguntó tímidamente al director.

La respuesta fue como un bofetón. La risueña mirada comercial desapareció de los ojillos de comadreja del director.

—Volved mañana. Es muy tarde, y la chica tiene que ayudarme a desmontar el toldo.

El mercader no supo cómo reaccionar y se prometió regresar al día siguiente a primera hora. Caminó despacio hacia el Palacio del Comercio donde, atormentado esta vez por el recuerdo de la divina Zhaoji, no pudo pegar ojo en toda la noche.

Al amanecer, se levantó sigilosamente de la cama y salió de su suntuosa morada sin hacer ruido. Como una exhalación, recorrió el camino que lo separaba de la plazoleta donde habían montado la carpa del circo. Al llegar, sin aliento, quedó conmocionado: la plaza estaba desierta. Habían desmontado la carpa y el circo se había esfumado.

A modo de flaco consuelo, solo conservaba el recuerdo de aquella voz cristalina y la imagen del rostro infantil sobre un cuerpo perfecto y flexible de adolescente.

Volvió desesperado y abatido, reprochándose su falta de insistencia y maldiciendo al director que, aprovechando el dinero obtenido gracias a la joven bailarina, sin duda se había apresurado a dejar Handan.

Entonces, se dirigió al templo de sus ancestros, donde tan solo le quedaba sumirse en la contemplación del disco de jade.

Delante del bi negro constelado sintió un ligero alivio. Solo era una intuición, pero lo suficientemente fuerte como para calmar su corazón: Lu Buwei tenía la profunda y tranquilizadora convicción de que existía un vínculo, si bien aún oscuro e indescifrable, entre la visión del Caos original de Hongmeng y la voz cristalina de aquella mujer casi niña cuyo rastro, para su desgracia, se acababa de desvanecer.

Quizás no estaba todo perdido.

Aquella noche soñó que reencontraba a la joven.

7

EL GIGANTE HUNO, QUE PARECÍA AÚN MÁS GRANDE, SONreía mientras observaba trotar al semental akhal.

—¡Ritual Inmutable es un excelente profesor! ¡El Hombre sin Miedo ya empieza a hablar nuestro idioma! Trabajamos bien los dos juntos. Y no me viene nada mal su ayuda para domar al animal —dijo sonriendo el caballerizo Mafu.

Hacía girar a *Gavilán Púrpura,* sujeto al extremo de su largo cabestro como si de una cometa se tratara.

—Yo solo puedo decir que ¡En pocas semanas me hizo aprender de memoria todas las estrofas de las *Analectas* de Confucio! —respondió Lu Buwei con tono divertido rozando con cariño el hombro del viejo maestro, al que había invitado a asistir a la doma de su mejor semental.

—A pesar de tu corta edad, ya demostrabas poseer una gran inteligencia y una memoria excelente —replicó el viejo maestro adulado por el cumplido.

—¡Caballo fuerte! ¡Caballo muy duro, pero muy bueno! —articuló el gigante huno.

—Es el único que consigue mantener el equilibrio sobre *Gavilán Púrpura…* —añadió Mafu dirigiéndose a Lu Buwei.

—Enséñanoslo —pidió el mercader al gigante.

El Hombre sin Miedo tomó el cabestro y se lo enrolló en el brazo. A continuación, casi de una zancada, se montó sobre el menudo caballo color fuego y este se puso a cocear y saltar para luego salir disparado al galope, como una flecha, hasta la linde del prado. Después, con tan solo la fuerza de sus piernas, el huno hizo que el semental realizara figuras cada vez más complejas con la precisión de un astrólogo dibujando cartas estelares.

Aquel extraño equipo, pese a la disparidad de tamaño de ambos, avanzaba y maniobraba en el prado como si hombre y montura hubieran sido siempre un solo ser. Lu Buwei, como jinete avezado que era, contemplaba maravillado el espectáculo de la alianza entre aquellas dos fuerzas y dos instintos.

Estaba decidido: participarían en la competición.

—Este caballo posee unas cualidades excepcionales. Pienso inscribirlo en la carrera de la Fiesta del Caballo de Xianyang —anunció al corrillo, que en seguida lo celebró con entusiasmo.

Mafu empezó a palmotear de felicidad. El caballerizo conocía bien la prueba final de la Fiesta del Caballo, puesto que había participado en numerosas ocasiones cuando aún ejercía sus antiguas funciones. Por otra parte, los caballos de la corte de Yan jamás habían ganado el primer premio. Además, ninguno hubiera podido igualar a *Gavilán Púrpura,* ni en rapidez y ni mucho menos en resistencia. En su opinión, la victoria del pequeño akhal era segura. Tales eran las cualidades del semental que el primer premio estaba más que ganado. De esa forma, al fin, obtendría su propia revancha después de todos los intentos infructuosos en los que había participado.

—¡Aprovecharemos para encontrar una esposa digna de ti! Te lo mereces —concluyó Lu Buwei acariciando el cuello sudoroso del semental, que no cesaba de piafar.

—¡Que entren los caballos nube! —gritó Mafu a sus hombres.

Los palafreneros abrieron la cerca y veinte caballos blancos maculados de negro y gris irrumpieron en el prado en un concierto de relinchos.

—¿Por qué los llamas *caballos nube?* —preguntó el mercader a su caballerizo jefe.

—Así es como los llamaban en Yan —respondió el caballerizo—, porque las manchas del pelaje parecen nubes.

—Según Confucio, la belleza femenina es como una nube: ¡voluble e impalpable! —añadió sentencioso Ritual Inmutable tras haber permanecido en silencio.

Lu Buwei sonrió. Era de los que apreciaban las metáforas poéticas, sobre todo cuando venían tan al caso. Mientras contemplaba sus briosos animales, se decía a sí mismo que, al fin y al cabo, todos causarían sensación en la Fiesta del Caballo del soberbio reino de Qin.

En el prado, los corceles blancos, grises y negros rodeaban al joven semental color fuego y le hacían fiestas con un sinfín de grupadas, cabriolas y gambetas.

—Nada más bello que un caballo celeste rodeado de caballos nube... —murmuró pensativo el comerciante.

*

Ochenta y cuatro cascos resonaban en el empedrado del camino que unía las dos capitales. Hacían ruido. No pasaban desapercibidos. El convoy de Lu Buwei llamaba la atención de los curiosos, que se asomaban a las puertas de las posadas u observaban sobre los taludes que bordeaban aquella ancha arteria que comunicaba Zhao y Qin.

El espectáculo permanente del flujo incesante de hombres y convoyes recorriendo la vía en ambos sentidos seducía a más de uno. Algunos eran auténticos holgazanes que se pasaban el día viendo pasar viajeros; otros, malhechores y granujas de todas las calañas que aprovechaban para echarle el ojo a posibles presas a las que desvalijar algo más lejos, al caer la noche. Estos últimos, al avistar al inmenso huno a la cabeza, sentado orgulloso en su montura, descartaban cualquier malvado plan contra aquella escolta impresionante que acompañaba al mercader de caballos.

Así pues, Lu Buwei, su secretario, su caballerizo y el Hombre sin Miedo, junto con los veinte caballos nube y *Gavilán Púrpura,* llegaron sin contratiempos al puesto fronterizo de Qin.

Al no llevar carros ni carretas, el convoy de Lu Buwei tendría que pasar por menos formalidades, ya que no sería necesario cambiar los ejes: todos los estados, para proteger y controlar mejor el abono de peajes, habían decretado una anchura distinta. Y como las ruedas de los carros trazaban con sus bandas de acero verdaderos surcos en el empedrado de los caminos, esos antiguos rieles no tenían el mismo ancho en Zhao que en Qin. El cambio de ejes o de carros se efectuaba, previo pago de una tasa especial, en el puesto fronterizo. Así, los aduaneros también podían controlar de forma exhaustiva el contenido de los vehículos que transitaban de un Estado a otro, repletos de mercancías y pasajeros.

Un aduanero mugriento acababa de salir de su garita y miraba con asombro los caballos nube que rodeaban al corcel de fuego. Lanzó un silbido de admiración e hizo una señal a su jefe para que se acercara a ver.

—Enseñadnos los certificados de propiedad de los caballos —ordenó este último con un tono a la vez mecánico y perentorio.

El hombre inspeccionaba con atención cada uno de los caballos del convoy como si los contase para evaluar de forma precisa el precio o rescate que se podría pedir por ellos.

Lu Buwei se preguntó si todo eso no sería el preludio de alguna extorsión, algo habitual en los aduaneros de Zhao. Hizo un gesto a Zhaosheng para que presentara el certificado que atestaba que él era el afortunado propietario de los animales. Entonces, el secretario tendió al hombre dos láminas de bambú que extrajo de su bolsa, en las que figuraban los nombres de los caballos, sus fechas de nacimiento y el sello de la empresa comercial de Lu Buwei.

La pareja de aduaneros abrió el documento y volvió a la garita, de donde escapaba un olor a mugre y alcohol de arroz a través de la puerta abierta.

El mercader no podía ver que en el interior de la garita el jefe de los aduaneros estaba mostrando el sello de Lu Buwei a un soldado con la insignia en forma de caballo alado de los estafetas reales de Qin. El estafeta, tras examinar el sello, abandonó el puesto fronterizo, saltó a su montura y se marchó a galope tendido.

El aduanero volvió con el documento. Su cara había cambiado. Con una sonrisa, entregó al mercader una placa de bronce con un agujero en el centro.

—Aquí tenéis vuestro salvoconducto, ilustre Lu Buwei. ¡Bienvenido a Qin! Os aguardan. A vuestro regreso, tan solo tenéis que devolver este documento oficial, así que conservadlo con cuidado.

El tono del aduanero era profesional, un tanto zalamero, como el de un funcionario diligente e íntegro, algo que, evidentemente, no era.

—¡Vaya, por allí va alguien con prisa! —soltó Zhaosheng al aduanero señalando al estafeta, que no era ya más que una minúscula silueta en el camino.

—Debe anunciar una buena noticia a las personas correspondientes. Así que más le vale ir rápido —respondió el aduanero con aire de entendido y una mirada cómplice.

El hombre lamentaba el interés que las altas esferas parecían tener en aquel rico mercader Lu Buwei. De no haber existido tal interés, a buen seguro habría engrosado sin problemas su mísero salario a fin de mes extorsionando a aquellos jinetes cuyo patrón, a juzgar por la magnitud del convoy y la elegancia de sus vestiduras, parecía ser un ricachón.

Y cuando vio a la pequeña caballería de Lu Buwei desaparecer camino a Xianyang, se puso a echar pestes en su interior y a maldecir mil veces a aquel poder central que no dejaba trabajar en paz a los humildes funcionarios como él.

*

Esa misma mañana, el general Paz de las Armas se levantó al fin de buen humor. Había dormido bien.

La tarde anterior, Camino Adelante le había comunicado la llegada inminente a Xianyang del mercader de caballos de Handan. La buena noticia lo colmó de alegría. Las aduanas del puesto fronterizo habían elaborado un informe de lo más detallado: Lu Buwei llevaba hacia Qin veintiún caballos, de los cuales uno era un semental rojizo de las estepas, de raza akhal, una variedad sumamente rara de la que no existía ningún ejemplar en los acaballaderos públicos de Qin.

Decidido a jugar sus cartas lo mejor posible, el Intendente General de las Caballerizas Reales se vistió con su uniforme de etiqueta para salir al encuentro de Lu Buwei en el campo ferial. Pretendía impresionar al mercader de Handan.

Se encajó orgulloso su «gorro que rasgaba las nubes», un sombrero con una costura que lo aplastaba por el centro y levantaba los lados formando dos filas de picos y volutas. Se reservaba a los oficiales generales de tercer grado, el más elevado en la jerarquía militar, justo por detrás del propio ministro de la Guerra. Después, abotonó con esmero su túnica púrpura y alisó las arrugas que se formaron al ceñirse el cinturón, cuya hebilla de jade representaba una máscara taotie. Se colocó las charreteras de patas de tigre blanco de la estepa. Solo le quedaba ajustarse las vendas de las polainas entrecruzando las correas de cuero de búfalo.

Se sentía orgulloso de su aspecto. En el umbral de su casa, un sirviente le tendió la espada y un escudo de piel de rinoceronte que sonaba mejor que un tambor. De punta en blanco, salió atrayendo las miradas de admiración de los transeúntes.

En las calles de Xianyang se veían caballos por doquier: cabezas de madera esculpida enganchadas a las puertas de las casas o máscaras con la apariencia del dios Mafu colgadas de los muros en su honor. Mafu era el protector de la especie caballar y en su semblante rojo destacaba un tercer ojo que había tomado de Luban, el ancestro de los ebanistas. También se podían admirar otros caballos inmensos, estos de carne y hueso, y bien rollizos, atados a los pilares de majestuosos templos, destinados a los sacrificios rituales que se celebrarían aquella misma tarde. Los había incluso en miniatura, dibujados sobre los sonajeros de bambú que los bebés agitaban riendo. Pero sobre todo los había por doquier en las calles de Xianyang, de todos los tamaños y razas, dirigiéndose al paso o al trote hacia el recinto ferial entre el ensordecedor alboroto que producían los cascos al chocar contra el empedrado de las calles y el olor mareante a boñiga y orina que dejaban tras ellos.

Así, hombres y équidos provenientes de todos los barrios de Xianyang convergían a millares en la ribera del Wei, donde se extendía el inmenso campo ferial, un rectángulo de arena y polvo. Paz de las Armas, que ahora lo vislumbraba a lo lejos, tuvo la impresión de que este brillaba por el efecto de las partículas en suspensión que iluminaban los rayos del sol.

Allí, en un meandro del Wei, río indolente aunque traicionero cuando las tormentas lo transformaban en torrente impetuoso, sobre una landa arenosa donde miles de pisadas habían borrado cualquier rastro de hierba, bullía la multitud agitada que había acudido a admirar su más bella conquista.

En la calle, el uniforme de Paz de las Armas era motivo de diversión entre los más pequeños.

Ciertamente no pasaba desapercibido. Muchos eran los chiquillos que arrastraban a los padres para acercarse a aquella silueta imponente ataviada con un gorro de general y equipada con un inmenso escudo redondo de piel de rinoceronte.

—¡Mira! ¡Es un hombre tigre! ¡Tenemos miedo! —gritaron a su padre dos pequeñuelos señalando atemorizados las dos grandes garras de felino que el general llevaba a modo de charreteras.

—Ese señor al que llamáis «hombre tigre» es un valeroso general —explicó el padre a los dos niños, que se apresuraron a tirar de él berreando hacia el recinto ferial.

El campo de la feria se extendía a los pies de Paz de las Armas, sentado en la terraza de los jardines de recreo de la Bolsa de Comercio. Observaba atentamente las idas y venidas, así como las vallas donde se amarraba a los animales para exponerlos, intentando localizar los veinte caballos nube y el semental celeste de raza akhal.

La capa de polvo flotante impedía distinguir nada que no fuesen las aglomeraciones humanas agolpadas en torno a las monturas. Mientras inspeccionaba con atención en búsqueda de algún indicio que pudiera ponerlo sobre la pista, detectó, al fondo a la izquierda, un gentío más nutrido que el resto y se dijo que allí debía de ser.

Bajó de la terraza y se dispuso a atravesar el campo ferial abriéndose paso entre la muchedumbre hacia el lugar donde se había aglutinado un gran número de curiosos. En seguida supo que había dado en el clavo. En la hilera de paseantes y aficionados al arte ecuestre que volvían de aquella dirección, solo se hablaba del «caballo rojo» y los «caballos nube», cuya singularidad y belleza suscitaban mil elogios.

¡Solo podía tratarse de los caballos de mercader de Handan!

Paz de las Armas se acercó apartando a duras penas a la masa compacta de espectadores apretujados alrededor del cercado donde estaban los caballos de Lu Buwei.

Allí vio a un inmenso caballero huno cepillando el lomo de un corcel bayo de las estepas. Los niños admiraban los caballos nube y sus crines decoradas con cintas de seda blanca y negra. Delante del cercado, un hombre rapado daba explicaciones a los mirones apiñados que admiraban lo que visiblemente era una de las mayores atracciones de la feria.

—Vos debéis de ser Lu Buwei, el ilustre ganadero y mercader de caballos de Handan. Permitidme que me presente: general Paz de las Armas, Intendente General de las Caballerizas Reales.

El mercader pareció a la vez extrañado y divertido. Sabía que lo aguardaban en Xianyang, pero no se imaginaba que quien lo esperase fuera un personaje de tan importante rango, enjaezado con tanto esmero como si de una ceremonia oficial se tratara.

—En efecto: soy quien buscáis. Esperamos obtener una buena posición en la carrera final, si el jurado nos selecciona, claro —respondió el mercader con tono de fingida modestia.

—De eso me encargo yo. Uno de mis oficiales superiores preside el jurado... Y el porte de vuestro semental rojo habla por sí mismo, así que no será preciso extenderse en argumentos.

El general Paz de las Armas intentaba hacer gala de todo el encanto del que era capaz.

—Ciertamente es un corcel hermoso —constató con sobriedad Lu Buwei.

—¡Caballo rápido como una flecha! ¡Caballo celeste! —añadió una voz cavernosa.

Venía de su espalda. Paz de las Armas se volvió.

Pertenecía al huno gigante, al que los niños tocaban los fornidos muslos encorsetados en unas calzas de búfalo como si estas dieran buena suerte.

Tan cerca, el hombre le pareció aún más grande que dentro del cercado de los caballos. Retrocedió de manera instintiva y su larga espada de bronce chocó contra el borde del escudo de piel de rinoceronte, que vibró produciendo un tañido sordo como un tambor de lluvia. Los curiosos prorrumpieron en risas.

—Sois mi invitado. Tenemos mucho de qué hablar. Os espero mañana en el Palacio de los Anfitriones Oficiales de Qin, detrás del acaballadero central —farfulló Paz de las Armas intentando recuperar la compostura.

—Será un honor —añadió Lu Buwei inclinándose educadamente, adulado por el hecho de que un oficial de tan alto rango lo tratara de esa forma, a él, un simple mercader.

—¡A decir verdad, sois el invitado oficial del reino de Qin! —pronunció entonces una voz aguda.

Sin tan siquiera volverse, Paz de las Armas reconoció la voz de Camino Adelante que, vestido como siempre de carmín, se balanceaba sobre sus coturnos. La irrupción del Gran Chambelán del rey Zhong lo contrarió. Le molestaba que el eunuco vigilara de ese modo todos sus actos y gestos. Optó en cambio por callarse y proceder a las presentaciones.

Camino Adelante, que no soportaba ver un caballo y al que el contacto de la crin hacía toser sin parar, a buen seguro no había acudido al campo ferial por iniciativa propia. Lo habría enviado el mismísimo soberano. El general se consoló diciéndose que Lu Buwei, en quien él pensó primero, se había convertido en una baza de gran importancia y que, al fin, las altas esferas lo habían entendido.

—¡Mi señor, venid en seguida! ¡Creo que he encontrado una esposa para *Gavilán Púrpura!*

Era el fiel Zhaosheng acercándose a la carrera y dando voces, feliz de poder anunciar la buena noticia a su patrón. Lu Buwei indicó a sus visitantes que aguardaran y salió al encuentro de su secretario.

—Allí, tres cercados más adelante, ¡hay un mercader con una potranca de la misma raza y color que *Gavilán Púrpura!*

Lu Buwei llamó al huno y ambos siguieron al secretario hasta el cercado donde un ganadero daba violentos tirones del bocado de una potranca inquieta, de raza akhal, que parecía más menuda que *Gavilán Púrpura.*

El hombre que maltrataba al animal, de patas esbeltas como juncos y pecho tan delicado como una almohada de seda, era un xiongnu de piel cobriza por el sol y ojos casi invisibles que asomaban tras la ranura de sus párpados. Al ver a un público tan selecto interesado en su yegua, sonrió dejando al descubierto una lengua y unos dientes negros como el hollín.

Lu Buwei pidió al huno que hiciera de intérprete.

—No está en venta —tradujo el Hombre sin Miedo después de que Lu Buwei le hubiera hecho preguntar por el precio de la pequeña yegua de las estepas.

Lu Buwei no pudo ocultar su fastidio. ¡Se había topado con otro Diente Fácil!

No se encontraba en Handan y no tenía tiempo que perder. Aquella joven potranca akhal parecía en perfecto estado de salud y la necesitaba si quería obtener potros akhal para su yeguada. Además, no tenía la menor intención de quedar mal ante ese tal general Paz de las Armas, que lo había seguido y presenciaba la escena.

Eso le obligaba a zanjar el asunto de inmediato negociando lo mejor y más rápido posible.

Tras un apresurado cálculo, le propuso al ganadero la desorbitada suma de un tael de oro, lo que hizo que Paz de las Armas lanzara un silbido de admiración. El criador se apresuró a aceptarlo sin hacerse más de rogar. Era mucho más de lo que Lu Buwei había pagado por *Gavilán Púrpura,* pero en aquel momento poco importaba. Su querido *Gavilán Púrpura* lo merecía.

El ganadero entregó la brida de la yegua a Lu Buwei, quien a su vez se la confió a su secretario.

—¡Mis más sinceras felicitaciones! —exclamó Paz de las Armas—. ¡Teníais al marido y ahora a la mujer! —añadió, inclinándose para despedirse de Lu Buwei.

De regreso al cercado de los caballos nube, Mafu presentó a los dos corceles color fuego de las estepas. Luego, con una sonrisa, les dijo que a partir de entonces formarían una pareja de caballos celestes.

—¡Pareja extraordinaria! ¡Descendencia inaudita! —pronunció el gigante huno.

Su inmensa sonrisa dejaba entrever unos dientes blancos como la espuma de una cascada. Frente al Hombre sin Miedo, a unos pocos pasos, los dos caballos garbosos se olisqueaban dulcemente el hocico.

Lu Buwei felicitó al secretario por su perspicacia:

—Hemos conseguido nuestro primer objetivo: *Gavilán Púrpura* podrá cubrir. Ahora solo nos queda lograr el segundo mañana —dijo a Zhaosheng tocándole el hombro con familiaridad—. Ya que has sido tú quien la ha encontrado, puedes darle el nombre que desees —añadió mientras acariciaba el cuello de la potranca.

El secretario estaba emocionado por tanta amabilidad, deferencia y sencillez. Empezaba a entender los beneficios que el bi negro constelado estaba aportando a su patrón.

*

—¿Se celebra el Qingming del mismo modo en Handan que en Xianyang? —preguntó Paz de las Armas a Lu Buwei.

Los dos hombres, sentados confortablemente en un mullido sofá, compartían una hermosa carpa hervida y enfriada en el comedor de la residencia de los Anfitriones Oficiales. Una bonita sirvienta se encargaba de que sus copas de vino tinto nunca estuvieran vacías.

—¡La primavera es igual en todas partes! Y Zhao solo está a tres días de marcha de Qin. Durante tres días, como aquí, tomamos comida fría —explicó señalando el pescado del plato—, ya que no se puede encender la lumbre… tal y como está escrito en los rituales antiguos.

—Aquí es parecido, aunque también veneramos a los caballos —aclaró Paz de las Armas a su nuevo amigo.

—¿Es cierto que en vuestras fuerzas armadas la escasez de caballos es preocupante? —inquirió Lu Buwei, decidido a ir directo al grano.

El general aprovechó la oportunidad que le brindaba el mercader para confesar sin ambages:

—¡Más de lo que os imagináis! En las yeguadas de Qin hay muchas más potrancas viejas que sementales, los cuales han sido diezmados por nuestras conquistas militares. Así que cada vez hay menos potros. Nuestro rey ha tenido que desarmar dos regimientos de caballería. ¡Dentro de poco nos veremos obligados a convertir a nuestros jinetes en infantes! ¡Ni tan siquiera podemos lanzar ofensivas contra las tribus xiongnu que crían en las estepas los centenares de caballos que nos faltan!

El caballerizo primero no cesaba de hablar. Había decidido no ocultar al mercader de caballos la magnitud del desastre que azotaba a los ejércitos de su país. La situación era demasiado grave. Se estaba jugando el todo por el todo. Solo había dudado sobre cómo entrar en materia y, sin comerlo ni beberlo, Lu Buwei le había ofrecido magistralmente la oportunidad con esa pregunta tan directa.

—¿Y qué puedo hacer yo, un individuo que simplemente cría y vende caballos en Handan, por un Estado poderoso y célebre como Qin? —preguntó el mercader en un intento de averiguar hasta dónde quería llegar su interlocutor.

—Cuando finalice la feria, regresad y hablaremos de nuevo sobre el asunto. Seguramente nuestro rey os recibirá. Estoy convencido de que os compensará con creces si por un casual lográis solucionar nuestro problema.

Entró una bailarina acompañada de una mujer con un instrumento, mas Paz de las Armas les ordenó detenerse con un gesto.

—Hemos de volver al recinto ferial. ¡Ya casi es la hora de la carrera! —anunció levantándose e invitando a Lu Buwei a acompañarlo.

El mercader habría asistido con mucho gusto a la actuación de la bailarina, pues le recordaba levemente a la bella Zhaoji, pero por nada en el mundo quería perderse el principio de la carrera para la que *Gavilán Púrpura,* tras el examen del jurado oficial de la feria, se había clasificado sin el menor problema aquella misma mañana.

Cuando llegaron al recinto ferial, los espectadores ya se habían apiñado al borde del terreno donde se iba a disputar la carrera. Habían ordenado despejar la parte central del campo ferial para instalar una pista de arena rodeada de un murete a modo de separación, junto al cual debían correr los caballos solos. Era lo que llamaban una carrera de «caballos libres», es decir, sin jinetes.

Solo se completaba una vuelta a la pista, de manera que hacían una especie de ida y vuelta. Los caballos rezagados no tenían la menor oportunidad de ganar, salvo si los escapados no lograban acabar la carrera por culpa de un tirón o una caída, lo que sucedía con frecuencia, pues obligaban a los animales a cubrir lo más rápido posible una distancia muy corta. El momento más peligroso de la prueba era el giro en una curva muy cerrada justo al final del murete, para el cual el caballo debía acercarse lo más posible al interior si no quería distanciarse de sus adversarios. La maniobra debía ser rauda, feroz e implacable.

Paz de las Armas condujo a Lu Buwei al palco reservado a las personalidades oficiales. Allí se encontraban todos los ministros, mandarines y generales importantes de Qin.

—Os presento al general Imperfección del Jade, comandante en jefe de nuestros ejércitos —dijo el caballerizo primero al mercader, al que su acérrimo enemigo miró con desdén sin tan siquiera saludar.

Lu Buwei fingió no percatarse del gesto de desprecio y dedicó una amplia sonrisa a Imperfección del Jade mientras inclinaba educadamente la cabeza.

El director de la carrera invitó a los asistentes a guardar silencio. La algarabía fue calmándose poco a poco. Frente a Lu Buwei, a pocos metros, se encontraba *Gavilán Púrpura,* al que el Hombre sin Miedo sujetaba por las crines. Junto al semental akhal, diecinueve caballos briosos, agarrados igualmente por sus palafreneros, se disponían a tomar la salida.

En un silencio sepulcral y bajo un sol radiante, sonó una trompeta y los palafreneros se retiraron. La cinta de seda roja que contenía a los animales a la altura de sus pechos temblorosos cayó al suelo con desgana. Los caballos salieron disparados con el griterío de la multitud.

La prueba estrella de la Fiesta del Caballo acababa de comenzar.

Gavilán Púrpura fue el primero en salir y en seguida se puso en cabeza, como si hubiera adivinado lo que debía hacer para ganar ese tipo de carrera. Los dos caballos que se encontraban justo detrás de él habían chocado con violencia al poco de salir y yacían ya por tierra, con las patas delanteras rotas por la fuerza de la colisión. El caballo celeste seguía galopando por delante del resto, con la crin dorada al viento, vitoreado por la muchedumbre desatada. Detrás, el pelotón de cola se mantenía apiñado y continuaba galopando unos contra otros, si bien los competidores intentaban en vano tomar la delantera. La llegada a la curva fue terrible. Aquello acabó con un espectacular choque frontal contra el murete cuando una decena de caballos agrupados en una masa compacta intentó hacer un giro cerrado para tomar el tramo de vuelta. Nueve de ellos mordieron el polvo entre relinchos de dolor formando una maraña sanguinolenta. Para ellos la carrera había llegado a su fin.

Fue entonces cuando un inmenso caballo negro, un superviviente de la catástrofe, se lanzó al ataque. El animal intentaba colocarse entre el semental akhal y el murete para así obstruir el paso al caballo de las estepas y poder adelantarlo.

El mercader oyó sus propios gritos. El caballo oscuro era casi dos veces más grande que el menudo akhal. Parecía mucho más potente. De sus ollares, anchos como el cuello de un jarrón de bronce para libaciones, se escapaba un río de espuma. Lu Buwei, angustiado, empezó a dudar. Los caballos estaban a menos de diez *li*[1] de la línea de meta. La multitud delirante apoyaba a uno u otro adversario.

Entonces, presenciaron un extraño espectáculo: un corcel transformándose en una fiera brutal. Escucharon el golpe seco de la mandíbula del akhal que se cerraba bruscamente, con la fuerza de una tenaza, sobre la oreja derecha del caballo negro, cortándole de un tajo la punta.

Desequilibrado por el dolor y cegado por la sangre que brotaba de la herida, el imponente caballo, encabritándose, se echó hacia atrás y cayó al otro lado del murete, con las patas tiesas y el lomo destrozado sobre la pista, justo al lado de los dos primeros caballos que se habían chocado entre sí y que agitaban de forma mecánica sus patas delanteras.

La pista quedó libre para *Gavilán Púrpura,* a quien el director de carrera declaró finalmente vencedor ante una muchedumbre boquiabierta que no podía despegar la vista de aquel caballo rojo con crin de oro y una tenacidad solo igualada por su coraje. Entonces, todos vieron como el gigante huno se precipitaba hacia el pequeño semental akhal y le colocaba en el lomo un mantón de un rojo vivo. El público, que se levantó aplaudiendo al unísono, no cesaba de elogiar a *Gavilán Púrpura,* aquel caballo celeste que acababa de ganar la competición.

---

[1] 1 li = 500 metros.

Paz de las Armas estaba casi tan exultante como Lu Buwei, cuyo semental de las estepas se había convertido en el héroe de Xianyang. Aquella victoria era la prueba fehaciente de su clarividencia. El mercader de Handan era sin duda el hombre que Qin necesitaba.

Gavilán Púrpura acababa de entrar en el panteón de los caballos venerados en Xianyang, situado en el templo del dios Mafu. Y los asistentes acababan de admirar, extasiados, las cualidades y el porte del valiente corcel, cuyo nombre quedaría grabado en la placa de piedra dedicada a los caballos que salían victoriosos de aquella carrera. Generaciones enteras de jinetes honrarían su nombre, el cual permanecería inscrito para siempre en aquella estela conmemorativa ennegrecida por el incienso que, cual inmensa columna, se alzaba a la entrada del templo del Caballo. Un sinfín de criadores acariciarían piadosamente con sus manos los cuatro ideogramas —el gavilán, el color púrpura, el caballo y el cielo— que serían grabados en el mármol; después, les pondrían ese mismo nombre a sus propios sementales y les acariciarían el pecho con esas mismas manos para así mejorar su descendencia, todo con la esperanza de transmitirles tanta energía como la que el pequeño caballo celeste había exhibido.

—Os felicito —dijo a Lu Buwei un apuesto hombre con una voz clara que sonaba sincera.

Paz de las Armas los presentó. Se trataba del Gran Oficial de las Amonestaciones, quien había asistido a la carrera mezclado entre el público y luego se había dirigido al palco de los oficiales.

—El duque Apacible Subida de Tres Peldaños se encarga de dar cuenta de todo lo que no marcha adecuadamente en nuestro hermoso reino de Qin —añadió Paz de las Armas dirigiéndose al mercader.

Lu Buwei miró al Gran Oficial de las Amonestaciones con aire incrédulo, pues le costaba imaginar en qué consistían semejantes funciones.

—Si he entendido bien, este hombre también está al corriente de vuestro grave problema, ¿no es así? —preguntó a Paz de las Armas.

Este, ligeramente contrariado, prefirió salirse por la tangente.

—No existe alto responsable de Qin, ya sea civil o militar, al que no le incumba la cuestión que os he comentado...

La voz nasal del eunuco Camino Adelante se mezcló a su vez con la algarabía.

—¡Caramba, en lugar de «alto responsable» podrías decir «el más alto responsable»! —escupió el volcán de carmín con tono altanero.

Lu Buwei empezaba a comprender mejor la magnitud de la tarea que lo aguardaba, aunque también era consciente de que podía ser una oportunidad excepcional para sus nuevos proyectos y recientes aspiraciones.

Observó con interés los uniformes recargados y suntuosos que se agolpaban en torno a él para felicitarle en el palco de los oficiales, y se dijo que aquel mundo, del que había estado excluido en Handan, allí, en Qin, se encontraba ahora al alcance de su mano.

Absorto como estaba por la dulce euforia a la que había sucumbido, el mercader ni siquiera se percató de la mirada torva y hostil que el general Imperfección del Jade, con el semblante frío y una mueca de fastidio, había lanzado a *Gavilán Púrpura* antes de marcharse sin saludar a nadie del palco.

*

Ahora que su hijo había decidido instalarse en Xianyang por unos meses, Difumina la Luz comenzaba a lamentar su marcha, a la que, sin embargo, ella había contribuido.

Como no se atrevía a confesárselo a Lu Buwei, se sinceró con Ritual Inmutable.

—Mi señora, es muy difícil impedir que vuestro hijo cumpla su destino después de haberlo animado con tanto afán a hacerlo. Si ha de partir a Qin, lo único que me parece importante es que siga rindiendo culto a los ancestros todos los días —afirmó el maestro confuciano.

—¿Pero cómo podrá hacerlo? —gimió débilmente la anciana, a la que su hermana miraba con exasperación.

—Conozco un fabricante de altares portátiles que vive…

—¡Vos y vuestros altares portátiles! ¡Esto es ridículo! Bastará con una plancha de madera para que pueda puntear con sangre de pollo las vísceras, el corazón y las extremidades usando un estilete —chilló Concentra la Luz cortándole la palabra.

El viejo letrado recuperó su adusto semblante y se calló.

—¡Es mucho más práctico y eficaz que vuestras interminables postraciones delante de los altares de los ancestros! —añadió la anciana.

El letrado, al que siempre había repugnado la sangre de pollo, puso una mueca de disgusto mezclado con asco al oír la descripción de ese punteo del cuerpo que se practicaba en la religión popular taoísta en vez del sensato culto a los ancestros que había enseñado a Lu Buwei, en el que, por suerte, se excluía cualquier derramamiento de sangre.

La irrupción del mercader, que había ido a saludar a su madre, puso fin a la conversación.

—Vengo a desearte un buen día —declaró su hijo.

—Precisamente estábamos hablando de ti —respondió con dulzura la anciana. En sus ojos se percibía la desazón—. ¿Cuándo piensas partir? —añadió.

—En cuanto domen a la yegua celeste *Gavilán Rosa*...

El rostro de su anciana madre se tornó en sorpresa.

—Así es como ha llamado Zhaosheng a la yegua de las estepas que pretendo que *Gavilán Púrpura* cubra. La doma tomará uno o dos meses lunares, no más —precisó.

Acto seguido, tras inclinarse, se marchó dejando los ojos de Difumina la Luz anegados en lágrimas bajo la mirada inquisidora y encolerizada de su hermana gemela.

El mercader se montó a horcajadas sobre su caballo y se dirigió al prado, como hacía todas las mañanas desde su regreso de Xianyang, para asistir a la doma de la yegua akhal.

El joven animal no se lo estaba poniendo nada fácil al gigante huno y a Mafu. Pese a sus denodados esfuerzos, no conseguían mantenerla a raya. El animal, encabritado sobre sus patas traseras, movía el cuello hacia todos lados y tenía el hocico cubierto de espuma.

—¿Por qué está tan agitada? —preguntó inquieto Lu Buwei, que acababa de apoyarse en la valla.

—El joven animal tener dolor. ¿Pero dónde? Nosotros no saber —respondió el Hombre sin Miedo igual de apenado que si se hubiese tratado de su propio hijo.

—Po-po-ponedle e-esta po-pomada en las en-encías. El bo-bocado ha he-herido a la ye-yegua —explicó una voz tartamuda salida de no se sabía dónde.

Era de un hombre al que nadie había visto venir y que se había acercado sin hacer el menor ruido. Se encontraba pocos pasos detrás de Lu Buwei.

El mercader se volvió y examinó al tartamudo, que tendió al huno un frasco de ungüento con fragancia de eucalipto.

La pomada surtió efecto de inmediato. Nada más aplicársela en las encías, la joven potranca se calmó. Lu Buwei recordó entonces que su antiguo dueño le había tirado con violencia del bocado en el mercado de caballos.

—¡Teníais razón, noble extranjero! Parece que sabéis de medicina —dijo el mercader al desconocido a modo de cumplido.

—Si tengo algo de médico, es más bien del intelecto —aseguró el desconocido—. Soy filósofo de derecho —añadió como para excusarse por anticipado del asombro que iba a suscitar. El hombre cargaba con una gruesa alforja y una gavilla de bambúes.

—¡Pero vuestra bolsa está llena de plantas medicinales! —apuntó Lu Buwei percatándose de la bolsa de tela.

—Exacto. Conozco un poco las plantas medicinales. Aquí llevo unas cuantas con las que preparo los ungüentos necesarios para aliviar las heridas que me inflige la marcha.

El tartamudo, de rostro regular y corpulencia mediana, señaló su calzado de harapos de tela de donde sobresalían los dedos. Su ropa era por el estilo: trozos de sayal agujereados y despintados por la lluvia y el sol. Todo ello contrastaba con un físico que no era para nada el de un vagabundo.

A buen seguro, el hombre se había visto obligado a realizar un largo periplo. Tenía más aspecto de letrado que de salteador y parecía agotado. Lu Buwei observó cómo posaba junto a sus pies la gavilla de bambúes, oscurecidos y desgastados tras años de manoseos, y unidos entre sí por cordones de seda roja.

—Estas son algunas de mis obras filosóficas y jurídicas —explicó tímidamente el desconocido con un tartamudeo que, lejos de cesar, se había agudizado, tal y como suele suceder a los tartamudos cuando han de hablar de sí mismos.

Gavilán Rosa brincaba ahora en el prado con *Gavilán Púrpura.* Los dos caballos de las estepas caracoleaban juntos y se hacían fiestas.

—¿Os importaría decirme hacia dónde marcháis? Querría ofreceros mi hospitalidad —propuso Lu Buwei al tartamudo.

—En principio, me dirijo a Xianyang, donde pienso instalarme —respondió.

—Me presentaré: Lu Buwei, presidente del gremio de mercaderes de Handan.

—Han Feizi —dijo el desconocido sobriamente.

—Pues bien, estimado Han Feizi, seréis mi invitado por unos días, incluso más si así lo deseáis.

El tartamudo miró al mercader y sonrió. Era la primera vez desde el inicio de su larga huida que le demostraban algo de bondad y compasión. Aceptó agradecido y de buena gana.

Lu Buwei lo invitó a subirse a un caballo. Por la forma en que se montó a horcajadas sobre la montura, utilizando una sola mano y sin que esta se resintiera, el mercader comprendió en seguida que el filósofo jurista era además un jinete avezado.

—¡Sabéis de caballos! —constató con satisfacción.

—Me gustan los caballos y sé hablar su idioma. Por lo general, me escuchan —le confió el filósofo con voz suave.

Lu Buwei empezaba a acostumbrarse al tartamudeo de Han Feizi. Esa tara le obligaba a hablar lentamente y marcar bien las sílabas, como cuando un maestro enseña a escribir a los niños; los letrados, por el contrario, siempre soltaban sus largas frases repletas de palabras extrañas para recalcar nítidamente la superioridad de su sabiduría y su cultura frente a los que carecían de ella.

Lu Buwei pensó que se trataba de un letrado singular, con un defecto en el habla que no parecía haber afectado sus capacidades intelectuales ni sus conocimientos sobre medicina.

Los hombres partieron trotando de regreso a la ciudad, al Palacio del Comercio, donde los aguardaba un delicioso almuerzo compuesto de panecillos rellenos de cerdo sazonado con toronjil.

El mercader había pedido a Ritual Inmutable que se uniera a ellos.

—Si no es indiscreción, ¿de dónde venís? —preguntó el viejo maestro confuciano al filósofo.

—Del Estado de Qi, de Linzi, donde enseñaba Filosofía —respondió Han Feizi.

—No me digáis que sois profesor en la academia Jixia —preguntó exaltado Ritual Inmutable dando palmadas.

Lu Buwei miró sorprendido a su maestro. Ese nombre no le sonaba de nada.

—La academia Jixia es la cuna donde se forma la élite de Qi, aunque su reputación sobrepasa ampliamente las fronteras del reino. Este centro acoge a la flor y nata de los reinos de Yan y Zhao, aunque también, según me han comentado, de Chu —explicó Ritual Inmutable a Lu Buwei.

—En efecto, así es —admitió Han Feizi tras engullir un panecillo relleno.

—¿Qué disciplina impartís? —prosiguió el viejo letrado, que ahora miraba al tartamudo con respeto.

—Filosofía Legislativa y Derecho de Asuntos Públicos —precisó el filósofo.

—¿Y qué os ha ocurrido para que nos encontremos hoy aquí degustando juntos estos panes rellenos cocidos al vapor? —inquirió el mercader con aire sorprendido.

—Me expulsaron. Y para escapar de un proceso, digamos... infame, preferí huir —confesó el tartamudo con semblante afligido.

—¿Cómo es posible que un inofensivo filósofo sea objeto de tal oprobio? —repuso desconfiado el viejo preceptor.

—Incluso yo aún me lo pregunto... —respondió con tristeza.

Parecía hambriento. Lu Buwei lo invitó a seguir comiendo. Se zampó con voracidad, de un solo bocado esta vez, otro panecillo relleno de carne.

—¿Pero cómo pueden expulsar de semejante institución a un miembro de un cuerpo docente con tanto prestigio? —insistió Ritual Inmutable al encontrar la explicación del filósofo insuficiente.

Se hizo un pesado silencio. El filósofo masticaba con aplicación sus panecillos rellenos. Pidió que le sirvieran una copa de vino y se la bebió de un trago. Después, tomó aire, miró fijamente al viejo maestro confuciano y afirmó con parsimonia:

—Cuando lo que uno enseña es tan cierto y justo que se vuelve molesto. ¡En algunos sitios decir la verdad se considera un insulto!

Lu Buwei observaba al filósofo. Este debía de haber sufrido más de un agravio. Había pronunciado esa terrible frase sin vacilar, como si cayera por su propio peso.

Físicamente no parecía marcado por el sufrimiento. Han Feizi tenía la frente bien alta de los intelectuales. Su cabellera, cuidadosamente estirada y recogida en un moño, le confería un aspecto aún más austero. Un bigote afilado dibujaba un trazo negro sobre los finos labios del letrado, cuyas comisuras suavizaban sus marcados rasgos. Los párpados, un poco caídos, señal de su edad madura, ribeteaban unos ojos negros ligeramente oblicuos y brillantes que denotaban inteligencia.

El mercader pensó que no era conveniente formular demasiadas preguntas a su invitado. Le disgustó un poco que Ritual Inmutable se hubiera dedicado a actuar de inquisidor. No era momento para interrogatorios: no creía prudente acorralar aún más al filósofo.

Le pareció mejor eludir la cuestión y pasar a otra cosa.

—Así pues, lleváis con vos vuestras obras —soltó de manera distendida, cambiando de tema a propósito.

—Sí, he cogido unas cuantas. El resto eran demasiado voluminosas y me he visto obligado a dejarlas en la academia. ¡Espero que no las quemen! —exclamó divertido.

—¿Nos podéis contar algo más? ¿Qué libro es ese que lleváis? —inquirió Ritual Inmutable con ese tono enfático y entendido de letrado que se dirige a un colega.

Señaló con su regordete dedo índice la gavilla de bambúes que Han Feizi había dejado apoyada contra la pared.

—El título habla por sí mismo: el libro se llama *El bosque de las anécdotas*. Se trata de una recopilación de historietas instructivas dirigidas a monarcas y príncipes con responsabilidades políticas que deseen ejercerlas de forma adecuada para evitar, en un futuro, ser derrocados o verse obligados al exilio... —dijo el filósofo.

—Tal vez nos podríais citar algunas —sugirió amablemente Lu Buwei.

Han Feizi indicó con un gesto a Ritual Inmutable que, si lo deseaba, podía desatar la cuerda que sujetaba la gavilla de bambúes cortados por la mitad. El anciano así lo hizo; tomó la primera lámina y se dispuso a leer en voz alta los ideogramas grabados con estilete.

—Me disculpo de antemano por la macabra enumeración que sigue. Se trata de personas honestas que tuvieron la mala fortuna de soltar cuatro verdades a monarcas que no admitían crítica alguna. ¡Ser consejero del poder es una profesión de lo más peligrosa! —dijo el filósofo riendo.

Inclinado sobre la primera lámina, el viejo letrado confuciano comenzó la lectura. Era instructiva:

El marqués de Yi acabó asado. El de Gui, salado y secado como un jamón. Al príncipe de Bigan le arrancaron el corazón. A Meibo lo trituraron y conservaron tres meses en salmuera. Bailizi tuvo que huir y mendigar por los caminos. El cadáver de Sima Ziqi acabó siendo arrojado al río. Guanlongfang fue decapitado por haber dicho la verdad...

—¡Pero es horrible! —exclamó el mercader.

El viejo letrado dejó de leer.

—Y la lista continúa. Mirad allí —añadió Han Feizi señalando los otros bambúes enrollados a Lu Buwei.

Ritual Inmutable reanudó la lectura. A medida que avanzaba en aquella macabra enumeración, sus arrugados labios se torcían en un rictus de asco y horror. Acabó la primera lámina. Dejó de leer en voz alta y se volvió hacia el filósofo.

—¿Por qué todos estos horrores? —preguntó consternado.

—Habéis cogido el capítulo de *El bosque de las anécdotas* donde se explica que los malos reyes son los que no saben escuchar los buenos consejos. Todos esos déspotas sanguinarios fueron a su vez asesinados en sublevaciones populares, puesto que eran incapaces de acatar los principios del buen gobierno.

Lu Buwei, que parecía cautivado por las palabras del filósofo, quiso saber más.

—¿Y cuáles son esos principios?

—Harían falta días enteros para describirlos de manera pormenorizada. Pero a modo de resumen diría que el rey competente es el que únicamente ha de velar por que se respeten las leyes de Estado. Su sistema de poder, de una eficacia total, bastaría por sí solo. No tener que intervenir: esa es la señal de que un monarca tiene los asuntos bajo control.

—¿Y cuáles son los criterios de dicha eficacia? —se interesó Lu Buwei, sorprendido por el discurso.

Han Feizi esbozó una sonrisa y sus ojos negros empezaron a brillar. Siempre ocurría lo mismo. Sabía que, una vez más, gracias a aquella macabra enumeración, había provocado a su interlocutor. La violencia de sus palabras pretendía justamente turbar el sentido común de las personas cultas que, como Lu Buwei, habían sido educadas en el confucianismo biempensante.

Además, a diferencia de Confucio, Han Feizi creía más en la eficacia de un poder basado en la obligación que en la importancia de los rituales.

—La astucia, el secreto y la fuerza de la Ley —respondió a la pregunta formulada por Lu Buwei.

Sobre todo insistió en el último término, el de *Ley.*

—Es una doctrina bastante triste y pesimista —declaró el viejo Ritual Inmutable, al que las palabras de Han Feizi sumían en un abismo de perplejidad—. ¿No afirmó Confucio: «El rey es como un vaso, el pueblo como el agua»? —añadió con aire molesto.

—Cierto. Pero si el vaso se vuelca y cae al suelo, se rompe y el agua se infiltra en la tierra. ¿Conocéis algún pueblo que acepte una autoridad que no han elegido sin que esta se ejerza a la fuerza? Cuanto más grande es un pueblo, más reglas estrictas necesita. Y estas solo son válidas si se cumplen, recurriendo al miedo si es preciso —apuntó el filósofo devorando un último panecillo cocido al vapor.

—¿Pero cómo se consigue que el pueblo las cumpla? —preguntó el mercader, excitado por el giro que había tomado aquella discusión de altos vuelos.

—¡Castigando sin piedad cualquier infracción de las reglas! Mi tesis es: cuando se detiene a un delincuente, este ha de morir; pero aquel que no lo denunció, también ha de morir —explicó Han Feizi.

—Pero en tal caso, ¿no se corre el riesgo de que reine el terror? —insistió Lu Buwei.

—¡Más vale que haya terror y el pueblo pueda comer a que exista caos social, pues de este surgirán las peores calamidades para el pueblo! Me refiero, por supuesto, a las hambrunas que amenazan constantemente a nuestra cada vez más numerosa población...

—¿Y qué pensabais hacer en Qin? —se interesó Lu Buwei.

El mercader estaba dividido entre la admiración por la agilidad intelectual que demostraba poseer su invitado y una cierta repulsión por la violencia de sus tesis.

—Intentaré convencer al monarca del Estado para que me acepte como consejero político. He oído decir que el rey Zhong precisa de mis servicios. Dicen que el príncipe heredero tiene la cabeza llena de pájaros. Qin se ha convertido en una gran nación. ¡Cuanto más grande, más difícil es de gobernar!

—En tal caso, ¿me haríais el honor de acompañarme? —preguntó el mercader al filósofo tartamudo.

Han Feizi, sorprendido, examinó a Lu Buwei. No esperaba semejante proposición. Su anfitrión era poderoso y rico, el viaje a Xianyang junto a él resultaría más fácil que ir solo a pie. Han Feizi detestaba estar en compañía de necios. Sin embargo, no ponía en duda la inteligencia de Lu Buwei. Las preguntas y argumentaciones del mercader le habían parecido de lo más pertinentes. Su oferta le venía de perlas.

—No me parece mala idea —aprobó sonriente.

El mercader, por su parte, se alegraba de poder contar con la presencia de una mente tan distinguida. Se levantó, acompañó al invitado a su habitación y le deseó buenas noches.

Han Feizi, tremendamente modesto, se había abstenido de comentar a Lu Buwei que en Xianyang no era un personaje desconocido.

El rey Zhong coleccionaba todas sus obras desde hacía tiempo y era un gran afecto a sus teorías sobre el poder y la fuerza de la ley. Estanterías enteras de la biblioteca de la Torre de la Memoria llevaban la inscripción: «Escrito por Han Feizi».

Lu Buwei, con razón, aún no sabía que el hombre que acababa de engullir con voracidad seis panecillos rellenos de carne era, de hecho, uno de los filósofos más importantes de su tiempo.

Ese descendiente directo de la familia real de Han, el más pequeño de los reinos combatientes aunque no el menos valeroso, ya había escrito decenas de obras donde explicaba que la Ley debía estar por encima de los hombres, e incluso de los reyes. Aquel tartamudo que adoraba la equitación había empezado a asentar las bases de la filosofía del Estado y de las organizaciones colectivas que estaban reemplazando de forma paulatina al antiguo sistema de feudos y baronías.

Los reyes deseosos de llevar la modernidad y la ambición a sus reinos conocían su obra y comenzaban a inspirarse en ella. Algunos lo habían convocado para que los ayudara a construir Estados regidos por la Ley.

Si Lu Buwei hubiera adivinado que el filósofo había escrito incluso un relato sobre el jade, sin duda le habría pedido que se lo leyera.

Se trataba de la trágica historia del señor He, un desgraciado al que habían amputado los pies. Fue antes de que un rey ordenara al fin pulir la piedra que el hombre había ofrecido en vano a sus predecesores, quienes, al no ver más que un vulgar pedrusco, lo habían sometido al castigo reservado a los mentirosos.

Una vez pulida en la muela, la piedra se convirtió en el espléndido jade del señor He que todos los príncipes se disputaban, hasta tal punto que algunos habían sacrificado incluso sus propios territorios para poseerlo...

La moraleja de la fábula reflejaba en gran medida el pesimismo trágico que caracterizaba las obras del filósofo: las virtudes, como no podía ser de otro modo, siempre estaban ocultas y más valía no ofrecer a los príncipes jades envueltos en su ganga si no se quería acabar siendo amputado.

Aquella historieta que, de haberla oído, le habría quitado el sueño al nuevo propietario del bi negro descansaba tranquila junto al resto entre la gavilla de bambúes que el filósofo había logrado salvar de la hoguera donde las autoridades de Qi habían condenado a morir carbonizados todos sus escritos. Y ello gracias a la huida y el exilio, que lo habían llevado a cruzarse aquel día con el mercader de Handan.

Sin Han Feizi —aunque Lu Buwei, en un futuro, tendría la oportunidad de saberlo—, el gran imperio que pronto llegaría jamás habría existido. Ese día, la ley imperial aplastaría por completo lo poco que quedaba a los individuos de su ínfima libertad, ya de por sí mermada por el peso de las necesidades colectivas.

Una vez en su habitación, tumbado en una confortable cama, el filósofo tartamudo pensó que Lu Buwei, por muy mercader que fuera, sería un discípulo excelente.

Nunca imaginó que un mercader de caballos pudiera albergar una mente tan filosófica. Además, le estaba agradecido por la contención que había demostrado cuando refirió los problemas que lo habían empujado a huir de la academia Jixia. Tanta elegancia y cortesía no podían sino denotar una mente superior.

Aquel mercader pertenecía a esa casta tan inusual de personas nobles de mente.

Con la formación adecuada, no le cabía la menor duda de que podría ser un príncipe excelente.

8

EL ANCIANO REY ZHONG, COMO SIEMPRE A ESA HORA DEL día, contemplaba pensativo las cabriolas aéreas de las carpas gigantes, a las que la luz del ocaso teñía el lomo de los colores tornasolados del arcoíris. Sumergidos en los fosos del Pabellón del Bosque de los Madroños, estos peces eran simples masas informes en el lodo y el agua lútea. En cambio, cuando emergían para danzar bajo la atenta mirada del monarca, se convertían en joyas que centelleaban como diamantes.

Zhong divisó a Consumación Natural saliendo de la Torre de los Libros y le hizo un gesto para que se acercara. No había nadie en los alrededores, a excepción de los dos hombres.

—Desearía que fueras al Colegio de Altos Funcionarios. En el primer curso hay solo un alumno, Arrepentimiento Eterno creo que se llama. Me gustaría que me lo trajeras. Me han dicho que se trata de un joven de inteligencia singular —ordenó el rey al Muy Sabio Conservador.

—¡Vuestros deseos son órdenes, mi rey! —respondió con una reverencia Consumación Natural, sorprendido ante tan insólita petición.

Cuando el Muy Sabio Conservador regresó acompañado del joven alumno, el sol acababa de esconderse tras el gris azulado de la cadena montañosa que se recortaba sobre el horizonte.

El monarca indicó al letrado que se retirara.

El agua de los fosos volvía a estar en perfecta calma y la tranquilidad del lugar solo se vería perturbada por el sonido de las carpas cuando estas comenzaran a saltar de nuevo.

El anciano y el joven se encontraban a solas, uno frente al otro.

—¡Cómo has crecido, Poderosa Estrella del Este! ¡No hace ni dos lunas desde la última vez que nos vimos y ya te veo cambiada! —murmuró con voz cariñosa el anciano rey al tiempo que tomaba las manos de su hija entre las suyas.

—Lo de estar sola en el colegio me tiene muy desanimada... —dijo la muchacha mientras se desataba el gorro, del que escapó al instante una abundante cabellera de rizos castaños.

El rey sonrió. Estaba orgulloso de que su hija hubiera sido la única en aprobar ese año aquel examen tan difícil.

Para ello, tuvo que disfrazarse de chico y cambiar de identidad. Su padre eligió el nombre de estudiante: Arrepentimiento Eterno, en recuerdo de Valle Profundo. Dicho travestismo, que los profesores desconocían por completo, divertía de lo lindo al anciano.

Acabó por ceder a los deseos de su hija de ingresar en aquella escuela donde se formaba a la élite del reino. Sin embargo, para presentarse al difícil examen de acceso había que ser varón. A la joven eso no le suponía un problema. Al principio, el rey se mostró reticente, pues no entendía la legitimidad del deseo de su hija. Luego cedió ante el fervor de su insistencia y la pertinencia de sus argumentos. Consintió que se disfrazara de chico. La inteligencia y la ya vasta cultura de Poderosa

Estrella del Este hicieron el resto: el joven Arrepentimiento Eterno fue el único en conseguir el número de puntos necesario para ser admitido.

Poderosa Estrella del Este se parecía a su madre. Tenía sus ojos de jade almendrados y su pequeña nariz respingona. Bajo las vendas que le oprimían el pecho de adolescente apuntaban ya unos pequeños senos de mujer. Sus finas manos eran de color marfil. Tras su aire grave e infantil prendían las brasas de un carácter apasionado.

—¿Y qué quieres que haga yo? ¿Enviar a más alumnos? ¡La única forma de ingresar en el Colegio de Altos Funcionarios es hacer el examen que tú has aprobado de forma brillante! —replicó su padre lleno de orgullo.

Pero al anciano se le acaba de ocurrir una idea: una solución que pensaba compartir con el Gran Oficial de las Amonestaciones.

—¿Y si dejara de disfrazarme de chico? —preguntó Poderosa Estrella del Este entre carcajadas.

Su anciano padre la cortó de inmediato. Sin saber muy bien si su hija bromeaba, le dejó una cosa clara:

—Eso ni pensarlo. Únicamente los varones pueden ser altos funcionarios. Si este secreto se descubriera, sería nuestro fin. Un rey debe respetar sus propias leyes. El haber hecho excepciones por una hija acarrearía un castigo aún más severo. Todos deben inclinarse ante la Ley —sentenció con un tono que de repente se había vuelto grave.

Abrazó a su hija y la cubrió de besos y caricias mientras la chica se acurrucaba contra el ajado cuerpo de su padre.

—Corre el rumor de que mi medio hermano va a tener un hijo. ¡Voy a ser tía! —susurró la joven.

—¡Vaya si los rumores vuelan en este palacio! Es cierto, el príncipe Anguo por fin se ha decidido a procurar descendencia a nuestra familia —reconoció el monarca como si nada con aire distraído.

El acontecimiento que desde hacía días corría de boca en boca por la corte lo dejaba más bien indiferente. Esa futura paternidad ni le iba ni le venía.

Se oyeron unos pasos sobre la gravilla del patio.

—¡Alguien viene! ¡Ponte el gorro, rápido! —susurró a la oreja de la joven, la cual se recompuso a toda prisa.

Una sombra furtiva, salida del pasaje que desembocaba en el patio, se acercaba.

—No pretendía molestaros —se excusó la voz clara y cantarina de la princesa Huayang.

Al ver a su nuera envuelta en un vaporoso vestido que dejaba entrever sus formas perfectas, acentuadas por las cadenas de oro que le ceñían los tobillos y las muñecas, el rostro del anciano se iluminó.

—Vos no molestáis nunca, hermosa Huayang —la tranquilizó mientras indicaba a Poderosa Estrella del Este que ya podía retirarse—. Felicitaba a un joven estudiante por sus excepcionales méritos —añadió Zhong señalando a Arrepentimiento Eterno, quien se inclinó ante la primera esposa de su medio hermano antes de marcharse.

Huayang se arrodilló a los pies del anciano. Este podía oler el perfume de pimienta y jazmín con el que ella se había untado los largos cabellos. Esos aromas embriagadores lo estremecían, le recordaban otras caricias fogosas. Cerró los ojos. No tardó en sentir los dedos expertos de Huayang subir con lentitud por sus muslos e introducirse por la abertura de su pantalón como un hurón en su madriguera.

—Deja que acaricie esa hermosa Vara de Jade —murmuró melosa Huayang, que ya había comenzado a masajear hábilmente su viejo sexo fatigado por los años.

El anciano se retorcía sobre la banqueta. Sintió cómo una ola de deseo ascendía por su cuerpo y constató satisfecho que su Vara de Jade, por lo habitual bastante mustia, empezaba a tomar forma.

Hacía meses que no le ocurría.

—¡Sin duda eres lo único más eficaz que la mezcla de jengibre y cinabrio de las píldoras de Wudong! —exclamó separando sus flacas piernas, que su nuera ya había descubierto casi por completo.

La historia entre Zhong y Huayang venía de largo, apenas unas semanas después de que ella desposara a su hijo. No tardó en seducir a su suegro, al poco de ser presentados por primera vez, y no le fue difícil hacerse apreciar.

Desde entonces, ella le procuraba sus caricias con cuentagotas y a su antojo. El único día en que el rey Zhong le pidió, sin cuidar demasiado las formas, que compartiera el lecho con él, le replicó con brusquedad que solo ella decidía cuándo y dónde. Mas los servicios prodigados por la bella Huayang merecían ampliamente que el monarca se plegara a las condiciones unilaterales de la primera esposa de su hijo.

Su irrupción en el Pabellón del Bosque de los Madroños era para el anciano monarca la divina sorpresa que nunca hubiera osado solicitar.

Segura de sus habilidades y convencida del deseo que inspiraba, la aplicada princesa hundía la cabeza entre los muslos del anciano para propiciar el encuentro entre el dulce rocío de su lengua y el jade líquido que emergería de la Vara. Esa feliz mezcla, cuyo secreto de fabricación tan solo ella conocía por lo sumamente difícil que resultaba despertar a aquel cuerpo marchito por los años, no se hizo esperar.

Si bien el encuentro de sus energías internas fue de lo más breve, este arrancó al anciano un suspiro de placer. Huayang lo había sumergido en un dulce sopor del que se apresuró a hacerle salir. Retrocedió y acercó su rostro al del monarca.

—¡He sabido que Anguo ha dejado en estado a la concubina que es rehén de Zhao en Qin! —protestó irascible.

El anciano, absorto en la emocionada contemplación de su Vara de Jade de la que aún caían unas gotas de savia, fingió no haber escuchado.

Huayang clavó las uñas en los muslos del soberano provocando un gemido del anciano. Entonces, a fin de captar mejor su atención, lanzó una mirada afilada a los ojos inexpresivos del rey, a quien se le habían empezado a dilatar las pupilas de placer. Estaba convencido de que aquella beldad se disponía a besarlo. Se equivocaba.

—Necesito tiempo —continuó diciendo ella con severidad.

—¿Qué quieres decir exactamente? —preguntó el rey Zhong que, algo decepcionado, volvía poco a poco en sí.

—¡Júrame que el niño que nacerá, en caso de ser varón, no será nombrado príncipe heredero del reino de Qin antes de que otro salga de mis entrañas! —gritó su nuera justo antes de ponerse a llorar a lágrima viva.

—Entonces simplemente tienes que darle un hijo a Anguo. Según creo, recibes sus atenciones amorosas varias veces al día —comentó el anciano no sin acritud.

—¡Así y todo ese hijo parece no llegar!

Su llanto se intensificó. Los espasmos agitaban su sublime cuerpo.

—¿Has consultado el Cuadro de los Geománticos de la corte? Tal vez la disposición de tu dormitorio dificulta la fertilidad.

—¡Ya han venido en tres ocasiones! ¡Por más que invoco al Cuervo Azulado Qingwu, el geomántico del mismísimo Emperador Amarillo Huangdi, no hay manera! —se lamentó Huayang gimoteando desesperadamente, lo que hacía temblar sus deseables senos.

El viejo Zhong la encontraba aún más hermosa con los ojos anegados de lágrimas.

—Los expertos de los vientos y las aguas feng shui han estudiado la habitación de arriba abajo. Colocaron una brújula en el centro para enumerar los ocho vientos y posicionar los cinco elementos en el espacio. Me aseguraron que el *qi* recibía la influencia del *shun* justo en el lugar en que mi cama toca con la pared. Además, han plantado un ciprés al noroeste de mis aposentos, algo que normalmente atrae la felicidad y la prosperidad —añadió retorciéndose las manos.

—Entonces no se entiende... La próxima vez habrá que sugerirles que empleen el método *cielo-hombre:* es infalible —afirmó el rey haciéndose el compasivo.

Sabía de sobra que el método *cielo-hombre* no añadiría nada a los sabios procedimientos llevados a cabo por los geománticos de la corte a la hora de averiguar si el espacio donde dormía estaba bien dispuesto respecto de los vientos y las direcciones. En cambio, la desazón —que no parecía simulada— de aquella mujer a quien hasta ahora no había podido manejar suponía para él la feliz sorpresa del día. Por fin tenía algo con lo que domar a aquella fierecilla.

—No has respondido a mi petición —insistió afligida Huayang, que ya había dejado de llorar.

—La he oído —contestó el monarca, que había recuperado la sonrisa.

La mujer observaba fijamente los fosos, la calma de sus aguas solo perturbada por algunas ondas concéntricas.

—Incluso estaría dispuesto a ser comprensivo... a condición de que sigas mostrándote así de gentil con la Vara de Jade de Zhong —insinuó señalando su entrepierna.

Huayang alzó los ojos hacia el anciano. Había recobrado el dominio de sí misma y, decidida a no perder una pizca de su ventaja, respondió con voz melosa y alegre:

—Mi gentileza será infinita, en cuanto te lo hayas merecido. Algún día, si eres cortés y complaciente conmigo, hasta podría acceder a abrir para ti mi Sublime Patio Posterior...

Al escuchar dichas palabras, el anciano Zhong experimentó un profundo gozo. Mucho debía necesitarlo para hacerle una propuesta parecida.

Se hacía tarde. Había que marcharse. Huayang sacó la lengua y, con la punta, le rozó la nariz. A continuación, le lamió delicadamente el lóbulo de las orejas. El soberano se estremeció.

Después, cual sombra furtiva, ella desapareció por la incipiente penumbra, dejando al anciano a solas con sus fantasías. Los fosos negros e inmóviles reflejaban ya la fría luz de la luna.

*

—¡Mira esto! ¿No es extraordinario? Por fin recobro las fuerzas, como cuando era joven. ¡Cualquiera diría que acabo de tomarme ese polvo de las cinco piedras que te hace comer luego alimentos fríos!

Sentado en la cama, con los cabellos aún revueltos a causa de los efectos provocados por el tornado Huayang, el anciano Zhong mostraba satisfecho la protuberancia de su sexo bajo el pantalón.

Apuntaba entusiasmado al augusto testimonio de su reencontrada virilidad ante la mirada perpleja del ilustre sacerdote taoísta, a quien había convocado con absoluta urgencia a sus aposentos a aquellas altas horas de la noche.

—¡Este magnífico acontecimiento se lo debo a una fémina tan experta como hermosa! ¡Y no a tus píldoras! —le recriminó, al tiempo que por el rabillo del ojo observaba la reacción de Wudong.

El soberano señalaba la caja de píldoras confeccionadas a base de polvo de cuarzo, rejalgar, leche de estalactita, oropimente y ginseng. Se suponía que el polvo de las cinco piedras calentaba de tal forma el organismo que después de tomarlo era imposible comer otra cosa que no fueran alimentos fríos.

Wudong, poco interesado en participar en aquella polémica, miraba hacia otro lado. De pronto, halló un modo de contraatacar.

—¿Esa mujer no habrá tomado vuestra virilidad? —preguntó al rey con inquietud.

—Desde luego que sí, ¿y qué hay de malo? —refunfuñó ya crispado el anciano, quien nunca había entendido el empecinamiento de Wudong en convencerlo de que toda emisión improvisada de esencia espermática suponía una pérdida de energía vital. El sacerdote, molesto, no sabía bien qué contestar a aquel alumno indómito, y no por ello menos rey de Qin.

—Mis pociones tienen sin embargo cierto efecto... —aventuró tímidamente.

—¡Menos que la lengua de esa mujer! —replicó el viejo con acritud.

Wudong se encontraba devanándose los sesos en busca de la fórmula ritual o el poema clásico que por suerte le hiciese olvidar el fastidio que sentía por haberlo puesto en evidencia con tanta facilidad, cuando el anciano hizo un comentario que le vino como caído del cielo.

—Háblame del yin y el yang. Necesito entender cómo esa mujer consigue despertar a este buey moribundo en el que me he convertido —añadió el rey lanzando un suspiro.

Wudong encendió en seguida su incensario boshanlu y comenzó a recitar con gravedad las estrofas que describían la forma en que el yin y el yang se emplazaban en el espacio:

Cuando los efluvios yin culminan,
alcanzamos, en el mundo de abajo, las Aguas Amarillas.
No obstante, no debemos entonces cavar la tierra o perforar
[pozos;
cuando los efluvios yang culminan,
alcanzamos, en las alturas del cielo, el tejado rojo.
No obstante, no debemos entonces aplanar colinas o subir a
[los tejados.

El monarca escuchaba atento con los ojos entreabiertos.

—Tradúceme. La memoria me falla de nuevo —gemiqueó el viejo, a quien los dolores de barriga parecían volver a asaltarlo.

—El yin y el yang son contrarios y complementarios a la vez. Cuando están alejados, todo los opone. Mas cuando se entremezclan, el Gran Camino se abre. Esa mujer que logra despertar vuestros sentidos es en cierto modo vuestro dao —concluyó Wudong.

El rey, exultante por haber comprendido, asintió sobreexcitado.

—¡Es la expresión exacta: esa mujer es mi dao! —repitió varias veces.

El ilustre sacerdote se sentía algo aliviado por haberle tomado ventaja de nuevo al viejo rey escéptico, el cual, por fortuna para él, comenzaba otra vez a quejarse de su mala memoria.

El anciano, vencido por el cansancio, se iba adormeciendo plácidamente. Ningún rastro de virilidad abultaba ya su pantalón. Yacía hundido en su cama, sofocado y con la mirada vacía vagando por el techo artesonado de la habitación.

Wudong lo prefería así, como un despojo extenuado y dependiente, y no como hacía unos instantes cuando, desafiante e indiferente a los muchos cuidados que el ilustre sacerdote le prodigaba en secreto desde hacía meses, había empezado a instruir contra él aquella especie de proceso que finalmente denigraba sus prácticas y medicamentos. El sacerdote nunca había confiado en reyes, y mucho menos en los viejos soberanos caprichosos, cuyos repentinos antojos juzgaba tan incontrolables como injustos.

Se disponía a salir de puntillas cuando oyó la voz temblorosa del anciano.

—¿Sabrías decirme si mi nuera ha sido iniciada en el Gran Camino?

Wudong se sobresaltó.

Así que era de Huayang de quien habían estado hablando todo el tiempo... ¡Cómo no había caído antes!

Conocía bien a la primera esposa de Anguo, a quien, en el más absoluto secreto, iniciaba en las prácticas taoístas en el Palacio de los Fantasmas ante la sola presencia de Zhaogongming. Huayang era una adepta brillante y aprendía rápido. Casi había alcanzado el nivel requerido para ser ordenada sacerdotisa. Los tres habían efectuado varias veces los ejercicios secretos en los que los cuerpos se entremezclan y penetran. De este modo, se habían fusionado en el éxtasis que reina en el umbral del Gran Camino, donde el yin y el yang se funden en uno, mas cuidándose de no captar los licores íntimos de unos u otros, a pesar de la inexorable venida del deseo, ya que debían evitar cualquier dispersión de las energías internas.

Wudong tenía un nudo en la garganta. Había jurado a Huayang no mencionar jamás su iniciación.

Comenzó a recobrar la serenidad para mentir con la mayor naturalidad posible al viejo Zhong.

—Majestad, estaba justo a la salida y no he oído bien vuestra pregunta —articuló a fin de ganar algo de tiempo y preparar una respuesta convincente.

La única contestación que recibió fueron los sonoros ronquidos del anciano que resonaban en la habitación.

Así que, aliviado por segunda vez en la noche, salió del dormitorio diciéndose que era, junto con la hermosa Huayang, uno de los pocos en poder entrar en él.

*

—¡Menuda cosa ha llegado a mis oídos! ¡Y yo que pensaba que compartíamos todos los secretos! —recriminó el ilustre sacerdote a Huayang.

Wudong la miraba con reproche. Había enviado un mensaje a la primera esposa del príncipe heredero para citarla en el jardín botánico de Xianyang, donde ahora se encontraban caminando a buen paso por los senderos flanqueados de majestuosos ginkgos centenarios, intentando no llamar demasiado la atención.

—No tengo que rendir cuentas a nadie, a excepción del Gran Camino —replicó ella con voz temblorosa por la indignación.

Huayang era muy inteligente. Quería dejarle claro a Wudong que era una adepta del dao libre de sus actos y, sobre todo, que no era la buena alumna dócil que confiaba a su profesor todos sus movimientos. Sabía mejor que nadie, pues lo practicaba con asiduidad, que la mejor defensa era, llegado el caso, un buen ataque.

—Espero que sepas prepararme la poción que me hará fértil —añadió en tono conminatorio.

—Habría que empezar por invocar a la Soberana Originaria de las Nubes Irisadas.

—¡Invoco sin cesar la gracia de la sexta seguidora de la Santa Madre! Todo sin éxito. Aunque, por el contrario, tengo esperanzas en tus talentos de alquimista —lo interrumpió la primera esposa de Anguo.

Wudong no pudo evitar lanzarle una mirada de admiración. Tanta agresividad era rara. Aquella mujer rebosaba energía mental. Vio también que una lágrima asomaba por el rabillo de sus ojos de jade.

—¿Es la futura paternidad de Anguo la que te pone en semejante estado? —preguntó Wudong con infinita precaución.

—El rey me ha prometido esperar a que mi hijo venga al mundo antes de que el niño de la concubina Xia sea nombrado futuro príncipe heredero.

—Eso, en caso de ser varón... —creyó conveniente añadir el sacerdote.

Entonces, ella no pudo contenerse por más tiempo y rompió a llorar.

—¡Pues claro que será un varón! He consultado la carta astral de la noche en que concibieron al niño. La estrella del Norte tocaba la cola del carro. En esa configuración estelar domina el yang —precisó Huayang entre hipidos de desesperación.

—Aún nos quedan algo más de seis meses lunares —dijo Wudong en un tono compasivo.

—¡Sabes tan bien como yo que eso es muy poco! —respondió Huayang sollozando con más aflicción aún.

Un cuco se puso a cantar. Ella lo escuchó con suma atención. El canto tranquilizador del pájaro la ayudó a apaciguarse.

—Según la leyenda, puede que sea el alma del rey Chu que acude en mi ayuda —comentó burlándose de sí misma.

El pájaro que pone sus huevos en nidos ajenos había logrado que contuviera sus lágrimas. Se había sosegado. Huayang detestaba que la vieran llorar.

Wudong la observaba en silencio. Le gustaba el carácter de aquella mujer a la que nada parecía poder abatir. Al mismo tiempo, contemplaba los minúsculos brotes que las yemas del ginkgo formaban sobre las ramas del árbol. En unas semanas se transformarían en esas piezas de oro de las que tomaban el nombre aquellos árboles, con cuyas hojas se obtenía una infusión que tenía fama de otorgar larga vida a quien la bebiera. Huayang poseía la misma fuerza que la savia de las plantas, a la que nada impide remontar bajo la corteza al llegar la primavera.

—Si el plazo es demasiado corto, únicamente queda una solución —sentenció con lentitud y gravedad.

—¿Cuál?

La princesa se esforzaba en dominar la febril ansiedad teñida de esperanza que las palabras de Wudong habían producido en ella.

—Hacer desaparecer al encargado de designar al futuro príncipe heredero.

—¿Te refieres al viejo Zhong? —murmuró en un susurro.

—Tú lo has dicho —concluyó el sacerdote en voz baja al tiempo que le apretaba el brazo. Huayang vio en ese gesto una suerte de juramento. Cerró los ojos y, a su vez, apretó con fuerza los puños del maestro entre sus manos. Permanecieron así largo rato, agarrados el uno al otro, como dos seres que, pese a sus diferencias, consiguen transmitirse mutuamente la energía vital, así como el coraje y las ansias de vivir.

Sobre la hierba que bordeaba los senderos donde ambos compartían sus horribles confidencias, los pavos reales hacían la rueda y las tórtolas picoteaban las migas de pan dejadas por los niños. Los ginkgos parecían asistir al espectáculo con la benevolencia que les otorgaban sus largos años. Una tenue luz primaveral bañaba aquel jardín compuesto cual aria musical, donde las especies más exóticas hacían las veces de notas: altas para los arbustos delicadamente inclinados; bajas para los árboles más veteranos, que erguían orgullosos sus altas ramas hacia el cielo; vibrantes para las rosas, que pronto abrirían sus capullos; estridentes para las peonías que con sus abundantes flores multicolores marcaban el ritmo cadencioso y apacible de la hierba, que se escapaba por los huecos de los matorrales hasta perderse en la lejanía.

En este marco de armonía y delicadeza, Wudong y Huayang acababan de sellar un pacto que alteraría profundamente el reino de Qin, mas nadie podía saberlo aún.

9

EL PASEO PROMETÍA SER BELLO, AL IGUAL QUE TODOS aquellos edificios de hermoso aspecto. Y aquel joven arquitecto, que tan bien los describía, conocía la ciudad como la palma de su mano.

Mientras acompañaba a su guía, Lu Buwei recordaba complacido el primer encuentro con Suma Perfección:

—Soy el arquitecto del que el general Paz de las Armas os habló, creo que esperabais mi visita —había anunciado el joven con voz clara después de haberse inclinado respetuosamente ante Lu Buwei—. Me llamo Suma Perfección y acabo de diplomarme en la Escuela de Arquitectos Públicos —añadió con gran modestia.

El mercader había respondido con una sonrisa a aquel joven bien ataviado y de facciones regulares que transmitían sinceridad.

Cuando llegó a Xianyang unas semanas atrás, escoltado por sus caballos y acompañado de sus hombres, Lu Buwei constató satisfecho que Paz de las Armas lo aguardaba en el primer cruce, rodeado de una cuadrilla de palafreneros de los Acaballaderos Reales, los cuales rindieron las armas en señal de bienvenida.

El Intendente General de las Caballerizas Reales de Qin se había comportado con él como el anfitrión perfecto.

En un lugar algo alejado de la ciudad, en lo alto de una verde colina rodeada de pastos, le había buscado una casa hermosa y prominente rematada con tejas barnizadas.

Con la intención de acondicionarla a su antojo, el mercader se apresuró a adquirir aquel elegante edificio de ladrillo rojo, cuyos altos muros de piedra seca se ensanchaban ligeramente en la base. Dos dragones de piedra de la altura de un hombre flanqueaban el ancho y majestuoso porche de la entrada. Las ventanas del edificio eran redondas como los ojos de un lagarto y estaban bordeadas de piedra gris. En torno a un espacioso patio interior, diversas galerías de madera conducían de una habitación a otra. En medio de este espacio central se hallaba un pequeño terreno cubierto de hierba con un pozo.

Disponía de las habitaciones necesarias para alojar a toda su casa: a Zhaosheng, su secretario, que había dejado a su amada y joven esposa, Intención Loable, en Handan; al caballerizo Mafu, al Hombre sin Miedo y a todos los demás sirvientes. Han Feizi, por su parte, contaba con una amplia estancia privada situada en el último piso, con unas vistas de la capital impresionantes.

El conjunto recordaba a una especie de majestuosa fortaleza, aunque algo menos austera.

Lu Buwei pretendía construir las caballerizas en la ladera de la colina, sobre las pendientes tapizadas de hierba, e instalar allí a la pareja de caballos celestes y al resto de animales que había traído consigo para mostrárselos a las autoridades de Qin. Escogió a los équidos con sumo cuidado, vigilando escrupulosamente que todas las razas, de las más rápidas y nobles que criaba, estuvieran representadas. No quería, con toda razón, que caballos tan valiosos y singulares durmieran al raso.

Para agradarle, Paz de las Armas le había prometido ponerlo en contacto con un joven y brillante diplomado de la Escuela de Arquitectos Públicos, hijo de unos conocidos. Como en otras ocasiones, cumplió su palabra, para gran satisfacción del mercader.

—¿Seríais capaz de construir unas caballerizas en cuatro semanas? —preguntó de buenas a primeras Lu Buwei sin perder ni un segundo.

—Es un plazo muy corto. Pero posible, a condición de que se hagan de madera —respondió Suma Perfección, a quien la propuesta no parecía haber desconcertado.

Y de esta forma, la obra solo duró un mes lunar. Desde el comienzo de los trabajos, los dos hombres fraguaron una relación cordial y cómplice. La intuición y maestría del joven diplomado eran admirables. El mercader y el arquitecto se pusieron en seguida de acuerdo sobre los planos y el precio de la futura obra.

Suma Perfección, consciente de que aquella era una oportunidad única para darse a conocer, ideó un edificio majestuoso y original a la vez, con una cubierta en forma de casco de navío invertido apoyada sobre cuatro inmensos troncos de árboles que se dejarían en bruto.

A Lu Buwei le complació el proyecto de arquitectura plasmado sobre una tablilla de madera flexible. Únicamente restaba conseguir los árboles necesarios. A tal objeto, compraron un pequeño bosque de píceas situado al otro lado de la colina, a mitad de la ladera de una de las primeras estribaciones de la cadena montañosa donde culminaba, más allá de las primeras cimas visibles, el pico de Huashan.

Zhaosheng no tuvo especial problema en reclutar obreros forestales, tarea que desempeñó con su habitual eficacia. Lu Buwei había accedido a pagar a los trabajadores sustanciosos salarios.

Mientras los leñadores serraban y tallaban los inmensos troncos rectilíneos envueltos en una nube de virutas y serrín, tras haber allanado la ladera de la montaña y acondicionado allí una gran terraza, el joven arquitecto propuso a Lu Buwei aprovechar aquel descanso para visitar la espléndida arquitectura de Xianyang. El mercader aceptó encantado.

La única ciudad importante que Lu Buwei conocía era la pequeña ciudad de Handan, la cual resultaba sobria y gris en comparación con Xianyang. El mercader de caballos celestes había descubierto poco a poco que la arquitectura de la orgullosa capital de Qin, más allá de los edificios en los que se plasmaba, era muestra del complejo equilibrio entre los diferentes poderes que regían la sociedad y el Estado. Así, en Xianyang, la arquitectura militar, con sus espléndidos materiales y sus líneas puras, rivalizaba con los más bellos palacios de la arquitectura civil. Cada ministerio, cada administración, cada gremio y cada cuartel tenía pues un edificio propio, destinado a proyectar su imagen y poder. Todas las edificaciones estaban construidas con belleza y magnificencia a fin de deslumbrar a viandantes y ciudadanos: los mármoles preciosos con los que se erigían los inmensos acuartelamientos daban fe del poderío de las armas; los bloques de piedra perfectamente tallados de los palacios de justicia eran símbolo de la rectitud de los jueces y la Ley. El Palacio Real, por su parte, sede del poder absoluto del monarca de Qin sobre el conjunto de sus súbditos, dominaba la ciudad desde su altura y majestuosidad al abrigo de murallas infranqueables e implacables cubiertas de agresivas almenas y bajo techos curvados hacia el cielo.

—¿Habéis oído hablar del proyecto del *Gran Muro de Qin?* —preguntó el arquitecto a su cliente mientras admiraban la alta muralla de simétricas piedras en seco que rodeaba el palacio del rey Zhong.

—Ciertamente no. ¿De qué se trata?

—De una muralla de varios miles de li, para la cual se utilizarán los muros defensivos ya construidos aquí y allá gracias a la tenacidad de nuestros antiguos reyes. La idea consiste en unir los tramos existentes y elevar la altura del conjunto. Es una obra de la que se lleva años hablando, pero que ningún rey de Qin ha osado emprender. El Gran Muro de Qin serpentearía como el cuerpo de un inmenso dragón que protegería de una vez por todas a nuestro bello país de las incursiones y saqueos de los bárbaros.

—¿Y qué impide al rey de Qin construirla?

—Varias razones. Una, la escasez de medios, sobre todo desde la crisis de los caballos, ya que semejante proyecto movilizaría gran parte de nuestros recursos financieros y humanos en detrimento de nuestros ejércitos. Pero, principalmente, una falta de voluntad política y ambición. Os lo digo por lo bajo: Qin necesita un rey digno de ese nombre, un soberano ambicioso y con altura de miras.

El arquitecto susurró esta última frase al oído del mercader por temor a ser escuchado. A este último le conmovió la franqueza de su interlocutor, habida cuenta de que apenas lo conocía. El arquitecto le había dado una generosa muestra de confianza. Con todo, aquel proyecto del Gran Muro se le antojaba un tanto extravagante.

—¿No es una idea algo descabellada?

—En la Escuela de Arquitectura, los profesores nos decían que era una idea propia de un imperio. Quizás sean la misma cosa… —respondió con ingenio Suma Perfección.

Estallando de risa, el mercader de caballos reanudó el paseo y el arquitecto lo tomó del brazo para continuar con su recorrido arquitectural.

Xianyang estaba construida en majestuosas terrazas que descendían lentamente hacia la planicie atravesada por el río.

Dos puentes de madera unían ambas márgenes del Wei. Se adivinaban asimismo los primeros cimientos de lo que sería un gran puente de piedra. Los edificios casaban a la perfección con la inclinación del terreno. Nada parecía poder impedir que las lustrosas tejas que remataban en cola de golondrina aquellos palacios y casas siguieran aquella suave pendiente natural. Dibujaban en el paisaje líneas y curvas intermitentes, horadadas aquí y allá por una frondosidad verdosa que al llegar al horizonte acababa reducida a un sutil punteado.

Desde la ribera del río daba la impresión contraria: el imponente escalonamiento de los edificios públicos, con sus contornos entrecortados, confería a la ciudad el aspecto de un gigantesco acantilado multicolor culminado por el orgulloso e inaccesible palacio del rey.

Aquel día era su último paseo juntos. Las obras de las caballerizas estaban a punto de concluir. El arquitecto condujo a su cliente al pie de un muro tan alto que era imposible adivinar dónde terminaba.

—Esta es la Torre de las Leyes, la más alta de la ciudad. Aquí es donde se exhiben nuestras leyes y decretos, en los muros de ladrillo del primer piso, para promulgarlos. De ese modo, nadie puede decir que los desconoce —explicó el arquitecto.

—En el reino de Zhao, nos contentamos con grabar las leyes y edictos en vasijas trípodes de bronce.

—Así lo hacíamos también en Xianyang, pero el padre del actual soberano decretó que el respeto de la ley implicaba que todo el pueblo sin excepción debía poder verla y conocerla. Desde lo alto de este edificio, la Ley se impone a todos.

El arquitecto señaló orgulloso el muro.

Condujo a Lu Buwei a una terraza adyacente desde donde podía contemplarse la inmensa torre erigida sobre un cerro, lo que añadía grandiosidad a su vista. El edificio, algo pomposo y pesado, coronado en cada planta por recargados voladizos de mármol blanco, fue construido para glorificar la Ley. Rivalizaba en altura con la Torre de la Memoria del Pabellón del Bosque de los Madroños.

Un poco más adelante, en pleno centro de una plaza redonda y pavimentada, se alzaba la silueta monumental de un edificio en forma cúbica desprovisto de ventanas. El mercader preguntó al arquitecto el nombre de aquella prisión.

—En verdad es una prisión, aunque para textos. Este es nuestro Palacio de los Archivos. En Qin, podríamos decir que gobernar es escribir, y todo lo que se escribe se tiene que archivar y conservar. ¡Una mitad de los funcionarios del reino escribe y relata lo que la otra hace! —bromeó Suma Perfección.

El descubrimiento de aquella ciudad grandiosa, donde todos los símbolos de lo militar y lo civil desplegaban su poder, había despertado en Lu Buwei el deseo de convertirse en alguien importante allí.

Las palabras que Han Feizi había pronunciado en Hadan cobraban de pronto un nuevo significado. Gobernar también era —y quizás más que nada— imponer.

Ahora entendía mejor cómo el urbanismo y la arquitectura podían dar fe de una voluntad política reflejando su poder y capacidad de intimidación.

En apenas unos días, el arquitecto concluiría su trabajo.

La forma de navío invertido con cubierta de planchas de madera comenzaba a divisarse de lejos. Aquella curiosa embarcación encallada en la ladera de una colina, con esbeltas columnas que recordaban a mástiles, suscitaba los elogiosos comentarios de los transeúntes que se acercaban a observar la evolución de la sorprendente obra. Todos querían saber el nombre del acaudalado y poderoso ordenante de aquellas caballerizas con hechuras tan originales. Algunos, por sus formas, las tomaban por un templo dedicado al mar; otros las consideraban un santuario consagrado a Mafu, el dios de los caballos, y los más peregrinos, aunque no por ello menos poetas, un misterioso cenotafio en el que un hombre muy rico depositaría las reliquias de una princesa difunta a la que había amado y cuyo nombre nadie conocía.

El mercader comenzaba a sentirse orgulloso de todos aquellos rumores que corrían por la ciudad.

En su cabeza aún resonaba el eco lacerante de las asombrosas predicciones de Valle Profundo. No dudaba que una buena estrella lo acompañaba. Creía en su destino.

Su vida había cambiado en unas pocas semanas. Ahora se abrían ante él nuevos horizontes, mucho más vastos de los que había visto hasta entonces. Había conocido a personas extraordinarias: militares de alto rango, un filósofo legista, un arquitecto con talento y un huno gigante que le había salvado la vida. La única sombra de pena, su única frustración, era aquella joven bailarina de circo que, pese al sueño que había tenido, parecía habérsele escapado para siempre.

Convencido de que toda aquella suerte era producto del bi negro constelado, preparó en la pared de su alcoba un escondite especial en el que proteger el valioso objeto ritual de los roedores o de posibles ladrones. Todas las noches, al igual que en Handan, lo admiraba, y sus ojos se seguían perdiendo con deleite en la contemplación de su firmamento de piedra.

Para cuando las caballerizas de madera estuvieron acabadas, alzando su desafiante silueta marítima y silvestre sobre la colina, todo Xianyang sabía ya que un rico y célebre mercader de caballos de Zhao había decidido instalarse en Qin.

Y nadie dudaba que aquel mercader llevaría a cabo grandes empresas en el lugar.

*

Aquella noche, por primera vez desde que llegara a Xianyang, Lu Buwei había decidido explorar el barrio de las Flores y los Sauces, donde se concentraban las ciento diecinueve casas de citas de la ciudad.

Al contrario que Zhao, el reino de Qin había nacionalizado las casas de lenocinio. La iniciativa había sido del padre del rey Zhong, quien encontró en esta medida un modo eficaz e indoloro de recaudar impuestos. El funcionamiento del sistema era infalible.

Las prostitutas pertenecían al Estado, el cual cosechaba jugosos beneficios con su comercio. El barrio del placer de Xianyang reflejaba el mecanismo de aquella actividad lucrativa, precisa como un reloj de agua. Seis calles lo atravesaban: tres de este a oeste y otras tres de norte a sur. Esta cuadrícula permitía una estrecha vigilancia del recinto; cada manzana de casas estaba bajo la responsabilidad de un funcionario que supervisaba la caja de las cuatro mancebías a su cargo. El conjunto de burdeles lo regía una entidad administrativa con el bonito nombre de Círculo de Intenciones Primaverales. Las cortesanas eran bien esclavas extranjeras obtenidas de los botines de guerra, bien antiguas concubinas venidas a menos o, en ocasiones, muchachas aún muy jóvenes procedentes de zonas rurales a quienes sus familias vendían para escapar de la miseria.

Cuando Lu Buwei se adentró en el barrio, observó que las mancebías, todas completamente idénticas, se alineaban con impecable orden a lo largo de las calles, que parecían a su vez seguir un mismo patrón. Experimentó una especie de malestar ante aquellas casas todas iguales donde, como hormigas de un hormiguero, entraban y salían los compradores del placer de una noche.

Avanzó unos pasos y luego se detuvo. ¿Hacia dónde iría? No lo sabía. Estaba en duda.

Aquella profusión de mancebías donde la explotación de muchachas parecía organizarse de forma tan racional le había quitado el apetito. Prefería el viejo barrio del placer de Handan, con sus lienzos de muro descascarillados y sus fuentes cubiertas de hiedra. Sobre todo, prefería el encanto añejo de su casa de citas habitual, que encajaba a la perfección con el cortejo que a él le gustaba hacer —aunque fuera casi todo una farsa— a la cortesana con la que pasaría la noche.

Constató que sus pasos lo habían conducido al final de la calle, donde terminaba el barrio de las Flores y los Sauces. Entonces, volvió atrás.

Había menos aglomeración a la entrada de las mancebías. Sin duda, la hora punta ya había pasado, porque los clientes, saciados de placer carnal, regresaban tranquilamente a sus casas.

Lu Buwei se disponía a hacer lo mismo cuando lo sobresaltaron unos gritos estridentes.

Provenían de la última mancebía, donde un amplio porche dejaba ver el patio interior. Lu Buwei entró maquinalmente en el patio. Allí, una oronda madama con opulentos senos que amenazaban con salírsele del escote de la blusa vertía insultos sobre otra mujer de la que el mercader solo podía ver una menuda y frágil espalda, que a todas luces pertenecía a alguien muy joven.

—¡Aquí se viene a trabajar! Si sigues negándote a subir a la habitación, ¡te vas a enterar de quién soy yo! —gritaba la madama, que se disponía a usar una vara nudosa para someter a la obstinada muchacha.

En derredor, ofendidos aunque joviales, los clientes que la chica había rechazado asistían al espectáculo deseosos de presenciar el castigo que la enorme mujer infligiría a aquella cortesana descarada que se negaba tercamente a dispensar sus favores.

El mercader, sin saber muy bien la razón, se había acercado unos pasos a ambas mujeres. La madama seguía vilipendiando a la cortesana rebelde y estaba a punto de propinar unos buenos varazos sobre la espalda y nuca perfectas de aquella joven cuyo rostro aún no alcanzaba a ver. Justo cuando la mujer, con el brazo en alto, iba a propinar el primer golpe, Lu Buwei le agarró el puño para evitar que ejecutara el castigo. La madama vociferó una blasfemia y, una vez se le pasó la sorpresa, miró de arriba abajo al mercader con inquina. Los clientes rechazados se acercaron murmurando su reprobación para ver quién era el insolente que había osado interrumpir de aquel modo un escarmiento tan merecido.

—Permítame que pruebe suerte, ¡a lo mejor quiere subir conmigo! —exclamó sonoramente el mercader, quien acababa de posar la mano sobre el brazo de la rebelde.

Cuando la muchacha se giró, la sorpresa de Lu Buwei fue tal que este se tambaleó. Si la madama hubiese estado un poco más atenta, hubiera podido leer en el rostro del hombre una intensa sorpresa acompañada de una infinita felicidad: tenía ante sí a la bella bailarina del circo ambulante de Handan.

Por la tímida sonrisa que esbozó, Lu Buwei entendió que ella lo había reconocido. Él le guiñó el ojo con complicidad y le indicó que subiera con él a las habitaciones, lo que ella aceptó tras vacilar unos segundos. Así, ante la mirada estupefacta del público allí reunido, y lanzando una desafiante mirada a la rechoncha madama, Zhaoji comenzó a subir las escaleras. El mercader pidió sin tardar un número de dormitorio y siguió a la joven.

—¿Os acordáis de mí? —preguntó con ansiedad a la joven.

—Me saludasteis en Handan hace unas semanas. El director del circo me prohibió hablaros, nunca me permitía hablar con los espectadores —respondió en un intento por justificarse.

—¿Sabéis que os busqué por todos lados al día siguiente por la mañana?

Ella lo miró un poco sorprendida. Lu Buwei no la veía capaz de mentir.

—Ordenó que nos fuéramos de la ciudad aquella misma noche, nada más desmontar la carpa. Tenía prisa por poner a buen recaudo su taquilla —explicó Zhaoji con voz algo fatigada.

El mercader observaba atentamente a la cortesana rebelde. Parecía una niña perdida en el mundo de los adultos. Le fascinaba la pureza de los rasgos de aquella mujer-niña. Volvía a encontrarse con aquellos incomparables ojos color avellana con reflejos áureos. De cerca eran como pequeños soles. Lu Buwei sintió cómo se le derretía el corazón ante tanta gracia e ingenuidad.

Las explicaciones de Zhaoji, hasta entonces, parecían convincentes. Quería saber por qué en Handan se mostró tan insensible a sus cumplidos y tan displicente. Su presencia en aquel lugar, sin embargo, lo tenía aún más intrigado.

—¿Pero qué hacéis aquí, en esta mancebía? —preguntó murmurando con suma dulzura.

Bajo ningún concepto quería asustarla. Intuía que la joven sentía una gran confusión que se esforzaba en ocultar.

—Tres días después de marcharnos de Handan, caímos en manos de unos salteadores de caminos que atacaron al director. Lo degollaron y luego se llevaron el dinero. A mí me dejaron con vida, pero para venderme a un alcahuete que a su vez me entregó a este burdel —le confió impasible la muchacha.

Zhaoji narró aquel horrible relato sin verter una lágrima, mas con una profunda tristeza, como los niños maltratados que, al sentirse impotentes en el mundo de los adultos, en lugar de indignarse reservan sus fuerzas para sobrevivir y protegerse.

El mercader desvió la mirada. La vida de aquella muchacha debía de haber sido un calvario.

Se decía que más le hubiera valido mostrarse menos generoso con el director de circo, quien en tal caso no habría desmontado la carpa tan rápido ni caído en aquella emboscada fatal que condujo a la joven hasta aquella casa de mancebía.

—Ahora lo que más urge es sacaros de aquí —dijo conmovido a la joven.

El rostro de esta se iluminó. Lu Buwei constató complacido que por primera vez la joven no mostraba desconfianza.

Entonces, ante tanta gracia, una inmensa paz invadió el corazón del mercader. Se percató de hasta qué punto había echado de menos a aquella joven desde que le perdiera la pista. Sentía que la necesitaba con todo su ser.

Su determinación era absoluta. Haría lo imposible para librar a Zhaoji de su funesta suerte.

—De aquí a tres días habréis salido de este lugar, os doy mi palabra —declaró mientras le deslizaba sobre la palma de la mano el precio convenido por los servicios.

Al marcharse, ni siquiera se atrevió a darle un beso en la frente por miedo a asustarla, contentándose con acariciarle la mano.

En cuanto regresó a su casa, lo primero que hizo fue despertar al filósofo tartamudo para pedirle consejo.

Han Feizi dormía a pierna suelta, por lo que Lu Buwei, para despertarlo, tuvo que golpear suavemente la puerta de su habitación durante un buen rato.

—Si la joven trabaja en una casa de citas pública, pertenece al Estado de Qin. La única solución posible es conseguir que el Estado os la venda —respondió sin dudarlo el filósofo después de que Lu Buwei le hubiera explicado la situación.

—Pero, en tal caso, ¿a quién debemos dirigirnos? —preguntó el mercader, que empezaba a entender la dificultad de cumplir la promesa que acaba de hacer a Zhaoji.

El filósofo, aún adormilado, bostezó. Entonces, se puso a ir y venir por la habitación. Lu Buwei, sentado en una silla, observaba a Han Feizi reflexionar.

De pronto, los ojos del filósofo chispearon.

Desde que llegara a Xianyang, había buscado en vano un buen motivo para entrar en contacto con las autoridades supremas de Qin, y Lu Buwei acaba de darle un excelente pretexto.

—Lo más sencillo y eficaz sería solicitar audiencia con el rey Zhong en persona. Si estima que vuestra petición es legítima, dará las instrucciones pertinentes y el asunto se reducirá a una cuestión de dinero.

—Me parece un buen plan. ¡Mañana mismo hablaré con el general Paz de las Armas! —exclamó el mercader satisfecho por la ocurrencia.

—No lo hagáis —indicó el tartamudo—, no conviene mezclar las cosas. Paz de las Armas se ocupa de los caballos de Qin, no de las cortesanas públicas. Si le pedimos que medie, podríamos ponerlo en un apuro. Conozco bien los mecanismos de una corte real y las maniobras que urden los cortesanos rivales. Cada vez que alguien, con la mejor intención, se sale de sus funciones, cae bajo sospecha de estar maquinando algo en beneficio propio… Dejemos, pues, que Paz de las Armas siga elogiándoos a vos y a vuestros caballos en las altas esferas. No debéis intervenir.

Lu Buwei no pudo sino asentir ante tanto aplomo. Decididamente, aquel filósofo era un hombre sagaz.

—¿Y qué consejo me dais a tenor de las circunstancias?

—Dejadme hacer a mí —contestó Han Feizi con una sonrisa antes de volver a la cama.

*

Al día siguiente, el filósofo tartamudo se personó en el Palacio de las Amonestaciones de Xianyang, donde solo tuvo que dar a conocer su identidad para ser recibido de inmediato por el Gran Oficial, el cual se encontraba en su día de guardia recibiendo las quejas de los servidores del reino.

—Me dicen que sois el jurista y filósofo Han Feizi. Si eso es cierto, tengo el honor de recibir a una mente que goza de una indudable reputación en Qin —declaró el duque Apacible Subida de Tres Peldaños mientras avanzaba hacia el tartamudo y le estrechaba las dos manos con efusión.

Han Feizi se inclinó respetuosamente ante el Gran Oficial. Este lo invitó a sentarse en un sofá del pequeño salón contiguo a la sala de quejas públicas.

—¿A qué se debe el placer de vuestra visita? Os creía aún en la academia Jixia impartiendo Filosofía del Derecho —continuó el duque, al tiempo que un sirviente les llenaba un cuenco de té verde.

—La enseñanza comenzaba a pesarme. Ahora deseo poner mis conocimientos e ideas al servicio del príncipe que me quiera a su lado.

—¡He ahí una buena noticia! Sin duda alguna os veréis en la delicada tesitura de tener que elegir, habida cuenta de que serán numerosos los príncipes que profesan vuestras teorías y se afanan en aplicarlas —comentó a modo de cumplido el Gran Oficial.

El noble confuciano había leído ya varios capítulos de *El bosque de las anécdotas*, así como algunas estrofas de *Charadas de uso interno*, otro libro que había contribuido al prestigio del filósofo. No obstante, las conveniencias sociales y sus buenos modales le obligaban a mentir. Y es que para el Gran Oficial de las Amonestaciones, quien por su entorno social y su educación había sido un estricto adepto del confucianismo, los principios filosóficos de Han Feizi eran en extremo chocantes. Peor aún, incluso se hubiera atrevido a calificarlos de peligrosos. La unión del pesimismo sobre la naturaleza humana y el ensalzamiento de una ley que supuestamente representaba el interés general no hacían sino alimentar, a su juicio, el absolutismo y la tiranía del Estado. Los confucianos se sustentaban más en los ritos, las tradiciones heredadas del pasado y el respeto a los padres que en la oficialización de un terror de Estado, tal y como preconizaba la doctrina legista de Han Feizi.

Cuando oyó al rey Zhong expresar por primera vez su arrobamiento por los escritos del filósofo tartamudo, el Gran Oficial de las Amonestaciones se abstuvo de hacer comentario alguno e intentó comprender las razones de aquel fervor que despertaba en el monarca. Por eso decidió hacerse con algunos libros del teórico legista. Al leerlos, todo le quedó claro. Tanta apología del cinismo y la artimaña lo incomodaron profundamente. Aquellos escritos justificaban el absolutismo cultivado por el viejo monarca, quien siempre había desconfiado de los estallidos de independencia de los que el pueblo era a veces capaz. El confuciano Apacible Subida de Tres Peldaños no compartía semejante desprecio ni sospecha hacia las personas. Tenía más fe en la naturaleza humana que los legistas.

No obstante, como funcionario que era, su prudencia y sentido político le recomendaban guardarse para sí dicha opinión.

En la corte de Qin, el legismo iba ganando poco a poco terreno, relegando los acartonados preceptos del antiguo feudalismo a la categoría de obsoletos. La eficacia del Estado reposaba exclusivamente sobre la tiranía que este era capaz de ejercer. Y el noble duque sabía que era del todo inútil, dadas las circunstancias, luchar contra aquella ineluctable y terrible evolución.

El Gran Oficial observaba a aquel hombre, en apariencia tan tranquilo y agradable, beber su bol de té. A primera vista, Han Feizi no se parecía en nada a sus libros. Daba la sensación de ser mucho más humano; casi normal y más bien simpático.

—Vengo a defender el caso de una joven cortesana pública que uno de mis amigos desearía comprar con la intención de desposarla —explicó el tartamudo, pensando que con lo dicho proporcionaba la información justa.

—Una cortesana pública está considerada un bien de Estado. No recuerdo con precisión el artículo del código público que lo estipula, pero sé que es un bien inalienable —contestó el Gran Oficial.

—A menos que el caso se sustente en otro texto del mismo valor jurídico que el artículo del código, pero que lo contradiga —replicó el hábil jurista.

—En efecto, aunque eso depende exclusivamente de la suprema autoridad y, sobre todo, de su buena voluntad.

—Ese es precisamente el objeto de mi visita. ¿Podríais usar vuestra noble influencia para que el rey de Qin acepte recibir a este humilde filósofo? —preguntó Han Feizi con una modestia acentuada por su tartamudeo.

—Si le digo que habéis venido a verme, estoy convencido de que deseará recibiros de inmediato —aseguró con una sonrisa Apacible Subida de Tres Peldaños—. ¿Puedo saber el nombre del amigo por el que intercedéis? —añadió cuando el filósofo se despedía.

—Se trata de Lu Buwei, un insigne mercader de caballos proveniente de Handan.

—¿Habláis del hombre de los caballos celestes que está construyendo unas hermosas caballerizas de madera en la colina del Oeste? ¡Su nombre está en boca de todos, no hay quien no hable de él en la corte de Xianyang! El rey Zhong os atenderá de seguro. Por lo que se dice, el reino de Qin espera mucho de ese Lu Buwei.

Han Feizi se inclinó y salió. Oyó la voz fuerte del duque resonar en la sala de quejas dirigiéndose aún a él:

—¡Al igual que podría esperar mucho de vos!

Fuera, ante la interminable cola de pedigüeños que esperaban a la entrada del Palacio de las Quejas Públicas, Han Feizi pensó que en el reino de Qin se cometía una gran imprudencia al abrir de aquel modo las puertas a recriminaciones de todo tipo. Aquella multitud ruidosa no era lo que tenía en mente quien escribió «El cálculo es lo único que relaciona a un príncipe y un súbdito» y «El altruismo promueve el odio, ya que genera envidia».

Mientras subía por la colina, Han Feizi contempló cómo *Gavilán Púrpura* y *Gavilán Rosa* caracoleaban juntos.

Produjo un silbido con la ayuda de sus dedos. La pareja de pequeños caballos de las estepas corrió hacia la valla. El filósofo acarició sus cuellos sedosos y los akhal bajaron la cabeza efectuando una especie de reverencia.

Han Feizi desconfiaba de los hombres; prefería a los caballos. Ellos, al menos, se mostraban benévolos con él.

10

Consumación Natural llevaba ya tres días de viaje y, sin embargo, aún estaba enojado.

Su mal humor nada tenía que ver con el mediocre empedrado del camino que hacía dar tumbos a la carreta y le destrozaba los riñones, pese a la montaña de cojines sobre la que descansaba su espalda.

Era la misión en sí misma, encargada por un don nadie, lo que le seguía poniendo de un humor execrable.

No le había gustado nada que el rey Zhong se hubiera dirigido a él por intermediación de Apacible Subida de Tres Peldaños, en lugar de pedirle directamente en persona que acudiera a la academia Jixia para traer a Xianyang a alguno de los alumnos más brillantes y así completar la promoción del primer curso del Colegio de Altos Funcionarios.

El Muy Sabio Conservador, para más inri, veía al rey todos los días en el Pabellón del Bosque de los Madroños, donde lo interrogaba continuamente acerca de los progresos sobre los mapas marítimos de las islas de los Inmortales. ¿Era tal vez una especie de castigo para darle a entender que ya era hora de que averiguara lo que el anciano monarca le exigía desde hacía meses? El soberano se había limitado a anunciarle, sin más, que el Gran Oficial de las Amonestaciones debía comunicarle algo importante.

Aquella misma tarde, Apacible Subida de Tres Peldaños le ordenó partir hacia Linzi sin más dilación. Consumación Natural, que jamás había puesto un pie allí, empezó a excusarse con su dolor de espalda hasta que oyó un fatídico «¡Es orden del rey!».

Consumación Natural no tuvo más remedio que obedecer.

De Xianyang a Linzi había más de diez días de marcha, siempre y cuando esta no se demorara. Habían puesto a disposición del letrado una confortable carreta con asientos mullidos, un cochero y un par de caballos de tiro. La escolta la formaban tres arqueros a caballo. El director del Colegio de Altos Funcionarios le había hecho entrega de una cuantiosa suma de dinero en vista de la delicada negociación que le aguardaba en la capital del Estado de Qi.

Para alcanzar aquel reino costero debía atravesar el país de Wei, a su vez atravesado por una cadena montañosa. Wei era aliado del reino de Qin. Los ciudadanos de ambos estados solo necesitaban un salvoconducto para cruzar sus respectivas fronteras. Así pues, en el puesto fronterizo, Consumación Natural únicamente tuvo que presentar a los aduaneros el documento oficial y ordenar cambiar los ejes de su carreta para adaptarla a las dimensiones de Wei.

Nada más pasar la frontera se iniciaba la subida hacia los primeros puertos de montaña. El camino, más estrecho y con un empedrado más irregular, ascendía en zigzags entre extensas pendientes cubiertas de hierba rasgadas por inmensos regueros de piedra blanca desprendida.

De vez en cuando, se avistaban rebaños de cabras y ovejas custodiados por pastores envueltos en abrigos de lana. Aquellos hombres, de semblante triste y mirada inquietante, llevaban una larga espada para defenderse de los osos. Inmensos perros de pelo rojizo, tan tupido como el de los plantígrados, permanecían junto a ellos, listos para atacar a cualquier intruso que se acercara a los animales por los que velaban.

De aquellos lugares más valía marcharse cuanto antes.

Era un viaje largo, de manera que tenía tiempo para reflexionar. No obstante, el Muy Sabio Conservador seguía sin comprender el sentido de la misión que le habían encomendado.

Se preguntaba qué mosca habría picado al rey Zhong para pedirle que fuera a buscar en Qi a los sujetos más brillantes de la academia Jixia, cuando tan solo bastaba con organizar otro examen de ingreso en Xianyang para incorporar nuevos alumnos al Colegio de Altos Funcionarios. Y la petición de informar sobre la identidad de los profesores que impartían clases en Jixia le parecía aún más absurda. ¡Incluso tenía que elaborar un informe escrito! ¿Para qué? Lo ignoraba, por supuesto... ¡Como si eso tuviera alguna relación con Qin y revistiera algún interés! El viejo letrado estaba convencido de que estaba siendo víctima del capricho de algún burócrata excesivamente diligente.

Los cabeceos y vaivenes de la carreta, que le arrancaban débiles gemidos de dolor, no hacían sino aumentar su ira y perplejidad. Para colmo, el cochero que la Administración había puesto a su servicio era un auténtico bruto, conque todos los intentos de entablar conversación con él habían fracasado.

Lo único positivo era que podía refugiarse en los libros que conservaba en su memoria a fuerza de transcribirlos y clasificarlos.

Para distraerse, el viejo letrado decidió recitar uno de los poemas de *El libro de las odas*, cuyos caracteres conocía al dedillo:

Los ríos Zhen y Wei henchidos van por la crecida.
Muchachos y muchachas salen a los campos a recoger
[orquídeas.
Las muchachas preguntan: «¿Habéis mirado allí?».
Los jóvenes responden: «De allí venimos, mas vayamos otra
[vez».
Al otro lado del Wei, la campiña es espaciosa y amena.
Los muchachos y muchachas se divierten juntos.

Le gustaba en particular aquella oda antigua que simbolizaba los encuentros amorosos entre chicos y chicas al llegar la primavera. Además, el paisaje circundante, que empezaba a mudar, era muy apropiado para el texto.

Los profundos barrancos por donde caían las cascadas a raudales indicaban la presencia de cimas nevadas derretidas por el sol. Los buitres dibujaban lentos círculos concéntricos en el cielo azul con sus negras alas de puntas blancas, atentos al menor grito de algún cabrito o cordero despeñado y así abatirse sobre su cadáver, que luego despedazarían con las garras.

El letrado sentía en su rostro la caricia de la brisa ligera producida por la altitud.

Tras cada puerto, se ascendía un poco más hacia las cimas montañosas donde los picos rocosos reemplazaban a los verdes cerros. Ya se observaban placas de nieve en los prados que bordeaban el camino.

Consumación Natural, arropado hasta el cuello en una pelliza de zorro, cavilaba sobre lo que le tocaría hacer para cumplir su misión una vez llegara a Linzi. No creía tener realmente madera de negociante y, aunque empezaba a sentirse algo adulado por la confianza que habían depositado en él las autoridades de Qin, seguía sin comprender por qué no habían elegido a otro. Aquel sentimiento de orgullo, sin embargo, en seguida dio paso a la inquietud soterrada que no cesaba de atormentarlo desde su partida.

De regresar con las manos vacías, a buen seguro podía despedirse de su puesto de Muy Sabio Conservador. ¿Hasta tal punto deseaban su perdición los que habían sugerido su nombre al rey Zhong? ¡A lo mejor, después de todo, la tarea que le habían encomendado era solo una trampa monumental en la que había caído de cabeza!

Cuanto más se acercaba el fin de la expedición, mayor era su zozobra.

*

—¡Un futuro titulado en Medicina debería comportarse con más seriedad en el refectorio!

El tono de Pico de las Nubes era duro y conminatorio.

Cuando el Gran Guardián de la academia fruncía el ceño, su poblado entrecejo azabache parecía un gorro puntiagudo.

Resultaba tan gracioso que el alumno Así a Veces apenas si podía contener las carcajadas. En la mano derecha sujetaba un cuenco vacío que acababa de encasquetarse para hacer el payaso delante del resto. Los estudiantes aún seguían desternillándose.

Para el Gran Guardián ya se había pasado de rosca, así que alzó sin vacilar un largo palo nudoso con el que golpear en los hombros al insolente.

—¡Pero si no ha hecho nada malo! Si no podemos ni siquiera bromear entre nosotros…

El alumno que acudía en ayuda de Así a Veces se llamaba Li Si.

Aquel futuro titulado en Derecho y Caligrafía era considerado, según la opinión unánime del cuerpo docente, el sujeto más brillante de Jixia. Siempre lo citaban como ejemplo por su constancia y brillantes notas, que lo colocaban en el primer puesto, todo lo cual le otorgaba un estatus distinto en el centro. Era el único que podía dirigirse casi de igual a igual a los profesores de la academia, y nunca perdía una oportunidad para poner en su sitio al Gran Guardián, el encargado de velar por que reinara la disciplina en aquel prestigioso centro donde trescientos alumnos cursaban tres años de estudio.

Pese a dedicarse a especialidades muy diferentes, Li Si y Así a Veces se habían convertido en amigos inseparables. Sus orígenes sociales los habían unido. Sus familias eran campesinas y muy pobres, y ambos habían nacido en la misma ciudad de una provincia meridional del reino de Chu, una vasta región que se extendía al sur de Qin y con el cual mantenía desde hacía lustros una guerra abierta.

Unos inspectores encargados de escolarizar a las mejores mentes de Chu repararon en ellos durante una de sus visitas y confiaron su educación a un letrado de Ying, la capital del Estado. Allí aprendieron a leer las escrituras antiguas y a transcribirlas. En vista de sus aptitudes y sus buenos resultados escolares, el letrado les aconsejó encarecidamente inscribirse en el examen de ingreso de la prestigiosa academia Jixia.

El examen se celebraba todos los años en otoño. Las pruebas reunían a miles de candidatos provenientes de todos los rincones de Qi, aunque también de Zhao y Chu. El centro se ocupaba de la manutención y el alojamiento de los candidatos. Nadie podía salir de la academia hasta la finalización de las pruebas. Con estas se pretendía determinar los conocimientos de los aspirantes en literatura, caligrafía y retórica. Debían ser capaces, por ejemplo, de recitar de memoria todos los edictos recopilados en el *El libro de la historia* y de describir con todo detalle el más mínimo evento recogido en los

Anales de las primaveras y otoños del principado de Lu, de donde procedía Confucio. Las pruebas físicas, tales como la carrera de orientación, el tiro al arco, el lanzamiento de peso y muchas otras, pensadas para probar la habilidad y resistencia de los alumnos, completaban aquel dispositivo de selección implacable.

Para ingresar en Jixia se debía poseer, tal y como proclamaba un cartel exhibido con orgullo sobre el pórtico principal, «una mente repleta de conocimientos en un cuerpo sano y flexible».

Ese había sido el caso de Así a Veces y Li Si, quienes fueron aceptados sin mayor dificultad en la academia para gran orgullo de sus padres.

Ambos jóvenes cursaban allí sus últimos años de estudio: el primero, en la rama de ciencias; el segundo, en la literaria, de lejos la más prestigiosa y que la mayoría de las veces abría las puertas de la carrera política a sus titulados.

El Gran Guardián optó por dejarlo estar y no enfrentarse a Li Si, pues en el fondo temía sus discursos argumentados y su retórica que tantas veces le habían puesto en ridículo delante de los demás alumnos.

Un oportuno vigilante vino a avisarlo de que el Administrador de la academia lo aguardaba de inmediato en su despacho. Giró raudo sobre sus talones dando la espalda a Así a Veces, que seguía ahogando la risa, y salió como una flecha hacia el despacho del Administrador, situado al otro extremo del edificio, opuesto a los dormitorios.

Nada más entrar, tras llamar tres veces a la puerta, advirtió a un visitante con un estilete de letrado en la cintura sentado frente al Administrador, Razonamiento sin Digresión.

—Pico de las Nubes es el Gran Guardián de nuestra academia. Nuestros alumnos son muy inteligentes, así que, por desgracia, suelen ser a menudo bastante indóciles también —dijo el Administrador sonriendo al visitante. Este se levantó con ceremonia y se inclinó con respeto ante el Gran Guardián.

—Me llamo Consumación Natural. Soy el bibliotecario del reino de Qin.

—Este noble letrado ha realizado un largo viaje para informarse sobre nuestros profesores y sus métodos pedagógicos. Por lo visto, el rey de Qin se está planteando crear una academia parecida a esta —explicó Razonamiento sin Digresión al Gran Guardián, cuyo poblado entrecejo expresaba una sorpresa absoluta.

El administrador era un hombrecillo rechoncho, con una nariz porcina que sudaba sin parar. No articulaba bien al hablar.

Un sirviente había llevado un plato de dulces de miel que el Administrador engullía sin moderación y que Consumación Natural, para su inmenso alivio, declinó cortésmente probar.

El letrado de Qin se preguntaba cómo semejante cerdo, de cuyos abultados labios aureolados de azúcar caía la miel a chorros, podía dirigir un centro donde teóricamente debían reinar la razón y la inteligencia.

No tuvo tiempo de meditar sobre aquella asombrosa paradoja.

Razonamiento sin Digresión ya había empezado a enumerar los nombres de los docentes de Jixia acompañados de comentarios, ya lapidarios, ya sentenciosos —según el grado de simpatía que estos le inspiraran—, sobre las cualidades y defectos de cada profesor.

El pobre Consumación Natural, sorprendido por las prisas del Administrador, comenzó a marearse. Los nombres, disciplinas y epítetos que Razonamiento sin Digresión lanzaba al aire bailaban en su cabeza sin que lograra retener ni una palabra. Sin embargo, había un nombre recurrente en la boca pegajosa del Administrador. Un nombre que, para vituperarlo bien, citaba sin parar como la antítesis del buen profesor. Debía de ser el nombre de su peor enemigo, a juzgar por el destello de odio en su mirada cada vez que lo pronunciaba.

El nombre era Han Feizi. Consumación Natural intentó obtener más precisiones sobre el comportamiento de este asediando al Administrador a preguntas. El letrado de Qin, a fuerza de insistir, consiguió que su interlocutor refiriera con mayor precisión las causas de tal oprobio.

—¡Al final tuve que tomar medidas para lograr expulsar de la academia a ese corruptor de mentes! —precisó en tono glacial golpeando la mesa con el puño.

—¿Qué reglas infringió exactamente ese hombre? —inquirió con suma prudencia el Muy Sabio Conservador.

Conocía a la perfección los escritos del filósofo tartamudo. La mayoría de sus libros se conservaban en la torre central del Pabellón del Bosque de los Madroños. Fue él quien se los sugirió al rey Zhong, y este se entusiasmó en seguida por las teorías legistas de Han Feizi.

—Son demasiados para enumerarlos —respondió con semblante frío el Administrador. Era evidente que el hombre con cara de cerdo no tenía la menor gana de extenderse en el tema.

—Ese filósofo tiene un defecto grave de elocución: es tartamudo. Por eso su mente desvaría a veces —añadió con aire sentencioso Pico de las Nubes.

—¡Sí, eso es! ¡Es tartamudo! —repitió el Administrador.

Consumación Natural no veía qué relación podía tener el tartamudeo de Han Feizi con todo ese embrollo. Su mirada estaba llena de asombro. Mas su interlocutor, imperturbable, había cogido carrerilla.

—Además, ese tartamudo era un ladrón de libros raros. ¡Un delito castigado con la muerte en Qi! —clamó con sarcasmo.

Pico de las Nubes espantó una mosca que revoloteaba sobre los dulces de los que el Administrador se seguía atiborrando.

Fuera, en los pasillos, se podía oír el traqueteo de los alumnos, que se apresuraban a regresar a sus clases en filas de dos tras tomar el desayuno en el refectorio.

El plato de dulces de miel se vació en un abrir y cerrar de ojos. Ya solo se oían los ruidos guturales que aquel animal de bellota producía al tragar.

El letrado de Qin, no muy convencido, aunque, después de todo, turbado por lo que acababa de oír, se dijo que ya era hora de ir directo al grano y abordar la auténtica razón que explicaba su presencia en Jixia.

—El rey de Qin desearía invitar a varios alumnos de su academia a pasar un año en el Colegio de Altos Funcionarios de Xianyang —comentó con cautela.

El Administrador y el Gran Guardián se miraron sorprendidos. Los ojillos astutos del hombre, hundidos en su grasienta cara de cerdo, empezaron a brillar. En su mente estaba germinando un plan.

Desde hacía meses, buscaba la forma de cerrarle el pico a ese Li Si y a su amiguete Así a Veces, esos dos sabelotodos que empezaban a perturbar seriamente el ambiente de calma que reinaba en Jixia, donde la docilidad y la buena conducta de sus alumnos eran legendarias. El jaleo que armaban esos insolentes, escudados en sus brillantes resultados, le había valido a Razonamiento sin Digresión una citación oficial del ministro de Educación de Qi en persona. Aquella eminente personalidad, al que Razonamiento sin Digresión soñaba con suceder, lo había reprendido con severidad.

—¡Es inadmisible que algunos individuos, por muy brillantes que sean, manchen de esa forma la reputación de nuestra insigne escuela! —tronó el ministro.

—Pero, su excelencia, uno de ellos es nuestro mejor alumno. ¡Saca con diferencia las mejores notas en todas las asignaturas! —protestó tímidamente el Administrador de Jixia.

Luego le tendió al ministro las láminas de madera donde figuraban las notas que Li Si había obtenido en lo que llevaba de curso. No obstante, le enfurecía tener que defender a aquel alumno rebelde e insolente que le había puesto en tal brete.

—¡Si no conseguís que haya un poco de orden en el centro, alguien se encargará pronto de hacerlo en vuestro lugar!

El tajante aviso del ministro provocó una mueca en la cara porcina de Razonamiento sin Digresión.

Estaba convencido de que se trataba de una jugarreta por parte de su acérrimo enemigo Han Feizi, pues su nombre circulaba desde hacía meses en la corte de Linzi para convertirse en su sucesor. Incluso sospechaba que había puesto a varios alumnos en su contra. El impertinente Li Si, por ejemplo, no se privaba de proclamar bien alto y claro por los pasillos y soportales de la academia lo mucho que admiraba la obra del filósofo tartamudo.

Aferrado a su puesto como un crustáceo a las rocas, el Administrador tramó un complot que acabó con la huida de Jixia de su profesor más célebre. Razonamiento sin Digresión simplemente se las ingenió para que acusaran a Han Feizi de robar libros de la biblioteca de la academia.

En el reino de Qi, los escritos se veneraban como una reliquia sagrada. Los escribas eran raros, y más aún los escritos.

Las bibliotecas se consideraban santuarios donde se conservaban tesoros nacionales, y estaban mejor custodiadas que las cárceles. Quienquiera que robara un libro o, peor aún, lo dañara, era condenado a muerte.

El Administrador se las apañó para sustraer de la biblioteca de la academia un ejemplar rarísimo de los *Ritos de los Zhou*, un texto más bien esotérico cuyas fórmulas, con múltiples sentidos, debían aprender los alumnos. Las doscientas treinta y dos láminas de bambú sujetas por cordones de seda deshilachada supuestamente tenían mil años al menos, y eran la joya más importante de la colección de libros de Jixia.

Para borrar cualquier huella, no dudó en quemar el precioso ejemplar. La madera secada por el tiempo se consumió en seguida, dejando una fina capa de ceniza blanca donde tan solo quedaban algunas volutas de seda. Luego, a cambio de una suma de dinero, convenció al Gran Guardián para que testificara contra el filósofo tartamudo, quien pensó que la acusación era tal barbaridad que a falta de ningún móvil creíble le bastaría con negar cualquier implicación por su parte para que aquella grotesca acusación se desinflara por sí sola.

Cuando el pobre Han Feizi se percató de que la causa se encontraba ya en manos de un juez, era demasiado tarde para desmontar la trampa. Entonces, haciendo acopio de fuerzas, el filósofo escribió una especie de carta abierta donde se sublevaba contra aquel proceso expeditivo esgrimiendo todos los argumentos posibles.

Grabó aquella disertación en una extensa lámina con un estilete en una sola noche. Su alegato, implacable y de una limpidez deslumbrante, pretendía demostrar que él era la última persona a la que beneficiaba el robo.

A modo de epígrafe, incluyó su célebre fábula del médico que accede a succionar los forúnculos de sus pacientes, pese a no tener ningún vínculo familiar con ellos, simplemente porque el interés lo empuja a actuar de tal manera. Denunciaba además el conformismo y la ineptitud de la institución judicial de Qi, pues se había limitado a dar por buenas las alegaciones falaces de Pico de las Nubes y las alusiones insidiosas de Razonamiento sin Digresión.

Su razonamiento era implacable y su lógica, imparable.

Los móviles del instigador del complot aparecían bien claros. Sin tan siquiera mencionar su nombre, el Administrador se presentaba como el artífice evidente de aquella miserable maniobra que paradójicamente ponía en riesgo la vida del mayor defensor de la ley y el orden que jamás hubiese conocido Qi.

Pero el tiempo corría en contra de Han Feizi, quien se había granjeado más enemigos de los que pensaba... Apenas se había secado la tinta del escrito, cuando le anunciaron la llegada de las autoridades a Jixia para arrestarlo.

No tuvo más remedio que abandonar allí su disertación inacabada y partir en plena noche como un sospechoso acorralado tras coger deprisa y corriendo sus efectos personales más preciados y algunos libros que aún obraban en su poder. Su huida, en cambio, firmaba su culpabilidad. Para Qi, Han Feizi ya no era más que un vulgar ladrón de manuscritos valiosos.

Al día siguiente, el Administrador constató con disgusto que Li Si había difundido el texto donde Han Feizi asumía su propia defensa.

—¡Algún día acabará descubriéndose este complot! —insinuó en voz alta cuando Razonamiento sin Digresión anunció a los alumnos de la academia que su profesor de Derecho Público había preferido escapar en vez de afrontar el peso de la justicia.

Desde aquel episodio, el Administrador se sentía intranquilo. Sospechaba que aquel alumno brillante y rebelde estaba preparando algo para desenmascararlo. Sabía que Li Si confiaba plenamente en la inocencia de Han Feizi, y temía que el alumno descubriera tarde o temprano, por mera deducción, al verdadero autor de la trampa. Además, veía en aquellos alborotos y revueltas cada vez más frecuentes signos premonitorios de una ofensiva a la que ahora se disponía a poner término antes de que fuera demasiado tarde. Por tanto, buscaba la manera de alejar de la escuela a aquel estudiante, demasiado perspicaz e insolente.

La propuesta de Consumación Natural le proporcionaba de forma inesperada la ocasión perfecta. Si bien lo más prudente, como en todo, era intentar que no se le viera el plumero.

—Vuestra oferta honra a este centro, aunque me parece del todo imposible aceptar —dijo mientras ordenaba con un gesto que trajeran otro plato de dulces de miel—. Es algo que jamás hemos hecho.

Miró de soslayo el rostro de Consumación Natural y observó con satisfacción cómo se le descomponía. Después, como si nada, se llevó a la boca una bolita de harina de piñones rellena de miel.

Se hizo un pesado silencio en el despacho.

El letrado de Qin parecía totalmente desamparado. Ya se veía regresando a Xianyang con las manos vacías, y explicando al Gran Oficial de las Amonestaciones que había recibido un no por respuesta. Imaginaba el oprobio que sufriría y se arrepentía con amargura de no haber sabido rechazar a tiempo aquella misión imposible.

El Administrador se divertía de lo lindo por dentro mientras contemplaba la turbación que se había adueñado de su visitante.

—Parecéis muy contrariado —continuó diciendo con voz afectada.

—En efecto, pues me condenáis a la catástrofe —respondió Consumación Natural con tono desesperado.

—En tal caso, y solo para complaceros, podríamos ver si es posible llegar a un acuerdo —insinuó el Administrador, mostrándose encantador y completamente explícito a la vez.

Frotó de manera vulgar los dedos índice y corazón de la mano derecha con el pulgar.

El letrado se quedó atónito con aquellas palabras tan crudas.

Pero de golpe recordó la cuantiosa suma de dinero que Apacible Subida de Tres Peldaños le había confiado antes de partir. En ningún momento se le había pasado por la cabeza que le serviría para sobornar al director de una institución pública de enseñanza tan prestigiosa…

El letrado de Qin, que había consagrado toda su vida al estudio, era tremendamente honesto. Aislado del mundo y protegido por su muralla de libros y colecciones arqueológicas, seguía creyendo en el valor del desinterés por lo material que, pensaba, compartían todos aquellos que se dedicaban a temas relacionados con el intelecto.

La codicia del Administrador le hizo darse de bruces con la cruda realidad.

En Qi todo se compraba y todo estaba en venta, incluso en el reino de las artes y las letras. La suerte que aquel país le había reservado a Han Feizi, además, decía mucho de la decadencia de sus instituciones.

—¿Cuánto? —articuló a duras penas con una mueca de disgusto que se esforzó en ocultar.

La respuesta fue inmediata, prueba de que Razonamiento sin Digresión la tenía ya preparada.

—Cinco taeles de oro y os daré a mis dos alumnos más brillantes.

Consumación Natural cogió la bolsa de tela que le habían dado y la volcó sobre el escritorio del Administrador. Cuatro grandes monedas de oro con un agujero cuadrado en el centro rodaron por la mesa.

—Es todo lo que hay —constató el letrado, volviendo a cerrar la bolsa que no había abierto desde que partiera de Xianyang.

Su interlocutor, que con sus dedos rechonchos continuaba llevándose dulces a la boca pringada de miel y azúcar, había entendido con qué tipo de persona estaba tratando.

Así pues, ya era hora de zanjar el asunto antes de que el letrado, profundamente conmocionado por aquella sórdida negociación, se rebelara y lo dejara allí plantado.

Más valía pájaro en mano...

—¡Me conformo con los cuatro taeles de oro! Pero solo para complaceros.

El poblado entrecejo del Gran Guardián servía de puente entre dos pupilas que lanzaron un pérfido brillo de concupiscencia.

Al día siguiente por la mañana, el Administrador ordenó al Gran Guardián ir a buscar a Así a Veces y a Li Si al refectorio de los alumnos. Los jóvenes se esperaban un castigo de aúpa, como transcribir el *Libro de los ritos* entero, o incluso un preaviso de expulsión.

—Nuestro ministerio os ha elegido para representar a nuestra academia en Xianyang. El rey Zhong, del país de Qin, ha oído hablar de vuestros buenos resultados y desea conoceros —les anunció con solemnidad.

Mentía descaradamente con una increíble facilidad. En cuanto a los dos interesados, se sintieron más bien aliviados al oírlo, y tampoco les disgustaba tanto dejar aquella academia que los asfixiaba. Por tanto, no opusieron ni argumentos ni una particular resistencia a la propuesta del Administrador.

Aquella misma tarde, partirían con el venerable letrado de Qin.

—Encárgate de tachar los nombres de Li Si y Así a Veces del registro de alumnos —ordenó al día siguiente con frialdad Razonamiento sin Digresión al Gran Guardián, que lo miraba desconcertado.

—¿Pero qué motivo pongo? —farfulló Pico de las Nubes.

—Escribe simplemente: originarios de Chu; desaparecidos durante una cacería de tigres. Seguro que habrá uno o dos tigres merodeando por estos parajes que están esperando zamparse a algún hombre desde hace meses...

Fue así como Consumación Natural regresó a Xianyang con los dos mejores alumnos del tercer y último año de estudios de la academia Jixia.

La inteligencia y las ansias de aprender de los muchachos eran tales que consiguieron, apenas hubieron iniciado el viaje, granjearse la confianza del viejo letrado.

El Muy Sabio Conservador estaba contento de haber encontrado al fin a alguien con quien compartir su inmensa sabiduría y sus vastos conocimientos. Durante el camino de vuelta, abundaron los discursos brillantes y las sutiles justas retóricas, los concursos de poesía y de memoria, las exégesis rescatadas de textos antiguos, las odas a la naturaleza circundante y a las embriagadoras montañas y los listados cronológicos con sus fechas exactas.

—Y pensar que ambos nacisteis en el reino de Chu, el enemigo ancestral de Qin. ¡El azar es a menudo perverso! —exclamó el letrado cuando los alumnos le contaron sus orígenes.

En aquella carreta que bamboleaba entre cascadas y barrancos parecía haberse reunido toda una academia de mentes privilegiadas.

Para recompensar a aquellos alumnos tan aplicados, Consumación Natural les enseñó unos versos que aún no conocían. Eran de la *Oda a la montaña*, la cual recitaban los habitantes del reino de Chu desde tiempos inmemoriales:

El camino es peligroso. Vamos tarde.
Solo, sobre la montaña, observo las nubes pasar sobre mí.
La bruma es espesa y apenas hay luz.
Sopla el viento del este, portando lluvia divina...

—La poesía es la fuente de todo —murmuró el joven Así a Veces a su amigo.

—No coincido contigo. Los poemas son una música dulce. Pero solo la Ley representa la base pétrea sobre la que se construyen las cosas más grandes —respondió Li Si.

Consumación Natural, que lo había oído, se dijo que en el joven alumno palpitaban la osadía y el descaro.

11

EL DULCE ULULAR DE UN BÚHO ACOMPAÑABA A HUAYANG en su somnolencia. El ave anidaba en el ciprés enano del jardín en miniatura del patio que daba a su habitación.

Fuera era noche cerrada y en el Palacio Real, salvo el anciano Zhong, del que se había adueñado una nueva crisis de angustia, todos dormían.

La primera esposa de Anguo había citado a su amante, Apacible Subida de Tres Peldaños. No era momento para adormentarse. Se masajeó y perfumó el vientre con un ungüento de pétalos de rosa y, con una pequeña pinza de plata, eliminó el vello, que apenas deslucía la resplandeciente blancura de su Sublime Puerta del Este. Llevaba una camisa corta de gasa verde transparente y unos pantalones bombachos de seda rosa con una estrecha abertura en ambos lados que llegaba hasta los pies.

Le bastaba con hacer un leve movimiento para que todos sus encantos, en los recovecos de una pose estudiada, quedaran ligeramente al descubierto, incitando a su amante a saborear sus deliciosas y refrescantes emanaciones.

Una vez saciado, el amante, para cumplir los deseos de Huayang como de costumbre, compartió con ella los últimos chismes que circulaban por la corte, incluida la visita que le había hecho aquel eminente filósofo, autor de los célebres escritos que apasionaban sobremanera al viejo rey Zhong.

—Imagínate, ¡quería hablar conmigo sobre una joven cortesana pública que el mercader de Zhao se quiere procurar!

—¿Te refieres a ese tal Lu Buwei, cuyo nombre está en boca de todos, ese mercader de caballos que ha ordenado construir unas suntuosas caballerizas en la colina?

—El mismo —susurró el duque acariciando uno de los pezones de los inmaculados senos de la primera esposa del príncipe heredero.

—¡La mujer que desea ha de valer la pena! —exclamó Huayang, completamente fascinada por aquella historia de la compra de la cortesana pública.

—El filósofo me pidió que intercediera ante el rey para que lo reciba en audiencia. Es el único que puede decretar la venta de la cortesana al mercader.

Los ojos de jade de la primera esposa del príncipe Anguo se encendieron excitados. Ardía en deseos de averiguar los motivos que habían empujado al rico mercader de caballos a comprar a la chica pública. A ninguna personalidad nativa de Qin que se hubiese encaprichado de una cortesana pública jamás se le habría ocurrido hacerlo. Habría sido objeto de mofas e insidias. En Qin, más valía ser sumamente reservado si se quería estar bien visto.

La iniciativa del mercader era una bocanada de aire fresco en aquella prisión social gris y fría, llena de convencionalismos y rituales, a la que estaban condenados de por vida los cortesanos de la más alta alcurnia.

Huayang creía en el amor. Sabía que era capaz de mover montañas. Sentía simpatía hacia aquella chica a la que Lu Buwei había decidido sacar del burdel removiendo cielo y tierra sin dudar en dirigirse al rey Zhong en persona. Soñaba con conocerla y ver su rostro.

En el ciprés enano del jardín en miniatura, el búho cesó sus regulares ululatos.

—Cuando el búho canta, es que llama una mujer. Cómo me gustaría conocer a esa joven de la que me has hablado…

Después, acompañó al duque hasta el corredor.

En cuanto se hubo marchado, Huayang recorrió a su vez la larga galería para ir al Patio de Honor a tomar el aire.

Desde allí se podía avistar la inmensa Torre de la Memoria del Pabellón del Bosque de los Madroños, cuyo contorno se recortaba bajo la luz de la luna sobre los altos muros almenados de la fachada de la residencia privada del anciano Zhong.

Sobre aquellas oscuras murallas que se fundían con el cielo, percibió el destello tembloroso de una lámpara que brillaba tras la ventana más alta.

Se dijo que el viejo Zhong debía de estar despierto.

Cuando se encontraba a punto de volver sobre sus pasos, una fuerza desconocida la empujó a desafiar la prohibición según la cual ninguna mujer podía pasear sola en el Palacio Real tras el toque de queda. Pegada a los muros y avanzando cual felino, logró llegar sin dificultad a la puerta de madera de sándalo de la residencia real. Antes de entreabrirla con ambas manos, se volvió; su sombra era su única compañía. La puerta cedió emitiendo un prolongado chirrido que la sobresaltó.

En el palacete del rey Zhong reinaba un silencio sepulcral. Huayang atravesó patios inertes y jardines desiertos. En la entrada de la antecámara, el centinela dormía como un lirón y roncaba ruidosamente sobre una banqueta.

Entró en la habitación real de puntillas. A la luz de un candelero, el viejo Zhong, sentado sobre la cama y envuelto en una manta de lana blanca tan fina que la llamaban *plumaje de grulla,* parecía estar intentando descifrar un texto. Inclinado sobre la lámina, no había oído a Huayang entrar en su estancia. Dio un sobresalto al percatarse de que no estaba solo.

A punto estuvo de gritar para llamar a la guardia cuando vio a su nuera, tan atractiva y despampanante como siempre, de pie frente a él.

—¡Así que no temes prohibición alguna! Corre, cierra la puerta —le dijo sonriendo y señalando la entrada que daba a la antecámara.

De su rostro, radiante de alegría por aquel regalo del cielo, había desaparecido cualquier rastro de sorpresa. Se precipitó hacia Huayang, tomó sus manos y las besó de manera efusiva. Ella efectuó una leve torsión de busto para que se entreabriera una de las aberturas del pantalón bombacho. Al fondo de aquel pasillo de seda, el viejo Zhong atisbó la delicada y erguida flor rosa de su Botón de Loto. Atravesada por aquella abertura imperceptible e inolvidable que pedía a gritos que la abrieran, se veía lisa y nacarada.

Ante aquella visión, el anciano soltó unas risitas ahogadas mientras intentaba introducir la mano en el pasillo de seda. Mas la joven apartaba constantemente su brazo indómito, pese a que el anciano se había puesto a gemir como un animal implorando su pitanza a la mano que lo va a alimentar y que lo hace sufrir primero un rato.

—Aún no —murmuró la hermosa muchacha al oído del monarca—, primero quiero hablarte de algo que deseo.

—¿Quieres hablar sobre el niño que deseas concebir? Sí, sí, esperaré a que nazca para designar al heredero de mi hijo… —farfulló.

Huayang, complacida, comprobó que el viejo monarca había aprendido la lección mejor de lo que pensaba.

—Aparte de eso hay algo más —continuó diciendo, al tiempo que se inclinaba con maestría hacia delante para que, como quien no quiere la cosa, sus senos turgentes asomaran por la corta camisa de gasa, la cual se había anudado astutamente por debajo del pecho.

—Habla, mi amor celestial, tus deseos son órdenes... —rugió el anciano con la cara hundida en el escote de la primera esposa de su hijo.

—En breve, el Gran Oficial de las Amonestaciones te comunicará una petición de audiencia. Un reputado filósofo quiere defender ante ti el caso de una joven cortesana pública que un tal Lu Buwei de Handan desea comprar a la administración de los lupanares del Estado. Lo único que quiero es estar presente en esa audiencia.

—Podrás ir hasta dos veces si es lo que deseas —respondió el viejo, a quien no le importaba un pepino aquella historia y que solo tenía ojos para lo que se entreveía por la abertura del pantalón de Huayang.

Esta le permitió poner dos dedos sobre su Sublime Puerta del Este, los cuales temblaban de pasión. Entonces, lo abrazó de repente, rozando los viejos labios del anciano abotargados por los años con su lengua rosa de sabor mentolado. Luego, lo apartó con suavidad y volvió a cerrar los muslos. El viejo, loco de deseo, cayó pesadamente sobre los cojines de la cama. Cuando logró reincorporarse babeando, constató, azorado, que la joven se había marchado tan rápido como había llegado.

Su frustración fue total. Le invadió una profunda tristeza. Se miró las manos arrugadas y vacías, aún impregnadas del olor inconfundible de la bella Huayang.

—¿Tiene sed Su Majestad?

Era la voz de falsete de Camino Adelante, que se balanceaba sobre sus coturnos, con los ojos empañados por el sueño y un cuenco de bronce en la mano. Había oído ruido en la habitación y se acercó a ver qué pasaba.

—No. Simplemente estaba leyendo algunos trigramas para ver si me entraba sueño —explicó el anciano con pereza.

El eunuco se disponía a acostarse de nuevo.

—Apacible Subida de Tres Peldaños me ha pedido concederle una audiencia a alguien. ¿Le puedes decir que de acuerdo? Hay que avisar a Huayang; querría que también estuviera presente —lanzó el anciano en voz alta.

Camino Adelante, desconcertado por aquellas extrañas órdenes a esas horas de la noche, asintió de forma mecánica y, al retroceder, casi se golpea la cabeza contra el larguero de la cama.

Desde que empezara a sufrir los tormentos de la edad, Zhong solo concedía audiencias muy de vez en cuando. ¿Qué mosca le había picado entonces? Camino Adelante, contrariado por la situación, hizo mil y una conjeturas. Pensaba, puesto que lo veía diariamente y presenciaba todos sus gestos y movimientos, conocer bien las costumbres del anciano rey, pero aquello suponía toda una novedad, y no entendía a qué podía deberse.

Aquella exhortación nocturna lo inquietaba enormemente. Al eunuco le horrorizaba que lo pillaran desprevenido. ¿Estaba el rey intentando manipularlo? Incluso se llegó a preguntar, cuando se volvió a acostar ya desvelado, si todo aquello no era más que el principio de una desgracia. Empezó a sentir una tremenda inquietud que le oprimía el pecho. ¿Y si el viejo Zhong se había percatado de que Cese de la Línea Recta y él lo habían engañado sobre el saqueo de aquella tumba?

El soberano nunca le había vuelto a mencionar el famoso bi ritual. Camino Adelante, a tal respecto, creyó que podía dormir tranquilo; pero ahora temía que hubiese cometido una imprudencia al confiar demasiado en las pérdidas de memoria del anciano.

Sin duda alguna, este último podía acusarlo de mentir por omisión. En tal caso, como poco, lo destituirían o lo deportarían a un pozo de salmuera.

Sintió que el corazón se le iba a salir del pecho bañado en sudor. Invocó al voleo al excéntrico inmortal Dongfangshao, un hacendoso sirviente de un antiguo emperador que quería complacer a todo el mundo y frecuentaba tanto mujeres como hombres. Aquel ser inclasificable, que según la leyenda descendió de una estrella, se había convertido en modelo de conducta. No le hubiera importado lo más mínimo partir él también hacia aquel astro, aunque creyera a medias esa historia del eunuco bisexual.

Una vez más, con la mirada clavada en el techo de la pequeña habitación contigua a la del rey, constató que no despegaba del suelo. Dongfangshao no respondía.

Entonces, experimentó ese extraño sentimiento de inquietud que, más tarde o más temprano, invade a todos los cortesanos.

Cuanto más cerca se está del sol y más poder se tiene, mayor es también el riesgo de quemarse.

*

—¡Que hagan entrar al célebre filósofo y pensador Han Feizi! —tronó la voz del rey Zhong.

En la sala de audiencias reales se habían colgado especialmente para la ocasión unas pesadas banderas decoradas con el árbol Fusang, donde, según se decía, el sol se posaba antes de que emergiera del horizonte.

El Gran Chambelán, vestido de carmín como de costumbre, ejercía de maestro de ceremonias. Se encargaba de ir a buscar a los visitantes al inmenso vestíbulo y llevarlos, siguiendo una etiqueta harto rigurosa, en presencia del soberano. Apenas ocultaba la preocupación que le causaba aquella intempestiva audiencia a la que habían sido invitados, además del Gran Oficial de las Amonestaciones y la princesa Huayang, los generales Imperfección del Jade y Paz de las Armas.

En el vestíbulo vio a dos hombres. El primero, cuya cabeza completamente rasurada resaltaba sus finos rasgos, llevaba sobre los hombros un manto decorado con el carácter *ma,* correspondiente al caballo, bordado en oro. Su acompañante iba ataviado de un jubón de seda negra, por debajo del cual se ensanchaba, formando pliegues, una túnica de pelo de cabra. Bajo el brazo, portaba un libro grueso.

La apariencia de los visitantes —pues esa era su intención y así lo habían planeado— revelaba por sí sola tanto la identidad como la calidad de ambos.

—Supongo que vos sois el mercader Lu Buwei y vos, el jurista Han Feizi —dijo el eunuco en tono teatral bajo el cual despuntaba una pizca de circunspección.

—¡Estos hombres aún no han abonado los derechos de audiencia!

Era el contable de las audiencias reales, que apareció con un escritorio portátil sobre la barriga sujeto con correas, el cual le servía igualmente de caja para guardar las tasas recaudadas. La monarquía de Qin había comprendido que nada era más eficaz que transformar los derechos de los ciudadanos en deberes. La ciudadanía era, en el mejor de los casos, el derecho a pagar impuestos. Las audiencias reales, como todo lo demás, eran, pues, de pago.

Lu Buwei abonó las tasas que le correspondían a él y también las del filósofo tartamudo.

Acto seguido, Camino Adelante procedió a explicarles de forma sucinta las reglas de etiqueta de las audiencias reales: no hablar nunca el primero, sino dejar que el rey tomara la iniciativa; no mirarlo nunca a los ojos cuando uno se dirigía a él; no darle nunca la espalda y, si invitaba a tomar asiento, nunca dirigir la punta de los pies hacia el rostro del soberano, pues era una señal de insolencia. Al finalizar el listado con la voz monótona del que acostumbra a recordar un reglamento, el eunuco precisó por último a los visitantes que cualquier infracción de la etiqueta podría conllevar la amputación del pie izquierdo del infractor.

Delante de Lu Buwei y Han Feizi, dos guardias armados hasta los dientes abrieron, cuando el eunuco les dio la señal, los dos batientes claveteados con puntas de bronce en forma de diamante del portalón de cedro por el que se accedía al amplio salón de audiencias.

En un primer momento, tan solo vieron un bosque de pilares esculpidos y ennegrecidos por las nubes de incienso que invadían la penumbra del lugar como extraños centinelas, y que sostenían un techo ornamentado cubierto de pan de oro. Al fondo, parcialmente oculto por la densidad de los pilares, advirtieron un estrado iluminado por la luz del sol que penetraba en la oscura sala a través de una abertura en el techo.

Allí estaba el anciano rey, en un sitial de piedra esculpida cuyos reposabrazos eran unos dragones que escupían fuego. Los visitantes, guiados por Camino Adelante, se dirigieron a paso lento hacia el estrado, ante el cual realizaron las tres postraciones rituales, cuidándose muy mucho de no mirar al soberano a la cara en ningún momento.

—Es un gran honor recibir al ilustre jurista cuyos escritos gozan de enorme popularidad e inspiran la política que el reino de Qin desea poner en práctica —declamó el viejo rey con un cierto énfasis nada fingido.

Al oír estas palabras, el filósofo se levantó y, tras respirar hondo, respondió en voz alta:

—¡E-el ho-honor es mi-mío!

Lu Buwei, con la cara hacia al suelo, no pudo leer la estupefacción en el rostro del soberano al descubrir el defecto de elocución del insigne filósofo, que hacía de él un pésimo orador, mientras que como escritor era toda una celebridad. Han Feizi, acostumbrado a las reacciones que suscitaba cuando lo oían hablar por primera vez, aprovechó para depositar a los pies del rey el libro que portaba bajo el brazo.

—Vuestra Majestad, ruego aceptéis mi último libro, al que he titulado *Los diez errores…*

—¿Por qué ese título? —preguntó el monarca.

Al anciano, que permanecía girado en dirección al filósofo, parecía traerle sin cuidado la suerte de Lu Buwei, aún con la cabeza encorvada.

—Porque se trata de un florilegio sobre errores que pueden costarle el poder a los príncipes —replicó maliciosamente el tartamudo, seguro del golpe de efecto.

Al oír esas palabras, el viejo Zhong hizo una mueca imperceptible. Indicó con un gesto al Gran Chambelán que Lu Buwei ya podía alzarse.

—He aquí el hombre que puede solucionar la cuestión que te incumbe —dijo el rey de Qin dirigiéndose a Paz de las Armas, quien se encontraba sentado a su derecha.

Después, volvió la vista al general Imperfección del Jade, que estaba sentado con semblante hosco al otro lado.

—Lu Buwei de Handan posee miles de caballos aptos para el combate. Es el único, que yo sepa, que posee una pareja de caballos celestes —precisó el Intendente General de las

Caballerizas Reales observando al mercader con una sonrisa en los labios.

El Gran Oficial de las Amonestaciones, de pie tras el soberano, decidió abordar la cuestión que había motivado la presencia de los visitantes.

—El señor Lu Buwei ha solicitado a Han Feizi que defienda su petición ante Vuestra Gracia Eterna…

—¿Y de qué se trata? —inquirió el anciano fingiéndose sorprendido, pues conocía el motivo perfectamente.

—Mi cliente desearía que se le concediese el derecho a comprar a la Administración una joven cortesana pública del barrio de las Flores y los Sauces —declaró el filósofo.

Había planeado comportarse como una especie de abogado del mercader de caballos.

—¿Se pueden saber los motivos de vuestro cliente? —lanzó una voz dulce y cantarina.

La elegante silueta de Huayang, que surgió de detrás de una columna, apareció de repente en medio de aquel círculo de hombres.

Vestida de seda verde y oro, avanzó desde el fondo del estrado, donde había permanecido hasta el momento en la sombra. Lu Buwei se quedó boquiabierto ante tan extraña aparición. De inmediato lo hechizó la belleza de la mujer, cuya presencia, en aquel universo tan sombrío y austero, resultaba incongruente.

El mercader decidió responderle directamente, sin mediar el filósofo.

—Esa joven merece un destino mejor. Fue vendida a una casa de citas tras haber sido raptada. Conozco bien a sus padres, son vecinos míos en Handan.

Se acababa de inventar una trola, pero le daba igual. Era una mentira piadosa con la que pretendía arrancar a una joven inocente de las garras de su lamentable condición de esclava. Han Feizi mostró cierto asombro, mas Lu Buwei le indicó con la mirada que se lo explicaría más tarde.

—¡Qué historia más triste y qué desgraciada ha de sentirse esa chica! —exclamó con una indignación sincera Huayang, que ya se había adherido a la causa de la joven reclusa separada a la fuerza de su familia.

El viejo rey, con los ojos entreabiertos, observaba atentamente las reacciones de unos y otros. Por el tono de Huayang, comprendió que su nuera deseaba que la petición de Lu Buwei prosperara. Así que si accedía a sus deseos, se sentiría en deuda con él. Recordó su boca, sus manos, su sublime Puerta Trasera. Empezó a sentir un ligero hormigueo en las piernas que anunciaba el despertar de los sentidos.

—De acuerdo, ordenaré el cambio de categoría social de la cortesana —afirmó para gozo de la princesa, provocando un murmullo de estupor entre el reducido público, poco habituado a presenciar decisiones tan rápidas—. ¿Pero qué ofrecéis a cambio al reino de Qin? —añadió dirigiéndose a Lu Buwei.

El Gran Chambelán se sintió obligado a dar unas palmaditas y pensó que debía adoptar ante los demás un gesto complaciente de admiración por tan genial ocurrencia.

—Hablo en mi nombre, pero os puedo ofrecer mis consejos —se adelantó Han Feizi, al que Lu Buwei dio las gracias con la mirada.

—Vuestros consejos me interesan sobremanera, pero es el solicitante quien ha de satisfacer el tributo —replicó Zhong.

Aquella historia empezaba a divertirle y gracias a ella comenzaba a recobrar poco a poco su entusiasmo de antaño.

—Majestad, si me lo permitís, Lu Buwei de Handan podría ayudarnos a restablecer el patrimonio ecuestre de Qin a modo de pago —sugirió el general Paz de las Armas, que aún no había opinado.

El rey observó al mercader con aire interrogante. Aguardaba su reacción. Lu Buwei reflexionó durante un buen rato, lo cual hizo que se le enrojeciera levemente la cabeza que siempre llevaba rasurada. Contaba con que la burocracia de Qin le habría dejado tiempo para preparar y ponderar con cuidado una estrategia. No creyó que el monarca se pronunciara con tanta celeridad y pensó que tendría que defender su caso ante las instancias previstas en los reglamentos o designadas especialmente por el soberano a tal efecto. Sin embargo, no se le había escapado que la presencia de aquella formidable criatura tenía algo que ver con tamaña presteza. El encadenamiento de tantos sucesos inesperados lo había pillado por completo desprevenido, a él, de costumbre un hábil estratega.

Consciente de su ventaja, el general Paz de las Armas movió otro de sus peones.

—¿Y esa pareja de caballos celestes akhal no podría valer? El macho ganó la carrera de la última feria.

Lu Buwei a punto estuvo de atragantarse, pero se tapó la boca con la mano y consiguió que nadie lo advirtiera. No se esperaba un ardid así del anciano rey. La idea de tener que desprenderse de *Gavilán Púrpura* y *Gavilán Rosa* lo contrariaba enormemente. Se había jurado no venderlos nunca a nadie. Los vio caracoleando alegremente por el prado de su colina y yendo hacia él para hacerle fiestas cuando les silbaba.

Justo cuando ya tenía lista su argumentación y se disponía a rechazar la propuesta del Intendente General de las Caballerizas Reales, la imagen de Zhaoji inundó su mente, como esos ríos que se desbordan en primavera con el deshielo.

Imaginó la expresión de la mujer aniñada cuando supiera que la habían liberado, y lo agradecida que le estaría. Visualizó sus finas manos dando palmadas de alegría y el gracioso mohín que dibujaban sus labios pulposos y perfectos iluminándose con una sonrisa pura como el cristal. Sintió la suavidad de sus mejillas que ella, por primera vez, le dejaría acariciar...

Entonces, la respuesta salió disparada por sí sola y resonó en el alto techo artesonado. Fue tan precipitada que el mercader se pensó que había sido otro quien la había pronunciado.

—De acuerdo. Ofrezco la pareja de caballos celestes. Alabada sea su descendencia, que pertenecerá al reino de Qin.

El monarca hizo un gesto para ordenar al Gran Chambelán que levantara la sesión. Dos sirvientes trajeron un palanquín sobre el que alzaron el esquelético y alargado cuerpo del anciano. Un heraldo ataviado con los colores y las armas del monarca anunció que la audiencia había finalizado. Los asistentes se inclinaron al paso del rey, salvo Huayang, a quien este dedicó una mirada seductora e insinuante. Su nuera respondió entornando con malicia los párpados.

Lu Buwei sintió un leve mareo. Vaciló un momento y Han Feizi lo sujetó por los hombros.

Una mano le tocó el brazo. Él se giró.

Era la suntuosa criatura que le regalaba de nuevo una sonrisa maravillosa.

Se hallaba tan cerca de él que podía oler el perfume a menta y jazmín con el que seguramente se había impregnado el pecho. Bajo su camisa de seda se adivinaban unos senos tan níveos y firmes como una flor de primavera.

—Sería un placer conocer a esa muchacha. Me llamo Huayang y soy la primera esposa del príncipe heredero al reino. A propósito, ¿cómo se llama esa criatura tan afortunada? —preguntó al mercader de Handan como si nada, haciendo uso de su voz más melodiosa.

—Su nombre es Zhaoji —respondió dulcemente Lu Buwei.

—¡Estoy segura de que las dos nos llevaremos de maravilla! —aseguró la princesa antes de desaparecer de nuevo tras el bosque de pilastras de la sala de audiencias.

—Bueno, el asunto se ha resuelto en un abrir y cerrar de ojos —dijo el general Paz de las Armas al mercader de caballos.

—Esperemos que la yegua sea fértil... —refunfuñó con acritud Imperfección del Jade dirigiéndose a Camino Adelante mientras se alejaba de allí con paso renqueante sin despedirse de nadie.

—Ese hombre parece sentir una profunda enemistad hacia vos —constató el filósofo.

—¡Es que es alérgico a la crin de caballo! —exclamó Camino Adelante riéndose a carcajadas con su propia gracia.

—Lo peor es que los dos llevan razón —añadió Paz de las Armas con la mayor seriedad.

Dicho lo cual, todos se despidieron y se marcharon.

—Habéis reaccionado con presteza. Se diría que estáis muy acostumbrado a asistir a audiencias reales —confió el tartamudo al mercader mientras se encaminaban a su casa de la colina.

—La mujer, más que el rey, es la que me ha impresionado. Cuánta astucia bajo tanta gracia...

—En algunos capítulos de mi libro *El bosque de las anécdotas* se relatan historias y fábulas de reyes y príncipes derrocados ¡Simplemente por las tretas de las mujeres!

Lu Buwei no se atrevió a responder: él acaba de desprenderse de sus caballos de las estepas simplemente por los hermosos ojos de una mujer aniñada.

De regreso a sus aposentos, sacó el bi negro constelado de su escondite y, para calmarse, se sumergió en el universo en miniatura de sus estrellas micáceas.

Intentaba entender por qué su vida, hasta ahora tan lineal, se había convertido en una sucesión de sorpresas extraordinarias, encuentros asombrosos y casualidades que poco tenían de casualidad.

Todo acaecía como si unas fuerzas invisibles e intangibles lo empujaran sutilmente por una inmensa ladera por la que descendía a toda velocidad sin tan siquiera darse cuenta, hacia un destino que aún le tenía reservadas más sorpresas.

12

EL SOL INUNDABA EL AMABLE Y FINO ROSTRO DE PODEROsa Estrella del Este y le hacía entornar los ojos. Le gustaba sentir el calor de los rayos sobre su piel delicada. Se había desatado el turbante y la larga cabellera, ondeada por una suave brisa, flotaba libremente sobre los hombros.

Fuera de Xianyang, la hija adulterina del rey Zhong podía soltar su melena al viento y recobrar su apariencia de muchacha.

Caminaba a buen ritmo hacia la colina donde se elevaba la inmensa caballeriza de madera con forma de navío invertido, cuyo perfil ya empezaba a despuntar en el horizonte. Dejó atrás las últimas casas de la ciudad. Apretó el paso y se tapó la nariz al cruzar ante el patíbulo público. Este consistía en una siniestra plataforma de piedra sobre la que se erigían una decena de postes con cuerpos pútridos que emanaban una nube de fetidez y pestilencia sobre miembros seccionados y cráneos medio devorados por las ratas.

Por suerte, un poco más adelante de ese tétrico escenario, a ambos lados del camino se sucedían las huertas que agasajaban la vista con una profusión multicolor de coloquíntidas y guisantes de olor. Fragantes berros transformaban las regueras rebosantes de agua en verdes tapices por los que minúsculas ranas parecían rodar como canicas de jade. Se sentía embriagada, como un animal que sale al sol después de haber pasado demasiado tiempo en la oscuridad de su cueva.

Para la joven estudiante, los dos días de prohibición de clases eran el regalo de la semana. Dicha interdicción había sido decretada por el Gran Astrónomo de la corte y era el resultado de complejos cálculos para los que se tenían en cuenta la posición de los astros en el cielo y los cruces de energía que gobiernan la vida de los hombres. El mes anterior estuvo prohibido cortarse el pelo el tercer día lunar y mover los muebles de la casa el penúltimo día.

Por consiguiente, los profesores del Colegio de Altos Funcionarios habían dispensado a los alumnos de permanecer en el recinto esos dos días.

Poderosa Estrella del Este, que desde hacía meses no salía a dar una vuelta, decidió hacer novillos con toda legalidad. Sus nuevos compañeros, Li Si y Así a Veces, le hablaban con frecuencia del filósofo que fuera su profesor en la academia Jixia y del mercader de caballos de Handan, quien había tomado las riendas de la yeguada del reino. Se moría de ganas de ver con sus propios ojos cómo era la colina donde el mercader se había instalado, en compañía del filósofo, y había construido las caballerizas de madera con un tejado acampanado que recordaba al casco invertido de un navío.

Al pie de la verde pendiente de la propiedad de Lu Buwei, cientos de hombres se afanaban en vallar las últimas partes de un prado que se extendía de oeste a este hasta perderse de vista. Al acercarse, entendió que se trataba de un ingenioso dispositivo para clasificar a los équidos y orientarlos hacia determinados pastos y cercados. Desde detrás de la colina, los animales aparecían por decenas. Después de encerrarlos en la zona de entrada, los palafreneros, siguiendo las órdenes de un hombre situado en un alto mirador, los seleccionaban primero en función del color del pelaje y el tamaño, y después por sexos; entonces los conducían a cercados auxiliares para que un veterinario los examinase. Aquel sistema ponía orden en un flujo incesante y tráfico como el agua que corre por los canales de riego.

La joven estaba atónita ante aquella admirable organización de indudable eficacia. Se dijo que quien había puesto en marcha semejante dispositivo se había inspirado en el *Arte de la guerra* del insigne Sunzi.

Nada se había dejado al azar. Aquella organización masiva transmitía una sensación de poder y de lucha contra el tiempo. Sin duda, la empresa en la que el mercader de Handan se había embarcado era titánica. En Xianyang ya se rumoreaba que, de salir airoso, lo harían ministro. Poderosa Estrella del Este jamás hubiera imaginado que un solo hombre pudiese acabar con la escasez de caballos que asolaba Qin y que podía arrebatar al reino decenas de conquistas victoriosas.

En el Colegio de Altos Funcionarios se enseñaba a los estudiantes que el individuo era insignificante en comparación con la organización colectiva, a la que este debía someterse. Se les inculcaba la supremacía del Estado, al cual, por encontrarse en permanente construcción, nunca se le podía culpar de nada. Poderosa Estrella del Este, a quien dichas tesis convencían solo a medias, había preguntado a sus profesores cómo se explicaba, habida cuenta de esos fundamentos, la carencia de caballos que amenazaba la supremacía del reino. Salieron por la tangente. Ni siquiera fueron capaces de señalar a un chivo expiatorio. Como quien recita una lección sin convencimiento, se contentaron con argüir una perorata de vagas digresiones sobre una menor fertilidad en cierta raza equina. Para poner a prueba el espíritu crítico de sus dos nuevos compañeros, les hizo partícipes de sus dudas.

—¡El pescado siempre empieza a pudrirse por la cabeza! La escasez de caballos tan solo es una parte de una carencia aún mayor —respondió sin tapujos el que se llamaba Li Si.

Aquella afirmación le pareció irrefutable, aunque también la dejó algo apenada por la alusión a su padre.

La muchacha recordaba las palabras de admiración vertidas por los dos jóvenes que, desde hacía ya unos meses, compartían su condición de alumno estudioso y ávido de conocimiento:

—¡Ya verás, Arrepentimiento Eterno: el cerebro de Han Feizi y el dinero de Lu Buwei juntos igualarán en competencia a la mente y las piernas de una persona superdotada! —anunciaron a su nuevo amigo con tono desafiante.

De hecho, Li Si y Así a Veces ya habían tomado partido por aquella eficiente pareja formada por el mercader y el filósofo.

De aquellos dos jóvenes, Poderosa Estrella del Este se sentía más atraída por Li Si, cuyo fino y delgado rostro, de grandes ojos negros, no la dejaba indiferente. Asimismo, le fascinaban su portentosa inteligencia y sus opiniones, por lo general tajantes, aunque siempre pertinentes.

Dicha preferencia surgió desde su primer encuentro, cuando Consumación Natural hizo las presentaciones durante una breve ceremonia precisando a los dos recién llegados, aunque sin saber si lo que decía era cierto o no:

—Os presento a Arrepentimiento Eterno, quien, aun siendo brillante, está deseoso de no seguir solo en las clases de este prestigioso colegio.

El duque Apacible Subida de Tres Peldaños tuvo igualmente a bien estar presente para recibir a Li Si y Así a Veces.

Juntos, los dos hombres mostraron a los nuevos alumnos el que a partir de entonces sería su entorno.

El Colegio de Altos Funcionarios ocupaba un edificio austero donde los patios, tanto los que estaban al aire libre como los cubiertos, se sucedían siguiendo un mismo patrón.

Cada promoción de estudiantes disponía de sus propios patios, uno abierto y otro techado. El estilo de vida era espartano: las comidas, que siempre se hacían allí, eran de lo más frugales; los alumnos dormían a ras de suelo, sobre colchones de crin que desenrollaban por la noche. De sol a sol, aprendían de memoria los libros de literatura, derecho y filosofía, mientras que la caligrafía también ocupaba otra parte importante de la jornada. Tenían que aprender a dibujar con estilete, de un solo trazo a ser posible, primero sobre tablillas de madera cubiertas por una fina película de arena y luego sobre materiales más duros, los tres mil caracteres que un letrado debía conocer. Los seis mil restantes los aprenderían más tarde aquellos que, tras años de práctica y compilación, ascendieran a la categoría de letrados superiores —encargados de codificar diccionarios de la lengua— o quienes, como Consumación Natural, se convirtieran en una especie de memoria andante de todos los conocimientos transmitidos y adquiridos durante siglos.

Uno de cada seis días se dedicaba al tiro con arco, considerado, más que como una actividad física, un ejercicio mental de concentración. La historia de Hou Yi, el arquero que se convirtió en dios gracias a su fuerza mental, explicaba el fervor por dicha práctica. El emperador Jun, padre de los diez soles, había encomendado al arquero Yi abatir nueve de esos astros, pues el calor que hacían reinar en la tierra era insoportable para sus habitantes. Además, Hou Ji había matado seis monstruos, entre los que se encontraba un jabalí gigante que sembraba el terror en un bosque de moreras y ponía en peligro la vida de los hombres. Al haber sido hallado culpable de mantener una aventura amorosa con Mifei, esposa del conde del río Amarillo, el arquero Yi fue condenado a permanecer en la tierra, donde su mal carácter desató el odio de los que lo rodeaban, quienes acabaron por matarlo con un pesado bastón de madera de melocotonero. Así fue cómo el arquero, en recompensa a los servicios prestados a la humanidad, se convirtió en un espíritu puro venerado como un dios a quien todos imploraban protección y apoyo.

Arrepentimiento Eterno apenas tenía fuerzas para levantar el inmenso arco, fabricado con varas de avellano y láminas de bambú pegadas y ensambladas por anillas de bronce, y mucho menos para tender la fina cuerda de cáñamo. Era la única asignatura en la que no lograba alcanzar el nivel exigido en el colegio, lo que traía a su profesor de cabeza. En cuanto al resto de materias, el único alumno de la promoción brillaba por su inteligencia y por su portentosa retentiva, gracias a la cual aprendía los textos de memoria a la primera. Ya sabía dibujar a la perfección más de dos mil caracteres sobre la tabla recubierta de arena del profesor.

Cuando vio por primera vez a sus dos futuros compañeros de clase, Arrepentimiento Eterno no ocultó su felicidad y una amplia sonrisa iluminó su rostro. La joven le estaba agradecida al rey, su padre, por haberse apresurado a satisfacer sus deseos. Ya no estaría más tiempo sola frente a tres profesores que no la dejaban ni a sol ni a sombra. Ahora serían tres contra tres.

—Estos dos brillantes alumnos proceden de la célebre academia Jixia —había añadido con cierto orgullo Consumación Natural al proseguir con las presentaciones.

Li Si fue el primero que se adelantó para estrechar la mano de Arrepentimiento Eterno.

No sospechaba que tras las facciones regulares y delicadas de aquel joven, a quien un apretado turbante cubría la frente por completo, se escondía una muchacha que se había fijado en él. Li Si sonreía abiertamente, como un buen compañero, su alegría parecía sincera; Poderosa Estrella del Este, por su parte, hacía todo lo posible por ocultar la emoción que la invadía.

Una vez pasada la sorpresa del momento, con el transcurrir de las semanas, la emoción inicial fue convirtiéndose poco a poco en atracción. Durante los momentos de descanso o en las comidas, a la benjamina del rey Zhong le gustaba perderse en los ojos del joven y le divertía la incomodidad que el muchacho sentía cuando ella lo miraba con demasiada insistencia. Por la noche, en el lecho antes de quedarse dormida, siempre pensaba en él.

También fue Li Si quien la animó a visitar la gran obra de construcción de Lu Buwei y le describió las innovadoras ideas profesadas por el filósofo tartamudo, el cual, tras haber sido su profesor, había puesto su inteligencia y vasta cultura al servicio del mercader de caballos. Así pues, siguiendo los consejos de su amigo, la joven había decidido comprobar con sus propios ojos, in situ, la magnitud de la empresa en que se habían embarcado los dos hombres.

Se hallaba a menos de cincuenta li del recinto construido en la colina de los caballos. A unos pasos de franquear el pórtico de la entrada, el compás de un tambor captó su atención. El sonido procedía del mirador, al pie del cual un hombre inmenso marcaba de esa forma el ritmo a hombres y animales.

—¡Un poco más despacio, Hombre sin Miedo! Las potrancas preñadas pueden chocar contra los largueros de las barreras —gritó al gigante el hombre que daba órdenes desde lo alto de la torre de control.

El flujo de animales se ralentizó de inmediato, como las aguas del río que tras nacer en la montaña llegan a la planicie.

Poderosa Estrella del Este se quedó asombrada ante la impecable reacción de aquella maquinaria compleja.

—¡Las mujeres no pueden entrar aquí sin autorización!

Poderosa Estrella del Este se giró. Le hablaba un palafrenero con el pelo desaliñado y blanco por el polvo y una sonrisa burlona sin un solo diente. La muchacha, absorta en la contemplación de aquel extraño baile de animales y hombres, había llegado al primer cercado sin darse cuenta.

—¡Déjala, no hace nada malo! —protestó un hombre de aspecto juvenil que se encontraba un poco más arriba de la colina y que se presentó como secretario de Lu Buwei.

La joven sonrió, respondió que se había extraviado y, dejando allí a Zhaosheng, que gustoso hubiera entablado una conversación con ella, se dio media vuelta y se marchó por donde había venido.

*

En el preciso momento en que Poderosa Estrella del Este descubría la colina de los caballos, Paz de las Armas realizaba su visita diaria a la pareja de corceles akhal que Lu Buwei había cedido al reino de Qin a cambio de llevarse a la joven Zhaoji del lupanar del Estado.

Le eran tan preciados como las niñas de sus ojos. Los veía ya como la cuna de una numerosa descendencia de caballos pequeños y fuertes, rápidos como el rayo y valerosos, al servicio de los ejércitos ecuestres del reino. El día de mañana, los ejércitos de Qin estarían provistos de esos famosos caballos celestes, que a buen seguro se convertirían en su símbolo militar.

Con este fin, se habían habilitado dos compartimentos especiales en el Acaballadero Real de Xianyang. El Intendente

General de las Caballerizas Reales del Reino supervisó personalmente su construcción. Para ello, eligió tablas de catalpa de un grosor digno de los más suntuosos féretros. Los tablones, pulidos con esmero, llegaban a la altura de la cruz de los animales, con lo que *Gavilán Púrpura* y *Gavilán Rosa* podían hacerse fiestas permaneciendo cada cual en su propio espacio. La paja de dichos compartimentos, tan lujosos que podrían haber pasado por dormitorios de personas, se cambiaba dos veces al día. Paz de las Armas había ordenado, para mejorar su descendencia, añadir una pizca de polvo de jade a la avena de los dos akhal que tanto cariño le inspiraban.

—¡Creo que esta yegua está en celo! Habrá que cubrirla mañana por la mañana sin falta —ordenó el general al palafrenero encargado del cuidado y vigilancia de la pareja de caballos celestes.

—Así se hará, mi general —respondió el hombre inclinando la cabeza en señal de respeto.

—¡Espero poder asistir también al espectáculo! —exclamó entre risas una voz aflautada. De detrás de uno de los tabiques de catalpa, surgió inesperadamente una abultada nube de tul granate.

Era Camino Adelante, quien sin siquiera dar tiempo a que Paz de las Armas se sorprendiera o pudiera retroceder unos pasos, ya lo había tomado del brazo y lo conducía al fondo del pasillo. El general sentía la boca del eunuco pegada a su oreja, a dos dedos de susurrarle un secreto.

Por la mirada de férrea determinación y el brillo de exaltación en los ojos de Camino Adelante, Paz de las Armas intuyó que debía de tratarse de algo importante, por lo que reprimió el enojo que le había provocado la repentina aparición del eunuco.

Se preguntaba si Camino Adelante querría avisarle de la última jugarreta de Imperfección del Jade. El Gran Chambelán del rey ponía siempre un celo extremo en servir de intermediario entre los dos generales y acérrimos enemigos. Paz de las Armas comprobó, en un acto reflejo, que el palafrenero responsable de los dos *Gavilanes* no pudiera escuchar su conversación, y con aire crispado hizo señas a la criatura de rojo de que estaba en disposición de escucharle.

—Recibí esto ayer. Léela rápido —murmuró al general, al tiempo que le tendía una lámina de bambú cortada recientemente por la mitad.

Paz de las Armas cogió la lámina para examinarla con detenimiento. La caligrafía era más bien torpe, probablemente no escrita por un letrado. El trazo blanco del estilete indicaba que se había hecho hacía poco. La lámina contenía los doce caracteres siguientes: *Hua yang y Gran Oficial, Gavilán y Oropéndola,* surcar los aires, alas desplegadas y firmes.

Paz de las Armas, con profunda sorpresa, miró al eunuco. A este, completamente exaltado, los ojos parecían salírsele de las órbitas.

—¡Es una denuncia! Alguien te hace saber que el duque Apacible Subida de Tres Peldaños y Huayang mantienen una relación amorosa —aseveró desconcertado el general.

—La encontré al pie de mi cama. La tiraron por la ventana de mi habitación —consiguió articular Camino Adelante pese a su gran desasosiego—. ¡Si esto llega a oídos del príncipe Anguo, será el fin de su primera esposa! —añadió con delectación recuperando la lámina de bambú de manos de Paz de las Armas.

Su rostro abuhado de vieja arpía reflejaba en ese momento todo el odio que sentía por la esposa del príncipe heredero.

—¿Pero cómo ha podido ponerse el Gran Oficial de las Amonestaciones en semejante situación? ¡De todos modos, puede que no sean más que murmuraciones! —exclamó el Intendente General.

Este último mantenía un excelente trato con Apacible Subida de Tres Peldaños. Pese a la tristeza que le suscitaban las posibles consecuencias de aquella aventura, podía adivinarse la cólera que le inspiraba semejante acto de delación.

—Para nada —replicó el eunuco con ojos de comadreja—, hace meses que vengo observando sus tejemanejes... En lo que a mí respecta, en esto no hay dudas.

Sin poder ocultar el desprecio que le inspiraba, Paz de las Armas esguardó a Camino Adelante.

Nunca había tenido quejas de la conducta del Gran Chambelán con él y siempre lo había defendido ante los demás cortesanos, que lo acusaban sin cesar de cometer mil infamias y huían de él como de la peste. Ahora, a juzgar por el regodeo del eunuco, comprendía mejor las razones del oprobio del que era objeto. La compasión no existía para aquella criatura, cuyo poder e influencia provenían de los secretos más o menos inconfesables que conocía sobre unos y otros.

—Si estuviera en tu lugar, actuaría como si no hubiese recibido ese trozo de bambú —aconsejó, hierático, al eunuco.

—Tienes razón. Pero tal vez un día decida que sí la he recibido —recudió Camino Adelante.

El tono seco y glacial del Gran Chambelán sonaba a desafío.

La nube granate desapareció tal y como vino, tras los paneles de catalpa, y dejó al Intendente General de las Caballerizas Reales perdido en sus pensamientos, tan turbado por lo que acaba de leer y oír que ya ni se acordaba de la pareja de pequeños akhal, a los que sin embargo había prometido cuidar como a la niña de sus ojos.

*

Se habían dado cita en una posada rural situada a las afueras de la ciudad para poder hablar con libertad, alejados de miradas indiscretas.

Desde la terraza, tras una cortina de bambú que permitía ver sin ser visto, se podían contemplar, a la izquierda, los tejados de Xianyang, que parecían ascender al asalto del palacio del rey Zhong, y a la derecha, la colina de los caballos y el navío varado de sus majestuosas caballerizas. Tan solo el chiar de las golondrinas que dibujaban montañas en el azul del cielo perturbaba la calma del lugar.

—¿Estás bien seguro de que nadie nos espía? —susurró Huayang al Gran Oficial de las Amonestaciones, que se encontraba sentado frente a ella en un sillón de mimbre.

La princesa estaba inerte.

Normalmente, colocaba la punta de su piececillo entre los muslos del duque y ese simple gesto, que realzaba sus torneadas piernas al tener que estirarlas, provocaba una inmediata ola de deseo en su amante, el cual acercaba entonces su boca a la de su amada.

Esta vez, parecía que ella no quería dar el primer paso.

A pesar de no haberse producido la consabida invitación, su noble amante se inclinó sobre el rostro de la princesa para tratar de saborear al menos el frescor de su lengua. Mas Huayang lo rechazó con más firmeza de la esperada y se quedó acurrucada en su sillón.

Parecía profundamente contrariada. Sus ojos fueron inundándose poco a poco de lágrimas.

No tardó en romper a llorar.

—Desde hace unas semanas, siento que el eunuco me mira con malos ojos, como si supiera lo que ocurre entre nosotros. No debemos venir más —gimió para gran desesperación de Apacible Subida de Tres Peldaños.

El duque, con el aire confundido del bribón al que pillan en plena faena, tenía la mirada fija en el horizonte para mantener la compostura.

—Te dejas llevar por tu imaginación. Eso es absurdo: tomamos todas las precauciones posibles y solo te visito cuando ya están todas las luces apagadas. En cuanto a Anguo, cuando abandona tus brazos está tan agotado que ni un carillón lograría despertarlo —replicó mientras seguía intentando besarla.

Pero el llanto de Huayang crecía en intensidad y sus gemiqueos ahogaban el chiar de las golondrinas.

Su amante atribuía el estado de ánimo de su enamorada al embarazo de la concubina del príncipe Anguo y a que el momento del alumbramiento estaba próximo. En la corte no se hablaba de otra cosa que no fuese el futuro nacimiento. Los meses transcurrían y, pese a las embestidas diarias y repetidas de su esposo, el vientre de la hermosa Huayang continuaba desesperadamente yermo y vacío de toda vida embrionaria.

—Tenemos que dejar de vernos —espetó con dureza y frialdad.

El Gran Oficial se tambaleó por la impresión. Aquella ruptura unilateral y brutal era una puñalada asestada en pleno vientre.

Amaba a Huayang con todo su ser. Ya no podía vivir sin su cuerpo flexible y sensual, que respondía a sus caricias como un gato. Aún sentía las huellas de la mano y la lengua de su amada en las partes más íntimas de su cuerpo. Su boca guardaba el sabor de la esencia efímera derramada por su Sublime Hendidura cuando su energía interior *qi* se apoderaba de ella y hacía vibrar su vientre como la caja de una cítara *she.*

Jamás hubiera imaginado que tanta pasión pudiera acabar así, solo por sospechar de ese maldito eunuco. Huayang pronunció las palabras de la ruptura con tal frialdad que en aquel momento el duque se preguntaba si en verdad lo habría amado algún día.

Un gran vértigo invadió su alma.

Observaba fijamente la colina de los caballos y sus caballerizas en forma de navío, aunque en realidad nada veía, aún impactado por la dureza del revés que acaba de recibir.

El noble confuciano que hacía temblar a todos los gobiernos de las provincias del reino, ahora no era más que un hombre con el corazón roto, decepcionado por la brusquedad y el desafecto que acababa de dedicarle la mujer a la que tanto había adorado.

Contuvo las lágrimas, pues la etiqueta vetaba que «un funcionario poderoso llorara ante una mujer débil».

Hizo acopio de todas sus fuerzas para enfrentar por última vez el rostro de su antigua amante. Cuando se volvió despacio hacia ella esforzándose por mostrar un semblante impasible, ya no había nadie en la terraza de la posada.

*

Incapaz de hacer frente a los reproches y al desasosiego de su amante, Huayang se marchó corriendo de la frondosa terraza de la posada. Sin percatarse de ello, sus pasos la guiaron hasta la colina de los caballos.

La ruptura con Apacible Subida de Tres Peldaños no había sido fácil, si bien le costó menos de lo que había imaginado renunciar a él, como siempre ocurría cuando obedecía a su instinto.

La primera esposa del príncipe Anguo era una mujer pragmática. Estaba convencida de que su relación con el duque corría el riesgo de acabar mal si ella no le ponía punto y final.

Conocía por experiencia la precariedad de las posiciones sociales adquiridas, sobre todo en una corte real donde la menor maquinación podía conducir a prisión o al exilio, cuando no al mismo cadalso. Un simple rumor bastaba para hacer rodar cabezas. Correr el más mínimo riesgo con el noble confuciano, en aquellos momentos, resultaba peligroso y además no tenía sentido alguno. En cierto modo, romper con él lo protegía.

Ahora más le valía emplear sus fuerzas en evitar que la concubina Xia usurpase su puesto y, sobre todo, en hacer lo posible para que al fin su vientre diera un varón al reino de Qin. Ese deseo de maternidad era, por encima de todo lo demás, lo que más le importaba.

Avanzaba con paso vivo hacia el navío invertido.

Desde que asistiera a la famosa audiencia real, ardía en deseos de conocer a la joven que el mercader de Handan había comprado a la administración de las casas de lenocinio. Guiada por una oscura aunque tenaz corazonada, presentía sin saber muy bien la razón que aquella muchacha, de cualidades sin duda excepcionales, podría ayudarla a alcanzar sus fines, como si los sinos de ambas, estrechamente ligados, estuvieran predestinados a encontrarse.

Asimismo, estaba segura de que una criatura tan afortunada solo podía traer suerte y prosperidad a los que la rodeaban.

Al llegar a la entrada de la alta morada de Lu Buwei, comunicó su identidad y preguntó al portero si Zhaoji estaba disponible.

Un sirviente fue a buscarla y, con actitud aduladora, le hizo pasar.

Después de atravesar el patio interior, subieron a la primera planta y la condujo a una espaciosa estancia que servía de sala de música. En la habitación había un gran litófono de dieciséis piedras y, colocada sobre una mesa baja, una cítara *qin* de diez cuerdas. Frente a la cítara, una joven muchacha arrodillada sobre una alfombra afinaba el instrumento con la ayuda del sonido producido por una campana que hacía las veces de diapasón.

Huayang comprendió de inmediato que se trataba de Zhaoji.

—Soy Huayang, la primera esposa del príncipe heredero del reino. Yo también aprendí a tocar el qin —comentó con una sonrisa.

—Lu Buwei me anunció que vendríais, pero no supo decirme cuándo —explicó Zhaoji sin dejar de puntear con delicadeza la última cuerda de la cítara, que emitió una nota tan aguda como el piar de un pájaro—. ¿Conocéis la bonita historia de Linglun? —preguntó a Huayang como si la conociese de toda la vida.

—Sí, por supuesto. Linglun fue el ministro a quien el gran Emperador Amarillo ordenó buscar varas de bambú de longitud diferente, pero diámetro interno similar, a fin de utilizarlas como escala de referencia para las notas —contestó Huayang con jovialidad.

La princesa estaba encantada de comprobar lo fácil que resultaba el trato con la joven música.

—Sí, ese mismo. Estoy componiendo una canción que evoca la montaña paradisíaca donde crecía el bosque de aquellos extraordinarios bambúes que producían el sonido de la voz humana cuando Linglun soplaba en ellos. Escuchad cómo suena —murmuró con suavidad.

Sus palabras se encadenaron a una cautivadora melopea que se puso a cantar con voz celestial acompañándose de la cítara, mientras un sirviente tocaba las piedras del litófono al ritmo.

Huayang se rindió de inmediato a los encantos de aquella joven música con aspecto aniñado que seguía celebrando la montaña de bambúes sonoros. Se sintió transportada a aquel paisaje de suaves colinas, más allá de la montaña Kunlun, allí donde el viento y el agua convivían en perfecta armonía, aquellas colinas que el ministro del Emperador Amarillo buscara durante tanto tiempo hasta al fin dar con ellas.

Mientras disfrutaba del canto de Zhaoji, a Huayang le parecía estar escuchando los gritos que emitiera el fénix, síntesis de todas las aves, cuando el ministro Linglun sopló en el bambú y reprodujo el sonido de la voz humana, tan delicada como el sonido de un manantial que brota de la tierra. Doce gritos de ese pájaro, seis de un fénix macho y otros tantos de una hembra, bastaron al ministro de la Música para crear la escala sonora que había hecho posible la construcción del primer carillón de doce notas.

Ese instrumento primigenio fue el que dio origen a toda la música de la humanidad.

Huayang echaba tremendamente en falta aquella música de la esencia primordial —cuyos sonidos orientaban el universo— y debía contentarse con los insulsos conciertos interpretados por los músicos y músicas de la orquesta real.

Mas al fin, gracias a Zhaoji, podía escucharla.

Fascinada, la princesa observaba cómo la joven ejecutaba las notas precisas y exquisitas de su himno a la música primigenia. La muchacha y su instrumento eran uno solo. Sentía la armonía y el bienestar profundos que solo ciertos sonidos podían aportar a las almas sensibles. Al igual que la melopea de Zhaoji, dedicada al diapasón del carillón original, el alma de Huayang, por fin plácida y serena, flotaba agradablemente en la sala de música de Lu Buwei.

El tiempo parecía haberse detenido para la primera esposa del príncipe Anguo. Hipnotizada por las acariciadoras notas y el lánguido canto de la bella Zhaoji, ni siquiera se había percatado de la presencia de Lu Buwei. Este último había entrado con discreción en la sala de música y contemplaba, pensativo y atento, a las dos mujeres.

Ambas estaban igualadas en encantos y belleza. Formaban un dúo perfectamente afinado.

El mercader sostenía el bi negro constelado, oculto en el fondo del bolsillo.

Así, el objeto ritual continuaba siendo su acompañante secreto más íntimo y su bien más preciado.

Como de costumbre, acababa de recogerlo para aprovechar la energía que aquella piedra propagaba por todo su ser. Le gustaba sostenerlo en la mano mientras escuchaba a la muchacha tocar.

Sintió unas vibraciones muy leves en la piedra: una vez más, el disco de jade acababa de entrar en perfecta conjunción con la voz celestial de la joven aniñada.

13

—ESTE VIENTRE ESTÁ REDONDO COMO UN CUENCO *ding*. ¡El parto debe de estar al llegar!

Bosque de los Pináculos tenía la mano puesta sobre el ombligo protuberante de la concubina, que acababa de entrar en su noveno mes de embarazo. Bajo los dedos, sentía al niño patalear en todas direcciones, lo cual hacía suspirar de satisfacción a la joven madre.

La princesa rehén se pasaba los días en el Gineceo Central, tumbada en la cama y rodeada de las atenciones de las demás concubinas, que se divertían jugando a las damas de compañía y la abanicaban cuando hacía demasiado calor. El director del gineceo velaba por que no le faltase nada: dulces de miel, bebidas refrescantes enfriadas en hielo, melocotones maduros y olorosos, naranjas pulposas... La habitación de Xia parecía al mismo tiempo una fresquera y un huerto.

La concubina no había vuelto a ver al padre de su hijo desde la noche en que lo concibió.

Anguo acudía una vez al mes al gineceo, cuando su primera esposa se sentía indispuesta, para colmar de placer a la concubina que saliera elegida por sorteo. En ningún momento se interesó por el estado de la madre y de su futuro hijo. Aquella indiferencia acabó por fastidiar a la princesa rehén, quien se quejó a la reina madre durante una de sus visitas.

No guardaba un buen recuerdo de su primer encuentro con la princesa Mei, cuando esta fue a verla para someterla a un examen exhaustivo, como si estuviera calibrando el valor de un animal o un mueble antes de comprarlo.

La princesa Xia comprendió que para aquella mujer jamás pasaría de ser un mero vientre fecundo, y que era inútil recurrir a ella para que tuviera una pequeña charla con el príncipe heredero.

—Siento un dolor insoportable que me sube desde la zona baja de la espalda —dijo la concubina a Ardilla Avisada, quien, para aliviarla, le pasaba por la frente un pañuelo empapado de agua de azahar.

—¿Queréis que llamemos a Bosque de los Pináculos? —preguntó inquieta su joven dama de compañía.

Su frente curva e inmaculada estaba cubierta de gotas de sudor. En torno a su lecho, las concubinas quemaban incienso en honor a la diosa Reina de las Flores, la protectora de las embarazadas durante el parto. Una de las jóvenes, fingiéndose serena, afirmó que Xia daría a luz a un niño, pues del melocotonero del jardín del gineceo habían brotado flores blancas.

Sin esperar a ser llamado, Bosque de los Pináculos entró en la habitación en compañía de un médico y una matrona. La barriga de la concubina se agitaba por los espasmos, cada vez más seguidos y fuertes. Acababa de romper aguas. El médico extrajo la estatuilla de marfil en forma de mujer con la que podía examinar a la parturienta sin tener que tocarle el cuerpo, salvo la muñeca, para tomar el pulso. Bastaba con que la paciente señalara en la estatuilla las zonas que le dolían. En cuanto al resto, puesto que era cosa de mujeres, le incumbiría a la matrona.

—¡*El Clásico del pulso* distingue más de veinte tipos de pulsos distintos! —explicó Bosque de los Pináculos para darse importancia ante las mujeres mientras el médico sostenía la muñeca de Xia entre el pulgar y el índice.

El eunuco, con el maquillaje corrido por la excitación, movía la cabeza de un lado a otro al tiempo que observaba cómo la matrona masajeaba sin parar el vientre de la hija adoptiva del rey de Zhao, cuyos labios pálidos se torcían de dolor.

Al atardecer, todo seguía igual. El médico no estimó conveniente quedarse y la matrona, extenuada por los cuidados y los masajes que había prodigado a la concubina, se había adormentado.

En el gineceo, a excepción de Xia, todos dormían.

La joven no sentía la menor contracción; sin embargo, su vientre, tenso como un tambor, le dolía a rabiar. Tiritaba de fiebre y gemía débilmente.

El eunuco ya no sabía qué hacer. Echaba pestes del médico, al que tildaba de inepto. Iba y venía por la habitación, encaramado a sus zuecos como un pájaro enorme que no había encontrado rama sobre la que posarse.

Se decía a sí mismo que debía hacer algo para aliviar a la mujer y provocar el parto, de lo contrario era muy posible que el niño naciera muerto…

Recurrir a otro médico, más competente que el del gineceo, no serviría de nada, puesto que tampoco podría tocar a Xia. Y llamar a Cuchillo Rápido, el cirujano jefe de la congregación de los eunucos, estaba descartado: el muy salvaje habría sugerido rajar el vientre a la parturienta.

Además, Bosque de los Pináculos poseía bastantes conocimientos médicos y casi se creía capaz de reemplazar a un experto en la materia. Como buen hipocondríaco que era, se había aprendido de memoria las «Preguntas sencillas» del *Canon de medicina interna del Emperador Amarillo*, el libro de medicina más famoso.

Por otra parte, la incertidumbre y preocupación habían alcanzado límites intolerables.

Se encontraba arreglando nerviosamente el ramo de peonías moteadas del jarrón de bronce que estaba sobre una bandeja junto a la cama, cuando tuvo una iluminación.

Se encajó una hopalanda y unas sandalias planas, y se precipitó hacia la puerta secreta por la cual se podía entrar y salir al palacio sin ser visto. Daba a un callejón donde casi nunca pasaba un alma.

Estaba anocheciendo. Acuciado por la angustia, el eunuco aceleró el paso.

Se dirigió hacia el barrio residencial del sur de la ciudad. Allí, las familias acomodadas a las que el Estado de Qin aún no había desvalijado del todo vivían en palacios más confortables que las sencillas casas particulares. Al borde de un terreno baldío, cual barco varado en la arena, se erigía la mole del Palacio de los Vientos con sus muros hostiles y semiderruidos, invadidos casi por completo de hiedra, la cual sostenía mal que bien sus mampuestos.

Una vez frente al portón de bronce, asió la aldaba en forma de dragón enroscado y dio tres toques rápidos, seguidos de otros tres más espaciados. Así era cómo llamaban a la puerta los adeptos.

Unos instantes después, se abrió de par en par dando paso a una amplia antecámara iluminada por antorchas y dejando ver al contraluz la impresionante silueta del ilustre maestro Wudong.

Bosque de los Pináculos había decidido pedir auxilio al insigne sacerdote taoísta. Era algo normal en la corte de Qin: la religión taoísta no estaba permitida en Xianyang, al menos no oficialmente; sin embargo, eran muchos los que, como el eunuco Bosque de los Pináculos, la practicaban en secreto y, cuando la situación era crítica, recurrían a sus alquimistas en busca de remedios curativos.

Los antiguos rituales protocolarios de la tradición confuciana, que hacían las veces de dogma oficial, ciertamente no le servirían de ninguna ayuda para arrancar a la pobre Xia de las garras de la muerte. No más que todos los códigos y leyes.

Solo las prácticas taoístas, a menudo proscritas, incluso perseguidas por los poderes públicos, eran capaces de aplacar el sufrimiento de los hombres. Gracias a la exploración del cuerpo, considerado como un templo en miniatura del universo, se podía detectar más eficazmente el dolor cuando era preciso.

Bosque de los Pináculos era uno de los seguidores que se reunía en la clandestinidad con Wudong y Zhaogongming para celebrar misterios y buscar la armonía interior a la que solo se podía acceder mediante el Gran Camino del dao. Así, en una íntima comunión con los elementos naturales, el individuo, libre de ataduras carnales, se volvía inmune a cualquier mal que pudiera atacarlo, «hasta el final de los tiempos, liberado de todas las penas, como la inaccesible catalpa que crece hacia el cielo y cuyas raíces se adentran en la tierra hasta las Aguas Amarillas», tal y como proclamaba un famoso conjuro taoísta con el que se celebraba el retiro de los adeptos durante meses o años en la cima de una montaña sagrada como Kunlun o Taishan...

—La princesa Xia no consigue dar a luz a su hijo. Está sufriendo. ¿Podrías hacer algo? —resopló el eunuco al sacerdote tras cerrar apresuradamente la puerta haciendo resonar la aldaba en el silencio de la noche.

—¿Cuál es la orientación de su lecho? —inquirió Wudong.

Invitó al eunuco a seguirlo por el dédalo de pasillos que conducían a la sala de experimentos alquímicos.

—Lo han colocado según los preceptos del feng shui. Mandé llamar a los geománticos en cuanto supe que estaba embarazada. Han estudiado al detalle las veinticuatro direcciones con la brújula *luo pan.* Estoy convencido de que el problema no viene de ahí.

—¿Utilizaron el otro método, el que determina si la forma del terreno es la de un dragón azulado o un tigre blanco? —preguntó Zhaogongming mientras trituraba polvos en un mortero.

—¡¿Cómo quieres que lo hagan si el suelo está recubierto desde hace tiempo por el gineceo?! —exclamó Wudong considerando absurda la ocurrencia de su ayudante—. Desde que descubrió la receta de los polvos que explotan provocando mil llamas, Zhaogongming tiene la cabeza en otra parte —añadió.

Señaló el polvo negro del mortero.

Bosque de los Pináculos observaba a los hombres con aire incrédulo. No entendía cómo unos simples polvos podían explotar escupiendo llamas cual relámpago al ser lanzados sobre una piedra o un tronco.

—Hallé la fórmula por casualidad, ¡cuando me equivoqué haciendo la receta del polvo de las cinco piedras! —explicó el ayudante.

Echó una pizca en las ascuas de un minúsculo brasero, saltaron unas chispas seguidas de unas llamas crepitantes y luego se oyó el sonido brusco de una detonación.

—¡En verdad parece que el cinabrio se ha convertido en oro! —exclamó atónito Bosque de los Pináculos al contemplar el fuego de artificio.

—Te ruego que no desveles lo que has visto. Nadie ha de saber en Qin que poseemos un secreto así.

La voz del ilustre sacerdote se había vuelto solemne, casi amenazante. Frunció el ceño y ordenó con la mirada a su acólito que recogiera el material con el que había realizado tal prodigio.

—¿Tiene fiebre la joven? —preguntó al eunuco.

—Cuando me fui estaba ardiendo…

—¡En tal caso, hemos de darnos prisa! —gritó Wudong dirigiéndose a un armario enorme y abriendo sus dos batientes.

Allí era donde guardaba ingredientes de todas clases con los que preparaba sus pociones medicinales. En los estantes había morteros y frascos perfectamente alineados junto a una colección de mandíbulas, patas y ganchos de los que colgaban insectos y reptiles secos.

Cogió un cráneo humano seccionado por la mitad, con unas patas de bronce en forma de dragones enlazados, que hacía las veces de cuenco, y empezó a verter en él distintos tipos de polvos.

Pronunció la fórmula con la que uno de los textos taoístas más antiguos, *El calendario de jade*, describía el cuerpo humano como la representación exacta y fiel del universo entero:

> *La cabeza es una montaña elevada; la lengua, un puente sobre un lago; el cuello, una alta torre de doce plantas; los senos, iluminarias; el estómago, un depósito, y el ombligo, el destino del cuerpo: se hunde hasta el Campo de Cinabrio que es la raíz del ser humano y el lugar donde reside el qi, el aliento vital.*

Bosque de los Pináculos se tocó maquinalmente la barriga mientras observaba el semblante impasible y transfigurado del sacerdote, el cual tenía los ojos ausentes, absortos en la contemplación del paisaje interior al que solo podían acceder aquellas personas capaces, tras una larga iniciación, de «invertir la mirada», volviendo las pupilas hacia el interior.

El sacerdote mostró el contenido del cuenco. Estaba lleno de una sustancia blanca y espumosa.

—Está preparando leche de estalactita. Esta pócima libera las fuerzas del bajo vientre y abre el Paso Original… —susurró Zhaogongming al oído del eunuco, que había empezado a transpirar a chorros ante semejante espectáculo.

Cuando llegaron al lecho de la concubina, después de atravesar a toda prisa la ciudad, esta deliraba y pronunciaba palabras sin sentido. La pobre Ardilla Avisada la velaba postrada a sus pies.

Zhaogongming encendió el quemador y se lo acercó al rostro. Las fumarolas de incienso comenzaron a penetrar en los orificios nasales de la princesa. Su respiración se hizo más lenta.

Entonces, Wudong cogió su medallón de esmeralda para obtener de la piedra toda la energía que necesitaba para imponer las manos en el vientre de la muchacha y así provocar la apertura del Paso Original, por donde insuflaría la energía vital.

Alzó el pequeño bi de piedra preciosa por encima de la cabeza. El objeto ritual brillaba como una estrella en la oscuridad de la noche. Se acercó a la cama e indicó al eunuco y a la camarera que se apartaran. Sujetó a la concubina por detrás del cuello para que se reincorporara. Tras separarle los labios con delicadeza, le hizo beber el contenido del cráneo. La chica entreabrió los ojos y gimió. Wudong la recostó con cuidado e inició la imposición de manos.

—Residencia del embrión, abríos. Al igual que las aguas del océano emanan de la Salida Terminal —murmuró colocando la palma de las manos sobre el montículo de carne sin apenas rozarlo.

—Quema mucho… —se lamentó la joven, que parecía recobrar poco a poco el sentido.

Ardilla Avisada lloriqueaba como una niña, mientras que Bosque de los Pináculos era incapaz de pronunciar palabra, tal era el nudo que tenía en la garganta.

—Es el aliento, que está penetrando. Es normal —dijo en voz baja Wudong, el cual había logrado captar con sus ojos la mirada de la concubina rehén.

Acto seguido, tras destaparlo, empezó a masajear despacio aquel vientre que no quería abrirse; primero ligeramente, luego con más insistencia, ordenando al Paso Original que dejara pasar la energía del niño que estaba a punto de nacer. Mientras tanto, Zhaogongming, sentado en el suelo en la posición del loto, seguía soplando las brasas del quemador.

Poco a poco, la piel del montículo empezó a temblar, el vello se erizó y las venas del vientre se hincharon como cuerpos de dragones enredados bajo la epidermis, que se había vuelto traslúcida por la tensión. La princesa estiró las piernas anquilosadas y lanzó un largo suspiro. Llegó una contracción, luego otra... El sudor perlaba la frente de Xia, cuyo rostro se iluminó con una débil sonrisa al sentir que el parto daba comienzo. Entonces fue cuando la princesa pudo realizar su trabajo de expulsión.

Las contracciones se volvieron más fuertes y prolongadas, guiando al niño desde el caos del Campo de Cinabrio donde se hallaba hasta la luz exterior.

—El Paso Original está abierto —susurró el ayudante del ilustre sacerdote—. ¡Está salvada!

El parto propiamente dicho fue rápido.

No transcurrió mucho tiempo entre la aparición por el Paso de la cabeza del niño, cual disco solar al amanecer, y que Ardilla Avisada recogiera en un manto inmaculado su cuerpecillo recubierto de la sangre y las secreciones de la madre.

En ese momento, el bebé prorrumpió en el primer llanto que sirve para expandir los pulmones y dejar de ser un pez inmerso en el océano materno.

—¡Es un niño! Será un príncipe heredero. ¡Todo ha salido bien! —exclamó orgullosa la camarera dirigiéndose a su señora.

La concubina se sentía dichosa. Miraba a las personas de alrededor de forma desafiante, como si ese nacimiento, al situarla en un nuevo rango, hubiera hecho de ella otra mujer, consciente del nuevo papel que asumiría plenamente.

Bosque de los Pináculos se precipitó a besar el puño de la joven madre, toda una señal de alianza.

—¡Alabada seas, concubina Xia! ¡Eres la madre de un hijo de la realeza! —clamó con énfasis.

Para el responsable del Gineceo Central de la corte era un día fausto. Aquella institución podría al fin reivindicar su total y plena utilidad.

Gracias a aquel nacimiento que por suerte había tenido un desenlace feliz, Bosque de los Pináculos volvía a albergar esperanza. Aquel a quien solían considerar un simple cómitre de una colección de muchachas al servicio del rey Zhong y su descendencia, lograba así que lo promocionaran al grado más elevado en la jerarquía de los funcionarios de Qin. Ahora velaba por un príncipe heredero en potencia, y eso le permitía llegar aún más lejos.

Las demás concubinas fueron a felicitar a la joven madre.

—A partir de hoy, no deberíais seguir llamándome *concubina.* Al menos mientras la primera esposa del padre de mi hijo aún no sea capaz de alumbrar —dijo ella.

El eunuco asintió e hizo una reverencia.

—¿Cómo hemos de llamaros, pues? —preguntó.

—¡Simplemente *princesa!* Lo que era en Zhao antes de llegar aquí —respondió.

Enardecido por tal respuesta, fue a anunciar la buena nueva a Anguo, que volvía de cazar y que la acogió con su parsimonia de costumbre, sin el menor atisbo de asombro o emoción.

Los geománticos ya habían determinado el nombre del neonato. Si era un niño, estaba previsto que se llamara Yiren.

Sería el nombre que colgaría de la Torre de las Notificaciones y que veinte subalternos de la Oficina de los Anuncios se encargarían de propagar por la ciudad para que todos estuviesen al tanto:

Su Alteza el Príncipe Heredero Anguo ha sido padre de un niño macho de nombre Yiren. ¡Gloria al valeroso reino de Qin!

*

—Te lo suplico con todas las fuerzas de mi ser, vuelve a hacerme sentir el delicioso mordisco de tus dientes adorables en la punta de jade de mi Sublime Flecha... —gimió jadeante el rey Zhong.

En el inmenso lecho real, Huayang, completamente desnuda, estaba sentada a horcajadas sobre el raquítico cuerpo del anciano. Su Puerta de Oro, lisa y rosada como un pétalo, impregnada de diversos ungüentos perfumados y lista para recibir con todas las atenciones posibles los licores esenciales, iba y venía sobre lo que a buen seguro había sido una flecha admirable y que hoy se obstinaba en no ser más que una menudencia flácida y discreta. Su Puerta de Plata, normalmente cerrada a cal y canto, también estaba dispuesta, si el viejo rey así lo deseaba, a servir de diana.

—¡Temo que Anguo sospecha algo! —le confesó con insidia al anciano, al que sentía por completo comiendo de su mano, extremadamente debilitado y dependiente. Como de costumbre, ella se había introducido subrepticiamente en su habitación ya bien entrada la noche, después de asegurarse de que nadie la hubiera visto entrar.

—¿Cómo es posible? —lloriqueó el anciano, de repente desconcertado e inquieto.

Aturdido por las palabras de su nuera, permaneció con la mirada llena de tristeza clavada en su menudencia, que seguía sin querer crecer.

—Lo más sensato es que deje de venir a verte.

Para Zhong, esa frase equivalía a una auténtica sentencia a muerte. Reprimió un sollozo. Huayang estaba contenta: había dado en el clavo. Ya solo debía tirar la estocada y poner en marcha su plan.

—No soy irreemplazable… —soltó al viejo monarca, cuyos ojos angustiados no se despegaban de los labios de su nuera.

—Eres la única que puede despertar mis pobres sentidos, que solo funcionan de higos a brevas —gimoteó señalando con el dedo la cosa que permanecía inerte.

—¡Conozco a una muchacha capaz de hacerlo igual de bien que yo, si no mejor!

El rey Zhong miraba la Sublime Puerta de Oro de Huayang con aire incrédulo y desamparado a la vez. La princesa le sujetó el mentón con el pulgar y el índice obligándolo a levantar la cabeza.

—Es muy bella. Y además es música. Baila de maravilla y es aún más joven que yo. Tiene aspecto aniñado y su cuerpo se acaba apenas de desarrollar. Pero posee lo que hace falta para satisfacer hasta al hombre más complicado y difícil —añadió.

Observó con satisfacción cómo las pupilas del anciano se dilataban ligeramente a medida que enumeraba las virtudes de su futura sustituta.

—¿De quién se trata? —preguntó lujurioso con un temblequeo en sus piernas delgaduchas.

—Es la joven cortesana cuya venta al mercader de caballos de Handan acabas de autorizar. Se llama Zhaoji.

—¿Pero estás segura de que querrá ocuparse de un viejo cascado como yo? —preguntó ansioso el rey.

Huayang constató complacida que el anciano parecía dar ya por descontada su proposición.

—Ya se lo he comentado. Su respuesta ha sido inmediata: dijo que sí. Incluso ha accedido a convertirse en tu criada. Así podrás acercarte a ella sin ningún problema.

—Pero el Gran Chambelán...

Huayang no dejó al rey Zhong acabar su frase y lo interrumpió con perfidia:

—¡Una cosa no excluye la otra! Además, no es bueno que el eunuco Camino Adelante ostente semejante monopolio. Yo en tu lugar, desconfiaría más de ese hombre. ¡Uy, perdón! De esa criatura...

Huayang observó con atención el semblante del monarca y comprobó que había logrado sembrar en él la duda y el recelo. Conocía a la perfección el mecanismo por el que instilar subrepticiamente el veneno en algún sitio sin tan siquiera acercarse.

Suspiró aliviada. Había apuntado a un buen blanco. Odiaba a Camino Adelante y la forma en que el chambelán, con sus maneras ridículas, intentaba conocer y controlar todo lo referente al entorno del soberano, al cual mimaba como una madre sobreprotectora. La princesa era lo suficientemente astuta como para saber que, estando tan cerca del rey de Qin, no se podía conservar dichas funciones si no era mediante ruindad y bajezas. Y como además disponía de los medios para hacer que otros realizaran lo que no se atrevía a ejecutar él mismo, no se privaba lo más mínimo.

De hecho, estaba convencida de que ese castrado vestido siempre de granate se olía el influjo que ejercía sobre el rey, y probablemente también la relación que mantenía con él. Al señalarlo con el dedo, sabía que el riesgo de que recayera sobre él una sentencia inmerecida era mínimo.

La princesa percibió la turbación que había provocado en Zhong. Era el momento de rematar la faena y obtener del rey lo que buscaba.

Fue su lengua fresca y rosada la que se encargó, para gozo del anciano rey, de que su menudencia despertara y fuera tomando gradualmente una forma más digna y presentable. Siguió con el mismo procedimiento hasta que la turgencia cumplió las reglas elementales de los placeres amorosos. El éxtasis, aunque más bien fugaz, arrancó al anciano monarca un estertor de alegría.

Huayang podía sentirse satisfecha. Había rematado magistralmente la faena.

—Dime que estás de acuerdo —prosiguió triunfante mientras lo empujaba suavemente sobre los cojines.

—Zhaoji puede venir a partir de mañana. Tus deseos son órdenes para mí —respondió distraído.

No pensaba más que en el cuerpo de aquella mujer poseedora de unos encantos y una gracia que habían obrado el milagro de liberarlo de la prisión donde el tiempo, inexorablemente, aprisionaba poco a poco sus sentidos.

—Pronto la tendrás junto a ti —susurró la hermosa Huayang antes de desaparecer.

*

Tras dejar el palacete del rey Zhong, pensó que contemplar el amanecer la reconfortaría.

Cuando las cosas iban mal, lo que más le gustaba era ver el astro solar surgir del magma azulado de las montañas desde el edículo oeste del Pabellón del Bosque de los Madroños.

Bajo el efecto de los rayos rasantes, los tejados de la capital parecían restablecer su sabia disposición, como si la ciudad recuperara paulatinamente la forma que había tenido el día anterior y de la que la noche había obligado a despojarse.

Clavó la mirada en el disco anaranjado, aún no resplandeciente, y dejó que impresionara a su retina. Una mancha roja, y luego otras, la cegaron. El color rojo estaba asociado al Sur y a los animales de plumas. Soñó que era un ave que emprendía el vuelo hacia el magnífico Sur.

Cerró los ojos y dejó que todo su ser vibrara al unísono con la tierra, que se despertaba con el sol naciente. Fue como un renacer que le infundió valor. Volvió a abrir los ojos. El sol había adquirido su color normal. De repente se sintió serena y más fuerte.

Lo necesitaba.

La llegada al mundo del hijo de Anguo la había aniquilado y atravesado su corazón como una puñalada. La dolorosa acometida había herido su inmenso orgullo, cuya extensión solo ella conocía. Se sentía humillada por aquella competencia que tan mal soportaba.

A partir de ahora, el tiempo jugaba en su contra, y la concubina rehén le llevaba una buena ventaja respecto a las expectativas que la corte tenía puestas en ella.

Su esposo seguía igual de enamorado de ella. Cada día le daba prueba evidente de ello, a menudo varias veces. ¿Pero hasta cuándo?

Tarde o temprano, encontraría a una más joven y tal vez más hermosa que ella, aunque menos diestra... Entonces, inevitablemente, acabaría renegando de ella, sobre todo si entretanto no había sido capaz de procrear. Debía actuar rápido y aprovechar la influencia que aún ejercía sobre el príncipe y su padre. Quedarse encinta se había vuelto una necesidad imperiosa.

Mientras tanto, su suerte estaba indirectamente en manos del viejo rey. En tanto Anguo no accediera al trono, le correspondía en efecto al rey Zhong decidir cuál de sus nietos se convertiría en el príncipe heredero de Qin. Por otra parte, Huayang sabía mejor que nadie hasta dónde podía llegar la artería del anciano. Estaba segura de que, encantado de poder mantenerla bajo control, jamás excluiría de la lista al hijo de la concubina Xia.

En ese juego del gato y el ratón, sin lugar a dudas, acabaría por resultar perdedora. A tal respecto, se encontraba lúcida y no se hacía ilusiones.

Y no quería bajo ningún concepto que fuera ella la que, por creer que hacía correr al rey, al final quedara atrapada entre sus garras.

De ahí que germinara un plan en su mente cuando conoció a Zhaoji en la casa de Lu Buwei.

Desde un primer momento, le había inspirado una profunda simpatía. Detectó en la mirada de aquella mujer aniñada esa mezcla de inocencia y voluntad propia de los seres íntegros que son capaces de llegar hasta el final. Zhaoji era seguramente demasiado joven para saber qué era la ambición.

Sin embargo, no sería un gran impedimento: Huayang se sentía perfectamente capaz de enseñárselo, de mostrarle cuáles eran sus encantos y la forma de sacarles partido. Incluso llegó a pensar que Zhaoji habría podido ser su hija, y que en muchos aspectos tenían numerosos puntos en común, tanto de carácter como en el físico. Cuando compartiera con ella sus aspiraciones, estaba convencida de que la joven no se negaría a ayudarla.

Los orígenes y la breve historia de Zhaoji hablaban a su favor. Cuando se ha sido bailarina en un circo ambulante y a punto se ha estado de acabar sus días en un lupanar del Estado, se es capaz de entender que en determinados momentos no se debe vacilar en cuanto a los medios que han de emplearse para alcanzar los fines buscados. Una ya sabía de sobra lo que costaban las cosas y la ventaja que ofrecían ciertas situaciones respecto a otras.

Del mismo modo, estaba segura de que Lu Buwei —pues entendería el interés que ello entrañaba— no tendría ningún inconveniente en que su jovencísima protegida intimara con el anciano rey.

A un insigne mercader como él, además de hombre de negocios sin igual, por fuerza debía de guiarlo una cierta dosis de pragmatismo. Situar a su protegida tan cerca del rey solo podía ser beneficioso y efectivo para lo que deseaba llevar a cabo en Qin. Ella le explicaría que Zhaoji no tendría que hacer nada especial al anciano, tan solo despertar en él el deseo incontrolado mediante su simple presencia, algunas caricias inocentes y furtivas, y unos leves roces acá y allá que ella le enseñaría a dispensar. Por el contrario, la chica debía rechazar amablemente las eventuales embestidas del soberano, las cuales, además, se habían vuelto con la edad cada vez más apocadas. El viejo Zhong desearía aún más a Zhaoji en tanto en cuanto ella se mostrara inaccesible. Se contentaría con mirarla y desearla sin que ella se dejase tocar jamás.

Huayang tan solo debía instruir a su joven alumna…

Ya se había puesto a ello, multiplicando sus visitas a la muchacha.

Las dos mujeres pasaban largos momentos juntas. Paseaban por los bosques de las colinas circundantes, donde recogían flores y setas. En el salón de música del mercader, la princesa enseñaba a su protegida nuevos pasos de danza. La acompañaba al laúd cuando se ponía a cantar en presencia de Lu Buwei, quien se unía encantado a las mujeres, en cuya compañía se sentía enormemente a gusto.

Huayang había conseguido, gracias a su encanto e inteligencia, entablar una amistad íntima con Zhaoji. Esta, por su parte, en seguida apreció las visitas de su nueva amiga. Las dos mujeres pronto se volvieron inseparables.

En cuanto al mercader de caballos celestes, la princesa Huayang supo ganarse su confianza. Se había percatado de los sentimientos que albergaba por Zhaoji, a los que esta última solo correspondía con distanciamiento e incluso cierta indiferencia, como si se creyera demasiado joven y dependiente para responder favorablemente al interés que el mercader le manifestaba de continuo.

Con su sola presencia, Huayang servía de aliada a Lu Buwei. Ella hacía de intermediaria, lo cual no tenía precio para el mercader.

Huayang había alcanzado su objetivo: hacerse un hueco entre Zhaoji y Lu Buwei. Ahora tan solo tenía que poner en marcha su plan. El siguiente paso sería pan comido.

Una vez la presencia de Zhaoji junto al anciano rey estuviera asegurada, la ascensión de Anguo al trono sería una mera formalidad.

Huayang solo tendría que elegir el momento oportuno.

14

DESDE LA RUPTURA CON SU AMANTE, APACIBLE SUBIDA de Tres Peldaños se había convertido en la sombra de sí mismo.

Irreconocible, deambulaba con los hombros encogidos. Ya no tenía ese porte altivo inculcado por su estricta educación y que tanto imponía. Además, como no dormía bien, sus ojos tristones se le hundían en las órbitas. Había perdido también el apetito, por lo que adelgazaba a pasos agigantados y bailaba dentro de sus vestiduras, las cuales se le habían quedado demasiado holgadas.

Negros pensamientos invadían su mente de manera obsesiva a todas horas del día y la noche, intensificando aquel dolor que hacía sangrar a su corazón.

Apacible Subida de Tres Peldaños ahora sí estaba convencido de que habían descubierto su relación con la esposa oficial de Anguo. De lo contrario, no se explicaba el por qué de la abrupta decisión de Huayang y la premura con que la joven había puesto fin al *affaire*.

De seguro, en la corte había gente que estaba al tanto de su idilio. Los rumores circulaban rápido, del mismo modo que detrás de cada cortesano se escondía un espía o un delator. Todos los días alguien inventaba una nueva calumnia. Lo sorprendente, se decía el duque, era que no hubieran descubierto antes su relación. El propio rey Zhong, estaba convencido, debía de estar al corriente. El ex amante lamentaba no haberlo sospechado antes. Había perdido a su amada y ahora corría el riesgo de perder su puesto de Gran Oficial de las Amonestaciones.

Aquella extraña calma a su alrededor era, empero, lo más inquietante. Por mucho que observara a sus interlocutores con el rabillo del ojo, y buscara en sus rostros el más mínimo signo, no percibía nada hostil ni sospechoso.

Este seguía ocupándose de sus inspecciones como si no hubiese sucedido nada. Pero estaba seguro: se estaba tramando a sus espaldas un complot para eliminarlo.

Conocía lo bastante bien el funcionamiento de la corte de Xianyang como para estar en un sinvivir. El manto del oprobio siempre caía sobre los hombros de la víctima sin que esta se percatara de ello. Los golpes se daban por la espalda, en silencio, de forma que la víctima nunca sabía de dónde procedían. Los que caían en desgracia siempre eran los últimos en saberlo. Un buen día, desaparecían, desterrados o enviados a canteras públicas en el mejor de los casos, o recluidos en calabozos de los que no saldrían jamás, o peor aún, donde acabarían siendo asesinados a sangre fría por esbirros que luego se evaporarían milagrosamente una vez perpetrado el crimen.

Luego, cada cual fingía no haberse dado cuenta de lo ocurrido.

A partir de entonces, formular la menor pregunta o verter la más mínima sospecha conllevaba para los curiosos tales riesgos que todos guardaban celosamente para sí sus consideraciones sobre la desaparición de fulano o mengano.

El poder del rey Zhong, para persistir, necesitaba alimentarse del fuego de la inquietud de sus súbditos, el cual ardía sin cesar en aquel horno de intriga y sospecha que nunca debía extinguirse. Y para ello, siempre hacía falta un chivo expiatorio que sirviera de combustible, aunque la desgracia de unos no fuera más que un respiro pasajero para otros, pues nadie, a priori, podía sentirse a salvo.

Así pues, cuando ordenaron al duque presentarse urgentemente ante el rey un día imprevisto, este sintió la sangre congelarse en sus venas. Pensó que aquello era una campana dando la señal de alarma y que el carillón anunciando el desastre no tardaría en llegar.

Antes de la entrevista real, que a buen seguro sería la última, quiso pasar unos momentos de recogimiento en el pequeño templo de sus ancestros en la casa familiar, donde quemó dos largas varillas de incienso.

Iba ataviado con sus vestiduras más suntuosas y llevaba una estola de armiño blanco, el tótem de su clan. Se postró largamente ante la alta pirámide de tablillas que representaba toda la noble ascendencia del linaje de su familia desde la dinastía Zhou.

Había veintiocho, una por cada generación. Él era el vigésimo noveno descendiente de aquel clan inmemorial, y sin duda el último. Un día calculó que eso representaban, como poco, más de cuatrocientos años lunares. Pensó que pocas familias nobles habían sobrevivido tanto tiempo como la suya a la nueva organización del Estado, el cual había reemplazado paulatinamente a los aristócratas por altos funcionarios seleccionados mediante concurso. Y ahora, cuatrocientos años después, su clan estaba a punto de rendir las armas.

Como buen confuciano que era, se inclinaba más bien por la resignación y se decía que todas las situaciones inapropiadas siempre llegaban a su fin tarde o temprano. Lo importante, por respeto a la tradición familiar, a la cual se sentía profundamente ligado, era mostrarse estoico y morir con dignidad para rendir honor a los ancestros de su clan.

Cuando lo introdujeron en el despacho del rey, el duque se encontraba casi sereno, como la víctima a punto de ser liberada de una insoportable espera gracias al simple ademán de un verdugo.

Constató que el anciano estaba solo. No le había ocurrido nunca antes. Era una señal clara de que aquello pintaba extremadamente negro. Esperaba escuchar al rey desgranar con voz opaca, propia de sus furias calculadoras —las más temibles—, todas las acusaciones en su contra, y estaba preparado para sostener con orgullo la mirada del anciano, para que no se dijera que se había mostrado pusilánime o innoble ante el rey Zhong.

—Te he mandado llamar porque quiero confiarte una misión delicada —anunció este último con aire más bien grave.

—A vuestras órdenes, mi rey —consiguió articular.

Hizo un esfuerzo sobrehumano para parecer lo más calmado e impávido posible.

—Es con referencia a Camino Adelante. Está demasiado encima de mí, y esa cercanía me ha acabado por resultar molesta. Además, no es bueno que un solo hombre… perdón, un solo eunuco —precisó con una sonrisa torcida— acapare esa función…

Apacible Subida de Tres Peldaños se contuvo con todas sus fuerzas para no exteriorizar el gran alivio que le causaron aquellas palabras de las que no era el objeto principal.

¡Se había asustado en balde! Sentía el contacto de su estola de armiño empapada de gotitas de sudor. Era tal su alivio, que sintió la necesidad de apoyar una mano en el borde del enorme escritorio tras el que se sentaba el rey.

¿Acaso no eran las palabras del monarca una muestra de confianza absoluta hacia él?

—¿Cuáles son vuestros sublimes deseos al respecto, Su Excelentísima Majestad? —preguntó con voz entrecortada.

Empleó a propósito una expresión de la lengua clásica para demostrar al rey que había sido educado en un ambiente refinado y que para él la voluntad del monarca merecía toda su consideración.

—Es preciso que Camino Adelante acceda a compartir su función con otra persona. Pero hemos de encontrar un pretexto para que no se moleste. He pensado que podrías ocuparte de eso.

El viejo Zhong, que se había levantado y caminaba ahora de un lado a otro de la habitación, expuso al duque un dilema que no era tal, ya que estaba ideado especialmente para su propósito:

—Si Camino Adelante no se lo tomara a bien y comenzara por ello a actuar en mi contra, me vería obligado a impedírselo. Por otra parte, no le deseo ningún mal, pues no me puedo quejar de falta de lealtad o celo en la realización de sus funciones. Tu misión será lograr que se trague esta amarga píldora. Solo tú posees la habilidad necesaria.

—Es una misión bastante ardua… —declaró el duque con la esperanza de arrancarle más halagos.

—Si te la confío es porque te considero perfectamente capaz —cortó el rey en seco volviendo a ser el de siempre, al que nunca se le discutía una orden.

El anciano cogió la campanilla de bronce que estaba en su mesa y la agitó.

Al oír la señal acostumbrada, Camino Adelante acudió de inmediato al despacho. Apacible Subida de Tres Peldaños notó al Gran Chambelán más bien deshecho.

El eunuco se había tomado fatal aquella entrevista a solas entre el rey y el duque. Era la primera vez que no le pedían asistir a sus reuniones, en las que Camino Adelante oficiaba de secretario, anotando sobre una tablilla los asuntos que según el Gran Oficial no marchaban bien en el reino.

Como perro viejo y ducho en las intrigas de la corte, Camino Adelante ya se había olido el motivo: él debía de ser el sujeto, o más bien el objeto, de aquella entrevista privada.

Mientras acompañaba al Gran Oficial de las Amonestaciones hasta la escalinata central, mantuvo los dientes apretados en todo momento.

—Hemos de hablar sobre tu horario de trabajo. El rey te reserva funciones aún más importantes. Pero para ello debes presentarte al examen de la clase superior de los altos funcionarios, que se celebrará a principios del próximo año, el de la Rata. Y necesitarás tiempo para preparar esa difícil prueba —dejó caer el Gran Oficial justo cuando se iban a separar.

El tono del duque parecía amistoso. Sin embargo, no hizo más que aumentar la desconfianza de Camino Adelante.

—¿De qué funciones se trata? —preguntó con una lascivia fingida.

—¡Ya conoces a nuestro soberano! Se ha mostrado de lo más evasivo. Solo él sabe lo que te tiene preparado. Y soy menos digno que tú de recibir semejante confidencia de su parte, cuya primicia de seguro la reserva para ti —respondió el duque con hipocresía.

Camino Adelante se relamió de placer. Parecía un viejo gallo henchido en su túnica carmín. Las palabras del duque colaron sin ningún problema, y eso que las había improvisado sin hacerse demasiadas ilusiones, pensando que el eunuco lo acusaría de estar tomándole el pelo y después pasaría al ataque.

Por el contrario, el Gran Chambelán, con su orgullo mezquino y su fatuidad, era aún más fácil de adular de lo que había creído. Apacible Subida de Tres Peldaños acababa de perder cualquier escrúpulo ante tal paradigma de vanidad y estupidez.

—¿Eso significa que mi rey consiente en que solo le sirva media jornada? —prosiguió el eunuco.

—¡Eso es exactamente lo que me ha encargado que te diga!

Ante tal ceguera, el duque incluso llegó a preguntarse si el eunuco y el rey se habían conchabado para ponerlo a prueba o tenderle una trampa…

Atravesaron juntos el primer patio, cuya gravilla inmaculada crujía bajo el incesante cortejo de sirvientes ocupados en sus quehaceres y de soldados que se dirigían a su turno de guardia.

—A propósito —añadió esta vez el eunuco cuando se iban a separar sus caminos—, en cuanto a un mensaje que recibí el otro día, quería decirte que le he dado el destino que merecen los chismes: ¡las llamas de un quemador!

El Gran Oficial de las Amonestaciones fingió no haber oído nada y se despidió de aquel eunuco que no sabía si se trataba de un cortesano que acabaría perdiendo la cabeza por culpa de las lisonjas o de un actor sin igual que ocultaba su juego endiabladamente bien.

Al salir del patio, divisó a Consumación Natural, el cual examinaba un documento en la terraza de la primera planta de la Torre de la Memoria del Pabellón del Bosque de los Madroños, y se dirigió hacia él para saludarlo. El letrado le hizo una señal para que se acercara y se encontraron en la sala de consulta de libros de la biblioteca.

—¿Cómo se portan los dos nuevos alumnos que fuisteis a buscar a la academia de Linzi? —preguntó al Muy Sabio Conservador.

—Mejor que nunca. Uno de ellos, llamado Li Si, pese a su temprana edad, ¡posee una mente tan cultivada y ágil como la de un viejo letrado experto!

—¿Se sienten a gusto en Xianyang?

—Tanto más cuanto que han encontrado a uno de sus antiguos profesores, Han Feizi, el filósofo que acompaña a Lu Buwei. Nuestro rey desea que se incorpore al cuerpo docente del Colegio de Altos Funcionarios. Este hombre ha escrito cosas increíbles, incluso desconcertantes cuando uno las lee por primera vez. —Señaló la obra que tenía en las manos, cuyas láminas extendidas en la mesa limpiaba delicadamente con un pañuelo de seda. Cuando acabó de sacarle brillo, se la tendió al duque—. Es un ejemplar de los «Siete Principios» de *El arte de la política*. Se trata de la última obra de él que conozco. Han Feizi enumera los preceptos que han de guiar a un soberano competente, ¡y se toma muchas libertades con las teorías igualitarias que nuestros maestros confucianos nos enseñaron!

—¿Pero creéis que lleva razón? —preguntó el Gran Oficial.

Constataba con inquietud cómo se estaban relegando los principios confucianos, reemplazados por la arbitrariedad y el pragmatismo del totalitarismo al que se empezaba a denominar *legismo.*

—Eso me temo —soltó el letrado. Consumación Natural reflexionó unos instantes—. Nuestros preceptos dan por sentado que el ser humano es virtuoso en esencia, y, en cambio, me temo que eso es cada vez menos cierto. En cuanto a los legistas, no se hacen la menor ilusión sobre la especie humana. Solo creen en los castigos y las recompensas. En la zanahoria y el palo. Bien pensado, no estoy tan seguro de que estén confundidos.

—¿Pero el gran orden inmutable de los ritos no ha previsto y organizado todo?

—Mas presupone que los hombres se adhieren a él gustosamente. Ese es vuestro caso; también el mío. En cambio, pensad en toda esa gente que pulula por las calles y trabaja como esclava para alimentar a duras penas a sus familias. ¡Les traen sin cuidado nuestras ideas! —apuntó hacia la muchedumbre que bullía allá abajo, en las calles de Xianyang—. ¿Pensáis que esas personas se sienten naturalmente atraídas por los ritos? —añadió.

Apacible Subida de Tres Peldaños sintió en su fuero interno cómo aumentaba su mal humor. Si los más insignes letrados confucianos, como Consumación Natural, acababan dudando de los grandes principios morales inculcados con paciencia durante siglos, entonces era lógico pensar que la supervivencia de estos estaba en peligro.

—¿Podríais citarme algunas de las enseñanzas de Han Feizi para que me pueda formar mi propia opinión? —pidió a Consumación Natural mientras le devolvía el libro.

Este apartó la tela que protegía las láminas y las examinó en busca de un pasaje concreto, que leyó en voz alta:

—«Si todos los músicos de una orquesta se ponen a tocar al mismo tiempo, será muy difícil distinguir las notas disonantes. Para discernir lo correcto de lo incorrecto es preciso dividirlos. Un príncipe finge haber perdido una uña y manda buscarla. Un cortesano llega al extremo de arrancarse una uña para hacer creer que la ha encontrado, desenmascarando así su verdadera naturaleza de hombre dispuesto a todo para darse a valer. El rey afirma haber visto pasar un caballo blanco cuando no es así. Quien confirma tal aserción es un mentiroso». Y el florilegio continúa...

—¡Pero no son más que una ristra de infamias! —exclamó ultrajado Apacible Subida de Tres Peldaños.

—No son más que ejemplos de situaciones que tanto vos como yo presenciamos todos los días en la corte del reino de Qin —replicó con tristeza el letrado.

—Es evidente que ese hombre conoce muy bien las vilezas de aquellos que desean complacer a los príncipes a cualquier precio... —El duque dibujó una mueca. Todo aquello le había recordado, en efecto, la actitud del eunuco Camino Adelante—. ¿De cuántas obras estáis a cargo en la actualidad? —dijo para cambiar de tema.

—Todos los meses lunares nos llegan unas diez más. La biblioteca de la Torre de la Memoria aspira a convertirse en un archivo sumamente completo, así como en un tesauro del conjunto de saberes que nuestros ancestros nos han transmitido. Por tanto, ha de obrar en su poder todo lo que se haya escrito desde la época remota del Emperador Amarillo, tanto en materia filosófica y religiosa como literaria, histórica, poética, matemática y médica —aseveró con cierto orgullo—. ¡Si todo esto desapareciera un día, sería una pérdida irremediable para las generaciones futuras!

*

—¿No es una ricura? —repetía insistentemente Ardilla Avisada dirigiéndose al príncipe heredero, que observaba a su hijo mover las piernecitas con indiferencia.

Mientras Apacible Subida de Tres Peldaños y Consumación Natural disertaban sobre literatura y filosofía en la biblioteca de la Torre de la Memoria, en el Gineceo Central del palacio la princesa Xia intentaba que Anguo se encariñara del pequeño Yiren, que ya tenía cuatro meses y al que su padre solo había visto una vez desde su nacimiento.

Anguo ni siquiera se había dignado a asistir al baño ritual de agua lustral que se daba a los recién nacidos en su tercer día de vida. Bosque de los Pináculos había sido uno de los pocos testigos, junto con algunas concubinas cercanas a la princesa de Zhao. El príncipe heredero se limitó a visitar a madre e hijo con motivo de la ceremonia del «primer mes», durante la cual se afeitaba la cabeza a los niños varones para que el pelo creciera más fuerte. Aquel día, un geomántico de la corte le puso oficialmente, en representación del rey Zhong, el nombre de Yiren, colocándole en el cuello una cadenita de bronce de la que pendía una minúscula tortuga de jade, símbolo de inmortalidad.

—Ya se sienta solo… ¡Parece bastante espabilado! —constató el padre.

No sabía muy bien qué decir. Se puso a acariciar el mentón del bebé mofletudo, que lo miraba con una sonrisa adorable y babeante.

—¡Yiren tiene unas manitas fortísimas, propias del príncipe heredero en el que se convertirá! —lanzó desafiante la princesa al padre de su hijo.

—Puedo garantizar, pues me encargo de cambiarle tres veces al día, que este hombrecito es increíblemente robusto —confirmó la camarera de Xia, que también desempeñaba el papel de niñera del pequeño.

—Le ponemos objetos en miniatura para que juegue. Siempre se va hacia los cuchillos y los caballitos —añadió con una risa ahogada Bosque de los Pináculos, que se hallaba también presente.

—¡Sin duda será un excelente caudillo! —exclamó la madre del niño.

El director del Concubinato Real quiso demostrar con hechos lo afirmado. Tomó al niño en brazos y lo posó con delicadeza sobre una estera. Luego volcó frente a él un cesto de mimbre lleno de juguetes. El pequeño, que se divertía de lo lindo con todo aquello, agarraba los juguetes uno tras otro y los lanzaba lo más lejos posible al tiempo que emitía unos grititos estridentes.

La princesa aprovechó para pedir a Anguo que la acompañara fuera, a la terraza. Desde allí, en la copa de los árboles del jardín del gineceo, mecidos por la brisa, se divisaban multitud de nidos de aguzanieves que agitaban sus alas en el aire como si de mariposas se tratasen.

—La madre de vuestro hijo ya no desea seguir viviendo con las demás concubinas —dijo ella con sobriedad.

Formuló su petición de corrido, clavando su mirada cual flecha en los ojos del príncipe heredero.

Anguo, que ignoraba el fuerte carácter y la voluntad de lo que era capaz la concubina que le había dado un hijo, no ocultó su sorpresa.

Creía que Xia, al igual que el resto de concubinas, era una mujer sumisa que esperaba como una limosna divina la más mínima muestra de interés o de buena voluntad por parte del príncipe. Comprobó que se había equivocado. Recordó entonces que, según el reglamento del gineceo, el alumbramiento de un varón otorgaba a la concubina el derecho a residir fuera del recinto. Así pues, la reivindicación de la princesa Xia era perfectamente admisible.

—Está bien. Esta misma tarde daré las instrucciones necesarias a tal efecto —respondió a la concubina rehén.

El príncipe miró a la madre de su hijo, primero con sorpresa, luego con interés.

Aquella breve pausa en la terraza le había hecho darse cuenta de hasta qué punto era adorable la princesa. Le pareció incluso más lozana que Huayang. Pese a su maternidad, su cuerpo seguía siendo esbelto y de proporciones perfectas. Tenía unos largos cabellos color castaño claro y la piel blanca como el marfil, y los polvos bermejos de su boca hacían resaltar unos labios pulposos y perfectamente delineados. Un fulgor de desafío hacía brillar sus ojos turquesas cual relámpagos.

Se puso a estudiarla con mayor atención. Le venían a la mente jirones de recuerdos de la noche en que concibieron a Yiren. Su pasión por Huayang le había hecho olvidar rápidamente; sin embargo, ahora resurgía el recuerdo de aquel encuentro, la sensación del contacto con la piel de Xia, la suavidad de las paredes de su cavidad profunda, justo detrás de la Puerta de Jade, y la señal de sus delicadas uñas en su espalda, las mismas que Huayang había descubierto aquella noche cuando lo desvistió y que la contrariaron de tal forma que esta se negó a que la tocara.

Todo volvía a emerger a la superficie. Recordó de igual modo haberle dicho que estaba hecha para las artes amorosas y haber sentido un deseo repentino de tomar a aquella mujer entre sus brazos y unir sus labios a los de ella.

—Me gustaría que volviéramos a vernos —propuso la princesa con un tono más calmado.

Xia, que había percibido en los ojos de Anguo que no lo dejaba indiferente, se alisaba con un pequeño peine de bronce la larga cabellera despeinada por la brisa.

Arqueó ligeramente las lumbares, con lo cual realzó su pecho, y se esforzó por adoptar una postura atrayente. Constató complacida que el príncipe la miraba ahora con concupiscencia.

—Vendré una de estas noches —le aseguró mientras acariciaba su cabello, cada vez más excitado por la madre de su hijo.

—Será un placer —le susurró ella al oído.

Se las compuso para que la punta de la lengua permaneciera unos instantes en el lóbulo del príncipe. Sin que nadie se lo hubiera enseñado, ya empezaba también a utilizar armas de seducción.

*

Cuando Anguo regresó a sus aposentos, su primera esposa lo aguardaba sentada en un sillón de ébano cuyos reposabrazos en forma de dragones con las fauces abiertas eran igual de poco afables que el humor de la princesa.

Tenía el semblante propio de un día de perros y respondió distraída al beso de su esposo. Este empezó a deslizar la mano bajo su camisa de tul, mas ella se volvió y le impidió continuar. Se acurrucó en el sillón y apoyó el mentón sobre las rodillas.

Era la primera vez, tratándose de Huayang, que el príncipe Anguo se quedaba con un palmo de narices. Lo inesperado de la situación lo dejó desorientado y sin réplica. Se sentía abochornado e incapaz de decir palabra delante de ella, como un chiquillo al que el profesor hubiera pillado copiando flagrantemente en un examen.

—He visto en la tienda de Chang, el anticuario del barrio bajo, una espléndida estatua que te voy a regalar… —anunció al cabo de un rato intentando fingir tranquilidad.

—¡Estoy hasta el gorro de tus estatuas antiguas! —soltó ella con voz opaca.

La respuesta desconcertó a Anguo. Normalmente daba palmadas de alegría cuando le hacía ese tipo de regalos arqueológicos.

—Pero te garantizo que irá de maravilla con el resto de tu colección… —añadió enredándose aún más.

—Anguo, tenemos que hablar —soltó a quemarropa Huayang con voz solemne.

Él la miró con aire sorprendido y temeroso a la vez.

—Está bien, te escucho… —farfulló el príncipe

La princesa se levantó del sillón y se acercó a su esposo. Este podía oler su perfume de orquídea y el aliento cálido de sus orificios nasales, redondos como pequeñas lentejas de agua.

—Se trata de tu hijo Yiren. Según dicen, el niño crece fuerte y sano. ¡Ese crío es como una aguja en el ojo! —profirió con rabia y mirándolo desesperada.

—¿Pero qué daño te ha hecho? ¿Y por qué estás tan preocupada? —dijo Anguo adivinando a dónde quería llegar.

—No me ha hecho ningún daño. Al menos por ahora. Pero mañana podría no ser así… —Se puso a contemplar pensativa los tejados de la ciudad que se divisaban desde la ventana, y una lágrima empezó a asomarse por el rabillo de sus ojos claros—. ¿Qué garantía me puedes ofrecer de que siempre será así? —inquirió Huayang.

Anguo tomó las manos de su esposa entre las suyas y se las llevó a los labios. El sudor comenzaba a perlar su frente.

—¿A qué te refieres? —preguntó él palideciendo.

—¡Júrame que Yiren jamás será tu príncipe heredero! —dijo su mujer prorrumpiendo en sollozos.

Anguo agachó la cabeza, aturdido por toda esa desesperación, determinación y odio que leía en el rostro de Huayang. Le daba miedo. Abrumado, se sentó al borde de la cama.

Al ver que había logrado conmoverlo, Huayang se secó las lágrimas con su estola de seda, lo cogió por la cintura y frotó suavemente la pierna contra la de su esposo, como para obligarlo a responder.

Este alzó los ojos y la miró. El iris de Huayang, perfectamente redondo, parecía un bi ritual de jade verde, una piedra tan dura como el brillo de su mirada. Comprendió que no le dejaba otra opción. No tenía más remedio que ceder a su ruego.

El delicado perfume de su esposa, una vez más, penetró por las ventanas de la nariz y lo transportó hacia ella como la cuchara magnética de las primeras brújulas que se mencionaban en *El libro del amo del valle del Diablo*, escrito dos siglos atrás por el filósofo Su Qin.

Después, pensó fugazmente en la princesa rehén y los encantos que acababa de descubrir y que no se imaginaba. ¿Podría Xia satisfacerlo igual de bien que Huayang?

Visualizó también a su hijo Yiren, sentado en la esterilla, rebuscando con sus rollizas manos en el cesto de juguetes. ¿Acaso no le habían asegurado que se convertiría en un valeroso caudillo? De acceder, ¿no le cerraría del todo la puerta a un destino glorioso?

Huayang sintió que vacilaba. Debía recurrir a métodos más drásticos para cortar de raíz la hesitación que percibía. Así pues, frotó la pierna con más insistencia. Pegó el vientre al de su marido, deslizó lentamente la mano hacia el Campo de Cinabrio de este y, con sus dedos finos y ágiles, inició una minuciosa exploración de su bajo vientre.

Anguo cerró los ojos. Empezó a invadirle el dulce sopor que de costumbre se apoderaba de él en esos momentos. El vello se le erizaba de deseo. Se sumergía en el tierno abismo donde el placer y la nada, como el yin y el yang cuando se unían en el Gran Camino del dao, acababan confundiéndose.

En ese tipo de combates, y ante un enemigo tan temible como su esposa, lo único que podía hacer era bajar la guardia. Sentía que las hábiles manos de su mujer lo tenían agarrado por el cuello.

Huayang, sin lugar a dudas, contaba con multitud de recursos y sabía emplearlos de tal forma que le resultaba imposible defenderse. Así pues, se oyó a sí mismo responder claramente, aunque con voz incierta y temblorosa:

—Te lo juro.

15

El general Paz de las Armas poseía un don que nadie podía negarle. Antes de que se produjera una catástrofe, siempre soñaba con un unicornio blanco. Después de surgir de las tinieblas como un punto luminoso que se iba agrandando y tomaba la extraña forma del animal del dardo en la frente, el unicornio lo embestía. Entonces, justo cuando estaba a punto de atravesarle el vientre con su inmensa punta de marfil en espiral, el general se despertada bañado en sudor y se observaba el abdomen, que afortunadamente no presentaba perforación alguna.

El día siguiente a aquel sueño aciago, siempre ocurría algo malo: una batalla perdida por el reino de Qin en la que se había exterminado a cientos de caballos en perfecto estado de salud; una de sus yeguas favoritas paría un potro muerto; la muerte de un pariente cercano; un accidente de caza que acababa con la vida de un amigo o compañero, o algo incluso peor. Así, una vez, cuando solo era coronel, su hermano pequeño murió devorado por un terrible tigre blanco con colmillos cortantes como espadas, capaces de seccionar de un solo tajo el hueso del muslo de un hombre.

Aquella noche, el unicornio blanco volvió a cargar contra él, pero en el momento en que se disponía a ensartarlo, vio cómo una mano armada con un largo cuchillo rajaba la garganta del animal fabuloso, de la que brotó un chorro de sangre. Se despertó bañado en sudor, justo cuando aquel reguero iba a salpicarle en el rostro.

Así pues, cuando se levantó con un terrible dolor de cabeza, estaba de un humor de mil demonios.

Se esperaba lo peor, y lo peor no tardó en llegar.

Cuando su ordenanza terminó de ayudarlo a ponerse las espinilleras de cuero de buey, un palafrenero del acaballadero principal irrumpió en su estancia. El hombre traía cara de espanto y temblaba como una hoja, farfullaba que algo grave le había ocurrido a la pareja de caballos celestes. A Paz de las Armas se le revolvió la sangre. Se puso un jubón de cuero a toda velocidad y corrió al acaballadero, seguido a duras penas por su ordenanza.

Ante el compartimento con tabiques de catalpa, un palafrenero lloraba a lágrima viva gritando de desesperación. Paz de las Armas, con un nudo en la garganta, se acercó.

Los cuerpos rígidos de *Gavilán Púrpura* y *Gavilán Rosa* yacían bañados en un mar de sangre coagulada sobre la paja. Les habían seccionado la garganta con precisión quirúrgica. Las dos incisiones, muy profundas, dejaban entrever la marca blanca de las vértebras. Los ojos de los caballos aún estaban desorbitados y en blanco.

Sin duda, perpetraron semejante atrocidad al alba. No había signos de lucha en los cuerpos de los caballos celestes, a los que seguramente una mano experta habría desangrado en un abrir y cerrar de ojos con el movimiento decidido de una hoja tan afilada como una cuchilla de afeitar.

Paz de las Armas sintió náuseas. Apoyó la espalda contra los tablones de catalpa para no tambalearse.

—Me encontré con esta cruel salvajada cuando vine a traerles su ración de la mañana... —murmuró el palafrenero, que casi no podía hablar.

Apenas habían pasado ocho meses lunares desde que Lu Buwei vendiera al acaballadero principal del reino la pareja de caballos de las estepas a cambio de la joven cortesana Zhaoji. Hacía dos semanas, tras múltiples tentativas infructuosas porque la yegua no estaba en celo, *Gavilán Púrpura* por fin pudo cubrir a *Gavilán Rosa.* La pequeña yegua celeste aceptó que el semental montara sobre su lomo antes de que su enorme apéndice penetrara en su lustrosa vulva. Aquel fue un gran día para Paz de las Armas. Se apresuró a contárselo a Lu Buwei. Hasta el rey Zhong fue informado de la buena noticia.

Al reino de Qin le faltaba poco para asegurar la descendencia de aquella raza de équidos tan excepcional.

Mientras tanto, Lu Buwei, que ya había terminado los trabajos de acondicionamiento de los prados y la construcción de las caballerizas, había comenzado a restablecer la yeguada del reino, para gran satisfacción del anciano rey. El nacimiento de un potro de la pareja de caballos celestes habría sido el broche de oro de la empresa acometida por el mercader de Handan en Xianyang.

Antes de aquel horrible crimen, las cosas habían progresado deprisa y todo iba viento en popa, tanto para Paz de las Armas como para Lu Buwei. Paz de las Armas estaba a punto de ganar su apuesta. Si cumplía con éxito la misión que el monarca le había confiado, podría aspirar a convertirse en ministro de la Guerra, es decir, en el superior jerárquico de su enemigo Imperfección del Jade, quien por fin doblaría la cabeza ante él.

Pero el horrible asesinato de los dos caballos celestes truncaba irremediablemente esas estupendas perspectivas.

¿Quién habría podido tener tanta sangre fría y crueldad para emprenderla contra sus dos animales más valiosos en un lugar tan vigilado como los acaballaderos del propio rey? ¿Contra quién, él mismo o Lu Buwei, iba dirigida aquella maldad? ¿Quién salía beneficiado? ¿Cuáles serían las incalculables consecuencias? Paz de las Armas, con la mirada perdida y como ido, se perdía en conjeturas.

Mientras se recobraba poco a poco de la impresión, se disponía a pedir a su sirviente que fuera presto a avisar al mercader de Handan cuando vio llegar al eunuco Camino Adelante, seguido por un hombre de baja estatura ataviado con una túnica negra ajustada por un ancho cinturón blanco y con el bonete cuadrado de los jueces instructores.

Decididamente, las noticias volaban en la corte de Qin.

—He informado a la Oficina de Investigaciones Criminales, desde donde se han apresurado a enviar al juez Wei —anunció la voz de falsete del Gran Chambelán.

El eunuco, como siempre de rojo de la cabeza a los pies, casi parecía estar alegre.

—¡Que nadie se mueva ni, sobre todo, toque nada! —ordenó el juez.

Los palafreneros, al enterarse de la noticia, habían acudido al acaballadero y se habían ido agolpando en torno al compartimento de los caballos celestes.

—Estos caballos pertenecían al mercader de Handan antes que pasaran a ser propiedad del reino —indicó el eunuco.

—¿Quién descubrió los cuerpos de los animales? —inquirió el instructor.

El palafrenero de los caballos asesinados levantó tímidamente la mano.

—¿El acaballadero está vigilado por la noche? —continuó el juez lanzando una mirada llena de desconfianza alrededor.

—Las puertas se cierran a cal y canto. Pero yo respondo por la lealtad de todos mis hombres. El asesino tenía la llave, solo así pudo entrar —respondió tajantemente el general Paz de las Armas con voz estentórea.

El giro que estaba tomando la conversación le desagradaba enormemente. Miró al eunuco con aire sombrío. Ahora, el juez, que acababa de llamar a su secretario judicial, estaba pidiendo con suma grandilocuencia el nombre y cargo de todos los presentes.

Aún no había completado la mitad de su lista cuando un hombre irrumpió en el acaballadero y, lanzándose sobre los cuerpos ensangrentados de los dos caballos, comenzó a sacudirlos mientras les hablaba, como si quisiera devolverlos a la vida. Paz de las Armas reconoció a Mafu, el caballerizo primero de Lu Buwei, a quien su sirviente habría dado la noticia. Daba pena ver su estado de desesperación. Agachado sobre la paja, acariciaba las crines apelmazadas por la costra de sangre y les murmuraba palabras cariñosas al oído.

—¿Pero quién sois para contravenir de esta forma mi prohibición? —gritó furioso el juez.

Había agarrado a Mafu por el pelo recogido en una trenza y le tiraba con violencia hacia atrás.

—Es el caballerizo que los domó. ¡Dejadlo tranquilo! —rugió Paz de las Armas.

Al interponerse así entre los dos hombres, perseguía bajarle los humos al instructor. Este último, templados sus ánimos, reanudó el interrogatorio con más calma.

—Propongo que todo el mundo se tranquilice, estamos ante un asunto grave... Se ha atentado contra los bienes del reino. Será inevitable que se abra una investigación de tercer grado —declaró doctamente Camino Adelante con su voz de falsete.

La sonrisa amable en el rostro del eunuco denotaba que la desaparición de la pareja de caballos celestes no le afectaba en absoluto.

El código penal de Qin preveía tres grados de investigación: la investigación simple atañía a hurtos sin importancia y demás infracciones de reglamentos menores para los que el castigo simplemente consistía en cortarle la nariz al culpable; la de segundo grado se empleaba para esclarecer crímenes de sangre o casos de corrupción en la Administración del reino, delitos que podían acarrear la castración o la amputación de ambos pies; por último, la investigación denominada «de tercer grado» abarcaba todos los delitos que atentaran contra el Estado, ya se tratase de su seguridad, sus funcionarios o sus bienes, y los perpetradores recibían el máximo castigo, dicho de otro modo, se les condenaba a la horca, el descuartizamiento o la decapitación. Era mucho más grave, por ejemplo, defraudar al fisco que matar a una persona —siempre y cuando esta no fuese un funcionario— o sustraer un adoquín del pavimento de una calzada que saquear el escaparate de una tienda de alimentación de un particular.

La preeminencia absoluta del Estado sobre todo lo demás era la piedra angular de la organización colectiva, lo que condicionaba las leyes penales.

Los individuos, en lo que a sus eventuales derechos se refería, carecían de la menor importancia frente a la colectividad. Los hombres solo servían para doblar el espinazo. El miedo a los castigos conllevaba una estricta sumisión a la ley y sustituía al civismo.

Y en aquel momento, la proximidad al soberano de la que gozaba Camino Adelante gracias a su puesto, confería al eunuco —el cual podía hablar en nombre de su señor sin que demasiada gente lo contradijera— una ventaja decisiva sobre Paz de las Armas, quien veía avecinarse el peligro.

—¿Has avisado al Gran Oficial de las Amonestaciones? —preguntó al Gran Chambelán.

—No creo que entre sus funciones se encuentre proceder a una investigación de tercer grado —replicó con acritud el eunuco.

—¡Eso vamos a verlo! —espetó categórico Paz de las Armas antes de girar sobre sus talones.

El juez continuaba interrogando a los palafreneros, a los que había hecho colocar en fila, uno detrás de otro. Cuando le llegó el turno al pobre Mafu, se recreó bombardeándolo a preguntas de lo más indiscretas:

—¿Procedéis del reino de Yan? ¡Qué cosa tan extraña! ¿Pero qué habéis venido a hacer aquí y qué tiene que ver Lu Buwei en todo esto? —preguntó entre carcajadas el instructor.

Aturdido por lo que acababa de sucederles a los dos caballos, a los que quería como si fuesen sus propios hijos, el caballerizo apenas si respondía farfullando distraídamente respuestas que, al unirlas, eran puras incoherencias.

El interrogatorio se prolongaba y el juez Wei alargaba el suplicio como si quisiera vengarse de la actitud de Paz de las Armas.

Había aprendido que el primer trabajo de un juez era dar con un sospechoso. Y a priori había muchos elementos que acusaban al caballerizo.

Por lo tanto, decidió endurecer el interrogatorio y exhortó a Mafu a revelar más sobre sus orígenes y las circunstancias que lo habían llevado a estar al servicio del mercader de Handan.

Para empezar, era un extranjero en Qin que claramente desconocía la etiqueta y las costumbres del reino. Saltaba a la vista que el supuesto caballerizo real no sabía contenerse y mucho menos comportarse ante una personalidad del nivel del Gran Chambelán del rey.

Además, su exilio del reino de Yan, en donde pretendía haber sido injustamente acusado de la escasez de caballos que hacía estragos en dicho país, le parecía de lo más sospechoso al juez instructor. Este último ya se había forjado su propia opinión. De hecho, en Qin nadie hubiera conservado la vida después de semejante acusación.

Por último, y esto era lo más importante a ojos del instructor, el dolor que Mafu parecía sentir era tan exagerado que olía a fingido. El juez Wei, al no montar a caballo, no imaginaba ni por asomo que a alguien pudieran conmoverle de tal modo unos simples corceles, aunque estos perteneciesen a la raza de *Gavilán Púrpura* y *Gavilán Rosa.*

Tal arrebato de desesperación le daba muy mala espina.

—Vuestras respuestas son incomprensibles y vuestras intenciones cada vez más oscuras. Me veo obligado a presentaros una orden de comparecencia —mascullló el juez.

Los palafreneros habían asistido sin protestar al triste espectáculo en que una autoridad judicial ejercía su tiranía ciega contra un inocente convirtiéndolo poco a poco en el sospechoso ideal. El juez Wei había decidido que tenía un culpable. Partiendo de ahí, el perfil, los orígenes y la historia del infeliz no podían sino ir en su contra.

Tras uno de los tabiques de madera del compartimento, Camino Adelante asistía a aquella parodia de justicia con deleite.

El pobre Mafu, con la mirada trastornada, había comprendido que era inútil continuar justificándose. Confuso y sin esperanzas, aguardaba la voluntad del juez instructor.

—¡Guardias, llévense a este hombre! —gritó al fin el juez Wei dirigiéndose a su escolta de agentes.

*

Unos días más tarde se iniciaba en Xianyang, donde la injusticia actuaba con diligencia, el proceso contra el caballerizo Mafu.

El juez Wei había procedido a ordenar que los cargos que se imputaban al acusado se expusieran en la Torre de las Notificaciones. Todos reunidos ocupaban una pared entera y el funcionario encargado de leer los avisos gritaba el contenido de las inculpaciones de la mañana a la noche ante una aglomeración de curiosos que aumentaba día a día.

En Xianyang eran muchos los que esperaban el comienzo del juicio como la atracción del momento. La muerte de la pareja de caballos akhal había dado la vuelta a la ciudad y en los cafetines iban creciendo a buen ritmo las apuestas sobre el resultado del proceso abierto por el juez Wei.

Unos, con aires de entendidos en la materia, decían que Mafu saldría de aquello con una simple castración; otros juraban regocijados que su cadáver pronto flotaría en el río.

Lu Buwei, contrariado en extremo por aquel asunto, sentía que aquel juicio representaba la hora de la verdad. Al principio, se sintió desconsolado por la noticia del crimen contra los caballos celestes, a los que seguía queriendo como a la niña de sus ojos. Luego, el abatimiento se transformó en rabia al enterarse de los métodos empleados por el juez contra su caballerizo inocente.

Estaba convencido de que la acusación contra Mafu iba en verdad dirigida a él mismo. No tardó, pues, en tomar una determinación: bien la justicia de Qin era digna de tal nombre y reconocía la inocencia de su caballerizo durante la audiencia, bien aquel Estado encubría la felonía de su poder judicial y, de ser así, no valía la pena ayudar a sus ejércitos a salir del mal paso en que se encontraban.

Si condenaban a Mafu, el mercader regresaría al instante a Handan con todas sus pertenencias, incluidos el millar de corceles que ya había importado. En tal caso, sin el menor remordimiento, dejaría al reino de Qin con su funesta escasez de caballos y esta acabaría por tener consecuencias fatales.

Por el contrario, si indultaban a Mafu, querría decir que el reino era merecedor del apoyo que ya le había prestado.

A fin de tenerlas todas consigo y evitar encontrarse ante tal disyuntiva, pidió a Han Feizi que se encargara de la defensa del acusado. Estaba convencido de que su inteligencia y perspicacia, así como su perfecto dominio de la retórica, serían la mejor ayuda para Mafu.

—¡La acusación de ese juez no tiene base alguna! La justicia de Qin me parece bastante fútil. ¡No dudo que sabréis conseguir que el pobre Mafu quede libre de toda sospecha! —dijo al filósofo tartamudo.

Han Feizi no aceptó sin reticencias una misión tan arriesgada: conocía las trampas de los juicios en que ya de antemano se había señalado a un culpable.

—Mi defecto de elocución no me convierte en el mejor litigante… —comenzó a responder.

—¡Desde luego que no! Vuestro alegato se sustentará sobre una argumentación tan irrefutable como vuestros escritos filosóficos. Eso será lo único que cuente y en lo que se fijarán.

La consideración con la que Lu Buwei lo trataba, la hospitalidad que le había brindado en su casa, en donde disponía de estancias privadas, y la simpatía que ambos se profesaban obligaban a Han Feizi a prestar aquel servicio a su protector y amigo. Le fue imposible librarse.

Así pues, el filósofo se encerró durante diez días enteros para preparar la defensa del caballerizo. Examinó minuciosamente el código penal en su versión enmendada por las leyes vigentes en el reino de Qin. No le había sido posible comunicarse con Mafu, aislado en un calabozo de la prisión del palacio. Con todo, pasó largas horas reflexionando sobre la estrategia de defensa correcta, imaginándose el diálogo que debería tener con el caballerizo para que este contestara las respuestas adecuadas durante la audiencia.

La mañana del juicio, Lu Buwei y Han Feizi dieron un largo paseo a caballo por los bosques que se extendían en torno a la colina.

Hacía un bonito día y el aire era vivificante. El filósofo sometió a prueba su argumentación con el mercader, quien contribuyó a esta con algunas observaciones interesantes. De vuelta en la casa, la mente de Han Feizi estaba perfectamente lúcida. El filósofo sentía la tranquilizadora certeza del buen alumno en plenas facultades antes de un examen.

Seguía igual de calmado e impávido cuando comenzó el juicio. Justo allí, en la gran sala del tribunal de tercer grado —la más impresionante de todas—, al pie de una tarima cuadrada sobre la que habían colocado una vasija trípode de bronce tan alta como un niño de seis años, el poder judicial de Qin se disponía a desplegar todo su esplendor ante un público cuidadosamente escogido.

En el abultado cuerpo de la vasija estaban grabados los cinco mil caracteres del «Código de delitos y castigos» tal y como se relataba en el *Zhouli*, el libro de ritos de los Zhou. Habían instalado el recipiente sobre una plataforma giratoria accionada por un funcionario del tribunal. De ese modo, se hacía rotar la vasija sobre su propio eje a fin de que los jueces leyesen el pasaje exacto del «Código de delitos y castigos» relacionado con el caso sometido a juicio.

Lu Buwei, con la esperanza de causar una buena impresión al tribunal, se había ataviado con hermosas ropas de ceremonia. Tenía un aspecto impresionante en su túnica de muaré bordada de hilos de oro y bronce, ceñida por un cinturón con una hebilla de jade en forma de máscara taotie. Los pómulos salientes de su semblante hierático, apenas algo más pálido que de costumbre, reflejaban la impasibilidad que se esforzaba en mostrar en los momentos difíciles. Hubiera sido necesario conocerlo bien para percibir que su mirada afilada y despierta ocultaba en realidad una silenciosa angustia.

Los jueces, solemnes, estaban sentados sobre pesadas sillas de palisandro situadas bajo un dosel acolchado forrado de lujosa seda roja. Eran tres: el presidente, reconocible por su bonete cuadrado, y dos jueces asesores que lo flanqueaban. A la izquierda de dicho tribunal, acodado sobre una balaustrada, se encontraba el magistrado que ejercía la acusación pública, en este caso el juez Wei. Parecían todos sacerdotes y la sala de audiencia, un templo.

Las audiencias y los juicios siempre eran públicos, de ahí que en los días de procesos importantes una multitud se agolpara en el recinto del tribunal.

A la derecha, tras un biombo de cuero de buey, había una pequeña orquesta compuesta por un tambor de dos caras dispuesto sobre un soporte que emulaba unas garras, acompañado por dos órganos de boca *shenghuang* y una flauta travesera *chi.*

Lu Buwei había tomado asiento en la primera fila de la sala, mientras Han Feizi estaba cerca del estrado, frente al tribunal y el juez Wei.

Nadie sabía que el mercader llevaba junto a su corazón el bi negro constelado, que había guardado en el bolsillo interior de su abrigo.

Se oyó el brusco golpeteo del tambor de bronce con dos caras, seguido del silbido estridente e impetuoso de la flauta chi.

Unos guardias llevaron al acusado ante el tribunal. A Mafu le habían colocado en los pies unas gruesas cadenas que arrastraban por el suelo produciendo un tintineo metálico. El hombre orgulloso que era Mafu se había convertido en un pobre cuerpo mugriento y demacrado cuyas ropas rasgadas emanaban un repulsivo olor a moho. El rostro del caballerizo desaparecía tras su barba. Tenía la nariz y los párpados cubiertos de costras purulentas.

Lu Buwei sintió náuseas. Imaginó el calvario que debía de soportar su caballerizo primero. Los húmedos calabozos de las prisiones de Qin no eran un buen sitio para dormir.

La melopea lancinante del órgano de boca shenghuang con trece lengüetas eclipsó de repente el sonido de la flauta chi; luego se detuvo en seco. Se hizo el silencio en la sala de audiencia; el juicio podía comenzar al fin.

—Tiene la palabra el acusador público —tronó el presidente del tribunal.

Embutido en su túnica negra con cinturón blanco, el juez Wei tomó la palabra:

—Acusamos al llamado Mafu, del reino de Yan, de degollar dos caballos de la raza de la estepa. Este hombre se introdujo de noche en el acaballadero principal, donde procedió a cometer su crimen. Al conocer bien el lugar, pudo escapar sin encontrar trabas.

El acusado, acongojado, preso del terror y exhausto por las condiciones de encarcelamiento, era incapaz de pronunciar la más mínima frase.

—¿Esos caballos eran propiedad del Estado? —preguntó uno de los magistrados asesores.

Un escalofrío recorrió a los asistentes. Formulada de ese modo, la pregunta significaba que el juicio podría ser sumario. La cabeza del pobre Mafu tan solo pendía de un hilo.

Sobre la tarima, el encargado de la enorme vasija hizo girar la plataforma para hacer visible en el abultado cuerpo de bronce la columna de caracteres referida a las penas estipuladas en caso de delitos contra el Estado.

—Así es, fueron recibidos a cambio de una cortesana pública —respondió con gravedad el pequeño juez Wei, feliz con el efecto que produjeron sus palabras.

Entonces, interrumpiendo al juez, Han Feizi alzó la mano para pedir la palabra. El presidente quiso impedirlo, pero no fue lo bastante rápido. Frente a una sala atónita por su impertinencia y bajo la mirada de admiración de Lu Buwei, se expresó con voz tranquila y sonora:

—¡Y pre-precisamente p-por e-eso este ho-hombre es in-inocente!

El tartamudeo del filósofo, lejos de ir en su contra, había dejado atónito a los asistentes. En aquel entorno, su defecto de elocución parecía haber convertido a Han Feizi en el portavoz de un semidiós del reino de los espíritus, a semejanza de esos médiums que tras caminar sobre brasas ardientes entraban en trance y transmitían por medio de borborigmos la palabra de ciertos dioses cercanos a ellos.

El presidente del tribunal fue el primero en quedarse estupefacto. Los músicos, por lo habitual meticulosamente sentados detrás de su biombo, asomaban la cabeza y observaban, atónitos, a aquel hombre de entonación tan insólita.

Han Feizi, cada vez más mayestático, seguro ahora del efecto de sus palabras, prosiguió con su alegato:

—¿Qué motivo pensáis que tendría este individuo para cortar la garganta de los dos caballos celestes a los que quería como si fuesen sus propios hijos, puesto que los cuidó desde pequeños y se encargó de su doma? ¿Lo creen tan loco como para correr el riesgo de que este tribunal lo juzgara culpable? ¿A quién beneficia este crimen? ¡Háganse esa pregunta! ¡Pero no se la hagan al que no es más que una víctima inocente!

—Vuestra impetuosidad no deja indiferente al tribunal, pero, si él no es el culpable, ¿a quién tenéis en mente? —interrogó el presidente, a quien la pasmosa disertación del talentoso Han Feizi había hecho dudar.

—Como ha subrayado el juez instructor, el Estado de Qin adquirió esos dos caballos a cambio de una cortesana pública —continuó el filósofo.

—Correcto —apuntó el juez.

—¿Qué buscaba, pues, el criminal al eliminar a esos caballos? Tengo una idea clara al respecto. ¿Acaso no existe una ley en Qin por la que se prevé que la destrucción de un bien del Estado adquirido a cambio de otro comporta la obligatoria restitución de este último al poder público? En otras palabras, ¿no significa eso que, tras la muerte de los caballos celestes, la joven cortesana que sirvió al reino de moneda de cambio debe, dadas las circunstancias, volver al lupanar del Estado de donde salió?

—Si la Administración lo solicita, ese será el caso, en efecto —admitió el juez.

—Pues bien, yo estoy convencido de que ya se ha formulado una petición en ese sentido —concluyó Han Feizi.

El filósofo se la estaba jugando con aquella afirmación, pero había decidido poner toda la carne en el asador en aquella batalla judicial, ya que Mafu no tenía nada que perder.

—¡Los comprobaremos de inmediato! —declaró el presidente del tribunal.

La orquesta ejecutó el sonido intermitente de los órganos de boca, lo que significaba que se suspendía la sesión.

—¡Rápido! Haced traer al secretario primero de la Oficina de Misivas del Estado —ordenó el presidente al segundo magistrado asesor.

Todos los documentos públicos del Estado pasaban por la mencionada oficina. Allí, se les asignaba un número de referencia y se comprobaba si la autoridad competente había aplicado su sello según lo establecido. Después de haber servido, los documentos volvían de nuevo a la oficina antes de enviarlos a los archivos del reino.

Transcurridos unos momentos, apareció el secretario primero, sin aliento, precedido por el magistrado asesor. Las cabezas de los músicos desaparecieron en un visto y no visto tras el biombo. Los sonidos del tambor y la flauta anunciaron que se reanudaba la sesión.

—¿Ha pasado por vuestras manos en los últimos días un edicto por el que se reclame la restitución al Estado de una joven cortesana llamada Zhaoji? —preguntó el filósofo tartamudo al secretario.

—Así es: antes de ayer recibí tal documento relativo a la reinscripción de esa mujer en el inventario del Estado de Qin —afirmó el funcionario sin vacilar.

Han Feizi no se esperaba tanto. Se sentía exultante y expresó abiertamente su satisfacción. Entonces, añadió despacio:

—¿Recordáis qué sello portaba el documento? ¿A quién pertenecía?

El secretario primero guardó silencio y se puso a pensar; ante sus ojos pasaban decenas de documentos diarios. En la sala, todos contenían la respiración. Los magistrados del tribunal mostraban auténtica sorpresa, mientras que el rostro del juez Wei se iba transformando por momentos en una mueca de disgusto. Mafu, por su parte, iba recuperando lentamente la esperanza.

Pasados unos instantes, los ojos del secretario parecieron iluminarse.

—Creo que se trataba del sello del Gran Chambelán del rey —respondió sobriamente.

—Pues bien, acabáis de mencionar a un sospechoso mucho más plausible que el caballerizo Mafu. ¡Hasta tengo alguna idea sobre el posible móvil! —afirmó triunfante el filósofo dirigiéndose al juez Wei.

Lu Buwei, que seguía con la mano apoyada contra el corazón, se levantó para abrazar a Han Feizi mientras que el público, poco habituado a procesos tan excitantes, emitió un murmullo de aprobación.

La sorpresa había sido mayúscula; la argumentación, infalible.

Conforme a lo previsto en el código penal, el trío de jueces se retiró a deliberar a una sala contigua.

Las deliberaciones se hicieron esperar.

A los jueces no les quedó más remedio que tener en cuenta el golpe de efecto teatral producido por el tartamudo. Se hacía, pues, necesario redactar una sentencia muy diferente a la que tenían preparada de antemano. Cuando terminaron de grabarla con estilete sobre una lámina de catalpa, un redoble de tambor señaló al público que el presidente del tribunal se disponía a leer sus conclusiones:

—Nuestro tribunal penal de tercer grado resuelve que el sospechoso Mafu queda libre de toda culpa respecto al degollamiento de los caballos propiedad del Estado. Decide asimismo que, a fin de avanzar en la investigación, es conveniente interrogar al eunuco Camino Adelante para que este explique su decisión de hacer incluir a la joven de nombre Zhaoji en el listado de bienes públicos.

El juez Wei, cabizbajo, hizo un mohín. El veredicto acaba de ponerlo en evidencia.

Acto seguido, el presidente ordenó a los guardias que desencadenaran a Mafu para que este pudiera marcharse como hombre libre.

El público abandonó encantado la sala de audiencias. Era la primera vez que asistían a un proceso justo, no a una simple parodia de justicia.

Lu Buwei, acompañado ya por su caballerizo primero, acarició largo rato el bi negro constelado. El jade se sentía cálido y suave al tacto. Seguía siendo su buena estrella.

Merced a Han Feizi, la aventura en Qin podría continuar.

16

ARRELLANADO EN SU PALANQUÍN, A LOS HOMBROS DE DOS sirvientes ataviados con libreas violetas, el duque Apacible Subida de Tres Peldaños se sentía en paz. Su aventura con la primera esposa de Anguo muy posiblemente nunca llegaría a conocerse.

Justo después del proceso contra Mafu, en la corte no se le había vuelto a ver el pelo al eunuco Camino Adelante y todos actuaban como si el Gran Chambelán jamás hubiera existido. Las amenazas que le había lanzado de manera solapada sobre su relación secreta con Huayang quedaban ahora muy lejanas, para gran alivio del duque.

Y desde entonces, cada mañana quemaba el doble de varillas de incienso ante el altar de sus ancestros como muestra de agradecimiento.

Al alivio que sentía se sumaba igualmente la satisfacción de constatar que el anciano rey parecía demostrarle cada vez más confianza. De hecho, él sería el encargado de elegir, entre tres candidatos, al futuro Gran Chambelán que reemplazaría a Camino Adelante, cuyo nombre ni tan siquiera se dignó a pronunciar.

El soberano deseaba que el sustituto, al igual que su predecesor, fuera eunuco; por ello se disponía a visitar a Cuchillo

Rápido. Solo uno de los tres candidatos había sido sometido a la operación de castración. Los otros dos superaban los treinta años lunares. Así pues, debía analizar con el cirujano si aquel procedimiento quirúrgico, especialmente arriesgado tras la adolescencia, podía presentar contraindicaciones para los otros aspirantes preseleccionados.

Cuchillo Rápido vivía en las mismas instalaciones de la clínica de los eunucos, situada a orillas del Wei, aguas arriba de Xianyang. Por ese motivo, y para ganar tiempo, el Gran Oficial de las Amonestaciones se desplazó hasta allí en palanquín, el cual utilizaba rara vez.

La clínica estaba ubicada en un elegante edificio conformado de pabellones, dentro de un parque poblado de sauces que alzaban sus ramas al cielo. En medio del parque se erigía una estatua en mármol rosa que parecía contonearse con lascivia. Era Longyangjun, el ministro del rey de Wei quien, aproximadamente dos siglos atrás, había logrado convertirse en el amante del soberano. Era una especie de modelo para los eunucos que anhelaban servir a sus amos como *pi,* es decir, como queridos.

El edificio central, cuyo tejado estaba decorado con anchas tejas azules en las aristas, era mucho más imponente que los pabellones donde se encontraban las habitaciones de los convalecientes y los internos de la clínica. Todas las edificaciones se resguardaban en la vegetación, al pie de árboles seculares cuyos majestuosos follajes hacían de aquel lugar un refugio de frescor durante los tórridos meses de verano.

Nadie sospechaba, al entrar por primera vez en el jardín, que también era un teatro de suplicios.

En efecto, allí era donde Cuchillo Rápido y sus ayudantes operaban a los jóvenes llamados a ingresar en la congregación de los castrados.

La horrible mutilación se efectuaba en cadena, en una sala con el suelo manchado de sangre, entre los alaridos de dolor de los operados, a los que simplemente se les aplicaba una pomada anestésica en los genitales y se les ponía agujas en el vientre o en el lóbulo de la oreja para así impedir cualquier flujo de energías ying o *wei* entre el Campo de Cinabrio del bajo vientre y el cerebro.

Al sujeto en cuestión, tras tomar asiento en el sillón correspondiente, se le ataban las extremidades y se le sujetaba la cabeza al respaldo con una cuerda que pasaba por el medio de la boca, forzándolo a abrirla.

Era entonces cuando Cuchillo Rápido entraba en acción.

Con un escalpelo curvo, realizaba en los genitales un gesto semejante al de deshuesar un albaricoque sin abrirlo. Su destreza, su dilatada experiencia en esa práctica quirúrgica y su falta de piedad eran tales, que nunca había un segundo intento. El nuevo eunuco, aprisionado por las ataduras, recibía el horrible suplicio sin tan siquiera tener tiempo de emitir un estertor. Todo ocurría en un abrir y cerrar de ojos. Acto seguido, un ayudante procedía a saturar la herida mientras otro limpiaba el suelo de la sala bañada de sangre.

Luego, el cirujano entregaba al paciente su *caja de los tesoros* en los que había depositado los atributos que su escalpelo les acababa de arrancar. El operado debía conservarla con celo hasta su muerte, en señal del debido respeto a los progenitores. En efecto, de ellos procedía el cuerpo, así que este debía ser enterrado tal y como que se había recibido, es decir, con todos sus miembros, tanto si eran eunucos como si no.

A los castrados se los obligaba a entrar y salir de la sala de operaciones por su propio pie, sin ayuda de nadie. Era una forma de comprobar su resistencia y poner a prueba su coraje. No era raro verlos desmoronarse, tras franquear la puerta de la sala de operaciones, sobre los brazos del enfermero que los aguardaba en el parque, tan pálidos como la luna invernal y envueltos en vendas ensangrentadas por la terrible carnicería.

La castración servía también de infalible prueba eliminatoria en el proceso de reclutamiento de eunucos para la congregación.

Uno de cada tres operados no sobrevivía. Con todo, eran muchas las candidaturas espontáneas de aquellos que deseaban formar parte de esta singular casta.

Cuando uno nacía pobre, convertirse en eunuco era de hecho una especie de seguro para el futuro. Este gremio protegía a los suyos como ningún otro. Para el poder del Estado representaba lo que el sacerdocio para la religión. Gracias a la prueba que habían soportado, los castrados ocupaban siempre funciones de suma confianza que los situaban no muy lejos del epicentro del poder o de sus límites más cercanos. Ya fueran chambelanes, directores de gineceos, confidentes de concubinas, archiveros privados, preceptores o incluso catadores de comida, lo único que poseían era intimidad con los príncipes, gracias a la cual —siempre y cuando la utilizaran con habilidad— todos los poderes y prebendas iban para ellos.

Cuando el palanquín del Gran Oficial de las Amonestaciones se detuvo frente al pórtico del edificio central, Cuchillo Rápido acababa de terminar su última operación de la jornada. El noble duque explicó al cirujano sin preámbulos el objeto de su visita.

—¿A qué candidatos tiene en mente nuestro rey? —preguntó este último con un atisbo de inquietud en la mirada. La desaparición de Camino Adelante no había dejado indiferente a Cuchillo Rápido. Se había propagado como un reguero de pólvora en el siempre intranquilo círculo de los eunucos.

—Al eunuco Bosque de los Pináculos, así como a dos archiveros jefe del Estado, uno encargado de verificar los decretos y otro los documentos del catastro público. Son hombres reputados por su seriedad y discreción. Pero esos dos aún no han sido intervenidos —indicó el duque señalando con el dedo su entrepierna.

—¿Qué edad tienen? —preguntó el castrador.

—Son hombres ya maduros. Poseen a la vez experiencia y talento.

—En tal caso, es preferible elegir a Bosque de los Pináculos. Una vez que ya no están en edad de portar el gorro de la virilidad, la operación ni siquiera tiene éxito una de cada tres veces —proclamó perentorio el cirujano.

—En cualquier caso, no soy yo quien ha de tomar la decisión. Únicamente estoy aquí para satisfacer los deseos de nuestro rey. Debéis examinar a los archiveros para saber si están capacitados para resistir la castración, así nuestro soberano podrá elegir a aquel que él estime más conveniente —replicó el Gran Oficial molesto por las palabras del cirujano, al que consideraba un tanto desleal.

—¿Están al corriente los interesados? —inquirió el cirujano tras marcar una pausa.

—Todavía no. Pretendo comunicárselo mañana mismo —respondió Apacible Subida de Tres Peldaños de manera automática.

Por un lado, su educación lo empujaba a ser diligente en la ejecución de las órdenes de sus superiores, pero, sobre todo, era su deseo de responder a la confianza que el rey había depositado en él al encomendarle aquella misión por lo que quería zanjar el asunto con prontitud.

—En tal caso, en cuanto hayan sido advertidos podrán venir a que los examine —propuso el cirujano fingiéndose solícito.

El Gran Oficial de las Amonestaciones pensó que el cambio de tono de Cuchillo Rápido escondía algo, pero no sabía a ciencia cierta el qué.

Miró en derredor.

En el parque, los operados del día, pálidos como cisnes, con las piernas temblorosas y los ojos aún en blanco por la horrible prueba a la que acababan de ser sometidos, descansaban en bancos, a la sombra de ginkgos, catalpas y cedros, mientras los enfermeros les abanicaban el rostro cubierto de sudor.

Cuando se subió de nuevo al palanquín para dirigirse a los Archivos del Estado a fin de prevenir a los dos archivadores jefe de la suerte que les habían reservado, su perplejidad era absoluta y sentía un hondo malestar. Mas era demasiado tarde para intentar escabullirse. Los deseos del anciano rey, que confiaba por completo en él, eran indefectiblemente órdenes para él.

Sin embargo, lo que no sabía es que el cirujano ya había decidido no brindar la menor oportunidad a aquellos dos hombres a los que consideraba unos intrusos en aquel juego en el que los eunucos querían a toda costa seguir llevando la batuta y que, con un simple movimiento de su escalpelo de hoja curva, provocaría un corte un poco más profundo que de costumbre y, por ende, su muerte por hemorragia sobre el sillón de castración, sin que nadie pudiera censurarlo y ni tan siquiera percatarse de nada.

Apacible Subida de Tres Peldaños no sospechaba que, al negarse a desobedecer el mandato del viejo soberano, había condenado a una muerte atroz a los dos archiveros inocentes.

¿Cómo hubiera podido imaginar, en efecto, que los miembros de la congregación de los eunucos habían celebrado una asamblea plenaria en secreto con el cirujano jefe Cuchillo Rápido y habían decidido amañar la elección para que Bosque de los Pináculos fuera el sustituto forzoso de su predecesor Camino Adelante?

*

—Ya verás, no es tan difícil ocuparse de un viejo rey. Estoy segura de que te encontrará encantadora y que se alegrará con tan solo verte, sin hablar de la música que podrás tocar y cantar para él... Si te pide una de sus píldoras de la inmortalidad, simplemente se la tienes que dar de inmediato. Lo único malo es que, al ser tan mayor, a veces se exaspera.

En la sala de música de Lu Buwei, Huayang hacía las últimas recomendaciones a su joven alumna.

Esta progresaba cada día a pasos agigantados. Sabía leer entre líneas y qué hacer en cada situación. Extremadamente madura para su edad, sacaba provecho de sus encantos y su hermosura como si fuera por lo menos diez años mayor. La primera esposa de Anguo no se sorprendió lo más mínimo, pues desde el principio había advertido las facultades de adaptación y aprendizaje de Zhaoji.

De hecho, estaba deseando asistir a la presentación de Zhaoji ante el viejo Zhong, prevista para el día siguiente por la tarde.

—¿Y si acabo viviendo como una reclusa, encerrada en el palacio y sin poder salir nunca? —preguntó Zhaoji con unos maliciosos ojos, brillantes como el rocío de la mañana.

—¡Tendrás que encargarte de que eso no suceda! Un sirviente eficaz es aquel que también sabe educar a su amo... —dijo Huayang sonriendo y provocando en Zhaoji unas carcajadas cristalinas.

Lu Buwei no perdía palabra de la conversación entre las mujeres. Le complacía sobremanera verlas tratar asuntos tan serios con todo ese descaro y esa ligereza. Percibía la fuerza mental que se ocultaba tras la dulce e inocente apariencia de aquellas dos beldades. Creía que nadie podía resistirse a esa combinación de encanto y astucia.

El encuentro con la esposa de Anguo, cuyo atractivo no le dejaba indiferente y por la que empezaba a experimentar, como todos lo que se cruzaban en su camino, sentimientos extraños, mezcla de desconfianza, atracción y admiración, los cuales intentó enterrar en lo más profundo de su ser, también le permitía entrever los meandros —más sencillos de lo que parecían en un principio— de su conquista progresiva del poder de la corte de Qin, donde Zhaoji y Huayang serían unas valiosas aliadas, además de brillantes y eficientes.

Gracias a la presencia cotidiana de Zhaoji junto al rey, sería el primero en enterarse de las jugadas y las estrategias de las personas más insignes e influyentes, y en un momento dado, podría desbaratar las maquinaciones que pudieran obstaculizar su ineluctable ascensión.

Comerciar y ganar dinero, desde que llegara a Xianyang, le parecía lo más sencillo del mundo en comparación con los desafíos que aguardaban a aquel que había decidido hacerse con el poder político. Era mucho más fácil hacer fortuna que abrirse camino en la enrevesada jungla de un poder real decadente, donde todos, ya fueran ministros o altos funcionarios, se aprovechaban de la edad y la memoria quebradiza de un viejo chocho para tramar sus propias intrigas.

Ante un anciano rey en el ocaso de su reinado, con un heredero que no le llegaba a los talones, lo más inteligente era empezar a escalar posiciones para, llegado el momento, cuando Anguo lo sucediera, encontrarse en el mejor lugar posible. Además, Lu Buwei estaba a punto de conseguirlo.

No obstante, el mercader de caballos celestes también era consciente de que no era, ni mucho menos, el único que pensaba que Qin se hallaba en uno de esos períodos en los que todo es posible, pues cuando el engranaje tradicional de repente falla, todo el sistema se derrumba. Al llevar poco tiempo en Xianyang, no conocía tan bien como el resto la organización y los resortes internos de la corte. En cualquier caso, las dificultades y los riesgos inherentes a su condición de novato sin nada que perder no hacían sino aumentar sus ganas de ascender.

Su corazón de mercader poco a poco se iba volviendo el de un hombre que creía en su buena estrella y al que su deseo de progresar lo estimulaba haciéndolo, por tanto, aún más efectivo. Cuanto más pasaban los días, mayor era su confianza en la profecía de Valle Profundo.

—¡Al igual que Huayang, estoy seguro de que te las apañarás mejor que bien! —exclamó dirigiéndose a Zhaoji.

Mientras daba un sorbo al té verde que un sirviente le acababa de servir, se percató de que era la primera vez que tuteaba a su protegida.

Huayang y Zhaoji se habían puesto a cantar y a tocar el laúd. Sus voces claras se respondían y armonizaban de manera espléndida en un dúo perfecto. Ambas se veían unidas y parecían hermanas. Era incapaz de decir cuál de ellas era más bella o cuál más inteligente.

—¡Si con esta música no se derrite el rey, es que soy un ignorante! —añadió en tono cómplice dirigiéndose a las muchachas antes de retirarse para atender a sus múltiples ocupaciones diarias.

—Tu protector es un hombre tan encantador como atractivo —apuntó Huayang cuando dejaron de cantar.

Su amiga permaneció callada.

—No has respondido. ¿No estás de acuerdo? —insistió la primera esposa del príncipe Anguo.

Zhaoji continuó sin decir nada.

La mujer aniñada afinaba su laúd pulsando las cuerdas una a una para comprobar la tensión que ejercían sobre el puente. Parecía estar totalmente absorta en su instrumento y su rostro no reflejaba ningún tipo de emoción. Huayang pensó que Zhaoji era mucho más hábil que ella a la hora de ocultar sus pensamientos íntimos. Por más que insistió, no logró obtener de la muchacha ninguna confidencia especial relativa al mercader.

*

El día siguiente, presentó a la jovencísima Zhaoji al anciano rey.

Este las había citado en uno de los edículos del Pabellón del Bosque de los Madroños, justo a la hora en que las carpas procedían a ejecutar sus acrobacias. Cuando vio a las mujeres acicaladas para la ocasión con sus mejores adornos, las arrugas de su rostro apergaminado se transformaron en una sonrisa de oreja a oreja.

—¡Buenas tardes, pequeña! —saludó el anciano a la mujer aniñada.

Esta respondió efectuando a la perfección una amplia reverencia, tal y como Huayang le había enseñado.

Se podía oír a los enormes peces saltando sobre el lago en miniatura, atraídos por la comida que los jardineros les lanzaban.

Los ojos de Zhaoji, quien jamás había estado en una residencia tan suntuosa, estudiaban todos los detalles que daban fe de su lujo y refinamiento.

En aquel lugar, todo, colores, perfumes, luces y formas, estaba pensado para estar en consonancia. Las finas arcadas de estuco ofrecían sus flores entremezcladas al cielo del crepúsculo, al cual enmarcaban como a un lienzo. Las columnas de mármol, cuyos fustes brillaban al contraluz del sol poniente, parecían montar fiel guardia alrededor de aquel anciano que, desde la barandilla de piedra en donde le gustaba apoyarse al atardecer, contemplaba al astro despedir sus últimos rayos. Los pies de los sillones en forma de garras de dragones se hundían en las gruesas alfombras de lana adornadas con motivos de tortugas haciendo un corro. Plantas olorosas colocadas en pequeñas tinajas de barro impregnaban la atmósfera con sus suaves y embriagadoras fragancias.

—¿Qué edad tiene? —preguntó el rey Zhong a Huayang.

—Me encuentro en la mitad de mi decimotercer año lunar —respondió con inocencia la chica.

El soberano la miró perplejo, pues, aunque aún era una niña, le hubiera dado fácilmente tres o cuatro años más.

—Zhaoji parece mayor de lo que es en realidad, pero en cambio posee las habilidades y la madurez propias de su apariencia —añadió Huayang a modo de explicación.

—Imposible dudar de vuestra palabra —dijo el viejo Zhong.

Tomó con delicadeza la mano de su nuera, se la llevó a los labios y la besó.

—Zhaoji canta y toca instrumentos, así que también podrá ayudaros a adormeceros con su música —prosiguió la primera esposa de Anguo.

—Muchacha, observa qué arcoíris. ¿Habías visto alguna vez algo igual de bello?

El rey señaló la lluvia de gotas irisadas que los peces dejaban en suspensión tras saltar del estanque como proyectiles y caer pesadamente en las oscuras aguas de los fosos.

Zhaoji se inclinó a su vez, justo delante del anciano rey.

Este pudo observar su delicada nuca, de la que partía un moño arrollado con gracia, y el nacimiento de sus frágiles hombros, de una blancura nívea.

Con la boca y la mirada, le hizo una señal a su nuera para indicarle que encontraba sumamente encantadora a su nueva adquisición. Huayang leyó la súplica en los ojos del anciano.

La princesa estaba satisfecha. Su suegro había adoptado a la mujer aniñada. El plan se estaba desenvolviendo con más facilidad de lo que había previsto. Sus penas ya casi habían desaparecido.

Ahora tan solo le quedaba presentar a Zhaoji al ilustre sacerdote Wudong.

*

Fue en el jardín botánico —pues ningún guarda de la corte ponía jamás los pies allí— donde la primera esposa del príncipe heredero citó al insigne sacerdote para presentarle, en secreto, a su nueva protegida.

Tras las lluvias torrenciales que habían caído, los troncos de las catalpas gigantes resplandecían bajo el cielo despejado. La tierra húmeda y cálida, de donde ya habían surgido unas babosas pegajosas, despedía aún algunas fumarolas. La hierba musgosa, constelada de la extraña fosforescencia de unas setas anaranjadas, estaba tan empapada que sonaba a cada paso de Wudong, el cual se reunió con las mujeres, que se hallaban sentadas en un banco de piedra, delante de un pavo real presumido.

—¿Ya ha oído hablar del Gran Camino? —preguntó el sacerdote taoísta a la primera esposa del príncipe heredero.

—Le he hablado de ello por encima. Ha mostrado gran interés por los experimentos alquímicos que he podido contarle —explicó Huayang lanzando al pavo real unos granos de mijo.

—¡Estoy ansiosa por ver el cinabrio transformarse en oro! —añadió Zhaoji sin parecer impresionada por la estatura y el aspecto del ilustre sacerdote Wudong.

El pavo real, al que le había gustado el mijo, quería ganarse unos granos más, así que se había puesto a contonearse delante de Huayang mientras intentaba picotear sus chinelas de seda con bordados granulosos.

—Zhaoji va a entrar al servicio de nuestro rey. Ella es quien a partir de ahora le dará sus píldoras de la inmortalidad. Quiero que sepa cómo y con qué esmero las elaboras —declaró de corrido la princesa.

Esta última, con ganas de divertirse, se precipitó hacia el ave haciendo aspavientos para asustarla. El pavo echó a correr y ella se puso a perseguirlo para arredrarlo aún más y forzarlo a emprender el vuelo.

—Me gustaría saber más sobre ese Gran Camino del que tan a menudo me habla mi amiga —dijo Zhaoji, que se había quedado a solas con el sacerdote.

Entonces, este señaló una inmensa catalpa y le recitó uno de los poemas taoístas más célebres:

—«Es preciso huir y recogerse en el yin. Aquellas personas dotadas de propiedades extraordinarias, cuya belleza se percibe y cuyas calidades se constatan, siempre serán mutiladas hasta la muerte a causa de ello.

»Por sus alas, tullen al martín pescador; por su caparazón adivinatorio, matan a la tortuga; al cinabrio lo extienden sobre la piel como si de un vulgar maquillaje se tratara, y por el núcleo de jade que supuestamente ha de proteger rompen la piedra.

»Es preciso tender hacia la impenetrable catalpa que acaricia el cielo con sus ramas y ahonda sus raíces en las Aguas Amarillas: hasta el final de los tiempos, al amparo de las miradas, este árbol jamás conocerá la tristeza».

Wudong eligió a propósito aquellos versos, bastante oscuros para alguien no iniciado, a fin de comprobar la capacidad de Zhaoji para entender la esencia profunda del discurso taoísta.

No advirtió el menor atisbo de sorpresa en los ojos de la joven. Parecía asimilar con naturalidad, como si hubiera comprendido el significado a la perfección, las palabras esotéricas que acababa de pronunciar.

El sacerdote pensó que podría convertirse sin problemas en una nueva adepta del Gran Camino…

Huayang, que había dejado ya tranquilo al pavo real, se sumó a ellos.

—Sí, está muy claro: significa que para ser feliz es preferible vivir oculto —añadió ella.

—Exacto. Los textos antiguos del venerable Zhuangzi nos lo dicen de otra forma igualmente explícita: al cerrar tu puerta, te preservas —afirmó Wudong a modo de conclusión.

—Estoy segura de que Zhaoji se iniciará en seguida en nuestros misterios… —soltó Huayang, consciente de las aptitudes de su protegida para adherirse a sus creencias y prácticas.

Empezaron a caer goterones de lluvia. Debían resguardarse. El trío se refugió bajo un elegante puente de piedra que franqueaba un pequeño canal.

—Ahora hemos de enseñar a Zhaoji más cosas sobre esas píldoras de la inmortalidad que tendrá que dar al rey Zhong —retomó la princesa.

—Los ingredientes son los clásicos: oropimente, cinabrio, arsénico, cuarzo, ginseng y otros elementos que solo puedo revelar a los iniciados del último grado. Su efecto se debe a las proporciones de estos distintos componentes. Lo paradójico de los polvos de la inmortalidad es que cuando se diluyen en dosis muy altas, ¡la mayoría de estas sustancias pueden resultar mortales!

Wudong enfatizaba su explicación con amplios gestos de brazos. Su colgante de esmeralda iba y venía sobre su pecho. La cabeza rasurada del sacerdote brillaba como un espejo pulido.

—¿Y cuál, según tú, es la sustancia más peligrosa? —preguntó Huayang.

La bella Zhaoji, asombrada por aquella enumeración, tenía los ojos como platos.

—Sin duda alguna, el arsénico. Diluido en té, ¡acabaría con la vida de cualquier hombre en dos meses! Y ni siquiera se daría cuenta. Es un veneno tan eficaz como pérfido —declaró el ilustre sacerdote con aire pensativo.

La lluvia había cesado. Un grupo de paseantes se aproximaba; no debían llamar la atención. Los tres simularon reanudar un paseo interrumpido.

Luego, antes de despedirse de las mujeres, Wudong invitó a Zhaoji a asistir a alguno de sus experimentos alquímicos en el Palacio de los Vientos.

—Imagino que ahora eres consciente del poder que estará en tus manos —dijo Huayang a Zhaoji.

El tono de su voz pretendía ser normal, totalmente aséptico. Se puso a acariciar con indolencia la cresta del pavo real, que se le había vuelto a acercar.

La mujer aniñada no soltaba prenda.

Se había agachado para recoger unos minúsculos ranúnculos malvas que habían crecido en un rincón musgoso, al pie de una catalpa. Cuando se enderezó, sintió el aliento de Huayang en la nuca. Era un aliento cálido, profundo, y despedía un sinfín de aromas. Sintió igualmente las manos de su amiga en los hombros, un gesto que pretendía ser a la vez protector y suplicante.

Huayang la hizo sentarse en un banco de piedra al borde del sendero y se dirigió a ella con voz lenta y grave.

Había decidido contar todo a su amiga y revelarle el objetivo de su plan. Le refirió su llegada a la corte, después de que sus padres la vendieran a un alcahuete que resultó ser primo del eunuco Camino Adelante. Una vez en el gineceo, su encanto y hermosura hicieron el resto.

Le describió su vida en aquella jaula de barrotes dorados, los envites mecánicos y repetidos del príncipe Anguo, con quien tuvo que casarse a la fuerza y sin que tan siquiera le preguntaran su parecer. Muy a su pesar, había acabado convirtiéndose en su esposa. Fue entonces cuando decidió, al menos, sacar provecho de todas sus penalidades. Le explicó cómo había logrado engañar a su marido fingiendo gestos de placer, cuando este era incapaz de darle el más mínimo. Relató los agravios y las vejaciones que le había infligido la reina madre Mei, para quien no era más que un juguete propiedad de su hijo. Su esterilidad se había vuelto un suplicio insoportable, y lo que podía haber sido una venganza, por su suerte se había convertido en una pesadilla.

Cuando le contó el embarazo de su rival Xia y el nacimiento de Yiren, los bellos ojos de Huayang, que había apoyado levemente la cabeza en el hombro de Zhaoji, estaban anegados en lágrimas.

Al oír tanto sufrimiento y angustia, Zhaoji, sintiendo un sincera compasión, estrechó a su amiga entre sus brazos. Huayang se refugió en el pecho de la mujer aniñada y se abandonó al llanto. Aquella que podía haber sido su madre se refugiaba en los brazos de quien podía haber sido su hija.

Era la primera vez que la princesa abría de tal forma su apesadumbrado corazón a otra persona. Aquella mujer bella e inteligente, cuyo rostro reflejaba felicidad en todo momento, jamás había dejado entrever su desesperación. Sin embargo, su total confianza en Zhaoji le había hecho olvidar cualquier convencionalismo o contención, tal era la complicidad que se había fraguado entre ellas.

Aquel momento de desahogo, al tiempo que le arrancaba las lágrimas, le procuraba un extraño sentimiento de bienestar y alivio que jamás había sentido antes.

Zhaoji, turbada por aquellas terribles confidencias, se conmovió profundamente ante aquella muestra de confianza. Descubrió que no era la única en el mundo que había padecido tantos sufrimientos. Había encontrado a su álter ego. Decidió devolverle a su vez ese gesto de confianza y ser ella ahora la que se sincerara; así pues, selló con el índice los labios de Huayang.

Sus ojos color avellana con reflejos amarillos estaban también empañados. Su historia no tenía nada que envidiar a la de Huayang. Zhaoji jamás tuvo, ni por asomo, una infancia feliz.

Oriunda del vasto Estado meridional de Chu, enemigo ancestral de Qin, tan solo alcanzaba a recordar a sus padres, unos humildes campesinos que vivían en un pequeño poblado dejado de la mano de Dios, en una desoladora llanura donde los arrozales se perdían en la lejanía.

Durante una de las incursiones del Ejército de Qin, su aldea fue quemada y su familia completamente masacrada. Escapó de aquella carnicería de milagro. Tenía tan solo tres años, pero ya cantaba como un ruiseñor. Fue un don que adquirió sin ayuda de nadie, a fuerza de escuchar las canciones que las mujeres entonaban para infundirse ánimo cuando trabajaban en el campo.

Fue una baza nada desdeñable, pues le permitió escapar de la masacre en la que exterminaron a toda su familia. Un jefe de mando de menor rango se hizo con el gracioso botín y lo vendió a una compañía de circo ambulante. En el circo se lucraban exhibiendo a la chiquilla que tocaba un laúd mucho más grande que ella.

La pequeña Zhaoji hizo de todo para el director del circo: de cantante, acróbata, bailarina, criada y, por desgracia, cuando su cuerpo empezó a desarrollarse, se sirvió de ella para otros fines...

El circo recorrió multitud de reinos, de norte a sur y de este a oeste, de manera que la muchacha pudo conocer sus contornos, formas, colores y olores. Ya conocía la diversidad del mundo, los distintos paisajes que se extendían hasta el infinito, secos y exuberantes, llanos y escarpados, pero también los usos y costumbres de sus pueblos, las características de todos esos reinos que combatían encarnizadamente entre sí y en los que el influjo de Qin era cada vez más fuerte; desde el reino de Yan, el más septentrional, árido y llano, donde vivían las más bellas manadas de caballos salvajes, hasta el de Shu, el más meridional, donde crecían mangos y los tigres de las frondosas y húmedas junglas poseían un suntuoso pelaje con estrías amarillas y negras.

Desde lo alto de los abruptos acantilados del principado de Lu descubrió las olas del océano, y desde las áridas mesetas del extremo sur del reino de Ba admiró las vertiginosas pendientes de las primeras estribaciones del techo del mundo.

En algunas capitales se veneraba a los circos como si de templos ambulantes se tratara y como si sus artistas fueran semidioses. En otros, por el contrario, los consideraban vulgares atracciones donde se producían en total impunidad hurtos, exacciones y robos de niños, por lo que las autoridades les dispensaban un trato nefasto.

Pese a juventud, Zhaoji ya había visto y padecido casi todo.

Sabía que a un lado de una montaña te podían venerar como a una divinidad llegada del cielo, y del otro, perseguir como a un vulgar ladrón. También conocía la crueldad y codicia que, con demasiada frecuencia, anidaba en el corazón de los hombres. Eso explicaba la desconfianza que sintió al principio hacia Lu Buwei cuando la salvó de la esclavitud, antes de descubrir que aquel mercader desinteresado lo único que pretendía, en cambio, era protegerla.

Las lecciones aprendidas de sus experiencias y de las personas la habían fortalecido, aunque también la habían vuelto, desde su más temprana edad, extremadamente desconfiada y escéptica en cuanto a la naturaleza humana. Para Zhaoji, cada día que pasaba era asimismo una victoria frente a la desdicha que intentaba vencerla. Y cada una de esas victorias había endurecido su carácter. Al haber sufrido tantas desgracias, sabía igualmente que estas no eran ineluctables. Gracias a Huayang y Lu Buwei, había descubierto que el ser humano no era únicamente un animal en una jungla donde imperaba la ley del más fuerte.

—No eres más que una niña y, sin embargo, ya has vivido de todo —murmuró Huayang con ternura abrazando a su vez a Zhaoji.

—¡Así que te aseguro que ese viejo rey no me da nada de miedo! —respondió esta secándose las lágrimas con el pañuelo de su amiga.

—Nuestras vidas, tan parecidas y paralelas, por suerte han acabado uniéndose. Somos como dos hermanas separadas al nacer que se hubieran reencontrado —dijo la princesa.

Zhaoji se apretó contra ella como un cachorrillo. Podía sentir su moño acariciándole el mentón.

—Y ahora, ¿me ayudarás? —susurró con voz profunda, estrechándola aún más fuerte.

—Nada desearía más…

Huayang cogió a Zhaoji por los hombros y la miró fijamente a los ojos. Las dos jóvenes podían leer como en un libro abierto lo que la otra albergaba en el corazón.

—En tal caso, ¡júrame que le darás al rey la pócima que un día le prepararemos! —exclamó la primera esposa de Anguo.

—Lo juro —respondió Zhaoji—, por ti y por mí.

A continuación, ambas reanudaron el paseo agarradas de la mano, como unas hermanas unidas por las desdichas que el sino, hasta entonces, les había reservado.

17

El pequeño Yiren avanzaba dando tumbos entre los tiestos de boj tallados en forma de candelabro, y cada dos por tres parecía estar a punto de caerse. A cada paso, cuando uno de sus piececitos se plantaba de repente en el suelo haciendo tambalear todo el cuerpo, el niño prorrumpía en carcajadas sorprendido por su audacia. Por suerte, el animal que perseguía en el sendero de guijarros del jardín interior era una tortuga con paso vacilante, así que finalmente logró atraparla.

Era la estratagema que Ardilla Avisada había ideado para enseñarle a andar.

—¡Felicidades, mi pequeño príncipe! —exclamó dando palmaditas.

—Ciertamente progresa cada día que pasa —constató, no sin satisfacción, la madre del niño real.

La nueva residencia de la princesa rehén era un edificio amplio y suntuoso de piedra, adosado a las murallas del Palacio Real, no muy lejos del Gineceo Central.

Anguo se encargó de que el Intendente General, el responsable de acondicionar los espacios interiores, no escatimara en lujos. Las habitaciones estaban repletas de muebles exóticos y preciosos, y gruesos tapices bordados en oro y plata adornaban las paredes. El jardín interior que ocupaba el espacio central, de forma totalmente circular, representaba el cielo: los árboles eran las estrellas, y los senderos, las constelaciones. Al pie de higueras enanas y orquídeas trepadoras, manaba de unas canalizaciones subterráneas el agua de los riachuelos y las pequeñas cascadas donde acudían a beber las libélulas.

Desde que consiguió que Anguo la trasladara a su nueva morada, la princesa Xia había dejado de ser esa concubina segundona y discreta que criaba a su niño tras los altos muros del Gineceo Central de la corte. Era distinta. Había ganado en prestancia y aplomo lo que había perdido en timidez. Su belleza, intacta, se había vuelto más fría y distante. Su mirada, altiva como pocas, acentuaba el singular hieratismo de su rostro.

Cuando Anguo iba a prodigarle sus atenciones, lo que ocurría cada vez con mayor frecuencia, ella casi lo trataba sin delicadeza alguna.

No tardó mucho en descubrir lo que debía hacer para aprisionarlo aún más en sus redes. Constató ufana que el príncipe heredero pasaba con ella tantas noches como con su primera esposa. Sus ansias de sentir el cetro de jade del príncipe penetrando en su botón de loto eran cada vez mayores. Era capaz, a fuerza de realizar los ejercicios apropiados —para gozo de Anguo, pues tal acontecimiento era extraño en una mujer—, de lograr que sus efluvios vitales brotaran a raudales cuando la ola de placer supremo tensaba y hacía vibrar su vientre como la piel de un tambor.

—Dame un poco más de tu noble elixir íntimo... ¡Multiplica mis fuerzas! —le suplicaba Anguo antes de producirse aquella emanación que esperaba anhelante, cuando ella se apretaba contra él cada vez con más fuerza.

—Entonces, ¡júrame que reconocerás oficialmente a Yiren como tu primer hijo! —respondía siempre ella hasta que el príncipe soltaba un borborigmo que podía confundirse con un *sí*.

Aquella soterrada lucha por vencer las últimas reticencias del príncipe Anguo empezaba a serle propicia.

Sabía que el tiempo corría a su favor, aunque estaba convencida de que su rival Huayang no permanecería con los brazos cruzados e intentaría por todos los medios impedir que el joven Yiren se erigiera en el príncipe heredero del reino de Qin.

Nunca se había encontrado o cruzado con su rival. Ambas se evitaban con prudencia, mas se enviaban mutuamente señales cargadas de mensajes implícitos.

Un día, Xia mandó a Ardilla Avisada llevar a Huayang, de parte de una desconocida, un cactus plantado en una minúscula vasija de bronce. La reacción de la primera esposa al ver aquel obsequio ambiguo cuya procedencia imaginó de inmediato —según le contó Ardilla Avisada— le hizo entrever lo encarnizado que sería su futuro combate. Huayang pidió amablemente a Ardilla Avisada que le devolviera la planta a la concubina rehén, aduciendo que las flores de la misma le causaban alergia. A cambio, le entregó un bonsái plagado de largas espinas, con el tronco tan mustio que daba la impresión de estar muerto.

En otra ocasión, fue Xia la que recibió tres líneas de un poema en lengua clásica del que apenas entendió nada. En él, se decía que siempre se era «rehén de padre o madre en hijo». Xia le envió a modo de respuesta la misma vasija de bronce, esta vez sin el cactáceo y con el fondo perforado para asegurarse de que fuera inservible.

Este intercambio de réplicas, en el que ninguna bajaba jamás la guardia, adoptaba distintas formas, si bien no cesaba.

Anguo permanecía en el fuego cruzado, del todo incapaz de arbitrar entre las mujeres.

La princesa Xia observaba, como de costumbre, cómo su hijo atrapaba la tortuga cuando oyó unos golpes sordos en la puerta principal.

Los golpes se volvieron más insistentes. Ardilla Avisada fue a ver. Unos instantes después, se presentaron ante ella tres hombres armados.

Uno avanzó hacia Xia, le dedicó un breve saludo y dijo en voz alta:

—Soy el general Imperfección del Jade, comandante en jefe de los ejércitos de Qin. Me acompaña el general Shandong, del Estado Mayor de los ejércitos de Zhao, que viene a comprobar si el rehén de su reino en Qin se encuentra en buen estado y recibe el trato adecuado.

El general de Zhao sonrió a su compatriota e hizo una reverencia en señal de respeto. El tercero, vestido de civil, se presentó a su vez:

—Me llamo Zongbi. Soy el director de la Oficina de Rehenes de la Cancillería Real de la corte. ¡Es un placer conoceros!

El cometido de Zongbi era actuar como secretario durante la inspección.

Era la primera vez que un militar de su país iba para asegurarse de que la trataban como le correspondía y de que gozaba de buena salud.

Las inspecciones de los rehenes eran algo común entre Estados que no habían sellado ningún tratado de paz. El procedimiento estaba totalmente estipulado. El Estado que deseaba efectuar una inspección debía avisar a la Oficina de Rehenes del otro reino, quien no podía negarse y que a su vez ordenaba inspeccionar a los rehenes que se hallaban en el Estado solicitante. Así pues, las inspecciones eran siempre recíprocas y se respetaba el estricto equilibrio en el que se fundamentaba dicho sistema. Por último, los Estados se intercambiaban un informe escrito del que se extendían dos ejemplares.

—Como pueden comprobar, la princesa Xia recibe un trato adecuado —afirmó con humor el general Imperfección del Jade al emisario de Zhao.

—En efecto —constató el inspector.

—Ahora, si lo deseáis, podéis preguntar directamente a la rehén —propuso a Shandong el general comandante de los ejércitos de Qin.

El emisario de Zhao leyó en voz alta una larga lista de preguntas que había previsto formular a la princesa. La enumeración era interminable y fastidiosa. Las preguntas versaban sobre la comida, las condiciones del alojamiento, el derecho a pasear, las vestimentas de las que disponía, los libros que se le podían prestar, las personas a las que tenía derecho a ver... Otras, en cambio, eran sobre sus sentimientos y los posibles malos tratos sufridos. Xia se prestó de buen grado a contestar aquel minucioso interrogatorio del que se concluyó que en Qin la trataban, en todos los sentidos, como una princesa de sangre azul.

El examen, que había sido una mera formalidad, llegaba a su fin.

—¿Y cómo se encuentra el rehén que ocupa mi lugar en Zhao? —preguntó entonces la concubina al general Shandong.

—El príncipe Wangbi está muy bien, ¡aunque su condición y sexo no le permiten gozar en Handan de una situación como la vuestra!

El embajador mentía descaradamente.

La precaria salud de Wangbi había obligado a las autoridades de Zhao a movilizar a todo un ejército de médicos para que su aspecto no fuera demasiado malo cuando tuviera lugar la inspección en Handan en el intervalo de uno o dos días. El rehén de Qin en Zhao estaba tan delgado que desde hacía dos semanas lo alimentaban cinco veces al día, y le daban unas raciones exiguas que el enfermo tragaba a duras penas. Estaba macilento cual cadáver.

Lo importante, en cualquier caso, era demostrar, llegado el momento, que el rehén había fallecido de muerte natural y no a causa del trato abominable dispensado por Zhao.

—Se debe de aburrir tanto... —añadió ella.

—Si tal fuera el caso —aseveró Zongbi—, ¡el rey Zhong bien podría ordenar su repatriación y sustituirlo por otra persona! Podría comentárselo, si me lo permitís.

En cuanto Qin cambiara a su rehén, Zhao tendría derecho a hacer tres cuartos de lo mismo. Lo cual significaba que Zhao podía enviar a otro rehén para reemplazar a la princesa Xia.

—En tal caso, ¿qué sería de mí? —preguntó la princesa, inquieta ante tal perspectiva.

No tenía la menor gana de abandonar Xianyang, donde llevaba una vida de princesa cuyo hijo tenía muchas probabilidades de convertirse en príncipe heredero y, en un futuro, tal vez en rey de Qin, para regresar a Handan, donde nadie la esperaba y donde muy posiblemente acabaría casada a la fuerza con un ministro cualquiera.

Más valía pájaro en mano...

—No pasaría nada. Al menos mientras las autoridades de Zhao no cambien de idea —dijo el director de la Oficina de Rehenes para gran alivio de la princesa Xia, al tiempo que terminaba de elaborar su informe.

El interrogatorio había acabado.

Los hombres se despidieron inclinándose con ceremonia ante la princesa de Zhao. Entre tanto, el pequeño Yiren intentaba cazar una libélula que acababa de posarse en uno de los riachuelos del jardín interior, aunque aquello era más difícil que con la tortuga.

—¿No os parece extraña, diría incluso sospechosa, esta visita inesperada? —preguntó Ardilla Avisada a su ama cuando se quedaron solas.

Ardilla Avisada, cuyo nombre le iba como anillo al dedo, era tan desconfiada como intuitiva.

—¿Por qué lo piensas?

—No entiendo por qué Zhao, tan de repente, se preocupa por vuestra suerte cuando han pasado tres años lunares desde que os enviaron a Qin como rehén y no han preguntado ni una sola vez qué había sido de vos…

—Tendré que hablar con Bosque de los Pináculos. Confío por completo en ese eunuco. Me salvó la vida cuando estaba dando luz a Yiren. ¡Pero desde que está al servicio del rey Zhong se ha vuelto invisible como un fantasma! —se lamentó la princesa Xia.

—Hay demasiada gente en la corte que desearía veros partir de regreso a Handan.

—¿Te refieres a la primera esposa de Anguo?

—A la misma, claro está. Pero no es la única que querría que algo malo le sucediera a nuestro pequeño príncipe… —afirmó la sirvienta.

Xia, al oír esas palabras, cogió al chiquillo y lo estrechó contra su pecho con todas sus fuerzas.

—¿Qué puedo hacer? —gimió mientras acariciaba al niño.

—Por lo visto, en *El arte de la guerra* de Sunzi se dice: ¡«La mejor defensa es un buen ataque»!

A Ardilla Avisada, sorprendentemente, le gustaba citar al brillante estratega.

—¿Qué quieres decir?

—Sabemos lo bastante sobre Huayang como para enviarla al calabozo —susurró con voz grave y dura Ardilla Avisada.

La princesa alzó la mirada al cielo. No era la primera vez que la sirvienta abordaba aquel tema.

—¿Crees de verdad que su relación con el duque Apacible Subida de Tres Peldaños interesaría a la más mínima persona en la corte de un rey tan depravado como ese viejo?

La cara de Ardilla Avisada, de costumbre apacible, empezó a animarse, y sus mejillas redondas se transformaron en dos peonías rojas por la excitación.

—¡Si no hubiera estado yo allí aquella noche en cuestión, no lo habríamos sabido nunca! Significa que nadie está al tanto de ello y que, de revelarse, ¡menudo revuelo se armaría! Por otra parte...

—Pero la misiva que enviaste a ese eunuco, el Gran Chambelán, no sirvió de mucho —afirmó Xia interrumpiendo a su sirvienta, cuya insistencia acababa resultando molesta—. Además, no le ha dado mucha suerte que se diga... No hay rastro de él. ¡Lo habrán eliminado!

Ardilla Avisada se calló. Se hizo un prolongado silencio entre las dos. Xia, desamparada, no sabía muy bien qué decir. El pequeño Yiren dormía como un ángel en los brazos de su madre. Solo se oía el suave rumor del agua de las cascadas y de los riachuelos. Un mirlo se había puesto a cantar.

—Hay otra máxima de Sunzi —dijo entonces la sirvienta lentamente—: «Más vale dirigirse al general que al capitán». Por tanto, hemos de hacer llegar esa información directamente al rey Zhong en persona.

La princesa enmudeció.

Era la señal indudable de que Ardilla Avisada había dado en el blanco, puesto que Xia sabía decir *no,* mas jamás decía *sí.*

—Tan solo hemos de encontrar el medio adecuado para que el mensaje llegue hasta el rey sin ser deformado y sin que vea en ello una manipulación contra Huayang —prosiguió la sirvienta.

—Creo que fue también Sunzi quien escribió: «El mensajero es tan importante como el mensaje» —dijo a su vez la princesa.

Atónita, Ardilla Avisada miró a su ama. ¿Lo había dicho para bromear o porque respaldaba su propuesta? El semblante de Xia era liso como el mármol. Era imposible descifrarlo. Así era como siempre lograba mantener con el resto esa distancia que la fortalecía.

Ardilla Avisada, sumida en la más absoluta perplejidad por las elucubraciones de su señora, no sabía muy bien a qué son bailar.

En ese momento, la concubina estimó que ya era hora de despejar las dudas de la sirvienta.

—En tanto que no encuentres un mensajero creíble para advertir al rey Zhong, es inútil dar otros pasos. Y en cuanto a la posibilidad de hacerlo tú misma, eso sería firmar mi propia sentencia de muerte, ya que sospecharían que se trata de un arreglo de cuentas —le confió simplemente.

Acto seguido, se marchó del jardín para ir a acostar al pequeño Yiren, que seguía durmiendo como un bendito.

*

A Li Si le gustaba jugar al balón con Arrepentimiento Eterno.

Había tomado la delantera. Al principio, lanzó la bola de trapo a los pies de aquel al que aún creía un jovencito frágil con finos rasgos, y Arrepentimiento Eterno se la devolvió con torpeza advirtiéndole de que no tenía ni idea de cómo jugar a aquello. Li Si volvió a intentarlo y Arrepentimiento Eterno, que le había cogido gusto a aquel juego de habilidad, empezó poco a poco a devolverle el balón con más soltura.

Desde entonces, los dos jóvenes adquirieron la costumbre de jugar todos los días con aquel balón de trapo al salir de clase, poco antes del mediodía, en la vasta explanada frente a la entrada del Colegio de Altos Funcionarios. A menudo se les unían chicos y chicas del barrio que aprovechaban el amplio espacio para lanzar al aire sus cometas cuando soplaba el viento.

Aquel día, una fuerte ráfaga del norte dejó al cielo azul sin una nube y una fina arena revoloteaba a ras de suelo, mas no había rastro de cometas. La explanada estaba desierta. Solo se veían tres perros imponentes de pelaje amarillo al otro extremo disputándose un hueso de búfalo.

—Eres un chico de lo más completo: ¡sacas buenas notas y juegas bien al balón! —dijo Arrepentimiento Eterno entre risas tras proyectar el balón lo más lejos posible.

Li Si se echó hacia delante para intentar golpearlo con la cabeza, pero falló por poco. Culminó su desesperada carrera haciendo una cabriola sobre la tierra, incapaz de alcanzar aquella pelota de trapo que su compañero lograba mandar cada vez más lejos.

—Tú eres quien está progresando. ¡Pronto serás más fuerte que yo! —soltó Li Si mientras se sacudía el polvo de los hombros.

Arrepentimiento Eterno había atrapado de nuevo la pelota con las manos y huía a toda prisa hacia el fondo de la explanada. Li Si se puso a perseguirla riéndose a carcajadas.

—¡Eso es trampa! ¡No se puede correr con el balón en las manos, solo se puede usar los pies! —gritaba.

No obstante, Poderosa Estrella del Este estaba decidida a que fuera Li Si quien corriera tras ella aquel día. Siguió avanzando hacia el final de la explanada donde se hallaban los perros. Estos empezaron a mirarla con cara de pocos amigos, enseñándole los colmillos.

—¡Ten cuidado! —advirtió Li Si en vano a su compañero de juegos—. ¡Esas bestias pueden matar hasta a un oso!

Con el impulso de la carrera, la chica se había acercado demasiado a los animales, que en seguida se lanzaron sobre ella ladrando con furia. Los canes eran igual de grandes que un ternero, con los caninos largos como pulgares. Los pastores solían utilizarlos para defender a los rebaños de los ataques de osos.

Uno de los molosos había agarrado la túnica de la joven con los dientes y la agitaba con saña para despedazarla. Logró tirar al suelo a la chica e intentaba alcanzarle el cuello mientras esta se debatía y luchaba con todas sus fuerzas. Cuando la terrorífica mandíbula se disponía a zamparse a Arrepentimiento Eterno de un solo bocado, se le unieron los otros dos perros, dispuestos de igual modo a saltar sobre la presa en cuanto estuviera inmovilizada por completo.

Li Si miró en derredor en busca de ayuda. Para su desesperación, en la explanada no había un alma. Debía actuar de inmediato. Se precipitó con las piernas estiradas para apartar a los perros que habían empezado a destrozar la parte de arriba de la túnica del pobre Arrepentimiento Eterno, el cual se había hecho un ovillo para protegerse el rostro y el cuello.

En cuanto Li Si conseguía apartar a uno de los perros, otro volvía a la carga. Empezaba a sentirse agotado cuando, a fuerza de patadas, logró hacer retroceder a los dos molosos menos agresivos. Aún quedaba el primero, que seguía zarandeando a su víctima con sus enormes fauces como si de un muñeco de paja se tratase.

Entonces Li Si reparó en el hueso de búfalo del suelo. Se trataba de un fémur grueso, de una blancura inmaculada, que las hormigas habían mondado por completo. Lo agarró y se puso a golpear al primer perro en la cabeza, que acabó huyendo con el rabo entre las piernas, y luego al segundo, al que dejó casi tuerto. Sin aliento y exhausto, hundió el hueso violentamente en el hocico del tercer perro para pararle los pies. La bestia, sorprendida, retrocedió sin rechistar y salió pitando junto a los otros dos. Li Si había conseguido ahuyentar a la peligrosa manada.

Se precipitó hacia el cuerpo de su compañero, que aún yacía en el suelo. Ni siquiera podía ver las profundas dentelladas que los perros le habían infligido en las manos amoratadas e hinchadas. Se inclinó sobre su joven camarada. Seguía con la cara contra el suelo. Arrepentimiento Eterno lloraba a lágrima viva, aterrorizado por el suceso. Antes de ayudarlo a levantarse, Li Si pasó con delicadeza la mano por debajo de la túnica rasgada para asegurarse de que no había heridas. Por suerte, las garras de los perros no habían alcanzado a su compañero de desgracia.

Li Si lo cogió por el pecho para sentarlo. Entonces se percató con asombro de que sus manos apoyaban sobre unos pequeños senos cálidos y suaves. Así fue cómo descubrió que Arrepentimiento Eterno era en verdad Poderosa Estrella del Este.

Ahora los dos amigos se encontraban frente a frente. Necesitaban recobrar el aliento y, por razones diferentes, la serenidad.

La joven se dio cuenta de que el muchacho le miraba fijamente el pecho. Al bajar la vista, se percató de que sus pezones sobresalían por la amplia raja que los colmillos de los molosos habían abierto justo en medio de la túnica. Sus ojos se cruzaron con la mirada desconcertada de Li Si.

—Gracias. Sin ti ahora estaría muerta... —confesó con sobriedad.

—De nada —se limitó a responder Li Si.

Entre ambos reinaba el más absoluto silencio.

—Te debo una explicación —dijo Poderosa Estrella del Este.

—En efecto —respondió el muchacho con un nudo en la garganta.

—No tuve más remedio que disfrazarme para presentarme al examen de ingreso a nuestra escuela. No admiten mujeres. Ahora ya somos tres las personas que compartimos este secreto.

—¿Quién es la tercera?

Li Si a punto estuvo de caerse de espalda cuando la joven respondió:

—Su Alteza Zhong.

—¿Qué pinta el rey de Qin en toda esa farsa?

—El rey Zhong me aprecia mucho…

—¡Tu explicación es bastante sucinta! —soltó el muchacho, que parecía no querer entender.

—Saca tus propias conclusiones —replicó Poderosa Estrella del Este reajustándose la parte de arriba de la túnica.

Oyeron unas risas sonoras. Un grupo de niños y niñas había empezado a invadir la explanada con sus cometas multicolores.

—Por fin te puedo decir mi nombre: me llamo Poderosa Estrella del Este —prosiguió con una sonrisa.

Le estrechó la mano a Li Si. El asombro inicial de este último dio paso a la gracia que le causaba una situación tan inusual y la bonita sorpresa de descubrir por qué se había sentido atraído por Arrepentimiento Eterno.

—Prométeme que no se lo contarás a nadie. Confío en ti —añadió la chica.

—Haces bien —respondió el muchacho sintiendo en su palma el agradable calor de la mano de Poderosa Estrella del Este.

Al llegar a la entrada del colegio, tuvieron que soltarse. La joven se precipitó a los dormitorios para cambiarse y recuperar a toda prisa su apariencia masculina.

Para el jurista quisquilloso y defensor de leyes y normativas en el que Li Si estaba empezando a convertirse, lo que acababa de descubrir era realmente insólito.

Que el rey de Qin hubiera decidido asumir semejante riesgo lo dejaba estupefacto. En el corpus de los textos administrativos por los que se regía el Estado, como los contenidos en el *Zhouli*, no se mencionaba por ninguna parte que las mujeres pudieran ser también funcionarios. ¡La simulación de la joven era una clara infracción de la ley del Estado! Es más, el rey, el supuesto garante de la misma, era el principal cómplice. Li Si, aún un tanto cándido, jamás habría imaginado que cosas así pudieran ocurrir en la cúspide del Estado del poderoso Qin.

Mas las yemas de los dedos del joven legista y legalista todavía recordaban el suave tacto de los senos rosados de la muchacha, que parecían brotes de flor de almendro. Ahora entendía por qué hasta entonces el rostro de Arrepentimiento Eterno le había parecido tan fino y delicado. La confianza que había depositado en él la joven que se hacía llamar así, no había hecho sino incrementar su atracción hacia ella.

Después de todo, el ritual de los Zhou simplemente omitía al género femenino. Por tanto, optó por no considerar dicha omisión como una prohibición.

Li Si no tardó mucho en armarse de todas las razones válidas para proteger el secreto de Poderosa Estrella del Este.

A partir de aquel momento, los jóvenes se volvieron inseparables. Aquel secreto inconfesable que ambos compartían los había arrojado a los brazos del otro. Siendo los únicos que conocían la verdadera naturaleza de su relación, el amor entre ambos era inevitable.

Tomaron por costumbre ir a pasear por los bosques de las inmediaciones de Xianyang en cuanto disponían de algún rato libre. Entonces, la joven podía ser ella misma.

Allí fue donde un día, al abrigo del sol primaveral, bajo los majestuosos abetos y alerces, en medio de la maleza y el hinojo silvestre, Poderosa Estrella del Este, tras quitarse el turbante para dejar caer su larga cabellera sobre los hombros, y Li Si, el cual hundió el rostro en su cabello, aprendieron juntos los primeros gestos del amor.

La hija secreta del anciano rey se entregó a Li Si de manera natural cuando este empezó a cubrirla de besos. Entreabrió lentamente su blusa y le dejó libar las yemas de flor de almendro de sus senos. Después entrelazaron sus cuerpos sumiéndose en el deseo sin la menor reticencia, empujados por su mutua atracción. Cuando el Pájaro forzó por primera vez la Puerta de su Jaula Dorada, Poderosa Estrella del Este apenas si dejó escapar un gemido.

—Ahora compartimos otro gran secreto: el amor que nos profesamos y que nadie ha de conocer —murmuró con ternura a su amante.

Para responder, el jurista se transformó en poeta:

—«La sonrisa encantadora de tu boca, la belleza de tus ojos luminosos me recuerdan, al contemplar tu rostro, los colores que realzan la blancura inmaculada de la seda».

—¿De dónde has sacado una poesía tan bonita?

—Es el quincuagésimo quinto poema de *El libro de las odas*, que Confucio comentó en las *Analectas* recalcando que el fondo era indispensable para los colores —explicó Li Si, orgulloso de demostrar a su amada su dominio de los textos clásicos.

—Ven de nuevo a mis brazos, amor mío —susurró la muchacha aún presa del deseo.

Se volvieron a sumergir con dulzura en el éxtasis donde se unen, al final del camino divino, el yin y el yang.

Cuando el gozo llegó a su fin, el sol ya casi se había puesto y sus últimos rayos aureolaban los troncos de los árboles con reflejos púrpuras.

—Eres la hija de rey Zhong, ¿no es cierto? Quiero saberlo. No ha de haber ningún secreto entre nosotros —musitó al oído de Poderosa Estrella del Este.

Esta, a modo de respuesta, se limitó a ofrecerle el más tierno de los besos.

18

—Mi señor, el puesto fronterizo del Gran Sur nos avisa del retorno del príncipe Anwei. El estafeta que nos ha traído la noticia acaba de marcharse.

Cese de la Línea Recta temblaba como una hoja mientras anunciaba al rey Zhong la buena nueva del retorno de su hijo preferido.

Cada vez que entraba en el despacho del rey ocurría lo mismo: el miedo cerval a que lo interrogara sobre la metedura de pata que cometió al estrangular al saqueador de la tumba de Estrella del Sur lo tenía con el corazón en un puño. El rey no había vuelto a hacer alusión al tema. El episodio del bi negro constelado parecía habérsele esfumado de la memoria. Mas a buen seguro semejante milagro no duraría mucho. Cese de la Línea Recta se decía que el anciano podría volver a acordarse en cualquier momento, dado que su obsesión por la longevidad crecía a medida que su organismo sufría el deterioro de la edad.

Desde la expulsión de Camino Adelante, ya no quedaba la posibilidad de que el Gran Chambelán en funciones durante lo sucedido sirviese de chivo expiatorio. Y Cese de la Línea Recta no podía siquiera contar con la comprensión de Bosque de los Pináculos, que recién había sustituido a Camino Adelante y debía de ignorar todo aquel desafortunado episodio, o al menos así lo creía él. Por consiguiente, en caso de que el rey Zhong recuperara la memoria, se encontraría sin remedio en primera línea.

Aquella mañana, el anuncio de la llegada imprevista del egregio hijo no ayudaba en nada. La situación iba de mal en peor. La madre del príncipe Anwei no era otra que Estrella del Sur, ¡a cuya tumba les envió el rey para recoger el famoso bi! Cese de la Línea Recta estaba convencido de que algún día el anciano acabaría por establecer el inevitable vínculo entre la vuelta del hijo al que adoraba y el objeto ritual que había ordenado colocar en la tumba de su primera concubina. De nuevo se veía, en el mejor de los casos, con la nariz cercenada por el machete del verdugo y, en el peor, sería su cuello el que correría esa suerte.

Sin embargo, para su gran estupefacción, el milagro parecía continuar. El rey no hizo alusión alguna a la madre de su hijo y mucho menos al objeto ritual.

—¡Esa sí es una buena noticia! Quiero ver a Anwei en cuanto llegue a Xianyang —se contentó con decir sonriendo al jefe de la Guardia.

Cese de la Línea Recta aprovechó para retirarse presuroso mientras Bosque de los Pináculos anunciaba al rey que el general Imperfección del Jade deseaba verlo para un asunto urgente.

—¡Si el asunto es tan urgente, hacedle pasar, pues! —ordenó el rey con mal humor y algo fatigado.

Se oyó el tintineo característico de la hoja de la espada de bronce al chocar contra las placas de la armadura de jade. Se trataba de Imperfección del Jade, seguido de otro general que llevaba además un escudo revestido de piel de rinoceronte, el animal fetiche del cuerpo del Ejército del Gran Sur.

—Majestad, he querido que el general Daoming, comandante de los ejércitos meridionales, os informara en persona antes de regresar sobre nuestros avances contra el reino de Chu —anunció orgulloso Imperfección del Jade presentando sus respetos al viejo soberano.

Arrellanado en su sillón cual la vela de una embarcación que la tripulación acaba de arriar, el anciano arqueó una ceja hirsuta. Era la señal de que aquella visita inopinada suscitaba su interés.

Deseaba saber más.

—Hace unos días, mi rey, nuestras tropas lograron hacerse con la ciudadela de Sui, lo que nos abre el camino para avanzar hasta Ying, la capital. Bastará con tomar el puente fortaleza que cruza el río Han —declaró ceremonioso el general Daoming.

Aquella era una muy buena noticia.

—¿Hemos perdido muchos caballos en esta incursión? —preguntó el anciano a ambos militares con cierto recelo.

—Muy pocos —contestó Imperfección del Jade—. En Chu no hay caballos, es un país meridional. Allí se otorga menos importancia a los équidos que aquí. Esta ofensiva la han realizado la infantería y los arqueros a pie.

—Es cierto, se me había olvidado. Pero, ¿qué relación guarda el príncipe Anwei con todo esto? —preguntó el rey pretendiendo adoptar un tono lo más indiferente posible.

—Durante la rendición de Sui negociamos con las autoridades de Chu. Aceptaron liberar a nuestro rehén a cambio de que cesáramos la ofensiva —explicó Daoming.

Eso explicaba, pues, la vuelta de su hijo.

—Un cese provisional... Reanudaremos el ataque en cuanto nuestra potencia militar lo permita —añadió Imperfección del Jade con aire de entendido.

—Esperad a que mi hijo haya regresado antes de lanzar cualquier ofensiva.

—Majestad, ni que decir tiene. Además, probablemente el príncipe Anwei no tardará en encontrarse a vuestro lado —murmuró Imperfección del Jade de lo más lisonjero.

—Ya estoy enterado. El puesto fronterizo nos acaba de avisar.

El viejo Zhong se levantó de su sillón real con una energía ya inusitada.

El regreso de su querido hijo era una gozosa sorpresa que le hacía feliz. Hacía cuatro años que Anwei, el valeroso e inteligente, era el rehén de Qin en el reino de Chu. Cuatro largos años que le habían parecido una eternidad. Tanto tiempo, que hubiera terminado por olvidar a aquel hijo al que envió a morirse de aburrimiento a yin por presiones de la reina Mei.

La madre de Anguo se había negado en rotundo a que este último sirviese de rehén —ni tan siquiera en un Estado tan importante como el de Chu—, tal y como el rey había ideado. Zhong se dejó convencer. El soberano, sin embargo, prefería de lejos a Anwei que a Anguo.

Desde su más tierna infancia, Anwei demostró cualidades superiores a las de su medio hermano mayor. Era un niño despierto, de mente abierta, brillante en sus estudios; los preceptores, por el contrario, se tiraban de los pelos para que Anguo aprendiera la más mínima línea de un texto antiguo. De igual forma, cuando su padre los llevaba a cazar osos, Anwei se mostraba más dispuesto y perspicaz que su hermano, no solo durante la persecución del animal, sino especialmente en el combate último, cuando había que enfrentarse con la espada al animal erguido, prestas sus garras superiores a abatirse sobre el cazador, al que sobrepasaba en dos o tres codos. Siempre era Anwei quien, con el brazo tendido cual lanza, se abalanzaba sobre el animal mientras Anguo, aterrorizado, se quedaba la mayoría de las veces tras el tronco de un árbol. Sobre todo, Anwei era mucho más cariñoso con el padre, al que admiraba y seguía a todas partes.

Esos lazos afectivos y esa complicidad hacían de Anwei el sucesor que el rey Zhong deseaba para sí.

La reina Mei se percató muy pronto de las cualidades que convertían al hijo de su rival en el predilecto de su esposo y heredero al trono. La muerte de Estrella del Sur facilitó la labor de zapa que había iniciado para alejar al padre de su hijo favorito.

La ocasión se presentó, precisamente, cuando hubo que encontrar un rehén de sangre real para poner fin a una guerra eterna con el poderoso Chu. Usó todas sus artes para convencer a Zhong de que eligiera a Anwei en lugar de a Anguo.

Diez años antes, la maniobra de Mei hubiese fracasado. Pero con la edad, el rey se había vuelto más maleable y aguantaba peor el carácter pertinaz y las maneras solapadas de su primera esposa. Sin mayor capacidad de resistencia, cedió.

Dos años más tarde, siempre bajo la insistente presión de la reina madre Mei, nombró príncipe heredero de Qin a Anguo, el día de su vigésimo cumpleaños. En cuanto a Anwei, tres años más joven, exiliado todavía en Chu, nadie sabía exactamente cuándo regresaría de aquel reino meridional.

Zhong se consolaba como podía, sobre todo con el olvido, de la separación de su hijo amado, alejado en una región donde la vida, por lo demás, era más agradable que en Qin merced a un clima más cálido y a sus mujeres, más numerosas y volubles.

Estaba, pues, habituado, a su pesar y porque ya no tenía capacidad de resistencia, a la idea de que algún día su hijo más mediocre estaría llamado a sucederle mientras que el otro, poseedor de todas las virtudes necesarias, pasaría sus días tranquila y ociosamente bajo el sol de Chu.

Pero la noticia de la toma de la ciudadela de Sui por el Ejército de Qin, lo que había propiciado la vuelta de Anwei a Xianyang, daba un vuelco a la situación. El anciano rey Zhong tendría a su hijo preferido de nuevo a su lado.

En unos meses, Anwei cumpliría veinte años. Entonces, si así lo deseara, el rey Zhong podría, con la ley en la mano, desposeer a Anguo de su título de heredero del reino para otorgárselo a su hermano pequeño. Semejante escenario, con el que había soñado sin la menor esperanza de que se materializara, se hacía ahora posible.

Además, la irrupción inopinada en su despacho de Cese de la Línea Recta, seguida de la de Imperfección del Jade, lo llenaba de gozo y conseguía iluminar la tez paliducha de su rostro de anciano cada día más débil. Se regodeaba de antemano con la jugarreta que podría hacerle a todos, en especial a la reina Mei, los que ya veían a Anguo en el trono de Qin. La vuelta inesperada del exilio de su amado hijo sonaba a revancha y tenía el don de la oportunidad.

El viejo soberano estaba tan abstraído en sus regocijantes pensamientos que ni siquiera oyó el final del discurso de los dos militares.

Estos últimos se habían cuadrado y aguardaban inmóviles a que el monarca saliera de su ensimismamiento.

Momentos después, con aire de satisfacción, se contentó con asentir bajando imperceptiblemente las cejas. Significaba que podían retirarse.

Los dos militares abandonaron el despacho reculando a fin de respetar la etiqueta conforme a la cual un militar que vistiera una túnica hecha con placas de jade no podría mostrar al rey, so pena de falta de respeto, su espalda descubierta.

*

—Majestad, el mercader de Handan a quien solicitasteis ver, aguarda desde hace dos horas en la antecámara. ¿Le hago pasar? —preguntó tímidamente Bosque de los Pináculos al anciano monarca.

Los dos generales se habían marchado hacía ya tiempo.

—¡Que entre!

La perspectiva del regreso de su hijo menor le había hecho olvidar aquella visita, ya que andaba enfrascado trazando su plan. Acarició con una mano indolente la minúscula vasija trípode grabada con su nombre que se encontraba sobre una mesa frente a su sillón.

Por mediación de Paz de las Armas, el rey había hecho saber a Lu Buwei que deseaba verlo. El mercader se sintió sumamente halagado y honrado, mas no conocía el objeto del encuentro. Era la primera vez que acudía a una audiencia privada con el soberano. Para lucir el mejor aspecto posible, vestía un traje confeccionado con brocado de seda de Chu y cuello de cibelina. Tuvo la prudencia de pedir a Han Feizi que lo acompañara.

Bosque de los Pináculos hizo pasar a ambos y les indicó que tomaran asiento en dos estrechos taburetes de bambú, pues no convenía que los invitados del rey estuviesen cómodos ante el soberano. Mientras tanto, un sirviente ajustaba los pliegues del pesado abrigo gris plateado de lana de plumón de grulla que llevaba el monarca.

—He solicitado vuestra presencia para oír de vuestros labios el número de caballos de los que disponéis a día de hoy en vuestras tierras —declaró abiertamente el rey sin más florituras.

—Mil trescientos cincuenta y cuatro, de los que quinientos sesenta y siete son potrancas que podrían parir este año —respondió al instante Lu Buwei, que se había preparado para esa pregunta.

—Llamad al numerólogo de servicio —ordenó el rey a Bosque de los Pináculos.

La corte de Qin contaba con tres numerólogos que se turnaban para estar a disposición del rey día y noche.

Unos instantes más tarde entró el numerólogo, bajito y rechoncho, armado con un gran ábaco.

—Tengo la cifra: quinientos sesenta y siete —le informó el viejo Zhong.

El numerólogo se puso a manipular el ábaco con la rapidez de un rayo. En un abrir y cerrar de ojos, las pequeñas bolas de madera comenzaron a chocar contra los bordes del ábaco, produciendo el sonido seco de la madera atacada por las llamas.

—Quinientos sesenta y siete contiene sesenta y tres veces el número perfecto. Y seis más tres también suman el número nueve —enunció el hombre de forma mecánica antes de retirarse.

—¡Eso sí es un buen augurio! —exclamó el rey con el semblante cada vez más risueño.

El anciano rey Zhong creía en las cifras, en especial en el nueve, el número del yang, el del poder perfecto, el número redondo y entero por excelencia. El que la suma anunciada por Lu Buwei lo contuviera no podía vaticinar sino un muy feliz presagio.

Crecido por el resultado, podía continuar con la entrevista sin reservas ni desconfianza.

—Iré al grano. ¿En cuánto tiempo podréis suministrar diez mil caballos más a mi país? Teniendo en cuenta que en nuestro último censo se contaron algo menos de cuarenta mil.

En ese momento, desafiando su tartamudeo, Han Feizi tomó la palabra.

—Todo depende, Su Alteza, de la estrategia que penséis seguir. Si enviáis a todos los caballos al combate, corren el riesgo de perecer, lo que dificultará la reconstitución de la yeguada. Si deseáis renovar la yeguada del reino, deberéis comenzar por proteger a las potrancas que estén a punto de parir. No debéis volver a enviarlas al campo de batalla. Por ello, vendría mejor firmar treguas provisionales con los Estados enemigos para luego poder lanzar ofensivas fulgurantes y arrolladoras. En menos de tres años, el reino de Qin recobrará su poder ecuestre y podrá anexionarse los Estados rivales de un solo golpe.

—Qin necesitaría una mente de vuestra agudeza capaz de pensar con tanta sagacidad —lo elogió el rey, dirigiendo al filósofo una mirada de sincera admiración—. ¿Cómo lo hacéis? —preguntó en esta ocasión al mercader—, ¿cómo conseguís los animales si no poseéis ejército para arrebatárselos al enemigo?

—Mi método es simple, Su Alteza: los compro. A veces muy caros. Los corredores me buscan los mejores rebaños y criadores. Así he adquirido recientemente lotes de más de cien caballos celestes procedentes en su mayor parte de las regiones del norte que lindan con las estepas, donde estos corceles viven libres en estado salvaje. Luego, todo es cuestión de seleccionar y cribar para poner, de un lado, a las yeguas que pueden ser fecundadas y, de otro, a los mejores sementales reproductores. De esta forma se obtienen los potros más gallardos. Todo es cuestión del linaje y la clase —respondió el mercader.

Esa era la razón de ser de los numerosos cercados y pasillos de bambú que los palafreneros de Lu Buwei construían durante el día a fin de evitar que los animales se mezclaran. La complejidad y singularidad de aquel verdadero laberinto sorprendía a los paseantes que se aventuraban por los alrededores de lo que ya llamaban en Xianyang «la colina de los caballos coronada por un palacio».

—Con un método se pueden lograr los mismos fines que con la fuerza ciega —concluyó el filósofo con sobriedad.

El monarca había dirigido la mirada a la ventana del balcón y admiraba pensativo los tejados de la ciudad.

Habría entonces que esperar tres años antes de relanzar con eficacia la maquinaria guerrera del soberbio reino de Qin. Tres años pasan rápido, pero, ¿aguantaría su ajado cuerpo? ¿Vería el renacimiento militar de su país? Eso era lo que le preocupaba.

Sentía cómo cada día las fuerzas lo abandonaban un poco más.

La agonía de la muerte, silenciosa y tenaz, lo sobrecogió de nuevo repentinamente. Sintió que un peso oprimía el Campo de Cinabrio de su vientre. Miró a sus interlocutores. Quería asegurarse de que no se percataban de nada.

Ahora los veía envueltos en una especie de halo, como si la llama de su espíritu, menguada su energía vital, se hubiese debilitado de golpe, impidiendo así cualquier conversación con sus dos visitantes. Más valía cortar por lo sano y evitar a ambos extranjeros el espectáculo de ver cómo las fuerzas lo abandonaban.

Encontró el modo de poner bocabajo la minúscula vasija trípode de bronce con su nombre y fecha de nacimiento grabados. Era la señal tácita por la que el soberano indicaba al Gran Chambelán que la entrevista había concluido.

Bosque de los Pináculos recondujo a ambos hombres a la antecámara donde Cese de la Línea Recta aguardaba para acompañarlos hasta el Patio de Honor.

—Haz venir a la pequeña —murmuró el anciano al eunuco una vez solos—, siento que mi energía vital se agota.

Cuando vio entrar a Zhaoji en la estancia, su rostro se iluminó.

—Como de costumbre últimamente, necesito una píldora —le comunicó con voz suave.

La muchacha abrió el armario y cogió una copa de bronce que llenó de agua antes de deshacer dentro la píldora de longevidad.

Se acercó despacio al anciano y le dio a beber lentamente el brebaje. Hubiese bastado duplicar la dosis para que la pócima se convirtiera en un veneno fulminante.

*

El príncipe heredero lanzó el suspiro ronco del placer intenso que finalmente estalla en la cima del cuerpo tras una lenta subida desde el Campo de Cinabrio del bajo vientre.

La pequeña lengua rosa y puntiaguda de Huayang acababa de cubrir de atenciones rápidas, aunque no por ello menos eficaces, al Cetro de Jade de Anguo, cuyo pesado cuerpo seguía jadeando como el de un animal extenuado.

La primera esposa hacía todo lo que estaba en su mano por mantener la llama de su esposo, que se estaba tornando voluble. Huayang había adivinado la atracción que el príncipe sentía ahora por la concubina rehén madre de su hijo, y tenía la intención de emplearse a fondo para desviar dicho interés o, a ser posible, acabar con él.

No obstante, aquel día tenía la cabeza en otro sitio desde que supo que su cuñado Anwei había regresado a Xianyang y que el viejo rey Zhong le había dado la bienvenida con los honores propios de un hijo legítimo.

Todo eso era muy inquietante en lo que a Anguo concernía.

Huayang había consultado a unos asesores jurídicos. Su respuesta fue inequívoca: ahora sabía que el día en que Anwei cumpliera veinte años, el rey podría nombrarlo sin problemas heredero de Qin en lugar de su esposo. El soberano solo tendría que grabar el edicto sobre una vasija trípode que se guardaría en un lugar seguro y no se sacaría hasta el día de su muerte.

La noticia del retorno de su cuñado la había complacido e inquietado a la vez.

Después de todo, en cuanto Anwei reemplazara a Anguo como príncipe heredero, el joven Yiren ya no tendría posibilidad alguna de serlo. El peligro que su rival Xia representaba desaparecería por arte de magia. Y ella volvería a recobrar su oportunidad de acceder un día al estatus de reina madre.

Mas para alcanzar sus fines —dar a luz a un rey—, no le quedaba más remedio que seducir al príncipe Anwei y esperar quedarse encinta de un hombre al que todavía no conocía. La maniobra, a primera vista, parecía harto complicada y el éxito de la misma, sumamente incierto.

Y eso era lo que la traía de cabeza. Huayang detestaba la incertidumbre. Conocía la eficacia de sus encantos y la debilidad de los que habían sucumbido ante ellos. Hasta ahora, ningún hombre se le había resistido. Pero esta vez una sensación extraña la inquietaba. Bastaba con que sus encantos dejaran indiferentes a Anwei para que todo su plan se frustrase.

A fin de calibrar sus posibilidades, tenía que conocer al amado hijo de rey fuese como fuese y cuanto antes.

—¿Sabes que tu hermano ha vuelto? —preguntó con sequedad a Anguo mientras sacudía los hombros del pánfilo que, agotado por sus idas y venidas, dormitaba aún sobre el lecho.

Con la mirada perdida, respondió distraído:

—Sí. ¿Y bien?

Huayang alzó los ojos al cielo, si bien tanta ceguera solo la sorprendía a medias. Decididamente, Anguo no cambiaría, no podía esperar nada de él. Nunca sería más que una Vara de Jade desprovista de espíritu crítico.

—Me gustaría que al menos me presentases a Anwei —añadió con una voz ahora seductora.

—Mañana mismo. Siempre me he llevado bien con mi medio hermano pequeño. Cuando éramos niños, nos pasábamos el día divirtiéndonos juntos. ¡Éramos inseparables!

No podía imaginarse, claro está, lo que ocultaba el deseo de su esposa. Procuró satisfacerla prontamente.

Al día siguiente, cuando vio a su cuñado por primera vez, en seguida comprendió por qué el anciano rey Zhong prefería al príncipe Anwei en lugar de a su marido.

Se lamentó de no haberlo conocido a él antes que al príncipe heredero oficial.

Los ojos avellana de Anwei chispeaban de inteligencia y su rostro de facciones finas y delicadas contrastaba con el de Anguo, cuya frente ahora le parecía baja y huidiza. Asimismo, la esbeltez y nobleza de su porte, carente de toda fatuidad, al contrario que Anguo, no podían sino impresionar en comparación con la gordura que ya amenazaba con transformar el vientre abultado por los excesos alimentarios de su hermano mayor.

Huayang vestía un seductor conjunto de gasa transparente y suave seda cuidadosamente colocadas para dejar entrever, con el movimiento de las piernas, las formas y lugares más secretos de su magnífico cuerpo. Había untado sus cabellos con esencia mentolada y cubierto sabiamente los labios con un imperceptible polvo color carmín.

Además, se había sentado oportunamente frente a Anwei.

Supervisaba por el rabillo del ojo la pupila de su cuñado a fin de detectar el pequeño destello que daría vía libre a su labor de seducción.

Empezó por constatar, no sin disgusto, que no existía rivalidad visible alguna entre ambos hermanos y que aparentemente estos se entendían tan bien que, de absortos que estaban recordando momentos comunes, parecían no prestarle la más mínima atención.

—Después de tantos años, hete aquí de vuelta —dijo Anguo a su medio hermano tras abrazarlo con efusión.

—Tengo la impresión de haberte dejado ayer —respondió Anwei, que solo miraba a su hermano y a quien Huayang dejaba claramente indiferente.

—Cuéntame cosas de Chu. Dicen que en ese país las mujeres son especialmente deseables —pidió el príncipe heredero oficial a su medio hermano.

Los ojos de Anwei penetraron por un instante la mirada de Huayang. Aliviada por ese movimiento instintivo, descruzó las piernas para asegurarse de que había interpretado bien. Mas su cuñado giró de inmediato la cabeza e hizo como si no hubiese visto nada.

Anwei comenzó a contestar las preguntas de su hermano sobre sus condiciones de vida en el reino de Chu sin lanzar una sola mirada a Huayang. Parecía haber decidido actuar de ese modo para hacer saber a su cuñada que no era un ingenuo y que perdía el tiempo con él.

Huayang se sentía humillada. En su semblante se leía una imperceptible mueca de decepción y de cólera contenida. Sin lugar a dudas, Anwei sería para la bella cazadora un jabalí mucho más difícil de capturar que los anteriores.

—Mis días transcurrían en una villa en los alrededores de Ying, a orillas de un río abundante en peces. Llevaba una vida ociosa, entre la lectura de los clásicos, el tiro al arco y la pesca de la trucha. En la villa había un jardín muy hermoso. Sabes que siempre he sido un apasionado de las plantas y los árboles. Me trataban más que bien —prosiguió el hermano.

—¿Y las mujeres? —se interesó Anguo con voz golosa una vez Anwei hubo finalizado su relato.

Anwei guardó silencio. Aparentó no ver la postura aún más favorecedora y provocadora que, en un último intento, acababa de adoptar Huayang dejando a la vista los labios rosas de su hendidura íntima claramente entreabiertos, cual suave boca dispuesta a besar.

Había entendido perfectamente el juego de su cuñada.

—He conocido a una muchacha en Chu a quien tengo intención de hacer venir a Xianyang para presentársela a nuestro padre —pronunció clavando la mirada en los ojos de Huayang.

Aquella mirada dura y hostil atravesó la coraza de la joven, penetrando en lo más recóndito de su alma. Era una mirada de desprecio y condena. La primera esposa de Anguo, con el corazón herido, bajó los párpados.

Había entendido que era inútil intentar seducir a aquel cuñado, por otra parte tan apetecible. Este no cedería.

—¿Cómo se llama esa muchacha? —preguntó ella como si nada.

—Flor de Jade Maleable. Su familia es de noble cuna. Baila como hoja de otoño que cae del árbol y canta tan bien como el petirrojo. Es la mujer que amo —concluyó orgulloso Anwei.

Había usado adrede tintes poéticos para hacerle ver que Flor de Jade Maleable era su elección y jamás respondería a sus insinuaciones.

Cuando los dos hermanos se marcharon, Huayang dejó escapar toda su rabia. Pidió a su doncella que la dejara sola y se desplomó sobre su lecho llorando a lágrima viva.

Una sucesión de imágenes, a cada cual más inaceptable, le pasaban por la mente.

Veía al inalcanzable e incorruptible Anwei coronado rey de Qin tras haber desposado a Flor de Jade Maleable. Veía a Anguo asistir sin rechistar, e incluso complaciente, a la desposesión de su título en favor de aquel hermano a quien veneraba. Y en la corte, con buen juicio, todos lo celebrarían y lo encontrarían normal. Veía cómo al fin la princesa Xia, menor que ella, iría reemplazándola poco a poco en el corazón —y el cuerpo— de un Anguo carente además de todo valor para ella al haber perdido su condición de príncipe heredero.

Pero lo que por encima de todo le asaltaba el pensamiento era la terrible mirada de Anwei cuando lo desafió.

Se sintió despojada de su piel, como una fruta pelada hasta el hueso. Tuvo la impresión de haberle entregado en un momento, contra su voluntad, sus secretos más inconfesables, toda la calculada duplicidad y astucia de las que era capaz, pero que guardaba cuidadosamente en lo más profundo de su ser y de las que nadie sospechaba la existencia. Anwei había dejado su corazón al descubierto.

Semejante desnudez le era insoportable. Había suscitado la aversión de su cuñado y temía haberse hecho un enemigo irreductible. De dejar que las cosas siguieran el curso que llevaban, correría el más grave de los peligros: el de no poder ser capaz de controlar su propio destino.

Huayang era una luchadora, una mujer libre que no aceptaba que otros decidieran por ella. Conocía el precio de ciertas decisiones que había que tomar, sin importar las consecuencias, sin las cuales se corría el riesgo de perderlo todo.

Se incorporó y se secó las lágrimas.

No le quedaba otra opción, por muy terrible que esta fuera.

Una opción implacable que no compartiría con nadie: puesto que Anwei la había rechazado, ella se encargaría de destruirlo.

Sin saberlo, al declinar la propuesta que le había hecho, Anwei se había privado del destino glorioso que hubiera merecido. Al menos ella le había dado su oportunidad. Le daba igual que no se hubiera dejado seducir. Sería peor para él.

Ahora debía actuar, no había tiempo que perder.

En cuatro cortos meses, el viejo rey podría borrar a su antojo al príncipe Anguo de la línea sucesoria. Le bastaría un simple gesto, el de convocar a un grabador que trazara con estilete el nombre de Anwei, acompañado de su nombramiento como príncipe heredero, sobre la panza de una pequeña vasija trípode. Con eso bastaría para dilapidar todos sus esfuerzos por intentar convertirse en algo más que la insignificante esposa infértil y sumisa de un marido sin cerebro con quien se había casado a la fuerza.

Huayang tenía su propio estilete.

Un estilete mucho más eficaz, más afilado que un puñal y que no se contentaría con rozar la panza de una vasija ritual de bronce…

Su estilete se llamaba Zhaoji, la mujer niña.

Solo tendría que pedirle que durante tres o cuatro días desmenuzara dos píldoras y no una en la copa del rey antes de que este se fuera a dormir.

El efecto del veneno, le había asegurado Wudong, sería fulminante.

El eunuco Bosque de los Pináculos encontraría el cadáver frío del viejo monarca al amanecer del cuarto día. El análisis que los médicos legistas harían de las vísceras del cadáver —tapando de paso todos los orificios del cuerpo con tapones de jade en forma de cigarra para evitar que el alma del rey difunto se escapara— no revelaría nada, puesto que el rey ya tomaba una dosis diaria de cinabrio.

Se consideraría que había fallecido de muerte natural. Tenía de sobra la edad en la que uno fenece mientras duerme, la más dulce de las muertes, la provocada por la energía qi cuando esta ya no tiene fuerzas de irrigar, desde el centro del vientre donde nace el paso del ombligo, los diferentes órganos vitales del cuerpo.

Anguo, aún príncipe heredero, subiría al trono de Qin.

A Huayang solo le quedaría inundar con rezos y ofrendas a la diosa dadora de hijos para que esta concediera al fin la fertilidad a su vientre.

Mas sabía que sus problemas no terminarían ahí. Aún tendría que enfrentarse a Xia, rival de la reina.

Cuanto más crecía Yiren, mayores eran los rumores de que Xia se había hecho una mujer ambiciosa, ávida y orgullosa, segura de sí misma y resuelta a arrancar a Huayang del corazón de su esposo. El día en que este se convirtiera en rey, Xia multiplicaría sin duda sus ataques.

Huayang, empero, se sentía más fuerte que la concubina rehén. Al menos en aquel cara a cara cuyo desenlace, a su parecer, no dejaba lugar a dudas, podía esperar seguir gobernando su suerte a su modo. Sopesándolo todo, más valía un Anguo mediocre rey de Qin, a quien podría mantener bajo su férula una vez eliminada su adversaria, que un Anwei todopoderoso y hostil a quien había intentado seducir sin éxito.

Entonces, tras reajustar sus ropas y secarse todo indicio de lágrimas en el rostro, recobró su bella apariencia y comenzó a buscar las palabras con las que convencería a Zhaoji para que ejecutara la tarea que había planeado para ella.

19

—QUERIDÍSIMOS AMIGOS, LA DIRECCIÓN DEL CÍRCULO del Fénix ha de proceder esta noche a efectuar el juramento de sangre —anunció en voz baja Cuchillo Rápido.

Entonces, todos tendieron el brazo izquierdo y el cirujano, con tan solo rozar las muñecas de los eunucos presentes con su escalpelo, hizo brotar unos hilos de sangre que recogió en un cráneo humano que hacía las veces de copa. Cuando acabó, se fueron pasando el cráneo y bebiendo de él. Sus labios se tiñeron de rojo como si se hubieran puesto pintalabios.

—Como manda la costumbre, juramos guardar el más absoluto secreto sobre la celebración de esta reunión —proclamaron al unísono.

Cuando los doce jefes de la congregación de los eunucos realizaban aquel ritual sangriento durante sus reuniones clandestinas en un granero abandonado de las afueras de Xianyang, significaba que la situación era grave.

Tal hecho solo acaecía una o, como mucho, dos veces cada bienio. Las reuniones siempre tenían lugar en plena noche y los participantes se organizaban para no llegar al mismo tiempo a fin de llamar lo menos posible la atención de los eventuales testigos que hubieran reparado en la existencia de la congregación.

Esta última, fundada bajo la égida de aquel pájaro mítico y proteiforme, no figuraba en ningún documento oficial, ni tan siquiera en la recopilación institucional de las asambleas, y menos aún en la exhaustiva lista de asociaciones oficiales que se conservaba en la Torre de las Notificaciones.

Su existencia se remontaba a tiempos inmemoriales. En ella residía el poder omnímodo de aquellos hombres que habían tomado una decisión contra natura, la cual les abría la puerta a un poder singular. Mediante la castración entraban en un mundo aparte, distinto de las organizaciones seculares ordinarias. No se podía acusar a ningún eunuco de actuar en pro de su descendencia, pues jamás la tendría; ni de instigar un golpe de Estado, pues jamás podría erigirse en rey, ya que, según los códigos rituales, un castrado no podía convertirse en el jefe supremo de un país. Únicamente le quedaba el poder en la sombra, el cual podía ejercer a su antojo y sin límites. Asimismo, la eficacia de aquellos hombres era tanto mayor cuanto que eran capaces de actuar de manera concertada. La casta de eunucos se había cimentado a lo largo de los siglos sobre su sed de poder y la voluntad de proteger su influencia decisiva, y se había organizado en consecuencia.

En cuanto un eunuco se sometía a la operación de castración, entraba a formar parte de aquella sociedad secreta cuya existencia nadie conocía, salvo los propios castrados. Los eunucos estaban obligados a no desvelar nunca el secreto.

En los cónclaves trienales, los miembros de la sociedad secreta elegían a los doce directores responsables de administrar y dirigir la congregación. Por lo general, se trataba de los eunucos de más edad y experiencia que habían accedido a los grados superiores de la jerarquía administrativa, aunque también podían ser eunucos más jóvenes y con mayor ambición que sus congéneres... Cuchillo Rápido pertenecía a este último grupo. A la hora de deliberar, los doce jefes tenían el mismo derecho de voz y voto.

Esa noche, en el granero abandonado reinaba especial tensión. El directorio se había reunido para abordar la cuestión más grave desde su elección. El primero en tomar la palabra fue Bosque de los Pináculos.

—¡Amigos míos, alabado sea nuestro modelo Dongfangshao! La medida más urgente ya la habéis adoptado; a saber, lograr ni nombramiento como sustituto del pobre Camino Adelante. Os agradezco la confianza que me habéis brindado —exclamó.

—En lugar de invocar a nuestro ancestro, aquel que sedujo a su príncipe y amo gracias a sus encantos, sería preferible apelar al venerable Laozi para que haga de nosotros esos Inmortables de piel fría como la nieve gélida —lanzó una voz.

Provenía de un sujeto con una melena color fuego. Era tremendamente aguda y con la entonación propia de una cortesana.

—«Los Inmortales son discretos como vírgenes, aspiran el viento, beben el rocío y cabalgan sobre dragones voladores para combatir más allá de los cuatro mares» —añadió Bosque de los Pináculos citando la descripción de los Inmortales que aparecía en el primer capítulo del libro de Zhuangzi.

—¡Ciertamente no estaríamos aquí si el desdichado Camino Adelante hubiera sido un Inmortal! Mas, dejando a un lado los juegos de palabras, la situación es seria. Que yo sepa, es la primera vez que uno de los nuestros, poco importa quién, sufre la persecución de la justicia de nuestro Estado sin existir el menor indicio probatorio de su culpabilidad, salvo, si se puede considerar como tal, una brillante alegación de un filósofo tartamudo —declaró Cuchillo Rápido con dureza.

—¿Se sabe dónde está? —inquirió la voz con entonación de cortesana.

—Pese a mis nuevas funciones, por desgracia soy incapaz de deciros dónde se esconde el pobre chico. Tal vez en los cielos del monte Kunlun —dijo Bosque de los Pináculos reprimiendo un sollozo.

—¡La salud de ese viejo déspota, pese a su edad, es excelente! Utiliza a los hombres de tal forma que todos ignoran lo que los demás hacen. Solo sabe reinar para dividir —constató con amargura otra criatura con una vistosa melena.

—Si un Gran Chambelán de Qin puede desaparecer así, de un día para otro, como cualquier sirviente de medio pelo, me parece que nuestra congregación corre el mayor de los peligros. Por otra parte, la presencia de esa jovencita que sirve como criada al rey es una señal premonitoria... —aseveró con énfasis y gravedad Cuchillo Rápido.

—Cierto, pero, ¿qué podemos hacer en estas circunstancias? —preguntaron los demás a una voz.

Nadie decía palabra.

En aquella reunión de ropajes chillones y tornasolados cual flores gigantes y extrañas surgidas milagrosamente de la árida tierra de la granja, se miraban los unos a los otros con inquietud. En aquel edificio desierto, donde aún flotaba el olor a polvo y granos secos, reinaba un silencio sepulcral.

Al rato, Cuchillo Rápido retomó la palabra.

—Debemos vengar al pobre Camino Adelante. Así sabrán que nadie tiene derecho a atacar de esa forma a una de las mentes más brillantes de nuestra casta.

—¿Puedes ser más preciso? —preguntó con timidez la voz de cortesana.

—Bosque de los Pináculos y yo os queremos proponer un plan. Nuestra baza se llama Xia, la princesa rehén. Estima enormemente a los eunucos, puesto que le debe la vida a uno de ellos. Se trata de nuestro amigo Bosque de los Pináculos. Él la salvó de la muerte durante el parto... La princesa le ha dado al príncipe Anguo un hijo varón, el único nieto del rey. Xia, que posee numerosos encantos, empieza a ejercer cierta influencia sobre Anguo, cada vez menos insensible a los mismos. Cuando Anguo suba al trono, ella será nuestra mejor valedora. A partir de ese día, al nuevo rey nunca se le ocurrirá tocar un solo pelo a ninguno de los nuestros —concluyó ante el resto del directorio, atónito por su elocuente intervención.

—¿Y qué nos dices de Huayang y su influjo sobre el príncipe Anguo? —preguntó el de la melena vistosa.

—Tan solo hemos de encargarnos de que su influencia decaiga. Huayang sigue sin dar a luz y Xia es más joven que ella. Diría incluso que no es ni mucho menos tonta. Tarde o temprano, acabará por tomarle la delantera definitivamente.

—Si he entendido bien, el plan consistiría en lograr que proclamaran a Anguo rey de Qin lo antes posible —retornó el de la melena vistosa.

—Si eso es lo que infieres... —dijo riendo Cuchillo Rápido con aire entendido.

El cirujano jefe no estaba nada descontento con el efecto producido por su discurso ante el directorio de la congregación del Círculo del Fénix.

—Eliminar a un soberano en activo no es tarea fácil —se atrevió a decir de nuevo la voz sobreaguda de cortesana.

—No tenemos elección. Por ello, os pediría que ejercitarais vuestra imaginación —respondió abruptamente Bosque de los Pináculos, cortando de raíz los murmullos que empezaban a crecer en la reducida asamblea.

Poco a poco, pese a la gravedad del tema objeto de reflexión, los eunucos comenzaron a parlotear como viejas chismosas, sentados sobre la tierra batida donde uno de ellos acababa de encender una hoguera.

Cualquiera que hubiera irrumpido en el granero habría salido pitando de allí muerto de miedo, creyendo haber visto probablemente un cónclave de hechiceras. Allí se encontraba toda la exageración que el ser humano era capaz de producir, tanto en lo que se refiere a posturas como a apariencias. Unos parecían solteronas con mil capas de maquillaje; unos, jovencitos afeminados, y otros, valerosos guerreros con cuerpos esculturales y músculos de atleta. Todos los eunucos se preocupaban sobremanera por su imagen e intentaban distinguirse por alguna singularidad. El único elemento común era sus coturnos, que habían colocado tras ellos antes de sentarse alrededor de la fogata.

Entablaron una profunda discusión donde las ideas llovían en un intento de dar con la forma adecuada para borrar al viejo Zhong del mapa. Las divagaciones marchaban por buen camino, acompañadas por supuesto de cierta dosis de exageración. Tres de los doce directores incluso propusieron sacrificarse ellos mismos y asesinarlo con sus propias manos.

—¡Es evidente que no tienen ni idea de la férrea protección de la que goza el viejo! —replicó con fastidio Bosque de los Pináculos a los candidatos suicidas.

—En tal caso, solo tú, pues eres el Gran Chambelán, puedes actuar de forma segura y eficaz —afirmó el de la melena vistosa, la cual daba la impresión de estar ardiendo bajo la luz de las llamas.

—¿Por qué te crees que nos las hemos apañado para que acceda a sus funciones actuales? —contestó Cuchillo Rápido.

Convencido del golpe de efecto, esbozó una sonrisa maliciosa muy reveladora.

Se produjo un murmullo de admiración entre los asistentes. Tal confidencia mostraba la temible eficacia del tándem formado por Cuchillo Rápido y Bosque de los Pináculos.

Desde la desaparición de Camino Adelante, desempeñaban en el seno del directorio un papel preponderante de animadores y guías que nadie osaba contestar.

—Lo mejor sería que muriera mientras duerme. Así no podría pedir auxilio —sugirió el nuevo Gran Chambelán.

—¿Pero no detectarían los catadores algún rastro de veneno en la comida del rey? —preguntó inquieto el de la melena vistosa.

—Ese es el problema. ¡El monarca no ingiere ni una sola galleta que no hayan probado antes! La joven criada que le asiste cuando se levanta y se acuesta no me parece ninguna descerebrada. No se le escapa ni una —reconoció Bosque de los Pináculos.

—Amigos míos, démonos quince días para hallar una solución eficaz ahora que nos hemos puesto de acuerdo sobre el objetivo común. Propongo que nos reunamos aquí dentro de un par de semanas para deliberar sobre el asunto —zanjó Cuchillo Rápido levantando la sesión.

Dicho esto, los miembros del directorio se pusieron en pie, se calzaron los coturnos y se dispersaron en la oscuridad de la noche después de que Bosque de los Pináculos pisoteara los carbones al rojo vivo de la hoguera para apagarlos y no dejar huella de su reunión secreta.

*

Las manitas de Zhaoji apenas temblaban cuando echó en la copa de bronce dos píldoras de cinabrio en lugar de una, tras haberlas machacado previamente en el mortero de piedra. Sería la cuarta y última vez que debería hacerlo.

Se tomó el tiempo necesario para remover los polvos con una cuchara plana, de forma que se mezclaran bien con el agua hasta formar un bebistrajo negruzco. Ahora tan solo tenía que aguardar la llamada del soberano.

La espera se le hizo eterna. Llegó a pensar que el anciano Zhong se había quedado dormido sin haber reclamado su medicina. En tal caso, tendría que repetir la operación al día siguiente.

Fue Cese de la Línea Recta quien la arrancó de la somnolencia en la que estaba sumida debido a la espera.

—¿No habéis oído al rey pedir su píldora de la noche? —le susurró el jefe de los guardias.

Zhaoji aguantaba con un poco más de fuerza la copa cuando se acercó al viejo monarca.

Logró que se la bebiera de un trago.

Después, se sentó al borde de la cama y le acarició lentamente los escasos cabellos canos que aún le asomaban por la coronilla.

Huayang le insistió en que se quedara junto al rey hasta que se adormentara para asegurarse de que no escupía la decocción mortal, a la que la doble dosis de cinabrio daba un terrible sabor amargo. Las suaves manos de la mujer aniñada iban y venían por la piel amarillenta y apergaminada de la cabeza del anciano. Sus sucesivas muecas mientras ingería el brebaje envenenado desaparecieron y en su lugar adoptó un semblante sereno. Los ojos arrugados se cerraron formando una línea imperceptible mientras su respiración se volvía más regular.

El anciano, agotado por el tratamiento que Zhaoji le había administrado, acababa de dormirse por última vez.

Solo entonces, una vez cumplida la misión, la muchacha se marchó de puntillas, no sin antes despedirse bien alto y fuerte de Cese de la Línea Recta de forma que, en un momento dado, este pudiera atestiguar que Zhaoji no se había quedado a solas mucho tiempo con el rey después de que este se acostara.

La chica no sintió la menor emoción al abandonar a aquel cuerpo marchito que pronto sería un cadáver con el rostro terriblemente desfigurado a causa del insoportable dolor de barriga producido por la ingestión de semejante cantidad de sulfuro de mercurio y arsénico. Huayang supo utilizar las palabras adecuadas para convencerla de perpetrar aquel crimen sin que experimentara el más mínimo remordimiento.

Zhaoji era un mero instrumento de una venganza que no guardaba relación alguna con ella. Se sentía por completo ajena a aquel acto que acababa de cometer, al tiempo que comprendía las motivaciones de su comitente.

La primera esposa de Anguo supo transmitirle la razón justificada de aquel envenenamiento y la convenció de que tan solo podía actuar mediante su persona. A cambio, la consideraría su hija adoptiva y desde entonces sus destinos quedarían indefectiblemente ligados.

Zhaoji aceptó sin reservas los términos de aquel contrato del que nadie, salvo ellas mismas, conocía su existencia.

La mujer aniñada poseía la fuerza de aquellos que, desprovistos de toda falsa ilusión, jamás se arrepentían e intervenían en las cuestiones que estimaban justas sin el menor pesar, siendo perfectamente conscientes de que, cualquier día, las consecuencias de sus acciones podrían convertirlos a su vez en víctimas de una suerte idéntica.

Por la mañana, Bosque de los Pináculos entró en la habitación del soberano para asegurarse, como de costumbre, de que este dormía plácidamente en su cama.

A punto estuvo de desmayarse.

El cadáver del vetusto Zhong yacía frío en su amplio lecho.

Un largo hilo de bilis y sangre pendía de su boca abierta de par en par, que acentuaba aún más el rictus. En los ojos en blanco del viejo todavía podía leerse el pánico que debía de haberse apoderado de él al sentir las primeras punzadas causadas por el cinabrio en las paredes estomacales. Sus manos retorcidas cual añejas raíces de catalpa seguían paralizadas en el gesto de contener el vientre, que el brebaje mortal había hinchado como esas enormes vasijas de barro cocido donde los campesinos guardaban los cereales para ponerlos a salvo de las ratas.

En la habitación ya flotaba el amargo olor a muerte.

La postura del cadáver no ofrecía la menor duda al Gran Chambelán: no podía tratarse de una muerte natural. Alguien se había adelantado al directorio de la congregación de los eunucos.

Bosque de los Pináculos recuperó la compostura paulatinamente.

¿Era preferible airear el asesinato o hacer como si el anciano hubiera muerto finalmente a causa de la vejez? La decisión estaba en sus manos...

Tras sopesar largo y tendido los pros y los contras, el Gran Chambelán llegó al convencimiento de que era mejor, por toda clase de razones, optar por la segunda hipótesis.

Si denunciaba el asesinato y se abría una investigación, podían acabar descubriendo el complot de los eunucos, pues posiblemente sospecharían que la congregación había empleado este medio radical para vengar al desgraciado Camino Adelante.

Privilegiar la explicación de la muerte natural significaba dejar escapar al o a los asesinos, aunque aquello no cambiaba en nada el hecho de que Anguo tendría vía libre para acceder al trono de Qin.

Eso era lo esencial.

Al final, a Bosque de los Pináculos se le pasó la vena de justiciero y recordó mil y un ejemplos de indagaciones que acabaron volviéndose contra los mismos que las habían incoado creyendo hacer lo acertado.

Alguien —¿pero quién?— había hecho el trabajo sucio en lugar de la congregación del Círculo del Fénix.

¡Ni tan siquiera tendrían que reunirse para decidir qué acción llevar a cabo! Lo mejor era aprovechar aquel regalo del cielo y evitar que nadie pudiera sospechar que el rey Zhong no había fallecido de muerte natural, sino en manos de un asesino.

Bosque de los Pináculos puso un semblante desconsolado y se precipitó a la antecámara retorciéndose las manos.

—¡Nuestra Majestad ha muerto! ¡Qué desgracia para Qin! ¡Nuestra Majestad ha ascendido al monte Kunlun! —gritó mientras los guardias, con los ojos aún hinchados por el sueño, se agrupaban en torno a él y se sumaban a los lamentos del eunuco.

—¿Lo primero de todo no debería ser llamar a un médico legista? —preguntó Cese de la Línea Recta.

—El cirujano Cuchillo Rápido servirá. Que lo hagan venir. Mientras tanto, ¡os prohíbo divulgar la noticia! —replicó el Gran Chambelán sin dudarlo un segundo.

Al oír el anuncio del deceso, los centinelas se lamentaban en la antecámara golpeándose el pecho con los puños. Cese de la Línea Recta llevó una banda estrecha de tela blanca para que se la pusieran a modo de brazalete.

El blanco era el color del luto, la forma en que debían expresar su pena cuando un soberano pasaba a mejor vida.

Unos guardias anunciaron la llegada del cirujano jefe de los eunucos. Cuchillo Rápido y Bosque de los Pináculos intercambiaron unas palabras en voz baja para acordar cómo debían proceder.

—¿Dónde está el cuerpo? —preguntó en voz alta el cirujano de la forma más aséptica posible.

—Sobre la cama, en el cuarto. Debió de morir mientras dormía —respondió el Gran Chambelán con tono abrumado.

Una vez en la habitación del rey, un guardia precintó la puerta con una tira blanca ya que, según la etiqueta, nadie podía acceder a ella antes de que los embalsamadores realizaran su cometido.

Los eunucos estaban solos. Podían hablar libremente.

—A alguien se le ocurrió la misma idea que a nosotros —constató Cuchillo Rápido algo contrariado.

—Lo preocupante no es tanto el acto en sí, que nos quita un peso de encima, sino que sigamos sin saber quiénes son los autores del mismo —murmuró con voz ahogada Bosque de los Pináculos.

—¡Cuando supuestamente nuestro gremio está al tanto de todo…! También es cierto que has asumido tu cargo hace apenas unos días. Si nuestro estimado Camino Adelante aún se encontrara entre nosotros, estoy seguro de que ya habría adivinado quiénes son los asesinos, o asesinas, que han perpetrado este envenenamiento…

De conformidad con las normas, giraron el cuerpo y le desabrocharon la túnica.

Luego, limpiaron con cuidado todo rastro de bilis y sangre y cerraron la boca del rey agarrándola con una venda que le anudaron por encima de la cabeza, no sin antes introducirle una gruesa cigarra de jade entre los dientes. Por último, le extendieron las piernas y los brazos.

El cadáver de Zhong parecía dormir plácidamente. Salieron de la habitación.

Entonces, el Gran Chambelán ordenó a Cese de la Línea Recta:

—Ahora puedes anunciar al reino que nuestro bienaventurado rey acaba de expirar mientras dormía.

El jefe de los ordenanzas reales se dirigió con paso lento hacia el Patio de Honor.

Cese de la Línea Recta estaba dividido entre el alivio y la desazón. Ya no seguiría atormentándose por la posibilidad de tener que rendir cuentas por la desaparición del bi negro constelado. No obstante, la muerte del anciano monarca lo había pillado por sorpresa y lo inquietaba aún más. Cese de la Línea Recta temía a la muerte. Se había hecho a la idea de que los fármacos del ilustre sacerdote Wudong acabarían por surtir efecto y retrasarían su muerte de manera indefinida. Por eso le birlaba una o dos píldoras todos los días y se las tomaba a hurtadillas.

En sus sueños más febriles, se veía a sí mismo alcanzando un día la inmortalidad que tanto obsesionaba al viejo rey. Y de pronto, aquel deceso echaba por tierra las esperanzas que había depositado en esas prácticas fundadas en la alquimia y el control del cuerpo. ¡Entonces los confucianos de la corte llevaban razón cuando se burlaban de la charlatanería de Wudong el taoísta! Se alegró de no haber osado aceptar los ofrecimientos de su acólito Zhaogongming para iniciarlo en esas prácticas, los cuales iban acompañados de miradas seductoras dirigidas a su gallarda figura.

Absorto en sus pensamientos, el jefe de los guardias reales no se percató de que ya había franqueado el umbral del portalón de bronce de doble hoja que daba al Patio de Honor, donde un ejército de sirvientes se afanaba en limpiar el lugar, tarea que debía estar imperativamente acabada para cuando se levantara el rey, antes de que el director de la Salubridad de los Edificios Reales procediera a su inspección.

Apoyó las manos en la barandilla de mármol blanco de la escalinata y gritó:

—¡Desgraciado sea Qin! ¡Nuestro rey, el príncipe Zhong, ha muerto esta noche!

En el lapso de unos segundos, todo se paralizó.

Después, cual onda expansiva, se oyó de nuevo la frase «¡El rey ha muerto!» que se repetían los unos a los otros propagándose por galerías y patios, en explanadas, jardines y terrazas; atravesando paredes y cierres bajo las bóvedas de los pasillos; franqueando las altas murallas de piedra; ascendiendo por los troncos seculares de los árboles y penetrando en las tinajas de bronce que recogían las aguas pluviales.

El rumor creció como un tronido hasta que se convirtió en un inmenso lamento que resonó en el Palacio Real como si de un gigantesco tambor de lluvia se tratase.

La corte ya lo sabía. Muy pronto, la ciudad también lo haría.

A continuación, el país entero acabaría sabiéndolo. La funesta noticia llegaría de la mano de un estafeta que fingiría llorar por aquel rey lejano, recorriendo aldea tras aldea, hasta los confines de aquel vasto territorio que se extendía de las áridas llanuras y las desérticas estepas del oeste y el norte hasta las cadenas montañosas y frondosas del sur y el oeste.

Entonces, guardias y funcionarios extorsionarían a los hombres más ricos, esencialmente mercaderes, obligándolos a entregar donativos para, en teoría, engalanar las exequias del soberano.

El orgulloso y conquistador reino de Qin se disponía a guardar veintiún días de luto para honrar la memoria del monarca fallecido.

En cuanto anunciaron la noticia, Consumación Natural fue uno de los primeros en reaccionar.

Bajo el brazo llevaba el manual de procedimientos funerarios *Zhouli*, el célebre ritual de la dinastía Zhou que el difunto rey Zhong había ordenado adoptar en Qin en un intento de restablecer el espíritu que reinara otrora en aquel gran imperio.

El venerable letrado se acomodó en un pequeño despacho donde se le unió el ministro de Etiqueta. Los dos hombres eran los responsables de organizar los distintos ritos que se debían realizar: el embalsamiento, la exhibición del cuerpo ante el pueblo en el Patio de Honor del palacio, y por último, el entierro propiamente dicho en el suntuoso mausoleo que aguardaba al rey en la necrópolis, no muy lejos del de Estrella del Sur, el cual ya se empezó a construir el día de su coronación y se terminó unos años después.

La primera decisión de los hombres fue proceder a reclutar plañideros y plañideras profesionales que deberían relevarse día y noche al pie del catafalco. Irían ataviados de una túnica de color blanco inmaculado, llamada *plumaje de cisne,* ceñida con un cinturón de lino rojo al que se atarían dos pequeños platillos de bronce que estos tocarían al compás de sus tristes lamentos. De entre esta comitiva de treinta hombres y treinta mujeres, tras veinte días y al inicio del vigésimo primero, el de los funerales, se elegiría a diez para acompañar al cadáver del rey en su morada definitiva, donde serían enterrados vivos. En seguida, sus cantos se convertirían en llantos de hambre y alaridos de terror que apenas se oirían una vez los sepultureros hubiesen echado la última palada sobre el montón de tierra que recubriría la tumba.

Cuando se lo comunicaron, Anguo aún dormía entre los brazos de Huayang.

La primera esposa se las apañó para retener aquella noche al hijo del viejo rey que iba a morir. Cese de la Línea Recta irrumpió en su aposento y se postró ante Anguo, entregando al príncipe heredero el pesado sello de bronce de su padre, así como la vasija trípode que estaba en la mesa de su despacho.

—¡Honor al nuevo rey! —exclamó ofreciendo su nuca al sucesor del rey Zhong.

Durante la dinastía Zhou, los nuevos emperadores podían recusar el juramento de fidelidad de sus hombres. Con que Anguo hubiera puesto el canto de la mano sobre aquel cuello, el jefe de los ordenanzas reales habría sido condenado a morir decapitado, pues en ningún lugar se estipulaba que el nuevo soberano tuviera forzosamente que confiar en los vasallos de su predecesor.

Cese de la Línea Recta, aun siendo de naturaleza inquieta, no tenía en cualquier caso por qué preocuparse: el gesto que acababa de realizar era puramente ritual.

—Es el día más bello de mi vida —murmuró Huayang a su esposo acariciando con las yemas de los dedos la piel de su vientre, al tiempo que el jefe de los guardias salía de la habitación de espaldas.

El príncipe Anguo se puso tenso cual arco, con la mirada desconcertada por la noticia de la muerte de su padre.

Nunca pensó realmente que un día llegaría a sucederlo en la corona.

Fuera, en la larga galería que iba del aposento de Huayang al Patio de Honor, se podía oír el tintineo de las espadas y lanzas de la Guardia Real, que estaba tomando posición para rendir honores al nuevo soberano, el rey Anguo.

El inminente rey de Qin miró a su esposa con aire incrédulo.

—¡No te quedes así delante de tus hombres! El rey ha de saber imponerse. Da la impresión de que te da miedo tu nuevo cargo —le reprochó ella.

—¿Me ayudarás? —preguntó él con cara de bobo.

Su esposa lo abrazó un largo rato hundiendo sus uñas lacadas en los brazos de este, como una tigresa aferrando a su presa para devorarla mejor.

—Voy a ordenar que vengan a vestirte como a un rey —dijo ella tocando una campanilla de plata—. ¡Que hagan venir al sastre del rey! —ordenó a un camarero—. Mi esposo ha de ponerse la túnica con motivos de hachas y cuello de piel de zorro —lanzó al sastre, que aguardaba ya en la antecámara con la nuca agachada.

—La princesa Huayang se refiere al manto de los emperadores antiguos que se describe en *El libro de las odas* —añadió el hombre que había entrado en el aposento justo detrás del sastre, acompañado del barbero.

Huayang se giró y vio que se trataba del letrado Consumación Natural y el duque Apacible Subida de Tres Peldaños. Sonrió.

—Siempre estáis ahí cuando es preciso respetar la tradición y la etiqueta —dijo al Muy Sabio Conservador mientras Anguo, al que los guardias habían sacado de la cama y sentado en un sillón, estaba ya en manos del barbero, que le friccionaba las mejillas con un ungüento de miel.

—Acabo de consultar el *Zhouli* y propondré a nuestro rey que nos atengamos a él, si es posible, al pie de la letra. Al fin y al cabo, tan solo quedan seis Estados vecinos por conquistar para que Qin adquiera las dimensiones del antiguo imperio de nuestros ancestros, los gloriosos Zhou —dijo el letrado.

—Una excelente iniciativa —añadió inclinándose con ceremonia el Gran Oficial de las Amonestaciones.

Anguo seguía la conversación, aunque parecía perdido y con la cabeza en otra parte, abrumado como estaba por las nuevas funciones para las que jamás se había preparado.

La barba del nuevo rey ya estaba casi del todo lista cuando se oyó una algarabía. Alguien se estaba abriendo paso entre la multitud de cortesanos y sirvientes agolpados en la galería que conducía al Patio de Honor.

Era la princesa Xia, con Yiren en brazos.

Cuando adivinó que se trataba de su rival, Huayang esbozó una mueca de desprecio.

Mas era demasiado tarde para impedir el paso a la intrusa. Y montarle una escena a Anguo en público o ponerse a soltar improperios estaba excluido. Por tanto, no tuvo más remedio que apretar los dientes y mantener la compostura.

—¡Tu hijo ha querido rendir homenaje a su padre, el nuevo rey! —clamó en voz alta la princesa rehén.

Después, plantó al pequeño delante del sillón donde el barbero realizaba su tarea.

Yiren, al ver a Anguo, tendió los brazos.

Entonces, el rey cogió a su hijo en brazos y colocó la punta de la nariz en la frente del crío, que prorrumpió en risas.

En derredor, todos, pasmados, permanecían callados y observaban el desafío que ambas mujeres se lanzaban sosteniéndose la mirada, sin bajarla un solo segundo, mientras el niño y el padre continuaban riendo a carcajadas.

Era el enfrentamiento de dos ambiciones extremas, a las que nada ni nadie podrían frenar ahora.

SEGUNDA PARTE

20

EN QIN, EL TRECE NO ERA UNA CIFRA FETICHE.
Trece años habían pasado desde la muerte de Zhong. Trece años en los que pocas cosas habían cambiado.

El bi negro constelado permanecía a buen resguardo en el armario de Lu Buwei, que se había instalado en Xianyang de forma definitiva. Todos los que lo habían acompañado hasta Handan, el Hombre sin Miedo, el caballerizo Mafu y el filósofo Han Feizi —cuyos principios legistas no cesaron de extenderse por el Estado— permanecieron junto a él; todos salvo Zhaosheng que, reclamado por su esposa, había regresado a Zhao, donde gestionaba los intereses de Lu Buwei.

Había transcurrido poco más de doce años desde que Anguo sucediera a su padre, el rey Zhong, seis meses después de su deceso, en la fecha exacta elegida por los astrónomos y geománticos.

El nuevo soberano, como era de prever, no había sido un dechado ni de inteligencia ni de perspicacia. Dada su timidez a la hora de actuar, su total falta de ambición y la poca lucidez que conservaba, se había limitado a administrar Qin sin tocar lo construido por su padre.

Lo que algunos habrían podido juzgar como un signo de prudencia y discreción, al final le funcionó bastante bien. Tras doce años de reinado de Anguo, Qin era algo más fuerte aún que como el viejo déspota Zhong lo había dejado, y nadie osaba contestar la autoridad del rey, pese a parecer menos brillante y astuto que su progenitor.

El pueblo seguía asfixiado por los impuestos, ya que el número de funcionarios aumentaba cada año de manera inexorable. Los ejércitos de Qin disponían por fin de los caballos necesarios para llevar a cabo nuevas conquistas en los territorios de los reinos enemigos. Y ello gracias a Lu Buwei, a quien el rey Anguo había nombrado ministro de Recursos Extraordinarios y que gozaba cada vez de mayor influencia.

La presencia de rehenes de Qin, emplazados estratégicamente por su diplomacia en los reinos más peligrosos y vengativos, ofrecía al reino unas treguas propicias para efectuar campañas militares en otros lugares más a su alcance. Ciudades como Yiyang y Cai, pertenecientes a los Estados de Han y Chu, habían caído en sus manos de esta forma, para desgracia de sus respectivos monarcas.

Nuevos monumentos habían embellecido Xianyang, la capital, en su mayoría diseñados por el talentoso arquitecto Suma Perfección, a quien la obra realizada para Lu Buwei había proporcionado notoriedad y gloria.

Li Si, casado con Poderosa Estrella del Este, proseguía su brillante carrera de alto funcionario. Tras gobernar una provincia septentrional de tamaño medio, su tenacidad y dedicación en el trabajo le valieron el puesto de vicecanciller, encargado de promulgar leyes y decretos.

Zhaoji y Lu Buwei, por su parte, formaban una pareja unida por la inteligencia y la ambición. Aquella que había dejado de ser una mujer aniñada acabó cediendo a las pretensiones del mercader que, locamente enamorado de ella, le declaró un día su amor.

Este tardó no menos de seis años en lograr su objetivo. Ciertamente, tanta belleza y madurez juntas habían valido la pena.

La joven accedió porque Huayang, su confesora, la había animado a ello encarecidamente. Su profunda complicidad se asentaba en el terrible secreto que ambas compartían. La reina Huayang desempeñaba el papel de madre protectora e iniciadora de Zhaoji. Al igual que una madre y una hija, nunca tomaban una decisión sin el acuerdo previo de la otra.

La lucha implacable entre la princesa rehén Xia y la reina Huayang, que por desgracia permanecía infértil, no había cesado. El rey Anguo solo asistía a ese feroz combate guardándose muy mucho de tomar parte en él. La caza de osos y tigres ocupaba la mayor parte de su tiempo libre, cuando no se distraía inspeccionando sus ejércitos, preferiblemente en las comarcas donde abundaba el venado. Así evitaba las amenazas y los reproches de las dos protagonistas, que no se privaban de hacerle pagar bien caro la neutralidad a la cual se obligaba. El rey no tenía elección. Las combatientes eran demasiado fuertes para él.

Cabe decir que Anguo se aprovechaba de esta rivalidad, pues ambas mujeres empleaban de continuo todas sus bazas para seducirlo y eliminar a su contrincante. Estas le prodigaban las atenciones más exquisitas sin que él necesitara pedirlas. De ahí que prefiriera abstenerse de intervenir y no poner en peligro aquel sutil juego de equilibrismo.

El único punto negro del asunto para Anguo era aquel imperceptible temblor en la mano derecha que le resultaba cada vez más molesto cuando acariciaba los senos y el vientre de sus amantes.

Aquel encarnizado combate entre las dos tigresas, después de trece años, también causaba estragos, cuya primera víctima resultó ser el joven Yiren...

*

La suerte del rehén de Qin en Handan era mucho menos envidiable que la de la princesa Xia en Xianyang. Vivía en dos habitaciones de un pabellón de ladrillo estrechamente custodiado, en medio de un inmenso cuartel central que ocupaba algo más de la mitad de la ciudad.

En aquel reducido espacio, con pocos muebles y sin apenas calefacción en invierno, los días transcurrían con monotonía, rota únicamente por las carreras y los ejercicios de tiro al arco que el rehén practicaba junto con los soldados del cuartel. De forma excepcional, dos o tres veces al año como máximo, lo llevaban a cazar zorros u osos en los bosques de los alrededores de Handan, donde estos abundaban. Para el rehén era todo un evento, ya que aquella actividad se desarrollaba fuera de los limitados confines del recinto del cuartel, protegido por murallas tan altas como edificios de tres plantas. Las presas de los cazadores permitían además ingerir algo de más consistencia, pues la comida ordinaria era más que frugal.

Por lo demás, al rehén le estaba terminantemente prohibido ir y venir a su antojo. No lo trataban mal, pero era de todas todas un prisionero de Zhao.

La capital de ese reino no era más que una aldea provinciana comparada con su suntuosa rival de Qin, y hacía ya poco más de tres años que el joven Yiren se aburría soberanamente en ella.

Cuando Wangbi, su tío y predecesor, de precaria salud, acabó muriendo asfixiado tras largos meses atroces de sufrimiento durante los cuales escupió sus pulmones trozo a trozo, se planteó la cuestión de quién lo reemplazaría.

Huayang utilizó todas las artimañas posibles para conseguir que el rey enviara a su hijo a Handan contra la voluntad de su madre, la cual luchó con uñas y dientes para evitarlo, mas sin éxito. La reina precisó de tres intentos, y en cada uno tuvo que ofrecer sus tres delicados y preciosos orificios a las embistidas amorosas del Tallo de Jade de Anguo.

La designación del sucesor de Wangbi fue por tanto objeto de tres meses de peleas incesantes entre las dos mujeres, durante los cuales se propinaron la una a la otra los golpes más bajos.

La princesa rehén intentó en vano convencer a Anguo de enviar a Handan a su hermano Anwei, quien pasaba sus días tranquilamente en el campo, donde dirigía el Arboreto Real con su mujer Flor de Jade Maleable y sus cinco hijos. Anguo, por la gran estima que sentía hacia su hermano, además de por los argumentos decisivos que Huayang supo esgrimir, se negó categóricamente a separar a aquella familia considerada un modelo de armonía.

—¡Jamás separaría los pétalos de una flor de loto, como tampoco separaría a una familia tan unida! —tronó para suma estupefacción de Xia, que rara vez lo había visto pronunciarse de manera tan tajante sobre ningún asunto.

—Pero Yiren y yo estamos tan unidos como las dos mitades de un *hufu* —protestó la princesa.

Los hufu eran emblemas de legitimación militar en forma de tigre, compuestos por dos partes que encajaban perfectamente la una en la otra, empleados para asegurarse de que la orden la emitía o recibía la persona correspondiente. La fabricación de los hufu exigía una extraordinaria precisión por parte de los artesanos broncistas, los cuales realizaban su labor en talleres custodiados como auténticas fortalezas. Todos los hufu del reino se enumeraban y catalogaban. Una mitad se quedaba en el palacio, en manos del rey, y la otra se le entregaba al general enviado a una región lejana o al campo de batalla. Cuando el rey enviaba una orden a dicho general, este solo estaba obligado a ejecutarla si el mensajero portaba consigo la otra mitad del hufu.

Anguo no respondió a la madre de su hijo. Dividido como estaba entre las dos mujeres, no osaba confesar por qué medios había logrado Huayang que la balanza se inclinase a su favor.

—La única forma de garantizar una tregua duradera con el Estado de Zhao, cuyos ejércitos son realmente temibles, es enviar a tu propio hijo —le susurraba todas las noches al oído su primera esposa.

Desde hacía semanas, las caricias de esta se habían vuelto cada vez más dulces e insistentes justo cuando abría todas las puertas de su cuerpo.

Xia, por su parte, desplegaba todas sus dotes amorosas para proteger a su querido Yiren. Había realizado tales progresos que rivalizaba ya sin problemas con su contrincante, aunque aún no poseía ni la incomparable experiencia amorosa ni la extraordinaria capacidad, tan útil, de movilizar sus distintas entradas para así despertar el deseo de Anguo cuando era necesario.

Los flancos de su Valle de Jade eran tan suaves como la seda. Confiaba su cuidado íntimo a Ardilla Avisada, tarea que se había convertido en una de las más importantes y que efectuaba haciendo uso de cuchillas, tijeras y los ungüentos perfumados adecuados. Cada mes, ambas mujeres elegían un motivo diferente: triángulos perfectos, líneas rectas, formas de corazón e incluso tréboles de cuatro hojas que la cuchilla perfilaba sobre la pelvis de blancura inmaculada con la precisión de un dibujo a tinta. Y nada gustaba más a Anguo que oler delicadamente cada nuevo dibujo con la punta de la nariz.

Al rey le convenía retrasar el anuncio de la decisión adoptada; las mujeres se estaban superando…

Sus dilaciones podían haberse prolongado mucho tiempo si un embajador del rey de Zhao no se hubiera presentado en el Palacio Real de Xianyang para reclamar el envío urgente de un rehén con el que reemplazar a Wangbi. Portaba consigo un mensaje del ministro de la Guerra de Zhao, en el que amenazaba con pasar de nuevo a la ofensiva si Qin no cumplía con la paridad de rehenes a la mayor brevedad. Debía decidirse de inmediato, pues en el mensaje se especificaba que el rehén designado debía partir junto con el embajador.

A fin de revestir su decisión de toda la fuerza de la argumentación filosófica, el rey Anguo mando llamar a Han Feizi a fin de que le explicara el problema de manera pormenorizada.

—No veo a quién más podría enviar a Handan, aparte de a mi hijo Yiren o mi hermano Anwei —le confió al filósofo tartamudo con aire harto contrariado.

No había dispuesto de mucho tiempo para reflexionar sobre ello.

—La ventaja de enviar a Yiren es que es el hijo de la rehén de Zhao en la corte de Qin. Las autoridades de Handan lo considerarán una prueba adicional de lo mucho que valoráis la paz duradera con Zhao. Ello os permitirá preparar una amplia ofensiva contra dicho Estado sin que este sospeche nada.

Los argumentos del filósofo eran tan contundentes que Anguo no vio cómo podría refutarlos la madre de su hijo. Le juró a Xia que Yiren no permanecería en Handan como rehén más de un año lunar y ordenó entregar a su hijo al embajador de Zhao.

Aquella noche, Anguo no se lamentó en absoluto de verse obligado a pasarla junto a Huayang, a quien la decisión colmó de alegría y quien recompensó a su esposo haciendo alarde de unos talentos hasta el momento desconocidos.

Así fue como Yiren, un adolescente despreocupado, abandonó la existencia ociosa y opulenta de príncipe heredero putativo de Qin por el estatus más austero y, en definitiva, incierto de rehén de dicho reino en la corte de Handan. Y ello para gran disgusto de su madre, quien aún le guardaba un hondo rencor al rey de Zhao.

Al término del primer año, Yiren y su madre esperaron que designaran a otro rehén para reemplazarlo. Mas fue en vano: no obtuvieron respuesta, ni tan siquiera una explicación. Anguo parecía haber olvidado incluso la existencia de su hijo y este acabó asumiéndolo con cierta amargura, pese a que la relación con su padre nunca había sido muy estrecha. En espera de una hipotética liberación, Yiren, cuyo carácter no era muy dado a la imaginación y menos aún a la ensoñación, se aburría cada vez más.

Aquella mañana, como de costumbre, acababa de plantar tres flechas, una tras otra, en todo el centro de la diana. Se había convertido en un arquero avezado que nunca fallaba el minúsculo blanco situado a más de veinte pies.

—¡Vas a poder rivalizar en destreza con nuestro arquero jefe! —le lanzó el cabo encargado de recoger los proyectiles que no daban en el blanco.

—Y tú tienes suerte de poder salir de estos muros. Tras esta sesión de tiro, seguiré aburriéndome intentando descifrar esos textos antiguos de los que nunca entiendo nada —farfulló Yiren desatando la cuerda de cáñamo que tensaba su arco.

—¿Por qué no saltas el muro una noche? Te esperaré al otro lado y nos iremos a ver chicas bonitas. ¡Hay unas impresionantes en la casa de citas del Puente Carcomido! —exclamó el cabo riendo.

El adolescente lo miró incrédulo. En vista de su edad, aún no sabía nada de mujeres. La idea de saltar el muro para escapar del cuartel, en cambio, lo seducía más.

—Pero me han prohibido expresamente salir del recinto —gimió.

—¡Vamos! ¡Una prohibición así no te impide saltar el muro por la noche y regresar a tu cuarto al amanecer! ¿Quién se dará cuenta? Seguro que no los centinelas, que roncan como cerdos...

Yiren acabó aceptando la propuesta del cabo y esa misma noche escaló con facilidad el alto muro de ladrillos que rodeaba el recinto. Con la ayuda de una cuerda, descendió por el otro lado, donde lo esperaba el cabo en compañía de otro soldado.

Aquel día, la existencia de Yiren cambió.

Gracias a las peregrinaciones secretas y nocturnas, podía soportar mejor su soledad y aislamiento, y su vida se había vuelto menos monótona. A partir de entonces, ahorraba fuerzas durante el día para aprovechar sus escapadas nocturnas.

Cuando franqueaba la alta muralla por la noche, sentía la excitación del cazador que sale de caza y aún no sabe quién será la presa. Todos sus sentidos despertaban. Infringir las normas le procuraba un placer añadido. El adolescente todavía no había tenido la oportunidad de errar por la noche en una ciudad para descubrir su cara oculta.

En Handan, la noche era una jungla donde ninguna ley diurna tenía cabida. Los alrededores del Palacio del Comercio de Lu Buwei eran el único lugar donde se podía ir y venir sin ser molestado. Unas antorchas iluminaban el imponente y bello palacio como si fuera pleno día, y unos guardias armados lo vigilaban las veinticuatro horas, pues allí el trabajo nunca cesaba.

A Yiren le gustaba observar el fluir incesante de convoyes de mercancías que entraban y salían de aquellos inmensos almacenes. Ignoraba que aquel lugar adonde iba tan a menudo a curiosear maravillado pertenecía al mercader de caballos de Xianyang al que su padre había nombrado dos años antes ministro de Recursos Extraordinarios de su Gobierno.

En el resto de la ciudad, en las oscuras callejuelas donde la gente se guiaba a la luz de una vela, uno se cruzaba con una fauna de truhanes y desfacedores de entuertos que resolvían sus diferencias a base de hachazos o espadazos. Mercaderes clandestinos y traficantes de toda clase aprovechaban para dedicarse a sus negocios ilícitos al amparo de la oscuridad de los pórticos y las galerías cubiertas. A la salida de las tabernas, los borrachos charlaban de todo y nada mientras las muchachas públicas intentaban sacarles a los clientes hasta su última moneda de bronce. Yiren era joven y aún no se había atrevido a ir a ver qué era lo que aquellas chicas ofrecían a los clientes que las seguían hasta los burdeles. Los ladrones podían llevar a cabo sus hurtos con toda tranquilidad.

Al despuntar el alba, aquel hormiguero nocturno desaparecía como por encantamiento. La vida *normal* volvía a su curso. La ciudad era de nuevo transitable. Los policías comenzaban su turno como si no hubiera ocurrido nada.

Entonces, el adolescente escalaba el muro hacia el lado contrario y se deslizaba en su cama, con los ojos repletos de aquel espectáculo extraño y fascinante al que acababa de asistir.

Cuando el cabo estaba de guardia o por otros motivos no podía acompañarlo, el muchacho, que se había ido envalentonando poco a poco, no dudaba en lanzarse solo a la aventura.

Para Yiren, aquellas noches eran aún más excitantes. La pequeña capital de Zhao de la que era prisionero le pertenecía por completo. ¡Allí casi se sentía totalmente libre!

*

En esta ocasión, la expedición nocturna de Yiren empezó con muy mal pie, pero no se la hubiera perdido por nada del mundo.

Era ya noche cerrada y llovían chuzos de punta. Los ladrillos sobre los que colocaba los pies, como si de una escalera se tratase, resbalaban. Yiren estuvo a punto de perder el equilibrio tres veces y al final se dejó caer pesadamente al otro lado del muro del cuartel. Se reincorporó y comprobó que no tenía nada roto.

Estaba solo y decidido, pese al tiempo de perros, a aprovechar aquella nueva noche de vagabundeo.

Cuando llegó a las callejuelas del centro, las encontró desiertas. La lluvia había ahuyentado a la fauna de contrabandistas, truhanes y granujas. Las puertas de las mancebías estaban cerradas a cal y canto.

Yiren estaba decepcionado. Sin saber muy bien por qué, sus pasos lo condujeron hasta la plaza a la que daba la majestuosa fachada del Palacio del Comercio. Estaba iluminada como de costumbre, aunque igual de desierta que el resto de la ciudad. Del edificio no entraba ni salía ningún convoy de mercancías, sin duda a causa de los rigores del tiempo.

Se disponía a regresar por donde había venido, cuando oyó un ruido sordo y sintió un fuerte dolor en la cabeza. Le acababan de asestar un porrazo en la sien. Perdió el conocimiento y cayó pesadamente al suelo.

Cuando se despertó, sus ojos se cruzaron con los de un hombre que, inclinado sobre él, le preguntaba si se encontraba bien. La voz de este era agradable. Sonreía amablemente mientras le daba palmaditas en las mejillas para ayudarlo a recobrar la conciencia.

—No es nada, jovencito —dijo—. Alguien os agredió, pero vuestros gritos me alertaron y acudí al momento, así que los ladrones salieron huyendo.

Yiren, sin ganas de dar explicaciones al desconocido, ya se había levantado para marcharse sin decir palabra, mas apenas se mantenía en pie. El hombre lo agarró del brazo para que no se cayera.

—Entrad en el palacio. Mandaré que os pongan una compresa de agua helada en la sien —propuso el hombre, al que se le acababan de unir dos sirvientes.

Yiren, mareado aún por el intenso dolor de cabeza, no estaba en condiciones de rechazar la proposición.

Los sirvientes lo cogieron de los hombros y lo condujeron al interior del Palacio del Comercio. Allí, una criada le puso con cuidado una compresa empapada en agua helada sobre la sien mientras un sirviente le ofrecía un cuenco de té caliente que bebió con avidez.

—¿Quién sois? —preguntó a su anfitrión el adolescente con aire desafiante.

—Me llamo Zhaosheng. Dirijo este establecimiento. ¿Qué hacéis en la calle a estas horas?

—Debéis de ser muy rico para ser dueño de una casa como esta —continuó el adolescente sin ganas de responder.

No quería confesar que había saltado el muro del cuartel donde residía, y menos aún desvelar al desconocido su verdadera identidad.

—No soy el propietario, sino un simple administrador-gestor —dijo Zhaosheng sobriamente.

—¿Cómo se llama el poseedor de tantas riquezas? —inquirió el adolescente con curiosidad.

—No vive en Zhao. Yo me encargo de gestionar sus intereses aquí. Vive en Xianyang, en el reino de Qin, donde ocupa un puesto importante.

—¡Pero si es donde yo he nacido! —gritó Yiren, a quien se le escapó aquella confidencia y que, consciente de su metedura de pata, interrumpió su frase en seco.

Ya había hablado demasiado. El hábil Zhaosheng pronto logró, pasando de una cosa a otra, extraerle más información.

—¡Entonces conoces al mercader de caballos Lu Buwei! —dijo Zhaosheng, que había empezado a tutear ya al adolescente.

—¿Que si lo conozco…? ¡Su caballerizo jefe me enseñó a montar a caballo! —soltó Yiren cada vez más entusiasmado.

—Pues bien, estás en su casa. El Palacio del Comercio le pertenece por entero —le informó con orgullo Zhaosheng.

Siguió un breve silencio, durante el cual el antiguo secretario particular del mercader estuvo reflexionando. Iba de un lado a otro delante de la silla donde Yiren estaba sentado bebiendo su té. Después hizo una pausa.

—¿Y cuándo piensas decirme que eres Yiren, el rehén de Qin en Handan? —prosiguió lentamente.

Azorado, el muchacho mantenía la cabeza gacha sin decir palabra.

—¿Se puede saber qué hacías ahí fuera a estas horas? ¿Frecuentas mujeres? —añadió Zhaosheng con aire cada vez más sorprendido, aunque con tono amable.

Yiren, con voz insegura, se puso a relatarle la historia como mejor le convenía.

Todavía era demasiado joven para verse con mujeres. Pero ya no soportaba la soledad del cuartel y no tenía más remedio que saltar el muro con un cabo que, aprovechando la frustración que dicha situación engendraba en él, lo obligaba a seguirlo en sus escapadas nocturnas. Suplicó a Zhaosheng que no lo traicionara, pues si las autoridades de Zhao llegaban a enterarse de que saltaba el muro, a buen seguro lo encerrarían en una cárcel oscura de la que jamás volvería a salir.

—¿Pero dónde está ese cabo? ¿Por qué no te ha socorrido esta noche? —preguntó Zhaosheng, que no parecía nada convencido del relato de Yiren.

—Eh… Me dejó plantado al principio de la noche. He de irme. El gran dragón no tardará en volver a abrir los ojos para hacer surgir la aurora, y en el cuartel es posible que se percaten de mi ausencia —dijo inquieto el adolescente, cada vez más incómodo por el interrogatorio de Zhaosheng.

Se levantó. Se encontraba algo mejor; la compresa de agua fría había calmado el dolor. Dio las gracias a su anfitrión y se adentró en la oscuridad de la noche sin más.

*

Cuando este se hubo marchado, Zhaosheng fue a ver a su mujer, Intención Loable, que estaba acabando de componer un precioso ramillete de peonías rojas como la sangre junto con su dama de compañía. Hizo salir a esta última y cerró con cuidado la puerta de su dormitorio para que nadie pudiera oír su conversación.

—¿Sabes con quién acabo de estar? El joven Yiren, el hijo del rey Anguo, el rehén de Qin en Handan —le susurró.

—¡Pero si yo creía que apenas era un niño! —exclamó sorprendida Intención Loable.

—¡Es igual de alto que yo! Hasta creo que nos parecemos. Y pensar que mi padre puede tener alguna similitud con Anguo… —dijo Zhaosheng sonriendo por el asombroso parecido.

—¿Su madre no es la hija del hermano pequeño de nuestro rey? —preguntó a su marido Intención Loable dando el toque final a la composición de flores que había colocado en un jarrón de barro cocido barnizado.

—Exacto —respondió este.

—Pero, ¿qué querías de él?

—No soy yo quien lo ha hecho venir. Lo recogí frente a la puerta del Palacio del Comercio, donde le habían dado una paliza. ¡Cuando lo ayudé, ni mucho menos me iba yo a imaginar que se trataba de Yiren!

Zhaosheng, de costumbre muy calmado, se puso igual de rojo que el ramo de peonías debido a la excitación.

—Yo que pensaba que Zhao tenía preso al chico... Como se entere el pobre Ritual Inmutable, le va a dar algo —dijo pensativa Intención Loable, atónita por toda aquella historia.

—Júrame que guardarás el secreto. Se lo he prometido al hijo de rey —murmuró el antiguo secretario de Lu Buwei haciendo el gesto de pinzarse los labios.

Ella asintió poniéndose a su vez el índice en la boca. Zhaosheng sabía que su esposa a veces tenía la lengua muy larga; sin embargo, se sentía tan unido a ella que no podía evitar confiarle todos sus secretos. Se dijo que debía escribir sin falta a Lu Buwei para contarle lo sucedido. Todos los trimestres informaba a su señor de la buena marcha de sus asuntos en Zhao.

—Una confidencia a cambio de otra. Júrame que guardarás el secreto que te voy a contar —prosiguió su mujer con una sonrisa.

—¿De qué se trata? —preguntó su marido algo inquieto.

—Me lo ha recordado el color rojo de estas peonías: hace más de un mes y medio que no he visto la sangre menstrual —le confesó.

Ella lo observó, convencida de cual sería la reacción de su esposo al oir la noticia, quien anhelaba desde hacía años la llegada del feliz acontecimiento.

—¡Quiera el cielo que sea un varón! —murmuró Zhaosheng estrechando a Intención Loable entre sus brazos.

Mientras tanto, al otro lado de la ciudad, el rehén Yiren acababa de franquear el muro del cuartel.

La luna empezaba a ocultarse, mas la débil luz del astro no impedía distinguir, a ambos lados de la Vía Láctea, la constelación del Pastor y la Tejedora.

21

LA PRINCESA XIA ACOSTUMBRABA A CONTEMPLAR EL DIBUjo que sobre el azul intenso del cielo formaban las copas de los árboles crecidos en la cresta de la montaña que dominaba el valle.

Parecía una larga serpiente verde enroscada sobre la cumbre. Se decía que era su dragón protector. A sus pies, un hondo precipicio de piedra blanca calcárea, a cuyas paredes se aferraban con ahínco unos minúsculos pinos secos, caía al vacío hasta llegar al fino hilo argentado de un torrente situado mil codos más abajo.

Le gustaba estar en lo alto de aquel lugar conocido como el *Precipicio de la Tranquilidad,* ya que aún no se había construido allí ninguna casa ni ningún pabellón de ocio. Alejado de la ciudad, era necesaria más de media jornada para ir y venir.

Xia iba allí al menos una vez a la semana para meditar en calma y observar el vuelo de las rapaces que revoloteaban en el cielo sobre el precipicio. Al cabo de unas horas, en aquel entorno por el contrario tan hostil, donde las fuerzas *sha* negativas y dañinas se dispersaban lanzando al vacío su excedente de energía, le parecía ver moverse casi de forma imperceptible la cola del dragón verde. Incluso llegaba a oír el murmullo de las gratas palabras de aquel animal fantástico que el viento le traía. Después, ya podía regresar a casa con el corazón sereno.

Aquel día, en cambio, Xia no había ido a pasearse al Precipicio de la Tranquilidad. Permanecía en casa postrada, sentada en el sillón de su habitación, con la mirada sombría y los ojos anegados en lágrimas.

—No estéis triste. Estoy segura de que muy pronto nuestro pequeño Yiren estará de nuevo con nosotras.

Ardilla Avisada nunca se daba por vencida. Cuando la moral de Xia flaqueaba, siempre intentaba hallar las palabras necesarias para animarla a seguir adelante.

—Han pasado ya dos años de la fecha en que supuestamente debía regresar de Zhao. El rey Anguo no cesa de responderme con evasivas cuando le pregunto cuándo reemplazarán a mi hijo por otra persona. La labor de zapa de Huayang finalmente ha dado sus frutos —dijo con rabia llevándose un cojín de seda bajo el mentón.

Lo agarraba con la misma fuerza que si se hubiese tratado del cuello de su rival.

—No hemos de darle más importancia a Huayang de la que tiene —sugirió Ardilla Avisada con la esperanza de que su comentario calmara a la princesa.

En seguida comprobó que no había sido así. A decir verdad, no hizo más que desatar la ira de Xia, a quien tales palabras le parecieron de un descaro intolerable.

—¡Hablas de lo que no sabes! Anguo no viene a dispensarme la más mínima atención desde hace al menos tres semanas. ¡Estoy convencida de que esa maldita mujer trama un complot contra mí! Y en cuanto a ese temblor que tiene, ¡puede incluso haberlo envenenado! Es capaz de todo... —gimió sollozando de rabia.

—¡Vamos, no penséis más en ello! —replicó Ardilla Avisada con tono más firme.

—Se rumorea que se ha encaprichado también de una jovencita, como si Huayang no le bastara —añadió Xia entre hipidos.

El cojín de seda parecía ahora una bola informe llena de manchas causadas por los lagrimones. Ardilla Avisada nunca había visto a su señora tan desesperada; no sabía qué hacer. Se acercó a ella e intentó con torpeza acariciarle el cabello para apaciguarla.

—¡Déjame en paz! ¡Estoy harta de tus gestos empalagosos! —chilló Xia, presa de un verdadero ataque de nervios.

Apartó las manos de su dama de compañía con violencia, infligiéndole unos profundos arañazos en los brazos. Estas últimas palabras encolerizaron a Ardilla Avisada, pues se consideraba injustamente tratada.

—Deberíais haberme dejado denunciar la relación amorosa de Huayang y Apacible Subida de Tres Peldaños hace trece años. ¡Me lo prohibisteis! Si me hubierais dejado hacerlo, hoy seríais reina de Qin y Huayang estaría criando malvas en el monte Kunlun —soltó a quemarropa.

—No entiendo de qué estás hablando, querida —replicó la princesa fuera de sí y con voz aún más furiosa, mintiendo descaradamente a su sirvienta.

A esta no le hizo la menor gracia que la tomara por idiota. Conservaba en la memoria —pues aún sentía la humillación vivida— la enigmática conversación que sostuvo con su señora por aquel entonces, cuando esta citó la máxima de Sunzi sobre la importancia del mensajero respecto al mensaje. Buscó en vano en la corte de Qin a un posible intermediario para advertir al rey Zhong después de que desapareciera Camino Adelante, a quien las mujeres ya enviaron en su día una misiva anónima.

El fallecimiento del anciano monarca puso fin a la búsqueda de Ardilla Avisada. Una vez muerto Zhong, la acusación contra Huayang no tenía el mismo alcance ni las mismas consecuencias.

Así pues, guardó todo en un cajón y su señora nunca más volvió a hablar del asunto.

Pero aquel día, las hirientes palabras que la princesa Xia acababa de pronunciar reavivaron el desagradable recuerdo de lo que Ardilla Avisada siempre consideró como una oportunidad perdida.

La dama de compañía miró enfurecida los rojos arañazos que surcaban la piel lechosa de sus brazos. La actitud falaz de su señora y aquel ataque indignante contra ella la llenaban de amargura y resentimiento. Percibía el desprecio que la princesa rehén, en su fuero interno, seguía sintiendo hacia ella.

Después de tantos años a su servicio, dedicada en cuerpo y alma a su señora, lo que sentía en aquel momento era tan insoportable que prefirió enterrarlo en lo más hondo de su ser.

Había sacrificado todo por la princesa, y ahora descubría de pronto que tan solo era y sería una criatura sometida a la voluntad de una mujer con un carácter cada más imprevisible y desabrido.

Ignorando cualquier sentido de la contención, decidió dejarse llevar y odiarla con todas sus fuerzas. Era extraño, aunque sin duda evidente: Ardilla Avisada constató con estupor que al abrazar aquel odio, calmaba igualmente su alma. Xia era la responsable de su desdicha.

Miró una vez más a su señora, quien, con las piernas dobladas sobre el sillón, hacía como si ella no estuviera allí. Transparente como una gota de agua... Pensó que para ella era tan solo una gota de agua transparente; simple y llanamente una minúscula gota de agua que un día se evaporaría bajo el sol, sin que a nadie le importara o tan siquiera se percatara de ello.

Recordó entonces la historia del prisionero al que lograban arrancar una confesión dejando caer una gota sobre la cabeza de forma continua. Bastaba con esperar unas horas. El ruido ensordecedor de la gota, pues acababa resonando en el cerebro como la percusión de un gong, hacía hablar hasta a los mudos.

La gota de agua siempre acababa venciendo a la cordura de la cabeza donde caía.

Ardilla Avisada llegó a pensar que ella podía convertirse en la gota de agua de la princesa rehén. Transparente e imperceptible, aunque a fin de cuentas mortalmente eficaz.

*

Mientras la madre de Yiren y su sirvienta se despedazaban entre sí, en la terraza del suntuoso palacio que ordenó construir en la colina y acondicionar para su uso y disfrute el ministro de Recursos Extraordinarios tomaba un refresco en compañía de —como solía llamarlas de buen grado— «las dos mujeres de su vida»: Zhaoji y Huayang.

Sus nuevas funciones administrativas, que hacían de él uno de los miembros más importantes del Gobierno de Qin, no habían cambiado en absoluto la conducta del mercader de Handan. Poseía la lucidez de los seres superiores en inteligencia y en astucia.

Mientras otros, al convertirse en ministros, perdían algo la cordura y en seguida los invadían delirios de grandeza, Lu Buwei había tenido el buen gusto, en las mismas circunstancias, de permanecer fiel a sí mismo. Seguía siendo el mismo mercader cercano y sencillo. Además, pudo calibrar lo que era realmente el poder político cuando uno era ministro: sobre todo apariencia y etiqueta. Era mucho más limitado de lo que suponía, mas para darse cuenta de ello, había tenido que ejercer como tal.

Al final, la burocracia obstruía las decisiones de los ministros. Los altos funcionarios, que controlaban mejor los engranajes de la Administración, sabían cómo adularlos y colmarlos de honores hasta aprisionarlos en sus enrevesados procedimientos. Aquella Administración quisquillosa vigilaba, pues, todos los actos del ministro que teóricamente la dirigía. Le impedía salirse del camino marcado, contraponía la inercia de la costumbre y fingía hábilmente darle la razón para halagarlo.

Lu Buwei tenía más poder en sus negocios que dentro del aparato del Estado, pese a ocupar un ministerio calificado «de soberanía». Por eso, aquel poder, cuya futilidad podía medir diariamente, no se le había subido a la cabeza.

No obstante, esa persistencia interior tenía también su reverso: su ambición, de hecho, había permanecido intacta, pura como el cristal. El ascenso a aquel ministerio estratégico no lo había saciado, ni mucho menos. La frustración que sus funciones actuales generaban en él lo empujaba más bien a no ser autocomplaciente.

Ahora deseaba aún más. Quería dejar impresa su marca en el ámbito público y no ser un simple rehén más o menos inconsciente de este.

Esperaba nada menos que ostentar un día un poder de Estado real, tan eficaz como el que ejercía a la cabeza de sus asuntos privados. Aquella ambición, nada ilegítima, lo condenaba a ascender cada vez más alto; ya que imprimir ese nuevo giro tan solo era posible accediendo a funciones aún más importantes, incluso a las de primer rango.

Así pues, soñaba con convertirse en primer ministro. Un primer ministro cuya principal misión sería poner en su sitio a los burócratas que impedían a los ministros ejercer plenamente su poder. Un primer ministro al que el aparato del Estado respondiera como un ejército obedece las órdenes de su general comandante en jefe.

Lu Buwei se veía ya reformando el Estado de Qin, lo cual, en cierta forma, lo condenaba a tomar las riendas del mismo...

Por su parte, Huayang, más prosaica, seguía desesperada a causa de su infertilidad. Aun habiendo logrado alejar de Xianyang al hijo de su esposo, era muy consciente de que se trataba de algo provisional.

Cuantos más meses pasaban, menores eran sus posibilidades de ser madre.

Aquella herida interior, cada vez más profunda, solo la compartía con Zhaoji. Jamás se habría permitido quejarse en público o dar a conocer tal desazón a sus amistades. Solo su fuerza de voluntad la mantenía en pie. Aquella desesperación oculta alimentaba el odio tenaz que profesaba a la princesa rehén, cuya arrogancia y altivez le resultaban insoportables. Se había hecho a sí misma un juramento secreto que tan solo había confesado a su única cómplice: haría cualquier cosa, cualquiera, para impedir al hijo de su rival subir un día al trono de Qin. ¡Tan solo aceptaría su propia situación de mujer estéril bajo esa condición! No tenía nada contra Yiren, excepto el haber nacido del seno de la criatura que más detestaba del mundo. Se había cruzado una o dos veces con el pequeño cuando daba sus primeros pasos o jugaba al balón en el jardín botánico. Aún podía sentir la suavidad de los cabellos finos y claros del niño risueño cuando ella se detuvo a acariciarlo. No le deseaba ningún mal, pero sabía que, si era necesario, llegaría incluso a eliminarlo para impedir que sucediera a su padre.

A aquel odio secreto e irrevocable se unía la fascinación, también secreta, que sintió al ver por primera vez a Anwei, y que la indiferencia de este último hacia ella no había hecho sino multiplicar.

Amaba a Anwei. Lo poco que sabía de aquel hombre le atraía como si lo conociera desde hacía lustros y ya hubiera descubierto todas sus extraordinarias cualidades: valentía e inteligencia, sabiduría pero también prestancia. La reina, que nunca arrojaba la toalla, no perdía la esperanza de lograr seducirlo un día.

Comprendió que de nada serviría intentar cautivarlo como a un hombre ordinario haciendo uso de sus encantos, bajo sus velos transparentes cual nubes. Anwei sería una presa mucho más difícil. Con todo, Huayang seguía convencida de poseer todas las bazas necesarias para atraparlo.

Por tanto, no desaprovechaba nunca la ocasión de cruzar su mirada con la de él cuando este visitaba a su hermano, y colmaba de regalos a los hijos de su inaccesible cuñado, pues pensaba que, a falta del padre, no estaba de más seducir a su prole.

Pese a la batería de argucias y encantos que empleaba, sus tentativas de seducción habían sido hasta la fecha por completo infructuosas.

El único consuelo de Huayang era, pues, Zhaoji, a quien había moldeado a su imagen, proyectando en ella todos sus deseos insatisfechos y los sueños que jamás podría realizar.

Huayang hubiera dado lo que fuera por ver a Zhaoji conseguir todo lo que ella nunca lograría hacer.

Zhaoji, aquella niña que aún fuera diez años atrás, se había convertido en una auténtica belleza. Sus ojos color avellana con reflejos amarillos, ahora levemente más grandes, parecían lanzar llamas cuando reía. Aquel cuerpo esbelto y musculado, mas con finura, seguía tal cual, si no más estilizado aún, gracias a la danza que continuaba practicando con asiduidad. La única novedad en su apariencia era la esmeralda en forma de membrillo que Huayang le había obsequiado por su vigésimo aniversario y que ahora adornaba su ombligo en lugar de la fina perla que tenía.

El terrible acto que Huayang le pidió perpetrar contra el rey Zhong no había dejado ninguna huella ni en la mente ni en el comportamiento de Zhaoji. Aquel crimen no la había corrompido. No había experimentado el más mínimo remordimiento, puesto que tan solo había actuado como brazo armado de la que por entonces fuera la primera esposa del príncipe heredero. Era una de esas criaturas a las que nada afecta, que pueden padecer y realizar lo más atroz sin que los golpes dados o recibidos dejen en ellos la menor cicatriz. Bajo esa aparente quietud se ocultaba una ambición y sed de poder al menos tan intensas como las de Lu Buwei, lo cual explicaba en gran medida la admiración que el mercader de Handan profesaba a la joven.

Había tardado muchos años en apresar a la muchacha, cuyas múltiples facetas le recordaban a la descripción del dragón que aparecía en el *Clásico de las montañas y los mares*:

> *El dragón tiene cabeza de camello, cornamenta de ciervo, ojos de demonio, orejas de buey, nuca de serpiente, vientre de rana, escamas de pez, garras de águila y patas de tigre. En la espalda, el dragón cuenta con veinticuatro escamas; su voz es sorda como suena un aguamanil pan de bronce; a cada lado de la boca caen unos bigotes; en su cuello reluce una perla brillante; en el cuello, las escamas están del revés, y, por último, en la cabeza lleva el cono invertido chimu que lo propulsa hacia el cielo.*

Se armó de paciencia y supo utilizar mil y un ardides para transmitirle el amor totalmente sincero que sentía por ella. Se guardó en todo momento de obligarla a nada y menos aún de aprovecharse de su estatus de protector. Sabía que no podría hacer entrar fácilmente en su jaula a semejante fénix.

Así y todo, había salido airoso.

Todo empezó una suave tarde de verano, en la terraza de su palacio de la colina.

El viento aún era cálido y hacía temblar las canaladuras de los tejados de Xianyang, que ofrecían a la vista de Lu Buwei y Zhaoji su paleta de colores azafranados.

Intentaba demostrar a la muchacha que la amaba de verdad desde hacía más de cinco años. Al principio, la notó tan desconfiada y frágil que se abstuvo de cualquier iniciativa.

Todo en ella le gustaba: su apariencia distinguida, su mirada atenta a la que nada se escapaba, su inteligencia tan sagaz y su innata rapidez mental a la hora de replicar. Espiaba el menor de sus gestos y se extasiaba con cada una de sus posturas. Era un compendio de todo lo inusual. No buscaba cautivar, se contentaba con ser ella misma. Sabía que poseía todo lo necesario para gustar; sin embargo, se centraba en sus ocupaciones sin preocuparse por la opinión de los demás. Y precisamente esa indiferencia de la joven volvía loco a Lu Buwei. Se marcó el temible desafío de conquistar a aquella mujer única sin necesidad de forzarla.

Desde hacía unos meses, tras decidir que ya era hora de dar un paso más, había comenzado a lanzarle cumplidos sobre su arreglo personal o sobre su voz cuando cantaba melodías antiguas acompañándose del laúd. Poco a poco, constató con satisfacción cómo, a fuerza de paciencia y perseverancia, sus gestos de atención ya no dejaban indiferente a la muchacha. Esta bajaba la vista y un ínfimo tono rosado teñía sus mejillas suaves e inmaculadas.

El pájaro salvaje se mostraba gradualmente más confiado y se dejaba apresar.

Aquella tarde, a la sombra de una palmera enana, Zhaoji dormitaba en su sillón de descanso. El calor era asfixiante. Iba vestida con una túnica ligera que dejaba traslucir sus curvas perfectas. Lu Buwei pidió a un sirviente que trajera un zumo de naranja. Al percatarse de que ella estaba sedienta, se lo ofreció. Esta respondió afirmativamente y el mercader se arrodilló ante ella con la copa en las manos.

Su cabeza estaba casi pegada a las rodillas de la joven. El fresco olor de los ungüentos con los que se perfumaba ascendió por las ventanas de su nariz. Allí, tan cerca, podía oír la respiración entrecortada de ella, producida por las pequeñas contracciones de su garganta al ingerir con deleite el zumo de cítricos. Estaba emocionado, como un adolescente que descubre por primera vez el cuerpo de la cortesana a la cual lo ha llevado su hermano mayor. No se movía lo más mínimo y, en aquel instante, tan próximo a la mujer amada, deseó que el tiempo suspendiera su vuelo. Fue entonces, contra todo pronóstico, cuando se produjo lo inimaginable.

Sintió la mano de la chica acariciándole dulcemente la cabellera. Alzó la vista y la miró con incredulidad. Por su sonrisa tierna y cómplice, vio que ella sabía perfectamente a dónde quería llegar y que su gesto no era nada fortuito.

—Hacía tiempo que anhelabais esta caricia. Os observo desde hace cinco años —murmuró ella.

—Desde que te vi por primera vez, vivo de esperanza. Pero sabía que llegaría el día —respondió Lu Buwei.

Después, ofreció sus labios a Zhaoji.

Le siguió un beso cuyo sabor salvaje y tierno nunca podría olvidar. La joven respondió al tímido avance de la lengua del mercader sobre sus encías con un ardor que no esperaba tan pronto.

Comprendió en seguida que ella esperaba ese beso desde hacía mucho y se estaba recreando. Los gráciles brazos de la muchacha rodeaban su cuello para dirigir mejor el rostro de Lu Buwei, como si quisiera aprovechar al máximo aquella primera ofrenda. Las manos del mercader recorrieron los muslos temblorosos de Zhaoji y pudo sentir la calidez de estos bajo la túnica ligera y transparente.

Permanecieron así un buen rato, bajo la palmera enana, el uno descubriendo el cuerpo del otro; y a continuación, Lu Buwei la levantó cual pluma para llevarla a su aposento y posarla con delicadeza en la cama.

La primera noche que pasaron juntos no medió palabra, como si ya todo estuviera dicho entre los dos. Zhaoji, pese a todos los avatares de su corta existencia, aún era virgen. Lu Buwei se mostró tan cuidadoso como «la Libélula que roza el Agua». Gracias a sus dedos expertos, Zhaoji hizo vibrar por primera vez su laúd interior.

Desde el principio, Zhaoji y Lu Buwei formaron una pareja totalmente unida y complementaria, como el círculo donde se engarzan las figuras del yin y el yang.

Por ello, el mercader recibía en su hogar a Huayang sin la menor reticencia, pues era la única amiga verdadera de Zhaoji.

Había aprendido a conocer mejor a la reina de Qin. Pronto se percató con asombro del parecido entre los caracteres de ambas mujeres, tan bellas como inteligentes y tan astutas como frágiles. Juntos formaban un trío cómplice.

Las visitas de Huayang a Lu Buwei y Zhaoji eran frecuentes. Prescindiendo de toda etiqueta, la reina acudía a la colina de los caballos en compañía de un único sirviente. En la sala de música del palacio del ministro de Recursos Extraordinarios, tocaba el laúd con su amiga bajo la mirada enternecida del mercader de Handan.

Si bien la confianza que abrigaba por aquellas mujeres y el amor que sentía por Zhaoji no eran tales como para desvelarles la existencia y las virtudes del bi negro constelado, que guardaba para sí y no hubiera compartido por nada del mundo. El bi era su secreto más preciado.

Tan solo él poseía la llave del armario donde permanecía el disco ritual cuidadosamente colocado.

Conocía la profunda afición de la reina de Qin por los objetos de colección y arqueológicos, mas no deseaba que fuera a parar a sus manos. Estaba seguro de que esta habría querido quedárselo, y prefería evitar el verse obligado a negárselo.

El gran disco de jade era el único bien del que jamás se separaría.

Ese secreto no compartido no afectaba, por el contrario, a su relación de complicidad con Zhaoji y Huayang.

Aquel día, Lu Buwei invitó a las mujeres a tomar el aire en la inmensa terraza que dominaba la ciudad. Allí los aguardaban unos refrescos.

Huayang parecía preocupada.

—Vuestra mirada denota inquietud. Si no es indiscreta mi pregunta: ¿va todo bien? —dijo Lu Buwei a la reina, que acababa de darle un sorbo a un zumo de mango.

—Ciertamente se te ve intranquila —añadió Zhaoji cogiendo a su amiga del brazo y llevándola a lugar más apartado—. ¿Qué sucede? —le susurró al oído cuando se encontraron a solas.

—Como te imaginarás, se trata de Anguo, ¡como siempre! Desde hace unos meses, tiene un extraño temblor en las manos. Pero sobre todo, sigue encaprichado de otra cortesana, ¡apenas una núbil!

—Deberías estar contenta... ¡Eso de menos que se llevará la princesa Xia! —señaló Zhaoji para tranquilizarla prorrumpiendo en risas.

Huayang no respondía.

Estaba menos preocupada por el último antojo y el temblor de manos de su esposo que por la creciente influencia que la princesa rehén ejercía sobre él. La cuenta que echaba todos los meses era categórica: pasaba ya más noches con su concubina que con su primera esposa.

—Desearía tener tu edad. Estoy convencida de que Anguo actuaría de distinta forma —suspiró tomando las manos de Zhaoji.

La joven se limitó a sonreír.

—Os propongo acompañarme a ver los caballos. No he tenido tiempo de ir esta semana. Han cambiado muchas cosas desde vuestra última visita —propuso Lu Buwei a las mujeres con tono jovial.

Esperaba así alegrar a la reina, a quien le gustaba especialmente asistir a la selección de potros y potrancas que, por lo general, tenía lugar al finalizar la jornada en los numerosos cercados que el ministro de Recursos Extraordinarios seguía encargando construir a Suma Perfección.

Los cercados del mercader ahora se extendían hasta el infinito sobre las llanuras y colinas circundantes, formando una retícula impresionante. De un lado a otro de un pasillo central, que partía del acaballadero con forma de barco invertido y atravesaba la llanura hasta llegar al pie de la montaña, se erigían treinta pabellones octogonales que podían alojar más de doscientos caballos cada uno.

Era una auténtica ciudad dedicada por completo al caballo. Allí había cerca de diez mil cabezas. Todo estaba pensado para que aquellos animales, una vez clasificados y seleccionados, tan solo tuvieran que cruzarse. Al final del pasillo, Suma Perfección había levantado un hospital para équidos, tan lujoso por dentro que lo llamaban el *Palacio del Caballo Enfermo.* Acudían de todas partes para visitarlo, como si de un museo se tratase.

La mitad de los animales eran machos adultos que pasaban al acaballadero central, donde se procedería a registrarlos antes de ser incorporados al Ejército. Lu Buwei había logrado que todas y cada una de las monturas entregadas al Ejército de Qin fueran consideradas enteramente como soldados y tratadas como tales. Albergaba la esperanza de que un día pudieran otorgar a los corceles un grado militar, en base a sus capacidades y antigüedad.

Para evitar las rapiñas y los robos, había conseguido en cambio que el rey Anguo promulgara una ley que castigaba con la muerte a todos aquellos que siguieran consumiendo carne de caballo.

No obstante, su mayor victoria fue lograr implantar en Qin, cinco años atrás, la raza de équidos más famosa, de los cuales *Gavilán Púrpura* y *Gavilán Rosa* habían sido los primeros especímenes introducidos: los caballos celestes conocidos como *akhal teke,* procedentes de las llanuras de Turkmenistán. Y ello gracias a la adquisición de unas cien cabezas a unos mercadores y ganaderos intrépidos que no dudaron en obligar a los animales a recorrer los miles de li que separaban la frontera de Qin y su región de origen para presentárselos al mercader.

Lu Buwei se convirtió así en el propietario de ese lote de caballos akhal. Mafu y el Hombre sin Miedo les prodigaron los mejores cuidados. El mercader ordenó construir un cercado solo para ellos, custodiado día y noche. Para la primavera siguiente, doce yeguas ya habían dado a luz, y para el año siguiente, la descendencia akhal estaba al fin asegurada. La yeguada contaba con quinientos diez ejemplares de los caballos llamados *celestes.*

Cuando llegaron al almacén donde el caballerizo jefe Mafu había instalado su despacho, lo encontraron con aire abatido y devastado. En trece años, su cabellera se había poblado de canas, estaba ligeramente encorvado y sus piernas longilíneas se habían arqueado algo más por la monta, aunque aún conservaba su porte de jinete excepcional.

—Pareces consternado. ¿Qué ocurre? —preguntó Lu Buwei, preocupado por la mirada angustiada de Mafu.

—He perdido tres potrancas akhal desde ayer. Espero que no sea el inicio de una epidemia —respondió el caballerizo señalando tres cadáveres de caballos con el vientre hinchado que yacían en el suelo del almacén.

Lu Buwei hizo una mueca. Con el paso de los años, había logrado a fuerza de organización, ciencia y medios materiales que Qin recuperara los caballos necesarios para dar lustre a sus ejércitos y ampliar sus conquistas. Se había ganado el reconocimiento del reino que, a modo de recompensa, le concedió el título de ministro. Bajo la pomposa apelación de «ministro de Recursos Extraordinarios» se escondía de hecho un gran ministerio de la raza caballar.

Era un título ante todo honorífico. No se correspondía a ningún servicio de Estado. Toda la organización instaurada por Lu Buwei seguía perteneciéndole en exclusiva.

Firmó con el reino un contrato de compraventa de los équidos a un precio fijado previamente, lo cual le permitió de paso aumentar su fortuna de manera extraordinaria. Disponía de acaballaderos, prados y palafreneros que contribuían al funcionamiento de aquel sofisticado sistema de abastecimiento a gran escala. Ahora más que nunca contaba con los medios necesarios para satisfacer las necesidades de los ejércitos. Con el acuerdo tácito de las autoridades de Qin, el perspicaz Lu Buwei se había convertido en un Estado dentro del Estado.

Gracias a ello, era con diferencia la fortuna privada más importante del reino, lo cual no dejaba de escandalizar a algunos ministros de estricta obediencia confuciana que consideraban dicha situación contraria a su idea de cómo debía ser la organización de los poderes públicos. La situación acabó asimismo molestando a ciertos altos funcionarios, adeptos al legismo, que veían en Lu Buwei un peligroso contrapeso privado al poder del Estado y de su Administración.

Consciente de las dificultades que ello podría suscitar en cualquier momento, Lu Buwei había pedido a Han Feizi su opinión sobre dicha cuestión. Este respondió con sabiduría:

—¡Lo que cuenta es la finalidad! Vuestro objetivo es el mismo que el del rey de Qin: aumentar el poder de este reino. Poco importan los medios. En tanto el rey acepte esta situación, no veo qué podría hacerle cambiar de parecer. Solo importa vuestra lealtad. Mas no digo que ello no genere celos y envidias.

Aquella frase premonitoria del filósofo tartamudo resonó de repente en la cabeza del ministro de Recursos Extraordinarios cuando vio los cadáveres hinchados de los tres caballos akhal.

La perspectiva de una epidemia preocupaba a Lu Buwei, tanto más cuanto que sus yeguadas nunca las habían padecido antes. El infinito cuidado que tenía en sacrificar a los animales que presentaban el menor síntoma alarmante lo había salvado de aquellas plagas que podían provocar la muerte de miles de caballos en varios días y acabar así con yeguadas enteras.

El mercader se inclinó sobre la tercera yegua muerta. Como el resto, llevaba una collera de cuero con su número de matrícula, su nombre, así como el del semental y la potranca akhal que la habían engendrado.

Lu Buwei se percató de que había una fina lámina de bambú entre la collera y la piel del animal. Se apartó un poco para leerla.

—No tienes por qué preocuparte —dijo a Mafu tras leer el texto de la lámina—: no se trata de una epidemia.

El caballerizo jefe lo miró atónito. Lu Buwei parecía inquieto. Tras releer varias veces la lámina, se la tendió al caballerizo.

Era un poema breve.

La caligrafía era de una mano experta, pues sus caracteres, perfectamente equilibrados y dispuestos con esmero en columnas, no presentaban ni un trazo más largo que el resto y los habían dibujado con un solo gesto, ágil y amplio a la vez, sin la menor vacilación o temblor, y en cursiva, como los escribas duchos acostumbrados a escribir bien y rápido.

El nido del cuco Lu Buwei es demasiado grande
para que el glorioso Estado de Qin a él se acomode.
Más vale que el pájaro coloque su nido en otra parte
pues de lo contrario, los caballos conocerán, uno tras otro,
[la misma suerte.

Cuando Mafu acabó de leerlo, Lu Buwei tomó la lámina de sus manos y le pidió con un gesto no hacer ningún comentario.

—Es el certificado de inspección de la pobre yegua que mañana mismo llevaré al veterinario —indicó Lu Buwei a modo de explicación.

El mercader quería demasiado a las dos mujeres como para revelarles aquel odioso chantaje cuando le preguntaron por lo sucedido.

22

—QUIERO PARA MAÑANA UN INFORME DETALLADO sobre la situación de nuestras fuerzas en todos los lugares donde se estén llevando a cabo operaciones exteriores.

—A vuestras órdenes, señor ministro de la Guerra —respondió el general Wang el Afortunado.

Llevaba la cinta roja de jefe de Estado Mayor de los ejércitos de Qin sobre el típico sombrero con costura central y dos filas de picos y volutas a los lados.

El general Wang era un valeroso soldado que procedía de esa clase de campesinos pobres que, gracias a su coraje y heroísmo, habían ascendido a todos los grados militares. Se había enrolado como simple soldado después de que un reclutador lo seleccionara entre los miembros de su familia tras realizar unas pruebas físicas, y de que un geomántico, una vez examinada la disposición de la casa parental en la ciudad, no presentara ninguna objeción. Y al fin había alcanzado la coronación de una vida consagrada a la guerra. Ostentaba el rango militar de más alto grado, el de generalísimo jefe de Estado Mayor de los Ejércitos.

Para ello, el soldado Wang tuvo que luchar largos años en duras campañas contra los temibles vecinos de Qin y desempeñar un papel trascendental en una serie de victorias decisivas. No obstante, combatir con arrojo no bastaba para hacer carrera. Era necesaria la suerte para salir con vida de batallas terribles donde los muertos a menudo se contaban por decenas de miles.

Y la suerte había sonreído a Wang.

Cada vez que se producía un ascenso, los colegas y hermanos de armas que habrían podido ser rivales peligrosos acababan cayendo en combate. Wang no calculaba sus actos ni escatimaba en valor y fuerzas, mas escapaba de milagro a las flechas envenenadas que solían perforar el occipucio y hacerlo pedazos, así como a las lanzas mortales que podían atravesar las vísceras de lado a lado. Su cuerpo estaba lleno de cicatrices, pero de heridas que siempre habían acabado sanando.

Por tanto, a la hora de promover al combatiente más intrépido a un rango superior, el elegido tan solo podía ser Wang: ¡era el único superviviente!

Esa suerte, que nunca lo había abandonado, explicaba por qué lo llamaban *Wang el Afortunado.*

Una vez se alcanzaba el grado de general, llegar a las funciones superiores de comandante de caballería, infantería, de los arqueros o los carros —según el cuerpo de procedencia— ya no era una cuestión de valor o mérito. Era aún más flagrante para el acceso al puesto de generalísimo que dirigía todos los ejércitos y dependía únicamente del ministro de la Guerra. Para ello, ya no bastaban las piernas y los brazos; hacía falta tener cabeza. *Hacer saber* era más importante que *saber hacer.* Uno entraba ya en el campo de la política, es decir, de la intriga y la arbitrariedad, para las que una mente como la de Wang apenas estaba preparada.

La suerte de Wang, en esta ocasión, se llamaba Anguo.

Poco después de subir al trono, el nuevo rey de Qin introdujo cambios notables en la organización de las Fuerzas Armadas respecto a la existente en tiempos de su padre.

El rey Zhong no quiso contar con un ministro de la Guerra. Él mismo había combatido lo bastante como para estar convencido de gozar del respeto necesario de los ejércitos de Qin, quienes lo consideraban de forma natural como su jefe supremo. Por tal razón quiso mantener una relación directa con estos. Anguo, cuya legitimidad ante los militares de alto rango era mínima, tuvo el acierto de restablecer el Ministerio del Ejército, bajo la batuta del ministro de la Guerra.

Dos militares podían aspirar a ocupar dicha función: los generales Imperfección del Jade y Paz de las Armas, a los que el destino parecía haber decidido enfrentar eternamente.

Anguo se había mostrado incapaz de elegir entre los dos hombres. El muy cándido creyó conveniente consultarlo con Huayang y Xia. La primera apostaba por Paz de las Armas; la segunda, por supuesto, por Imperfección del Jade... ¡Una vez más se encontraba entre la espada y la pared, dividido entre las dos mujeres! El asunto duró meses, sembrando una profunda confusión en los Estados Mayores. Debía zanjar el asunto.

Al final, Paz de las Armas venció a su adversario, gracias a la intervención de Lu Buwei.

Advertido por Huayang y Zhaoji de los tejemanejes y de la indecisión del soberano, el mercader de Handan simplemente decidió comunicar a las autoridades de Qin que dejaría de abastecer caballos si el ministro de la Guerra escogido resultaba ser Imperfección del Jade. Hizo saber bien alto y claro que le parecía inconcebible que el responsable supremo de los ejércitos no fuera él mismo un jinete avezado; y que alguien que siempre había negado el papel fundamental de la caballería en las victorias militares y rehusado subirse al lomo de un caballo por la sola razón de ser alérgico a la crin no era digno de liderar aquel cuerpo ni servir de ejemplo.

El mensaje no tardó mucho en hacerse oír.

Días más tarde, el decreto donde se nombraba al general Paz de las Armas ministro de la Guerra se exhibía en el balcón de la primera planta de la Torre de las Notificaciones.

En señal de la importancia que el Estado de Qin concedía a su brazo armado, contrariamente a otros ministerios situados en el barrio bajo, el de la Guerra ocupaba la esquina del edificio de entrada del Palacio Real y por tanto formaba parte integrante de este. En orden de importancia, iba justo detrás de la Cancillería.

Sus servicios se repartían en tres plantas. En la última se encontraba el despacho y los aposentos del ministro. En la primera planta, custodiada cual fortaleza inexpugnable, estaba la sala de los mapas y los planos de todos los campos de batalla en curso y futuros. Allí era, ante alzados topográficos elaborados gracias a la información proporcionada por los espías de Qin en territorios enemigos, donde se ideaban las estrategias de conquista y se preparaban los ataques sorpresa fulgurantes que habían permitido al reino ampliar de forma inexorable sus fronteras.

En la planta baja, unas amplias salas abovedadas y llenas de humo de fraguas albergaban los talleres donde ingenieros militares diseñaban nuevas armas que luego forjadores y carpinteros transformaban en prototipos antes de probarlas en los campos de batalla para, finalmente, fabricarlas en serie.

El despacho de Paz de las Armas era una espaciosa sala con aspecto solemne de cuyas paredes colgaban todas las placas de bronce, cada una con un motivo animal diferente, que servían de insignias de los regimientos de Qin. En el centro había una enorme mesa redonda donde se celebraban las reuniones con los doce generales comandantes de los ejércitos. Al fondo de la habitación, una caja fuerte contenía las mitades de hufu necesarias para transmitir órdenes al terreno.

Cuando el general Wang el Afortunado abandonaba el despacho del ministro, siempre sentía un leve pinchazo en el corazón, pues ahí era donde en verdad tomaba consciencia de la importancia de sus funciones.

Y la orden que acababa de darle Paz de las Armas, al ser la primera de ese tipo, parecía especialmente importante. Nunca antes le habían mandado elaborar un informe general sobre la situación de las fuerzas de Qin en los lugares donde se estaban llevando a cabo operaciones exteriores. De costumbre, los únicos que le pedían eran sobre sus inspecciones a los oficiales superiores en cuarteles y campamentos militares.

Bajó a la sala de los mapas y los planos y solicitó al coronel en servicio que le mostrara todos los alzados de las zonas donde se estaban produciendo batallas o se iban a emprender.

—Mi general, se están librando seis batallas desde hace un mes lunar y prevemos entablar tres en los próximos días.

—Quiero un detalle pormenorizado.

—Primero os hablaré de la más importante. Se trata de una ofensiva contra Zhou. Planeamos atacar Luoyang, la capital. Con la toma de la ciudad, pretendemos conseguir la rendición definitiva de este reino que tanto daño ha infligido a nuestros ejércitos desde hace siglos —dijo el coronel indicando a Wang el Afortunado que se acercara a una pared donde habían clavado un mapa formado por cuatro trozos de piel de cordero cosidos.

—Conozco bien los elementos de esta ofensiva. ¿Cuántos hombres y caballos hemos enviado?

El coronel se inclinó sobre el mapa. En la esquina inferior derecha figuraba la información requerida por el jefe de Estado Mayor.

—Veintitrés mil hombres y algo más de diez mil caballos.

—¿Hay algún problema en particular?

—No que yo sepa, mi general. Los hombres y los caballos llevan preparándose meses. Hemos autorizado una doble ración de comida para los animales. No obstante, podemos convocar al general encargado de la ofensiva para que venga a informar en persona al ministro antes de lanzarla.

—Me parece una buena idea, dada la importancia del asunto —replicó Wang el Afortunado.

—En cuanto el resto, lo rutinario. Las seis batallas en curso son asedios a plazas fuertes en las fronteras de Qi, Han, Yan y Wei. Estamos impidiendo la entrada de cualquier alimento. Basta con esperar.

—Conozco ese método; lo sugirió el estratega Han Feizi: masacramos a sus soldados cuando el hambre los obligue a salir ya sin fuerzas de las ciudadelas. Es infalible.

—En cambio, hay una operación más arriesgada. Es el intento de tomar el control del puente del río Han, la principal vía de acceso a la capital del reino de Chu.

Wang el Afortunado hizo una mueca.

Con tan solo oír el nombre de Chu, el cual le evocaba sudor, sangre y lágrimas, sentía un profundo malestar. Había combatido cientos de veces, siempre en las condiciones más duras y dejando atrás a numerosos hermanos de armas. Chu era el único reino que verdaderamente se las hacía pasar moradas a Qin. Sus ejércitos estaban a su mismo nivel en cuanto a número y preparación. Su único punto débil era la caballería. Un siglo antes, Chu a punto estuvo de arrebatar la supremacía a Qin, mas los arqueros a caballo de este último consiguieron romper el cerco en el transcurso de la batalla, que se había prolongado tres años y causado cientos de miles de víctimas en ambos bandos.

—Necesito un estado de la cuestión general para mañana a primera hora. El ministro de la Guerra así lo desea —ordenó el jefe de Estado Mayor al coronel.

—Se hará como pedís —aseguró este, al tiempo que llamaba al escriba en servicio disponiéndose a dictarle el resumen de las informaciones requeridas.

A la mañana siguiente, Wang el Afortunado tendió con orgullo su informe al ministro Paz de las Armas.

Este lo examinó con atención.

—La única operación delicada es la de ese puente sobre el Han. Por el momento, bloquea nuestras ofensivas contra el maldito Chu —señaló pensativo el ministro.

El general Wang permanecía respetuosamente en silencio para dejar reflexionar tranquilo a su ministro.

—Es evidente que nos encontraríamos muy lejos de nuestras bases de retaguardia, en las entrañas de un Estado enemigo que a buen seguro no nos facilitará la tarea lo más mínimo —añadió Paz de las Armas.

—Nuestra única oportunidad de evitar caer en una emboscada que nos podría costar un ejército entero sería nombrar jefe de expedición a alguien familiarizado perfectamente con el terreno y que conociera bien las tácticas empleadas por ese reino donde abundan los espías —se atrevió a sugerir el ministro Wang el Afortunado.

El rostro de Paz de las Armas se iluminó. El general Wang había dado en el clavo: era preciso dar con un caudillo familiarizado con el reino.

Había un hombre que conocía a la perfección Chu por haber estado allí como rehén y ese era Anwei, el hermano pequeño del rey, cuyo arrojo e inteligencia eran, además, indiscutibles.

*

Cuando se enteró del nuevo ascenso de su rival al puesto de ministro de la Guerra, Imperfección del Jade experimentó una inmensa amargura.

En aquel momento se encontraba en medio del prado donde practicaba a diario el tiro al arco.

A causa de la rabia, soltó la cuerda de forma tan brusca que el arco resonó en su brazo como un carillón. Pisoteó la flecha y aplastó la punta en el suelo. Para él, aquel fracaso equivalía a un destierro. ¡Ver a su rival alcanzar siempre esas funciones tan deseadas era realmente insoportable!

Pero lo peor era perder su honra. Los cerca de novecientos mil soldados titulares (había otros tantos suplentes) que integraban los ejércitos de Qin sabían que su general en jefe Imperfección del Jade era candidato al Ministerio de la Guerra. Por consiguiente, su prestigio quedaba por los suelos ante sus hombres en beneficio de aquel que únicamente dirigía el cuerpo de caballería, la mitad de numeroso que el de los soldados titulares. El comandante en jefe de los caballos había vencido al de los hombres.

La elección de Anguo le parecía del todo vergonzosa. En esas condiciones, era imposible continuar un día más al servicio de los ejércitos de Qin.

Una mañana, los guardias reales encontraron en el suelo de la sala de audiencias, al pie del trono, la mitad de un tigre de bronce con incrustaciones de oro de medio palmo de largo. Firmando así su retiro definitivo de la carrera militar y desafiando la etiqueta según la cual un gesto tan descarado para con el soberano se castigaba de la forma más severa, Imperfección del Jade mandó dejar al pie del trono de Anguo la mitad del hufu del cual tan solo el rey podía poseer su pieza análoga.

Preso de una honda aflicción, el general pensó en un primer momento poner fin a su vida. Erró durante días enteros, a veces por el borde de la inmensidad que se abría bajo el Precipicio de la Tranquilidad; otras en las orillas del Wei, sin lograr reunir el valor necesario para dar el salto. Luego intentó en vano hundirse el puñal en el vientre, tras afilarlo detenidamente con una piedra de jade.

Una vez hubo constatado que no era tan sencillo darse muerte, pasó largos meses meditando en un pabellón que dominaba un pequeño lago de montaña donde abundaban las truchas asalmonadas, a unos cinco o seis días de marcha de Xianyang.

Allí fue donde poco a poco germinó un plan en su mente. Un plan con sabor a revancha que dejaba vislumbrar una luz de esperanza para el general deshonrado. Se había convertido en un militar de carrera humillado por la victoria de su eterno rival, perdiéndolo así todo. Mas también podía optar por otra vida... La afrenta sufrida como general se podía lavar de otra forma.

Para ello, pese a haber alcanzado e incluso superado la edad madura, debía cambiar de vida y transformarse en otra persona.

De hecho, en la corte de Qin existía una casta que aún disponía de un poder sin igual, mucho mayor que el de los militares, y que no estaba sujeta a las reglas del Ejército ni de la Administración de Qin. Ningún poder había osado jamás enfrentarse a ella, tal era su fuerza y omnipresencia. La casta de los eunucos era ese mundo aparte con reglas propias donde podría llevar una segunda vida y vengarse al fin. Para ingresar en ella no había límite de edad, tan solo debía someterse a la castración. Imperfección del Jade, además, siempre había mantenido buenas relaciones con los eunucos más eminentes de la corte, empezando por Camino Adelante y el cirujano titulado Cuchillo Rápido.

Así fue como al general deshonrado se le metió en la cabeza que esa era su única oportunidad de acceder a unas funciones civiles que lo situarían en el corazón del poder supremo y borrarían el oprobio de su dolorosa derrota frente a Paz de las Armas. Incluso, con el tiempo, podría ajustar cuentas definitivamente con su viejo rival.

Quedaba la cuestión de su edad y la capacidad de su cuerpo para soportar semejante mutación sin desangrarse por completo y perder la vida en ello. Pidió cita en la clínica de los eunucos para que Cuchillo Rápido lo examinara.

—He decidido entrar a formar parte de tu gremio. Ya no tengo futuro en la carrera militar, ¡pero pienso que podría ser un eunuco eficiente! —lanzó al cirujano, que se había quedado de piedra al oír la pretensión del viejo soldado.

—Si te hubieras casado ya serías abuelo —replicó el cirujano al general deshonrado.

—Te lo suplico: examíname y sé honesto en tu diagnóstico —gimió entonces el general bajándose los pantalones.

Cuchillo Rápido sopesó las partes íntimas de Imperfección del Jade y las examinó con detenimiento.

—La castración me parece extremadamente arriesgada —soltó al cabo de un rato.

—Pero, ¿y si acepto el riesgo? —insistió el general.

—Para mí está claro: yo no lo haría —respondió el cirujano con semblante sombrío.

Las lágrimas y súplicas de Imperfección del Jade no le sirvieron de nada. Cuchillo Rápido, que consideraba aquella petición tan ridícula que ni siquiera se atrevió a decírselo al solicitante, decidió mantenerse firme en su negativa.

El motivo no era tanto el temor a errar en la operación como el riesgo de tener que aguantar los reproches del interesado una vez realizada.

Era algo frecuente en los candidatos a castrados cuando superaban una cierta edad. Todo iba de maravilla los primeros meses y luego, de pronto, se arrepentían de haber sido privados de sus atributos masculinos y, al no soportar el hecho de no ser ni hombre ni mujer, rechazaban aquella castración irreversible. Lo más habitual era el suicidio, cuando no intentaban atacar al cirujano, al que consideraban el culpable de aquel auténtico crimen cometido contra su persona. Cuchillo Rápido había sido ya objeto de varias tentativas de asesinato por parte de castrados arrepentidos. Incluso se había visto obligado a matar a dos de ellos degollándolos con el escalpelo.

Imperfección del Jade, un hombre aún fornido, debía de contar con un arsenal de guerra que habría convertido su expedición en busca de vindicta en una verdadera carnicería. No tenía la menor gana de correr ese riesgo por acceder a semejante capricho.

Así pues, el general dimisionario se marchó de la clínica de los eunucos con un no por respuesta. Abatido por el pesimismo, cruzó el parque de catalpas y ginkgo bilobas centenarios, cuyas hojas empezaban a parecer medallas doradas. Allí, bajo esos majestuosos follajes a los que era incapaz de prestar la menor atención, comenzó a experimentar un sentimiento de rebelión. El desvanecimiento de cualquier esperanza de rehacer su vida como eunuco, en consecuencia, desencadenó en él una implacable sed de venganza.

Guardaba un profundo rencor a quien él consideraba el único responsable de su fracaso y por el que sentía un odio irreprimible.

Aquel hombre que supo dar con palabras y argumentos aplastantes que llevaron al rey Anguo a decantarse por Paz de las Armas.

Y ese hombre era Lu Buwei.

*

—Vengo a comentaros un asunto de máxima importancia. Los ejércitos de Qin precisan de la ayuda de vuestro joven hermano, el príncipe Anwei —anunció Paz de las Armas al rey Anguo curvando la nuca.

En el espacioso salón de sus aposentos privados, instalado cómodamente sobre unos cojines de cuero con motivos de fénix enfrentados, el rey Anguo había comenzado una partida de damas contra sí mismo que se estaba convirtiendo en un quebradero de cabeza. Odiaba conceder audiencias imprevistas a sus ministros, pero Li Si, el joven vicecanciller que se ocupaba de la agenda del soberano, había insistido tanto en la importancia del asunto para el cual el ministro de la Guerra quería verlo, que acabó cediendo.

El rey enarcó una ceja. La petición del ministro de la Guerra lo sorprendía un tanto.

—¿Puedes decirme algo más? —farfulló deslizando de una casilla a otra un peón de marfil.

—Su Alteza, como ya sabréis, Qin está preparando una amplia ofensiva para hacerse con el puente de piedra del río Han que da acceso a la capital del reino de Chu. Nuestros expertos han sido categóricos: corremos un gran peligro si el comandante de nuestra operación no es un buen conocedor de ese país y de sus métodos bélicos.

—Ahora sí lo entiendo mejor, pero, ¿qué piensa mi hermano de todo esto? —preguntó el rey si acaso más preocupado por su juego de damas que por el tema de discusión.

—Aún no hemos hablado con él y esperábamos vuestra autorización para hacerlo —dijo Paz de las Armas.

—Debes pedírselo, aunque si se niega, quiero que sepas que no lo obligaré a nada. Está casado y es un padre ejemplar. Además, creo que es feliz donde vive. Por nada en el mundo querría forzarlo a renunciar a la felicidad que ha encontrado

—insistió el rey, completamente absorto en el punto que iba a marcar contra su propio campo.

Anguo sentía por su hermano pequeño una ternura y afecto que nada ni nadie había logrado mermar.

Para satisfacer su amor por la naturaleza, le había concedido la gestión de los parques y jardines del reino; una función que otorgaba a su titular el derecho a vivir en una suntuosa casa construida en pleno corazón del Arboreto Real, donde se cultivaban las especies más exóticas. Anwei, sorprendido en un primer momento por aquel nuevo exilio, poco a poco le cogió gusto a la belleza y el encanto del lugar, donde pasaba los días cuidando los jardines, excavando acequias, regando los brotes y podando las plantas. Sus ocupaciones campestres lo colmaban de gozo. No le hubiera importado lo más mínimo acabar su vida como jardinero, incluso si en su fuero interno soñaba con retomar las armas. Aunque era un pensamiento fugaz y jamás se lo había confesado a nadie. En esos momentos, el celoso jardinero se convertía en un héroe valeroso y se imaginaba luchando con el enemigo cuando escamondaba las catalpas.

De Xianyang al Arboreto había media jornada a caballo de marcha. Paz de las Armas decidió partir justo el día siguiente de su audiencia con el monarca. Más valía darse prisa antes de que Anguo cambiara de idea. Como único acompañante llevaba a su secretario particular. Los hombres montaban unos pequeños akhal de un pelaje brillante como la laca.

*

Era la primera vez que el ministro de la Guerra visitaba el Arboreto Real.

Los jardineros y geománticos de la corte habían diseñado aquel parque amurallado como una reproducción del Palacio de la Osa Mayor: en un terreno con la forma de una herradura abierta al sur y terminada en una vena de dragón, es decir, un pliegue del relieve capaz de retener la energía primigenia qi.

Se respetaron todos los principios del feng shui para que el parque estuviera perfectamente orientado y en armonía con el cosmos. Al este fluía el río sinuoso del Dragón Verde, mientras que en el sur, la pequeña isla del Pájaro Rojo dominaba el estanque del Cenit. Al oeste, el camino tortuoso y ascendente del Tigre Blanco conducía a la montaña de la Tortuga Negra del norte. Los vegetales, esculpidos cual estatuas, estaban dispuestos con esmero formando tres tipos de paisajes: el de la serpiente que franquea el río del cielo, el de los nueve escalones del palacio de jade y el del búfalo con la cadena de oro.

Todo el arte de los jardineros y paisajistas consistió en conferir al conjunto una imagen de grandeza y amplitud, como si hubieran querido hacer de aquel lugar vegetal amurallado una región entera que se perdiera en el horizonte, con estepas áridas, montañas pedregosas o frondosas, lagos, ríos y cascadas.

En aquel Arboreto no existía la línea recta, y el visitante descubría algo nuevo a la vuelta de cada uno de sus caminos sinuosos y de sus puentecillos. Las plantas yin habían sido cuidadosamente separadas de las yang. Los jardineros habían podado todas las puntas maléficas de *flechas envenenadas* que formaban las aristas vivas de las ramas y apuntaban a la cabeza de los visitantes. De igual modo, los escultores habían pulido los ángulos de las rocas demasiado afilados que habrían podido dañar a los paseantes con su carga excesivamente alta de energía negativa.

En el centro del jardín, un bosque de bambúes cortados cual enorme bola servía de válvula de escape para las fuerzas nocivas. En las zonas verdes libres de plantas habían desperdigado piedras con formas extrañas que evocaban el poema de *El bosque brumoso:* «La quintaesencia del cielo y la tierra, del yin y el yang, se concentra en las rocas, perforando la tierra, y adopta extrañas formas».

El príncipe Anwei se pasaba los días meditando y cuidando con celo el reino vegetal al que gobernaba sin el menor problema, rodeado de aquellas piedras erguidas y a la sombra de la isla-montaña del estanque central en torno al cual los ciruelos, almendros y sauces formaban una delicada pantalla férreamente custodiada por un ejército de boj modelados en cubos.

A la entrada del parque, Paz de las Armas se detuvo a admirar lo que Confucio llamaba los «tres amigos»: el pino, el cerezo y el bambú, plantados allí adrede para honrar a los visitantes.

Anwei, avisado por un sirviente, corrió de inmediato a su encuentro.

Iba vestido como un jardinero y en las manos llevaba unas pequeñas tijeras para podar las agujas de los pinos.

—¿Qué trae a un ministro de vuestra talla a un lugar tan modesto como este? —preguntó a Paz de las Armas con una sonrisa.

Antes de que el ministro pudiera responder, lo tomó del brazo para mostrarle el Arboreto. Mientras recorrían los senderos ondulantes de su reino y el hermano del rey le explicaba las especies más exóticas del parque, Paz de las Armas consiguió aclarar a Anwei el motivo de su visita.

—¡Me siento halagado! Hay otros intrépidos estrategas que conocen Chu tan bien como yo —replicó este último al tiempo que cogía con delicadeza una peonía escarlata para ofrecérsela a su visitante.

—Hemos estado reflexionando sobre ello detenidamente. Sois el único que podéis impedir un desastre militar que truncaría las esperanzas de Qin de conquistar en el futuro el reino de Chu —declaró con gravedad el ministro de la Guerra.

Anwei era un joven valiente que amaba aún más su país por el hecho de haber estado alejado de él durante sus años de exilio como rehén de Chu. Sin embargo, le había cogido gusto a la felicidad y a aquella extraña paz interior que sentía al sumergirse en la naturaleza del Arboreto, dispuesta de esa manera tan bella. En ningún otro sitio se sentía más dichoso que en su jardín, en medio de sus árboles podados con formas delicadas, beneficiosas y envolventes para el paseante, el cual descubría en sus caminos sinuosos, tras cada matorral y al doblar cada esquina, la suntuosidad de una rama sabiamente torcida o la exótica pincelada de una flor en el armónico lugar.

A causa de aquel Arboreto había llegado incluso a recelar de la guerra y de sus bárbaras atrocidades; la guerra, en las antípodas de un jardín ideado para el flujo de las energías positivas. En el campo de batalla, las fuerzas sha maléficas circulaban por el bosque de espadas y picas afiladas que resultaban ser flechas envenenadas, destructoras tanto del cuerpo como del alma. La guerra era, en definitiva, el desorden absoluto del mundo, mientras que Anwei buscaba en aquellos momentos la armonía suprema del mismo en las plantas y árboles que poblaban aquel parque.

Por ello, la propuesta de Paz de las Armas lo sumía en un mar de confusión. No lograba dar con una respuesta, perdido como estaba en sus pensamientos. Se puso a contemplar la isla-montaña del estanque central y el cerezo centenario de su cumbre con el tronco deformado por años de crecimiento reprimido. No era más alto que el brazo de Anwei y, sin embargo, aquel árbol en miniatura irradiaba una fuerza extraordinaria que personificaba el centro cósmico del jardín, su calderón, el punto donde debían concentrarse todas las energías qi positivas procedentes de las plantas y las rocas del parque.

—Seré aún más preciso: en caso de producirse una derrota en el río Han, los ejércitos de Chu podrían acabar invadiendo todo el Estado de Qin. ¡Un soldado de Chu no vacilaría en cercenar ese arbolillo de un sablazo! Este Arboreto quedaría reducido a un montón de tierra y cenizas —añadió el ministro de la Guerra con un tono aún más grave.

Durante su discurso, señaló el pequeño cerezo centenario y, con un gesto más amplio, todos los árboles y plantas de alrededor. Al pie de un cerezo fue precisamente donde nació el venerable Laozi, el autor del *Libro del dao y de la virtud*.

Anwei sabía que Paz de las Armas era de mente aguda y perspicaz y poseía una enorme fuerza de convicción, pero también que era profundamente honesto. Estaba seguro de que el general, y ahora ministro, no mentía.

Paseó la mirada un buen rato por su jardín. Le pareció oír una dulce música interior respondiendo a aquella armonía pura reinante entre las plantas y las rocas. Conocía demasiado bien la barbarie de los soldados de Chu como para saber que no respetarían ninguna de aquellas maravillas cuando entraran allí a galope tendido lanzando su grito de guerra. Destruirían y triturarían con malsano placer aquella quintaesencia de sutilidad y armonía.

Se subió el pantalón y se metió en el estanque. El agua le llegaba por debajo de las rodillas. Después, en menos de tres zancadas y con cuidado para no tocar las vainas llenas de semillas de tres lotos que habían enraizado en el fango, trepó al cerro que formaba la isla-montaña para luego inclinarse sobre el arbolillo de tronco reseco. Sintió el roce de sus minúsculas hojas en la oreja. Rodeó con las manos el tronco nudoso cual cepa de viña y cerró los ojos. Sintió la imperceptible vibración del tronco en sus palmas. Le inundó el gozo y el agradable calor interior de la fuerza positiva que emanaba del tronco del viejo cerezo como una fuente vital procedente de las entrañas del cerro.

Creyó oír un débil murmullo salir del tronco: no cabía duda, el pequeño cerezo centenario lo exhortaba a ir a defender aquella armonía y energía que los guerreros salvajes de Chu destruirían sin el menor remordimiento.

Tan solo sería un paréntesis necesario que intentaría cerrar lo antes posible para regresar a la paz de aquel jardín y al amor de su querida familia. Era la condición para que todo aquello no terminara calcinado y pisoteado, para que toda aquella armonía, obtenida lentamente gracias a una infinita paciencia y a la ciencia botánica, permaneciera intacta y siguiera existiendo para las generaciones futuras.

Para conservar la paz, a veces era preciso entrar en guerra.

Le hizo un gesto a Paz de las Armas para transmitirle que aceptaba ir a luchar por que aquellos efluvios tan sutiles no murieran víctimas de fuerzas bárbaras y maléficas.

23

Cuando Poderosa Estrella del Este vio a la criatura de larga cabellera acercarse a la cuna de su bebé, instintivamente se precipitó como una loca para protegerlo. La cría aún no había cumplido ni cuatro meses y dormía como un angelito bajo uno de los sauces del jardín de la casa donde Li Si vivía con su joven esposa.

La criatura tenía los hombros cubiertos con una larga capa de sayal negro desprovista de cualquier adorno, con excepción de una cadena de oro con un colgante de jade verde esmeralda que representaba a un animal fantástico con cuerpo de serpiente, cabeza de búfalo y cornamenta de cérvido. Sus largos cabellos entrecanos parecían otra capa vaporosa, casi igual de majestuosa que la primera. Estaba al contraluz, de forma que la joven era incapaz de distinguir los rasgos de su rostro.

Lo mismo podía tratarse de una hechicera maléfica que de un fantasma benévolo o de uno de esos espíritus errantes en busca de un cuerpo donde reencarnarse…

Ante aquella rara aparición, Poderosa Estrella del Este corrió gritando para interponerse entre la cuna de su hija y la criatura e impedir que se acercara demasiado. Se disponía a extender los dedos de la mano en forma de cuernos, señal que supuestamente espantaba los hechizos malignos, cuando se detuvo bruscamente.

Su sorpresa fue total. Las palabras que escuchó la dejaron por completo estupefacta.

—No temas, soy tu madre —pronunció la criatura con una dulce voz de mujer.

Era Valle Profundo.

La joven intentó recobrarse, mas la conmoción había sido demasiado fuerte. Sintió la cabeza dándole vueltas y se agarró al borde de la cuna de su pequeña. Entonces, Valle Profundo, con infinito cuidado, tomó la mano de Poderosa Estrella del Este, su hija, y se la llevó a los labios para darle un beso.

—¿Cómo se llama el bebé? —preguntó a la joven madre.

—Rocío de Primavera. Es una niña —murmuró.

—¡Es adorable! ¿La puedo coger? —dijo Valle Profundo.

La muchacha cogió a la niña y se la pasó a su madre. Esta se sentó en un banco e indicó a su hija que se sentara junto a ella. La pequeña seguía durmiendo como una bendita.

Para Poderosa Estrella del Este, el tiempo parecía haberse detenido.

Su padre, el rey Zhong, tan solo le había aludido a Valle Profundo para alabar sus poderes sobrenaturales y su incomparable belleza salvaje, pero solo de pasada, pues aquellos recuerdos despertaban en él sentimientos demasiado dolorosos.

Un día, cuando su hija se volvió más curiosa e insistente, acabó confiándole que su madre había abandonado la corte de Qin y se había retirado a una de las islas Penglai, donde jamás nadie perecía, puesto que los frutos de jade de sus árboles ahuyentaban a la muerte durante diez mil años.

La chica comprendió que no le sonsacaría nada más.

—¿Qué ocurrió después de que te marcharas de Xianyang? —murmuró.

—¿Quieres saber la verdad?

Su hija asintió, temblorosa. Entonces, Valle Profundo le narró cómo había sucedido todo en realidad veinte años atrás, desde el encuentro con Zhong en su gruta de médium hasta su expulsión de la corte.

Se abstuvo de referir el episodio en que Zhong fingió no reconocerla cuando intentó hablar con él en la audiencia real en la que había logrado colarse.

Le describió el refugio que había encontrado, la cueva al pie de la inmensa cascada del monte Huashan donde vivía en perfecta comunión con los elementos naturales.

—¿Por qué no has venido antes? —gritó Poderosa Estrella del Este con el rostro anegado en lágrimas.

Su madre le acarició la frente con dulzura.

—No había ningún motivo para ello. Sabía, consultando las cartas estelares y auscultando la tierra por medio de los murmullos de mi cascada, que te encontrabas bien. Hace unas semanas, la cascada y el cielo me indicaron que acababas de dar a luz. Por eso estoy hoy aquí —respondió señalando el cuerpecillo de Rocío de Primavera.

Le tendió a su hija una bolsa de tela que había sacado del cinturón.

—Es para ella. Polvo de dragón. Hacen falta veinte años para fabricarlo. Comencé a prepararlo cuando me expulsaron de la corte de Zhong. El polvo de dragón se obtiene triturando huesos fosilizados que se han de exponer previamente a la luz de la luna durante veinte años lunares —añadió a modo de explicación.

—¿Cuáles son sus poderes? —preguntó Poderosa Estrella del Este.

La mirada de Valle Profundo se iluminó.

—¡Son innumerables! El polvo de dragón fue inventado por el Emperador Amarillo. Vuelve la piel de las mujeres aún más nacarada, intensifica su inteligencia, ahuyenta la enfermedad, prolonga su vida... Bastará con que le pongas de vez en cuando una pizca del polvo en la lengua.

—¿Pero cómo sabías que había tenido una niña?

—Tan solo tuve que escuchar una mañana el aliento de la cascada. Oí una señal sonora con una nota positiva.

La joven miraba a su madre fijamente. Quería saberlo todo de su cueva, de la montaña, de aquella cascada mágica que llenaba el silencio de su soledad.

—¿Cómo consigues vivir así, reclusa? —le preguntó con compasión.

—Multitud de viajeros hacen un alto en la entrada de mi gruta. Algunos vienen de muy lejos para consultar mis oráculos o pedirme favores. Incluso recibí hace mucho tiempo a un tal Lu Buwei de Handan, que según creo está haciendo fortuna aquí gracias al comercio de caballos —confesó sonriendo Valle Profundo.

—¿Qué quería ese Lu Buwei?

—Vino a enseñarme un disco de jade de gran tamaño y con propiedades extraordinarias. Era un bi tallado en una piedra de jade negro constelada de minúsculas estrellas. Recuerdo haber leído en aquella piedra la llegada de un nuevo Emperador Amarillo que un día gobernará Qin...

Poderosa Estrella del Este interrumpió a su madre. Acababa de avistar a Li Si en el porche de la casa. Llamó a su esposo:

—¿Puedes venir? ¡Tengo una sorpresa para ti!

Li Si se aproximó. Descubrió más de cerca a esa insólita criatura de largos cabellos grises que estaba sentada en un banco junto a su mujer.

—Te presento a Valle Profundo, mi madre. Ha venido a visitar a su nieta Rocío de Primavera —informó a su esposo, que daba la impresión de haberse quedado pasmado y sin saber muy bien qué decir.

El aspecto de su suegra, que parecía de otro mundo, lo desconcertaba de tal manera que era incapaz de decir palabra.

—Conoce a nuestro amigo Lu Buwei —añadió la muchacha. Creyó conveniente aportar esta información a su marido para así romper el prolongado silencio que se acababa de instalar entre su madre y él—. Sí, le ha descifrado los signos estrellados de un bi mágico de jade negro que anuncian la llegada de un nuevo emperador —prosiguió bajo la mirada cada vez más atónita y circunspecta de Li Si.

La mente lógica y jurídica de este último le hacía sentir totalmente ajeno a aquellas historias de predicciones grabadas en piedras. El atuendo de su suegra sumía aún más al joven y brillante vicecanciller en una absoluta perplejidad.

Consciente de la confusión de su marido, y para arrojar algo de luz, Poderosa Estrella del Este se puso a contarle con todo detalle la historia que Valle Profundo le había relatado.

Li Si escuchó sin pronunciar palabra, esforzándose por ocultar su estupor.

Del revoltijo de cosas que según Poderosa Estrella del Este había referido su madre, el anuncio de la llegada de un nuevo emperador era lo único que le parecía digno de interés. Lo demás eran elucubraciones propias de taoístas y chamanes.

Como buen legista que había bebido de los textos antiguos donde se ensalzaba la gloria de los primeros emperadores fundadores, consideraba el Imperio como el fin último de la implacable sumisión del pueblo a la Ley al que todo Estado debía aspirar. Por ello, la predicción de Valle Profundo no lo dejaba indiferente.

—¿Sigue ese disco en poder de Lu Buwei?

—Me sorprendería que se hubiera desprendido de él. Ese disco no tiene precio. Y presenta otra virtud: hace inmortal al afortunado que la posee —indicó Valle Profundo hablando por primera vez en presencia de Li Si.

Un sirviente se acercó al vicecanciller para comunicarle que en la antecámara lo aguardaba una visita. Las mujeres se quedaron a solas.

—Le deseo toda la felicidad del mundo a nuestra pequeña Rocío de Primavera —dijo Valle Profundo levantándose para despedirse de su hija.

Poderosa Estrella del Este la retuvo cogiéndola por la cintura. Esta volvió a sentarse. La niña, que se había despertado con ese ademán, se puso a gorjear.

—¿Por qué no te quedas un rato más?

—No digas a nadie que te he dado el polvo de dragón para Rocío de Primavera. ¡Ha de ser nuestro secreto!

—¿Ni siquiera a Li Si? —preguntó su hija.

—Ni siquiera a él —respondió su madre con firmeza.

—¿No te inspira confianza mi esposo? —susurró Poderosa Estrella del Este con voz temblorosa.

Valle Profundo permaneció en silencio. No obstante, sus ojos hablaban por sí mismos. En cualquier caso, la pregunta de su hija merecía una respuesta. La médium mecía suavemente a la pequeña, que se había acurrucado contra su pecho y buscaba ya una mama.

Se arrepentía de haber hablado demasiado sobre el disco de jade delante del marido de su hija, pues había percibido energías sha perversas en el fondo de su alma.

—El ejercicio de poder puede volver muy cruel a las personas. He de velar por ti y tu pequeña... Ten cuidado, he visto en el corazón de tu esposo fuerzas sha peligrosas —musitó al fin a la muchacha agarrándola de los brazos.

—¿Fuerzas destructoras sha? —repitió aterrada Poderosa Estrella del Este.

—Velaré por ti y Rocío de Primavera e intentaré que converjan en vuestras cabezas las energías positivas.

—¿Cómo podré comunicarme contigo? —repuso su hija con los ojos de nuevo bañados en lágrimas.

Valle Profundo colocó al bebé en los brazos de su joven madre.

—En Xianyang tengo un contacto. Se llama Wudong. Compartimos poderes mágicos. Es un sacerdote del Gran Camino que vive en una casa en ruinas conocida como el Palacio de los Fantasmas, creo. Si me necesitas, acude a él. ¡Prométeme que no lo olvidarás!

Después, se marchó con paso lento y ligero para desaparecer como una sombra por la puerta en forma de luna llena del fondo del jardín, tras la cual empezaba a vislumbrarse el sombrío bosque de cipreses por donde había llegado.

*

Desde que su madre irrumpiera en su vida, Poderosa Estrella del Este ya no lograba conciliar el sueño.

Erraba cual sonámbula por el jardín desde hacía cinco días, agotada por las noches en vela.

Aquella visita la había trastornado por completo. Ahora sabía de dónde venía: su sangre real estaba mezclada con la de una mujer dotada de poderes sobrenaturales que probablemente le había transmitido parte de ellos. Era el fruto de una mezcla alquímica entre los elementos sutiles de dos poderes totalmente opuestos: lo temporal y lo espiritual. Ahora comprendía mejor por qué siempre se había sentido la encarnación de la fuerza de la fusión entre contrarios. Era eso lo que le había conferido ese carácter templado y la voluntad expresada a su padre de cursar unos estudios reservados a hombres.

Desde su unión con Li Si, había decidido limar sus ásperas maneras. Por pura conveniencia, se había dejado domesticar. Pero ahora se daba cuenta de que ese cambio de comportamiento la había vuelto más sumisa.

La irrupción de su madre en su vida de joven esposa la había incitado a volver a ser ella misma. Se sentía más fuerte y menos dependiente de la influencia de su esposo Li Si. Mejor aún, Valle Profundo había logrado instilar la desconfianza e incluso la rebelión en el corazón y la mente de su hija.

El recelo que su madre había mostrado respecto al padre de su nieta y la soterrada hostilidad que ocultaba su silencio cuando Li Si se unió a ellas en el jardín, turbaron profundamente a Poderosa Estrella del Este. Ya no lo veía con los mismos ojos que cuando lo conoció en el Colegio de Altos Funcionarios. Hasta entonces, solo había visto las virtudes de una personalidad brillante y consagrada a su trabajo. En cambio, ahora era capaz de calibrar mejor hasta qué punto el joven vicecanciller del reino de Qin había antepuesto, sin la menor vacilación, sus ambiciones políticas a cualquier otra consideración.

Las palabras, pero sobre todo la actitud de Valle Profundo la habían vuelto más lúcida. En cierta manera fue como si su madre la hubiera puesto en guardia. Por ello decidió, sin dudar lo más mínimo, seguir su consejo de guardar para sí el secreto del polvo de dragón que había traído para su bebé.

Por primera vez, ya no compartía con su marido todas las pasiones de este. Se sentía más cercana a Valle Profundo que a Li Si, como si esa fuera la única manera de compensar la ausencia de esa madre que tanto habría querido tener a su lado.

Anhelaba saber más sobre los poderes sobrenaturales y la existencia de ermitaña de esta última en la cumbre montañosa de Huashan. Se reprochaba su falta de agilidad mental y no haber caído en retenerla al menos unos días en su casa para conocerla mejor. Mientras tanto, devorada por la curiosidad, como un animal salvaje criado en una jaula que descubre de pronto el olor del bosque y la amplitud de los grandes espacios, se sentía ansiosa por ahondar en los misterios de sus poderes sobrenaturales, y para ello debía visitar a ese tal Wudong del que le había hablado su madre y que vivía en aquel palacio en ruinas y encantado, según decían los habitantes de Xianyang.

Aquella tarde, tras amamantar a Rocío de Primavera, corrió a toda prisa al Palacio de los Fantasmas.

Cuando empezó a golpear las planchas carcomidas de la puerta con la pesada aldaba de bronce en forma de mitad sapo mitad búfalo, creyó que estas se iban a desplomar. De inmediato apareció un hombre vestido de negro de los pies a la cabeza.

—¿Sois Wudong? —preguntó la chica, intimidada por el rostro enjuto y pálido del hombre, que parecía un espectro.

—Me llamo Zhaogongming y soy su ayudante. ¿Qué puedo hacer por vos? —dijo el hombre de rostro fantasmal con tono de sospecha.

Sus gestos de abrir y cerrar la boca como si de una carpa se tratase le hacían parecer una vieja desconfiada.

—Vengo de parte de Valle Profundo. Soy su hija —anunció con voz dubitativa.

Sus palabras obraron como un sortilegio: la puerta se abrió de par en par.

—¡Haberlo dicho antes! Tu madre habla a menudo de ti al ilustre sacerdote Wudong —exclamó Zhaogongming mientras acompañaba a la joven por el dédalo de pasillos que conducía a la sala de experimentos alquímicos.

No se atrevió a preguntar cómo su madre había conocido al ilustre sacerdote y a su acólito.

Cuando llegaron a la amplia sala abovedada aún invadida por el olor de los experimentos nocturnos, vio a un hombre con la cabeza totalmente rasurada, con excepción de una coleta más negra que la pluma de un cuervo. Una sombra de ojos oscura reforzaba la luminosidad de su mirada. A cada lado de la comisura de sus labios caían unos finos bigotes encerados formando unos semicírculos perfectos. Sobre el pecho le colgaba un disco bi tallado en una esmeralda que brillaba de forma cegadora cuando se acercaba a la pequeña hoguera que había encendido en un entrante de la pared.

—Yo soy Wudong. ¿Estás segura de que no te han seguido? —preguntó de manera automática el sacerdote.

—¿Tan peligrosa es esta visita?

—El clan de legistas me vigila desde hace meses. No soporta el éxito del Gran Camino entre sus adeptos. He de confesarte también que tu esposo es uno de los enemigos más virulentos de nuestra causa. Creo que la considera un caldo de cultivo de ideas y acciones subversivas. En lo que a nosotros respecta, el dao está muy por encima de la Ley —decretó el ilustre sacerdote.

—¡Juro que nadie me ha seguido! —protestó con violencia Poderosa Estrella del Este.

El sacerdote observó con atención los ojos claros y transparentes de la muchacha y estos le parecieron sinceros.

—En tal caso, podemos hablar. Te escucho —aseguró Wudong.

—Mi madre me dijo que podríais hacer de mensajero cuando necesitara comunicarme con ella por algún asunto…

—Así es —respondió el ilustre sacerdote, que acababa de echar en la hoguera una pizca de polvo negro.

—Vamos a menudo al monte Huashan para llevar a cabo diversos experimentos en los que ella participa —añadió su ayudante.

—¿En qué consisten vuestras creencias? —se interesó la joven.

—Pensamos que toda la vida terrestre está condicionada por la energía qi y que todas las cosas se ordenan según la relación entre el yin y el yang. También creemos que el estado de la materia nunca está fijo y que las fuerzas de la vida funcionan siguiendo el mismo mecanismo que el reino vegetal, el animal así como el humano... Observa estas llamas: ahora son verdes mientras que hace un momento eran amarillas. Pero para dominar los cambios del estado de la materia, es preciso ser iniciado. Es el caso de Valle Profundo, que sabe gobernar, por ejemplo, la lluvia y el viento —dijo Wudong.

—La lluvia y el viento... —repitió con la boca abierta Poderosa Estrella del Este.

—¡E incluso los relámpagos! —voceó Zhaogongming con una risa sonora.

—Así pues, se trata de una mujer con poderes sobrenaturales, ¿no es así?

—*Sobrenatural* no significa nada. Conoce la naturaleza mucho mejor que nosotros, eso es todo. Pero eso ya es mucho —añadió el sacerdote.

—¿Sabéis leer en las piedras, como mi madre?

—¿A qué te refieres exactamente con *leer?*

El ilustre sacerdote no veía a dónde quería llegar.

—Leyó en un extraordinario disco ritual de jade negro que Qin pronto tendría un nuevo emperador —respondió ella.

Al oír esas palabras, las cejas de Wudong se levantaron como la cola de una urraca a punto de emprender el vuelo.

Acababa de descubrir la conexión con el disco ritual que el rey Zhong quería recuperar del mausoleo de su primera concubina. Recordaba perfectamente la adivinación en los caparazones de tortuga que el monarca le pidió realizar para asegurarse de que la reapertura de la tumba no enfurecería a los dioses.

—Valle Profundo nunca me ha hablado de ese disco ritual. ¿Te dijo dónde se encuentra? —preguntó febrilmente a la muchacha.

—Ese bi constelado está ahora en manos del ministro de Recursos Extraordinarios.

—¿De Lu Buwei? —soltó el ilustre sacerdote pasmado.

—El mismo. ¡Las palabras de mi madre no dejaban lugar a dudas!

Wudong conocía mejor a Huayang y Zhaoji que a Lu Buwei. Los dos hombres se cruzaban rara vez.

Al contrario que su padre, el rey Anguo no practicaba el taoísmo en secreto. Por tanto, Wudong no había tenido ocasión de volver a la corte real. El círculo del nuevo rey estaba compuesto de cada vez más legistas hostiles a la religión de la naturaleza armoniosa, cuyos rituales esotéricos escandalizaban a sus mentes lógicas. El pragmatismo de estos era incompatible con las prácticas místicas y las pruebas iniciáticas que los adeptos del taoísmo debían realizar para alcanzar el éxtasis de la fusión entre sus cuerpos y el cosmos.

Sin embargo, el creciente acoso del Estado empujaba a muchos ciudadanos al taoísmo, quienes descubrían en él, en ese bienestar individual y esa armonía interna que constituían su fin último, un contrapeso necesario a su omnipresencia y tiranía.

En ese conflicto que enfrentaba a los defensores de la ley del Estado y a los de las leyes de la naturaleza, Lu Buwei había logrado evitar con prudencia ser catalogado en uno u otro bando. Haciendo uso de una sutil habilidad que había convertido en su máxima personal, optó por una vía intermedia, para así no chocar ni con unos ni con otros.

Y era tanto más partidario de adoptar esta postura cuanto que nadie en Xianyang sabía, al menos por el momento, que mantenía una relación con su bi negro constelado y su Caos original de Hongmeng que muchos hubieran calificado de taoísta.

De día, el ministro de Recursos Extraordinarios se comportaba como un perfecto legista, cómodo —tanto como uno se podía esperar— con la rigurosidad del maremágnum de leyes y reglamentos administrativos; de noche, de frente a la vía láctea del bi negro, se sentía igualmente compenetrado con el torbellino de su Caos. Entonces, cuando conseguía fundir su alma con ese magma amarillo para formar un solo ser, habría podido pasar por uno de los discípulos más avanzados del ilustre sacerdote.

Las revelaciones de Poderosa Estrella del Este habían vuelto a Wudong aún más circunspecto en relación con el mercader.

—¿Conoces bien al ministro de Recursos Extraordinarios? —inquirió el sacerdote sumergiendo su mirada en los ojos de la joven.

—Muy poco. Li Si me habla de él de vez en cuando. Los dos son ministros. Lu Buwei cría caballos y gana mucho dinero. Prácticamente es todo lo que sé de él.

—¡Júrame que jamás le revelarás nada de esto a tu esposo! —la conminó entonces Wudong, cuya voz vibraba de cólera.

—Mi madre ya me lo ordenó —dijo ella temblorosa.

—Ha hecho bien —soltó él con más calma mientras machacaba unas piedrecitas negras en un mortero de bronce.

—¿Tan peligroso es realmente como para suscitar tal desconfianza por vuestra parte?

Poderosa Estrella del Este, con aspecto abatido, observaba el material de experimentación alquímica desparramado por la larga mesa.

Allí había una gran cantidad de polvos multicolores y componentes raros. Zhaogongming se los fue enumerando, pero sus extraños nombres no le sonaban de nada. ¿Aquello era entonces el mundo del que su madre le había hablado? El de la materia transformada por la mente; el de los elementos que se podían dominar... Allí podía entrever, en aquel revoltijo de polvos y trozos de plantas, animales y rocas, en esos crisoles, morteros, mazas y vasijas trípodes con hornillos incorporados, todos los secretos de la transformación de la materia que explicaban el origen de todas las cosas y a los cuales solo un número reducido de elegidos tenía acceso.

Sintió un escalofrío al pensar que habría seguido viviendo en la ignorancia si su madre no hubiera tenido la feliz idea de ir a visitarla.

Su existencia, si bien harto tumultuosa, ahora le parecía de pronto insípida y monótona: desde su infancia, cuando siendo aún una niña dócil fue criada en secreto por una niñera muda; luego, sus estudios en el Colegio de Altos Funcionarios disfrazada de chico, hasta su boda, a tan tierna edad, con el brillante Li Si, que logró seducirla...

En vista de todo lo que sus maestros le habían inculcado, se creía una persona sabia, casi superior, ¡cuando ni tan siquiera había aprendido lo esencial!

Aunque no hubiera podido criarla una mujer dotada de esos poderes, al menos le habría gustado conocer a su madre mucho antes. Estaba convencida de que el curso de su vida habría dado un giro radical.

Se juró a sí misma que nunca desvelaría ese secreto que el ilustre sacerdote, como ya hiciera antes su madre, le había pedido guardar sobre lo que había visto y oído.

—Regresa cuando quieras. Ahora estás en tu casa, eres uno de los nuestros —le dijo Wudong cuando esta se disponía a marchar.

Una vez hubo regresado Zhaogongming a la sala de experimentos, tras acompañar a la joven a la salida, el ilustre sacerdote preguntó a su acólito qué opinaba sobre aquella historia del bi negro constelado.

—La reaparición del bi negro en manos de ese tal Lu Buwei es un enigma que sin duda alguna nos interesa dilucidar. Es de lo más extraño —reconoció el ayudante sin lograr ver a dónde quería llegar su maestro.

—¡Y cuanto antes, imbécil! La venida de un nuevo emperador a la cabeza de Qin significa nuestra pena de muerte... Nuestra religión por poco no desaparece por culpa del despotismo de los antiguos emperadores. Durante siglos, nuestros sacerdotes ni tan siquiera se atrevieron a salir de sus cuevas. Despertamos demasiado la consciencia del pueblo como para que un emperador pueda tolerarnos —concluyó Wudong con aire grave.

Luego, el sacerdote lanzó a la hoguera una pizca de polvo que el ayudante acababa de triturar.

Entonces las llamas saltaron y crepitaron, como esas lenguas de fuego largas como serpientes que escupen los dragones cuando quieren provocar una tormenta.

24

EL NOMBRE DEL PUENTE FORTALEZA DEL RÍO HAN LE IBA que ni pintado: «Puente Cocodrilo».

Era una gigantesca fortificación de piedra y vigas que franqueaba el río sobre cinco enormes pilares.

Se tardaron casi veinte años en construirla y, según se decía, más de cincuenta mil obreros habían perecido en la empresa empujados por las corrientes impetuosas producidas por las crecidas del Han. Una vez terminada, un poeta de la corte de Chu comparó con acierto dicha obra militar con un «monstruoso cocodrilo de dientes crueles que vigila el manso río Han». Así pues, se quedó con ese nombre.

Como el reptil del cual había tomado el apelativo, aquel puente era maligno y disuasorio. Era a la vez un obstáculo y una trampa. Para atravesarlo, había que pasar por una puerta estrecha que se cerraba con un rastrillo de pinchos. Sin un salvoconducto, nadie podía cruzar aquella fortaleza custodiada día y noche por soldados armados.

Los cadáveres mutilados de aquellos que habían intentado pasar de manera clandestina al otro lado del río colgaban de las rejas de la puerta de entrada. Con todo, cada noche, pobres diablos hambrientos e inconscientes, creyéndose avispados, caían en aquella terrible trampa. En el lugar donde se hallaba el puente, el río era además muy profundo y la fuerte corriente disuadía a los nadadores más avezados de osar cruzarlo a nado.

En definitiva: la toma del Puente Cocodrilo no iba a ser coser y cantar. El príncipe Anwei, buen conocedor del lugar por haberlo atravesado en ambos sentidos, era perfectamente consciente de ello.

El general Wang el Afortunado, que lo había convocado a aquella reunión para preparar la ofensiva contra el puente, procedió a describirle la morfología del río mediante un alzado topográfico dibujado en un trozo de piel de ciervo que el coronel responsable acababa de fijar en la pared de la sala de los mapas y los planos.

El ministro de la Guerra, Paz de las Armas, paseaba de un lado a otro con aire preocupado.

—Este puente es tan estrecho como una ratonera. Sin duda alguna, nos resultará sumamente difícil ocuparlo. Nuestros agentes de inteligencia nos han proporcionado informes alarmantes: Chu ha concentrado tropas detrás del puente; y seguramente están listas para abatirse sobre Qin. ¡No nos queda más remedio que tomar el puente sea como sea! —anunció a los asistentes con voz opaca.

Allí, en aquella sala donde se podía disponer de cualquier mapa o plano que cualquier Estado Mayor necesitara sobre cualquier escenario de operaciones, se encontraban reunidos todos los generales en jefe de los ejércitos de Qin, así como los ingenieros jefe de los servicios de diseño de nuevas armas.

—¿Cuántos hombres y caballos pensáis poner a mi disposición? —inquirió Anwei.

—Está por ver —respondió Wang el Afortunado—. Precisamente nos hemos reunido para discutirlo.

Entre aquellos hombres de uniformes recargados con galones se entabló un acalorado debate. Unos defendían un ataque masivo donde, a su entender, lo único importante sería el número de soldados y caballos utilizados. Otros eran partidarios de una operación de tipo comando mucho más precisa, y de lanzarla de noche, para así neutralizar la plaza fuerte edificada sobre el puente.

Los debates llegaron a un punto muerto.

Fue entonces cuando el jefe de los ingenieros sugirió construir una especie de barco fortificado que se pondría a flote aguas arriba. La corriente lo empujaría y se detendría al chocar contra los pilares del puente, de manera que tan solo tendrían que asaltarlo desde allí.

El coronel responsable, que hacía las veces de secretario de la sesión tomando notas, tuvo que pedir al interesado que repitiera, pues la propuesta era harto compleja.

—Es complicado, pero inteligente. ¿Qué altura podría tener tu navío? —preguntó Wang el Afortunado al ingeniero.

Aquella idea del buque de ataque era, no obstante, la que parecía menos arriesgada. No lo había dejado indiferente.

—Podría conseguir que los mástiles llegaran a la altura del parapeto del puente. Y podría ponerles travesaños, a modo de escaleras. Así nuestros hombres tan solo tendrían que subir por ellos hasta el Puente Cocodrilo —añadió el ingeniero, orgulloso del efecto causado entre los asistentes de aquella reducida asamblea de caudillos.

—¡Tu propuesta no me desagrada! —lanzó el príncipe Anwei con una sonrisa.

El general en jefe de los arqueros de Qin hizo una mueca. Veía muy difícil poder disparar desde un barco, sobre todo por los cabeceos y balanceos causados por la fuerte corriente de aquel tramo en concreto.

—Pero podrán hacerlo en cuanto alcancen el parapeto —objetó el ingeniero marítimo.

—Entonces, si el ataque se lleva a cabo desde el río, no se necesitan caballos —dijo el general comandante de la caballería.

—¡No vamos a llevar el buque remando de Xianyang al Puente Cocodrilo! Harán falta animales para remolcarlo en trozos para luego montarlo en algún lugar aguas arriba del puente —respondió crispado el ministro Paz de las Armas.

—¿Cuánto tiempo será preciso para construir el buque de ataque? —preguntó el príncipe Anwei.

—Estará listo en algo más de tres meses lunares. El diseño del barco no plantea la mayor dificultad. Lo más complicado es construirlo y luego desmontarlo para su transporte —explicó el ingeniero marítimo.

A última hora de la mañana, el ministro de la Guerra levantó la sesión una vez hubo dictado al coronel responsable un resumen de las decisiones adoptadas:

—En nombre de los ejércitos de Qin y tras haber deliberado en presencia del jefe de Estado Mayor, se han decidido los siguientes medios para proceder al ataque del Puente Cocodrilo situado en Chu: un buque de guerra dotado de mástiles que pueden servir de escaleras, veinte mil hombres, de los cuales cinco mil arqueros, y diez mil caballos, de los cuales tres mil animales de tiro y otros tantos carros. Se confía el mando de la operación al príncipe Anwei. El ataque tendrá lugar dentro de cuatro meses lunares.

Paz de las Armas solo debía estampar el sello real en el documento para convertirlo en un decreto que nadie podría contestar.

—Me gustaría presenciar la construcción del barco —pidió Anwei al ingeniero.

—Sin problema. El astillero se encuentra aguas arriba de Xianyang, a orillas del Wei. Incluso podéis acompañarme al bosque para elegir los mástiles de entre los árboles más altos —declaró el ingeniero.

Al día siguiente, este último llevó al hermano de Anguo a la montaña situada en la ribera del río Wei, donde crecían alerces cuyos inmensos troncos se alzaban hacia el cielo cual columnas de un templo. Seleccionaron los más rectos y fuertes, que los leñadores derribaron a base de hachazos. Unos enormes caballos de tiro arrastraron los troncos de uno en uno hasta el Wei con sumo cuidado, donde los echaron al agua para evitar que se secaran demasiado rápido. Atados en forma de balsa y conducidos por los meandros de la corriente por hombres equipados de arpeos, llegaron flotando al astillero.

Una vez hubo transportado el río la madera hasta allí, el príncipe Anwei pudo asistir al inicio de la construcción del buque.

Para ahorrar tiempo, el ingeniero marítimo utilizó el casco de un barco de transporte en proceso de carenado. Lo más complicado era fijar los dos mástiles al puente del buque. Debía ser lo bastante sólido como para que estos permanecieran firmes, pese a su altura, pero que además pudieran ser desmontables, pues el montaje definitivo del buque se realizaría en el río Han, aguas arriba del Puente Cocodrilo.

A fin de controlar de cerca el avance de los trabajos, Anwei tomó por costumbre llevar al astillero a su esposa Flor de Jade Maleable y a su numerosa prole.

Desde que supo que habían elegido a su marido para dirigir un ataque contra su país de origen, a Flor de Jade Maleable la invadió la tristeza y el miedo. Conocía la barbarie y la crueldad en el combate de los soldados de Chu, puesto que los había visto en acción en Ying, siendo aún joven. Intentó en vano disuadir a Anwei de aceptar una misión tan peligrosa.

Desde entonces, no se separaba ni un segundo de su esposo, como si quisiera aprovechar la presencia de un ser al que no volvería a ver.

Los tres hijos de la pareja, como es normal a esas edades, estaban locos por las artes marciales y las armas. Seguir el proceso de construcción a manos de un enjambre de carpinteros del imponente buque con aroma de alerce, el cual parecía un animal fantástico con mástiles por cuernos, era todo un acontecimiento que no se hubieran perdido por nada en el mundo.

*

El día de la finalización del navío, el ministro Paz de las Armas reunió en el astillero a todos los protagonistas de la expedición al Puente Cocodrilo.

Anwei iba ataviado con las insignias de un general de primer grado y portaba con orgullo una larga espada de mando a la cintura. El ingeniero marítimo llevaba un gorro de ceremonia. Entre los aplausos de los oficiales secundarios de la expedición, Paz de las Armas le entregó solemnemente al general Anwei la mitad del hufu que le correspondía. Mandó forjar un cocodrilo de bronce, con incrustaciones de oro en los ojos y las garras. Las dos partes del animal, que habían sido fundidas por separado, encajaban perfectamente la una en la otra.

Anwei le dio las gracias al ministro de la Guerra usando la fórmula ritual:

—¡Juro obedecer al portador de la otra mitad del hufu que hablará en nombre de nuestro rey!

A continuación, los oficiales secundarios emitieron un grito gutural para liberar su energía interior, algo que todo combatiente valeroso necesitaba hacer antes de lanzarse contra las alabardas del enemigo.

Todos sabían que, en aquellas circunstancias, nada resistiría a los dientes del gigantesco reptil que lo esperaba agazapado en el Han en caso de tener la desgracia de encontrarse al alcance de este.

*

Aquella noche, el guardia que vigilaba el mecanismo del rastrillo del Puente Cocodrilo que cerraba el paso a la orilla izquierda del río Han estaba desconcertado. Una voz lo llamaba desde la oscuridad.

Al principio pensó que se trataba de los gemidos de los tres condenados a muerte encerrados en las jaulas de madera que estaban en la entrada del puente para exponerlas a los escupitajos de los viandantes. Un grillete les aprisionaba la cabeza, y el verdugo se encargaba de ir retirando progresivamente las planchas sobre las que descansaban los pies. Al cabo de dos días, cansados de estar de puntillas para no ahogarse, los desdichados acababan aflojando los músculos de las piernas. Entonces el verdugo los encontraba sin vida, colgando del grillete como vulgares trozos de carne del puesto de un carnicero, y los viandantes ya no tenían motivo para escupirles.

Pero antes de llegar a ese punto, se les oía gimotear esperando que la muerte los liberara de aquel insoportable suplicio.

El guardia asomó la nariz por fuera y constató que los tres maleantes ya habían pasado a mejor vida.

Sin embargo, la voz continuaba llamándolo.

—¡Eh, el del puente! ¡Subid el rastrillo, he de deciros algo importante! —gritaba en la sombra.

El guardia lo hizo y fue a ver quién era.

Apareció un hombre de edad madura ataviado con una larga capa negra, la cual dejó caer de repente para poner al descubierto un uniforme suntuoso de general.

La situación le pareció tan irreal que el guardia del puente se echó a reír ante sus narices cuando el hombre se acercó para revelarle en voz baja su identidad y un breve resumen de su carrera.

—¡Déjame en paz! No estoy de humor para bromas esta noche. ¡Si no, te meto en unas de esas jaulas! —soltó el guardia al hombre vestido de general.

Si bien, este insistió tanto que no tuvo más remedio que ir a avisar a su jefe.

—Sargento, ¡ahí hay un hombre que dice haber dirigido los ejércitos de Qin y que querría contactar con nuestro comandante en jefe! ¿Qué hago?

Al guardia le temblaban las rodillas. El sargento odiaba que lo despertaran por minucias.

—¡Que se vaya al diablo! —respondió con la boca pastosa.

—Es que me ha dado esto para demostrar que va en serio... —insistió el guardia tendiendo al sargento un sello de bronce de un palmo de largo.

El sargento no sabía leer, mas el objeto le pareció lo bastante valioso como para decidir enseñárselo al capitán que dirigía la plaza fuerte del Puente Cocodrilo.

El capitán estaba encerrado a cal y canto en su habitación en galante compañía. El sargento tuvo que tamborilear un buen rato en la puerta antes de que este se dignara a abrir.

—¡Te he dicho mil veces que no me molestes por nimiedades! —gritó al sargento antes de que este pronunciara palabra.

—Un hombre aguarda en la puerta de la orilla izquierda. Dice haber dirigido los ejércitos de Qin y nos ha encargado entregaros este sello como prueba —dijo el hombre tendiendo el sello de bronce al capitán.

El oficial acercó una antorcha a la cara interna del sello. En ella figuraba el nombre de Imperfección del Jade, junto al título de «comandante supremo de los valerosos ejércitos de Qin».

—No hay duda, se trata del sello de comandante de los ejércitos de Qin —reconoció el oficial en voz baja.

—¿Qué hago con él, mi capitán? —preguntó el sargento.

—Hazlo pasar y mételo en el calabozo. Ya pensaremos mañana qué hacer —ordenó el capitán al tiempo que lo abrazaba una chica desnuda.

Imperfección del Jade fue conducido al calabozo del Puente Cocodrilo.

El techo de la habitación era tan bajo que debía ponerse en cuclillas. Había otros dos prisioneros: maleantes que aguardaban la horca. Le arrojaron a los pies una escudilla de arroz pegajoso. El olor a rancio le hizo apartar la cara de inmediato. La puerta de la celda se cerró ruidosamente, dejando a sus ocupantes solos en la oscuridad.

Tumbado en su catre, por donde iban y venían las cucarachas, el general deshonrado se preguntaba si el plan que había tramado no estaría tomando un mal derrotero.

En su delirio de odio y sed de venganza, se le había ocurrido ir a advertir a las autoridades de Chu del inminente ataque al Puente Cocodrilo. Con ello esperaba que dicho reino infligiera a Qin una aplastante derrota que le costaría el puesto a su denigrado ministro de la Guerra.

El Estado Mayor militar de Qin preparaba aquel ataque desde hacía meses. En Xianyang todos hablaban de ello; así pues, le había resultado fácil enterarse de los pormenores de los preparativos. Había quedado en buenos términos con el coronel responsable de la sala de los mapas y los planos del

Ministerio de la Guerra, un auténtico pánfilo que ni mucho menos se podía imaginar que estaba hablando con un traidor cuando le contó con todo lujo de detalles a Imperfección del Jade la reunión del Estado Mayor en la que se decidió realizar una ofensiva por el río mediante un buque de guerra construido especialmente para la ocasión.

En aquel momento pensó que al fin iba a obtener venganza.

Bastaría con advertir de antemano a Chu, que tendría tiempo de sobra para colocar arqueros tras los parapetos del puente y, cuando los soldados de Qin subieran por los mástiles, verter sobre la embarcación aceite ardiendo para aniquilar a sus ocupantes, o bien dejar que el buque chocara contra los pilares del puente y luego lanzar rocas para destrozarlo en mil pedazos.

Era tal su sed de revancha que no dudó un segundo en emprender la marcha hacia el reino enemigo llevando su sello de comandante como único equipaje.

Encontró un hueco a bordo de una carreta en un puesto fronterizo, donde se escondió. Esta iba cargada de tinajas de gran tamaño que un alfarero debía entregar a un lagar al norte de Chu. Tras una jornada de marcha, llegó al puente. Solo tardó cuatro días en llegar de Xianyang hasta la puerta de la fortaleza.

Ahora se encontraba acurrucado en una celda y ni tan siquiera sabía cuándo saldría de allí. Se arrepentía de su precipitación.

¿Lo creerían? Ahí estaba el quid de la cuestión. Podían perfectamente considerar su jugada como un intento de intoxicación. El recibimiento dispensado y la incredulidad que percibió en el capitán no presagiaban nada bueno.

Empezó a vencerlo el miedo. Sabía mejor que nadie la suerte que reservaban a los traidores del reino de Qin, ¡y tan solo estaba a un paso de ser reconducido a la frontera! A menos que le tocara la misma condena que a sus compañeros de celda, que hablaban de la altura de la horca de la que los colgarían al día siguiente, con la esperanza de que fuera lo bastante alta como para que el ahorcamiento no durara horas, como así sucedía cuando el verdugo se las apañaba para que los pies de los ajusticiados rozasen el suelo.

Intentó dormir, mas no lograba conciliar el sueño. Sentía unos bichos más grandes que cucarachas subiéndole por las piernas. Pese al frío reinante, sudaba a chorros. Los otros dos maleantes habían empezado a roncar. Acabó adormentándose al amanecer y en sueños vio su cuerpo empujado por las aguas cenagosas del río Han. Sintió la cabeza estampándosele contra un pilar del puente y se despertó gritando.

Era el carcelero, que le había dado golpecitos en la frente para arrancarlo del sueño.

—¡En pie todos! Vosotros dos salís para el patíbulo en dos horas. Tú, viejo, te quedas aquí. El capitán debe interrogarte.

—¿Me podéis al menos dar una jarra de agua? —gimió Imperfección del Jade.

Un brazo mugriento le tendió un cuenco a través de los barrotes de la puerta. Luego, dos guardias fueron a buscar a los maleantes, a quienes empezaron a castañetearles los dientes y que se pusieron a suplicar por que los dejaran en la celda.

El capitán le ordenó salir del calabozo y, tras examinarlo un buen rato sin pronunciar palabra, mandó conducirlo a una amplia sala con ventanas saeteras que daban al río. Desde allí se oía el ruido sordo de la corriente.

—¿Cómo puedes demostrarme que este sello es en efecto tuyo? —rugió el oficial restregándole al general deshonrado el sello de bronce por las narices.

Imperfección del Jade se desabrochó el cinturón y le mostró un sello más pequeño que llevaba sujeto a este.

—Este es mi sello portátil. Comprobadlo. Tiene exactamente los mismos caracteres.

El examen del sello portátil calmó un poco al joven capitán, que se puso a ir de un lado a otro de la habitación.

—¿Y qué se le ha perdido en Chu a alguien que ha dirigido los ejércitos de Qin? Nuestros reinos son acérrimos enemigos desde hace siglos —afirmó con recelo.

—Poseo cierta información de suma importancia para la existencia misma de vuestro reino.

—¿Y puede saberse cuál es, aquí y ahora?

—Es de tal calado que la reservo para un general de alto mando.

—¿Qué motivos os llevan a traicionar de este modo vuestra patria?

—Necesito dinero. Estoy hasta el cuello de deudas. Los acreedores me están acosando. ¡Así que solo hablaré si me pagan una buena suma!

El joven capitán hizo una mueca. Era la primera vez que se topaba con un general tan detestable, además de traidor y codicioso.

Imperfección del Jade tuvo la impresión de que su discurso había surtido efecto. Añadió:

—El tiempo apremia para Chu…

El capitán estaba perplejo. Comprendió que no le sacaría nada más al general de Qin.

—El general responsable de la provincia estará de regreso en dos días. Podrás hablarlo con él —decidió indicando al guardia que acompañara al prisionero de vuelta a su celda.

Imperfección del Jade no recordaba que los comandantes de región de Chu llevaran una banda negra en la cabeza cuando, dos días después, le presentaron a un general cuya turbación y desconfianza podían leerse en la forma de fruncir sus cejas negras como el carbón.

—Me han dicho que sois el famoso general Imperfección del Jade. Si eso es cierto, ¡o sois un traidor o un espía! —tronó el alto grado de Chu.

—A mi edad, los honores ya no cuentan. Estoy cubierto de medallas, pero en mi país estoy sin blanca desde que perdí el mando —replicó con voz apagada Imperfección del Jade.

El desertor había decidido quemar todas sus naves con tal de convencer al general de que no mentía.

—¿Y cuál es esa información tan importante que quieres confiar al reino de Chu?

Imperfección del Jade vaciló un segundo. El corazón le latía a toda velocidad. Debía decir lo suficiente como para ser creíble sin, por otra parte, revelar todo. En el momento en que supieran todo, su vida ya no valdría nada.

—Qin está planeando atacar vuestro reino.

—¡Pero si estamos en guerra desde hace varias generaciones! Preparamos constantemente ataques el uno contra el otro. ¡Si eso es todo lo que tienes que decirme, más te valdría haberte quedado en Xianyang! —replicó el alto mando con semblante frío.

—Es un ataque particular. Nuestros ingenieros han hallado la manera de tomar este puente.

El alto grado prorrumpió en una risa sonora.

—¡El Puente Cocodrilo es una fortaleza inexpugnable! ¡Basta ya de tonterías! —gritó, indicando a los guardias que se acercaran.

—Están construyendo un buque especial en el astillero de Xianyang… —prosiguió sobriamente Imperfección del Jade.

Al oír estas palabras, el alto mando ordenó a los guardias que regresaran a sus puestos. Pareció interesarle la noticia que el general deshonrado de Qin le acababa de comunicar. Las autoridades de Chu nunca se habían planteado que Qin se atreviera algún día a atacar el Puente Cocodrilo por el río. La confidencia de Imperfección del Jade le pareció importante.

Ahora los dos hombres estaban solos, cara a cara, y se estudiaban mutuamente.

—He de informar a mi Estado Mayor del asunto. ¿Cuándo está previsto el ataque?

—Solo se lo diré a vuestro jefe de Estado Mayor en persona —respondió alzando el tono de voz Imperfección del Jade en un esfuerzo por ocultar mal que bien la ansiedad y los remordimientos que empezaban a corroerlo.

Fuera, el estruendo del río se había intensificado. Parecía el aliento poderoso del dragón.

El general de Chu dejó a Imperfección del Jade acercarse a una de las saeteras.

Las aguas fangosas del Han corrían a toda velocidad, arrastrando troncos de árboles enteros que chocaban contra los pilares gigantescos del puente como si de ramillas se tratasen.

Su corazón de traidor se encogió. Se dijo que probablemente acababa de desatar la cólera del dragón del río. Mas era demasiado tarde para lamentaciones.

*

—Soy Salto de Tigre, vuestro oficial de ordenanzas. El general Wang el Afortunado me ha pedido que me ponga a vuestras órdenes, y a eso he venido —dijo una voz al general Anwei.

Se trataba de un joven apuesto de mirada risueña que se acababa de inclinar ante él, embutido impecablemente en su uniforme de arquero.

Debía de ser de noble ascendencia, pues acababa de emplear en señal de respeto las palabras de la lengua escrita.

—Es un placer conocerte. El jefe de Estado Mayor me advirtió de tu asignación —respondió el general Anwei estrechando la mano a su nuevo ordenanza.

—Tras diez años en el cuerpo de arqueros, es un honor para mí ofreceros mi ayuda en esta ofensiva contra Chu. Intentaré hacerlo lo mejor posible —añadió el joven con tono comedido.

El general y su ordenanza fueron a ver en qué estado se hallaba la construcción del buque. Estaban procediendo a su desmontaje para su posterior transporte al río Han. Solo el casco permanecía de una sola pieza. Lo colocarían sobre tres carretas atadas entre sí y tiradas por una veintena de búfalos. En cuanto al resto de piezas, las habían desclavado y enumerado.

Los obreros sudaban la gota gorda en su esfuerzo por levantar los dos inmensos mástiles para colocarlos sobre el casco. Allí los estibarían, tumbados uno junto al otro, lo cual facilitaría su traslado.

—¿Cuántos días se estima que tardaremos en desplazar el buque al lugar del montaje? —preguntó Salto de Tigre al príncipe Anwei.

—Al menos cincuenta, ya que hacen falta doce como mucho para recorrer esa distancia con un buen caballo. El convoy no llevará menos de veinticinco carros en total —respondió Anwei.

Salto de Tigre, sorprendido, abrió los ojos de par en par.

—No es habitual recorrer una distancia como esa en tierra firme con un buque a cuestas —añadió el general.

Estaba en lo cierto.

La idea del ingeniero marítimo de tomar el Puente Cocodrilo por barco era una auténtica novedad. Nunca antes a nadie se le había ocurrido atacar el puente por el río. Era la primera vez que se organizaba una expedición de ese tipo.

En las campañas militares de Qin, al igual que en las de sus enemigos, se recurría a soldados de infantería, caballos y carros. Ningún Estado había osado hasta el momento transportar un barco por carretera para lanzar una ofensiva en un río enemigo. Sin embargo, aquel puente fortaleza tenía fama de inexpugnable. Aquella obra de arquitectura militar, enroscada cual temible cocodrilo en un meandro del Han, era el orgullo de los estrategas de Chu. El monstruo solo dormía con un ojo cerrado y otro abierto. Más de uno se había dejado sorprender por la calma aparente que reinaba en el puente antes de sufrir el asalto mortal de las numerosas tropas que podía albergar en su interior y que, llegado el momento, salían de sus escondites para abatirse sobre los intrusos.

Más valía no acercarse demasiado.

Ningún ejército, ningún general, ni tan siquiera ningún comando suicida había conseguido cruzar el Puente Cocodrilo sin sufrir daños y pérdidas irremediables. El efecto sorpresa de un abordaje por el río era, pues, la única oportunidad de lograr el éxito para la expedición de Anwei.

En caso de hacerse con el puente, Qin tendría al fin vía libre para entrar en Ying, la capital. El fracaso, en cambio, supondría un terrible revés que rompería la paz armada entre los dos Estados más poderosos de la región, dando paso a un período de incertidumbre cuyo final nadie podría predecir. En ambos casos, el resultado de la expedición tendría importantes consecuencias.

El general Anwei compartió con su nuevo oficial de ordenanzas estas reflexiones. Cuando hubo acabado su discurso, notó a este último preocupado.

—¿Os puedo confesar algo que me inquieta? —dijo entonces Salto de Tigre.

—Por supuesto, habla sin miedo…

—¿Qué pasaría si el enemigo se enterara de que vamos a atacar el puente con un barco?

El hermano pequeño de Anguo permaneció callado unos instantes y luego respondió a Salto de Tigre:

—Todos nuestros esfuerzos podrían acabar siendo aniquilados —reconoció con lentitud y voz sombría.

Ante ellos, perfectamente ordenadas en la orilla del río, las piezas de madera del buque desmontado tan solo aguardaban a ser cargadas.

25

DESDE QUE SE CONVIRTIERA EN UNO DE LOS CUATRO VIcecancilleres del reino de Qin, Li Si nunca había tenido la menor ocasión de pedir opinión a Consumación Natural.

Las funciones de responsable de la promulgación de leyes y decretos de Qin poco tenían que ver, en efecto, con las ocupaciones del letrado más anciano de la corte.

El Muy Sabio Conservador del Pabellón del Bosque de los Madroños se había vuelto un hombre mayor de piel apergaminada y cabellos canos, los cuales todavía podía recoger en un raquítico moño donde plantaba su estilete de escriba. Caminaba curvado como el tronco de un viejo sauce y subía a duras penas las escaleras de la Torre de la Memoria, donde seguía pasando la mayor parte del tiempo transcribiendo y archivando todos los escritos importantes del reino de Qin y del extranjero.

—Vengo a consultar al sabio que sois acerca de un objeto ritual de cuya existencia tal vez estéis al corriente. Se trata de un bi de jade negro de un tamaño excepcional —dijo Li Si al venerable letrado con un tono ceremonioso después de hacer tres reverencias.

—El rey Zhong mandó colocar un disco bi de jade negro, único en su género, en el mausoleo de su primera concubina. Más tarde, saquearon la tumba y el bi desapareció —afirmó el viejo sabio sin vacilar.

Recordaba a la perfección el capricho del anciano rey, el cual quiso recuperar el disco de jade del mausoleo tras pedirle en numerosas ocasiones que diera con la ubicación de las islas de los Inmortales.

—¿Os parece concebible que el ministro de Recursos Extraordinarios esté actualmente en posesión de dicho objeto? —prosiguió el vicecanciller.

—Eso me parecería increíble. ¡Que yo sepa, Lu Buwei no tiene fama de saqueador de tumbas! —exclamó el Muy Sabio Conservador, cada vez más sorprendido por las palabras del vicecanciller.

—Sin duda existen varios ejemplares de ese tipo de objeto... —se apresuró a añadir Li Si, impresionado por la seguridad que mostraba el anciano letrado.

—¡Ese bi constelado es un ejemplar único! Está catalogado en el inventario de los tesoros arqueológicos de Zhou del Este. En la Torre de la Memoria contamos con un ejemplar de dicho inventario. Según su ficha, el jade en el que está tallado proviene del centro de la Tierra, de donde Yi el Arquero lo habría extraído lanzando una de sus flechas invencibles al centro de la roca más alta del monte Taishan. Pertenecía ya a la colección real desde tiempos inmemoriales cuando el rey Zhong decidió colocarlo en el mausoleo de su concubina en señal de afecto y consideración —respondió de forma automática Consumación Natural, que, pese a su edad, conservaba una excelente memoria.

Li Si observaba al viejo sabio con aire perplejo.

Si tan solo existía un ejemplar del bi negro constelado, quedaba por saber si en verdad obraba en poder de Lu Buwei y cómo lo había conseguido. Conocía lo bastante bien al ministro de Recursos Extraordinarios como para plantearle la pregunta directamente cuando se encontraran en la próxima reunión de ministros, que el canciller presidía todos los meses.

Esta tuvo lugar días más tarde en la amplia sala de la Cancillería del reino.

—¿Podría hablar con vos de una cuestión que me preocupa? —preguntó con discreción el vicecanciller Li Si a Lu Buwei tras finalizar la reunión, reteniéndolo por el brazo cuando este se disponía a irse a atender a sus numerosas ocupaciones.

—¿De qué se trata? —dijo el ministro de Recursos Extraordinarios, que esperaba que Li Si le refiriera un tema administrativo banal.

—De un bi negro constelado que se hallaba en la tumba de la primera concubina del antiguo rey Zhong.

Lu Buwei permaneció impasible. Poseía el arte del perfecto control de sí mismo.

—No entiendo en realidad de qué queréis hablarme. ¿Eso es todo lo que os preocupa? —acabó respondiéndole con celeridad, fingiendo andar con prisa.

Cuando regresó a casa, tras cerrar con cuidado la puerta de su habitación, el mercader de Handan se precipitó al armario y abrió sus pesadas hojas de bronce. Después, cogió la bandeja de cedro donde descansaba el disco ritual, desenrolló el pañuelo de seda donde estaba envuelto y tomó el bi negro constelado en sus manos.

—¡Ignoraba que formaras parte de los objetos funerarios oficiales de Qin! Eres tan precioso que no me sorprende —murmuró al disco como si fuera su propio hijo.

Oyó unos pasos acercándose.

Llamaban a la puerta. Mientras volvía a colocar el disco ritual en su sitio, se dijo que debía encontrar un escondite mucho más seguro. Fue a abrir.

—Mi señor, la hecatombe de los caballos continúa... —dijo Mafu resoplando con aire consternado.

*

—¡Es increíble! Tus polvos son aún más eficaces de lo que pensaba. Basta tan solo con una pizca en su ración de avena para que el caballo estire la pata en unos instantes —confió Wudong a Zhaogongming dando palmaditas a la bolsa de cuero que llevaba bajo el brazo.

—Son los mismos polvos explosivos cuya fórmula descubrí por casualidad hace quince años. ¡Sus efectos son mortíferos! —respondió el acólito con un ronroneo de sincera satisfacción.

Los hombres marchaban a hurtadillas envueltos en la oscura noche. De los hombros caían unas largas capas negras como la noche para así confundirse mejor con la oscuridad. Avanzaban a paso rápido, cuidándose de no hacer el menor ruido. El Palacio de los Fantasmas se encontraba al otro lado de la ciudad y de la colina de Lu Buwei. Prefirieron rodear Xianyang pasando por los suburbios de los alrededores para asegurarse de que no los reconocieran.

Se había levantado una leve brisa que dificultaba la marcha, pues hacía ondear sus capas y los obligaba a sujetar los faldones.

—¿Podemos confiar en el palafrenero que hizo la mezcla y puso nuestro mensaje en el cabestro del caballo muerto? —preguntó el ilustre sacerdote con aire inquieto reanudando la conversación.

—Respondo por él. Es uno de nuestros adeptos. Empezó su iniciación en el Gran Camino hace al menos cinco años. Al igual que el letrado escriba al que dicté tu poema para Lu Buwei. No tienes por qué preocuparte —aseguró el ayudante siguiendo a duras penas las grandes zancadas de su maestro.

Wudong conocía la discreción y entrega de las que eran capaces sus adeptos.

Los iniciados al taoísmo formaban una gran familia donde todos se ayudaban mutuamente. La iniciación, que era la culminación de un largo recorrido sembrado de pruebas para el interesado, equivalía a la firma de un pacto de por vida entre sus miembros. Los adeptos solían actuar de forma clandestina y nunca debían mencionar ante terceras personas su pertenencia a dicha religión. Zhaogongming había obligado a jurar total secretismo al joven palafrenero iniciado al taoísmo y, por tanto, no dudaba lo más mínimo de que este cumpliría su promesa.

Wudong debía encontrarse aquella noche con el joven adepto a la entrada de la propiedad de Lu Buwei. Había preferido ir él mismo a entregarle los polvos de cañón, ahora que estaba seguro del efecto de la fórmula inventada por Zhaogongming.

Tal y como habían convenido, el palafrenero los aguardaba bajo un alto cedro, a la izquierda del majestuoso pórtico del que pendía un orgulloso cartel: «Reino del Caballo», firmado con el nombre de Lu Buwei.

Wudong emitió el ululato de una lechuza. Era la señal acordada con el palafrenero, que procedió de igual modo.

—Vayamos a la maleza. Temo que alguien nos descubra —susurró el sacerdote.

Los tres hombres se adentraron en el bosque de bambúes, donde se oía el canto de las cigarras. Cuando estuvieron lo bastante resguardados, Wudong encendió su pequeño incensario boshanlu para usarlo como linterna.

—Te he traído una dosis de polvos más generosa, Acorde Perfecto. Aquí hay como para matar a cien animales —murmuró con voz ronca.

Los ojos encendidos del ilustre sacerdote parecían lanzar rayos que ascendían hasta su brillante coronilla. El joven palafrenero, tembloroso como una hoja, pensó que a Wudong solo le faltaba un tercer ojo en la frente para parecerse a la figura de Dingzhou, uno de los dioses protectores de los caballos, ante la cual solía encender algo de incienso. Dingzhou recogió el ojo de Luban, el dios de los ebanistas, después de que este se lo arrancara y lo tirara al suelo en un ataque de rabia. Con los tres ojos, Dingzhou podía ver el pasado, el presente y el futuro.

—Es que... —gimió el muchacho— desde que descubrieron los primeros cadáveres, Lu Buwei ha mandado vigilar estrechamente todos los cercados. ¡Y ha pedido a los veterinarios que examinen a conciencia todas las raciones de avena!

—¡Un iniciado como tú no ha de tener miedo cuando actúa por una buena causa! —tronó Wudong.

—Basta con que te las apañes para esparcir una pizca de polvo en la ración justo antes de que se la coman. Te acercas al caballo y finges acariciarlo. No se darán cuenta de nada —añadió Zhaogongming, que sentía simpatía por el joven palafrenero y deseaba tranquilizarlo.

Mas este último, con el rostro descolorido preso del temor, miraba fijamente el incensario sin decir palabra.

—Querido Acorde Perfecto, tu misión es de máxima importancia. Lu Buwei está intentando que regrese un emperador a la cabeza de Qin. Si así fuera, supondría el fin de nuestras ceremonias y la persecución asegurada de todos nuestros adeptos, empezando por ti. Hemos de lograr que entienda que más le valdría regresar a su país de origen. En la antigüedad, los primeros emperadores persiguieron de tal forma a nuestros predecesores que tan solo quedó con vida un sacerdote, que huyó y se refugió en una gruta. Es en nombre de ese venerable sacerdote, a quien le debemos estar hoy aquí juntos, por quien debemos actuar —explicó Wudong.

Esa historia del venerable sacerdote no era más que una trola inventada. Pero decidió utilizar una mentira piadosa para convencer más fácilmente al palafrenero de proseguir la misión que le había encomendado.

Zhaogongming observaba a su maestro con aire incrédulo. Era la primera vez que oía hablar de ese venerable sacerdote que había escapado de milagro de la persecución de los emperadores Zhou. Wudong, al percatarse de que su ayudante se disponía a hacer preguntas sobre el tema, lo miró con severidad para disuadirlo. El acólito no osó desobedecer a su maestro y permaneció en silencio.

—¿Puedo entonces contar contigo? —insistió el ilustre sacerdote.

—Haré lo que pueda —respondió Acorde Perfecto con voz titubeante.

Cogió la bolsa de cuero que le tendía Wudong y luego se marchó silencioso en dirección a los cercados de los caballos.

—No conocía la historia del venerable sacerdote que se refugió en una gruta en tiempos de la dinastía Zhou… —confesó el ayudante al ilustre sacerdote mientras regresaban a toda prisa al Palacio de los Fantasmas.

Wudong no replicó. Zhaogongming, con ganas de saber aún más cosas sobre aquel episodio, le siguió bombardeando a preguntas durante el camino de vuelta.

—Hay situaciones en las que, cuando está en juego lo más importante, uno se puede permitir algunas libertades con la historia, ¡¿entiendes?! —acabó soltando el sacerdote exasperado justo cuando cruzaban el umbral de su casa.

*

Con la edad, Bosque de los Pináculos y Cuchillo Rápido empezaron a parecerse a dos viejas matronas con mil capas de maquillaje.

Para compensar el progresivo achatamiento de sus cuerpos —reforzado por una obesidad ante la cual ya se habían rendido—, calzaban coturnos cada vez más altos con los que siempre estaban a punto de caerse al más mínimo paso en falso, y ceñían sus feos michelines con bandas de tela que les conferían un porte estirado.

Aquella tarde caminaban lo más rápido posible y con suma dificultad, como dos pájaros gordinflones y torpes, en dirección a la granja abandonada que seguía sirviendo de lugar de reunión a la congregación de los eunucos.

Lejana era ya la época en la que esta comunidad, cuando aún estaba en sus albores, podía considerarse a mitad de camino entre una asociación obrera y una corporación en defensa de los intereses de los castrados. La congregación del Círculo del Fénix se había esforzado por convertirse en una auténtica sociedad secreta cuyos miembros se reunían una vez al mes.

Aquella noche asomaba la luna llena. El orden del día de la reunión era importante. Los eunucos, extremadamente preocupados desde hacía meses, seguían a la defensiva.

Desde la muerte del rey Zhong, su influencia en la corte no había dejado de disminuir hasta alcanzar las aguas bajas de un estiaje que debían remontar a toda costa. Su sucesor, Anguo, ni siquiera eligió a uno de los suyos para ocupar el puesto de Gran Chambelán. Huayang y Zhaoji se habían encargado expresamente de ello. Querían al rey para ellas solas y desconfiaban de la omnipresencia de aquellas corpulentas criaturas con un talento sin igual para ganarse la confianza de sus amos, de los cuales acababan convirtiéndose en confidentes y en una mala influencia. Las mujeres lograron que Anguo prescindiera simple y llanamente del cargo de Gran Chambelán. Supuso una auténtica revolución que rompía con una tradición inmemorial.

Privado de sus antiguas atribuciones, Bosque de los Pináculos fue nombrado para desempeñar las honoríficas funciones de jefe de los Oficiales de Mesa. Como tal, debía probar todo lo que el rey iba a ingerir para prevenir las indigestiones y los intentos de envenenamiento contra su persona.

Hacía años que los monarcas de Qin, con una fe ciega en sus cocineros, habían perdido la costumbre de recurrir a aquel pequeño gremio que, por tanto, llevaba una vida apacible en un edificio aledaño a los comedores del palacio. Bosque de los Pináculos, que se aburría soberanamente, se tomó aquel cambio como una auténtica sanción humillante. Y como el cargo de director del Gineceo Central ya había sido ocupado por otro castrado, ni siquiera podía recuperar su anterior puesto.

Se pasaba los días quejándose de la ingratitud de Anguo y pensando qué podría ofrecerle la ocasión para vengarse.

Cuchillo Rápido no había tenido que padecer tal desgracia. Seguía seccionando y recosiendo las carnes malheridas de los aspirantes a eunucos. Había perfeccionado su técnica operatoria; sus fracasos eran cada vez menos frecuentes. Los jóvenes acudían en mayor número a la clínica de los eunucos, cuyas instalaciones habían tenido que ser ampliadas. Pese a su menor influencia, aquella casta seducía a un número creciente de jóvenes procedentes de las clases humildes, repelidos por la dificultad de los exámenes de ingreso a la función pública, y atraídos por la corte como mariposas nocturnas a un farolillo.

El Círculo del Fénix contaba con no menos de trescientos miembros. Aquella noche casi todos habían asistido a la asamblea.

Como era costumbre, Cuchillo Rápido abrió la sesión dando lectura a los nombres de los aspirantes a castrados, señalando a aquellos cuya candidatura había sido aceptada y a los que habían sido rechazados.

Cuando llegó al nombre de Imperfección del Jade, indicando que no había osado arriesgarse a operarlo habida cuenta de su edad, un gran tumulto, donde se entremezclaban las risas y exclamaciones, recorrió la sala.

—¿Te refieres al antiguo general en jefe de los ejércitos de Qin? —preguntó desternillándose una criatura dotada de un cuerpo espigado que flotaba en una túnica vaporosa.

—¿Tan gracioso es que hayamos tenido que denegar el ingreso en nuestro grupo a un personaje tan influyente? Si yo fuera él, tras semejante afrenta intentaría vengarme por todos los medios —replicó Bosque de los Pináculos indicando a la asamblea que se calmara.

—¿Pero por qué querría un antiguo general intentar acceder a nuestra congregación después de haber ejercido tan importantes funciones? —preguntó uno de los pocos eunucos presentes que no se expresaba con gestos ridículos.

—Cuando me lo solicitó, me planteé la misma pregunta sin dar con una respuesta satisfactoria —reconoció el cirujano jefe.

—¡Al menos eso prueba que aún no estamos muertos! —lanzó una voz de falsete.

—¡Oh, para eso haría falta mucho más! ¡A menos que la ofensiva del hermano pequeño de Anguo contra Chu fracase y dicho reino, donde están proscritos los eunucos, nos invada y nos mande a todos a excavar a canteras! —exclamó con tono enigmático otro miembro del Círculo del Fénix.

Bosque de los Pináculos invitó al eunuco que acababa de intervenir a acercarse.

—Eslabón Esencial, ¿podrías explicar a nuestros amigos lo que sabes? —pidió el jefe de los Oficiales de Mesa.

Eslabón Esencial dirigía la Oficina de Rumores, una célula ultrasensible formada exclusivamente por funcionarios de confianza encargados de informar al rey sobre los chismes y rumores de pasillo, a fin de desenmascarar su fuente y castigar con severidad a los que no eran capaces de mantener el pico cerrado. Esta desempeñaba un papel decisivo en el control de los asuntos más secretos por parte del Círculo del Fénix.

Eslabón Esencial se subió a un taburete para explicar la cuestión a los miembros del Círculo.

—El coronel que dirige la sala de los mapas y los planos del Estado Mayor general de los ejércitos tiene la lengua muy larga. Le ha contado a un funcionario de los archivos, por el que yo lo he sabido, que Qin está preparando una ofensiva relámpago contra el Puente Cocodrilo que cruza el río Han y cierra el paso a la capital de Chu. Se le ha confiado la operación a Anwei, el hermano pequeño de nuestro rey Anguo.

—Anwei muestra más consideración por nuestra raza que nuestro soberano —se apresuró a añadir Bosque de los Pináculos con acritud.

—¡Pero creía que ese puente tenía fama de inexpugnable! —soltó la criatura espigada con una risa ahogada.

—Tienes razón, Piedra de Luna —respondió Eslabón Esencial—, pero existe un plan secreto. Nuestros ejércitos abordarán el puente por el río mediante un buque de guerra.

Un murmullo de aprobación y admiración recorrió la asamblea.

—Sin embargo, si el plan se divulgara, ¡podría llegar a oídos del mismísimo Chu! —apuntó alguien.

—Exacto, y eso me inquieta sobremanera; por Anwei y por Qin. ¡Esperemos que no le hayan tendido una trampa lanzándolo a una batalla perdida de antemano…! —exclamó Bosque de los Pináculos.

—Eslabón Esencial debería investigar para ver con quién suele hablar ese coronel bocazas. Por ahora, mientras no sepamos el alcance de su red, que a nadie se le ocurra denunciarlo. ¡Palabra de Fénix! —soltó Cuchillo Rápido.

Acababa de concluir su declaración con la fórmula que comprometía a todo miembro de la sociedad secreta cuando la pronunciaba.

—¡Palabra de Fénix! —repitió en coro la asistencia.

—Eslabón Esencial, ¡confiamos en tu diligencia! —insistió la voz de falsete.

—Haré todo lo que esté en mi mano. La Oficina de Rumores que dirijo, por desgracia no posee ninguna red de espionaje en Chu. En cualquier caso, intentaré informarme —dijo Eslabón Esencial, aún subido sobre el taburete.

—¡Chu es un Estado que cultiva el espionaje! —gritó otra persona—. Hace años que se oye decir que en Qin hay espías pagados por Chu.

La asamblea se quedó en silencio. Ahora todos escuchaban sin pestañear. Pero a nadie se le habría pasado por la mente que entre sus filas se escondía un espía. Cuando uno era eunuco, supuestamente solo servía a una causa: la de la congregación.

A decir verdad y para ser más precisos, uno de los miembros importantes de la congregación no compartía la reprobación del resto. El motivo: ¡era un agente de Chu!

—¿Para cuándo está prevista la ofensiva de Anwei? —inquirió Bosque de los Pináculos.

—Mi fuente me ha indicado que en menos de cuatro meses —respondió Eslabón Esencial.

—Entonces debemos actuar sin más dilación... —contestó el jefe de los Oficiales de Mesa al de la Oficina de Rumores.

—Amigos míos, se está haciendo tarde. Os propongo retomar el orden del día y pasar a leeros la lista de vuestros futuros colegas que han sido castrados con éxito y que asistirán a nuestra próxima asamblea —sugirió Cuchillo Rápido.

Acto seguido se puso a desgranar con voz monocorde los nombres de lo que estarían llamados a prestar el juramento por el que se ingresaba en el Círculo del Fénix.

Habían sido doce los supervivientes al escalpelo de Cuchillo Rápido. Uno de ellos tenía un nombre extraño. Se llamaba Efluvios Negros.

—¡A quién se le ocurre llamarse así! —dijo riendo Bosque de los Pináculos, cubierto de sudor por el calor de la sala y con el maquillaje medio corrido.

Los efluvios negros siempre eran un mal presagio. Solo podía hacerlos desaparecer Lei Qiong, el dios de las pestilencias, también llamado el *Pequeño Demonio,* hijo del mítico emperador Zhuanxu, que era asimismo el dios de las epidemias.

Mas era preciso utilizar un sinfín de astucias para que Lei Qiong se dignara a conceder ayuda y protección a los devotos que lo imploraban cuando la malaria o la viruela hacían estragos entre la población. Debían colocar ofrendas que pudieran complacer al Pequeño Demonio en un barquito de madera y quemarlas estando este a flote, lo cual hacía su combustión total casi imposible, ya que llegaba un momento en que las ofrendas en llamas entraban en contacto con la superficie del agua.

Y mientras las ofrendas no se hubieran volatilizado, de nada servía suplicar al dios de las pestilencias: hacía oídos sordos a todos los ruegos.

26

En la corte de Qin, todos desconfiaban profundamente de la Oficina de Rumores.

Este servicio un tanto especial ocupaba un edificio, junto al Palacio Real, de apariencia anodina y sin nada que lo identificara desde fuera. La organización de esta administración era uno de los secretos de Estado mejor guardados. No figuraba en ningún organigrama, como tampoco se sabía quiénes eran sus miembros, a los cuales se les obligó jurar el día de su reclutamiento que jamás dirían nada en el exterior sobre el lugar donde ejercían sus funciones.

Como todos los servicios secretos, la Oficina de Rumores disponía de agentes encargados del espionaje y del contraespionaje, a los que se reclutaba para un caso en particular a cambio de una retribución. En Qin, eran muchos, y de todas condiciones —de pobres campesinos a prósperos mercaderes, pasando por letrados calígrafos—, los que habían sido abordados por algún desconocido en la calle o en sus casas. Se trataba de un funcionario de la Oficina de Rumores que, con la mayor educación del mundo, les pedía tal o cual información, o que le refirieran una conversación o un suceso que habían presenciado.

¡Cuidado de aquellos que se negaran a cooperar! La fatalidad siempre acababa por ensañarse un buen día con ellos: caían de una escalera o en una emboscada; sus caballos —si los tenían— morían de fiebres, e incluso, en algunos casos, sus hijos podían ser secuestrados por unos desconocidos y aparecer despedazados cual presas de un tigre blanco.

A los que accedían a hablar —por supuesto, eran la mayor parte— se les recompensaba con una moneda o un permiso para saltarse las colas de las audiencias reales públicas. Sin embargo, al convertirse en informadores, se exponían a la venganza de aquellos a los que habían delatado y, para sus víctimas, quedaban marcados de por vida con la impronta de la infamia. La Oficina de Rumores era una máquina eficaz de producir odio y generar oprobio.

Los servicios especiales de Qin lograban hacer reinar el terror de tal modo que habían engendrado una profunda desconfianza entre la población, sobre todo en las grandes ciudades. Habían llegado a viciar las relaciones entre los individuos. Todos veían en los demás, ya fuera un desconocido que pasaba bajo su ventana o un vecino con una actitud aparentemente anormal, a un agente a sueldo de la Oficina de Rumores. Todos los ciudadanos tenían cuidado con lo que decían. Cuando se quería guardar un secreto, se hablaba en voz baja. Cuando uno quería perjudicar a alguien cercano, bastaba por lo general con difundir un falso rumor referente a él y la Oficina de Rumores no tardaba en ocuparse del sujeto en cuestión…

Pero la principal tarea de este servicio consistía en vigilar permanentemente la fiabilidad y discreción de los altos funcionarios, así como de los militares de alto rango. Era una especie de policía política.

El hecho de que tras un humilde campesino se ocultara un espía de tres al cuarto de un Estado extranjero, importaba menos que si se trataba de un gobernador de provincia o de un coronel al mando de una guarnición. Que un general estuviera tentado a desobedecer podía degenerar en un golpe de Estado.

Y en virtud de esa lógica, llevada al extremo, los responsables más importantes del Estado se convertían en los principales objetos de investigación y vigilancia por parte de los agentes de la Oficina de Rumores. La cabeza del Estado se vigilaba a ella misma.

El funcionamiento del servicio más delicado del reino estaba bajo la autoridad directa del canciller de Qin, es decir, del primer ministro. Para garantizar la lealtad del jefe de dicho servicio, este debía ser obligatoriamente un eunuco elegido por el rey en persona.

Al objeto de evitar cualquier complicidad entre sus miembros y el jefe del mismo, este último no podía reclutar a los agentes de la oficina, sino que los designaba directamente la Cancillería. Este nido de espías era un nido de víboras, estructurado de tal forma que nadie pudiera contar con nadie. Todos se vigilaban mutuamente. De igual modo, los investigadores tan solo podían facilitar al resto las informaciones recabadas previa autorización de su superior, y el rey era el único que decidía qué uso darles.

Eslabón Esencial se convirtió en el jefe por casualidad, tres años después de haber entrado a trabajar allí, al ser el único eunuco que quedaba después de que encontraran al antiguo director de la oficina apuñalado en los brazos de un joven prostituto.

Por temor al escándalo, el canciller de Qin ordenó que nunca se divulgara dicho asesinato. En tales condiciones, descartada la opción de reemplazar al director por un eunuco ajeno al servicio, que a buen seguro habría hecho preguntas molestas sobre las circunstancias del fallecimiento de su predecesor, esta recayó obviamente en el joven eunuco, de reciente incorporación y bien considerado.

Desde que asumiera la dirección de la Oficina de Rumores, Eslabón Esencial nunca se había visto obligado a investigar un asunto tan espinoso.

Era referente a ese coronel bocazas que ocupaba funciones de máxima importancia, pues conocía las ofensivas planeadas por Qin. ¿Era un espía a sueldo de una potencia extranjera o simplemente un irresponsable? Solo una indagación concienzuda podría determinarlo.

Esta debía permanecer en secreto, ya que Eslabón Esencial obraba por petición del Círculo del Fénix. Si terceras personas se enteraban de que, en nombre de la oficina que dirigía, estaba conduciendo una investigación por cuenta propia, habría podido perder no solo su puesto, sino también la cabeza.

En seguida llegó a la conclusión de que, dadas las circunstancias, lo mejor era no confiar en nadie y efectuar él mismo las pesquisas.

Al día siguiente, sin más tardar, se puso manos a la obra.

De camino al Ministerio de la Guerra, tomó la precaución de volverse para asegurarse de que nadie lo había seguido.

—¿Cómo te llamas? —le preguntó al joven soldado que masticaba una cáscara de regaliz en la antecámara de la sala de los mapas y los planos.

El eunuco sostenía visiblemente dos taeles de bronce en la mano.

—Soy Longwei, el guardia —respondió con una sonrisa interesada.

Ya se había olido la artimaña.

—Si eres discreto, serán tuyas —prosiguió Eslabón Esencial enseñando las monedas.

—Seré tan mudo como una carpa oculta bajo el fango —aseguró Longwei con aire cómplice, acercando el dedo índice a los labios.

—Dime simplemente el nombre de la taberna adonde va tu coronel —le susurró al oído el jefe de la Oficina de Rumores.

—Siempre va a la Perdiz Nival. Está tres calles más abajo. Nunca lo he visto ir a otra parte —añadió el guardia atrapando al vuelo las dos monedas que el eunuco le había lanzado.

La posada de la Perdiz Nival era una casita de tierra batida con un cartel representando a la preciosa ave de carne grasa. La dueña del establecimiento era una matrona desdentada con la piel ennegrecida por el humo y la mugre. Allí, en una sala de techo bajo, alrededor de mesas redondas hechas con trozos de troncos, militares de todos los grados hablaban de mujeres y batallas mientras gastaban sus míseros salarios en alcohol.

Eslabón Esencial pidió un vino rebajado con agua. Divisó a una joven camarera con cara de espabilada y le indicó que se acercara.

—¿Conoces al coronel que está al mando de la sala de los mapas del Estado Mayor general de los ejércitos? —inquirió deslizando un tael de bronce en el escote de su camisa.

—Claro. ¡La bebida le suelta la lengua! —dijo la chica con un fuerte acento de campo.

—¿Qué quieres decir?

—Cuando bebe vino con agua, como tú, te cuenta su vida.

—¿Viene a menudo a esta posada?

—Al menos cada dos días. Me sorprende que aún no haya llegado…

—¿Le has oído hablar de un buque de guerra?

—¡Claro! Hace un mes largo. No dejaba de pavonearse sobre un ataque a un puente fortificado con un barco de guerra delante de un tal general Imperfección del Jade, que parecía divertirse haciéndole beber como cosaco. Recuerdo que había también otro hombre sentado en el mismo banco que trabajaba en la Oficina de los Archivos —replicó animada la camarera.

Eslabón Esencial pensó que la chica habría podido ser una informadora de la Oficina de Rumores de lo más eficaz. Iba a continuar con el interrogatorio cuando sintió una palmadita en el hombro.

Se volvió y vio a un joven bien vestido con los cabellos largos y peinados hacia atrás con esmero. La imperceptible línea de maquillaje que delineaba sus ojos señalaba su procedencia.

—Soy un nuevo miembro de tu congregación. Es un placer saludarte, Eslabón Esencial —susurró el joven eunuco.

A Eslabón Esencial se le heló la sangre. ¿Lo había seguido aquel joven bien vestido? ¿Habría oído este último su conversación con la camarera? Se sintió incómodo.

—Perdona, ¿cómo te llamas? —farfulló.

—Efluvios Negros —dijo el chico.

—¿Y cómo sabes el mío? —preguntó el jefe de la Oficina de Rumores sintiéndose desfallecer.

Efluvios Negros parecía estar degustando de antemano el efecto de su respuesta.

—Acabo de ser asignado por el canciller a la Oficina de Rumores. Por eso sé perfectamente quién eres y de dónde vienes... —murmuró al oído de su nuevo jefe con una amplia sonrisa.

*

La enorme rueda se había hundido en el barro negruzco hasta la altura del eje, inclinando peligrosamente el carro hacia la derecha.

Los dos mástiles podían rodar y caer al suelo en cualquier momento. Y entonces harían falta horas de esfuerzo para subirlos de nuevo en las tres carretas atadas entre sí por cordajes, de las cuales, la primera acababa de atascarse.

Salto de Tigre remontó la larga fila del convoy para ir a advertir al general Anwei, que cabalgaba a la cabeza.

Habían dejado Xianyang apenas diez días antes, pero los animales y los hombres ya estaban extenuados por el esfuerzo. Las condiciones climáticas dificultaban aún más la marcha en un camino donde se realizaban desmontes a medida que avanzaba el convoy. Era impensable tomar el camino normal entre Xianyang y Ying, pues sería como anunciar a los cuatro vientos su estrategia.

Además, las autoridades de Chu jamás habrían permitido al convoy pasar la frontera. Así pues, los estrategas de Qin se decidieron por la antigua carretera situada más al oeste. Mucho más escarpada que la carretera principal, sus curvas y cuestas habían acabado por disuadir a los viajeros y a las caravanas de mercancías. Únicamente los salteadores seguían tomándola con la esperanza de toparse con viajeros perdidos por una de sus cuestas empinadas y resbalosas.

El traslado por tierra de un buque de guerra desmontado, con un casco de cerca de seis *bu*[2] de eslora, era una empresa arriesgada cuya dificultad había sido manifiestamente subestimada por el ingeniero marítimo.

Hizo falta enganchar una treintena de búfalos a los tres carros, a los que se subieron el casco y los dos inmensos másti-

[2] Un bu = 1,60 metros.

les que descansaban tumbados sobre el mismo. Las otras piezas del barco, más pequeñas y destinadas al ensamblaje, así como decenas de espigas listas para entrar en sus cajas, llenaban cinco pesados carros remolcados cada uno por dos caballos de tiro. Los víveres necesarios para la expedición iban en fardos atados al lomo de los caballos. Los jinetes marchaban delante de sus monturas sujetando las riendas.

Los hombres concentraban sus esfuerzos en los medios de transporte tirados por los animales, como hormigas cargando comida y ramitas hasta su hormiguero. Eran cerca de trescientos los que empujaban, y otros tantos los que tiraban. Los cocheros guiaban a los caballos y a los búfalos, y los fustigaban cuando no avanzaban lo bastante rápido. Otros, pegados a los flancos y a las ruedas de los carros, impedían que estos volcaran cuando los socavones los hacían ladear peligrosamente. De un lado a otro de aquella interminable procesión, que contaba en total con un millar de individuos, llovían gritos e imprecaciones.

Desde que alcanzaron el macizo montañoso que hacía de frontera entre ambos Estados, Anwei había decidido iniciar la marcha imponiendo un ritmo que el convoy soportaba a duras penas. Hasta el momento no se habían cruzado con un alma, salvo un pobre diablo cazando liebres con un lazo que salió pitando en cuanto vio acercarse a aquel convoy salido directamente de un sueño.

—General Anwei, uno de los carros está completamente atascado —gritó Salto de Tigre sin aliento tras haber subido la cuesta hasta la cabeza del convoy.

—Hay que empujar y tirar más fuerte. Ya se ve el próximo puerto de montaña —respondió Anwei.

Señaló el prado, que apenas se distinguía al final del camino, entre dos neveros que brillaban bajo el sol.

—¡Pero corremos el riesgo de que los mástiles caigan sobre el fango y bajen rodando por la cuesta! Si eso sucediera, nos costaría muchísimo volver a montarlos en las carretas —protestó Salto de Tigre.

Anwei desmontó del caballo para ir a echar un vistazo. Aprovechó para saludar de paso a sus hombres e insuflarles ánimos encarecidamente.

—Haz venir un carro de combate para que sirva de puntal —ordenó Anwei.

Después, mandó a cada uno de los hombres colocarse en un lugar determinado alrededor del carro atascado. Cuando dio la orden, todos obedecieron tirando, empujando o sujetando los carros, sin escatimar esfuerzos ni refrenar sus gritos. Lentamente, la rueda salió del barrizal. Las tres carretas reanudaron la marcha al tiempo que las ruedas y las cuerdas, tan tensas que parecían a punto de romperse, emitían un espantoso quejido.

Anwei regresó a su caballo para encabezar de nuevo el convoy.

Llegaron al puerto de montaña. La pradera estaba tapizada de ranúnculos multicolores con unos minúsculos pétalos puntiagudos que sobresalían de la hierba punzante. Anwei dio la señal de instalar el vivaque. Se apeó y desató de la silla el pequeño tambor de madera con una piel tensada de cocodrilo que servía para llamar al combate.

Ante él se extendían las cumbres azuladas de las murallas naturales que aún debían franquear antes de llegar a la llanura más árida, donde discurría el impetuoso río Han. Entonces deberían dirigirse hacia el suroeste para remontar el río aguas arriba del Puente Cocodrilo, lo bastante lejos como para asegurarse de que nadie los molestara durante la operación de montaje del buque. El convoy no alcanzaría la orilla antes de tres largas semanas de esfuerzos, igual de sobrehumanos que los ya realizados desde su partida.

A continuación, tendrían que poner a flote el barco y dejarlo bajar con la corriente hasta detenerse en los pilares del puente, tras lo cual, habría llegado el momento de proceder al asalto victorioso de la fortaleza que ya conocía por haberla cruzado, en calidad de rehén, de camino y regreso a Ying. Solo entonces su misión habría finalizado.

En vistas de la situación, a Anwei le parecía totalmente imposible lograrlo debido a la cantidad de riesgos y obstáculos que comportaba.

Sentado sobre una roca plana, el hermano de Anguo se puso a pensar en su amada esposa, Flor de Jade Maleable, y en los cinco hijos que esta le había dado. ¿Volvería a verlos algún día?

Era bastante improbable. ¡Y pensar que había dejado el armonioso refugio de su Arboreto para lanzarse a aquella descabellada empresa que podía convertirse en una debacle y un caos! Aceptó aquella aventura incierta por amor a su patria, pero sobre todo —constataba ahora con lucidez— por vanidad. ¿Obtendría algún día la gloria anhelada? ¿Le recompensaría Qin? Anwei no era en absoluto incauto, pero era demasiado tarde como para dar marcha atrás.

Salto de Tigre percibió la desazón de su jefe.

—Parecéis inquieto, general Anwei. ¿Os puedo ayudar en algo?

Anwei observaba cómo sus mil hombres, agotados por el esfuerzo, instalaban las tiendas y preparaban impacientes el combustible para encender las hogueras, tal y como estipulaba el reglamento militar que obligaba a los soldados a cortar leña antes de descansar, mientras los caballos y los búfalos se saciaban de hierba y ranúnculos.

Tenía un mal presentimiento. ¿Y si un traidor había advertido a los ejércitos de Chu? ¿Qué sería de aquellos valientes soldados y nobles animales por los estaba empezando a sentir afecto?

Anwei prefirió callar esta vez para evitar alarmar a Salto de Tigre aún más.

—General Anwei, sé realizar vaticinios por medio del viento y los colores. Puedo captar la vibración del aire movido por el ejército enemigo. También soy capaz de leer el color de la nube de polvo levantada por el galope de los caballos sobre la tierra. Una nube amarilla es un buen presagio. En cambio, si es roja es señal de derrota. Será un placer poner mis conocimientos a vuestro servicio —confió el joven oficial de ordenanzas.

La adivinación a través de los colores y el viento se practicaba desde la dinastía Zhou, como así lo atestiguaban los escritos de la época.

Aquel método era al menos tan eficaz como la adivinación mediante la quema de caparazones de tortugas o de fémures de cérvidos.

—No te preocupes. Llegado el momento —murmuró Anwei sonriendo a Salto de Tigre—, seguramente recurriré a tu ciencia. Nos será de utilidad, habida cuenta de las dificultades que nos esperan.

*

El Hombre sin Miedo había logrado, pese a su enorme tamaño, arroparse en una manta que el crudo frío de la noche no conseguiría penetrar.

Se encontraba sentado haciendo guardia, con la espalda pegada al tronco de un grueso cedro plantado en lo alto de un cerro. Desde allí dominaba el cercado de las yeguas akhal. Había una treintena, todas preñadas, durmiendo inmóviles cual estatuas de piedra bajo la pálida luz de la luna. Era, con diferencia, el cercado más valioso de las caballadas de Lu Buwei. Aquellas yeguas representaban la esperanza para Qin de poseer un día cientos de caballos de las estepas que al fin proporcionarían a su caballería una supremacía militar aplastante y definitiva.

—Quiero que vigiles el cercado de las yeguas akhal y que detengas a quienquiera que se acerque a ellas —le había ordenado aquella misma noche el ministro de Recursos Extraordinarios.

Lu Buwei tenía motivos para estar preocupado. Una decena de yeguas de otras razas, menos valiosas que las akhal, habían sido encontradas muertas en las mismas condiciones que las tres primeras.

El gigante huno luchaba contra el sueño, que acababa venciéndolo.

Las yeguas akhal no se movían lo más mínimo, pero de repente vio la oreja de uno de los animales temblar imperceptiblemente. Los caballos celestes akhal eran tan sensibles que eran capaces de captar la menor vibración del aire. El Hombre sin Miedo contuvo la respiración. Las yeguas empezaron a agitar la cola. Pese al ruido que percibían, no mostraban ninguna señal de inquietud, lo cual sorprendió al gigante, acostumbrado a que estas relincharan al menor sonido sospechoso.

Oyó los guijarros del camino crujir. Era el paso de una silueta cuya sombra furtiva se dibujó en el suelo. El ángulo de los rayos de luna la hacía parecer alargada como la hoja de una espada.

Alguien se acercaba a la entrada del cercado.

La silueta llevaba bajo el brazo una vasija en forma de *hu* que servía de recipiente de bebidas fermentadas. Las yeguas, una a una, avanzaban lentamente hacia la sombra, como si les resultara familiar. El gigante huno vio entonces que se trataba del palafrenero, lo cual explicaba la actitud calmada de las yeguas.

El palafrenero levantó la barrera del cercado y se dirigió al tonel de madera con tapa de bronce que contenía las reservas de avena. Después vertió el contenido de la vasija hu en el tonel. Se disponía a hundir un largo cucharón en el tonel para mezclarlo cuando sintió que lo levantaban del suelo como una brizna de paja. Gritó aterrorizado. Las yeguas se pusieron a relinchar asustadas y se dispersaron galopando hacia la otra punta del cercado.

El Hombre sin Miedo tenía al palafrenero agarrado por la cintura y lo giró para verle el rostro.

—¡Pero eres tú, Acorde Perfecto! ¿Qué diantres haces aquí? —preguntó el huno aflojando a su presa por la estupefacción.

Acorde Perfecto aprovechó la ocasión para intentar huir, mas el gigante lo tiró al suelo en un abrir y cerrar de ojos.

—¡So granuja! ¡Si intentas hacerte el listo, te vas a llevar una buena! —masculló el Hombre sin Miedo inmovilizando el cuello del joven palafrenero con una llave de brazos.

Comenzó a apretar, primero un poco y luego cada vez más. El muchacho no tardó en empezar a asfixiarse. Se volvió blanco como una flor de cerezo, con las venas de las sienes hinchadas como gruesas larvas de mariposa nocturna.

—Me rindo, me rindo… —murmuró al borde del desmayo, con el rostro bañado en sudor.

El Hombre sin Miedo le dejó recuperar el aliento. Después agarró a Acorde Perfecto por los hombros y lo miró fijamente.

—Ahora dime qué pensabas hacerles a los caballos akhal —gruñó el huno con aire amenazante.

Acorde Perfecto se negaba a responder. El Hombre sin Miedo lo agarró del cuello con su inmensa mano y empezó a apretar lentamente. A medida que ejercía más presión, los cartílagos del cuello de su presa chocaban unos contra otros como pequeñas ramas secas. Acorde Perfecto casi había perdido el conocimiento cuando le hizo una señal al gigante para que aflojara su mortal tenaza. El gigante huno así lo hizo. Su gruesa mano se abrió, liberando de repente la tráquea del palafrenero.

Entonces este no tuvo más remedio que hablar.

Su confesión fue breve, entrecortada por sollozos y cargada de vergüenza y remordimientos. Lo soltó todo de una vez: su iniciación secreta al taoísmo y la gran presión ejercida por el sacerdote Wudong y su ayudante para obligarlo a cometer el crimen.

Cuando hubo confesado, el Hombre sin Miedo lo dejó marchar y luego fue a informar a Lu Buwei, al que despertó a mitad de la noche.

Entretanto, Acorde Perfecto, tras reflexionar rápidamente sobre la situación, se dijo que había perdido el honor por partida doble: ante su maestro temporal y ante su maestro espiritual. Pensó que era demasiado. Tan solo le quedaba una salida: liberar su alma del cuerpo con el que había fracasado. Con algo de suerte, su alma tal vez podría un día socorrer a los mismos a los que había traicionado.

Por ello, sin más vacilación, fue a colgarse de una rama del majestuoso cedro al pie del cual el Hombre sin Miedo había montado guardia.

27

CUANDO WUDONG VIO LA MIRADA ANGUSTIADA DE HUAyang, comprendió que la situación era grave. No despedían el brillo chispeante y alegre de costumbre.

La reina, cubierta con un largo abrigo de visón marrón para evitar ser reconocida, había ido en persona a llamar a la puerta del Palacio de los Fantasmas y anunciarle la mala noticia.

—Debéis marcharos de inmediato. Lu Buwei está al corriente. El palafrenero ha hablado. Le ha contado todo al Hombre sin Miedo, el gigante huno, y después se ha ahorcado de la rama de un árbol —dijo con voz opaca.

—¿Cómo lo sabes? —se aventuró a preguntar el ilustre sacerdote.

—Zhaoji me acaba de avisar en secreto —resopló, molesta por aquel exceso de curiosidad.

Zhaogongming, con los dedos aún ennegrecidos por su último experimento químico, se unió a ellos en el vestíbulo del palacio.

—Ahora me gustaría saber qué os ha empujado a atacar de tal forma a Lu Buwei, quien jamás os ha deseado ningún mal —lanzó Huayang a los hombres con un tono de reproche.

—He obtenido la prueba irrefutable de que ese mercader de caballos está intentando restaurar el sistema imperial, como en los tiempos de la dinastía Zhou. ¡Incluso he visto en la disposición de unos trozos de aquilea señales de que ese hombre podría ser el mismísimo padre del futuro emperador! —respondió Wudong.

No se había limitado a dar por buena la información proporcionada por Poderosa Estrella del Este, sino que también había realizado una prolongada sesión de adivinación consultando briznas de aquilea para confirmar la predicción de la sacerdotisa médium.

—¿Y eso en qué os afecta? —replicó la reina, cada vez más enfadada.

—¡A fe mía que sería el final definitivo de nuestras prácticas y la persecución asegurada de nuestros adeptos! —tronó Wudong con ojos que parecían lanzar rayos.

La reina agachó la cabeza. Los argumentos del ilustre sacerdote no la acababan de convencer, pero este despedía tal energía interior por el ejercicio respiratorio que acababa de efectuar, que era incapaz de sostener su mirada.

—¿Cómo es posible que uno de nuestros adeptos haya revelado semejante secreto cuando le hicimos jurar guardarlo a toda costa? —gimió el ayudante de Wudong.

—El miedo deshace a menudo los juramentos más fuertes —espetó la reina, que parecía saber del tema.

—Te dejé bien claro que no me fiaba del todo de ese palafrenero que apenas llevaba cinco años con nosotros. ¡Un verdadero taoísta cede, mas no se derrumba jamás! —arguyó Wudong a su acólito con voz encolerizada.

Zhaogongming, aterrado por la espantosa noticia, se miraba las manos ennegrecidas sin decir palabra. Tampoco osaba levantar la mirada.

—¿Pero Anguo…? —se atrevió a preguntar Wudong tras un largo silencio, con la mirada puesta en Huayang.

—El rey no hará nada para ayudaros. Lo conozco; no moverá ni un dedo. No es taoísta como lo era su padre. ¡No son los sueños de inmortalidad del viejo rey Zhong lo que le impedirán dormir! —exclamó la reina con una mueca de desdén.

Siempre dibujaba esa sonrisa un tanto irónica cuando hablaba de Anguo.

—Necesitamos varios días para evaluar bien la situación y abandonar la ciudad —afirmó el ilustre sacerdote, que parecía reflexionar en voz alta.

—Me temo que debéis ser más rápidos. Creo que el rey recibirá hoy mismo a Lu Buwei. Sin duda, le contará todo. En cuanto sepa algo más, os lo diré —susurró la reina antes de volver a taparse la cabeza con la capucha de su abrigo y marcharse.

Solo, frente a su ayudante, Wudong se dejó llevar por la ira.

—¡Maldito sea el reino de Qin, que prefiere abrazar el legismo tras haber sido confuciano en lugar de seguir las enseñanzas de Laozi y de Zhuangzi! —maldijo apretando los puños.

—¿Qué vamos a hacer con nuestros cientos de adeptos? ¡Su número no para de crecer! ¿Podemos dejarlos sin sacerdote? —gimió Zhaogongming.

—Solo los iniciados de primer grado precisan de enseñanzas. Los demás disponen de todos los conocimientos; solo les falta la práctica —dijo el sacerdote.

De pronto recuperó la calma por completo.

—¡Pero el rey puede decretar persecuciones!

—Pasaremos a los iniciados la consigna de extremar de nuevo las precauciones. Los quince años en los que el Gran

Camino ha gozado de tolerancia nos han relajado. Hemos de volver a la más absoluta clandestinidad, como en la antigüedad —concluyó Wudong con su voz cavernosa.

—¿Comienzo a ordenar la casa y a preparar el equipaje? —preguntó el ayudante temblando como una jovencita atemorizada.

Contuvieron la respiración al oír unos ruidos sordos.

Alguien llamaba de nuevo a la puerta del Palacio de los Fantasmas. Quien así la repiqueteaba no temía hacer ruido. Zhaogongming, convencido de que eran soldados dispuestos a arrestarlos, empezó a temblequear cuando Wudong le ordenó ir a ver quién era. Cuando regresó, tras él se dibujaba la esbelta silueta de Zhaoji.

La joven se tiró a los pies de Wudong llorando.

—¿Pero por qué él? ¿Por qué vosotros? —gritó con voz ronca.

Wudong percibió su adusta mirada. Intentó forzarla a bajar la vista, mas no lo logró. La furia volvía a la joven aún más seductora. Apretaba con tal fuerza sus delicados puños que parecían dos peonías inmaculadas.

—Tu querido Lu Buwei quiere restablecer el Imperio Zhou del Este. Posee el disco ritual que anuncia la llegada a Qin de un nuevo emperador. Y su consejero no es otro que ese filósofo tartamudo defensor del legismo. ¡El resultado de la supremacía de la Ley es el Imperio! El taoísmo jamás se ha llevado bien con la autocracia...

—¿Pero qué daño os ha hecho mi Lu Buwei para que hayáis tramado esa maquinación contra él?

—No tengo nada en contra del hombre que amas. ¡Solo contra su sueño de imperialismo!

—Os equivocáis. Nunca he visto a Lu Buwei hacer nada para intentar restaurarlo.

—Me he explicado mal. Me refiero a la señal que persigue y según la cual el Emperador Amarillo va a regresar. Parece ser que esta se encuentra en ese disco ritual que lo tiene enloquecido. No entiendo por qué Lu Buwei se ha convertido en el instrumento de ese disco de jade para restablecer el régimen imperial —explicó el ilustre sacerdote.

Intentaba, sin mucho éxito, hacer comprender a Zhaoji la motivación de su acto. Mas esta, que acababa de descubrir la existencia del disco de jade de su esposo, estaba sobre todo trastornada porque el hombre al que amaba jamás le había hablado de él.

Zhaogongming, implorando a Wudong con la mirada, le suplicaba que pusiera fin al juicio contra el mercader.

Zhaoji se recompuso y decidió enfrentarse al ilustre sacerdote y hacerle saber que desaprobaba por completo su conducta.

—¿Y si renegara en el acto de mi compromiso con el Gran Camino? —amenazó con voz opaca desafiando a Wudong.

—¿De qué quieres renegar? ¿De la técnica de respiración para contener la energía qi en tu interior? ¿Del método de conservación de tu esencia femenina para prolongar la vida? ¿Del procedimiento con el que puedes volver la mirada hacia dentro para contemplar tu interior? ¿Puedes renunciar a lo más importante que has aprendido desde que tu madre te dio a luz? —se burló el ilustre sacerdote.

Entonces, Zhaoji agarró el incensario boshanlu que estaba en la mesa y lo lanzó con violencia hacia la cara de Wudong antes de huir corriendo. Este se apartó con rapidez y el objeto de bronce se estampó contra el suelo haciéndose pedazos.

Cuando regresó a casa, Lu Buwei bebía su cuenco de sopa matinal.

—¿Por qué me has ocultado tanto tiempo que poseías esa cosa? ¡Creí que entre nosotros no había secretos! —gritó, sintiéndose herida, al hombre que amaba.

Sus ojos estaban anegados en lágrimas. No podía soportar que le hubiera escondido semejante secreto.

Lu Buwei no vaciló un segundo: comprendió que se trataba del bi negro constelado. Abrazó un largo rato a la joven para consolarla sin decir palabra. Luego, la cogió de la mano y la llevó a su dormitorio.

El descubrimiento por parte de Zhaoji de la existencia del bi lo había cogido totalmente por sorpresa. No tenía más remedio que enseñarle el objeto que la había sumido en tal estado de aflicción. Abrió el armario y sacó el disco de su funda de seda. El objeto se veía majestuoso en su palma, recubriéndola por completo.

—Tócalo, siente su calor —murmuró a Zhaoji posando el inmenso disco de jade en la mano de la muchacha.

—Es suave como la piel del vientre de un cordero —acabó diciendo ella secándose las lágrimas.

Después, se llevó el bi negro a la mejilla.

—Ahora obsérvalo y dime qué ves —añadió Lu Buwei.

Ella lo miró. Las minúsculas estrellas micáceas seguían dibujando extrañas constelaciones que parecían surgir del bi negro de jade.

—¡Parece una noche estrellada! —admitió la chica con voz aniñada.

—No solo eso. Son el Pastor y la Tejedora... ¡Mira cómo se parecen a nosotros! —añadió Lu Buwei tocando la parte del disco donde aparecían las constelaciones de los dos amantes que se encontraban una vez al año gracias al puente que franquea la Vía Láctea.

Zhaoji, con los ojos cerrados, acarició la superficie del bi con el dedo. Podía sentir el calor del que había hablado Lu

Buwei. Ella lo miró suplicante. Quería compartir todos los secretos del disco de jade.

El mercader pensó que ya era hora de contarle todo.

Le relató las circunstancias del hallazgo del bi negro en el mercado de Handan; después, su visita a la sacerdotisa médium Valle Profundo, y, por último, la revelación de la adivina referente al Caos original de Hongmeng que anunciaba la llegada de un nuevo Emperador Amarillo. Le explicó cómo el disco ritual había alterado profundamente el curso de su tranquila y despreocupada existencia en Handan como mercader rico y próspero.

—¿Pero esa mujer te dijo en verdad que tendrías algo que ver con la llegada de ese nuevo emperador?

Zhaoji estaba dividida entre el asombro y la incredulidad.

—¡Sus palabras aún resuenan en mis oídos como si fueran de ayer! Todos los días, sin excepción, cuando pienso en el disco, las oigo.

—¿Pero qué significa? —insistió ella.

—Aún no sé leer el futuro en el disco, pero estoy seguro de que la sacerdotisa hablaba totalmente en serio. Me aseguró que participaría en la venida de un nuevo emperador. ¡Te garantizo que estaba tan perplejo como tú!

La joven permaneció callada.

Wudong, a fin de cuentas, no se equivocaba al sospechar que Lu Buwei intentaba restaurar el imperio. Sin embargo, aquella idea, lejos de disgustarla, no sabía muy bien por qué, le hacía soñar.

Ahora estrechaba el disco de jade contra su pecho, como si fuera su hijo.

*

Como de costumbre cuando la situación era grave, Lu Buwei pidió a Han Feizi que lo acompañara a la audiencia ante el rey Anguo solicitada en la víspera.

Cuando los hombres entraron en el despacho del rey, este intentaba manejar un cuchillo cuya hoja se plegaba sobre su empuñadura de marfil. Desde hacía varios meses, sufría de un preocupante temblor en las extremidades que le hacía parecer aún más pánfilo que de costumbre.

Lu Buwei comprobó que el estado de Anguo había empeorado notablemente desde que lo viera por última vez. Este último ni tan siquiera conseguía reproducir el simple gesto de plegar y desplegar el cuchillo que, en su lugar, estaba realizando una criada impúber. Esta, ni una adolescente tan siquiera, daba muestras de una infinita paciencia. El pobre rey ya no lograba coordinar sus gestos.

Anguo, absorto como estaba en aquella delicada operación, ni siquiera prestó atención a los visitantes, pese a los repetidos carraspeos de Lu Buwei para hacerle notar su presencia.

Al cabo de un buen rato, acabó levantando la mirada hacia los dos hombres.

—¿Cuál es el objeto de vuestra visita? —dejó caer tras lograr replegar la hoja del cuchillo sobre el mango.

—Es referente al ilustre sacerdote taoísta Wudong. He obtenido la prueba de que ese hombre, por razones que no alcanzo a comprender, ha intentado diezmar las yeguadas destinadas a nuestros ejércitos por medio del envenenamiento. Han sorprendido a uno de mis palafreneros, a quien había sobornado y que confesó todo antes de ahorcarse —contó el ministro de Recursos Extraordinarios al rey.

Anguo miró a Lu Buwei con aire incrédulo y un tanto ausente. Su rostro se había vuelto abotargado e inerte por la enfermedad.

—¿Qué piensa de todo esto el estratega Han Feizi? —preguntó Anguo volviéndose hacia el filósofo tartamudo.

—Que la religión taoísta es un peligro para las leyes del Estado y que convendría prohibirla oficialmente. ¡Ese sacerdote ha estado a punto de dañar a los ejércitos de Qin de manera irreversible! Es más fácil arrancar una mala hierba que todo un bosque. No permitáis la expansión de esa religión que tantos de vuestros súbditos practican hoy día abiertamente. ¡Si no, en breve será el dao el que gobernará Qin en lugar de la Ley! —sentenció Han Feizi con gravedad.

Anguo acariciaba con mano temblorosa la cintura de la joven criada, a la que obligó a sentarse en su regazo.

Siempre actuaba igual con sus últimas adquisiciones. Se encaprichaba de una jovencita, núbil y con la tez clara preferentemente, y le exigía quedarse a su lado durante todo el día. Así podía disponer de ella a su antojo y cuando le apeteciera. Había ordenado instalar en su despacho un biombo tras el que no dudaba desaparecer en compañía de la elegida del día, incluso en presencia de las visitas. Cuando se cansaba de ella, la chica se trasladaba al serrallo de las numerosas concubinas reales desechadas, donde llevaba una vida apacible sin jamás volverse a cruzar con el rey. Entre las mujeres seleccionadas por los ojeadores de la corte, aquellas a las que el rey había tocado escapaban al destino reservado a las demás: se sumaban al ejército de cortesanas que las casas de citas necesitaban constantemente.

—¿Qué sugieres? —preguntó con voz cansada Anguo a Lu Buwei.

La niña se movía nerviosa, de forma casi imperceptible, sobre las rodillas temblorosas del rey enfermo.

—Según las leyes de Qin, los culpables de un crimen han de ser juzgados. ¡Wudong ha atacado a las yeguadas del reino! —se atrevió a decir Lu Buwei con prudencia.

—Debilitar a los ejércitos del reino equivale a debilitar a su rey. Ha llegado la hora de llevar a cabo reformas para evitar que acciones de ese tipo se repitan —añadió Han Feizi con erudición.

Anguo había dejado de acariciar la cintura de la joven criada. Parecía interesado por las últimas palabras del filósofo.

—¿Qué propones exactamente?

—Es preciso convertir la Oficina de Rumores en un ministerio de pleno ejercicio y empezar por triplicar sus efectivos. El pueblo es demasiado libre de ir y venir; cualquiera puede maquinar un complot sin problemas. ¡Un Estado ha de saber de antemano todo lo que se trama en su contra! —aseveró el filósofo, siempre con un cierto tono enfático.

—¿Quieres decir que el eunuco Eslabón Esencial no es lo bastante eficaz? —dijo Anguo.

—Casi no lo conozco... Tiene pinta más bien de astuto. Pero esa no es la cuestión. Las instituciones y su funcionamiento son mucho más importantes que los hombres... La Oficina de Rumores carece de los medios suficientes. Con independencia de las virtudes de su director, su prestigio de cara al pueblo no basta —afirmó el filósofo.

—En cualquier caso, el eunuco Cuchillo Rápido no es de la misma opinión, ni tampoco, según dice, el joven que me recomendó el pasado mes. Por lo visto, su protegido tan solo ansiaba una cosa: ¡formar parte de esa Oficina de Rumores a la que tanto te gusta denostar! —protestó molesto el rey.

—¿Y vos lo habéis nombrado? —preguntó Han Feizi.

—He dado orden al canciller de hacerlo. Había un puesto vacante en la Oficina de Rumores... —indicó Anguo sin comprender aún a dónde quería llegar Han Feizi.

—Su Alteza, si lo estimáis conveniente, puedo elaborar un informe sobre los medios y las leyes necesarias para reforzar dicho servicio —sugirió Han Feizi.

Pensó que Anguo no se mostraría insensible a semejante propuesta y a tales argumentos.

El rey indicó a la joven criada sentada en su regazo que se levantara. Parecía encolerizado: él mismo acababa de romper el cuchillo de marfil, que yacía en el suelo. Su temblor le impedía coordinar el menor gesto. Estaba agotado. Hasta le costaba levantar un dedo.

Miró a Lu Buwei y Han Feizi. Él tan solo era el instrumento de sus confabulaciones y sus tejemanejes. Se sentía asediado por ellos al igual que por esa enfermedad que día tras día se apoderaba de él.

Entonces, para conjurar aquella enfermedad que lo estaba apresando en sus garras, decidió imponerse por una vez.

—Al rey le traen sin cuidado tus consejos. Gobierna este país a su antojo, por el bien del pueblo. En cuanto a la religión taoísta, daré orden al canciller de que todos sus adeptos sean castigados sin piedad —soltó farfullando.

Han Feizi y Lu Buwei se miraron el uno al otro. Pensaron lo mismo: Anguo era aún más necio de lo que habían imaginado.

Tal y como había escrito ya el filósofo tartamudo, el absolutismo sin astucia era un simple poder ciego y sumamente débil.

*

Una vez lo hubo interrogado sobre el Puente Cocodrilo el general al mando de la región militar donde se hallaba el edificio, Imperfección del Jade fue trasferido a la prisión central de Ying.

Para garantizar su traslado, lo encerraron en una jaula de madera con dos ruedas tirada por un búfalo. Por poco no se rompió algún hueso con el traqueteo del vehículo. Tenía el cuerpo plagado de moratones y rasguños. Recibió tantos escupitajos cuando expusieron la jaula con ruedas a las mofas de los curiosos, frente a las puertas de la ciudad fortificada, que acabó por desistir de limpiarse. El viaje duró un par de días, al cabo de los cuales aparecieron a lo lejos los macizos tejados de los edificios heteróclitos que, con el tiempo, se habían ido apelotonando los unos sobre los otros y que conformaban, imponentes sobre la ciudad de Ying, la residencia del rey de Chu.

La capital de dicho reino parecía haber sido construida únicamente para fines militares. Sus altos muros almenados de base ensanchada hacían de la ciudad una inmensa fortaleza. En el interior de aquellas murallas inexpugnables no había casas de particulares o jardines de recreo, sino bloques y cuarteles donde se hacinaban la población y los soldados. La arquitectura y la topografía de la capital atestiguaban que estaba por completo consagrada a la guerra.

En cada cruce había jaulas de madera donde se exhibían los cuerpos sanguinolentos de los soldados que se habían negado a partir al combate, con su nombre, número identificativo y regimiento. Estos servían de ejemplo. En Chu no se bromeaba con las órdenes de mando, incluso cuando se enviaba a los infantes a morir ensartados por las lanzas del enemigo. Era el precio que debían pagar para que en todos los reinos enemigos consideraran a los ejércitos de aquel orgulloso Estado entre los más audaces.

La prisión central de Ying, construida con mampuestos negros, lindaba con el Palacio Real y constituía una de sus dependencias. Las galerías y corredores subterráneos permitían pasar de uno al otro. Las fachadas de granito de ambas edificaciones rivalizaban en austeridad. Solo el estandarte verde y negro de Chu aportaba un toque de color a la puerta de entrada del alto edificio de donde el rey Wen de Chu prácticamente nunca salía. Así pues, podía decirse que eran dos cárceles adosadas: una para el rey y otra para los delincuentes.

Como suele ocurrir en semejantes circunstancias, Imperfección del Jade, durante el interrogatorio con el general de Chu, había dicho a la vez demasiado y no lo suficiente.

Al anunciar el inminente ataque contra la fortaleza por el río, había suscitado la preocupación de las autoridades. Sin embargo, al negarse a facilitar la fecha de la ofensiva, había suscitado la curiosidad del mismísimo rey Wen, que quiso interrogar en persona a ese general traidor y, tal vez, manipulador.

La crueldad y astucia del rey Wen se habían vuelto legendarias. No se había dejado ver ante su pueblo ni ante sus ejércitos desde hacía treinta años, logrando con dicha ausencia, cuidadosamente calculada y mantenida, un motivo de temor añadido. Su desconfianza era absoluta. Solo confiaba en sí mismo, y nadie más que él se encargaba de cotejar, verificar, juzgar y decidir. Con la edad, se había convertido en un ser obeso y solo se desplazaba sentado sobre un palanquín, incluso para ir de una habitación a otra de sus aposentos privados. Se pasaba los días entre el dormitorio y el despacho, donde solo trabajaba con un secretario particular.

El rey Wen esperaba desde hacía quince años tomarse la revancha sobre Qin, aquel viejo rival invicto hasta entonces.

Quince años —que le parecieron otros tantos siglos— habían trascurrido desde la tregua que su reino se vio obligado a firmar tras una humillante derrota que se saldó con la toma de la plaza fuerte de Sui por los ejércitos de Qin. Aquel día, Chu tuvo que ceder a su rival una larga porción de la franja septentrional de su territorio. La tregua, basada en el intercambio de rehenes entre ambos reinos, perduraba mal que bien. El rey Wen había aprovechado para reforzar y preparar el potencial militar de Chu para, llegado el momento, poder lanzar con alguna esperanza de éxito una ofensiva general contra su denigrado vecino del norte.

No había día que no rumiara su venganza, soñando con el momento en que arrebataría a Qin el territorio que se vio forzado a entregarle.

Aquella mañana, el rey Wen estaba exultante. Tal vez había llegado la tan ansiada hora...

Al mismo tiempo, en su celda estrecha y oscura, a Imperfección del Jade le temblaban las rodillas. Conocía a la perfección la fama del rey Wen. Se encontraba sudando a chorros y maldiciendo a Lu Buwei, Paz de las Armas y todos los demás que lo habían arrojado indirectamente a aquella prisión, cuando llegó un guardia para desencadenarlo.

Tras recorrer un dédalo de pasillos, subir y bajar varias escaleras y caminar sobre unas rejas de donde salían las manos de aquellos que se pudrían en los fosos, lo introdujeron, flanqueado en todo momento por dos guardias, en el despacho del obeso soberano.

—Según me han dicho, habéis anunciado un ataque por barco contra el puente fortaleza. Es una idea seductora. Tan solo se puede tomar el puente por el río —empezó a decir el rey Wen sin ambages.

El anciano arrugó los párpados de los pequeños ojos hundidos en la grasa blancuzca de su rostro. Los dedos rechonchos y llenos de anillos del monarca tamborileaban en los reposabrazos de su sillón.

—En efecto, ese es el plan de Qin —farfulló el general desertor, al que los dos guardias habían obligado a arrodillarse ante el rey.

—Pero, ¿a quién se le ha ocurrido tal estratagema? ¡No puede haber sido ese imbécil de Anguo! —añadió con desdén el rey de Chu.

—Wang el Afortunado, el nuevo jefe de Estado Mayor de los ejércitos de Qin, tiene a sus órdenes a un ingeniero militar que sabe construir barcos de guerra. Fue él quien sugirió este ataque por el río. Ha supervisado en persona la construcción del buque —respondió Imperfección del Jade.

—¿Quién está al cargo de esta arriesgada expedición? —lanzó con dureza el rey.

Imperfección del Jade, con semblante hermético, permaneció callado.

El rey Wen indicó a los guardias que agarraran a Imperfección del Jade por la nuca y la presionaran.

Después volvió a la carga, hasta que el general acabó confesando:

—Es el hermano pequeño de Anguo, el príncipe Anwei.

—¿Te refieres al antiguo rehén de Qin en Ying? —rugió el obeso rey.

—El mismo —asintió el general traidor, casi convencido de que le habían roto el cuello.

—¡Qué pena que nos viéramos forzados a enviar de vuelta a aquel rehén hace quince años cuando nos arrebataron la ciudad de Sui! ¡Ahora tendríamos en nuestro poder al mismísimo hermano del rey Anguo, y los ejércitos de Qin no podrían contar con su ayuda! —exclamó el rey Wen, a quien la aplastante derrota infligida a Chu aún lo hacía enrojecer de vergüenza y cólera—. Ahora tan solo me falta conocer la fecha de dicha ofensiva —prosiguió volviéndose hacia su secretario.

—El general Imperfección del Jade hasta el momento se ha negado a facilitar la menor indicación al respecto —dijo la débil voz del secretario particular.

—¡No dudo de que sabrás hacerle hablar! —replicó el rey Wen indicando a los guardias que trasladaran al general traidor de vuelta a su celda.

Los guardias levantaron al general de Qin y lo arrastraron hacia la salida.

—Esa información es de tal importancia que no deberíamos darla por buena así como así —confió el rey a su secretario estando ya a solas.

—Podríamos solicitar al informador que hemos infiltrado en Xianyang que nos la confirme... Se trata de un joven eunuco llamado Efluvios Negros. ¡Hemos conseguido que lo asignen, nada más ni nada menos, a los Servicios Secretos! —respondió con regocijo el secretario particular del rey.

Colmado de satisfacción, el secretario particular se acompañaba de amplios gestos. Su inmensa boca se comía la mitad de su cara.

—Hemos de averiguar cuanto antes si ese tal Imperfección del Jade no es más que otra triquiñuela de Qin —ordenó desconfiado el rey obeso.

El viejo rey de Chu conocía mejor que nadie las argucias de las que eran capaces los reinos enemigos para engañarse mutuamente.

—Mandaré que contacten de inmediato con nuestra fuente. Pero no tendremos noticias antes de diez días, el tiempo que tardan los estafetas en ir y venir a Xianyang —previno el secretario.

El rey Wen hizo una mueca. Para un hombre ansioso por medirse con Qin, ese plazo era una eternidad.

28

CONSCIENTE DE CUÁNTO LE HABÍA APORTADO A ELLA, Huayang decidió transmitir a Zhaoji todo su saber en el arte del amor.

La reina se había pasado horas enseñando a su joven protegida —con infinita paciencia y sin privarse de ilustrar con gestos sus explicaciones— las posturas, caricias y atenciones que irremediablemente hacían desfallecer a un hombre: el Dragón Verde penetrando impetuosamente en la Mar de Jade; el Gavilán y la Oropéndola surcando los aires con sus alas desplegadas y firmes; la Libélula rozando la superficie del Lago de Jade; la Corola de Flor recogiendo, mediante su armonioso temblor, el Supremo Licor de Jade extraído; la Peonía Eterna atrayendo lentamente al Tallo de Jade para recibir la caricia de este; aves *fenghuang* acoplando sus alas…

Ninguna de aquellas posturas, bellamente descritas por los poetas del placer, guardaba ya secretos para Zhaoji.

A aquella ciencia amorosa adquirida de una competente profesora, se sumaba la excepcional flexibilidad de un cuerpo de acróbata y bailarina, aún lozano, que le permitía reproducir al pie de la letra, y sin apenas esfuerzo, las variaciones más complejas.

Ni que decir tiene, Lu Buwei, el beneficiario de aquellos saberes prácticos, apreciaba sobremanera las lecciones transmitidas por Huayang a su brillante alumna.

Cuando el mercader regresó a casa tras la audiencia con Anguo, Zhaoji se encontraba tendida sobre la cama, desnuda por completo. Descansaba tumbada sobre unos cojines de seda. Arriba de sus muslos estratégicamente entreabiertos, su jardín íntimo, al que había perfumado con esmero, ofrecía la blancura nacarada de sus suaves ondulaciones que acababa de desherbar con una pinza para dejar solo al descubierto una minúscula ranura perfectamente perfilada. A Lu Buwei le encantaba recorrer con el dedo lo que él llamaba la *rajita del placer,* para conducirlo a la entrada de la Puerta Encantadora de la joven. Bastaba con rozarla y todo el cuerpo de Zhaoji ondeaba como una cometa.

Al ver la postura de Zhaoji, que fingía dormir, Lu Buwei no se pudo resistir a la tentación de acariciar la rajita del placer de la muchacha con el dedo índice.

—Dime, ¿qué te ha dicho el rey? —le preguntó ella, como si nada, bostezando.

Los movimientos dibujados por el dedo de Lu Buwei empezaban a hacerla estremecer de los pies a la cabeza.

—¡Anguo es un zoquete! No ve ni oye nada. Y para colmo, su salud no parece mejorar —respondió el mercader. Su mano experta subía lentamente por los muslos de Zhaoji—. Ese desgraciado de Anguo me recuerda a un cuerpo humano totalmente desprovisto de hígado —añadió con malicia.

Estaba aludiendo a la célebre frase del manual de medicina del Emperador Amarillo, «Preguntas sencillas», según la cual el hígado es «un general para el cuerpo que diseña las estratagemas».

—¿Qué habéis decidido respecto a Wudong?

—Anguo ha ordenado perseguir a sus adeptos para acabar con el taoísmo en Qin. Pero eso me parece irrisorio. No se lucha contra una religión tan presente en el seno del pueblo a golpe de decretos de prohibición —dictaminó atrayendo la boca de Zhaoji a la suya.

A continuación, realizaron el «gavilán y oropéndola surcando el aire con las alas desplegadas y firmes» y Lu Buwei, una vez más, no pudo sino felicitarse del nivel de delectable sofisticación amorosa a la que la reina Huayang había logrado llevar a su protegida.

Luego, tras besarla con ternura una última vez, Lu Buwei se marchó a ayudar a terminar el recuento mensual de corceles del que se encargaban Mafu y el Hombre sin Miedo, quienes llevaban la contabilidad con una precisión extrema.

Zhaoji se las había apañado para que sus retozos no se eternizaran. Había quedado con Huayang en el jardín botánico a media mañana para referirle lo hablado durante la audiencia concedida por Anguo a Lu Buwei.

Cuando se encontró con la soberana en el puente de piedra adornado con farolillos sobre el riachuelo que atravesaba aquel parque poblado de ginkgos bilobaqs —según decían— milenarios, esta tenía cara de pocos amigos.

—Ahora se ha encaprichado de una adolescente totalmente analfabeta... Cuando le hablo, apenas me mira. ¡Ni siquiera he podido sacarle nada sobre su conversación con Han Feizi y Lu Buwei! —soltó enfurecida cuando Zhaoji le preguntó qué le ocurría.

—Lu Buwei me lo acaba de contar todo. El rey ha decidido prohibir la práctica del dao y perseguir a sus adeptos. No tenemos más remedio que escondernos como vulgares ladronas —dijo con gravedad.

—¡Qué terrible injusticia! ¡Los adeptos del dao nunca han hecho mal a nadie! ¿Por qué deberían pagar tan caro la arriesgada iniciativa de Wudong? El pobre Anguo está completamente manipulado. Se comporta como un déspota, pero no sabe dotarse de los medios necesarios para ello… —gimió la esposa legítima de Anguo.

—¡Sin embargo, Lu Buwei no tenía nada en contra de ese sacerdote! Si el taoísmo sale perjudicado, Wudong habrá sido el culpable directo —añadió Zhaoji.

—El pueblo de Qin sufre demasiado en su cuerpo y en su alma como para poder prescindir de la armonía interior que le procura el taoísmo. Es su único bien. El Estado lo despoja de todo, tiene derecho a conservar al menos esto —murmuró la reina en voz baja, como si esta confidencia fuera un secreto inconfesable.

—¿Pero no ha sido ese sacerdote quien lo ha estropeado todo con su estúpido y malvado acto?

—En efecto, Wudong ha obrado mal. Aunque lo han descubierto antes de causar en verdad ningún daño. Además, él es la memoria viviente de los secretos taoístas que desde los tiempos remotos se transmiten a través de las distintas generaciones de adeptos que hoy se cuentan por miles. Hemos de pensar sobre todo en ellos. Si muere, ese hombre se llevará consigo todos los valiosos secretos que le han sido transmitidos.

Bajo el puente de piedra, las carpas dibujaban círculos en las aguas transparentes del riachuelo. La reina les había lanzado trozos de panecillos rellenos de carne cocidos al vapor.

—Hemos de advertir a Wudong y Zhaogongming cuanto antes —insistió.

Los peces gigantes estaban librando un duro combate para hacerse con el pan. Zhaoji permaneció en silencio.

Estaba dividida entre sus sentimientos hacia Lu Buwei, a quien Wudong había atacado injustamente, y las palabras de la reina sobre la necesidad de preservar una frágil herencia de la cual aquel hombre era el depositario, y que tantos hombres y mujeres necesitaban para mitigar su sufrimiento. Mas en aquel instante, su corazón se impuso a la razón.

Huayang percibía su turbación. Y comprendía qué la motivaba. En lugar de Zhaoji, ella hubiera reaccionado igual. Así pues, prefirió anticiparse.

—Si no quieres hacerlo, iré yo misma a avisarlos de lo que se está tramando —dijo a Zhaoji mientras se marchaba, tras posar un beso furtivo en la delicada mano de la chica.

Cuando la reina llegó sin aliento al Palacio de los Fantasmas, con el mismo abrigo de visón que le ocultaba el rostro, encontró al ilustre sacerdote y a su ayudante preparando sus equipajes con premura.

Los utensilios y materiales necesarios para efectuar las transformaciones alquímicas se agolpaban en cestos de donde se escapaba un olor acre a salitre y oropimente. Las láminas de bambú que contenían pasajes del *Daodejing* y el *Zhuangzi* habían sido enrolladas cuidadosamente con cordeles. No estaban pensadas para ser leídas, sino para ser arrojadas al fuego. Era costumbre, durante ciertas ceremonias, quemar los textos que se acababan de leer para garantizar la difusión de sus fórmulas sacramentales por la atmósfera.

—Hacéis bien —les confirmó—. Debéis partir de inmediato.

—He aquí los ingredientes culpables de nuestra perdición —constató con tristeza el ayudante señalando los cestos de mimbre con un gesto un tanto ridículo, como haciendo remilgos.

El sacerdote conminó a Zhaogongming a dejar de quejarse y no dormirse en los laureles.

—¿Ya sabéis dónde ir? —preguntó la reina.

—Todavía no… Seguramente a la montaña, allí los efluvios yang son más fuertes. Seremos capaces de aguardar durante siglos en aquel lugar. Estaremos inmersos en el blanco. El blanco es la luz interior. En él, todos los colores se disuelven. En una palabra: estaremos en la Gran Armonía —respondió Wudong con énfasis.

—¿Podré algún día ver yo también ese punto resplandeciente? —dijo Huayang, a quien la marcha del sacerdote empezaba a afligir.

De no haber sido reina, sin duda alguna habría hecho lo que fuera para marcharse con ellos a aquella cumbre, donde su alma habría vibrado al unísono con el Gran Diapasón del universo.

Wudong sumergió la mirada en la de Huayang y pronunció unas estrofas del *Zhuangzi* apropiadas para la ocasión: «Mira pues el espacio oscuro; en la habitación vacía surge la deslumbrante blancura. La felicidad se encuentra allí donde el movimiento se detiene».

La reina cerró los ojos. Podía ver a su vez aquella masa blanca y luminosa que le evocaba a un capullo de seda.

Cuanto más tiempo pasaba, más convencida estaba de que la búsqueda del dao valía más que cualquier reino, y que solo esta podía proporcionar a los seres humanos la paz interior y la dicha.

*

Eslabón Esencial cabalgaba a galope tendido.

Había cogido el equipaje estrictamente necesario para no cargar demasiado a su caballo. Aparte de un traje de recambio, llevaba consigo una espada, un puñal y la «caja de los tesoros» que contenía sus atributos masculinos y se entregaba a todos los eunucos tras su emasculación.

Tras discutir sobre el asunto con Cuchillo Rápido y Bosque de los Pináculos, Eslabón Esencial no tardó en abandonar Xianyang para intentar avisar a Anwei antes de que fuera demasiado tarde e Imperfección del Jade llevara a término su traición.

Demostró poseer un fino olfato al ordenar vigilar a Efluvios Negros inmediatamente después de su encuentro en la taberna de la Perdiz Nival. No tuvo más remedio. Aquel día supo que entre el joven eunuco y él se libraría una lucha a muerte.

Desde que constatara con sorpresa la aparición de Efluvios Negros en la posada, Eslabón Esencial desconfiaba de aquel joven recién ascendido, cuya sonrisa burlona no le transmitía nada bueno.

Efluvios Negros lo estaba espiando. Solo eso podía explicar su presencia en aquel lugar donde Eslabón Esencial jamás había ido antes. Aquel comportamiento era, sin lugar a dudas, propio de un espía.

Intentó averiguar cómo había conseguido llegar hasta la Oficina de Rumores y, sobre todo, quién había ordenado su nombramiento. Por desgracia, no tuvo tiempo suficiente de avanzar en sus pesquisas tanto como habría querido, pues su misión en Chu era prioritaria.

El canciller de Qin, que había firmado el decreto de nombramiento de Efluvios Negros, le aseguró sin más explicaciones que había sido el propio rey Anguo quien se lo había ordenado. Por otra parte, no veía qué sentido tendría que el propio rey hubiese asignado a un espía un servicio tan importante.

Alguien habría debido de sugerir al soberano el nombre de Efluvios Negros. Pero, ¿quién? La investigación se anunciaba larga y delicada. Había compartido sus descubrimientos con Bosque de los Pináculos y Cuchillo Rápido, puesto que había prometido informar del estado de sus pesquisas y de las interrogaciones derivadas de estas a los principales impulsores del Círculo del Fénix. Les explicó cómo el coronel de la sala de las cartas y los planos había revelado a Imperfección del Jade la noticia de la expedición secreta. De igual modo, les contó lo perplejo que se había quedado cuando Efluvios Negros lo sorprendió en la posada, y su estupor al enterarse de que lo habían nombrado empleado de la Oficina de Rumores.

Ninguno de los eunucos dijo tener la menor idea de qué había podido llevar a Anguo a ordenar la asignación de Efluvios Negros a dicho servicio. Sin embargo, las reacciones de ambos frente a las palabras y las preguntas de Eslabón Esencial fueron harto dispares.

El jefe de los Oficiales de Mesa fue quien reaccionó con más vehemencia de los dos. Dicha asignación le parecía tanto más asombrosa cuanto que el rey Anguo jamás se ocupaba de cuestiones tan secundarias como era el nombramiento de un funcionario de grado medio, aunque fuera de los Servicios Secretos. Pero lo más preocupante, en su opinión, era que Imperfección del Jade, un general amargado y vengativo, estuviese al corriente del ataque al puente por el río. ¿Qué uso podría hacer de semejante averiguación?, se preguntó, inquieto, Bosque de los Pináculos; ¿no existía el riesgo de que revelara esa información capital a los ejércitos de Chu? De ser así, concluyó Bosque de los Pináculos frente al semblante hierático de Cuchillo Rápido, la expedición de Anwei acabaría convirtiéndose indefectiblemente en una debacle.

El jefe de la Oficina de Rumores percibió a Cuchillo Rápido más distante, más evasivo, y, en definitiva, más huidizo. El cirujano jefe se había abstenido de compartir con ellos sus pensamientos más profundos. Eslabón Esencial había achacado esta actitud al carácter susceptible del cirujano, pues sabía que la menor contrariedad podía volverlo insoportable.

Y por último, Bosque de los Pináculos había sido el único en recomendar encarecidamente a Eslabón Esencial que previniera a Anwei mientras aún estaba a tiempo.

Así pues, Eslabón Esencial se marchó de Xianyang en el acto, con el pretexto de estar inmerso en una investigación tan delicada que no podía contar nada a nadie, ni tan siquiera a los miembros de su servicio.

El jefe de la Oficina de Rumores había tomado la antigua carretera hacia Chu, tal como hiciera el ejército de Anwei. Su pequeño caballo tordo galopaba con brío por el camino de precario empedrado.

El convoy de Anwei había dejado profundos socavones. En la tierra aún se veían las marcas del revoltijo de ruedas de carros y botas de infantes que habían labrado el suelo a fuerza de pisotones. El sol había secado las huellas de los animales y los humanos, que formaban en la superficie de aquel camino destrozado, montañas, lagos, valles, ríos y llanuras en miniatura de una extraña región.

Al cabo de dos días de soledad, acabó cruzándose con un cazador de liebres que colocaba lazos en una pendiente del camino.

—Buenos días. ¿Has visto pasar un barco por aquí? —le preguntó.

Eslabón Esencial estuvo a punto de estallar de la risa cuando se oyó a sí mismo hacer una pregunta en apariencia tan ridícula.

—Pues sí, eso es lo que vi, en efecto. Hace cinco o seis días, tal vez ocho. Con él iba como poco un millar de hombres. Intenté pasar desapercibido. ¡Al principio pensé que era un ejército de fantasmas que iban a embarcarse a las islas de los Inmortales! —afirmó seriamente el cazador.

Hablaba con un fuerte acento típico de los montañeses del oeste. Después, mostrando una de las liebres muertas que colgaban de su cinturón, añadió:

—¿Quieres comprarme una liebre? Necesito dinero.

Eslabón Esencial, no habiendo comido carne desde que abandonara Xianyang, le dio un tael de bronce.

Decidió hacer un alto antes de lo previsto para acampar y prepararse la cena. Las llamas de la hoguera que encendió en seguida no tardaron en crepitar. La carne de la liebre le pareció sabrosa: era tierna y con un leve perfume a las hierbas olorosas de la estepa.

Al día siguiente, el aliento de su pequeño caballo tordo lo despertó. El animal, que se había desatado a base de tirar de su cabestro, probablemente se había sentido atraído por el cuadrado de hierba carnosa y aromática en medio del cual había instalado la tienda.

Se levantó. Los primeros rayos de sol rodeaban con una aureola dorada todo lo que estaba al alcance de la vista: las cimas de las montañas; los restos de los neveros sembrados de guijarros; los arbustos de troncos retorcidos plagados de espinas; el prado en derredor, tapizado de ranúnculos malvas y amarillos, cuyo suculento herbaje degustaba ahora con voracidad el pequeño caballo gris…

Reanudó la marcha.

Aún no había alcanzado el puerto de montaña que separaba Chu y Qin, donde ni siquiera había ya un puesto fronterizo desde que los mercaderes dejaron de tomar dicho camino. Calculó que necesitaría al menos cinco días para llegar al río Han. Apenas había emprendido el ascenso de las primeras cuestas del macizo montañoso que descendía gradualmente hasta la llanura donde fluía dicho río, al otro lado de la cumbre que aún no había franqueado.

Por tanto, la probabilidad de no llegar a tiempo era bastante alta.

A su alrededor, todo parecía irreal e inalcanzable. La inmensidad de la montaña y la soledad del lugar le hicieron de repente tomar consciencia de su fragilidad. Se sintió a la vez pequeño e impotente. Ante él, unas enormes rocas desprendidas de las paredes de la montaña habían formado un caótico paisaje de piedras.

Oyó el silbido de una marmota, señal de que no debía de andar lejos una rapaz. Levantó la mirada al cielo; en efecto, allí estaba el ave.

Le hubiera gustado ser ese buitre de alas desplegadas que, con la esperanza de saciar su hambre y sin hacerse ilusiones sobre sus probabilidades de atrapar a la marmota, se había puesto a dibujar círculos sobre el fondo azulado, justo encima de su pequeño caballo tordo, que había empezado ya a agitar las orejas movido por su instinto.

Eslabón Esencial habría querido, como aquella rapaz, poder sobrevolar las cimas rocosas con tan solo unas pocas aladas, para descender a la llanura y advertir al príncipe Anwei antes de que fuera demasiado tarde.

*

El secretario particular del rey Wen de Chu conocía el arte de hacer cantar a los prisioneros. Comenzaba por amenazarlos con las torturas más bárbaras. Entonces, bastaba con mostrarles el modesto arsenal de instrumentos específicos para tal fin y enseñarles cómo los iba a utilizar, para que, como si obrara un milagro, soltaran la lengua.

Para Imperfección del Jade había elegido unas tenazas de bronce para arrancar dientes. Las colocó bien a la vista sobre el camastro del prisionero.

—El rey Wen, en un gesto de suma generosidad habitual en él, ha decidido dejarte libre si nos das la fecha del ataque contra el puente fortaleza —dijo a Imperfección del Jade con su voz más melosa.

El general traidor, empero, atormentado por los remordimientos, había decidido no decir nada y ceñirse a sus primeras revelaciones.

—¡No sé la fecha! ¡No sé la fecha! —repetía sudando a chorros y negando con la cabeza.

—Vamos a comprobar si acaso mientes —articuló el secretario del rey con parsimonia.

Cogió las tenazas y las hundió con todas sus fuerzas bajo los carrillos flácidos de Imperfección del Jade, quien se puso a aullar de dolor.

—¡Os juro que no sé nada más! —chillaba el general traidor.

Por su rostro, que parecía una máscara terrorífica a causa del tormento, corría ya un hilillo de sangre.

—Bien. Si es lo que quieres, vamos a pasar a otra parte del cuerpo —dijo como si nada el secretario poniéndose a silbar.

Llamó a un guardia y le ordenó desvestir por completo a Imperfección del Jade. El antiguo general en jefe de los ejércitos de Qin se encontraba ahora sentado en el camastro, en pelota picada.

El secretario particular señaló uno de sus pezones. Rozó con el dedo índice sus puntas. El general traidor se estremeció y cerró los ojos. Intentó que su alma abandonara el cuerpo, como sabían hacer algunos médium que, como si fuera coser y cantar, se atravesaban las mejillas o el vientre con una larga aguja sin tan siquiera gritar.

Las tenazas empezaron a maltratar al cuerpo de Imperfección del Jade. Intentó de nuevo abstraerse de él, mas fue en vano: continuaba aferrándose a este desesperadamente. El dolor seguía ahí, insoportable al extremo. Sentía su tibia sangre brotando de la herida y cubriéndole poco a poco todo el vientre.

—¡La expedición de Anwei partió de Xianyang a principios de mes! —acabó por gritar sin poder soportarlo más.

El mes lunar ya había entrado en su duodécimo día. Habida cuenta de la distancia que habían de recorrer, Anwei debía de encontrarse, por tanto, a mitad de camino.

—Pero qué interesante. Diría incluso *muy* interesante... —se puso a susurrar el secretario particular.

Colocó con cuidado las largas tenazas en su caja lacada e indicó al guardia que devolviera a Imperfección del Jade su ropa.

Cuando el secretario se marchó, el general pensó que sus problemas y su sufrimiento habían acabado. Se equivocaba. Apenas se hubo enfundado la camisa cuando llegaron dos guardias para llevárselo esposado.

De la cárcel de Ying al patíbulo tan solo había un paso.

Imperfección del Jade apenas tuvo tiempo de maldecir por última vez a aquel condenado de Lu Buwei y al infame Paz de las Armas, los culpables de lo que le había ocurrido, cuando el verdugo, tras ponerle la soga en el cuello, le obligó a subirse a un taburete antes de atar la cuerda a la horca.

Acto seguido, el verdugo, con una brusca patada, empujó el taburete. Este salió rodando unos metros más allá.

*

Cuchillo Rápido sabía que aquella tarde no corría gran peligro reuniéndose con Efluvios Negros en secreto. Acudió al punto de encuentro sin volverse a cada paso, como acostumbraba a hacer en tales circunstancias.

Por la mañana, había encontrado boca arriba la vasija trípode de bronce que ponía en el alféizar de la ventana del pabellón donde residía, en el parque de la clínica de los eunucos. Era la señal habitual usada por su contacto cuando deseaba hablar con él.

El cirujano jefe de los eunucos se acercó a la horca situada unos pasos más allá del camino empedrado que pasaba por delante de la clínica. El hombre ya estaba allí. Era el mismo que la última vez. Se tapó la nariz. Los cadáveres del patíbulo que los perros salvajes habían olvidado devorar despedían un olor nauseabundo.

—Efluvios Negros te espera esta tarde bajo la higuera grande del jardín botánico —le susurró su contacto.

Acto seguido, como de costumbre, se marchó en un abrir y cerrar de ojos, sin dar tiempo a Cuchillo Rápido de formular la menor pregunta.

Si Eslabón Esencial no hubiera partido raudo y veloz en dirección a Chu para intentar encontrar a Anwei antes de que pusiera a flote su buque de guerra, probablemente que Cuchillo Rápido no se hubiera arriesgado a asistir a aquella cita.

Sabía que el comportamiento de Efluvios Negros había puesto la mosca detrás de la oreja al jefe de la Oficina de Rumores, y que este último habría ordenado vigilar de cerca al joven eunuco para guardarse las espaldas. En tales condiciones, hubiera sido extremadamente arriesgado citarse con él. La cautela propia de los espías veteranos hubiera dictado a Cuchillo Rápido que se quedara callado como un muerto, bien tranquilo en casa, y evitar así despertar sospechas. De todas formas, cuando se cancelaba una cita, se aplazaba para el día siguiente, y así sucesivamente, hasta que esta pudiera tener lugar. Tales eran las consignas.

Pero aquella tarde, gracias a la ausencia de Eslabón Esencial, Cuchillo Rápido a buen seguro no corría ningún peligro al acudir a la cita.

Hacía mucho tiempo que Cuchillo Rápido trabajaba como agente a sueldo de Chu.

No era un espía orgulloso de serlo. De hecho, a menudo los remordimientos lo llevaban a plantearse por qué había accedido a traicionar de tal forma la causa de su país natal. Y maldecía el día en que aceptó trabajar para Chu, el enemigo secular de Qin.

El viejo rey Zhong acababa apenas de subir al trono de Qin cuando Cuchillo Rápido fue reclutado por los servicios especiales del país enemigo. Desde entonces, padecía la clásica ristra de chantajes y amenazas a los que solían recurrir los servicios del adversario para impedir la deserción de sus agentes.

Tras un espía fiel y eficaz, siempre había un chantajista.

Cuando Cuchillo Rápido, cansado de traicionar, mentir y disimular, fingía no oír las peticiones y solicitudes de las autoridades de Chu, recibía un serio mensaje de amenaza. De no responder afirmativamente a la última petición, sería delatado a las autoridades de su país. Siempre acababa optando por reanudar el servicio antes que ser denunciado.

Cuanto más tiempo pasaba, menores eran sus posibilidades de arrepentimiento. Si se hubiera postrado ante Anguo dándose golpes en el pecho, no hubiera servido de nada. Lo habrían obligado a desvelar la cantidad de secretos de Estado e informaciones confidenciales de todo tipo que había trasmitido a Chu, y la lista era ya tan larga que no podía esperar el menor perdón.

Cuando, veinte años antes, cedió a las proposiciones de un efebo que pensaba haber conocido de casualidad, Cuchillo Rápido no sospechaba la trampa mortal en la que acababa de caer.

El joven resultó ser un agente de Chu infiltrado en Xianyang.

Por los bellos ojos de aquel efebo del que se había encandilado, accedió a cumplir su deseo de hacerse con un hufu del Ministerio de la Guerra. Se las apañó para sustraer la mitad del hufu debidamente numerado y se lo entregó. Pasado un tiempo, el efebo volvió a dar señales de vida. Mas cuál no fue su sorpresa al recibir a un visitante que, blandiendo la mitad del hufu robado, amenazó con denunciarlo a la policía por hurto de objeto público.

A cambio de su silencio, el misterioso visitante le pidió los planos de una plaza fuerte que se estaba construyendo en la frontera. No le quedó más remedio que obedecer.

Fue así como, sin comprender bien al principio lo que estaba pasando, se convirtió en un eficaz informador que ya había facilitado a Chu abundante información esencial sobre los ejércitos de Qin, su composición, su armamento y sus preparativos.

*

Bajo el inmenso cedro del jardín botánico, a pocos pasos del puentecillo de piedra donde Huayang y Zhaoji se habían dado cita unos días antes, Efluvios Negros aguardaba a su contacto.

Los hombres se sentaron de forma despreocupada en un banco. Comenzaron a hablar en voz baja para no llamar la atención de los numerosos paseantes que habían ido a disfrutar del aire fresco del crepúsculo.

—Me piden en Ying que les confirme el ataque del Puente Cocodrilo con un buque de guerra —anunció con tono neutro el joven eunuco.

—¡El convoy salió de Xianyang hace ya más de dos semanas! ¿Por qué toman tantas precauciones?

—El rey Wen desconfía de Imperfección del Jade, quien le ha revelado la información. Teme que se trate de una maniobra de Anguo —explicó Efluvios Negros.

—¡Si él supiera! —suspiró Cuchillo Rápido, que no albergaba ninguna ilusión sobre las capacidades tácticas y menos aún sobre la inteligencia del rey de Qin.

—¿Tienes algún mensaje en particular que transmitir al rey Wen? —inquirió el joven eunuco de Chu.

—Ninguno —respondió el cirujano con semblante triste—. En cambio, tengo uno para ti: desconfía de Eslabón Esencial. Nos está investigando. Si regresa de Chu con vida, no tardará en enterarse de que fui yo quien te recomendó a Anguo. Me temo que al haber ido tan lejos en sus exigencias, el rey Wen me ha expuesto demasiado.

Efluvios Negros se quedó de una pieza al oír las palabras de Cuchillo Rápido.

—¿Si regresa de Chu? ¿Pero qué dices? ¡Entonces era esa la misión ultrasecreta y sumamente delicada por la que ningún funcionario de la Oficina de Rumores ha sido capaz de explicarme su ausencia! —exclamó estupefacto el agente de Chu infiltrado en los Servicios Especiales de Qin.

Cuchillo Rápido se arrepintió de haberse ido de la lengua y haber desvelado el viaje secreto a Chu del jefe de la Oficina de Rumores. No le gustaba dejarse llevar más allá del límite que se había marcado. Tan solo transmitía y confirmaba las informaciones que le pedían. Abstenerse de cualquier celo innecesario era la única forma con la que había dado para atenuar su sentimiento de culpabilidad.

—Eh… esperemos a que regrese, entonces ya veremos —farfulló.

Cada vez más incómodo, intentó desviar la conversación. Creyó conveniente saber más sobre la propia historia de Efluvios Negros.

—Y bien, ahora que estamos algo más tranquilos, te quiero preguntar algo: ¿de dónde vienes? No sé nada de ti. Cuando Chu me comunicó que debía operarte para convertirte en eunuco, solo me pidieron, en caso de salir bien la operación, recomendarte encarecidamente al rey Anguo para la Oficina de Rumores —le contó con el tono más distendido posible.

Efluvios Negros vaciló unos segundos antes de responder. Luego se dijo que Cuchillo Rápido y él compartían suficientes secretos como para relatarle su propia historia sin tener que ocultar nada.

—Nací en Chu, el mismo día que el hijo mayor del rey Wen, en un pueblo de montaña no muy lejos del lugar donde nace el río Han. Para celebrar el nacimiento de su primogénito, el rey propuso que todos los varones nacidos el mismo día pasaran al cuidado del reino. Mi padre, un pastor muy pobre, no se lo pensó dos veces. A cambio de una suma de dinero con la que duplicó su rebaño de ovejas, me entregó al orfanato de la corte real, donde fui educado como un señor. Más tarde, Chu hizo de mí un soldado, luego oficial. Se me daban bien los idiomas. Hablaba con facilidad los dialectos de Qin y Han. Entonces el rey Wen me comunicó que tenía un puesto para mí en el Batallón de Inteligencia. Allí, durante dos años lunares, me formaron para espiar e informar. El Batallón de Inteligencia de Chu es un cuerpo de élite al que no le falta de nada: ni dinero, ni armas, ni gloria, ni respeto.

Cuchillo Rápido escuchaba el relato del joven eunuco con interés y simpatía. Así pues, él también se había vuelto espía por casualidad. Aunque no se había visto obligado a traicionar a su país.

—Hace unos meses —prosiguió Efluvios Negros—, el secretario particular del rey Wen (de lejos, el hombre más poderoso de Chu después del soberano) me notificó que debía partir clandestinamente a Xianyang. Crucé la frontera de Qin bajo una falsa identidad. Una vez aquí, un contacto me ordenó pedirte cita para operarme. A punto estuve de negarme y regresar a Ying. Pensé incluso en huir y cambiar de identidad. Entonces me advirtieron de que, en caso de negarme, mis padres sufrirían terribles represalias. Con el corazón encogido, me presenté en la consulta de tu cirujano adjunto, que tuvo la feliz idea de considerarme apto para el servicio. Y desde entonces, heme aquí convertido en eunuco sin haberlo elegido. ¡Otros lo decidieron por mí! Luego fue cuando te pidieron que me recomendaras el rey Anguo. Ignoraba que iban a asignarme a la Oficina de Rumores. El rey Wen siempre procede de la misma forma: con precisión y compartimentando los papeles de cada uno. Su método es terriblemente eficaz. Pero en todo este juego no soy ningún hombre libre, solo un pobre esclavo a sueldo de Chu; ¡aunque mi país me consideraría un héroe!

Acabó el relato de una vida que jamás le había pertenecido con aire pensativo.

—Dime, en tu opinión, ¿y qué soy yo sino un esclavo al que Qin condenará un día cuando su traición se descubra? —murmuró Cuchillo Rápido con la voz cargada de hastío.

El cirujano observaba con tristeza el jardín botánico, donde empezaba a caer la noche.

El vasto parque poblado de exóticas plantas y árboles mejor cuidados que hombres se había ido vaciando de paseantes. La naturaleza recuperó su territorio. Al pie de las catalpas gigantes y de los cedros cuyas agujas, cuando caían al suelo, eran recogidas una a una por un ejército de jardineros, solo quedaban unos perros disputándose un hueso o persiguiendo a las ardillas osadas que habían acudido a comer las migajas dejadas por los visitantes. Pronto los pavos reales pasearían sus encantos en total quietud y los patos de alas abigarradas cruzarían los senderos contoneándose sin ser molestados por nadie. Al anochecer, lejos de las miradas humanas, la fauna recuperaba lentamente el dominio de la flora.

—Prométeme que no contarás lo que sabes acerca de la misión de Eslabón Esencial —suplicó el cirujano con voz apremiante.

Efluvios Negros no respondió.

Cuchillo Rápido pudo leer en sus ojos que el joven eunuco no lo haría. Un espía jamás guardaba para sí una información importante: se debía a su país.

Era culpa suya, había hablado demasiado. De su interior, empezó a surgir el insidioso dolor que solía atenazarlo cuando sentía remordimientos.

Los espías se separaron sin decir palabra, marchándose cada uno por su lado sin saber ninguno de los dos si un día sus destinos volverían a cruzarse.

29

EL MEANDRO OCRE DEL RÍO, CUAL GIGANTESCA SERPIENte enroscada en medio de la inmensidad gris de la llanura pedregosa, aparecía por fin ante los ojos del general Anwei. Las escamas de la serpiente parecían estar en movimiento.

Debido a la crecida del río, la superficie amenazante de sus aguas estaba salpicada de olas espumosas empujadas por una fuerte corriente que arrastraba montones de troncos y ramajes desfilando a toda prisa.

El convoy había alcanzado al fin el Han —¡si bien en pésimas condiciones!— tras inconmensurables esfuerzos y numerosas pérdidas humanas, así como animales.

Entonces, extenuados, los hombres se tiraron al suelo. Ni siquiera tenían ya fuerzas para ir a cortar leña e instalar el campamento antes de descansar, tal y como exigía el reglamento. Los caballos, con el pecho encostrado por la sal de su sudor evaporado, habían perdido las ganas de ir a comer la abundante hierba que crecía en las orillas. Estaban allí, plantados como hieráticas estatuas ante sus caballerizos, a la espera de que estos los descargaran de los pesados fardos atados a su grupa.

Anwei pidió al intendente que procediera a un rápido recuento de los hombres con su ábaco de bronce. No superaban los setecientos. Una epidemia de fiebre había azotado la expedición cuando se alejaron de la montaña. Muchos soldados empezaron a caer de inmediato como moscas. Fulminados por el virus, se desplomaban de repente en mitad de las pendientes. Algunos no lograban volver a levantarse. Anwei se había visto obligado a dar la orden de abandonarlos in situ, ya que transportarlos habría perjudicado en exceso al resto del convoy, que ya bastante tenía con transportar las gigantescas piezas sueltas de la nave. Otros resbalaban por los barrancos al fallarles las piernas. En tres ocasiones fue necesario cavar apresuradamente grandes fosas donde arrojar los cadáveres despojados de sus armas y vestimentas.

El general pidió a Salto de Tigre que anunciara a la tropa que tenía permiso para acampar antes incluso de cortar la leña.

Los hombres lo agradecieron con alborozo y se sentaron en círculo por equipos de diez. Se trataba de la unidad de base de las formaciones de los combatientes. En los ejércitos de Qin no solo se luchaba, se salía victorioso o se moría en grupos de diez —y no en solitario—, sino que también en ese número se comía, dormía o jugaba a los dados.

Los suboficiales encargados de las raciones distribuyeron los víveres de la cena y la bebida energética fermentada a base de miel y sorgo que el general había ordenado servir para reconfortarlos. Anwei oía a sus hombres masticar y beber largos tragos del agua del río que llenaba las jarras.

A la mañana siguiente, comenzaron las tareas de montaje de la nave bajo el mando del ingeniero marítimo y de dos carpinteros de ribera. La lluvia, el viento y el sol habían deslucido las tablas. Hubo que cepillar, lijar y pulir para que las espigas coincidieran de nuevo con las cajas correspondientes, y las clavijas con sus agujeros. En tres días de arduo trabajo, los carpinteros habían reajustado por completo el casco de la nave, abombado como la panza de una vasija trípode li. Ya solo quedaba revestirlo con resina de ciprés para afianzar su estanquidad. Entonces podría flotar.

Pero todo eso no fue nada en comparación con las dificultades que los aguardaban cuando hubo que elevar los dos inmensos mástiles sobre la infraestructura, tras su botadura. Esta consistió en rodar el pesado casco sobre troncos de árboles, reteniéndolo con cuerdas, después de excavar en la ribera un plano inclinado. En cuanto la parte delantera del casco se sumergió en el agua del río, provocó una ola gigantesca que a punto estuvo de inundar la cubierta. La proa del barco pareció hundirse, pero se enderezó bruscamente antes de estabilizarse. Todos contenían el aliento. La nave se balanceaba y cabeceaba, acosada por las aguas fangosas que arrojaban troncos de árboles contra sus flancos.

Cuando volvió al fin la calma, el barco flotaba a la perfección. Los hombres gritaron de alegría.

Pudo entonces dar comienzo la estiba de los mástiles sobre la cubierta.

En primer lugar, hubo que inmovilizar la nave para impedir que diera de banda. Esto se consiguió mediante cuerdas amarradas a los árboles de la orilla. A continuación, el ingeniero marítimo efectuó unos cálculos hábiles para determinar el emplazamiento más apropiado de los mástiles sobre la cubierta del barco. Estos estuvieron a punto de caer en varias ocasiones antes de que los obreros lograran encajarlos en sus respectivos soportes y ceñirlos con anillos de bronce.

El barco estaba ya otra vez completamente montado.

Se levantó una brisa que hizo crujir los mástiles como ruedas de carros bajo el peso de la carga. Entonces, los caballos tiraron de la nave desde el lateral para que bordeara la orilla hasta el lugar exacto en que lindaba con la cubierta. Una vez allí, la amarraron por todas partes para impedir que se la llevara la corriente.

Salto de Tigre se acercó a Anwei, que había asistido con ansiedad a los últimos preparativos y a la botadura de la nave de combate.

—Hemos alcanzado nuestro primer objetivo: traer el barco al río Han. Ya flota, lo cual no es poco. Ahora nos queda lo más difícil. No olvido la propuesta que me hiciste —dijo Anwei a su ordenanza.

—Supongo que os referís a la adivinación por el viento y el color —sugirió halagado Salto de Tigre.

—La expedición es demasiado arriesgada como para emprenderla envueltos en malos vientos y colores nefastos —respondió con seriedad el general.

—Voy a buscar mi caña sonora a la tienda —indicó el joven.

Cuando regresó, sostenía un bambú de la altura de un hombre. La caña sonora tenía uno de sus extremos cortado al bies y el tallo presentaba agujeros a intervalos crecientes. Estaba tan pulido como el marfil.

—Con este instrumento, que orientaré justo hacia el Puente Cocodrilo, mañana mismo seré capaz de captar la energía qi que desprenden los preparativos militares del adversario. Si su qi es más potente que el nuestro, os desaconsejaré que iniciéis este ataque —explicó al general Anwei mientras se ajustaba la caña al oído.

—¿Pero cómo logras determinar la relación exacta entre esos soplos? —preguntó el general.

—Está escrito en el clásico *Shujing* que «los soplos celestes son seis, su incorporación *jiang* produce los cinco sabores, su floración *fa* los cinco colores, su resonancia *sheng* los cinco sonidos». El universo entero tiene su origen en las energías. Cada energía se asocia a un color y un sonido. ¡Quien sepa interpretarlas será capaz de comprender el universo!

Ante ellos, el silencio y la calma reinaban en el campamento. Tan solo resonaban los ronquidos de los soldados de infantería que dormían de diez en diez, unos sobre otros, extenuados.

—Haz lo que debas y tenme al tanto —le recomendó Anwei antes de retirarse a su tienda.

A la mañana siguiente, un fuerte viento del oeste había barrido las nubes. Sobre la llanura pedregosa y las matas de hierbas espinosas, el cielo lucía azul. El barco, con los dos mástiles vibrando como cuerdas, aguardaba tranquilamente amarrado a la orilla del río.

Cuando Salto de Tigre se acercó a Anwei, estaba lívido.

—El qi de los ejércitos de Chu es más potente que el nuestro. Un mal viento de malvado color ciruela me indica que un gran número de soldados nos espera en el Puente Cocodrilo. Los ejércitos de Chu están en orden de batalla —anunció con semblante preocupado.

Agitaba la caña sonora como si se tratase de la prueba irrefutable de su afirmación.

Anwei se puso a reflexionar. Caminaba de un lado a otro, perdido en sus propios pensamientos. Debía tener en cuenta lo que los vientos y los colores acababan de predecir a Salto de Tigre. Seguramente alguien se habría ido de la lengua.

—¿Acaso se esperan un ataque por el río? —acabó por preguntar a Salto de Tigre.

—Me temo que ese es el mensaje de la caña sonora —asintió con aire angustiado el joven.

En el campamento, todos estaban en pie y la organización decimal se había reanudado. Por grupos de diez, cada cual comenzaba a ocuparse de distintas tareas en función de su especialidad. Para poner en marcha un ejército de semejante envergadura era preciso desempeñar un gran número de labores determinadas. Las órdenes breves y guturales de los sargentos restallaban a la par que las correas de sus látigos.

Salto de Tigre observaba al general Anwei, que súbitamente había dejado de caminar de un lado a otro y parecía encantado con la idea que se le acababa de ocurrir.

—Tengo un plan. Haremos que hombres y caballos atraviesen el río. El Puente Cocodrilo es mucho más vulnerable por el otro lado, así que trataremos de asaltarlo por la margen derecha. Recuerdo que no hay rastrillo por esa parte.

—¿Abandonáis el ataque del puente por barco?

La mirada de Anwei chispeaba.

—Pretendo utilizar la nave como señuelo. Solo subirán a bordo algunos hombres. Si Chu espera un abordaje, habrán agrupado sus tropas tras el parapeto del puente. Lo atacaremos por sorpresa en ese mismo instante por la orilla derecha. Chu no sospechará que hayamos atravesado el río para sorprenderlos por la retaguardia. Con un poco de suerte y todo el coraje del que darán muestra mis hombres, ¡cuento con tomar el Puente Cocodrilo!

Lleno de júbilo, Salto de Tigre, que había apoyado su caña sonora contra el tronco de un árbol, aplaudió como un niño.

—Me llena de orgullo servir a un estratega tan brillante como vos —murmuró sonrojado de emoción.

—¡Basta de cumplidos! Ahora hay que ponerse a trabajar —resolvió Anwei.

El general dio las órdenes. Había que empezar seleccionando a los hombres. Los infantes en peor estado de salud servirían de equipaje del buque fantasma. Era menester conservar los más vigorosos y los jinetes para el ataque terrestre. Fuera como fuese, todo el convoy debía cruzar el río.

El transbordo de tropas, caballos, carros, bueyes y material duró un día entero. La nave, llena a rebosar, flotaba al nivel de la superficie del agua, cuyas olas recubrían intermitentemente la cubierta. Los hombres se agarraban a los mástiles a duras penas. Hubo que dejarla a la deriva corriente abajo, y en medio del mismo río, allá donde la fuerte corriente producía siniestros crujidos en el casco, dar un violento golpe de timón apoyándose encima para que la proa del barco se dirigiera hacia la ribera opuesta.

La violencia del atraque fue de tal magnitud que muchos caballos, desequilibrados por el choque del casco contra el borde herboso de la orilla, cayeron a las aguas fangosas del río. Fue necesario el empeño de tres o cuatro hombres sumergidos hasta la cintura en el agua helada para impedir que fueran arrastrados por las aguas tumultuosas.

Tampoco fue asunto fácil pasar al otro lado la gran catapulta, que ocupaba una carreta entera. Tuvieron que desmontar pieza a pieza el ingenioso mecanismo de péndola elaborado por los ingenieros militares del Ministerio de la Guerra, a petición expresa de Wang el Afortunado. La catapulta gigante podía lanzar rocas capaces de pulverizar un carro a más de cuarenta li de distancia. Eran necesarios cuatro hombres para armarla y tres para utilizarla.

Los hombres y las bestias, azorados, estaban calados hasta los huesos cuando el convoy al completo terminó de alcanzar la otra orilla al ocaso. Los sargentos habían ordenado encender grandes hogueras. Se contaban poco más de sesenta, una por cada grupo de diez. Los palafreneros frotaban la grupa de los animales con manojos de heno para que entraran en calor.

Con todo, habían cruzado el tumultuoso río Han sin la ayuda de un puente. Y el ejército de Anwei estaba listo para actuar.

Tras la cena, el general se subió a un pequeño montículo para arengar a sus tropas.

—¡Mañana será un día fasto para Qin si os lo proponéis! —gritó a los hombres que se habían reunido para escucharlo.

Salto de Tigre estaba junto a él, también frente a aquella tropa guerrera que no tardaría en jugarse el todo por el todo.

—Más tarde, la expedición se dividirá en dos grupos. En cuanto caiga la noche, partiremos hacia el Puente Cocodrilo para abordarlo por la orilla derecha: es su lado más desprotegido. Mientras tanto, habremos soltado las amarras del barco y la corriente del río lo arrastrará hacia los pilares del puente. Así haremos creer a Chu que atacamos el puente por el río, lo que desviará la atención de los soldados cuando yo ordene el asalto. Mañana por la noche, ¡todo habrá acabado! —exclamó el general.

Unas horas más tarde, el convoy, esforzándose por hacer el menor ruido posible, partió en la oscuridad de la noche hacia el temible reptil durmiente que lo esperaba en la parte baja del impetuoso río Han.

*

Li Si se sentía orgulloso de que Anguo hubiera pensado en él no solo para redactar el decreto de prohibición de la religión taoísta, sino también para aplicarlo. Desde su punto de vista, se trataba de una indudable muestra de confianza. La decisión de este rey, por lo habitual apático, lo había sorprendido por su brutalidad.

La interpretaba de dos maneras: bien Anguo pretendía con aquel acto hacer un alarde de autoridad, que algunos consideraban débil, bien el soberano había cedido ante las exigencias de Lu Buwei y Han Feizi.

Pero poco le importaban sus motivaciones. Lo importante era que Anguo lo hubiese elegido.

Poderosa Estrella del Este, en cambio, no se había mostrado desbordante de entusiasmo cuando su esposo le anunció la noticia henchido de vanidad. Se había refugiado en sus aposentos y había llorado abrazando contra el pecho a la pequeña Rocío de Primavera. Empezaba a temer que el ansia de poder de su esposo transformara el carácter de este en el de una fiera implacable, desprovista para siempre de toda compasión.

Fue el duque Apacible Subida de Tres Peldaños quien sugirió al rey Anguo que confiara al joven vicecanciller encargado de la promulgación de las leyes y decretos la delicada misión de erradicar de Qin cualquier resquicio del taoísmo.

El viejo aristócrata se había mantenido en su cargo de Gran Oficial de las Amonestaciones después de que Anguo sucediera al anciano Zhong. Sus días transcurrían apacibles en su residencia oficial, donde gozaba de todo el tiempo necesario para perfeccionar su caligrafía. El nuevo rey, que desatendía los asuntos públicos y apenas percibía el interés de recurrir a sus servicios, no solicitaba su presencia más que dos o tres veces al año y, aun así, solo para tratar nimiedades. El confucianismo, del que se seguía reivindicando firme discípulo, y el desprecio ostensible que mostraba por la religión popular habían incitado al enfermo soberano a pedirle consejo.

Anguo convocó al viejo duque, para gran sorpresa de este último, con la intención de pedirle consejo y opinión tras la audiencia que había concedido a Lu Buwei y a Hanfeizi.

—¡No quiero un solo taoísta en Qin! —proclamó, orgulloso de la autoridad que por fin desplegaba.

—Su Majestad, los adeptos del dao se ocultan en el mismo corazón del Estado. No aceptarán fácilmente vuestra decisión. Para llevar a cabo una tarea tan ardua, necesitaréis a alguien carente de compasión y con voluntad indefectible. Tan solo se me ocurre una persona: el joven vicecanciller Li Si. Su voluntad es implacable, su ambición inmensa. Seguro que aceptará. Tened en cuenta que aunque sea oriundo de Chu, es el más leal de los servidores de Qin. Os obedecerá —respondió sin vacilar Apacible Subida de Tres Peldaños cuando el rey le reveló que buscaba a una persona a quien encargarle la misión.

Así pues, el soberano convocó al joven ministro para comunicarle su decisión.

—¡Hay que erradicar el taoísmo! Delego en ti esta misión de confianza, para la que tienes carta blanca.

Su tono fue categórico.

—¿Hay que contemplar la muerte para aquellos que actúen contrariamente a vuestra prohibición? —preguntó Li Si.

Se cuidaba de no mostrarse sorprendido en lo más mínimo por las indicaciones del soberano.

—Dejo a tu criterio la determinación de las penas y castigos —dejó caer Anguo antes de dar por terminada la conversación.

De vuelta a su despacho, el joven vicecanciller se puso a pensar en lo que convendría hacer para acometer la espantosa tarea que le acababan de encomendar.

Los taoístas, en Qin al igual que en los demás reinos, eran muy numerosos. Se encontraban en todos los estratos de la sociedad, desde las clases inferiores hasta los más altos dirigentes de la Administración. Habían constituido sociedades secretas, con códigos propios y lugares de reunión secretos, inaccesibles para los profanos. Nada se filtraba de aquel mundo subterráneo. Si se quería atrapar a los taoístas como a vulgares maleantes, habría que enviar a igual número de policías y gendarmes tras ellos, lo cual resultaba del todo imposible. Tal vez el golpe sería más certero si se aplicaba la fuerza de la Ley.

Li Si se dijo que la mejor manera de proceder sería más bien publicar un decreto en el que se previera la pena capital para cualquier adepto sorprendido in fraganti.

Al castigar con la muerte a cualquier infractor, esperaba que la disuasión y el terror produjeran efecto. Una vez publicado en el balcón de la Torre de las Leyes, el decreto daría que pensar a todos los que transgredieran la regla siguiendo con la práctica del taoísmo en secreto. Más tarde, sería cuestión de anunciar a bombo y platillo la primera ejecución capital de un taoísta pillado in fraganti y de exponer el cuerpo del torturado ante la multitud junto con una pancarta explicativa de la causa de la muerte.

Su idea no lo descontentaba en absoluto. Estaba seguro del resultado de su método.

De ese modo, no hacía más que seguir el gran precepto que Han Feizi le había inculcado en la época en que era su discípulo en la academia Jixia de Linzi: cuando uno se dirige al pueblo, a fin de evitar cualquier tipo de desbordamiento y anarquía, más vale contar con su miedo que con su inteligencia.

Le molestó constatar que, una vez más, el filósofo tartamudo continuaba inspirándolo. Siempre ocurría lo mismo. Cuando quería escapar de su tutela, las circunstancias hacían que volviera a caer en ella irremediablemente.

*

Tal y como había presentido la noche anterior, el viento proveniente del rugir de la cascada presagiaba un extraño acontecimiento que trastornaría el inmutable discurrir del siguiente día. Valle Profundo no se sorprendió, pues, al divisar en el camino las siluetas de Wudong y Zhaogongming junto con su pesada carga.

Como si un mensajero celeste le hubiese advertido de la llegada del gran sacerdote taoísta y su asistente, los aguardaba a la entrada de la gruta, con su loro verde posado en el hombro, en señal de reconocimiento y también de magnanimidad y bienvenida.

Tras ella, un arcoíris atravesaba la nube de gotas producidas al caer el salto de agua con un estruendo atronador sobre las rocas que conformaban aquel estanque natural.

—Buenos días, ¡oh, Soberana de las Nubes Irisadas! —exclamó Wudong en tono jovial.

Saludándola de aquella guisa, había decidido dar muestras de humor en unas circunstancias que no se prestaban a ello. Era su manera de disimular ante Valle Profundo el desasosiego en que lo había sumido su inopinada huida.

—Malos vientos os traen. Las briznas de aquilea no anunciaban nada alentador ayer por la noche —dijo con voz seria la sacerdotisa.

El loro se balanceaba de un lado a otro pavoneándose y repitiendo con voz chillona:

—Malos vientos, malos vientos…

—Anguo ha prohibido el taoísmo en el reino. Nos ha convertido en réprobos. ¡Pero el Gran Camino nunca muere! —sentenció con gravedad el gran sacerdote mientras se apeaba del caballo.

—¡Ese pobre rey no sabe lo que hace! ¿Cómo se puede impedir que el espíritu humano busque el dao? —suspiró la sacerdotisa.

—La ejecución de la vil tarea ha recaído en el esposo de Poderosa Estrella del Este —añadió Zhaogongming, que había comenzado a liberar a los caballos de carga de su peso.

—¿Y ha aceptado? —preguntó repentinamente inquieta Valle Profundo.

—Al parecer, sin pestañear siquiera... —suspiró Wudong.

Valle Profundo se estremeció. Les indicó que entraran en la gruta y depositaran allí dentro el equipaje.

Más tarde, una vez sola, dirigió sus pasos hacia la cascada espumosa y fijó la mirada en la pared de agua que se elevaba al cielo cual gigantesca columna hacia la cúspide de su templo.

Pensaba en su hija y decidió entrar en contacto con su energía. La veía suave y delicada como una flor de loto, amamantando a la pequeña Rocío de Primavera bajo el sauce de su jardín de recreo. La flor de loto descansaba sobre la superficie plana de un estanque en miniatura en el que se sumergió su espíritu.

Poco a poco, se unió en un solo ser con Poderosa Estrella del Este. Ella era el rizoma que alimentaba a aquel loto acurrucado en el cieno del que su hija-flor brotaba como una ofrenda inesperada para el cielo. Aunque permanecía en el exterior de la gruta, su espíritu había penetrado en ella y se encontraba frente al pequeño lago en miniatura.

Imaginaba el desamparo que debió de sufrir su amada y única hija al comprender que su esposo no era más que un hombre ávido de poder para quien solo contaba la finalidad.

En su momento no se había atrevido a transmitirle la execrable impresión que Li Si le había causado cuando este se acercó a saludar a ambas bajo el sauce del jardín donde se habían encontrado. En los ojos de aquel yerno que no había elegido percibió la mirada implacable del legista seguro de sí mismo y dominador.

Se trataba de un insecto predador que engulliría sin reparo a la bonita flor de loto. Habría que apartarla de él para proteger el esplendor de sus pétalos. Pero, ¿cómo? Su hija se encontraba demasiado lejos.

De repente, vio a la flor de loto con los pétalos arrancados por manos impuras, flotando sobre el estanque en miniatura que parecía vaciarse por su parte inferior. Poco a poco, la flor acabó por desaparecer, absorbida por el torbellino que formaban las aguas al retirarse.

Cuando volvió en sí, Valle Profundo tenía la mirada infinitamente triste de los adivinos que perciben un oscuro porvenir. La mano del gran sacerdote, que ya había terminado de guardar su equipaje y le había rozado el hombro, la sacó de su lúgubre meditación.

—¿De verdad no te importa alojarnos unos días? —preguntó Wudong.

—Podéis quedaros todo el tiempo que queráis...

—Es la primera vez que voy a dormir en el refugio de un *fangshi* —murmuró Zhaogongming estremeciéndose de emoción.

Los fangshi eran los seres que conocían las técnicas necesarias para disgregar, disolver y transformar su cuerpo, y así poder viajar en el tiempo y el espacio. En teoría, todo cuerpo humano era capaz de cargarse de energía vital y de transmutar. Bastaba con tomar consciencia de ello y desearlo con la suficiente fuerza.

El cuerpo del hombre, con su cabeza redonda como el cielo, sus pies cuadrados como la tierra y sus cinco vísceras en la misma disposición que los planetas, estaba en relación de homotecia con todo el universo. Para comunicarse con él era necesario pensarlo con todas sus fuerzas. Había que escuchar el gran latido de la vida, como el de un corazón, y vaciar la mente para que el ser se disolviera por completo en la naturaleza. Entonces, el hombre, las plantas, la tierra, el agua, el fuego y el aire se hacían uno.

Así comenzaba el reino de la gran paz interior.

Valle Profundo, desde lo más hondo de su retiro solitario, a fuerza de meditación, concentración y sueños extáticos, había adquirido los poderes de un fangshi.

Se había pasado noches enteras visualizándose como hormiga, tigre, loto u hoja de catalpa. Había dejado su espíritu vagar sin límite sobre las cumbres brumosas de las montañas y por las aguas claras de las cascadas. Había terminado por constatar, tal y como relataban los textos antiguos, que el universo tenía la forma característica de una vasija hu en forma de pera invertida. Una vez se penetra por su estrecha punta, su inmensidad nos envuelve con suavidad de la misma forma en que la matriz de la madre rodea al embrión del niño.

Sabía que, al final, el tiempo todo lo puede. Bastaba con esperar mil años para que la esencia de la sangre humana se transformase en dura piedra, y la del abeto en ámbar amarillo.

Valle Profundo había liberado las fuerzas insospechadas que todo espíritu humano posee, mas de las que tan pocos hombres y mujeres toman consciencia.

Al igual que todo fangshi digno de tal nombre, había organizado el interior de su morada como una representación de todo el universo.

De hecho, la gruta tenía de manera natural forma de vasija hu. Se entraba por una galería estrecha que desembocaba en una amplia sala excavada por un antiguo río subterráneo, que también había esculpido el techo con grandes nubes blancas.

Al fondo de la morada, al pie de una gran roca redonda como el sol o la luna, brotaba un pequeño manantial de agua clara. Este había dispuesto la cavidad que recogía dichas aguas como un lago de alta montaña, donde las piedras de los bordes, blanqueadas por el efecto de la cristalización de la cal, emulaban las cumbres nevadas. Al otro lado del lago glaciar en miniatura había logrado que creciera un minúsculo bosque exuberante de helechos y musgos, atravesado por caminos que llevaban a leves anfractuosidades.

Una de ellas, algo mayor que las demás, era la copia perfecta de la entrada de la gruta que había convertido en su refugio.

Allí, en las entrañas de la montaña, Valle Profundo reproducía día tras día la experiencia que acababa de vivir. Soñaba intensamente con la imagen de su hija, y esta se le aparecía. Con suma concentración lograba desplazar esa imagen hasta el Campo de Cinabrio de su vientre, tras haberla hecho entrar lentamente a través del ombligo. Entonces, experimentaba una paz absoluta.

Su pequeña Poderosa Estrella del Este, más allá de la distancia que las separaba, volvía a ser el embrión al que proteger y amar, con el que se fusionaba en esa comunión total que une al hijo con la madre que lo lleva en su seno.

*

Wudong y Zhaogongming, agotados por el largo viaje, acababan de dormirse, apoyados pesadamente contra la roca que hacía las veces de perímetro del lago artificial en miniatura.

Sentada en el mismo suelo, con las palmas de las manos giradas hacia las nubes de piedra del techo y el ombligo descubierto por la abertura de su túnica, Valle Profundo invocó una vez más la imagen de su hija, como lo hacía habitualmente, a fin de atraer las ondas hacia su ombligo. Su primera meditación la había dejado preocupada y quería asegurarse de nuevo de que se encontraba bien.

Cuando su rostro se le apareció, vio que Poderosa Estrella del Este tenía los párpados empapados de lágrimas. También vio su cuerpo, vestido de blanco de la cabeza a los pies. El blanco significaba duelo. Conmocionada, se apresuró a concentrar el haz de su mirada sobre la frente de su hija. Así era como la imagen de Poderosa Estrella del Este se convertía en un filamento luminoso que entraba de golpe en su Campo de Cinabrio, al igual que el rayo golpea la roca.

Pero por más que se empeñaba en centrarse con creciente intensidad en la frente, nada sucedía.

La imagen parecía negarse a entrar en el capullo protector de su cuerpo. Se estremeció. La blancura de la vestimenta de su hija la deslumbraba cada vez más. La intensidad luminosa se volvía tan dolorosa que iba a gritar.

En el momento en que, sin poder aguantar más, agachó la cabeza para esconderla entre las manos, sintió una especie de onda explosiva en lo más profundo de su corazón y de sus entrañas. Cuando alzó la vista, la imagen de Poderosa Estrella del Este se había evaporado como por arte de magia.

Valle Profundo sentía un hormigueo en las piernas, tenía la boca seca, el ombligo le parecía estar frío como el hielo y unos espasmos sacudían su vientre. Le ardía la espalda. Su cuerpo no era más que un envoltorio carnal de dolor.

Todo había terminado.

Acababa de descifrar la nueva imagen de su hija.

La visión era tan dolorosa e insoportable que tuvo que protegerse apartándola de su mente. Y sin embargo, la imagen no la abandonaba. Sabía que, de ahora en adelante, aquella visión la acompañaría todos los días de su vida.

Poderosa Estrella del Este, su única hija, arrebatada por el destino y a la que solo había podido tocar una vez junto a la cuna de Rocío de Primavera, estaba muerta. Ya solo volvería a verla en sueños.

Un pensamiento asaltó la mente de Valle Profundo. ¿Y si decidiera reunirse con ella? Sería de lo más fácil. Bastaba con exceder las dosis en las mezclas de plantas y polvos, y su espíritu no tardaría en abandonar definitivamente su cuerpo. Entonces, partiría en busca de Poderosa Estrella del Este más allá de las montañas celestes para conducirla a las islas de los Inmortales. En ese momento, madre e hija permanecerían juntas, durante diez mil años, como una sola.

Sí. Pero, ¿qué sería de Rocío de Primavera? ¿Quién cuidaría de que las energías favorables envolvieran su barriguita, su cabecita y sus manitas de bebé? ¿Era sensato dejarla sola con aquel padre que tan mala sensación le había producido? ¿No habría que ayudarla a encontrar el camino de la felicidad, la alegría y el amor?

Valle Profundo no tenía otra elección que quedarse para proteger lo mejor posible al único ser que le importaba. Estaba segura de que aquel sentimiento que experimentaba al saberse necesaria y la nueva misión que acababa de fijarse, le permitirían sobrellevar el dolor que anidaba ahora en su corazón, como los pequeños hongos negros con forma de nube que se instalan en el centro de una planta y acaban marchitándola.

Sabía que, con esfuerzo, lograría resignarse.

No obstante, más desgarradora aún era la intuición que la atormentaba sobre la causa de una muerte que debió de ser atroz. Y aquella intuición era tan inefable e ignominiosa que apenas se atrevía a darle crédito. Decidió enterrarla en lo más profundo de su ser.

30

—¡NAVÍO DE GUERRA DE QIN A LA VISTA! —GRITÓ preso de excitación a su superior el centinela apostado tras la garita de la atalaya más alta del Puente Cocodrilo.

Al momento, un centenar de hombres se replegó tras el parapeto del puente para esperar el abordaje sin ser vistos por los atacantes. El capitán subió a la torre junto al centinela.

Bajo los pálidos rayos de un cuarto creciente de luna, el Han se asemejaba a un largo camino fangoso al final del cual se vislumbraba, arrastrada por el río embravecido, una minúscula carreta que parecía bambolearse. Se trataba del casco de la nave al que las olas y la corriente hacían botar sobre la superficie del agua.

Poco a poco, la esbelta forma de los mástiles de la nave de Qin apareció con mayor claridad. Recordaban a las barras de incienso que se encienden ante el rostro de la estatua de un dios y luego se agitan para que se carbonicen.

Sobre la cubierta del buque de ataque se distinguía a algunos hombres atados a los mástiles con cuerdas para no caer al agua. El barco desfilaba a tal velocidad que parecía bajar rodando por una pendiente que desembocaba en la construcción fortificada.

En torno a los pilares del puente, los vórtices formaban huecos semejantes a embudos en el río.

A solo unos cables de distancia, la nave comenzó a girar sobre sí misma como un tapón arrastrado por un inmenso torbellino. Dos hombres a bordo habían lanzado una cuerda para amarrarla a un pilar, pero la corriente, demasiado fuerte en aquel punto, ejercía su fuerza sobre uno de los laterales de la nave. Entre un gran estruendo de tablas hechas trizas y cordajes rotos, el barco acabó atravesado entre los dos pilares centrales de la fortificación, formando una especie de presa sobre el río, mientras que sus dos mástiles golpeaban con violencia la parte inferior del parapeto.

El barco y el puente, desvencijado por completo el primero e intacto el segundo, se habían unido formando un caos de piedra y madera.

Al grito de guerra del capitán, que había descendido de la garita para colocarse en medio de sus tropas, los soldados de Chu se alzaron como un solo hombre tras el parapeto, apuntando sus picas *pi* con punta de bronce hacia el río para impedir que los ocupantes del buque subieran al puente trepando por los mástiles. Sumaban más de un centenar de hombres que, con las cabezas cubiertas por un gorro blanco de tela fina, transformaban el Puente Cocodrilo en un auténtico erizo.

Al cabo de un rato, los soldados de Chu detectaron que la nave parecía extrañamente vacía. Ni un solo hombre salía de su cala. Ninguna escalera se levantaba para subir a asaltar el parapeto. Tan solo un puñado de timoneles arrecidos de frío, agrupados en torno a un pilar del puente para permanecer fuera del alcance de las flechas de los arqueros si por ventura a estos se les ocurría disparar.

El capitán de Chu no tuvo tiempo de comprender que la nave de Qin no contenía más guerreros que aquellos. De repente vio a un grupo reducido de soldados que se acercaban corriendo con la cara espantada de angustia.

—¡Se han concentrado en la margen derecha! ¡Nos atacan! —chillaba el primero, blanco como el mármol.

Trataba en vano de arrancarse una flecha que le acababa de atravesar el pecho. Sus manos estaban ya rojas de sangre, como si de guantes se tratase, cuando cayó a los pies del capitán. Este último, tras examinar rápidamente el cuerpo que acababa de desplomarse, nada más ver la espantosa herida, dijo al siguiente soldado que había acudido a socorrer a su compañero:

—Es inútil ayudarlo. Una flecha de arpón lo ha herido mortalmente. Los arqueros de Qin son los únicos que las tienen. Él mismo se ha desangrado al intentar arrancarla.

Cuando el capitán se abalanzó hacia el extremo del puente que daba a la orilla derecha, el cuerpo a cuerpo ya causaba estragos entre la soldadesca de Chu y los intrépidos guerreros de Anwei.

Los hombres de Qin habían esperado que la noche tocara a su fin, ocultos tras las colinas donde serpenteaba la carretera que descendía hacia el puente. Partiendo de su lugar de atraque, se habían apartado lo bastante del río para pasar inadvertidos y habían avanzado al abrigo de las colinas, por lo que los ruidos de su marcha entre las piedras no llegaron a los oídos de los centinelas que guardaban el puente.

Para que no erraran durante el transcurso de la encarnizada lucha cuerpo a cuerpo que se libraría hasta el alba, Anwei les había hecho ponerse a todos una cinta roja en la frente. Y para que sus movimientos no se vieran obstaculizados por la estrechez del tablero del puente, todos vestían túnicas y pantalones cortos. Se habían desembarazado de las pesadas espinilleras que se llevaban en el campo de batalla y que en una pasarela tan estrecha los habría entorpecido. Anwei, en cambio, no los había desprovisto de sus corazas reglamentarias, por resultar estas necesarias. Parecían extraños escarabajos bajo dichas armaduras formadas por ciento cincuenta y tres pequeñas placas de cuero tintado de negro, solapadas como tejas, atadas entre sí con finas correas y remachadas en los hombros con clavos de bronce.

Las escamas de la coraza de Anwei eran más pequeñas, como las de la piel de un lucio. Al contrario que sus infantes, llevaba un casco con cresta cuyo reborde descendía en punta sobre la arista de su nariz. No le importaba lo más mínimo distinguirse así de su tropa, lo que lo convertía en un blanco ideal para el adversario. Era su manera de demostrar a sus hombres que no les exigía más de lo que se imponía a sí mismo.

Todos sus hombres habían untado el filo de sus armas con polvo de cromo diluido en agua, y las habían pulido con un abrasivo a base de polvo de arena y cáñamo mezclado con aceite de lino. Las espadas y alabardas de los guerreros de Qin habrían podido cortar de un mandoble un ligero pañuelo de seda lanzado al aire.

Anwei dio la orden de ataque.

Después de bajar a toda velocidad las colinas de la margen derecha, para gran estupor de los dos únicos centinelas allí apostados por orden del capitán de Chu, el noble batallón rojinegro se abalanzó sobre el Puente Cocodrilo cual tigre atacando a su presa. Tras él aparecieron los dos tambores llevando en las espaldas los estandartes del reino de Qin donde rezaba, en caracteres negros sobre fondo ocre, el nombre del mismísimo rey Anguo.

Eran los emblemas de la fuerza de los ejércitos de Qin, el sello de la grandeza del reino. Su misión consistía en marcar el ritmo del terrible combate que iba a iniciarse y alentarlo mediante sus percusiones y redobles.

Al tiempo que ordenaba el asalto del puente, el general Anwei ordenó igualmente que redoblaran los tambores. Los golpes de las baquetas sobre los cueros estirados resonaron como el rugir del trueno.

En ese momento, el ejército de Qin al completo se abalanzó hacia el frente como un solo hombre.

Anwei se había adelantado y, para dar ejemplo a sus soldados, se situó en primera línea. Empuñaba la alabarda doble que Wang el Afortunado le había confiado susurrándole al oído que le traería suerte. Salto de Tigre lo seguía con una cinta roja también en la frente. Llevaba a los hombros una pesada jarra de barro cocido.

Las dos puntas aceradas de la larga alabarda de Anwei despedazaron los rostros y cuellos del par de centinelas que intentaban dar la voz de alarma. Un infante se precipitó para terminar el trabajo del general y cortar las dos cabezas de un violento golpe de sable. A continuación, mostró sus terribles trofeos a la tropa, que se puso a vociferar salvajemente de júbilo. La lucha no podía empezar mejor.

Anwei mandó acelerar el redoble de los tambores. Su cadencia se volvió insostenible. Rebosantes de excitación, sus hombres saltaron al puente con ensordecedores alaridos de guerra. Solo les bastaron unos golpes con el hombro para abrir los dos batientes de la puerta de madera que les obstaculizaba el paso.

Al contrario que la puerta situada en la otra orilla, en el lado opuesto del puente, esta no estaba protegida por ningún rastrillo metálico. Tras la puerta derribada se encontraba el estrecho tablero que permitía cruzar el Han y que atravesaba la base de la torre de la fortaleza almenada donde se alojaba la guarnición.

Los soldados de Chu se encontraban aún asomados al parapeto superior, con la atención puesta en el buque de ataque que había golpeado los pilares instantes antes, cuando fueron sorprendidos por la rapidez de aquella ofensiva por la margen derecha.

Anwei había coordinado a la perfección ambas acciones para que se desarrollaran de forma consecutiva. Así, había dado la señal de ataque a sus tropas en el mismo instante en que el navío de guerra empezó a dar vueltas en los vórtices. Su previsión fue certera. Había cogido al enemigo totalmente por sorpresa. Antes de perder un solo hombre, buena parte del puente estaba ya en manos de Anwei.

Era el momento de pasar a la siguiente fase.

Anwei pidió a Salto de Tigre que se acercara y posara en el suelo la jarra que llevaba al hombro. Levantó la tapa. La pringosa resina de revestimiento de barcos que contenía desprendía un tufo repugnante.

A continuación, encendió una ramita de madera y la arrojó en la jarra. Su contenido se inflamó con un ruido sordo. Por último, mientras agarraba la jarra por el cuello y la base, insensible al calor que desprendía y que iba resquebrajando la parte más abombada, lanzó hacia delante, con todas sus fuerzas y lo más lejos posible, la resina pringosa que acababa de prender. Luego, dejó caer la jarra, la cual se rompió provocando una explosión de destellos.

La lengua de dragón escarlata salió de la jarra para extenderse como una alfombra de fuego sobre más de un tercio del puente, lo que desató un pánico indescriptible en el adversario.

Algunos soldados de la guarnición del puente Chu, con la espalda ardiendo como un haz de paja por la resina inflamada, se lanzaban al río. Otros, en medio de la confusión generalizada provocada por la actuación de Anwei y cegados por el fuego de sus espinilleras engrasadas, que ardían en cuanto eran alcanzadas por las llamas, acababan ensartados en las picas con conteras de bronce que sus compañeros habían alzado bruscamente presos del pánico. La cola del caballo del capitán al mando del puente fortaleza se había convertido en una auténtica antorcha al salpicarle unas gotas de resina inflamada. El oficial de Chu titubeaba a la par que gritaba, incapaz de dar la más mínima orden a sus tropas, cuando la espada de Salto de Tigre lo atravesó de costado a costado.

Anwei ni siquiera necesitó arengar a sus hombres: la muerte del comandante sellaba la victoria de Qin. El batallón ya solo tuvo que avanzar con valentía tras la lengua de fuego al son de su grito de guerra gutural.

Entre el olor a carne y corazas quemadas, los filos de las armas ejecutaron y cortaron, las puntas se hundieron y las hachas partieron. Las pesadas mazas de Qin hicieron picadillo los gorros blancos de Chu. El blanco de los gorros se tiñó de rojo, el mismo que el de las cintas de los soldados de Qin, que masacraban a la guarnición de Chu como si de moscas se tratase.

Los hombres de Anwei habían alcanzado ya la base de la atalaya central del puente, donde algunos hombres de Chu, despavoridos por la crudeza del asalto, acababan de parapetarse. El general de Qin, arrojó por una de las ventanas una mata de hierba ardiendo. Un agrio humo salió al momento por las ranuras de las garitas superiores. El efecto de chimenea lo había propagado hasta la parte más alta de la torre. Dos soldados refugiados en el último piso no tuvieron más remedio que saltar al vacío, tras lo cual desaparecieron girando sus brazos cual aspas en los remolinos del río. Los patéticos lamentos de los prisioneros recluidos en un piso intermedio —donde habían encerrado a Imperfección del Jade— podían oírse pese al estruendo y el crepitar de la hoguera. Suplicaban que alguien los liberara. Seguramente nunca habrían imaginado morir ahumados como ratas.

Ajeno a aquel griterío, Anwei, armas en mano, cuidaba de que ningún centinela enemigo escapara de la masacre. El apacible jardinero del Arboreto de Xianyang se había transformado en un sanguinario y carismático jefe guerrero por el que sus infantes y arqueros estaban dispuestos a dejarse cortar en pedazos.

—¡Quiero este puente completamente limpio! —gritó a sus tropas con los ojos enrojecidos por el humo y la frente reluciente de sudor.

Salto de Tigre hizo señas al tambor para que diera tres golpes seguidos. Era la señal acordada con el teniente al mando de un destacamento de siete hombres encargados de manipular la catapulta gigante instalada justo detrás de la colina.

Unos instantes después, un silbido estridente surcó el cielo. Una enorme roca calcárea se abatió estrepitosamente sobre el extremo del puente, al otro lado de la pared de llamas, lanzando con el impacto miles de piedras y esquirlas afiladas como cuchillos sobre la soldadesca de Chu que se había refugiado allí. Segundos más tarde, le tocó el turno a la torre central del puente, donde otro proyectil aún mayor que el primero abrió un enorme agujero en uno de sus muros, de donde algunos hombres, hasta entonces prisioneros de las llamas, comenzaron a salir a duras penas. En cuanto aterrizaron sobre el puente, fueron decapitados al instante por los sables de Qin.

Al final del camino de fuego solo quedaban cuerpos lacerados con los miembros colgando como muñones. Los cadáveres de los soldados de Chu, prisioneros de un caparazón de sangre seca y resina carbonizada, no eran más que un magma informe que emanaba un infame olor a cabello abrasado.

El tablero del puente vibraba bajo el inmenso clamor de alborozo de los soldados de Qin. Pasando por encima de los cuerpos torturados, de los que emanaban algunas fumarolas, su nuevo caudillo los fue felicitando y animando uno a uno.

—Os habéis convertido en un gran general —murmuró Salto de Tigre con la voz temblorosa de emoción—. Vuestro nombre quedará inscrito en los anales de Qin como el general que se apoderó de un puente conocido por ser inexpugnable.

—Hay que enviar una estafeta al rey Anguo para que sea conocedor de esta buena noticia lo antes posible —ordenó brevemente el general a su ordenanza.

Salto de Tigre lo observó. En su opinión, algo había cambiado en el comportamiento del hijo menor del rey de Qin. Era como si el asalto al puente hubiese transformado profundamente su carácter, sacando a la luz unos rasgos que nadie le asociaría hasta entonces. Su tono se había vuelto más imperioso, sin atisbos de emoción en el rostro. Los ojos le brillaban de orgullo, pero la mandíbula apretada reprimía toda sonrisa.

Era otro hombre.

*

Aunque no se sentía con ánimos, era un crepúsculo de los que le gustaban. Un sol carmesí encendía las piedras de la inmensa llanura que parecía arder como una lumbre.

Eslabón Esencial se detuvo a contemplar las riberas del Han, destrozadas por el pisoteo de hombres y caballos, los surcos profundos de las carretas en el barro y las cenizas humeantes de los campamentos a cada margen del río.

El impetuoso río, tan anhelado, se encontraba ante sus ojos por fin. Era aún más ancho de lo que había imaginado. En repetidas ocasiones soñó con aquel momento mientras atravesaba la montaña hostil, donde el agua era tan escasa que se podía cabalgar durante dos días sin toparse con charca alguna. Acarició el cuello de su pequeño caballo tordo para felicitarlo.

Ya no había nadie. Había llegado demasiado tarde.

El director de la Oficina de Rumores se sentía angustiado y furioso consigo mismo. Lamentaba haber salido de forma tan precipitada de Xianyang en busca de Anwei y de sus hombres sin haberlo reflexionado lo suficiente.

No era tanto el trayecto inútil y los días perdidos lo que le apenaba como el terrible sentimiento de impotencia que le oprimía en ese momento ante aquel río, tan ancho e impetuoso que ni siquiera podía cruzarlo. Iba a tener que dar media vuelta y regresar por donde había venido. Apenas se sentía con ánimos de partir de nuevo.

Sobre todo, lo asaltaba la incertidumbre de no saber qué habría podido sucederle a la expedición de Anwei.

El que el jefe de los servicios secretos del noble Qin no pudiera hacer nada más que observar el fluir de un río y sentirse furioso por haber sido incapaz de reunirse a tiempo con Anwei y sus hombres lo llenaba de vergüenza. Cuando regresara a la capital, ¿qué diría a todos los que no dejaran de preguntarle por los motivos de su ausencia? Apenas se atrevía a pensarlo.

Dejó que el caballo fuera a pacer los pocos matojos de hierba de la ribera que no habían sido pisoteados ni arrancados. Cerca de allí había un bosquecillo de sauces en medio del cual decidió instalarse tras encender un fuego.

Un profundo cansancio exacerbado por el desánimo se apoderó de él. No tardó en dormirse de agotamiento sin pensar siquiera en comer.

Lo despertó un olor a aliento fétido. El hedor venía acompañado de una respiración ronca.

Abrió los ojos. Lo deslumbró la luz del sol, que ya se encontraba bien alto en el cielo.

Vislumbró unos ojos tan cerca de los suyos que no podía distinguir ni el color ni el rostro al que pertenecían; un rostro masculino, cuyos rasgos fueron tomando forma, a pesar del contraluz, a medida que se alejaba del suyo.

Quiso ponerse en pie de un salto para asir su espada y comprobar que el caballo seguía allí, pero no pudo moverse. Constató que lo retenían con la espalda contra el suelo. Unos brazos tiraron bruscamente de él para levantarlo.

Ahora estaba de pie entre dos soldados que lo sujetaban por los hombros para impedirle cualquier movimiento. Frente a él, el hombre con mal aliento lo escudriñaba con curiosidad. Llevaba en la cabeza el gorro propio de los oficiales, rectangular por delante y sujeto bajo el mentón con una correa a fin de cubrir la raya del cabello; triangular por detrás y atado a la trenza, cuya base recubría. Una larga espada curva colgaba de su cinto.

Junto a ellos había varios soldados armados hasta los dientes.

Eslabón Esencial miró en derredor para intentar averiguar a qué reino pertenecía aquella pequeña tropa. Al fin y al cabo, podía tratarse perfectamente de una avanzadilla de la expedición de Anwei o incluso de soldados de una patrulla de reconocimiento de Qin…

Ningún estandarte ondeaba al viento. No portaban pancartas militares, como las utilizadas antaño por algunos regimientos para indicar su origen. Ninguno de ellos llevaba insignia alguna.

Se puso a contarlos preso de la angustia. Los soldados, incluido el oficial, eran doce. En tales condiciones era inútil tratar de luchar o huir.

—Soy el comandante Wenzhou, responsable de la vigilancia de las márgenes del río Han. Tengo órdenes de llevaros a Ying —informó el hombre con voz ruda.

Emanando un flujo de pestilencia que obligó a Eslabón Esencial a desviar la cabeza, el oficial acababa de responder de antemano a la pregunta que se planteaba. El jefe de la Oficina de Rumores del reino de Qin ya no era más que un vulgar prisionero de Chu.

*

Hacía una eternidad que el juez Wei, cada vez más rechoncho con la edad, no había tenido una investigación criminal de la que ocuparse.

La delación, en Qin, hacía las veces de investigación. Rara era la ocasión en que quien cometía un robo o un crimen de sangre no fuese denunciado por una tercera persona. El orden inspirado en el terror fomentaba dicha conducta y el afán de lucro hacía el resto. El sistema de primas era de lo más eficaz y todos salían ganando con él: los particulares, porque se enriquecían a la vez que pensaban estar actuando en conciencia; el poder, porque al incitar la delación reforzaba su influencia sobre el pueblo; el sistema, porque así se perpetuaba sin que nadie se sintiera forzado.

Todo ello explicaba la ociosidad del juez, el cual se acercaba apaciblemente a la jubilación y se pasaba los días jugando a las damas mientras bebía alcohol de higos con sus compañeros de la Oficina de Investigaciones Criminales.

El caso que le acababan de asignar parecía delicado. Concernía hechos recientes que atañían a las altas esferas del poder.

Nadie en Xianyang comprendía por qué el cuerpo de la joven esposa del vicecanciller responsable de la promulgación de leyes y decretos, y también de la erradicación del taoísmo, fue hallado ensangrentado y apuñalado, en un avanzado estado de descomposición y casi devorado, en medio de un descampado a las puertas de la ciudad, tras un montículo de inmundicias y rodeado de perros vagabundos en busca de alimento.

Todo el mundo hablaba de aquel odioso crimen en voz baja, por temor a provocar un escándalo o llamar la atención de la Oficina de Rumores.

Si el cadáver de Poderosa Estrella del Este no se hubiese encontrado en aquel lugar nauseabundo a merced de todos los vientos, probablemente solo un pequeño círculo de personas habría tenido conocimiento del crimen y se las habría arreglado para que el asunto se difundiera lo menos posible. Así procedían siempre los poderosos. Cada cual lavaba sus trapos sucios en familia a ser posible, y se esforzaba por ocultar al pueblo todo lo que pudiera escandalizar su conciencia o empañar la imagen de poder que se le quería transmitir.

El cuerpo de la esposa de Li Si había sido descubierto por unos niños del barrio que jugaban a la pelota en el descampado. El rostro del cadáver presentaba moratones y deformaciones debido a los golpes que el asesino le habría infligido. Los niños en seguida avisaron a sus padres. Robar las joyas del cadáver y hacerlo desaparecer hubiera sido demasiado arriesgado, puesto que el rumor del hallazgo del cuerpo no tardaría en extenderse, si es que no lo había hecho ya. No quedaba, pues, otra opción que comunicárselo a la policía con la esperanza de cobrar una prima. La valiosa vestimenta y las joyas de oro de la víctima, propias de una mujer de la alta sociedad, estaban manchadas de sangre pero intactas, a excepción de un cinturón de seda negra al que le habían arrancado la hebilla.

El cadáver fue transportado tal cual a la morgue de Xianyang, abriéndose una investigación criminal.

La víspera, Li Si había advertido de la desaparición de su esposa a las autoridades judiciales. Al día siguiente, le rogaron que fuera a examinar el cadáver de sexo femenino que los niños habían encontrado tras el montón de inmundicias del descampado. No pudo sino constatar que, en efecto, se trataba de Poderosa Estrella del Este.

Así pues, el juez Wei había decidido, como era lógico, interrogarlo en primer lugar como testigo.

Habida cuenta de las altas funciones desempeñadas por el vicecanciller en el aparato del Estado, el juez, a fin de evitar cualquier escándalo, le propuso acudir a su domicilio, fuera del alcance de miradas indiscretas.

Acababa de llamar a la imponente puerta cuando Li Si en persona fue a abrirle. El vicecanciller ya vestía el manto blanco de duelo.

—No tardaré —le prometió el juez como disculpándose—. Se trata de una simple formalidad. Pero no tengo más remedio que proceder a vuestro interrogatorio.

—Es normal, así lo requiere la Ley —respondió su anfitrión al tiempo que lo invitaba a pasar.

—Me he permitido traeros los efectos personales y joyas de vuestra esposa, tal y como me los ha transmitido la morgue —dijo el juez Wei mientras alargaba a Li Si un pequeño cofre en madera de cedro.

—Se lo agradezco infinitamente, ¡es todo lo que me quedará de ella! —respondió visiblemente afectado el vicecanciller.

Los dos hombres se instalaron en el salón. El juez, al que no había acompañado un escribano, sacó su estilete y una lámina de bambú.

El interrogatorio, una simple formalidad, podía comenzar.

—¿Podéis contarme cómo os percatasteis de la desaparición de vuestra esposa? —preguntó el juez Wei con compunción y cortesía.

Sabía que Li Si, por el cargo que ocupaba, podría influir en la decisión de la Oficina del Cálculo de Pensiones para que esta le otorgara una renta superior a la que le correspondía el día que se jubilara. Por ello, se cuidaba mucho de no ofenderlo.

—Al volver a casa anteayer por la noche, mi esposa no se encontraba allí. Nuestra hijita ya estaba acostada. A la mañana siguiente, tras esperarla durante toda la noche y no verla aparecer, avisé a las autoridades de su desaparición.

—¿Tenéis idea de quién puede haber cometido un crimen de esta índole? —prosiguió el juez, como simple formalidad, carraspeando.

—¡Ni la más remota! Poderosa Estrella del Este era una mujer especialmente entrañable. Solo hacía el bien en torno a ella. No le conocía ningún enemigo. Si hubiese tenido cualquier sospecha, habría informado a nuestras autoridades —aseguró con sobriedad el vicecanciller.

El juez se levantó. Había anotado minuciosamente la declaración de Li Si y, tras hacérsela firmar, se disponía a marcharse. Cuando estaba a punto de cruzar el umbral de la casa, el vicecanciller lo retuvo del brazo.

—No tengo sospechas, pero puede que sí una hipótesis. Os la confiaré... Habría que indagar por el lado de los adeptos al taoísmo, a los que nuestro soberano el rey Anguo me ha encomendado perseguir sin piedad desde que ordenara el decreto que prohíbe oficialmente esa religión. Al atacar a mi esposa, puede que los seguidores de esa religión popular hayan encontrado una ignominiosa manera de vengarse de mí —murmuró con aire de entendido.

—¡Esa tesis me parece sumamente interesante! No dudo que encauzará la investigación hacia una dirección fructuosa —concluyó obsequioso el juez Wei.

A solas en la calle mal iluminada, el juez se sentía feliz. La razón de su alegría era simple: contrariamente a sus temores y conforme a sus deseos, no había ofendido al vicecanciller Li Si. Y eso era lo que más le importaba.

Por su parte, Li Si, al quedarse solo, abrió el pequeño cofre que el juez le había entregado. Encontró ropas manchadas de sangre, los pendientes y el collar de oro, y el cinturón de seda negra desprovisto de su hebilla. No pudo reprimir un escalofrío. Después, llevó el cofre de cedro a su despacho y lo guardó bajo doble llave en el pesado armario que le servía de caja fuerte.

31

El regreso a Xianyang de Anwei, el general victorioso, fue triunfal.

El rey enfermo había insistido en asistir en persona a la llegada de su hermano menor, vencedor en Chu. Dignamente sentado a horcajadas sobre su caballo blanco de mando, aguardaba al triunfador a las puertas del Palacio Real.

Su corcel, como era menester, había sido regiamente enjaezado. Unas garzotas e hilos de seda hábilmente trenzados colgaban del bocado de bronce dorado. Una media luna de fina talla y grabada con el nombre de Anguo retenía el tupé cepillado con esmero. En la testera llevaba el animal una placa de bronce labrada en forma de hoja de roble que se prolongaba con una máscara taotie.

Flor de Jade Maleable, la amada esposa de Anwei, se encontraba junto al monarca con sus cinco hijos, tres varones y dos niñas.

El vicecanciller Li Si también había insistido en estar presente en primera fila. A pesar de haber nacido en Chu, la derrota de su país no parecía molestarle lo más mínimo. Se había marchado tan joven que no lo sentía como suyo. Sus ambiciones estaban en Qin y ese era motivo de sobra para olvidar sus orígenes.

La multitud que se formaba los días solemnes se había reunido en torno al rey Anguo para festejar al vencedor y aclamarlo en cuanto franqueara la puerta de honor del palacio. La bandera de Qin ondeaba sobre las numerosas astas que cubrían la fachada. Y encima del porche de entrada en el que se encontraba Anguo, habían colgado un enorme estandarte adornado con tres ideogramas: «Gloria a Anwei».

El temblor y el anquilosamiento que invadían todos los miembros de Anguo habían empeorado aún más. Un caballerizo había tenido que alzarlo para colocarlo sobre la montura, igual que se levanta a un niño. A fin de ocultar su minusvalía al pueblo, el rey había pedido al caballerizo que le atara las manos a la perilla de la silla de montar con una tira de cuero muy fina.

Resonaron unos cascos golpeando los adoquines de la calle.

El convoy del vencedor, escoltado por una multitud jovial, se aproximaba mientras los habitantes de Xianyang, asomados a las ventanas de sus hogares, inclinaban la cabeza en señal de respeto. Anwei y Salto de Tigre, uno junto al otro, cabalgaban orgullosos a la cabeza del ejército vencedor, que marchaba tras ellos formando un bosque de lanzas. El general victorioso quiso que su ordenanza estuviera a su lado.

Los hijos de Anwei, felices y orgullosos de volver a ver su padre, aplaudían con todas sus fuerzas.

—Alabado seas, oh, amado hermano, por tu gloriosa hazaña. ¡El reino de Qin te brinda su eterno reconocimiento! —anunció el heraldo en voz alta en nombre del rey Anguo cuando Anwei descabalgó ante su hermano. Anwei se acercó a Anguo, pero el rey se mantuvo en su caballo. Distinguió las manos atadas a la perilla y sonrió a su hermano con complicidad.

—Me congratula enormemente verte. Debemos hablar, estoy enfermo. Las fuerzas me flaquean —suspiró Anguo con voz pastosa al oído de su hermano mientras se agachaba con dificultad para devolverle el abrazo.

Después, Anwei se tiró a los brazos de su esposa, a la que abrazó con ternura antes de darle un apasionado beso. A continuación, besó a cada uno de sus hijos.

Por último, el cortejo del vencedor se encaminó hacia el interior del palacio, donde el rey Anguo había convidado a todos los hombres de su hermano menor a un festejo.

Mientras Anguo rendía honores al triunfador, la reina Huayang, sola en su aposento, seguía llena de rabia sin lograr calmar su desesperación. Había aducido un terrible dolor de cabeza como pretexto para evitar formar parte de la ceremonia de celebración del ejército glorioso de su cuñado. La noticia de la victoria de Anwei contra el puente fortaleza la había anonadado y enfurecido al mismo tiempo.

Cuando su esposo lo nombró jefe de la expedición contra Chu, en un primer momento se alegró en su fuero interno.

No le concedía la más mínima oportunidad de salir de ella con éxito. Al igual que la mayoría de la corte de Qin, pensaba que aquella campaña militar se había encargado a Anwei en contra de su voluntad y que la apatía de Anguo, que lo había permitido sin rechistar, condenaba a su hermano, sin saberlo, a una muerte segura.

Por ello, había considerado, tal vez demasiado a la ligera, que aquello era la consecuencia lógica de la indiferencia de Anwei hacia ella. Su rechazo al no rendirse ante sus encantos o al menos prestarle atención la había privado de cualquier apoyo por su parte. Solo ella podría haber hecho cambiar de opinión al rey.

La noticia de la futura partida de Anwei para aquella campaña militar, tan incierta que parecía perdida de antemano, había tenido para Huayang el dulce sabor del castigo. Mas los sentimientos que albergaba en secreto por el príncipe no tardaron en volverla loca de inquietud. No deseaba su pérdida. A medida que se acercaba el momento de su marcha, su preocupación y su angustia se acrecentaban.

En sus sueños más vehementes, se veía implorando piedad a su esposo para impedir que Anwei se marchara y obtener a cambio aunque solo fuera una mirada cómplice de su parte.

Después, llegó el día de la partida. Entonces, como era costumbre en ella, había hecho que su corazón sensible entrara en razón para evitar caer en la melancolía. Comenzó a aprender a olvidarlo, lo que de hecho le resultaba mucho más difícil de lo que había imaginado. El regreso del vencedor derrumbaba toda esa fortaleza que había construido.

En lo más hondo de su corazón se alegraba de que hubiese regresado sano y salvo. Pero Anwei se había convertido en un héroe nacional. Su victoria sobre Chu volvía a situarlo de manera triunfal en el centro del juego.

Mientras su cuñado había permanecido confinado en su función de director del Arboreto Real, donde parecía complacerse y destacar, no podía aspirar a desempeñar un papel serio en la sucesión al trono. Al volver erigido en héroe de una campaña incierta, en un momento en que la enfermedad de Anguo avanzaba a ojos vistas, Anwei, con la seguridad que le aportaba tener tres hijos varones, se convertía en un candidato ineludible al trono de Qin en caso de fallecimiento prematuro de su hermano mayor. A pesar de los esfuerzos que Huayang seguía desplegando con tesón, pero sin ilusiones, para mantener la llama del rey enfermo, este ni siquiera era ya capaz de honrar de ninguna forma su Sublime Puerta de Jade. Su cuerpo se entumecía cada día y sus funciones vitales parecían menguar rápidamente. Huayang estaba segura de que Anguo no tardaría en morir.

Y esta mujer, tan hermosa y celosa como fogosa y apasionada, que no toleraba el rechazo, soportaba aún menos la idea de que quien a partir de ahora tenía todas las probabilidades de convertirse en futuro rey de Qin no se hubiera dignado jamás, ni siquiera una sola vez, a mirarla.

Llegaba incluso a lamentar haber evitado el exilio de Anwei en Handan —tal y como deseó la princesa Xia en su momento— al empeñarse en convencer a Anguo de que enviara a Yiren en su lugar. Una vez más la había cegado el odio hacia la concubina rehén. Al oponerse a la sugerencia de su rival, quizás sin saberlo le había allanado el terreno a Anwei.

Perdida en sus oscuros pensamientos, con el corazón cada vez más mortificado por la insoportable indiferencia que le mostraba su cuñado, constató que intentar cortar de raíz el glorioso destino que parecía aguardarlo era una prioridad para ella.

Se sentía vulnerable y débil. En realidad, sus bazas eran mínimas y los engranajes que podía manejar, prácticamente inexistentes.

De repente, la luchadora intrépida sintió que había empezado a envejecer.

*

Ardilla Avisada, tensa cual un arco y con aspecto un tanto azorado, caminaba como una sonámbula.

Había seguido a la princesa Xia cuando esta fue a dar su habitual paseo por el acantilado de la Tranquilidad, cuidándose mucho de que su señora no se percatara de su presencia.

Desde hacía un tiempo, todo en su cabeza era un caos.

La reacción tan desagradable como injusta de Xia, con aquel duro desaire cuando ella intentó consolarla, había hecho que algo en su interior cambiara para siempre. Además de empezar a odiar a su señora, Ardilla Avisada perdió de repente el sueño tras la noche posterior al altercado. Desde entonces, se pasaba las noches maldiciendo la causa de su insomnio. Por la mañana, apenas tenía fuerzas para levantarse. Ya no tenía apetito, había adelgazado. Una mirada triste y ojerosa parecía adueñarse de su rostro. Ya no era más que la sombra de sí misma.

Su odio se intensificó cuando comprobó que la princesa seguía comportándose con ella, a pesar de su decaimiento físico causado por las noches en vela, como si nada sucediese. Aquella actitud confirmaba su impresión de que, para Xia, ella tan solo era una criatura destinada a servirla y a soportar sus caprichos indefinidamente.

Aquella mañana, Xia estaba más odiosa que nunca. Ardilla Avisada le había llevado, como de costumbre, su bol de té perfumado a la menta.

—¡Está frío! Y además, debes de haberle puesto heno. ¡Ni siquiera huele a menta! —exclamó la princesa arrojando con violencia el bol a la cabeza de su dama de compañía.

—¡Pero si lo he preparado como siempre! —gimió, sin soportarlo más.

—¡Te prohíbo hablar! ¡Te prohíbo moverte! ¡Solo con ver tus gestos amorfos me pones de los nervios! —chilló Xia. Y siguió desahogándose de esta guisa, multiplicando los improperios y las quejas.

Fuera de sus casillas, Ardilla Avisada se refugió en su habitación. Allí, herida en los más profundo de su ser, se golpeó la cabeza contra el muro, llena de rabia y despecho, hasta abrirse la frente y caer al suelo inconsciente.

Cuando su señora, al fin calmada, la sacudió brutalmente para que volviera en sí y le anunció que quería arreglarse para dar su paseo por el acantilado de la Tranquilidad después del almuerzo, Ardilla Avisada no tardó en tomar una decisión.

Aquello era la gota que colmaba el vaso. Había llegado la hora de la venganza. Era el momento de hacerle pagar los años de esclavitud a su servicio y la falta de consideración de la que tantas muestras le había dado. Pese a su estado de agotamiento y con la cabeza retumbando como una campana *yongzhong* cuando sigue resonando largo tiempo tras el golpe de gong, decidió empujar lo más fuerte posible a la princesa desde lo alto del acantilado de la Tranquilidad.

Ardilla Avisada había llegado a la meseta rocosa que conformaba la parte superior del acantilado. Ante ella, al borde del precipicio, Xia estaba de espaldas. Contemplaba una vez más la cresta sinuosa de las montañas situadas al otro lado, la larga cresta rocosa con formas atormentadas a la que denominaba su *dragón protector.*

Entonces, se giró lentamente.

Quería saber a quién pertenecían aquellos pasos que había oído de pronto tras ella. Sus pies asomaban al borde de la roca. Xia tenía por costumbre acercarse tanto al vacío a fin de contemplar la minúscula cinta plateada del torrente que brillaba al fondo de la garganta.

Al empujarla violentamente al abismo, Ardilla Avisada observó en los ojos de su señora menos sorpresa de la que esperaba. La concubina rehén no manifestó asombro. Había comprendido todo. Solo lanzó un grito de terror.

Por primera y última vez, Ardilla Avisada vio al fin en el rostro de Xia una muestra de interés hacia ella.

*

—Es un honor para Chu capturar a un prisionero tan excepcional como el director de la Oficina de Rumores del Estado de Qin —dijo el rey Wen con tono melifluo.

Sonreía mezquinamente a Eslabón Esencial, que simulaba no comprender nada. Desde que le hicieran prisionero de Chu, el eunuco de Qin no había abierto la boca.

Por su parte, el secretario personal del rey esbozó un ligero rictus de satisfacción cuidándose de no mostrárselo al soberano.

Era la primera vez que veía al obeso rey animarse ligeramente desde la deshonra de la derrota infligida por Anwei a la guarnición del Puente Cocodrilo, que el reino de Qin se anexionó de paso.

Había sido un golpe terrible para Chu.

La toma del puente fortaleza suponía un bastión derribado que abría a los ejércitos de Qin el camino en línea recta hacia Ying. Permitía al denostado país vecino controlar una amplia porción de la margen izquierda del Han, y le otorgaba una ventaja indudable en el equilibrio de una paz armada que prevalecía entre ambos reinos desde hacía varias décadas. Y, en especial, acababa de un plumazo con los años de recalcitrante esfuerzo del rey Wen por reforzar sus ejércitos y preparar una ofensiva general que hiciera retroceder a Qin. Sin embargo, había ocurrido lo contrario. Chu había retrocedido un poco más.

El rey Wen, tras salir del decaimiento provocado por la derrota, descargaba su ira de forma ciega e implacable. Esta sucedió a la euforia que sintió al enterarse de la confirmación de Efluvios Negros del ataque por el río. El rey estaba tan seguro de su golpe, que incluso se había tomado la molestia de que un escribano redactara una oda a su gloria que sería leída ante el pueblo. En ella se alababa la astucia del soberano de Chu que había logrado burlar a su enemigo, infligiéndole una derrota bochornosa e inapelable.

Al hacerse con el puente, Anwei lo había humillado; y eso era lo más grave de todo. Así que se vengó contra los demás.

No pudo dar ejemplo con los soldados de la guarnición que debía haber defendido el puente porque todos habían muerto durante el ataque, incluido el capitán. Tuvo que apuntar más arriba: ordenó ejecutar al general comandante de la región militar a la que pertenecía el puente fortaleza, deportar al jefe del Estado Mayor de los ejércitos de Chu, al que, sin embargo, el déspota no asignaba papel operativo alguno, a las minas de sal del suroeste del reino y deponer brutalmente de sus mandos a no menos de ocho coroneles. Desde entonces, en los ejércitos de Chu todos temían no solo por su puesto, sino, sobre todo, por su cabeza.

En el mensaje transmitido a Chu, Efluvios Negros había avisado a sus mandantes de la expedición en solitario de Eslabón Esencial. Tan seguro de sí mismo se encontraba el rey que al conocer aquella información no pudo sino estallar de risa. El hecho de que el jefe de los servicios especiales de Qin en persona se hubiese embarcado en tal aventura le parecía extravagante. A su parecer, era el signo alentador de que ya nada funcionaba en el reino de Anguo, y de que muy pronto lo aplastaría sin inmutarse.

No obstante, ahora que todo estaba perdido, la información de Efluvios Negros había recobrado vital importancia. Suponía la única oportunidad de Chu para intentar darle la vuelta en beneficio propio a la dramática situación provocada por la pérdida de soberanía sobre la margen izquierda del Han, lo cual dejaba a su territorio con casi un cuarto de superficie menos.

Para ello, Eslabón Esencial debía aceptar a toda costa trabajar para Chu. Pero el viejo rey Wen también sabía que hacer cambiar de bando al jefe de los servicios secretos de un reino enemigo no era tarea fácil.

—Es inútil que niegues tu identidad. El joven Efluvios Negros trabaja para nosotros. Sus informaciones me son muy valiosas —asestó el soberano a Eslabón Esencial para tratar de desestabilizarlo.

Este último, ciego de rabia, apretaba los puños tan fuerte que estaban blancos como la nieve. Hubiera deseado tener entre sus manos el cuello de Efluvios Negros para rompérselo.

Escupió al suelo.

—Podríamos llegar a un acuerdo, tú y yo —prosiguió el rey—. Si aceptas cooperar...

Imperturbable, Eslabón Esencial miraba para otro lado.

—¿Cuánto dinero quieres? —añadió el soberano intentando llevar al límite al eunuco.

—¡Nuestro rey te habla! ¡Tienes que responder, orzuelo! —se atrevió a gritarle con voz agria el secretario.

La conminación del pequeño secretario hizo estallar de ira a Eslabón Esencial.

—¡Malditos seáis! Si vuelvo a ver a Anwei, tened por seguro que... —amenazó dejándose llevar por la cólera y tratando de liberarse de las cadenas que le comprimían los brazos.

El rey Wen no le dejó terminar la frase. Había estado esperando aquel momento. Tenía sobrada experiencia en la mentira y la intoxicación. Lo interrumpió con toda la naturalidad del mundo diciéndole:

—¿Anwei? ¡Vaya, hombre! ¿Invocas a un muerto? ¿Acaso no sabes que ese desdichado Anwei fue herido de muerte en su asalto al Puente Cocodrilo? Mis soldados aniquilaron a toda su expedición.

Al oír la terrible noticia, el eunuco casi desfallece de la impresión.

—Que lo devuelvan a su calabozo. La noche es buena consejera —ordenó el rey.

En la penumbra húmeda de su prisión, al fondo del calabozo donde Imperfección del Jade había pasado sus últimas horas, un profundo pesar inundó a Eslabón Esencial.

¡Así que todo estaba irremediablemente perdido! Lo recomía aún más la culpa por no haber logrado avisar a tiempo al pobre Anwei.

En medio de aquellos oscuros pensamientos, lo invadió el letargo del sueño. Estaba agotado. No había dormido desde que lo apresaran en la orilla del Han. Para darse ánimos, acarició la tapadera de su pequeña «caja de tesoros», oculta en el fondo de un bolsillo. Pensaba que el recuerdo de las partes íntimas que habían hecho de él un hombre podría tal vez ayudarlo a sobrellevar mejor las pruebas que lo aguardaban.

A la mañana siguiente, se pellizcó la piel del brazo para asegurarse de no estar soñando. El olor a moho que reinaba en el calabozo no dejaba lugar a equívoco, como tampoco lo hacían los gritos de dolor de los prisioneros a las que probablemente estarían torturando en la celda contigua. No, no estaba soñando. Se encontraba de verdad encerrado en una prisión de Chu y los ejércitos de Qin habían sido derrotados durante el ataque fallido al Puente Cocodrilo.

Lo tenían atrapado como a una rata. Y todo era culpa suya. Furioso consigo mismo, desamparado ante la prueba que se le venía encima, se puso a cavilar.

Empezó entonces a fraguarse un plan en su mente al pensar en el asunto de Efluvios Negros.

La sola idea de que un espía de Chu hubiera logrado infiltrarse en la Oficina de Rumores de Xianyang y pudiese seguir enviando informaciones estratégicas a sus mandantes con total impunidad le parecía verdaderamente insoportable. Su indignación ante un acto de espionaje de tal calibre suponía, en aquellas circunstancias en que todo parecía perdido, un acicate eficaz.

Debía actuar y no dejarse abatir por completo.

Pero para ello era necesario regresar a Xianyang. En ese sentido, las palabras del rey abrían una salida que convenía considerar. Traicionar a su país era inconcebible para él, aunque tampoco tenía ganas de morir en vano por rechazar la oferta que el rey Wen le había hecho la víspera.

Había que actuar, pues, con astucia e hilar fino. Al menos, ganar tiempo. Volver a Xianyang y, una vez allí, hacer todo lo posible para atrapar con las manos en la masa al espía que causaba estragos en su servicio y ahorcarlo lo antes posible.

Verse así, cual justiciero, volvió a infundirle ánimos. Creía que también era una oportunidad para resarcir la metedura de pata de no haber podido avisar a Anwei a tiempo.

Así, cuando el rey Wen de Chu lo mandó llamar de nuevo, Eslabón Esencial esbozaba una sonrisa engañosa.

—¿Has reflexionado sobre mi propuesta? —preguntó el soberano un tanto impaciente.

—Cuando su augusta majestad me habló de *cooperación,* ¿qué implicaba el término exactamente? —preguntó Eslabón Esencial con una obsequiosidad que se esforzaba por fingir sincera.

—¡Veo que la noche no ha sido inútil! Solo se trata de trabajar para nosotros brindándonos ciertas informaciones. Estate tranquilo, no será todos los días. Aparte de eso, nada cambiará para ti. En Chu existe una larga costumbre en estos menesteres. Si respetas las consignas, nadie sospechará nada jamás… —respondió el rey Wen.

El rostro del viejo soberano se había iluminado ligeramente ante la buena disposición de Eslabón Esencial.

—La fiabilidad de nuestros protocolos de contacto de los agentes es legendaria. Bastará con que el honorable agente en que os vais a convertir los cumpla —añadió el secretario particular con énfasis.

Acababa de emplear palabras usadas en lenguaje escrito, buscando el reconocimiento del monarca, ya que este solía burlarse de él por su incultura.

—¿Y cuál será mi recompensa, teniendo en cuenta los riesgos que me haréis correr? —inquirió Eslabón Esencial.

El eunuco de Qin clavó los ojos en los del rey Wen de Chu, quien percibió en la demanda una confirmación de que Eslabón Esencial ya había aceptado el trato. Se empezaba a alegrar.

—Salvarte la vida. ¿Te parece poco? Pero estoy dispuesto a ir más lejos. ¿Qué deseas exactamente?

El tono del soberano era casi jovial. El de Eslabón Esencial no lo era menos.

—Un simple favor… No deseo morir como un perro solo por la gloria de vuestro reino. Si un día el Estado de Qin llegara a desenmascararme, lo cual es probable, deseo que vuestros servicios especiales me ayuden a salir de Qin para volver a salvo con vos. Dado el cargo que ocupo, esta petición me parece legítima.

Hizo aquella declaración de una tirada, como si la hubiese preparado durante largo tiempo.

—No hay nada más simple. Esperaremos tu señal. Te bastará dar una contraseña a tu contacto de allí. Deberás llevar esta cinta de seda negra. Te servirá de salvoconducto —explicó el soberano, cada vez más satisfecho de comprobar la facilidad con la que había conseguido hacer cambiar de bando a Eslabón Esencial.

Señaló una cajita lacada. El secretario abrió la tapadera. En su interior, enrollado, había un fino brocado de seda negra con una hermosa flor de loto bordada en el centro con hilo de oro. El secretario entregó el cofre a Eslabón Esencial.

—¿Qué contraseña habré de pronunciar? —preguntó al monarca tras recibir el cofre.

Después de pensar un instante, el rey respondió risueño:

—«¡Eslabón Esencial!».

El secretario personal del rey suspiró profundamente aliviado. El resultado de la comparecencia de Eslabón Esencial ante el soberano superaba todas sus expectativas. Había temido una desdeñosa negativa que hubiera desencadenado la ira del rey obeso, contra él incluido en primer lugar, y resultaba que el eunuco de Qin, contra todo pronóstico, aceptaba cooperar como un manso discípulo.

Era ante todo una señal de que su príncipe había comenzado a digerir lentamente la humillación de la terrible derrota del asalto al Puente Cocodrilo.

El secretario, que siempre estaba en primera línea, podía al fin respirar un poco.

Desde la pérdida del puente, el rey lo había sometido a las peores vejaciones. Había pasado de ser su brazo derecho a convertirse en su chivo expiatorio, como si el soberano hubiese decidido hacerle pagar muy cara la insoportable victoria de Qin. Llegó incluso a lamentar amargamente haber contribuido a aislar a Wen de su entorno, ya que eso lo exponía más a los antojos y caprichos del anciano rey. El precio que tenía que pagar a cambio de sus privilegios se hacía cada vez más difícil de soportar.

La captura del eunuco de Qin y su incorporación como espía suponían para él, a este respecto, un verdadero regalo de los dioses.

32

La visita anual del inspector de rehenes de Zhao estaba anunciada para quince días después. Qin ya no podría ocultar al Estado vecino que el cuerpo de la princesa Xia había sido encontrado, tres meses atrás, hecho mil pedazos al pie del acantilado de la Tranquilidad.

Todo el mundo lo atribuyó a un accidente debido a la irregularidad del terreno.

No se ordenó investigación alguna. Nadie imaginó ni por un momento que la autora fuese Ardilla Avisada. En cambio, a más de uno se le pasó por la mente que Huayang podía estar implicada en el asunto. Todo el mundo conocía la lucha implacable que enfrentaba a ambas rivales, si bien era arriesgado poner en tela de juicio a la esposa oficial del rey sin la menor prueba.

Por suerte para ella, la tristeza que reflejaba su rostro desde el triunfal regreso de Anwei y el hecho de que se negara a abandonar sus aposentos durante ocho días, tolerando solamente la presencia de su fiel doncella Alfiler de Jade, acabaron por atribuirse al efecto que le producía la muerte de su rival, lo que ponía en evidencia la versatilidad de los rumores cortesanos. Su consternación era interpretada como señal de que no tenía nada que ver en el asunto, lo que eliminó las últimas sospechas que pudiesen recaer aún sobre ella.

Asimismo, los rumores malintencionados que corrieron durante un tiempo también se esfumaron con el paso de las semanas.

Anguo, con la salud cada día más delicada y profundamente trastornado por el fallecimiento de la madre de su hijo, encargó al duque Apacible Subida de Tres Peldaños la discreta organización del funeral de la princesa, celebrado sin testigos. El número de plañideras se limitó al mínimo previsto por el ritual del funeral de una concubina real, es decir, cuatro.

Xia fue inhumada, tras la aprobación de los geománticos de la corte de Qin, en un pequeño sepulcro especialmente construido para ella, situado a unos pasos del mausoleo de Estrella del Sur, la primera concubina del antiguo rey Zhong. Con anterioridad, el Gran Oficial de las Amonestaciones había procedido al ritual de «la aplicación de la tela de adúcar» sobre la boca del cuerpo dislocado de la difunta a fin de asegurarse de que ya no vivía. Si aún quedaba algo de hálito vital en su interior, el adúcar vibraría.

Ardilla Avisada, como aún era costumbre en el reino de Zhao, también fue enterrada viva junto a su señora. Así, la dama de compañía, que pensaba haberse librado de su denostada ama, la siguió hasta la tumba.

Cuando el duque Apacible Subida de Tres Peldaños fue a pedirle que vistiera sus mejores galas para participar en la ceremonia de inhumación, no comprendió el verdadero motivo. Se percató de ello demasiado tarde, cuando uno de los oficiantes de la ceremonia la invitó a entrar a su vez en el sepulcro donde acababan de depositar el ataúd de Xia.

—¿Por qué queréis que entre en la tumba? —preguntó con asombro. Su sorpresa no era fingida.

—Para qué va a ser… para que sigas teniendo el honor de servir a la princesa durante su largo viaje —le respondió el oficiante, más sorprendido aún por la pregunta.

Aprovechando la confusión general causada por la llegada de una jauría de hambrientos perros salvajes atraídos por el olor de las carnes acabadas de preparar como sacrificio, Ardilla Avisada huyó del cementerio.

Morir aún era tolerable, pero permanecer por toda la eternidad junto a su odiada ama, ¡eso jamás! La indignación daba alas a su carrera desenfrenada.

La alcanzaron rápido, cerca de la colina de los caballos de Lu Buwei. Sus perseguidores la inmovilizaron sin miramientos y la colocaron en lugar seguro. De ahí la arrastraron por los pelos hasta la entrada del sepulcro, donde la arrojaron antes de sellar la entrada a toda prisa.

Los alaridos de Ardilla Avisada se prolongaron mucho tiempo. Las vibraciones provocadas por sus puños golpeando la puerta de la tumba hacían temblar el terraplén. Los sollozos aún se oían cuando los cavadores llenaron de tierra la zanja que llevaba a la entrada de la cámara mortuoria.

La visita del inspector de Zhao llegaba, por tanto, en el momento más inoportuno.

Debido a la incapacidad de Anguo para gestionar la nueva situación acaecida tras la muerte de la princesa rehén de Zhao, todas las miradas se dirigieron con la mayor naturalidad hacia Lu Buwei.

En opinión de todos, el mercader de Handan y ministro de Recursos Extraordinarios disponía de numerosas bazas que podría hacer valer en el delicado asunto que se avecinaba.

En primer lugar, era oriundo del Estado de Zhao, por lo que hablaba su dialecto a la perfección. Esto, además de conocer la psicología y los métodos de sus dirigentes, le confería una ventaja segura. Pero lo principal era que Lu Buwei se había convertido en el hombre de las situaciones desesperadas y espinosas. Fue él quien logró poner remedio a la terrible crisis de los caballos que tan cerca estuvo de costarles muy caro a los ejércitos del Estado de Qin.

Lu Buwei no tardó en comprender el beneficio que podría obtener si aceptaba hacerse cargo de una cuestión tan delicada. Lo que estaba en juego era considerable, ya que el asunto podía desembocar con facilidad en una guerra despiadada y de resultado incierto.

Al no haber avisado a tiempo a Zhao del accidente de Xia, y sin garantías de que aquel Estado aceptara la versión que se le presentaría, Qin se había expuesto a la única respuesta posible: el asesinato de Yiren en Handan. Sin embargo, era posible que no solo bastara la muerte del rehén homólogo para calmar el juego. Zhao tenía motivos para considerar que había habido intento de engaño por parte de Qin, y eso era suficiente para romper la paz armada entre ambos Estados.

Cuando el inspector de los rehenes, de regreso a Handan, advirtiera a sus autoridades de la desaparición de la princesa Xia, no cabía duda de que Zhao no se conformaría con matar al pobre Yiren, sino que aprovecharía la oportunidad que le brindaba la ruptura del pacto para iniciar una ofensiva militar.

No obstante, el momento se revelaba del todo inoportuno para Qin, pues sus fuerzas militares al completo se encontraban movilizadas y concentradas en el sur para aprovechar el avance sobre Chu después que Anwei tomara el Puente Cocodrilo.

Parecía, pues, que Lu Buwei no lo tendría nada fácil. Sabía que se jugaba mucho. Pero también comprendía que aquella era una oportunidad excepcional para incrementar su estatus e influencia por largo tiempo.

La entrevista concedida por el rey Anguo, tras convocarlo para conversar sobre el problema y acordar la actitud que convenía adoptar frente al inspector, había corroborado su certeza.

Hacía algunos meses que no veía de cerca al soberano. Al entrar en su despacho, constató que su estado de salud se había deteriorado aún más. Anguo ya no tenía fuerzas para levantarse del sofá y el temblor de sus miembros era irreprimible. Le resultaba imposible coordinar el más mínimo movimiento. A espaldas del rey, encogido en su asiento como un viejo sátrapa inmóvil, descubrió con asombro la esbelta silueta de la reina Huayang.

Aquello no arreglaba las cosas. Su presencia, inusitada en aquel lugar, era señal de que había recobrado su influencia. A pesar de la amistad que le tenía, reforzada por la complicidad entre la reina y Zhaoji, temía que se opusiese con el ímpetu y el brío que la caracterizaban a la solución que había decidido proponer al rey de Qin

El mercader pensó que, dadas las circunstancias, lo mejor sería ir directo al grano.

—Majestad, creo que habría que ir en busca de Yiren a Handan y traerlo de vuelta. Así, Zhao no podría emprender represalias —soltó al rey en cuanto se sentó.

Comprobó aliviado que la reina Huayang no se había inmutado. Tan solo había adoptado una pose altiva, apoyada sobre el respaldo del sillón donde estaba hundido el rey.

—¿Pero quién podría encargarse de una misión tan arriesgada? —preguntó el rey con dificultad. Anguo apenas podía articular palabra; un hilo de saliva le goteaba de la comisura de los labios.

—Yo podría hacerme cargo si lo aceptáis —respondió sin dudar el mercader.

Anguo se giró hacia Huayang para solicitar su parecer. La miraba como un niño pequeño observa a su madre, temeroso, cuando ha hecho alguna trastada. Seguramente esperaba una negativa por parte de la reina.

—Me parece buena idea —admitió ella con sobriedad.

Lu Buwei y Anguo quedaron estupefactos. Apenas pudieron reprimir, cada uno por su parte, un suspiro de alivio.

La obsesión de Huayang por evitar fuera como fuese que Anwei tuviese la oportunidad de suceder algún día a su hermano había pesado más que su odio por Xia, sobre todo desde que esta estaba muerta. Entre Anwei y Yiren, el segundo era el menor de sus males.

La mayor fuerza de Huayang era su pragmatismo, del que siempre era capaz de dar muestras en los momentos decisivos.

—Agradezco a Lu Buwei su entrega por esta noble causa —articuló Anguo con dificultad sin apartar la vista de su esposa.

Así fue como, a la mañana siguiente, ya que no había tiempo que perder, Lu Buwei se marchó en el secreto más absoluto hacia Handan, acompañado por su fiel Hombre sin Miedo.

El único preciado bien que tenía en el zurrón era el bi negro constelado que Zhaoji, llena de preocupación al conocer la noticia de su marcha, le suplicó llevara consigo; si bien, la intención de Lu Buwei era dejarlo a buen recaudo en sus aposentos.

Cuando le introdujo el disco ritual en el zurrón, envuelto en su saco de seda, le murmuró al oído:

—Me dijiste que este bi hacía inmortal a su propietario. Debes llevarlo contigo. Te protegerá.

—Me conmueve tu preocupación. Pero deseaba confiarte la custodia de este bi...

—A él es a quien le confío tu custodia. Deseo que vuelvas indemne. Cuando regreses, quizás tenga una feliz sorpresa que anunciarte.

—¿A qué te refieres?

A pesar de su insistencia, Zhaoji no quiso desvelar nada más a Lu Buwei.

*

La noticia de la muerte del rey Anguo se extendió por Xianyang como un rastro de la pólvora negra inventada por Zhaogongming, que ardía de golpe al entrar en contacto con una simple chispa.

La enfermedad del soberano, ocultada celosamente a la población, había sido una inmensa sorpresa. Nadie conocía la gravedad de su estado, a excepción de algunos íntimos de palacio. Por tanto, cuando se izaron las banderas blancas en las astas del palacio en señal de duelo real, la estupefacción de los habitantes de la capital fue enorme.

Anwei sintió una mezcla de contrariedad y sorpresa ante la muerte del hermano con quien tan bien se entendía. La triste noticia, sin embargo, le abría nuevas perspectivas, máxime cuando aún lo envolvía la aureola de su campaña victoriosa contra el Estado de Chu.

En ausencia de Yiren, aún rehén en Zhao, la sucesión al trono se perfilaba ahora en su horizonte.

Ya se veía como rey. La campaña victoriosa le había cambiado el carácter y transmitido una sed de poder que se agudizaba día tras día. Salto de Tigre no había errado en su intuición: había encontrado a su señor enfrascado en la ardua lectura de un manual de derecho sucesorio.

Encontraron a Anguo al amanecer, muerto sobre la cama deshecha. Parecía haber sufrido. Los médicos embalsamadores, bajo la dirección eficaz de Así a Veces, el antiguo condiscípulo de Li Si en la academia Jixia y actual médico jefe de la corte, se encontraron con grandes dificultades a la hora de hacer desaparecer el horrible rictus que marcaba su boca.

Tuvieron que estirarle la piel del rostro hasta casi rompérsela, después de extenderle una solución de aceite de alcanfor y aloe para devolverle elasticidad. A continuación, Así a Veces tuvo que desplegar todas sus dotes de cirujano cortando y cosiendo lo necesario para que la cara del difunto recobrara su apariencia habitual.

Durante los tres días en que el cuerpo del rey estaría expuesto bajo el palio de brocado de su catafalco, era esencial que la multitud pudiera contemplar el rostro de un soberano sereno. Lo situarían en el centro del Patio de Honor del Palacio Real al que, para la ocasión, el pueblo estaría autorizado a acceder sin pagar derecho de entrada.

Más tarde, tras el embalsamamiento, introdujeron en los diversos orificios de su cuerpo las cigarras de jade destinadas a retener las energías internas.

El luto duraría tres meses lunares, hasta el día del funeral.

Tres meses durante los cuales Qin permanecería sin rey, ya que durante ese período nadie podía pretender reemplazar a un soberano fallecido.

Se reclutaron todos los plañideros y plañideras del reino para la ocasión.

Plañidero y reidor profesionales eran oficios remunerados de forma generosa. Para reír y llorar con convicción y arte, y a la vez respetar escrupulosamente las normas codificadas por los ritos, se requerían un aprendizaje y unas capacidades que no eran moneda corriente. Desde las aldeas más recónditas confluyeron profesionales del lamento hasta la capital, donde se requisó un inmenso edificio para alojarlos.

Se encargó a los guardias forestales que serraran dos enormes cedros en las colinas que dominaban Xianyang para cortar las tablas con las que se fabricaron los tres féretros *guo,* que se encajarían los unos en los otros. En el tercero, el más ornamentado, se depositó el cuerpo de Anguo después de embalsamarlo.

Tras el anuncio del fallecimiento, se nombró a un Maestro de Ceremonias Funerarias, tal y como lo requerían los ritos. El cargo recayó en Consumación Natural, que conocía a la perfección el código ritual de los funerales reales.

Por su función, era el responsable de preparar todo lo que el difunto soberano llevaría a su tumba: la vajilla de bronce compuesta por las vasijas trípode *ding* y *li* para cocer la carne de los sacrificios, los cuencos *dui* y *dou* para los cereales, unos *fu* y *chan* cerrados para presentar los manjares a los ancestros, unas vasijas *hu* para beber los cereales fermentados, las jarras *yi* y los barreños *pan* para recoger el agua de las abluciones rituales. También se encargaba de las provisiones de cereales y carne, sin olvidar los animales vivos (bueyes, cerdos, carneros y perros) que servirían tanto para la despensa del difunto como para el gran sacrificio *tailiao* previsto por el ritual de los Zhou, conforme al cual la tumba se transformaba en una gigantesca cocina donde se asaban y cocían todas las carnes rituales.

Había ordenado también a los artesanos del bronce que fundieran tres largas mesas de ofrendas sobre las que se disponía con esmero la vajilla ritual según su función.

Puesto que Anguo era cazador, el Muy Sabio Conservador e improvisado Maestro de Ceremonias Funerarias había dispuesto que se le enterrara con todas sus armas y trofeos de caza.

Debido a que estos se encontraban en estado de putrefacción y exhalaban un olor insoportable, el viejo letrado ordenó con la mayor premura a los artesanos del bronce, que trabajaron día y noche, la fabricación de una criatura mítica *guaishou,* compuesta por el ensamblaje de todos los animales cazados por el difunto rey. El guaishou, erigido sobre un zócalo donde se entrecruzaban el arco y la espada del cazador, lucía con dignidad una cornamenta de ciervo, patas de tigre y espolones de urogallo. Tenía cabeza de oso, orejas de liebre, cola de zorro y pico de perdiz. De la boca, de cuya comisura se escapaban flores de cuatro pétalos portadoras de buena fortuna, salía una lengua colgante de dragón adornada por una pareja de fénix estilizados. Habían recubierto el conjunto de aquella pieza extraordinaria, que se depositaría a los pies del sepulcro para ahuyentar a los malos espíritus, de una fina red con motivos en forma de espirales y nubes.

Los funerales, que se celebrarían en torno al final del último mes de duelo, durarían al menos una semana. Los adivinos fijaron la fecha precisa tras interpretar las grietas de un trozo de caparazón de tortuga calentado. Debían celebrarse en ochenta y cinco días exactamente.

Nadie sabía si Lu Buwei, de camino a Handan para rescatar a Yiren, podría asistir.

Aquel margen de tiempo apenas era suficiente para proceder a los últimos arreglos de la tumba del rey, cuya construcción se inició al acceder este al trono. Antes de la edificación, por precaución, los adivinos y geománticos habían certificado la buena orientación del mausoleo por medio de la interpretación de unas briznas de aquilea.

El sepulcro real, recubierto por una colina en cuya ladera se abría la zanja que conducía a la puerta, estaba compuesto por tres fosas con escalones en forma de pirámide invertida.

La primera estaba destinada a recibir sus armas de bronce. La tercera albergaría los tres féretros encajados, rodeados por la vajilla ritual del difunto y las provisiones para alimentar su espíritu. En cuanto a la segunda, fue objeto de intensos debates entre los que deseaban enterrar vivos a algunos allegados del rey y los que, como Consumación Natural, consideraban bárbara y vetusta aquella costumbre a pesar de todo el respeto que les inspiraba el ritual de los Zhou, y habrían preferido colocar en ella unas figuras de terracota o madera que los representaran.

Pero el asunto que más discusión generaba era el de la reina Huayang.

Desde la muerte de Anguo, llevaba por encima de su vestidura el *zhancui,* un grueso manto de lino sin costuras que según *El libro de los ritos* debía vestir la esposa durante los tres años posteriores a la muerte del marido.

¿Debía ser enterrada viva con el rey? Y si así fuese, ¿debía otorgársele el beneficio de la «muerte concedida», consistente en dejarle un pañuelo de seda para que pudiese estrangularse después de ser emparedada? La cuestión fue objeto de un largo debate entre los exegetas de los códigos rituales antiguos.

Huayang, no demasiado apenada por la muerte de su esposo, no tardó en comprender el destino que algunos le preparaban. Planeó huir. Sabía que, a excepción de la huida, no podría hacer gran cosa contra la omnipotencia de los rituales. Conocedora de que su suerte se decidiría en el transcurso de una reunión especialmente organizada a tal efecto en el Palacio Real, decidió una vez más pelear con uñas y dientes para escapar a un destino tan funesto.

Acudió al Gran Oficial de las Amonestaciones, quien iba a participar en el areópago, con la intención de convencerlo de que se posicionara a favor de salvarle la vida.

—Después de los años de amargura que he sufrido por tu rechazo, ¿ahora vienes a pedirme que asuma los riesgos de defender por ti una tesis contraria a todos los ritos? —gritó el duque, temblándole la voz de indignación.

Observó a la mujer afligida que se había arrojado a sus pies, con la mano suavemente apoyada en su muslo y dispuesta a subirla un poco más.

La reina aún era muy hermosa. A través del escote de su camisa entreabierta, bajo el pesado manto zhancui cuya rugosidad, por contraste, los hacía aún más deseables, podía vislumbrar la punta rosada de sus firmes senos. Estaba tan encantadora como el primer día en que le dirigió su mirada de fuego. Los años parecían no haber pasado por aquel cuerpo, del que siempre había guardado en la memoria el olor de su perfume y la suavidad abrasadora de la piel.

—¡Te lo suplico, hazlo por nuestro amor pasado! Soy demasiado joven para morir. Enterrarme viva sería un castigo cruel y totalmente injusto. Ahora que Anguo se ha ido, soy libre. Si me salvas la vida, podré ser tuya de nuevo —dijo con fogosidad y pasión, entre lágrimas desconsoladas.

Las palabras y la sinceridad de su antigua amante llegaron al corazón del duque Apacible Subida de Tres Peldaños.

Durante la reunión que decidiría la suerte de la reina, desplegó todo su saber retórico para defender, en nombre de su ética confuciana, la causa de las figurillas de terracota.

Han Feizi, invitado a expresar su punto de vista como legista, defendió la misma postura con argumentos diferentes. Según el filósofo tartamudo, se trataba para Qin de una magnífica oportunidad para cuestionar una tradición ritual feudal que convenía reemplazar de manera definitiva por leyes positivas.

La alianza objetiva entre el confuciano y el legista convenció a los participantes. La reina Huayang salvaría su vida.

Se decidió que Anguo fuese enterrado en compañía de una estatua de terracota a tamaño real que representaría a la reina. Consumación Natural encargaría su elaboración a un escultor para reemplazar a la reina en la tumba.

A pesar de ello, los tormentos de Huayang no habían cesado. Estaba viva, pero aún podía asistir a su peor derrota.

Si Yiren, hijo y heredero de Anguo, no regresaba de Handan antes de que concluyeran los tres meses de duelo, Anwei, a quien Flor de Jade Maleable había dado tres hijos varones, sustituiría con toda probabilidad a su difunto hermano en el trono y establecería así una nueva dinastía de reyes para el país de Qin.

*

Desde hacía dos días, en el parque del cuartel de Handan donde seguía confinado por las autoridades de Zhao, Yiren fallaba todas las dianas en su práctica de tiro con arco.

Esto lo ponía de pésimo humor. Por mucho que cambiara la cuerda o recortara las plumas de los estabilizadores de las flechas, nada funcionaba. El soldado que vigilaba la diana, en cuyo centro acostumbraba a clavar de forma impecable todas las saetas, no salía de su asombro.

—Debes de tener anquilosados los músculos de los brazos —le dijo cuando el príncipe rehén clavó por enésima vez una flecha en el tronco de un sauce.

—¡Es la cuerda! —protestó Yiren golpeando el suelo con el pie—. ¡Está toda mojada!

—Tenemos visita. Creo que vienen a verte —anunció de pronto el soldado.

Este señaló a los tres hombres que se acercaban al príncipe.

—Buenos días. ¿Cómo te va la vida desde que viniste a mi casa? —preguntó amablemente a Yiren uno de los tres hombres.

Se trataba de Zhaosheng, al que el príncipe de Qin reconoció sin dificultad.

—Bien. ¡Al menos mejor que el tiro con arco desde hace dos días! —replicó Yiren con un suspiro.

Mostró la flecha clavada en el tronco de árbol, lejos de su objetivo.

—Creo que conoces a Lu Buwei, oriundo de esta ciudad —retomó Zhaosheng para presentarle al ministro de Recursos Extraordinarios.

El rostro del joven príncipe se iluminó. Este encuentro le traía buenos recuerdos a la memoria.

—Vuestra residencia en Handan siempre me ha deslumbrado por su esplendor. ¿Recordáis que vuestro caballerizo Mafu me enseñó a montar? Vinisteis en varias ocasiones para asistir a los entrenamientos —dijo Yiren a Lu Buwei mientras destensaba el arco.

—Es cierto. De hecho, eres un buen jinete. Eso nos será útil —insinuó el mercader de caballos.

Yiren no comprendía a qué se refería. Lu Buwei le hizo señas de que se apartara junto a él, para asegurarse de que el soldado no oyera nada.

—He venido a buscarte para llevarte de vuelta a Xianyang —le susurró al oído.

—¡Pero eso es imposible! Estoy prisionero en este cuartel, no puedo dar un paso sin estar acompañado. Los guardias me vigilan sin tregua —murmuró Yiren.

—Zhaosheng me ha comentado que a veces saltas el muro. Nos vemos esta noche en el Palacio del Comercio —musitó el mercader apartándose del príncipe para que el soldado no sospechase que urdían un complot.

Unas horas más tarde, Yiren se reunía con los tres hombres que lo esperaban bajo el porche de la antigua residencia de Lu Buwei.

Zhaosheng los condujo a su morada, donde los esperaba Intención Loable amamantando a su hijo.

—¿Cómo se llama esta preciosa criaturita? —preguntó Lu Buwei a la esposa de su antiguo secretario.

—¡Alabados sean nuestros ancestros: es un niño y se llama Zhaogao! —exclamó encantada Intención Loable.

—Es tierno como un joven potro… —dijo el inmenso gigante huno, que hasta el momento no había abierto la boca. El Hombre sin Miedo, que adoraba a los niños, parecía derretirse y en su rostro se dibujaba una sonrisa tan grande como su enorme tamaño.

—Bueno, a lo nuestro —interrumpió Lu Buwei—. Ahora debemos encontrar el modo de regresar a Xianyang con este joven sin levantar sospechas —informó señalando a Yiren, exultante ante la perspectiva de volver a Qin.

—Si debemos ir rápido y evitar cualquier riesgo, solo veo una solución —sugirió Zhaosheng tras reflexionar unos instantes.

—¿Me puedes decir en qué estás pensando? —preguntó Lu Buwei.

—En la máxima *sustituir el melocotonero por el ciruelo*. Cuando los gusanos atacan el melocotonero, se planta un ciruelo a su lado para que los insectos vayan a él y el árbol atacado quede aliviado. Leí esta fábula en el *Shijing* —respondió satisfecho el secretario.

—¿Puedes ser más preciso? —insistió preocupado el mercader, intuyendo el propósito de Zhaosheng.

—Yiren y yo tenemos más o menos la misma altura y corpulencia. Estoy dispuesto a ocupar su lugar. Con un gorro sobre la cabeza y las mismas vestimentas, pasarán varios días antes de que los guardias se percaten del subterfugio —dijo Zhaosheng con voz firme.

—Pero el día que lo descubran, correrás un grave peligro. ¿En nombre de qué harías tal sacrificio? —exclamó Lu Buwei.

—No lo puedo negar, el riesgo es grande. Pero lo hago para servir lealmente vuestra causa, ahora que abrazáis la de Qin. Corre el rumor de que seréis el próximo primer ministro de aquel reino. Sería un honor contribuir personalmente a ello. Ahora se me ha presentado la ocasión. La veo como una gran oportunidad —afirmó Zhaosheng a la par que se inclinaba con respeto ante el maestro al que tanto admiraba.

Lu Buwei vaciló. Sabía que la operación para secuestrar a Yiren era muy arriesgada, mientras que la propuesta de su secretario presentaba la ventaja de ser simple. Por una parte, no implicaba la formación de un comando de hombres armados que sacaran a Yiren a la fuerza del cuartel sin garantías de éxito. Pero, por otra parte, el afecto que profesaba a Zhaosheng, y que el joven con su propuesta había hecho crecer, le impedía aceptar el plan habida cuenta de los riesgos que entrañaba para el joven padre.

—Solo tengo una petición que haceros —añadió el secretario—: además de a Yiren, deberéis llevaros al pequeño Zhaogao y a su madre. No quisiera que tuvieran que padecer de una forma u otra mis actos…

—Podría llevarlos a ambos en mis brazos —intervino orgulloso el Hombre sin Miedo, encantado ante la perspectiva de abrazar al bebé contra su pecho.

Lu Buwei reflexionó unos instantes más. No encontraba más opciones que la ofrecida por su secretario. Ahora que se encontraba allí, urgía devolver al príncipe a su redil. Cuanto más tiempo transcurriera, más arriesgada se volvería aquella misión. De hecho, la visita al rehén en el parque del cuartel no tardaría en dar que hablar o incluso en levantar sospechas.

Con el corazón roto, aceptó la propuesta de Zhaosheng de «sustituir al melocotonero por el ciruelo». Abrazó largo rato a su secretario para agradecerle el auténtico sacrificio que consentía hacer.

—Espero tener ocasión de manifestarte la gratitud que mereces. Partiremos mañana al alba. Reemplazarás a Yiren desde esta misma noche —concluyó.

Zhaosheng y Yiren intercambiaron sus vestimentas y sus gorros. A continuación, Zhaosheng abrazó y besó con ternura a su esposa. Tras esto, cogió al pequeño Zhaogao y lo apretó contra su pecho mientras derramaba una lágrima.

Cuando abandonó el Palacio del Comercio para acudir al cuartel en lugar del príncipe rehén de Qin, sabía con certeza que jamás volvería a ver ni a su hijo ni a su esposa. No lograría ocultar mucho tiempo el subterfugio empleado y pronto se descubriría su verdadera identidad.

Entonces, sería esposado y enviado al suplicio. Pero ni bajo la infame tortura de la picota, ni siquiera después de que un cirujano le arrancase una a una las uñas de las manos y los pies con ayuda de una pinza de bronce, confesaría jamás que se había cambiado por el rehén para permitir que Lu Buwei devolviera a Xianyang a un adolescente que sería llamado a subir al trono de Qin.

33

Eslabón Esencial divisaba ya a lo lejos la minúscula mancha amarilla de la bandera de Qin ondeando al viento sobre la Torre de las Leyes. Lo embargó una profunda satisfacción.

El viaje había sido más corto que el de ida. Había preparado un equipaje mínimo. Los únicos bienes de valor que transportaba eran su «caja de tesoros», que siempre mantenía oculta en el fondo del bolsillo y de la que jamás se separaba, y el cofre con la cinta negra del loto de oro bordado que debería atarse a la frente el día que fuese necesaria su repatriación como espía.

La nueva ruta que unía Ying con Xianyang estaba empedrada de un extremo a otro. Se trataba de un eje comercial en línea recta y que evitaba la montaña, frecuentado por convoyes y caravanas cargados de víveres y mercancías.

Regresar a casa le despertaba un regusto agradable. Estaba ansioso por volver a ver su querida ciudad de Xianyang y a sus amigos eunucos. También estaba deseando desenmascarar al espía Efluvios Negros. Ya no se sentía culpable.

Eslabón Esencial no tardó en comprender que al convertir la brillante victoria de Anwei en derrota de Qin, el rey Wen le había mentido descaradamente para manipularlo. Aquella fue la gozosa sorpresa del viaje de retorno.

Cuando, de camino por la gran ruta, llegó al Puente Cocodrilo por la ribera derecha, constató el desorden que reinaba en el lugar. Las piedras de la fortificación parecían quemadas y la torre central apenas se mantenía en pie. Al alzar la vista, observó que la bandera de Qin coronaba la ruina de la que aún emanaban algunas fumarolas. En la entrada del puente encontró un aduanero. ¡Puente Cocodrilo ya servía de puesto fronterizo entre Chu y Qin! A partir de ese lugar se encontraba ya en territorio controlado por los ejércitos de su país.

Solo pudo regocijarse en secreto y hubo de reprimir el inmenso arrebato de felicidad que sintió al cruzar a su vez la poderosa corriente del río Han, custodiado por soldados de Qin. Viajaba de hecho bajo la identidad falsa de un mercader de tejidos de lana cuya patente le había proporcionado Chu, así como los tres fardos atados a la grupa del caballo.

Mas ahora ya poco le importaba que el rey de Chu lo engañara, puesto que había urdido meticulosamente la trama de su venganza y pensaba pagarle con la misma moneda, multiplicada por cien, en cuanto pisara Xianyang.

Sobre todo, se sentía menos avergonzado ante su país y menos culpable con respecto a Anwei. Por suerte, este había triunfado en el puente a pesar de no conseguir advertirle a tiempo de que Chu conocía de antemano el ataque de la fortificación con barco por el río.

Le sería más fácil justificar su expedición en solitario ante las autoridades, que no dejarían de interrogarlo sobre las causas de su ausencia y los resultados de una misión tan secreta que no había considerado oportuno informar a nadie. Por lo tanto, la victoria de Anwei lo llenaba de satisfacción por partida doble: una patriótica y la otra personal.

Al llegar a las puertas de la ciudad, después de cabalgar ligero de equipaje durante tres días, comprobó que lo que había imaginado ser la bandera amarilla de Qin era en realidad un estandarte blanco de duelo. Preguntó la causa a un niño que vendía sandías en el camino. Así fue como supo que el rey Anguo había fallecido dos meses atrás y que el reino se preparaba para celebrar el entierro.

La noticia de la muerte del rey, además de sorprenderlo, trastornaba sus planes.

Había pensado ir a ver a Anguo para avisarle en persona de que Chu había logrado la proeza de colocar un espía en el mismo corazón de los servicios secretos de Qin. Habría interrogado al rey acerca de las circunstancias del nombramiento de Efluvios Negros, ya que aún desconocía quién fue el instigador, el que sugirió al soberano el nombre del joven eunuco. Con la desaparición de Anguo, seguir la pista de la red de espionaje se tornaba sumamente difícil, por no decir imposible. Tendría que emprender en solitario su investigación en un contexto menos favorable.

Pero las nuevas dificultades no alteraron lo más mínimo su implacable determinación.

Tras pasar por su casa para cambiarse de vestimenta y tomar un ligero refrigerio, se precipitó a la Oficina de Rumores.

Cuando Eslabón Esencial entró en el edificio de aspecto anodino que servía de sede de los servicios secretos de Qin, los agentes, de los que solo una ínfima parte se encontraba en alguna misión en el exterior, gritaron de júbilo y asombro. Casi todos estaban presentes porque se preparaban los funerales, lo que movilizaba prácticamente todos los efectivos del servicio.

Un entierro real de tal índole suponía un período fasto para la Oficina de Rumores. Bastaba con perderse entre la multitud y escuchar lo que se decía. La tristeza hacía que el pueblo se volviese menos desconfiado, por lo que la cosecha de informaciones sería jugosa... Los zurrones volverían llenos de rumores, habladurías y auténticos secretos que después se tardaría meses en tratar y explotar.

Todo el mundo estaba encantado con el regreso del director. Lo rodeaban y le preguntaban sobre su misión ultrasecreta. Él, dándoselas de entendido, se limitó a decir que todo había ido de maravilla, pero que, a fin de proteger sus fuentes y sus redes, aún era demasiado pronto para hablar de su cometido.

En un pequeño despacho de la planta baja, Eslabón Esencial divisó a Efluvios Negros, quien terminaba de dictar un informe a un escriba.

Cuando cruzó su mirada con la del joven espía, el rostro de este se descompuso. Eslabón Esencial entró en la sala y cerró la puerta con cuidado.

—Supongo que te harás una idea de lo que vengo a preguntarte —dijo con suavidad el jefe de la Oficina de Rumores. Quería poner a prueba la sangre fría del espía y si era capaz de estar a la altura de las circunstancias.

—Sí. Pero esperaré a que hables para saber si estoy en lo cierto —replicó sin rodeos Efluvios Negros, que había recuperado la compostura.

Eslabón Esencial pensó que Chu tenía dotes para reclutar espías aguerridos y con estómago.

—¿Quién sugirió tu nombre al difunto Anguo para asignarte a este servicio? —preguntó con dureza al joven eunuco con la mirada fija en la suya.

—No tengo la menor idea. Cuando me operaron, Cuchillo Rápido me indicó que serviría en la Oficina de Rumores. No tuve poder de decisión —afirmó con la mayor sobriedad posible y el aplomo de quienes tienen larga experiencia en la mentira.

Eslabón Esencial sintió que era inútil insistir. Más valía clavar la estocada e iniciar el plan que se había jurado a sí mismo llevar a cabo.

—Sé muchas cosas sobre ti que, por cierto, podrían costarte muy caro —dijo, al tiempo que deslizaba el dedo por su garganta—. Pero el rey de Chu me ha convencido de que trabaje para él. Este rey es admirable. Bastante más inteligente de lo que era el pobre Anguo. Y el período de incertidumbre que se abre con su fallecimiento permitirá que Chu retome una rápida revancha. Por eso, tengo el inmenso placer de anunciarte, muy a tu pesar, que somos aliados, mi querido Efluvios Negros.

Tendió la mano a Efluvios Negros para que se la estrechara. Tras un instante de duda, el otro se apresuró en tender la suya para que Eslabón Esencial la estrechara a su vez.

Era la señal de que, a partir de aquel momento, eran socios.

A continuación, Eslabón Esencial abandonó el pequeño despacho. El joven eunuco permaneció más bien pensativo y reajustó los pliegues de su túnica para recobrar cierta serenidad.

*

La forma más adecuada de hacer salir de Chu al rehén de Qin había sido «sustituir al melocotonero por el ciruelo»...

Al fin y al cabo, había sido mucho más fácil y rápido de lo que Lu Buwei pudo prever. El sacrificio de Zhaosheng fue el precio que tuvieron que pagar a cambio.

No cabía duda de que, una vez descubierta la maniobra, ahorcarían a su secretario a la mayor brevedad por alta traición a su país. El deseo de alejar de Handan a su esposa e hijo era la prueba de que no albergaba esperanza alguna respecto a sus posibilidades de escapar a la muerte. Tal heroísmo merecía respeto y reconocimiento, pero, ¿de veras valía esta causa la muerte de un inocente que dejaría una viuda y un huérfano tras de sí?

Más valía no plantearse demasiado aquella pregunta.

Lu Buwei trataba, pues, de pensar en otros asuntos mientras cabalgaba a rienda suelta en compañía de Yiren y el Hombre sin Miedo.

Intención Loable, con su hijo envuelto en mantas y sin saber montar a caballo, soltaba pequeños gritos de terror cada vez que aumentaban la velocidad. Se agarraba con todas sus fuerzas a la cintura del gigante huno. El pequeño Zhaogao, acunado por el trote o el galope, dormía a pierna suelta.

El mercader no imaginaba ni por asomo que el futuro de Qin dependía del tiempo que tardaran en recorrer la distancia que separaba Handan de Xianyang. Si llegaban después del duelo real, corrían el riesgo de encontrarse a Anwei en el trono de Qin. Entonces, Yiren no sería rey jamás, y el sacrificio de Zhaosheng habría sido totalmente en vano.

Cuando se marcharon de Handan al alba, la ciudad aún estaba desierta. Atravesaron sus arrabales y pasaron los puestos de peaje sin guardias. No encontraron ni un alma, ni siquiera un perro errante.

Ahora, ya en ruta, podían cruzarse con campesinos que confluían hacia la capital de Zhao llevando sobre los hombros palos de cuyos extremos colgaban pesados fardos de bolsas y verduras. Aquellos hombres y mujeres macilentos, perpetuamente extenuados, caminaban dando pequeños saltos para atenuar el peso de la carga.

Desde que unos años atrás siguiera la ruta que unía la capital de Zhao con la de Qin, el empedrado y las cunetas habían sido arreglados. Los caballos podían avanzar a gran velocidad entre dos postas, donde los almohazaban, alimentaban y refrescaban con toda tranquilidad.

No obstante, en una de esas postas con posada fue donde estuvo a punto de terminar el viaje y estropearse todo.

Llevaban ya una semana viajando. El trasero de Yiren no soportaba tanta fricción sobre la silla y su piel no resistió. Cuando el pequeño grupo llegó a la posada del Mono Aullador, el príncipe sufría enormemente, lo que lo ponía de un humor execrable.

El posadero era un hombrecillo gordo y velludo como un primate que, desde un primer momento, los miró con desconfianza. Lu Buwei lo tentó con tres taeles de bronce que lo relajaron al momento. Después de cenar y confiar los caballos a un palafrenero con ropas tiesas por la mugre, los tres se instalaron en una esquina del dormitorio colectivo acondicionado encima del comedor.

Había allí dos esbirros con aspecto patibulario, visiblemente afectados por el alcohol. Empezaron a burlarse de las muecas del pobre Yiren al tumbarse sobre la banqueta que servía de cama. Su estado de embriaguez era de tal magnitud que ni siquiera fueron conscientes de que su circo irritaba considerablemente al gigante huno.

El altercado fue breve, pero llegó a extremos insospechados en un instante. Yiren, fuera de quicio por las chanzas de los dos hombres, se abalanzó contra ellos con el arco en la mano, como si de un látigo se tratara, para infligirles castigo. En ese momento, uno de los dos bandidos silbó con los dedos. Yiren vio llegar entonces al dormitorio a otros dos maleantes que acudían de refuerzo. Uno de ellos saltó sobre el joven y, tras tirarlo al suelo, le apretó el cuello para estrangularlo.

Yiren gritó, pero el estrangulamiento le fue acallando la voz. Su rostro se tornó azul y los ojos se le quedaron en blanco.

Al sentir que el príncipe corría peligro, el Hombre sin Miedo acudió al rescate. Las manos del gigante se ocuparon de un primer malhechor, emperradas en quebrarle el cuello. Eran tan anchas que parecía que solo apretaban un grueso tronco de bambú. Con un golpe de codo, fracturó la mandíbula del segundo, que se retorció de dolor en el suelo. A continuación, asió a un tercero por la pierna para hacerlo girar como una honda y lo arrojó contra el muro donde se trituró la cabeza. Los restos de sesos, sangre y huesos salpicaron la piedra. En el momento en que se disponía a agarrar por los pelos al último, que se desahogaba contra Yiren golpeándole la nuca con violencia contra el suelo, tres hombres uniformados irrumpieron en el dormitorio de la posada.

Detrás de ellos, apareció la malvada mirada de primate del posadero, que había debido de avisarlos de lo que estaba ocurriendo.

—¡Atad a toda esta gente! —vociferó el militar cuyo uniforme condecorado indicaba que ostentaba mayor grado que los demás.

El Hombre sin Miedo tuvo el acto reflejo de dar un fuerte empujón con la pierna al esbirro que estaba propinando una severa paliza al príncipe. Este último se incorporó, embarrado y empapado de sudor. Parecía indemne.

Lu Buwei asistía aterrado al espectáculo. La llegada de los guardias era de lo más inoportuna. Revelar su identidad, y mucho menos la de Yiren, quedaba descartado. Intención Loable, atemorizada por lo que acababa de presenciar, temblaba como una hoja mientras trataba de calmar al pequeño Zhaogao, a quien todo el alboroto había despertado.

—¡Hemos de salir de aquí como sea! Si nos retienen los guardias, estamos perdidos —susurró Lu Buwei al gigante, que ayudaba a Yiren a sentarse sobre la banqueta.

Este no dejaba de gemir. Su cuello se había convertido en una colección de marcas amoratadas y arañazos salvajes.

El Hombre sin Miedo miró a su alrededor. Había una única solución: neutralizar a la soldadesca. Así, se abalanzó rugiendo contra los guardias. Los sables saltaron como un resorte de sus vainas. Los ojos del huno ardían de cólera. Al igual que todas las fuerzas de la naturaleza, su furia y su ira no se desencadenaban con facilidad. Pero los maleantes lo habían provocado con creces. Estaba dispuesto a hacer papilla a aquellos guardias que venían a entrometerse en una trifulca en la que él no había sino impedido que los bandidos hicieran daño. Lu Buwei le había dado orden de sacar a sus amigos de aquella trampa, así que se lanzó sin vacilar.

Se hizo con las armas tendidas torpemente hacia él, con las puntas hacia adelante a fin de impedirle seguir avanzando, y las volvió hacia los cuerpos de los soldados para ensartarlos. Es más, las empujó hasta hacerlas penetrar a través de las corazas de cuero. Las hojas se introdujeron en los cuerpos produciendo un siniestro gorgoteo. Los guardias yacían en el suelo.

En el dormitorio no había más que sangre negra y vómitos fétidos. El posadero con cara de primate, ante la amplitud de la carnicería, había vuelto a bajar con prudencia al comedor.

Unos instantes más tarde, el olor a muerte reinaba en la sala devastada.

El espectáculo formado por el Hombre sin Miedo bajando las escaleras del dormitorio con Intención Loable y el pequeño Zhaogao en sus brazos, enrojecidos de sangre como si los acabase de sacrificar ante el altar de un dios, era algo digno de ver.

En cuanto al posadero, hacía tiempo que había desaparecido por miedo a encontrarse con el gigante huno.

Tan solo se pararon a desatar los caballos que esperaban en la cuadra antes de partir al galope envueltos en la oscuridad de la noche. Se habían convertido en fugitivos y en asesinos de guardias.

Pronto, todo el cuerpo de vigilancia de Zhao les pisaría los talones.

Entre tanto, para mayor desgracia, era probable que ya se hubiese descubierto la sustitución de Yiren por Zhaosheng. Y no cabía duda de que se relacionarían ambos hechos...

Aún les restaban más de mil li para llegar a Xianyang, sin contar con la frontera que tendrían que cruzar. A partir de aquel momento, debían ser prudentes, galopar de noche, dormir de día guardándose de las miradas indiscretas y apartarse de la ruta cuando se vislumbraran militares.

Lu Buwei encontraba en las cabalgadas nocturnas, que discurrían las más de las veces bajo el claro de luna, un momento propicio para la meditación.

La mente del mercader no descansaba: se preguntaba qué cara pondría Anguo cuando le presentara a su hijo, trazaba complejos planes para sacar el mayor partido posible al rescate tan arriesgado que acababa de efectuar. De hecho, pensaba solicitar enormes compensaciones al rey de Qin.

Había aceptado, nada más y nada menos, actuar contra su país de origen, poniendo su propia vida en peligro. Merecía, pues, honores y reconocimiento por partida doble.

Ya se veía reclamando la creación de un puesto de viceprimer ministro de Qin a su medida. Aquello le haría subir un peldaño más hacia el poder supremo al que un hombre de su condición podía aspirar. Y todo se lo debía al bi negro constelado.

Solo tenía que hundir la mano en la bolsa y acariciar el jade de su disco para sentir cómo el suave calor le ascendía por el brazo y el torso hasta el cerebro. Aquellas ondas positivas lo animaban a ir cada vez más lejos, más alto y con mayor contundencia. Ya solo aguardaba el día en que una revelación le desvelara el significado de la profecía lanzada por Valle Profundo: el polluelo amarillo en el centro del Caos original de Hongmeng.

De momento, aquello no era para él más que una especie de estrella tras la que debía avanzar.

Aunque también sabía que un día se convertiría en algo mucho más tangible y concreto, más humano, tan palpable como el objeto ritual cuyas caras lisas acariciaba mientras cabalgaba bajo la bóveda celeste. Bastaba con levantar la vista para contemplar el Pastor y la Tejedora, separados por una Vía Láctea plateada como un gran río inundado por los rayos del sol naciente.

Por el contrario, lo que Lu Buwei ignoraba era que, más pronto que tarde, los hechos que estaban por venir, y en los que él mismo estaría implicado en primera persona, le revelarían el acontecimiento que se escondía tras la profecía de la sacerdotisa del monte Huashan.

*

Hacía más de un mes que Zhaoji tenía la certeza de estar encinta.

Experimentaba aquella extraña metamorfosis, mezcla de sentimientos de plenitud y ligero malestar, que provoca en las mujeres el minúsculo cuerpo extraño que colonizaba su vientre.

Ya sospechaba algo inusual cuando Lu Buwei se marchó hacia Handan en busca de Yiren. No obstante, prefirió no decir nada para no darle falsas esperanzas ni, menos aún, preocuparlo innecesariamente antes de partir.

Recordaba con exactitud la noche en la que sucedió.

Cuando Lu Buwei penetró su Valle de las Rosas, después de haberle prodigado ella mil besos de Dragón en su Tallo de

Jade, el placer había sido diferente, más delicioso y profundo. Por primera vez, sintió brotar de su manantial interior el agua de mujer, que se mezcló con el vigoroso raudal del Licor de Jade de Lu Buwei. Cerró los párpados. Entonces, sin ninguna explicación, se le apareció la imagen del bi negro constelado cuyo círculo central se asemejaba a la pupila de un inmenso ojo que había sido testigo silencioso y cómplice de la unión de los amantes.

No comentó aquella visión ni se atrevió a hablar de ella al mercader, el cual se durmió en sus brazos mientras aún permanecían tiernamente enlazados el uno en el otro, sumergidos en sus respectivos efluvios íntimos.

A la mañana siguiente, cuando se deslizó fuera de la cama para proceder al aseo íntimo de su Botón de Peonía e impregnarse el cabello con agua de azahar, cuál no fue su sorpresa al constatar que el disco de jade se encontraba bajo su almohada.

—¿Puedes decirme qué hace aquí tu tesoro? —le murmuró a Lu Buwei como una gata melosa.

—No sé. Me vino la idea anoche. Este bi me ha traído buena fortuna desde que lo poseo. Pensé que podría también traérnosla a ambos. Su presencia es beneficiosa. Es garantía de longevidad —respondió adormilado mientras le enviaba un último beso.

Desde entonces, estaba segura de que su unión había sido especial.

Un tiempo más tarde, la ausencia de sangre menstrual la alertó. Su intuición se hacía realidad.

Un día decidió compartir su dulce secreto con su confidente particular y acudió a ver a Huayang.

Al ver el rostro de la reina, Zhaoji comprendió que esta aún estaba con el corazón en un puño. Cierto era que, desde hacía varios días, los imprevistos y las malas noticias se sucedían y nunca en sentido favorable.

Huayang acababa de librarse de ser enterrada viva. Ahora veía dibujarse ante sí la oscura perspectiva de la subida de Anwei al trono de Qin y creía que tal vez su destino acabaría ahí.

La noticia que le anunció Zhaoji le cambió las ideas, la consoló y la alegró. La buena nueva le traía un cierto aroma a venganza. Su protegida conocía la felicidad que tanto había anhelado para sí sin llegar a obtenerla jamás. Ella sí sería madre.

Aquello la llenó súbitamente de felicidad y contribuyó a ahuyentar de su mente los negros pensamientos que no la abandonaban. Mandó a su camarera, Alfiler de Jade, salir de la habitación para dejarlas a solas.

—¡El anuncio de este futuro nacimiento me colma de felicidad! —exclamó mientras abrazaba con efusividad a la joven y la cubría de besos.

—Ahora esperemos que no sea huérfano de padre —suspiró Zhaoji.

—Todos los días, desde que Lu Buwei se marchó, invoco al yin y al yang para que se unan en la Gran Vía y me abstengo de comer cereales para que regrese a Xianyang con Yiren antes de que finalice el duelo real —le confió la reina.

El tono de Huayang denotaba seriedad. De nuevo parecía angustiada.

—¿Qué ocurriría si llegaran después? —preguntó entonces Zhaoji con profunda inquietud, temiendo ante todo por la vida de Lu Buwei.

—¡Que el príncipe Anwei subiría al trono de Qin!

La joven no comprendía por qué tal perspectiva provocaba un estado de ansiedad tan acusado en la reina.

—¿Qué dramática situación generaría esa eventual coronación para temerla hasta tal punto?

Huayang se aproximó a Zhaoji y, cogiéndola por la cintura, la invitó a seguirla hasta el jardín de recreo al que daba su dormitorio.

Una vez allí, hizo que su protegida se sentase sobre el brocal de la pequeña fuente de rocas y, tras rodearle el rostro con las manos, clavó la mirada en sus ojos.

—¿Acaso crees que estoy dispuesta a abandonar la partida tan fácilmente después de tantos años de luchas y afrentas sufridas en silencio? ¡Lo único que me queda es la esperanza de que un día mis sueños se hagan realidad a través de ti!

Zhaoji miró tímidamente a la reina por el rabillo del ojo, impresionada por la magnitud de su sed de venganza y por la confesión que la implicaba.

—Pero yo no soy reina ni madre de rey… —se atrevió a replicar.

—¡Pero podrías llegar a serlo! Basta con que Lu Buwei regrese con Yiren antes de que concluya el duelo —soltó Huayang, que casi se mordió la lengua por haber hablado más de la cuenta.

—¿En verdad crees razonable que Lu Buwei usurpase así el trono sin ostentar título alguno ni legitimidad? —se sorprendió Zhaoji.

Huayang vacilaba en revelar sus intenciones por completo. Sin embargo, como ya no tenía nada que perder, juzgó que era más conveniente desvelarlo todo. Confiaba en Zhaoji y en que se parecían tanto que ella comprendería y accedería a su petición.

De esta manera, le confesó todos sus pensamientos.

—No me has entendido. Bastaría con decir que el padre de tu hijo no es Lu Buwei, sino el joven príncipe Yiren, el futuro rey de Qin.

Zhaoji, estupefacta, abrió los ojos como platos. No se esperaba que Huayang pudiera proponerle algo semejante. Era su confidente, pero también casi una hermana mayor de dilatada experiencia y enorme sensatez, y, por todo ello, una verdadera madre espiritual en quien confiaba ciegamente.

De hecho, Huayang percibió al instante que el asombro de su joven amiga no denotaba la más mínima reticencia. No parecía contrariada por el audaz plan que acababa de evocar.

No obstante, como era lógico, Zhaoji se puso a reflexionar. Aquello al menos era señal de que la idea no le parecía descabellada, ni siquiera escabrosa. De hecho, Huayang había dado en el blanco. Acababa de abrirle a su protegida unos horizontes que hasta entonces la muchacha ni siquiera sospechaba que existieran.

—Si deseas que un día tu Lu Buwei acceda a las más altas funciones que le permite su condición, bastaría con que fueses la madre del futuro príncipe heredero de Qin. De ese modo, se convertiría fácilmente en primer ministro del reino gracias a la unión de nuestras fuerzas y a la complicidad que mantendrás con él, así como él contigo. ¡Y a mí me quedará el consuelo de asistir a la consagración de quien considero mi hija adoptiva cuando Yiren te tome por esposa!

—¡Pero Lu Buwei es como un esposo para mí! ¿Accederá a compartirme con Yiren? Tardó tiempo en conquistarme. Acepté entregarme a él porque negarme hubiese sido inapropiado. ¡Ha hecho tanto por mí! Me quiere como a la niña de sus ojos. Siento que me ama. Y también me doy cuenta, sobre todo desde que está ausente, de que el sentimiento podría ser mutuo —gimió.

—Seguirás viéndolo en secreto y amándolo. Si llega a obtener lo que ansía gracias a tu sacrificio, ¿lo crees tan ingrato como para dejar de profesarte los sentimientos que lo embargan? Ocurrirá justo lo contrario. ¡Estoy segura de que su amor se acrecentará! —concluyó Huayang.

—Pero primero tendré que atreverme a hablarle de semejante proyecto... ¿No me tomará por un monstruo calculador y lleno de duplicidad?

—Sabré encontrar los argumentos necesarios para convencerlo. Por supuesto, le dirás que la idea procede de mí. Comprenderá que también actuamos por su propio interés. Si aceptas, gracias a ti me permitirás cumplir un sueño inaccesible hasta ahora para mí. Entre los tres, Lu Buwei, tú y yo, podríamos llegar muy lejos —sentenció con voz temblorosa y lágrimas de emoción.

Entonces, depositó un tierno beso en la base del cuello de su protegida, que se estremeció de placer.

Huayang había empleado las palabras adecuadas. Veía en la mirada de su amiga que esta empezaba a posicionarse del lado de sus argumentos y que trataba de acallar los recelos que pudiese albergar en contra de aquella aventura. En breve, la joven Zhaoji no encontraría objeciones a su propuesta.

Otras, a diferencia de ella, se habrían escandalizado y la habrían descartado de momento. Lo que tocó la fibra sensible de la joven encinta fue el deseo de Huayang de convertirla en su heredera espiritual, de transmitirle aquel testigo que su esterilidad, al privarla de descendencia, le impedía entregar a un ser de su propia sangre.

Zhaoji, huérfana procedente de la nada social, ¿podía permitirse rehusar tal legado cedido por una reina?

Además, era evidente que aquella situación no podía sino redundar en provecho de los asuntos personales de Lu Buwei, y que lo ayudaría a alcanzar con mayor facilidad el objetivo que se había fijado de colocarse lo más cerca posible del poder supremo. Sin duda era la mejor forma de devolverle todas las atenciones que le había prodigado desde que la liberara de su condición de esclava.

—Dime que haremos todo esto —suplicó Huayang arrodillada ante Zhaoji, el rostro hundido sobre sus piernas.

—¡Lo haremos! —murmuró tras un último instante de vacilación.

Al retornar al palacio de Lu Buwei sobre la colina de los caballos, Zhaoji juró que también se privaría de cereales y formuló la promesa de no volver a comerlos hasta que este hubiese regresado. Y tenía que ser sin falta antes de que finalizara el duelo por Anguo.

Sin saber muy bien el motivo, comenzó también a invocar al mítico Emperador Amarillo. Huayang y Wudong, en el transcurso de sus ceremonias propiciatorias, le habían relatado los combates del emperador mítico contra Chiyou, su felón vasallo que lo traicionó, así como todas las ventajas que las personas de su entorno habían aportado a los hombres: la escritura, el cultivo del gusano de seda y el arte de tejer, la música y las matemáticas.

No tenía por costumbre encomendarse a los poderes benefactores del Emperador Amarillo, pero, en este caso, sus pensamientos volaron inexplicablemente hacia él. Constató que su oración le producía bienestar y la apaciguaba. Un dulce ardor irradiaba desde el centro de su vientre colmado.

—¡Oh, Huangdi! Soberano del Centro y Emperador Supremo de los Cielos, ¡haz que mi Lu Buwei regrese a tiempo de Handan! —murmuraba mientras caminaba con la mirada confiada y el pensamiento absorto en las maravillosas sorpresas que intuía comenzaba a reservarle el porvenir.

34

ACABABAN DE BAJAR EL FÉRETRO AL MAUSOLEO POR LA rampa de tierra que conducía a la puerta situada en la ladera de la colina. Los cavadores aguardaban la señal del Maestro de Ceremonias Funerarias para recubrirlo.

Se acababa de proceder al gran sacrificio de tailiao con la cocción de las carnes, conque un delicado olor a manjares asados y tostados flotaba en el aire.

Todos los ministros de Qin, a excepción de Lu Buwei, aún ausente, se encontraban en primera fila ante el mausoleo. Un poco más lejos, la reina Huayang, cubierta con el rugoso manto zhancui y el rostro descompuesto, estaba sentada sobre un sillón portátil de bambú. La rodeaban las cincuenta y tres concubinas del rey Anguo, formando un círculo a su alrededor.

A la derecha del dispositivo, Anwei, acompañado de sus tres hijos y de Flor de Jade Maleable, sostenía sobre un cojín de seda amarilla la espada ritual de Anguo, con hoja de jade y empuñadura de bronce en forma de fénix. Se disponía a depositarla sobre el ataúd guo de su hermano. El general vencedor de Chu lucía elegante con su traje de gala. Llevaba en la frente la cinta blanca de duelo. Suscitaba admiración y respeto. Entre la muchedumbre, todo el mundo murmuraba que ya tenía porte de rey. Los agentes de la Oficina de Rumores, que transitaban pasando desapercibidos entre la apretada multitud, podrían, llegado el caso, dar fe de aquella popularidad creciente.

En el lado opuesto, el médico jefe de la corte, Así a Veces, y su cuadrilla de enfermeros y embalsamadores vestían sus largas túnicas engalanadas, bordadas con fórmulas medicinales. Ellos eran quienes habían dedicado largas horas a los últimos preparativos del cadáver del rey antes de su largo viaje.

Ahora, los cavadores colmaban de tierra el camino que descendía al mausoleo, donde la pesada puerta de bronce había quedado sellada.

Con la última palada, Consumación Natural podría proceder a ordenar que se plantara sobre la colina el árbol Fusang, de cuyo tronco, según la leyenda, cada mañana sale el sol.

Con eso se pondría fin al período de duelo. Desde aquel preciso momento y de conformidad con las disposiciones de los códigos sucesorios, Anwei podría convertirse en rey de Qin.

El cortejo de plañideros y plañideras, todos vestidos de blanco, mecía la cabeza en señal de desesperación. Formaban una larga hilera sinuosa que partía de la puerta del mausoleo hasta el inmenso terreno dispuesto para dar cabida a la multitud afligida que asistía a los funerales, concentrada tras una fila de guardias.

Sobre un estrado, cinco tambores y un campanero se disponían a imprimir el ritmo de sus percusiones a la parte final de la ceremonia. Un primer tambor, grave como el paso de un dragón sobre el suelo, retumbó.

En ese mismo instante, un murmullo recorrió la masa compacta formada por miles de hombres, mujeres y niños de Xianyang presentes en el evento.

Alguien se abría camino para acceder a la primera fila y los empellones fueron aumentando en intensidad por empujarse unos a otros, lo que finalmente hizo que la multitud, como el agua de un río bajo el estrave de un barco, se desplazara bruscamente dejando paso.

¿Quién tenía la fuerza suficiente para abrir una brecha en aquel muro humano? Todos se giraban para mirar.

Desde las primeras filas no había visibilidad. La presión parecía provenir de ninguna parte. Desde la retaguardia, aquellos que lograban alzarse un poco más alto que los demás podían distinguir cuatro cabezas que subían y bajaban al compás, y sobresalían del inmenso campo formado por la muchedumbre.

Eran jinetes. El gentío se apartaba ante la fuerza tranquila de los caballos, que mantenían el trote, imperturbables. Una mujer y un hombre cabalgaban sobre la misma montura, y otros dos hombres lo hacían por separado.

Un agente de la Oficina de Rumores reconoció al momento a Lu Buwei. Preso del asombro, fue el primero en susurrar el nombre del ministro de Recursos Extraordinarios.

—¡Lu Buwei ha vuelto! ¡Lu Buwei ha vuelto! —repitió otro, y así sucesivamente.

De modo que el rumor se extendió y se propagó de unos a otros hasta la primera fila, cual bruma surgida del lago al amanecer para cubrir la llanura. Mientras tanto, los soldados de la barrera, que también habían reconocido al ministro de Recursos Extraordinarios, dejaron entrar a los jinetes al inmenso terraplén sobre el que se erigía el túmulo real.

Consumación Natural acababa de dar la señal a un jardinero de plantar el árbol Fusang sobre la colina.

El tiempo se detuvo de golpe ante la aparición irreal de aquellos tres caballos trémulos y brillantes por el sudor, aparecidos como por arte de magia con sus jinetes a la grupa, amarillentos por la polvareda de los caminos que habían transitado. Toda la corte de Qin, reunida en torno al túmulo y embargada por la estupefacción, gritó fascinada.

Huayang estuvo a punto de desfallecer cuando vislumbró al mercader, que traía de vuelta al hijo varón de su difunto esposo.

Zhaoji, hasta entonces tranquilamente sentada en primera fila, se levantó de un salto, sonrojada de alegría y emoción.

Lu Buwei descendió del caballo e invitó a Yiren a imitarlo. Indicó al Hombre sin Miedo que permaneciera sobre el suyo con Intención Loable, en cuyos brazos el pequeño Zhaogao seguía durmiendo imperturbable.

El príncipe heredero de Qin, con el trasero todavía maltrecho, obedeció como buenamente pudo.

Reinaba un gran silencio entre la muchedumbre que asistía al espectáculo en el que la pequeña tropa polvorienta y mugrienta, con las ropas deshechas, había irrumpido en el perfecto orden imperante entre los ministros y familiares del rey difunto, que se agrupaban en el terreno donde se desarrollaba el funeral.

El ministro de Recursos Extraordinarios tomó a Yiren por el brazo y subió con él la colina para acercarse a Consumación Natural y al jardinero que terminaba de enterrar las raíces del Fusang.

El príncipe Yiren cojeaba. Lu Buwei lo sujetaba con firmeza y lo guiaba. Al heredero de Qin no le quedaba otra opción: Lu Buwei se había convertido en su tutor e impulsor.

Frente a la inmensa multitud, se rodeó la boca con las manos para amplificar su voz y gritó con fuerza:

—¡Aquí tenéis a Yiren, hijo primogénito de Anguo y príncipe heredero del reino! ¡Os lo ofrezco tras traerlo de un lejano exilio!

El silencio se hizo aún más profundo. Todos escuchaban el anuncio de Lu Buwei con admiración.

A continuación, el clamor comenzó a crecer como una ola. Procedía de las filas posteriores a la barrera de soldados. Salía de las bocas anónimas que formaban el pueblo de Xianyang. El pueblo aclamaba ya a voz en grito al joven Yiren.

Los oficiales de la corte permanecían enmudecidos al pie de la colina real. La intervención de Lu Buwei era contraria a cualquier protocolo, lo cual hubiese bastado para reprobarla. Pero las circunstancias eran tan extraordinarias que nadie se atrevió a rechistar. El Maestro de Ceremonias Funerarias, atónito, no tuvo más remedio que dejar actuar a Lu Buwei. Los vítores del pueblo acababan de asegurar impunidad a su gesto.

El pobre Yiren, al que el dolor impedía mantenerse convenientemente erguido, no era consciente de lo que le estaba sucediendo. Saludaba al gentío con gestos torpes que hacían que las aclamaciones se multiplicaran.

Tras una ligera vacilación, el tambor jefe comenzó a tocar su vasto instrumento de bronce.

No se trataba del ritmo lento de la música funeraria. El compás era el de las ceremonias alegres, los nacimientos, la imposición del gorro de la virilidad o los matrimonios. A continuación, el carillón de sesenta campanas *zhong* sin badajo resonó a su vez con ímpetu cuando el músico comenzó a golpearlo con el martillo de madera curvada.

Los músicos de la corte de Qin también habían adoptado al joven Yiren. Se unían al son de su nuevo rey.

Lu Buwei se encontraba demasiado lejos para apreciar la felicidad insondable que cubría el rostro de la reina Huayang al constatar estupefacta que Lu Buwei había cumplido su misión y traído a tiempo al príncipe heredero de Qin.

Asimismo, tampoco pudo ver la expresión descompuesta y sombría del general Anwei, cuyas esperanzas de subir algún día al trono de Qin acababan de esfumarse en unos segundos memorables.

*

Los dos amantes protagonizaron una larga noche de éxtasis.

El reencuentro fue aún más dulce de lo que habían imaginado. Tras su regreso de Handan, Zhaoji se entregó como nunca a Lu Buwei. Desplegó toda su ciencia amorosa para recompensarlo por su éxito. Su vientre plano y liso aún no dejaba traslucir signo alguno del embarazo, que entraba en su tercer mes. Sentía en cambio la presencia íntima del embrión como un ascua ardiente en su interior, lo que la volvía aún más sensual.

Huayang le había enseñado la postura de la Oropéndola que retoza sobre el Unicornio. En cuclillas sobre la Vara de Jade de Lu Buwei, que hacía las veces de cuerno único del animal proveedor de descendencia y de éxito, iba y venía como la Oropéndola que canta, hasta que logró provocarle la «pequeña muerte del éxtasis».

La Oropéndola había respondido a la perfección, cuando menos, a las expectativas del Unicornio…

—¡Nunca te habías ofrecido de esta forma! ¿Quién te ha iniciado en esta deliciosa práctica? —preguntó Lu Buwei con tono goloso.

—Adivina…

—¡Solo puede ser Huayang! Posee experiencia amorosa y, teniendo en cuenta vuestra amistad, debe de revelarte todos sus secretos sin la menor reticencia, mientras que cualquier otra mujer se los guardaría con recelo…

—¡Acertaste! Nadie como la reina se atrevería a enseñarme estas posturas. Adoro a esa mujer —dijo entre risas después de separar las piernas para permitir que Lu Buwei saliese de la deliciosa trampa en la que su Vara de Jade permanecía encerrada.

—Esa gran dama siempre ha sabido hacer uso de sus encantos y su belleza. Eso le ha reportado muchos beneficios. Es una lástima que no haya podido procrear. Con toda seguridad, Qin habría ganado mucho con ello —suspiró. Zhaoji consideró que era oportuno aprovechar la oportunidad que Lu Buwei le brindaba al hablar así de la infertilidad de la reina madre.

—En cuanto a eso, puede que no esté todo perdido. Huayang parece haber encontrado el modo de escapar al destino que, hasta ayer, la privaba de engendrar descendencia.

—Eso sería magnífico y justo para ella. Pero no entiendo cómo podría producirse tal milagro, estando como están las cosas…

Zhaoji aguardó unos instantes para responder. Con el corazón en un puño, decidió soltar la frase a la que tantas vueltas había dado en su cabeza.

—Huayang me ha propuesto, nada más y nada menos, que tome su relevo, como si fuese la hija que nunca ha podido tener.

Lu Buwei la miraba incrédulo, sin comprender a dónde pretendía llegar.

—Como si me hubiese adoptado… Ese es el plan que ha concebido y que me ha suplicado contarte —añadió.

Entonces, se dispuso a desvelar a Lu Buwei la trama que la reina había urdido para que se dijera que el hijo de ambos era del joven rey.

A medida que se la iba relatando, Zhaoji percibió que el mercader, repentinamente impasible, la escuchaba con la mayor atención. No lograba discernir si se sentía escandalizado, hostil o si la acogía con agrado. En cualquier caso, se cuidaba de no atribuirse el plan propuesto por Huayang y de no exponer lo que opinaba al respecto.

—En definitiva, si comprendo bien lo que dices, Huayang sugiere que el nuevo rey tenga una relación sexual contigo de modo que la paternidad de nuestro hijo le pueda ser asignada —dijo Lu Buwei aún incrédulo.

—Exactamente. Esta es la propuesta de Huayang —respondió con aplomo para ocultar cierta incomodidad.

—Comprendo que haya sido idea suya. Pero, y tú, ¿qué opinas?

—Te lo diré si así lo deseas. Basta con una palabra tuya para que me olvide de todo. Será como si nunca lo hubiésemos mencionado. Huayang, que desea nuestro bien, lo entenderá sin problemas. Estoy segura.

—¿Estarías dispuesta a iniciar al joven Yiren que aún no conoce, que yo sepa, mujer alguna? —insistió, fingiendo su incredulidad.

Lu Buwei no sabía muy bien qué pensar.

Su lengua se encontraba al alcance del Botón de Rosa de Jade de Zhaoji. Saboreó una vez más su piel tersa y perfectamente lisa. Olía a una mezcla de jazmín y cilantro.

—Así es. Aunque sin duda será menos placentero que contigo.

—¿Estás segura? En tal caso, ¿por qué hacerlo?

Aquello se estaba convirtiendo en un juego entre los dos.

—Porque Huayang sabrá encontrar las palabras y los argumentos precisos para convencernos —dijo con un atisbo de seriedad.

—¿Empleas el *nos?*

—Si lo hiciera, sería en nombre del interés común del trío que formamos: Huayang, tú y yo.

—Démonos un tiempo para reflexionar —acabó diciendo Lu Buwei, al tiempo que hundía la nariz en el fondo del Valle de las Rosas de su amante.

—¡Pero no hay tiempo que perder! Ya estoy de tres meses... Si vamos a ir en esa dirección, hay que decidirlo sin demora —dijo con un suspiro la joven mientras rodeaba el cuello de su amante con los muslos.

—Entonces, ¿no estás bromeando? —retomó, estupefacto, tras lamer una última gota de la humedad de su rocío íntimo.

—Ni lo más mínimo... Estoy dispuesta a tomar el testigo de Huayang, a condición de que tú también lo desees —afirmó con vehemencia.

—¡Pero el hijo que llevas también es mío! —exclamó Lu Buwei.

Se acababa de sentar sobre la cama y había cubierto su Tallo de Jade erecto con una manta de seda negra.

—Por supuesto, pero, ¿qué cambia eso?

Había decidido hacerle seguir el razonamiento que ella misma había empleado en numerosas ocasiones y que la había llevado a considerar digno de interés el plan tramado por Huayang.

Lu Buwei, por su parte, creía ver en los ojos de Zhaoji una mirada de desafío. Dadas las circunstancias, aquello empezaba a irritarlo, incluso a disgustarlo. Quería cerciorarse. ¿Se trataba de un juego o de una decisión más seria?

Conocía bien el carácter de Zhaoji. Era el de una tigresa. Los años que tuvo que esperar hasta amansarla y, por último, seducirla, eran la clara consecuencia de aquel carácter indomable. Desde que la había recogido, después de comprarla en el lupanar público, jamás la había visto ceder.

—¿Acaso crees que aceptaré sin pestañear que te vayas con otro hombre por muy rey que sea? —se aventuró a decir para ponerla aún más a prueba.

—Esa no es la cuestión. Si tuviese que seducir a Yiren, sería porque lo hubiésemos decidido juntos. Se trataría de la primera etapa de un plan que habríamos aceptado de mutuo acuerdo —afirmó fogosa.

—En definitiva, ¿he de interpretarlo como la prueba más brillante y extrema del amor que me tienes?

—Lo has entendido bien. Si ves que puede ser ventajoso para ti, lo haré gustosa. Tendría para mí la misma fuerza que el deseo expresado por Huayang —le aseguró mientras se acurrucaba contra él.

—¿Y si te prohibiera hacerlo? —insistió para llevarla al límite.

—Te escucharía. No tienes más que decirlo.

Perplejo, Lu Buwei permanecía ahora en silencio. Ya no sabía a qué son bailar. Conocía de sobra la inteligencia de Huayang como para desechar de entrada aquel plan del que ya presentía podría salir beneficiado. Por tanto, decidió no cerrarle las puertas. Sobre todo porque entreveía un modo de alcanzar el mismo objetivo sin que fuese a costa de su hijo.

—No poseo tal derecho sobre ti —dijo al fin.

—¿Debo interpretarlo como un sí?

Se negó a responder. Ahora deseaba hablar con ella del hijo que nacería.

—Pero si aceptase, me vería privado de este niño que también es mío, ¡antes siquiera de asistir a sus primeros pasos! —dejó escapar Lu Buwei.

—Lo verás crecer pase lo que pase. Nos arreglaríamos para que influyeras en su educación. Los lazos de sangre, de todos modos, no se borran jamás. Cuando lo vieras, sabrías que se trata de tu hijo o de tu hija —respondió ella.

—Pero la criatura no me vería como un padre. ¿Te das cuenta?

La forma en que Lu Buwei abordaba el problema, aunque le sorprendía un tanto, era señal del fuerte afecto que sentía por ella y del amor que le profesaba.

—El amor filial tiene que fluir en ambos sentidos —añadió entristecido y pensativo.

Zhaoji se había sentado con las piernas cruzadas sobre el edredón de la cama. Lo observaba. Ya no se preguntaba si la estaba poniendo a prueba. Acababa de oír hablar al corazón del padre de su hijo.

Este, tumbado boca abajo y con los puños bajo la barbilla, parecía particularmente desconcertado por todo lo expuesto hasta el momento. Se acercó y apoyó el mentón sobre su espalda. A continuación, le masajeó suavemente los hombros. Sentía que la iba contagiando con su desazón. Lo veía con otros ojos. Tenía la impresión de sentirse cada vez más cercana a él e intuía que se aproximaba el día en que tendría que admitir que lo amaba.

—En tal caso, ¿qué propones? —murmuró Zhaoji.

—Quizás tenga un plan que nos permitiría conciliarlo todo —respondió sin vacilar.

—No puedo creerlo… ¡Eso sería fabuloso!

—Mientras te escuchaba hablar desde hace un rato, he tenido una idea.

—Me muero por escucharla —le susurró al oído mientras le mordisqueaba el lóbulo.

—En cuanto se anuncie en la corte que Yiren espera un hijo tuyo, podríamos arreglárnoslas para reemplazar al recién nacido por otro bebé. No hay nada más parecido que dos retoños. Con que tengan el mismo sexo y un tamaño casi idéntico… Así, nos quedaríamos este niño y entregaríamos el otro para las necesidades de la corona. Los criarías a los dos. Para ti no cambiaría nada; para mí, todo. ¿Qué te parece?

—Tu idea me parece ingeniosa. No me sorprende viniendo de ti, y veo en ella la huella de tu inteligencia. Pero si la ponemos en práctica, el futuro rey de Qin no tendrá mi sangre. Además, me será imposible reivindicar que soy la madre de mi verdadero hijo. Seré yo entonces quien sufra los mismos inconvenientes que te han llevado a plantear esta estratagema.

El mercader empezaba a calcular que la voluntad de Zhaoji era, cuando menos, tan potente como la suya. Sin duda, la reina Huayang, con toda su fuerza de persuasión, había dejado su impronta en la muchacha. Tenía que convencer a Zhaoji de que, al fin y al cabo, lo que le proponía desembocaba en el mismo resultado, pero permitiría al niño conservar a su padre biológico. Si proponía esta solución, que lo beneficiaba a él en mayor medida, entendía que Zhaoji, por los mismos motivos, no pudiera compartirla.

Para intentar salir del dilema, le devolvió en cierto modo su argumento planteándole la objeción siguiente:

—¿Y qué cambiaría eso? La historia de los reinos está repleta de usurpaciones y golpes de Estado. Las filiaciones por lazos de sangre nunca han bastado por sí solas para legitimar un poder, ¡sea cual sea! En cuanto a tu verdadero hijo, aunque no reivindiques que es tuyo, siempre serás su madre. Nada te impedirá tomarlo en brazos. Y, cuando llegue la ocasión, sabré encontrar las palabras apropiadas para confesarle, bajo secreto, quién es su verdadera madre…

Zhaoji, con el semblante grave, permanecía en silencio.

La objeción de Lu Buwei era de puro sentido común. Su propuesta, en términos absolutos, debería halagarla. ¿Acaso no era la prueba del amor que le tenía? ¿No era su preocupación por no dejar marchar a su hijo una maravillosa declaración de amor hacia la madre? Su idea de la sustitución era la demostración de las dotes de Lu Buwei para encontrar siempre las soluciones apropiadas a las situaciones más complejas y enrevesadas.

Observaba el techo artesonado de su dormitorio. Al igual que el de la reina, estaba decorado con parejas de fénix dorados. Los pájaros míticos, cuyos múltiples gritos permitieron antaño escalonar el diapasón de las notas, estaban dispuestos en torno a un medallón central donde figuraba la pareja de pájaros Biyiniao, que solo podían volar en pareja. Lo interpretó como una señal. Quería ver en ello un feliz presagio.

¿Acaso no representaban ellos también esa pareja de pájaros que simbolizaba el amor extremo que pueden prodigarse un hombre y una mujer?

Solo estando estrechamente unidos, al igual que la pareja de pájaros, podrían llevar a cabo el gran designio que ambos confabulaban desde hacía horas en la soledad de su alcoba. Solo desde aquel amor mutuo que se tenían, lograrían saciar la inagotable sed de cumplir su destino. Pensó que aquella aventura los uniría más.

—No estoy en contra de tu plan. Es más, estoy de acuerdo —dijo con sobriedad.

—A partir de ahora, el tiempo juega en nuestra contra —murmuró Lu Buwei mientras abrazaba a su mujer.

—¡Me llena de dicha nuestra armonía! —suspiró ella feliz.

—No debemos compartir este último secreto con nadie. Es inconfesable...

—Te doy mi palabra, amor mío.

Era la primera vez que la oía pronunciar la palabra *amor* dirigida a él.

—En especial con Huayang, ella no podrá saberlo nunca. Se opondría con todas sus fuerzas —añadió con vehemencia.

—¡No estoy tan loca! —lo tranquilizó con una sonrisa.

Ambos quedaron aliviados e intercambiaron un largo beso voluptuoso.

El pacto, llamado a cambiar el sino de la extensa historia del reino de Qin, acababa de quedar sellado. Lu Buwei conservaba a su hijo. Su mujer aceptaba hacerse pasar por la madre de otro niño cuyo padre se diría que era el rey. En aquel juego sutil, la auténtica perdedora era Zhaoji, a quien su verdadero hijo solo podría llamar *mamá* en secreto, una vez que el padre lo hubiese puesto al corriente. Pero lo que perdía, ¿no lo ganaría centuplicado al convertirse en reina de Qin?

Ni siquiera se planteaba aquel asunto. En las circunstancias en las que se encontraba, ser reina se le antojaba una pura abstracción. En su actitud subyacían menos la ambición y la búsqueda de poder que el deseo de ayudar a Huayang a retomar el control del curso de la historia.

En efecto, gracias a Zhaoji, la reina madre tenía su revancha al alcance de la mano. Su vida de mujer estéril humillada por las concubinas fecundas, todas las luchas incesantes a las que había sabido hacer frente para conservar su posición y escapar a la muerte, todo adquiría al fin sentido. Se sentía orgullosa de poder decir que, gracias a ella, los sufrimientos padecidos por Huayang no habrían sido en vano.

En cuanto al secreto que a partir de entonces compartía con Lu Buwei, curiosamente reforzaba su atracción por el mercader.

Ahora no tenía la más mínima duda: lo amaba.

Y, bajo la protección de la pareja de pájaros Biyiniao del techo artesonado de su dormitorio, siguieron amándose hasta el amanecer.

*

Yiren observaba el bajo vientre de Zhaoji un tanto incómodo. Nunca había visto, y menos aún tocado, la Flor de Jade de una mujer.

Zhaoji alargó la mano y agarró la del joven para guiarla con suavidad hasta su ombligo, donde pudo sentir el anillo que colgaba de su borde. Aquella joya estaba adornada con una fina perla.

Zhaoji se encontraba completamente desnuda, sentada sobre la gran cama, con la espalda apoyada contra inmensos cojines de seda púrpura, mullidos como nubes.

Lo observaba con ternura y comprensión, sonriendo para hacerle sentir más cómodo. La mano de Yiren estaba ardiente y temblaba ligeramente. Vio, por las gotas de sudor que le brillaban en los pliegues de la nariz, que comenzaba a experimentar cierta turbación. Entonces, hizo remontar la mano del joven hasta un pecho y después el otro. Estaban firmes y abombados como mangos. Acercó la boca a la suya, donde apoyó la punta de su lengua rosada y fresca. Comprobó que se atrevía a devolverle el beso con torpeza, mas no sin fogosidad. Desató su cinturón para que el pantalón le cayera a los pies. El Tallo de Jade estaba ya erecto. Atrajo a Yiren hasta ella y lo tumbó de espaldas sobre la cama. Se sentó a horcajadas sobre su vientre y se movió de modo que su Valle de las Rosas apenas lo rozara mientras iba y venía, hasta que el rocío comenzó a rezumar por su Sublime Puerta. El joven resoplaba como una fragua mientras se retorcía. Con la mano, la muchacha guió con celeridad la Vara de Jade, que no aguantaba más, hacia el lugar ansiado y no hubo de esperar mucho hasta que el joven Yiren rugiera de placer.

Zhaoji acababa de iniciar en el amor al futuro rey de Qin y este ni siquiera conocía el nombre de su primera amante.

La etapa inicial del plan no había sido difícil de llevar a cabo. Huayang lo había organizado todo después de que su joven protegida le indicara que estaba de acuerdo. Había prestado su dormitorio a Zhaoji para la causa. Entonces, puso como pretexto a Yiren que deseaba hablarle de un asunto importante en sus aposentos.

El príncipe heredero, cuya fecha de coronación había sido ya fijada por los adivinos de la corte, aceptó con total naturalidad atender a la reina madre. Cuando el joven entró en el dormitorio de Huayang, se encontró con Zhaoji tumbada desnuda sobre la cama. Aquella magnífica criatura desconocida lo atrajo hasta sus brazos. El resto sucedió como era previsible: con un despertar de los sentidos de Yiren que ella había sabido llevar hasta la embriaguez…

Cuando acabó todo, por fin apareció Huayang en el dormitorio.

Yiren se reajustaba con dificultad el pantalón, hecho un acordeón sobre los zapatos. Confuso por la irrupción de la reina en aquel momento íntimo, se ruborizó avergonzado. La reina se acercó lentamente a la cama con una sonrisa y le acarició la mejilla como se saluda a un niño.

—Te presento a mi joven amiga Zhaoji. Sabía que te gustaría —dijo al futuro rey de Qin.

El joven Yiren saludó entonces con respeto a la criatura que le acababa de hacer descubrir lo que aún desconocía, como si la viese por vez primera.

—Es un placer haberos conocido —farfulló el futuro rey.

Se le iban los ojos al escote que Zhaoji se reajustaba a toda prisa para realzar su magnífico busto. Si la timidez no lo hubiese paralizado, habría vuelto gustoso a él.

Plenamente consciente de la emoción interna del joven, la reina se sentó en una esquina de la cama.

—Si lo deseas, podrás volver a verla. Zhaoji estará siempre a tu disposición… —afirmó Huayang con su voz más melosa.

A continuación, se levantó y, con paso lento, salió para dejarlos a solas.

En cuanto cerró la puerta, Yiren se abalanzó de nuevo sobre Zhaoji para besarla de la cabeza a los pies. El deseo le hacía vibrar. Ella tenía la espalda apoyada en un pesado y aromático armario de teca encerado con lustre, contra el que la aprisionaba. Por supuesto, se dejó hacer. Él fue encontrando poco a poco los gestos necesarios y no tardó en acariciarle con frenesí el bajo vientre pegándose a ella.

El pez había mordido el anzuelo a la perfección. La trampa tendida por Zhaoji funcionaba de maravilla.

—Ahora he de regresar a mi casa —le dijo al joven impidiendo que sus manos prosiguieran la exploración.

Los labios de Yiren, de rodillas ante ella, seguían queriendo recorrer y rozar el territorio desconocido del cuerpo de Zhaoji, que veía desde arriba cómo la cabellera intentaba introducirse entre sus muslos. Al comprobar que los mantenía cerrados, se incorporó bruscamente y la agarró por las muñecas.

—¿Podremos, al menos, repetir mañana? —preguntó con preocupación, envalentonado de pronto por el deseo que volvía a invadir su cuerpo.

—Será un placer. Vuelve aquí a la misma hora y te estaré esperando —prometió Zhaoji con dulzura.

Aquello continuó durante varios días, el tiempo de que la trampa se cerrara por completo.

Yiren llegó al punto de no pensar en otra cosa.

Le había cogido tal gusto a todo lo que Zhaoji le hacía descubrir, que no lograba abandonar el dormitorio sin que ella lo empujara amablemente.

El alumno, cada vez más seducido por el cuerpo de su hábil amante, progresaba día tras día y daba muestras de un apetito desaforado. Al cabo de una semana de aquella cura de placer intenso, frustrado por no poder acurrucarse tanto tiempo como deseaba contra su cuerpo cálido tras hacer el amor, acabó por suplicar a Zhaoji que pasara una noche entera con él, a lo que esta accedió no sin fingir que aquello le hacía dudar.

A la mañana siguiente, después de todos los mimos que le había prodigado con nocturnidad, el futuro rey de Qin, ansioso por que aquella noche no fuese la última, exigió que se fuese a vivir con él.

Zhaoji pidió un tiempo de reflexión.

Demoró tres días la respuesta, dejando a su joven amante con la miel en los labios a fin de aguzar su apetito.

Al finalizar dicho plazo, interminable para el pobre Yiren, y durante el cual el deseo del muchacho era tan intenso que todos podían verlo por el abultamiento de su Vara de Jade en la superficie del pantalón, Zhaoji consideró que al fin había llegado el momento propicio para presentarle claramente el trato: si deseaba seguir viéndola y compartiendo su lecho, las reglas exigían que la tomara oficialmente por esposa…

— ¡Y… yo que no me atrevía a pedirte que te convirtieras en mi esposa! —exclamó encantado en cuanto ella expresó al fin su deseo después de muchos titubeos fingidos y melindrerías embaucadoras.

Zhaoji estaba tan desprovista de sentimientos hacia él que ni siquiera se planteó si Yiren estaba enamorado de ella. Yiren no era más que un patán, un Tallo de Jade plantado en medio de un cuerpo de hombre carente de cerebro.

No le llevaría mucho tiempo tenerlo comiendo de su mano.

Solo el canto de los grillos turbaba el silencio de la noche que envolvía la capital. A excepción de maleantes e insomnes, todo el mundo en Xianyang debía de estar durmiendo allá donde se encontrase.

Lu Buwei dormía un sueño apacible y profundo. El mercader de caballos de Handan, orgulloso del camino recorrido tanto en el reino de Qin, donde había logrado volverse indispensable merced a los caballos celestes, como en el de Zhao, del que había logrado extraer al príncipe rehén Yiren tras su exitosa aventura, soñaba ahora con subir un peldaño más en su ascenso fulgurante e infrenable.

Se veía muy cerca de la meta, legitimado en las decisiones tomadas y protegido por el disco de jade, que seguiría trayéndole buena fortuna. Al menos, así lo pensaba.

Huayang se durmió por vez primera sin tener que padecer, como solía ocurrir apenas se acostaba, el tormento de las pruebas que tendría que afrontar al día siguiente para mantener su rango, asegurar su influencia y, ante todo —bajo la magnificencia de sus privilegios reales y del resplandor de su tenebrosa belleza—, para sobrevivir salvando las apariencias y preservando su imagen de reina jamás vencida por los príncipes de Qin, sin dejar nunca aflorar la menor huella del drama de su infertilidad.

Yiren, extenuado por el ritmo agotador de sus encuentros con Zhaoji, de los que ya no sabía prescindir, emitía unos ronquidos sonoros que impedían a su futura esposa y nueva amante conciliar el sueño.

Zhaoji era, pues, la única en no poder dormir de aquel cuarteto que se disponía a escribir las páginas más inimaginables de la historia de Qin. La joven tenía los oídos saturados del eco de los grillos, cuyo volumen sonoro se veía amplificado por el insomnio hasta el punto de volverse ensordecedor.

Era el fruto de una angustia que, inexplicablemente, acababa de estallar en su interior. Dio mil vueltas sobre su lecho, aunque Yiren siempre acababa rodando contra ella como una bola de madera.

La duda asaltaba ahora la mente de Zhaoji. El plan que había tramado junto con Lu Buwei, bajo la influencia de los consejos de Huayang, y que los unía por siempre en un pacto inconfesable, ¿no era demasiado perfecto, demasiado bonito o demasiado fácil? ¿Podía construirse algo sobre la mentira y el artificio, aunque la primera fuese piadosa y el segundo estuviese destinado a una buena causa? ¿No se presentaría, en el último momento, una pequeña piedra que obstaculizaría la sustitución del niño que debía permitir a cada cual salirse con la suya en un juego que entonces dejaría de serlo? ¿Terminaría Lu Buwei con tanta facilidad como la había iniciado su larga marcha hacia el poder supremo? Y el niño sustituido, ¿en qué rey se convertiría? ¿No lamentarían no haber colocado a su propio hijo en su lugar? A menos que fuese una niña, con lo que todo estaría por empezar de nuevo...

Su intuición le susurraba que lo que estaba por suceder sería diferente a lo que habían imaginado y previsto.

Al estremecerse, se percató de que sudaba a mares. Tuvo que esperar al canto del gallo para dormirse, hasta que la despertó la mano pesada de Yiren.

Entonces, se obligó a poner buena cara y separar las piernas. A continuación, cerró los ojos e intentó imaginarse que era Lu Buwei, y no Yiren, quien la penetraba de aquella manera salvaje.

Personajes principales

Alfiler de Jade, camarera de Huayang.

Anguo, hijo del rey Zhong y de Mei, príncipe heredero del reino de Qin.

Anwei, hijo de Zhong y Estrella del Sur, enviado como rehén a la corte de Chu.

Apacible Subida de Tres Peldaños, Gran Oficial de las Amonestaciones del reino de Qin.

Ardilla Avisada, camarera de Xia.

Así a Veces, alumno, junto con Li Si, de la academia Jixia de Linzi, capital de Qi.

Bosque de los Pináculos, eunuco y director del Concubinato Real.

Camino Adelante, eunuco Gran Chambelán del anciano Zhong en la corte real de Qin.

Cese de la Línea Recta, jefe de los ordenanzas reales en la corte de Qin.

Concentra la Luz, hermana gemela de Difumina la Luz, madre de Lu Buwei.

Consumación Natural, el Muy Sabio Conservador del Pabellón del Bosque de los Madroños en la corte real de Qin.

Cuchillo Rápido, cirujano jefe de los eunucos en la corte real de Qin.

Diente Fácil, saqueador de tumbas, ladrón del bi negro constelado.

Difumina la Luz, madre de Lu Buwei.

Efluvios Negros, joven eunuco espía de Chu, destinado a la Oficina de Rumores de Qin.

Eslabón Esencial, jefe de la Oficina de Rumores del reino de Qin.

Estrella del Sur, primera concubina del rey Zhong.

Flor de Jade Maleable, esposa de Anwei.

Han Feizi, filósofo jurista, antiguo profesor de la academia Jixia del país de Qi.

Hombre sin Miedo, guerrero huno.

Huayang, esposa de Anguo.

Imperfección del Jade, general, comandante de las operaciones del ejército de Qin.

Intención Loable, esposa de Zhaosheng.

Li Si, alumno, junto a Así a Veces, de la academia Jixia del país de Qi.

Lu Buwei, mercader de caballos que vive en el Palacio del Comercio en Handan, capital de Zhao.

Mafu, caballerizo jefe de Lu Buwei.

Mei, primera esposa de Zhong, rey de Qin.

Paz de las Armas, intendente general de las Caballerizas Reales del Reino de Qin.

Pico de las Nubes, Gran Guardián de la academia Jixia, de Qi.

Poderosa Estrella del Este (alumna del Colegio de Altos Funcionarios bajo el nombre de *Arrepentimiento Eterno*), hija del rey Zhong y de Valle Profundo.

Razonamiento sin Digresión, Administrador de la academia Jixia, de Qi.

Ritual Inmutable, viejo maestro confuciano de Lu Buwei.
Salto de Tigre, oficial de ordenanzas de Anwei.
Suma Perfección, arquitecto del reino de Qin.
Valle Profundo, sacerdotisa médium del pico de Huashan, llamada en otro tiempo *dulce raposa* por el rey Zhong, madre de Poderosa Estrella del Este.
Wang el Afortunado, jefe de Estado Mayor de los ejércitos de Qin.
Wangbi, hijo natural del rey Zhong, rehén de Zhao, y tío de Yiren.
Wei, juez.
Wen, anciano rey de Chu, enemigo hereditario de Qin.
Wudong, ilustre sacerdote taoísta que cuida en secreto al rey Zhong.
Xia, princesa e hija adoptiva del rey de Zhao (hija de su hermano pequeño), rehén.
Yiren, hijo de Anguo y de Xia.
Zhaogao, hijo de Zhaosheng y de Intención Loable.
Zhaogongming, ayudante de Wudong.
Zhaoji, joven bailarina de un circo ambulante de la que Lu Buwei se enamora.
Zhaosheng, fiel secretario de Lu Buwei.
Zhong, el anciano rey de Qin.